骆宾基全集

混沌初开

骆宾基 著

山西出版传媒集团 山西人民出版社

图书在版编目（CIP）数据

混沌初开 / 骆宾基著 . —太原：山西人民出版社，2022.6
（骆宾基全集）
ISBN 978-7-203-12208-1

Ⅰ . ①混… Ⅱ . ①骆… Ⅲ . ①长篇小说—中国—当代 Ⅳ . ① I247.5

中国版本图书馆 CIP 数据核字（2022）第 038681 号

混沌初开

著　　者：	骆宾基
责任编辑：	高　雷
复　　审：	武　静
终　　审：	姚　军
装帧设计：	张镁尹

出 版 者：	山西出版传媒集团·山西人民出版社
地　　址：	太原市建设南路 21 号
邮　　编：	030012
发行营销：	0351 - 4922220　4955996　4956039　4922127（传真）
天猫官网：	https://sxrmcbs.tmall.com　电话：0351 - 4922159
E — mail：	sxskcb@163.com　发行部
	sxskcb@126.com　总编室
网　　址：	www.sxskcb.com

经 销 者：	山西出版传媒集团·山西人民出版社
承 印 厂：	山西出版传媒集团·山西新华印业有限公司

开　　本：	720mm × 1020mm　　1/16
印　　张：	30.75
字　　数：	490 千字
版　　次：	2022 年 6 月　第 1 版
印　　次：	2022 年 6 月　第 1 次印刷
书　　号：	ISBN 978-7-203-12208-1
定　　价：	178.00 元

如有印装质量问题请与本社联系调换

自　序
《姜步畏家史》第一部

一

《幼年》是自传体的长篇小说《姜步畏家史》的第一部，初版由桂林三户书店于一九四四年发行，虽然当时颇得大后方文艺界的同代人的注意和评论，但却由于印数不过两千，而且书出不久就为西南国统区的战线崩溃，桂林大撤退所冲击，因而读到它的人是有限的。只记得初版的封面是丁聪设计的，有一幅母亲双手托抱孩子的画图，朴素而又落落大方。这个版本，作者已经找不到了。解放后，上海文艺出版社再版于前，作家出版社重印于后，书名"混沌"，印数不过三两万册，到现在已经绝版二十五年之久了！而上海版的封面不知出于哪位才华出众的青年画家之手，全版是一幅独立的渗有红辉的米黄色的单色画，版面的一角，是一个抱膝而坐的孩子与一只相依为伴的羊羔，给人一种梦幻的感觉，仿佛把人带入一个童话世界一样。这个封面设计得别致，它所独具的艺术魅力，也是印象难忘的，但同样这个版本也为作者多方探索而却寻找不到了。

现在是恢复初版的书名"幼年"而由文化艺术出版社再版出书了，作者又作过一次校订并作自序。

二

《幼年》一书，是作者仅有的三部长篇小说之一。

作者第一部长篇小说《边陲线上》定稿于一九三六年冬，出版于上海沦为孤岛的一九三八年之后了。虽然一九四〇年巴金先生带到桂林再版出书，但武汉撤退以后，文艺界的同代战友或去延安，或南赴川、滇。就是作者四〇年冬到达桂林之后，也未及搜集有关它的评论和反应，震撼国内外的皖南事变的惨案就发生了。于是作者在桂林站脚不住，只有带着《人与土地》一稿南去博白教书，并辗转于广州湾（现名湛江）、澳门而于一九四一年秋到达香港。

《人与土地》是作者桐油灯下写的第二部长篇小说，约三十万字，不想三个月之后，太平洋战争又爆发了。这部长篇的一部分手稿在九龙乐道《时代文学》编者宅内，为人所焚毁，另外一部分存在九龙太子道路底，作者自己的寓所内，也全部遗失。这等于为战火夺去了我以牺牲爱情为代价换来的结晶品。因之，读者可以想象到作者自己对于这第三部长篇小说《姜步畏家史》之一的《幼年》，以及还有待整理的《少年》是多么珍爱了。

尤其是因为它是自传体的小说，虽非历史实录的自传可比，但它却记载了作者的幼年与少年两个时期的天真而纯洁的心灵。这个心灵反映着通过家庭而显现出来的一个东北三等小县城的社会风貌，记载了九一八事变之前的这座满、汉、回、朝四个民族杂居共处的边域城镇的习俗、人情。自然，它们都是盖有半封建半殖民地的时代烙印的。是为序。

一九八一年三月十八日

目录

001　　/ 自　序

　　　　　《姜步畏家史》第一部

001　　/ 第一部　幼年

235　　/ 第二部　少年

481　　/ 一九八八年版后记

第一部 幼年

第一章

一

我出生的县城，靠近海参崴海口的中国边境，距离朝鲜的清津港也很近，所以秋冬两季的早晨，海雾永远都是很浓重的，充满了街道，充满了我们住的院落。

每天我一睁开眼睛，就跪在窗口上，望着那块现着乳白色烟雾的玻璃，奇怪它为什么在我们吃过饭的时候，会变成透明的，把铺满院子的阳光、窗外的花盆木架和花红叶绿的鲜美色彩都现出来。

那时候，我的眼力仿佛还望不到三五尺以外那样远。在我的记忆里，从来没有一次，从玻璃窗上望见立在对面的一排木窗刻花纹的茅草房子和那房子前面的摇摆着身子快步走路的鹅、睡在墙角落里晒太阳的猪。除非我跟随着母亲到窗外浇花的时候，若是我走得远一点儿，那些鹅就伸长颈子作势扑我，我这才知道院子里原来还有着稀奇古怪的生物，心想走远点看看，可总是给那些长颈鹅围截着，终于两眼望着它们退回来。直到挨近母亲的腿部，我才敢伸脚踢它们。虽然我这样胆怯，可是向来在恐惧它们撕扑的当儿，没有招喊过母亲，求援。

二

县城外，有一条水流清净的红旗河。古远的以往，那些土人聚族而居的年代，北岸或许是给正红旗的满族土人盘踞着的，现在变成了采木行、锯板厂麇集的城郊。河边儿，全是树皮剥光的木排，几乎掩蔽了红旗河的一半水面。有的木排，从这里再顺水下流，运输到图们江去；有的停留在这儿，找到买主，就给搬运到岸上的锯板厂里去，锯作木板。而且一批木排闪出了空位，不久就有另一批木排填补上。夏季的每天下午，城里的妇女们都聚集在这些木排上洗衣裳。僻静的远处，男人站在木排上洗浴，孩子们蹲在木排上垂钓。岸上锯割方木的高架子上，整天不断响着锯木的嗤嗤声、斧锤击打锯板间木塞的叮咚声和洗衣妇女们手里不停用棒槌捶打湿衣的捶衣声，还有来往海参崴、清津港的帆船上的水手，遇到一阵把布篷鼓满的有力的风所起的欢叫，所有这些复杂景象和声音，使红旗河在孩子的单纯视感中，成为五光十色的具有诱惑性的乐园了。

可是我第一次跟随着母亲到红旗河去，仿佛没有看见宽阔的水流以及河南岸的绿野、羊群，只是觉得这里有各种各样的声音，我寻不见那许多声音中最特殊的、古怪的，是发自什么地方，尽是顺声寻望。往往望见的不是发那种奇声的景物，可是这景物本身又引起了我的好奇心，等到耳里又响起那种古怪鸣叫时，就又抛弃了眼前的景物，去寻望别的了。我所仰望到的锯木架子，是那样高大，如冲云霄，实际上，后来才知道，只是离地一丈四尺高。我奇怪为什么站在那样高的木头上的人，不会坠落下来。我一直望着他，仿佛不一会儿，他就会站不住，就会跌落下来似的。

那时候，母亲就说："你不看着道走路，老是仰脸看什么？"

我就抓住母亲的衣襟，觉得母亲也是高大的，我必得伸高手掌，才能抓住她的衣襟。等到走下土崖的工夫，我就抓着母亲的裤腿。

"哪！抓住我的手指头！好好走呀！"

于是我握住母亲的一只手指。这时候，只能看见一根一根顺序躺在脚下的木排。觉得一根方木和一根方木的距离，都是我的步度跨不过去的，实际上它们用粗藤束在一起，方木和方木之间，至多闪着一两分的空隙而已。不过我望着空隙间的水沟,总是惧怕,尤其是这里的水和家里的水不同,这里的水是会动的,而且活动得是那样快,只要大人的脚步从这棵踏在那棵方木上的时候,它们之间的水就会跳跃起来,做着向人攫扑的威吓姿势。

"迈步呀!迈步!对了,再伸腿,这不是走过来了吗?"母亲不住地说。可是我全不入耳,尽管望着我跨过来的方木,没有想到这样容易。所以母亲要抱着我向最外那排临着红旗河中流的木筏上走时,我极力挣扎着不让她抱,我是要自己尝试着跨过一根根方木之间的水沟那种胜利而又舒适的感觉的。

"那么,你自己走吧!我可不管你了!"母亲说话时,拾起木排上的洗衣盆,做出不再理我的神气。

我想:你自己走,你自己就走吧!反正我自己是能一步一步跨过去的,这还不容易。

我低着头,跨上了一根方木,向前面望一望,不意母亲就站在我的眼前,望着我。这时,她笑了,我也觉得非常得意。因为现在不抓母亲的手指,也能够独自迈过一道道水沟了,完全任什么外力也不依靠。

"还笑哪!掉到水里我可不管你呀!"母亲说,"听见吗?"

"听见了。"

"那么抓着我的手指头吧!"

我摇摇头,不再向前走。可是母亲的手掌还不缩回去,我就推开它。独自一步一步,从这一根方木跨到那一根方木上去。母亲是一直走一步,停一停,等待着我。

当我跟随母亲走到最外一排木筏上时,母亲就命令我好好坐在里边,不许动。我望见许多光身的孩子,在阳光闪闪的河流里洗澡,发着畅快的笑声和欢呼。在我当时的记忆里除了这一点印象外,再没有别的什么了。没有望见宽阔的水流,也没有望见帆船,就是对岸的广阔无际的田野,也仿佛是在我的幼小的眼界之外,远不相瞩。但我也似乎记得，另外还有些妇女，都蹲在木排上捶衣裳。最使我注意的是一个披红围巾的女人，她发现我在望她，手指就向我脸上弹肥皂沫，我依旧望着她，同时把肥皂沫用自己的手背揩净。她就笑起来，两排雪白的牙齿发着光泽。母亲那时给我脱光了衣服。

我望见母亲也开始洗衣服了，就走过去。

"你过来做什么？站在那儿不许动。"

"兜兜。"

于是母亲掷给我那条带着银锁链的红肚兜，我也寻找了一个靠水流的地方，想蹲着洗。但是给母亲抱起来，我就踢着两条腿，坚持着不离开我所寻到的合适的地方。

"听话！"母亲说，"坐在我旁边，不许动。我给你洗。"

先前母亲逆着我的心意硬把我抱过来，现在又把我的红肚兜全浸了水。这是我自己要亲手投到水流里去浸湿的，于是我摇晃着身子，拒绝那条给别人浸湿的红肚兜。母亲给我拧干了，并说："你看看，不是一滴水也没有了吗？啊！你自己洗吧！"我还是不满意，觉得既已沾过水，无论拧得怎样干，和原先是不一样了。而且坐在她旁边，处处受她的监视，一点也不自由，就是母亲不说什么，那只不住望我的眼睛，就足使我感到一种紧紧的束缚了，何况时而她说："你的胳臂短，沾不到水，坐下吧！"就使我坐下来，时而又说："还是我给你浸湿了，你再洗。"终于，我在她不注意的时候，偷偷走开去，并且两手还捧着一块肥皂。

我又回到原来的地方。那里刚空出一排木筏，有着池子大的一潭水。四周除了几个光身捉小鱼的孩子，没有什么大人。我用肥皂摩擦着平铺在方木上的红肚兜，就在这完全自由的随心所欲的工夫，不知怎样我的脚踏到涂满洗衣皂的临水方木上，突然一滑，就掉下去了，于是觉得眼睛前全是翻起的水底的尘沙、泡沫、圆珠儿。我还想张口呼喊，可是水立刻就灌到喉里去。那时候又有一股冰冷的水流从河底下漂浮上来，我觉得身体一轻，头发就给一只大手抓住，我哭出声来了。

从这以后，母亲再不带我到红旗河去，而且隐瞒了这次事故，从来不对谁说。当我在县立高级小学毕业，下乡避难的那一年，父亲才知道为什么批八字的红帖上批着三岁必有一难关，他是深信着中国那些命运论的传道者的。

三

没有同年岁的小朋友一块儿玩，也没有什么玩具，日子过得那么无趣。

我们住的房子，是新建不久的。房门朝西，南北两间各有两大口玻璃窗。我和母亲住着北间，南间是终日寂无人声，仿佛从前满地都是水果和瓜子皮、香烟蒂巴。现在我过去看看，只有发光的桌、椅、茶几，以及一般商人装置客室的家具。那些家具的式样既陈旧，看起来又笨重，非讲究结实耐用的人，是不会喜欢它们的。

屋子当中，有架俄国式的"别列器"——冬季用来烧煤取暖的炉子。现在反而给人一种冷寂的感觉。每次走到门口，我就跑开去，仿佛这空无一人的客室，是专门为着捕捉小孩所设立的，像我所见的那些用棍支住的圆大竹筛子，专门为着捕捉小雀而摆设在院心一样。

日常总是陪着母亲坐在炕上，遇到母亲剪裁衣裳的时候，就坐在旁边问这问那。偶尔也要求一块碎布，亲手用剪子剪成更零碎的布条。遇到母亲做面的时候，就恳求一小块面，一直揉搓成各式各样的长条、圆棒、方块……之后，那面块变成乌黑的时候才歇手。

既然不睡，总要做点什么，一个人孤孤零零地做什么玩儿呢！就躺在炕上，把腿向上竖立，使两只脚掌朝天。一会儿两腿再向鼻前用力一挺，仅只脖颈挨着炕席。不过这只是一瞬间的工夫，我却觉得舒适。后背迅速而自然地，立刻又跌落到炕上，然后两腿再用力朝自己头上一挺……有时两手抱住大腿后股，不使它落下去，一直向空竖着，两脚有时不借臂力,能够一点一点地使脚尖碰到自己的前额。

"你那是做什么呀!丑态!还不起来好好坐着!起来看看院子里是谁呀!"

我知道没有什么人(有人来,院子里就会先响起鹅的激鸣),就不作声,依旧操练着自己得意的把戏。母亲往往只说一两句:"丑!真丑!"就不再逼迫起身了,一边酌量着剪裁下来的布的长短,一边不由自主地哼着妇女们无聊时所爱哼的一种没有字音的调子,仿佛眼睛在衡量布块,心里却想着另外的事情,而且不自觉鼻子也在吟咏着——那泄露无聊而寂寞的声音!对于孩子,没有再比这音调的催眠力更大的了。

偶尔,我趁着鹅群不注意的工夫,也会跑到对面那家和我们共用一个前车门的人家去,伏在那座有花格窗的门口边上,探着头向里看。

"进来玩儿吧!"等待梅姐这样召唤的时候,我才慢慢走进去。生怕韩四婶发脾气。

韩四婶是梅姐的母亲,身量比梅姐的父亲还高,整天腰扎着蓝布围裙,脚穿两只男人鞋,在院子里来来去去,不是喂猪,就是唤鹅,再不就挑着两只猪食桶,走出院外买酒糟。她的娘家是正红旗的皇族,丈夫是随旗的汉人,矮个子,光头,脸色黑油油的发光,有着一双黄牛样的眼睛,整天两手捧着鼻烟壶,拖着鞋,不结领扣,坐在屋檐底下晒太阳。每次遇见我找梅姐的时候,就截住我,说道:"连哥儿,过来,四叔称一称。"放下他的鼻烟壶,两手捧住我的下颏,把我悬空提起来,一连三次,我若是不跑,他还会称的;就是跑开去,他还叫:"连哥儿,别跑,再来一次嘛!"所以我几次有心找梅姐玩,就给容易发脾气的韩四婶、扑人的鹅、捧鼻烟壶的韩四叔,这三种可怕的印象打消了。

有一天,我望见韩四叔不在院子里,鹅群全聚在猪食桶旁边,抢吃那些淋在桶外的酒糟。只有韩四婶坐在矮脚凳子上,监视着三口吃食儿的猪,手里抓着一根拌料棍子,兼着用作责打独霸食槽的凶猪。我心想趁她注意力全集中在那三口猪上的工夫,悄悄走过去找梅姐。

一只灰翅膀的鹅,口含一条菜叶之类的东西,从猪食桶旁边退出来。另一只红冠的白鹅,向它追逐着,迅速地跑来。我本该在这时候尽管向前走的,可是我竟站住,注意它们是不是会看到我,仿佛等它们看不到我再走,可是又不躲避,那还有看不到的?正巧又有一只母鸡抖着翅膀追来了,这是一只非常精明能干的母鸡,为了抢劫灰翅膀鹅的获得物,它抛弃了那些啾啾鸣叫的鸡雏。就在我的脚前,它追上了灰翅鹅,只见它的翅膀一扑,就从鹅的扁嘴里抢去那条菜叶之类的东西,迅捷地逃开去。当时,我倒退了两步,恐怕牵涉到我,谁知道这动作引起白鹅的疑心,它像追啄我鞋上的某种东西那样,伸颈奔来。灰翅鹅本来去追母鸡,听见我的呼叫,也掉头扑来了。我不禁失口而大声呼叫了,但又不会动、不会躲似的,就那么站着,仿佛等待它们撕啄一样,定定望着长颈将要伸到我脚前的鹅。

"跑过来呀!连哥儿……跑到这边来!"

我这才明白应该逃开这围攻,许多鹅已经鸣叫着向这边增援了。当我跑到韩四婶的身边去,我还掉头观望着那些向空鸣叫的鹅,发出惧怕的冷笑。实际上我的心,是在继续猛烈地跳动。望着韩四婶嬉笑的嘴唇,于是我也真的笑起来了。

"坐在我腿上吧!吓着你没有?"

"没有。"

"你妈在家做什么呢?"

"缝衣裳。"

"给谁缝?"

"你看,四婶,那个母猪又咬那个小公猪了。"

我指着那个白嘴巴的黑母猪,韩四婶的棍子却敲到小公猪头上。我望望韩四婶的脸,韩四婶像是安慰我而且赐给我极大光荣和恩惠似的，又敲了一下小公猪的耳朵，仿佛说："你看，我听你的话，打它了。"小公猪本来给母猪咬得退开猪槽，用后尾抵着母猪的肋骨，神情是静等一会儿，母猪吃得起劲的工夫，再掉转尾巴，和它并头吃。现在歪了歪头，自觉失势似的，摇晃着尾巴走开了。路过猪食桶的时候，它并没有沾惹什么，只不过嘴里不平地哼哼着而已，可是那只俏小而强悍的母鸡，展着翅膀扑来，啄它的鼻子。小公猪完全没有注意母鸡的撕啄，依旧慢步踱着，刚一拐弯，逞强的母鸡就飞跃起来，仿佛受了极大的惊吓，霍霍地高声鸣叫。其实小公猪想走到猪食桶的另一面，一点也没有欺侮它。它飞到猪食桶的桶口上，等到站稳，就又俯着头向桶子里窥望了。当时我很想给它一石子，赶跑它。它到处追来扑去，专门抢劫和欺侮别的禽畜，已经骄狂得使人气不忿了。可是我只望望韩四婶，见韩四婶忙着向猪槽倒猪食，就没敢告它的状。

那时候，小公猪又急急走来了。母猪一见它，就从猪槽里抽出嘴巴来，作出若是小公猪再近一步就会撕咬它的威胁姿态。我完全忘记韩四婶的易怒的性情，就抓住拌料棍说："给我！给我！"很怕失去了敲打母猪的机会，趁它刚朝小公猪发出威胁声的当儿，就打了它一棍子。

"打它一下够了！把棍子给我，我来打。"

我就顺从地递给韩四婶，并表示打它一下，已经满足。脑袋倒在韩四婶膝盖上，仰脸笑着取悦她。实际上，我倒很想再打它一棍呢！可是韩四婶不是母亲，只想在韩四婶转背的工夫，再偷偷踢一下它那圆筒形的白嘴巴，可是韩四婶一直守着猪槽，不离眼。

韩四婶说小公猪是吃得很饱的了，还是见了别的猪吃就嘴馋，说着说着就用棍子驱逐它。在这工夫，只见韩四婶一仰脸，她那神情就仿佛摆脱开她当前所要做的事情，一手还抓着猪槽的一端，显然是预备抬起一角，使猪槽里的水料集聚在另一角上。这时候就停在那儿，手既没离开，也没有掀猪槽，她的眼睛仿佛望见了她不愿望见的物件，但是又要望出一个底细来似的，望着车门旁走人的边门。那车门平日是关着的。

韩四叔走进来了，身后跟随着一个酒馆的伙计。

韩四叔手里玩弄着两个"树腰子"，类似两个扁形的鸽子蛋，紫红色，反映着阳光，亮闪闪的在他手掌里旋转着。韩四叔的日子，多半是在旋转这两个"树腰子"的工夫上消磨的，脸上经常现着悠闲士绅所有的笑容，这笑容是没有来历的。由于良好的营养和无忧无虑的乐天的天性，那笑容在晴天时候仿佛说："阳光多么好呀！晒得人真舒服！要打盹呢！"雨天又仿佛说："真是甘霖哪！在暖炕上睡一觉，可真是幸福！"

现在他仿佛知道不说什么，韩四婶的眼光是不会离开他的，那笑容就变作针对她而发的了，问："还没有喂完呀？"知道遮挡不过去，又说："这不是嘛！大前天到红旗河去溜达，碰见二道河子咱们亲家，还有什么说的，到福兴馆去吧！临走又带去半斤烧肉，就这样欠下几十吊钱……给人家吧！"

"我可没有钱！说得倒好听！给人家吧！谁给我？"说话时，韩四婶那只手抬起猪槽的一角，仿佛所要知道的事情，已经知道了，就算完事了，可是猪槽里的水料都流到地下了，她还是把那一端高高竖着，并不放平，足见事情还没有完。她的眼睛可确确实实望着猪槽，望着猪槽里的水料向地下淌。她说："终年整月，向家领讨账的，金山银山也叫你吃光了、喝光了。这不是前清咱们皇家一年有二百八十八两皇银发给咱们的时候了，什么还有你吃不完、玩不完的？"

"你又是说我吃、说我玩啦！我不是说嘛！大前天到红旗河去溜达，碰见二道河子咱们亲家，叫他来家，他又不肯来，还有什么说的！到福兴馆吧！就进去了……"

"我不要听！房子都叫你吃去一半了……"说第一句话时，她用力敲了一下猪槽，这才发现水料快流完了，而且小公猪又在一端占了个位置。

"你就是这样！又房子房子的，还不够你住的！这个年头，又是胡子又是独立党的，要那些家产做什么？是不是？孙老三。"韩四叔笑着问那堂倌，也不等孙老三搭茬儿就大声咳嗽两下，然后叫道，"德一媳妇！把我的睡椅拿到窗外来，还有鼻烟。"在他每次召唤儿媳之前，照例是大声咳嗽两下，这咳嗽并不是普通平常的，更没有什么用意，而是一种习惯的气派，近乎一呼百诺的贵人在说"来人哪"之前或以后，大声咳嗽或大声来两下因饱而噎的声音一样。

他把堂倌抛弃在一边，尽管自己躺在睡椅上，阖着眼，摆出修身养性的姿态。这时唯一活动的东西，就是柔而胖的手里那两个紫光木蛋，旋转着，不停地旋转着。

韩四婶就抱怨自己不留神，把喂绪料都倾倒在地下了。泄愤的又是那小公猪！"你再挤，我再叫你挤！"打得小公猪歪头晃耳地哼哼叫。

"怎么……去呀！去拿给人家嘛！"

"你叫我拿什么？一在外边吃了、输了，回家就说拿给人家！你叫我拿什么？还有什么你没有吃光？"

"你就是这样，我不是说嘛！大前天到红旗河去溜达，溜达溜达还是罪过吗？就碰见二道河子咱们亲家了。那是你儿子的岳父呀！我倒没有什么关系。你想，碰见就这么白碰见了吗？若是前清咱们皇家当事的时候，还不得摆两桌满汉酒席。如今晚儿，人家知道这个，不来咱们家，怕麻烦！还有什么说的，福兴馆可总得去去吧！就是不吃炖小鸡吧，白酒总不能不喝两盅吧！孙老三，你说是不是！娘儿们就不懂这个过场！"

"我不懂什么人情过场。从前一个院子，现在可剩一半了。你那些吃喝的好朋友哪，不给你还饥荒？卖房子，你想还有一半没卖，心里不舒服是不是？"

"你又提房子，为什么是娘儿们呢？为什么人家说妇道人家呢？

就因为这个！有你住的就行唪！还要什么？房子是人住的呀！你不能住不了，用眼睛看着它？你说是不是？"

韩四叔说话时，就直起身子坐着，现在仿佛这问题已经结束，向鼻孔捺了两小捏鼻烟，聚精会神地揉吸进去，说是揉吸，就是手揉着鼻孔，鼻孔同时向里吸，等到依靠习惯的感觉，知道鼻烟完全吸入鼻孔里了，就了结一桩重大心事那样喘口气，仿佛说："妥妥当当的了，可得倒下来养养神啦！"躺倒睡椅上，阖眼休息。自然那两个紫光闪闪的木蛋，又迅速地旋转起来，越来越快，充分表示出主人玩得是多么熟练，并且一会儿就停住，只是瞬间工夫，又旋转起来，而且这次和上次不同，假若细心，就会看出这次是逆转。

孙老三在他们争论的时候，用完全不听韩四叔言谈和没有觉得韩四叔的存在的神气，向韩四婶搭讪，而且所搭讪的却与欠账无关。不是说："你这口小公猪挺肥呀！"就是说："上次我来，你们那口母猪的奶子还没有贴地，这回我来，倒产了这么些小猪崽子！"韩四叔问他话，他虽然装作没听见，韩四婶收拾猪槽时，却会献殷勤给提过猪食桶来，以便韩四婶不用挪腿，就可以把猪槽里剩余的渣滓倒回桶子去。

我若是懂得眉眼高低，早该离开了。可是我完全忽略了韩四婶的愤怒，注意在韩四叔那两个发光的紫木蛋子上，很想走过去摸摸，那感觉一定是悦意而舒心的，可是怕韩四叔发觉我在这里，要拉住我过秤。直到现在他还没有注意我呢！

猪槽给韩四婶拿到墙角去，这里遗留下来许多猪食渣，因为母猪率领着小猪走开去了，那个精明强悍的母鸡就奔跑过来。两只小圆眼睛发着一种光，那光只有在一群聚在新倾倒出来的垃圾堆上的孩子们的眼睛上才能发现。它首先追逐另一只黑母鸡，直到黑母鸡跑得很远，它才又奔跑回来，尖嘴上还遗留着一片黑绒毛。只见它用爪子把那片黑绒毛刨去，又在地上擦擦嘴，之后，伸长颈子，探视着周围，仿佛知道没有争食者了,就咯咯咯地唤着鸡雏,迈着高昂的阔步,向那有着长方形猪槽痕迹的猪食渣滓边走来。那些鸡雏本来散落在猪食桶旁边,现在都展着小小翅膀,跳跃着飞扑过来。有一个白毛鸡雏获得了一条鱼骨,叼着跑,别的鸡雏就追逐它。它们的母亲,那强悍的有着鲜红冠子的母鸡,竟突然抢劫下来,跑到我跟前,极快地吞食了。我立刻朝它踢了一脚,于是这惹是生非的泼辣母鸡,大声惊鸣。

"谁赶我的鸡啦?"韩四婶从屋里走出来叫道,"呵——是谁?"

我的脸一定是苍白的。

"你做什么——连哥儿,别怕,过来!过来!"等到我走近韩四叔,他抓住我的手问,"吓着你没有?"眼泪已经跳出我的睫毛,但我没有哭,若无其事地摇摇头。

"拿给他没有?"

"拿什么呀!拿……"韩四婶大声喊叫起来,立刻又低声自语,"金山也叫你吃光了!"

"你这个人真是,我没说嘛……"

我望见母亲走出来了,就跑过去。我必须说,那时有三只鹅伸长细颈,在我脚后追随着,但我一点也不害怕,甚至连它们故作威吓的叫声也都没有注意。

四

晚上我梦见那只冠子鲜红的母鸡,突然变成韩四婶,走来走去,召唤着她的鸡雏,虽然嘴里是召唤鸡雏,眼睛却是东看西望,要找一个对象啄一下似的,闪着毫无缘由的愤怒的目光。周围一点什么禽鸟也没有,只是我一个人在满是结着紫光木蛋的树林里躲避她。心想抽空摘下几个木蛋,可是总摆脱不开韩四婶的追踪,实际上她又没有看见我。我望着那些密密累累的紫光木蛋,在韩四婶的头上摇摇欲坠,不敢稍微停留一会儿。碰触着她的前额的木蛋,纷纷跌落,我清清楚楚听见木蛋落地的琅琅声,越来那声音越大……我听见一种耳熟的口音说:"你听听,你爹给你带来什么了——小货郎鼓呀!"

我就摇晃着肩膀,向空踢着两只脚。意识到自己是在做梦,虽然梦可怕,却不愿在甜蜜的睡眠中,有人扰闹我。到底给母亲拉着一只手臂,拖起来了。最先我望见缭绕不清的灯光,揉着睡眼,嘴角露着不甘心给人弄醒的怨屈样子。有人想掰开我那两只揉眼的手,我就越发气恼,越发不让他掰开。终于给人掰开了,而且在一种耳熟的声音中笑起来。那声音说:"不害羞,还要哭呢!你看,你看。快看呀!五岁的孩子了,才学着哭呢!"

"你看看,是谁呀?"

我望见两只手分开我两臂的人,是面熟的。若不是现在望见他,我又绝不会想到他的。我立刻说是爸爸。不过我不挪开眼睛地审视他,那肌肉丰满的脸孔,那阔大的下颏,那鹰般的深远、明亮而且发光的眼睛,仿佛是有了一种变化,增加了一点从前我所没见过的东西,这东西把他的全脸神情都改变了,改变成一个慈祥的老人,而且只有这东西是最触目的,那是沿着上唇的浓黑胡须。

"你问你爹,从船厂给连儿带什么来了?"母亲说完又望望父亲的脸孔说,"真是想不到,怎么留起沿口来了。"听声音,就知道这话不止说过一遍的。

在这荒僻的靠近国界的县城,人们避讳"胡子"两字,改称做"沿口",并且在这满洲还没正式开发的年代,吉林省城也袭用着渔猎时代的旧名——船厂。

父亲在母亲提到"沿口"的时候,用手捻着胡须,姿态是愉快而自得的。

望见母亲打开一样贴着色彩商标的纸包,我就挣脱开手,从炕上走到炕沿去,扶着母亲的肩膀,站在那儿。实在是还想困呢,还是没有完全清醒,我也说不清楚,总之是静静站在那儿,什么也没有想。

"不要动呀！好好坐下来！"

我这才注意到母亲身前，还有许多贴着各种图案的纸包、扁纸盒，我突然振作起来。蹲下去要在这些纸包纸盒里，搜寻出自己的东西。

母亲说："别动，把纸撕坏就不好包了，我给你打开。"

然而母亲每打开一样，就尽管自己仔细地看，用一般妇女端详布匹花纹的眼色研究着，这时我就拉她的手，想抢过来自己先看。母亲起初总是用手遮拦住我，同时说："嘻嘻！什么你也要动动。"

到底还是递给我，等我拿到手觉得实在没什么可看的，母亲就说："看完了吗？你不是抢着要看吗？怎么这样快就看完了。"又翻弄着那衣料，抱怨色调不中意。

"素气一点不好吗？"

"就是素气一点也不定是黑的、深蓝的……"

"在家里，又不愿出去，穿给谁看哪！"

"穿衣裳必定是给人家看？自己看也舒心！廿多岁不穿鲜明颜色的，还要五六十岁了再穿！"

"好了，那么下一次你自己找布样子，你中意什么色的，就带什么色的。"

"又是下一次，下一次布样又是白带去，还不是依着你自己的眼色挑。一回来，哪！黑的！哪！深蓝的！哪！又是黑的……"

父亲仿佛给人揭穿秘密那样笑起来，当时我从那笑里总觉得父亲是常常欺负母亲的。在他们谈话的时候，我伸手去抽一个布花边的纸盒，母亲的手拦挡着我，继续和父亲说话，知道拦挡不成功，就抓住我一只手，却没有低眼看我。

我抽出一双俄国式小马靴来，于是任什么也不要看了，就像拾了一条鱼骨的小鸡那样，蹲到炕角上，艰难地穿上一只。

"过来，我给你穿。"这是父亲结束了那笑声，对我说的，"过来，我看合适不合适。"

母亲也说:"过来,我看看哪!"

我就走到母亲跟前,坐下来,伸一只脚给她,自己结另一只穿在脚上的靴带。

"要睡觉了,你还穿着它做什么?"

我是无论怎样不脱掉靴子。另外,我决定把装着我那套白洋装衣服的纸盒,亲自放一个地方,于是爬下炕去。

母亲说:"你向哪里放?给我!我给你锁在柜子里。"

父亲说:"你就让他自己放吧!"

当时我一声不响,琢磨了一个妥当地方,那是屋子中央的"别列器"——一个砖壁铁门的大煤火炉,这煤火炉好久以前已经揩拭干净,预备过冬再启用。炉门很大,炉膛也宽敞。我提防母亲会看见,等回头一望,果真母亲望着,父亲也盯着。

"那不成,你们看着人家?"

"那么我们不看……"父亲又对母亲说,"咱们掉过脸去,不看他。"

我悄悄走到桌子旁边去,装作预备向桌帏子底下安放的神气。等我再回头望,果然父亲和母亲又在偷望了。这次和前次不同,不是真的观望我怎样安置我的东西,而是故意在偷望,并且诚心让我捉住他们在偷望似的,借以取笑。

"这回爸爸闭着眼,不望你了。"

"那不成,得回过脸去。"

我一直望着他们的背脊,轻轻打开暖炉的铁门,嘴里说:"还没有放好呀!"手就送进扁纸盒、小货郎鼓……手里只留下一个日本制的胶皮立人。悄悄关上门,眼睛望着炕上,嘴里仍旧回答着:"还没有放好呀!"轻轻走到桌边去,又停一会儿,才高声说:"放好了,你们看吧!哪里也没有。"

等到父亲一回头,我就用一条腿跳着,一直跳到炕沿下,又得意,又愉快,我是多么巧妙地安置了我的所有物呀!把住炕沿,我用眼睛望着父亲,等待他问究竟放在什么地方了。

然而父亲却说:"放好了吗?那么上炕去困觉吧!脱掉靴子。"

"我不。"

"听话,明天你爹领你到街上去玩,困去吧!"母亲也说,并动手要给我解衣扣,我摆脱开身子,不让她脱。

他们一点也没把安放衣盒的事情看重,仿佛他们有把握地猜到了我所找的位置,我是多么希望他们问我安放的地方呀!实际上他们所猜的桌帏底下,是什么都没有的。在母亲第二次催我脱掉靴子,我就由于失望而扫兴、而气恼。知道他们既不问我,我也永远不告诉他们,就是明天我也不拿出来。他们要问,我就说:"谁叫你们当时不问,仿佛你们知道似的。现在我可不告诉了,你们不是知道吗?"所以一声不响,也就固执着无论怎样不脱掉靴子。

"不听话,就不用理他。"父亲说。

我想:不理就不理吧!

读者可以想象到,那时我是怎样悲哀,脸色怎样败丧,嘴巴是怎样弯曲着而且闭得紧紧的,俯着脸,抓着自己的衣扣,手在有力地撕扭衣扣,却又不自知。

听见父亲和母亲谈着一些和我一点无关的日常话,我就抓着自己的衣扣,又摸着炕席把我的外衣抛在我的被子脚下……感觉一切索然无味,终于自己爬上炕,坐在窗脚下了。渐渐炕席的面积在我眼前扩展到无边际的大,打起盹来。

给我脱衣服和小马靴的时候,我还知道,并且脱掉马靴,立刻就把脚抽回来,两膝曲到小腹前……而且听见父亲说:"俄国卢布又跌价了!"听声音,是熄灯很久。那声音和父亲在有灯光时候所说的语调不同,而又有着无限的隐忧。

第二章

一

这一切我都记得很清楚，仿佛昨天一样。尤其是早晨爬起来，所见到窗外送进来的发红的阳光，这是寒冷的北方那种日长夜短的初夏所有的特殊的色彩。屋子里都给这阳光染得发红、明亮。

对面向东开的窗户，有丁香树的花香飘进来。它的枝叶在阳光中仿佛还挂着缕缕的轻雾，许多屋檐雀踏着丁香树的枝叶跳跃，互相追逐而且啾鸣着。前院猪嚎鹅鸣也不绝声，它们是在等候早食，已经饥不可耐了。最触耳的是客室里的谈话声，语句里全夹着"卢布""黄条子""马克""穷党""富党""独立党"等等我所耳熟的字眼，以及挪动椅子声、鞋底在地下移动声。我就伏在炕上，浸在一种舒服而又慵懒的状态中，连手指头也不愿意动。

那时苍蝇刚从长久的冬眠中复活。我望见一只苍蝇从我耳边飞过，于是我爬起来四下寻找着，又踪影不见。突然窗玻璃上发出蝇鸣，我这才面向窗跪着去扑它。我又看见窗外的花盆架子前，站着一个老婆子，母亲和她说着什么，老婆子只顾浇花，一面听一面笑。我就欢叫一声，抛下苍蝇跑出去。

我认识，她是母亲门上的亲戚，不久还在我们家操作，因为嘴馋爱吃零食给辞掉了。可是她待我很亲，下厨房两手总是洗得很干净，碗橱锅灶又收拾得整洁，这也许是母亲又招回她来的原因么？但是后来知道原因并不在这里。这是第三次了，她来总带着一包香蕉糖，也并不全给我，放在炕上我们两个一齐吃，这是背着母亲吃的。而且她又会讲故事。父亲叫她崔婆，母亲叫她表婶，她称母亲是"连儿他娘"，称父亲是"实榴他大叔"，但背地总是叫"老财东"的。后来我知道实榴是她留在山东的儿子。她的脸像永远是曝日下晒的那么红，皱纹很多，但头发梳得极整齐，衣服和鞋袜全是一点污迹也不见。

这天她穿着襟长垂膝的长褂，一见到我，就丢下酒水壶抱起我来："告诉你姥娘，想我没有想？""想。"实在是不见她已经忘记了，现在才想的。可是母亲说："他能记得就不错了，还知道想！"我就肯定地说："想。"我没有说谎，仿佛确实是曾经想念过她，并且脸压在她的肩上，不知道那是取悦她，还是自己羞口说想字。

"你知道。姥娘可想你？"崔婆转向母亲说，"真的，不知道是来到关东山了，还是年老了，见了连儿总觉得亲。在海南家的时候，实榴那个大孩子，长得也挺稀罕人，可是我就不想抱，不知道来到关东山就再也抱不到了……"

她说话的时候，我就落下两脚，踏到地上。我怕在肩上会压倒她，她的两只脚很小，抱着我，两脚不得不前后移动着。我没有兴趣听她的话，只有一个念头，那就是香蕉糖。她还不放开两手，没觉到我的两只脚踏在实地上了，仿佛一放手我会跌落似的，我就斜肩摆脱开她。

"那是怎么的了！"母亲说。

本来我没不欢喜，只因为她握住我的两臂像捧一炷香一样拘得不舒服，只想摆脱开她的两手，可是她的注意全倾向自己的谈吐上去，给母亲一说，我真的不高兴了，到底脱开她的手。母亲越是说："这孩子，你姥娘不是亲你吗？"我就越发不让她抓我的肩膀，并且用手推开她的粗大的手掌。我想母亲既这样说，她一定不会再喜欢我了，心里很悲哀、很难受，差不多要流泪了。还记得那时我抓着母亲的裤腿，垂着脸不看她。等我自己回到屋子的时候，越想越难过，我听见崔婆的脚步声，就玩弄着手指，装作不理她，实在我想她一定生我的气了。

"连哥儿你怎么的了,我给你带香蕉糖来啦!"崔婆大声说。我听出这声音和在母亲跟前不同,完全是从心里发出的喜悦和疼爱,可是我并不抬起眼来。她把糖包送到我眼前,我也不看。

"啊!给你一块大的,张开口……张开口……听话,姥娘喜欢你。"到底我张开口接受了香蕉糖,"你看,我吃块小的!"我看见她也送到嘴里一块,把糖又包起来,要向她口袋里放。

"我看看!"我扳住她的手。她一边打开纸包,一边说:"我给你放着,还有许多呢!"我瞧着有十块那么多彩色的,二十块那么多黄色的。她听见母亲的动静,就说:"我给你放着呀!别看了,还有许多许多。"并不让我的手指碰到糖。

"我也有个口袋,你看看!"我说。但崔婆不注意我的话,还是把糖包装到自己袋里去,并用眼睛暗示我,不要作出吸糖的响声,因为母亲看见我吃糖又要训斥的,怕把牙齿吃坏了。然后大声对母亲说:"给孩子穿什么鞋呢?"

"那不是有双小马靴吗!你的衣裳放在哪儿啦?"

我立刻想起昨夜放在暖炉里的衣裳,可是忘记了我立的即使母亲怎样追问也不告诉她的志愿,就跑去拿出来,而且叫着:"在这里呢!在这里呢!"嘴里的糖险些落入喉里去,我用力吐出来了,眼睛含着噎出的泪。崔婆的脸更红了。母亲没有作声,只望了望我吐出来的糖。

"我给你来穿,过来,来!"崔婆招呼着拉过我去,又对母亲夸着那套翻领衣裤的手艺和剪裁的精致。母亲也观察着衣裤,没有提到糖。我还很差愧,觉得在母亲跟前把糖吐出来,让崔婆丢了脸,就不敢望她。只望着她给我穿马靴的那只大手握着我的腿腕,握得很疼。

父亲牵着我的手到街上去。还记得当时我的眼睛一点照顾道路的余力都没有,全给街上来往的人马车辆占据了。那时,县城的街道是黄土的,尽是些雨天车辙遗留的痕迹。商店的门窗都是裸露的,晚间就用木板一页一页排编成板墙,当中的两页宽的作为门,留在十点钟以后才关。街道两边是木板做的行人道，下面是流污水的阴沟。排列在两边的有独柱路灯，燕子在装灯的玻璃笼上站着休息，呢喃地叫着。一辆四轮农车走过来了，马项铃铛很响，可是燕子并不吃惊，我想它一定还没听见，就望着它，看马车经过灯柱旁边它会不会飞开。父亲就说："你老是看什么？不看道——还是我抱着吧！"我摆脱开，等我再望时，农车已经走到我身边，那上面铺着干草，展开的棉被上，坐着几个发髻上插着花的乡妇。有一个发髻盘在头顶上，和母亲的完全不同。车后有两条大狗，又壮健又强悍，没有用绳子拴，它们却尾随着不脱逃。舌头都伸在嘴外，喘吁着，我奇怪为什么不把它们放到车上拉着呢。

"你看什么呀——这孩子，给你于大叔请安！"我知道请安是要屈屈右膝，同时右手垂地，这是旗人礼，俗名叫"打千"。可是我不愿意在街上"打千"，因为有许多人看着。连那于大叔是什么样的人，我也没有看，只觉得他拧了一下我的腮，拧得很疼，我要哭，可是望见一群绵羊，咩咩叫着走过来，就又忘记哭了。羊臊气味和飞腾的黄土把什么都掩蔽了，尽是些羊。有一只黑山羊几次企图跳过羊背。它们走的是那么拥挤，街道两边空着，但它们却向当中挤。羊群走过，清爽地展向远处的街道了。有几个披红毯子的高丽女人最触目，她们的头上顶着新买的大瓷盆和大肚水缸，有一个顶着一只竹筐，时时有公鸡的红冠子从那筐沿露出来。我很惊奇她们脖颈的力量，甚至于她们都不用手扶而大缸和瓷盆却也不坠落。

"听见没有，和你琴姐在一块玩。"父亲说。我们已经来到一座面街的商店，门口挂着两块镶铜的漆木招牌。屋里人挺多，有的在两边长柜里边排列着，正像排列在格橱里的大瓷瓶，有的坐在两边长柜之间的长条靠椅上。我的眼睛这时只注意到一个人，这是比我大两岁的女孩子。她的额前有剪得很整齐的童发，两只乌黑而且有光波的眼睛望着我。她是那么健美，发现我向她注目，就斜脸望着我微笑，牙齿雪白，闪着亮光。我也仰脸斜望，看见一个戴瓜皮帽的中年人，站在那儿抽水烟，这时他望见我们在看他，就说："琴琴，给你兄弟一块饼干。"我注意看他的手指，那手指又白又胖。再望琴琴，她把饼干递给我一块，望着我，不说话也不笑。

"拿着嘛！"戴瓜皮帽的中年人向父亲说着完全和我们无关的话，等垂眼发现我依旧不声不响站在那里，就说，"你姐姐给你的，拿着嘛！"又走开去高声说着："你去看看吧！老九，你七哥不是眼暗的人，那一片荒山……"他吹着火纸捻："三年垦出来你就能收到租粮……"我看见现在谁也不注意我了，若是琴琴这时给我饼干，我一定伸手去接，可是琴琴尽管自己吃。我望她用牙齿咬着一线边缘吃，真是一线边缘一线边缘地吃，是那么珍贵，唯恐咬得太大，唯恐吃得太快。我又望望四周，谁也没有注意我并没有得到她的饼干，那饼干还握在她左手里，而且她的白裙子的胸口袋也全装满饼干。她的右腿向前踢着，慢慢用鞋尖碰我的肘。她坐着，我站着，现在我也爬上靠椅去（突然因为我想起自己脚上的小马靴，我站在那里她没法看见），就扬起脚也碰她的鞋，实在我一点恶意都没有，只不过叫她能看见我的漂亮的小马靴而已。可是她的眼睛却露出受欺的愤怒，把脚缩回去，并且挪挪位置，我望见她那不屑理的神气，也就赌气偏向她身边依靠。

"我家里也有。"她望着我的小马靴说，"我上学堂时候，妈给换。"她又用有尘土的布鞋底抵触我的靴尖。若她脸上不是有着那两只黑的眼睛和说话时的安静，我一定不让她弄脏了我的靴子，可是现在我故作坦然地凭她抵触，唯恐她生气。眼看着靴尖给她的鞋底弄脏了，实在我是多么难以忍受呀！她坦静地望着我，我看见她眼睛的亮光里有街门招牌那两角铜辉闪闪的缩影和自己的缩影。再没有比这印象更深刻的了。她把饼干（那已经是吃去一角的）送到我嘴唇前，我轻微地咬了一点点，她微笑着自己也咬了一小点，于是我也笑了，心里很想大口咬下一块，可是因为她那么珍惜，也就珍惜起来。我们当时完全投在一种融洽而快乐的情景里,我发现谁也没有注意我们,就越发大胆而且自然了。最后,她给我整块饼干,不递到我的手里,却放在我的口袋里,嘱咐我不要吃。我们又跑到后院去看洛布达。洛布达是一条俄国种的雄狗,毛色光润,秃尾,健壮。

当我们走到后院的时候,洛布达正和小三点在地下滚着嬉戏。小三点是一只雪白的、卷毛的巴儿狗,后来知道那是父亲从海参崴的私人赌场里赢来的,说是当时脖颈还有金钉钉的项圈,是俄国某贵族的一只爱物,而给父亲一个小三点的牌赢到手了。琴琴显然是常来,洛布达一见她就从地上跳起来,抖抖身上的尘土跑来,用前爪刨她的胸口。琴琴躲着它,那瞬间脸色都吓白了。洛布达舔她的手背,饼干从她手上坠落,洛布达就摇摆着尾巴只嗅嗅的工夫,饼干就不见了,它舔着嘴仿佛并没有吃什么似的,又要用后脚站起来,琴琴就叫着:"洛布达,洛布达!"又对我说:"你看我敢骑它。"两手按着它的脑袋。

"别骑了!弄脏了裤子。"我远远站在那里,实际是很怕它咬,可是故作镇静。我知道琴琴刚才确也害怕的,不过特意骑它,表示她勇敢而已。我又说:"那谁不敢骑!"意思是不屑碰它。又怕琴琴跌下来,也劝她:"不要骑了,它身上净是土!"

琴琴已经骑上,并得意地向我笑,而且放开两手也不倒。洛布达的秃尾抖摆着,不时要回颈望她,可是几次都不成功,鼻子发出种不耐重负的呻吟。小三点在它吃饼干的工夫,已经丢弃了一小节草绳,竖着耳朵跑来,用身子来往摩擦着琴琴的腿,以来引起她的注意,可是她一直不睬它。现在小三点围绕着洛布达跳跃着吠,仿佛替它抱不平而声援。

一个穿着肥大长衫的年轻店伙,从我身后经过时蹲下来,向我笑着。他的瓜皮帽很脏,袖口又长又宽,两手捧起小三点向我肩上放:"抱着它!抱着它!"我极讨厌他那两只眼睛,又加上他打断了我们的兴趣,就躲开他。可是他反而抓住我的手,要把我抱起来,而且不管我的挣扎就要把我抱到厨房去。我望见琴琴的眼睛就越发气恼，揉打着他的头，踢着两脚，几乎要哭了。他放开我，还是笑着。我更加讨厌，看也不看，就跑到琴琴身边。琴琴站在门口守候我呢！那个年轻店伙还叫着："这里有肉，给琴琴吃。琴琴来！老白，猪肝呢！"

"琴琴，咱们不要，走。"

"琴琴叫他走吧！你进来，我叫老白给你找猪肝。"

"我找去，还有一块蛋糕，那是给谁的呀！不是给琴琴的吗？"老白说。

我用眼睛恳求她和我一块离开，又用手扯她，可是她倚着门口不动，也不看我。我尽自走开，还听见厨师老白叫："连儿，连儿，你看看。"我也不停脚，并不是讨厌厨师，而是气琴琴那种不注意我的神气，心想你自己和他们大人玩吧！对那年轻店伙更恨了。进了有玻璃的单扇门，我就跷脚伏在门玻璃上偷窥琴琴是否来找我。只见她回脸望望就走进厨房去，显然她以为我没有看见她。洛布达伸着舌头在门口站着，向厨房探望，也很怅惘似的。我看见年轻店伙鬼祟地抽着纸烟，向院里望望又消逝了。小三点显然给驱逐出来，跑出厨房门口又返身向里望，也探着舌头。洛布达放弃了守候的志愿，又戏弄小三点，用爪子打它一下跑开。小三点追逐着它，仍旧用爪子用嘴抢夺先前丢弃的草绳子头来，全卧伏在地下，摇晃着头撕扯它。这时我听见父亲的声音说："几点钟了，好去啦！"就怅惘地走到前屋的临街门市去。

在我经过那个有红木高柜子的账房时候，我看见一个肚子圆鼓鼓的人，垂着头叠钞票。他穿着油光的马裤，望见我就喊："是谁呀！连哥儿呀，过来，我看看你脚底下穿着什么呀！看呵！怎么发亮呀？"实际上他并没望着我说，注神地数着钞票，我若过去，他或会真的放下工作，看我的靴子，可是我一声也没响。

二

我在这只能把记忆中最清楚的一片段一片段联系起来,实在那时还不能够很深刻地观察出大人们给我的印象,甚至于他们的言语举止也很少引起我特别注意的。和琴琴初晤所以记得这么详细,也无非因为最后的悲惨结局给我的印象是那么深,因而当时就深刻地追忆到我们之间的关系,念念不忘。

当天,我跟随父亲去一个酒楼参加某个宴会。只记得阳光发黄,渗加着灰暗成分。街道在暮霭里显得阴沉。有一个肩着梯子的人又矮又瘦,提着大铁壶,壶嘴也像梯子那样长,越显得他矮瘦得可怜。每到一根灯柱前,他就搭梯,提着大铁壶上去添油点路灯。远处有四轮马车的响声,海潮一样汹涌澎湃,不单是车马的奔驰,最响的是一片牲口的项铃的音潮。那时县城没有公路,货物全靠拉脚的农车来往延吉运载,而且一次就是四五十辆,所以响声在五里以外就听见了。夜深还能清楚地听出鞭子在空中挥舞时所抽击的空气声。当时我还不知道这是风声是雨声,望着父亲的脸上并不惊奇,自己也就坦然了。父亲手持楸木手杖,走路缓慢,因为现在他牵着我的手,自然步法也就迁就我。父亲的手指肥胖,两只就把我的小手塞满了。父亲时时停住说:"你不快点走,又不让抱,我还是领回你去吧!""不!"我就走到前面用力拖他的手指。"那么抱着我吧!"父亲把我抱到酒楼门口才放下来:"自己上楼吧!"我记得一个扎白围裙的年轻人,望着我笑。他就站在我头上的楼梯转角的小平台上,他的头顶上有盏带罩的玻璃悬灯,非常亮。我要等他下来再向上走,其实楼梯很宽,四人并排走也能容纳得下。

"上呀!"我看见父亲的手杖在我眼侧,向上指着。那个扎白围裙的年轻人就急趋走下来,向我伸手,听见父亲说"让他自己上吧",就微笑着侧身一边,用眼睛告诉我"向上走,向上"。我攀登着,觉得很高，幸而我看见头上的梯口露出的移动着的鞋形袜影，一连气攀登上去，这里全是纸烟的烟雾、油香、酒气。起初我的眼前模糊成一片，只听见桌椅响声、杯盘相触的动静和一团儿喧噪。一个我并不认识的军官俯腰抱起我来，俯腰时候向楼栏杆另一边说："会办来了，会办来了。"抱着我径自绕过栏杆，我是多么着急呀！又担心父亲失迷了方向，又恐怕父亲找不到我。我的目光越过军官的肩膀，望见父亲在栏杆前和谁交谈。那边临街有一排玻璃窗，玻璃反映着三盏灯光。那灯全悬在高顶，具有串珠做的围罩，全是闪光的、炫眼的，反而看不清楚父亲望见我没有。我连声叫着："爸爸！我在这里！"

"坐下，坐下。"那个军官把我抱入一间房子，放我在一把空椅上说。我看见他一手扼着白手套。他的眼光锐利，留着小胡髭。"坐下呵！"他又说，也不看我："我给你找个好玩的东西，呵！"他解除皮带，递给另一个扎白布裙的年轻人。

在他抱我走进来的时候，屋子里的人都移动着椅子站起来。我的对面是个穿俄国装的老头子，秃顶，精神很饱满，他望着我说："连儿长这么大了呀！"又向那个军官说："这才几个月嘛！就跑趟海参崴的工夫，你说，叫我们怎么不老呢！"我的身旁是个穿酱紫缎子马褂的老头儿，下颔的白须使我立刻想起见到的山羊。他很萎缩地坐在那儿，在他脚下有只卷毛狗，项上有银铃，跑起来丁零丁零响。到现在也是这点记得很清楚。当我父亲加入宴席的时候，我就安然地逗弄那卷毛狗玩。本来我的前额正和桌面一样平，低头向桌底下看是最方便的。

"这是什么呀！对了，牛。"军官把那香烟盒里的画图指着问我，"这是拉车用的牛。这个呢？"

那时我正用靴尖碰那条小黑狗，它不吠，也不逃，仅是退两步望着我，不久又摇起尾巴来。

"你别踢它。"军官说，"这个呢？"

"挑担子的。"我说。看见小黑狗又朝我的裸膝上扑,就说:"你看,它要咬我。"

"你看这挑担子的为什么挑着两个小孩子呀!"他把手挪开不让我拿,"你说完我给你。"他看见我兴趣不全在那画片上,又说:"这是牛郎,记住!呵!"没向他伸手,就递给我了。我用手拿住,看见小黑狗又退开去。我缩回脚,它又伸长舌头向前凑,于是我立意吓退它,就爬下椅子,作势威胁它,它永远是保持着使我踢不到它的距离,向我望着。它的眼睛仿佛说:"你来!你来!你看看能踢着我不能,你看看我们俩是谁机灵!"我向前走一步,它就向后退一步。若是我胆大一点,可以疾速地踢它一脚就跑开了,可是几次试验却不敢。又没东西可以投击它,只有顿脚吓它,就这样我跑到门外,黑的卷毛巴儿狗也退出门外,见着我俯腰,就突然跑开去。我不想俯腰拾那张纸烟盒的图片会吓走它,非常高兴,我到底是把它驱逐得很远了。我一手握着栏杆,从栏杆空隙间望过去,黑叭狗又在对面那排栏杆后向我注视了。我想找个足以抛打它的东西,突然发现栏杆口的下方很深,望下去像一口井一样,一格格的楼梯盘旋而下,清清楚楚的。最底下的人,很矮小,我只望见他的白帽顶,手里仿佛端着大的瓷托盘。我悄悄用靴尖向栏口外踢尘土,又想拾纸烟蒂巴向井底投,可是听见一声喊:"那是做什么!捉着他,捉着他。"连声音是发自什么地方也没弄清楚,就飞跑进父亲吃酒的房间。我还听见顿脚作追逐的响声,一进来我就背手关住门,读者可以想象到我那时是多么吃惊而畏惧,唯恐给父亲知道我惹的祸。那时候父亲完全是严肃的,根本没有看见我,他向那个军官说:"不成,不成。干了这杯。"军官的后背朝我,因之看不清他是不是也发了怒。我想:父亲一定要和他吵架了。

"过来,连儿!把小黑子也放进来嘛!"穿紫马褂的老头说。我那时才听见小黑狗用爪子刨门而且狺狺地低吠。原来把它关在门外了。若是父亲脸上不那么严肃,我不会听他的话。现在我完全驯顺地走过去。那有山羊须的老头,仿佛对小黑子比我还亲近,向它招手,又投给它猪骨头。

"坐在这好好地吃!"他给我夹了块肉说。我不愿意要他用夹骨头给小黑狗吃的筷子触过的肉,就自己向碗里探,探不着,手又不够长,于是跪在椅子上。

"做什么!"父亲向我注视着,我害怕他那严肃的脸上的两道黑眼光,就坐下来,真想哭。我想起母亲再也不会用这样的声音吓我的,眼泪就跳出睫毛,滴到脸颊上,但我没有出声,仍静静地坐在那儿,不过垂头玩弄着筷子。我非常痛恨穿马褂的老头,因为完全是他用给狗夹东西的筷子又夹肉给我的缘故,所以那老头抚摸我头发的时候,我用力摇摆开。

"不用管他——把筷子含在口里做什么?"父亲又说。不用抬眼,就知道他仍然直瞅着我,等到又听见他的声音:"咱们来……来,三拳两胜的!"知道他的眼光是离开我了。可是我仍然不抬眼,我想,永远也不跟随父亲出门了。又想母亲吃饭时,常哄着说:"先喝口汤再吃肉,听话,妈喜欢你。"那时我才肯喝汤。可是父亲全然不管我,索性自己不动任何吃食,越想越觉着怨屈,很想哭,若不是军官用手摸我的下颌,用手抬正我的脸,我真会哭出声来,可是我望见他向我挤弄眼睛的当儿,又笑了。他给我夹了块肉丸:"张口,张口,张大一点儿,再张大一点儿。"若不因为父亲不肯喝酒,他一定还嫌我的口张得不大。他说:"会办!这不成,我不许找人代,你输了怎么好意思找人代……公平,要公平。"

"是不能喝了。"父亲无兴趣地说,"你喝了它!不多嘛!喝了它!"把酒杯擎在另一个客人眼前。

我就越发觉得父亲欺负人,一点也不讲理。而军官是最好的人,当他要喝酒的时候,我忘记为什么要看看。他就把酒杯送到我嘴前说:"喝一点!"我看见穿紫马褂的作出难堪的怪脸说:"辣呀!"并且摇着头，示意我不要动嘴。我望着他的怪脸，吸吮了一点，确实是辣舌尖的，但是我装作很平静的神气。实在说，就是无论怎么样辣，我也决不会露相。还嫌不够使他吃惊，硬装着还想再吸吮一口的神气："我还要！"真的又喝了一口。

"这孩子不得了呀！"军官惊奇地说。我把住他的手，越发要再喝一口了。

不久，我什么声音也听不见了。父亲的脸愈空愈大，逐渐旋转起来，我望见窗户也斜歪着飘舞，所有的灯、桌子、地板，都全斜歪着飘舞，回旋着飘舞，越来越迅速，我觉得身子是横在半空，座椅的四腿不是向下，而是向东，我的头朝西，自然跌落下来……

三

我不知道是怎样睡的，也不知道是睡在什么地方，后来觉得不舒服，才发现横躺在父亲怀里，头脚下垂，睁眼就看见星星和深远的天宇。又觉得街风阵阵吹拂着我的脸，很凉爽。又听见谁给父亲喊马车，只从那马蹄拍击街道的韵节和车夫嘴唇发出的尖锐怪响，就知道这是俄罗斯式的有布篷的四轮车。而且从那尖哨的嘹亮和马蹄起落节拍的清楚，也能辨别出是夜深人寂的时候了。不一会儿，什么也听不见了，也感觉不到，又睡过去。

第二次醒来，发现只我一个人躺在暖炕上。炕窗的玻璃乌黑，一角反射着灯光，乌黑处时时有火星向上飘升着、爆炸着。见到红木立柜，才想起这是白天我经过的账房。红木立柜的周围，站着一圈店伙，把灯光全遮住了。他们那一圈儿当中，发着许多算盘珠迅速相碰的声音，那个肚子圆鼓鼓的老头，一声一声朗诵着："三百二十吊。""六十三吊五百——钱——"最后是全体同声所喊的数目。这是我以后每晚都能听见的。那个账房先生常常口咬着毛笔杆，两手翻弄账簿，是那么熟练、迅速，只要掀起每一簿的半个角，那些纸页就自动地闪落着。

若是他也扒弄算盘珠的时候，就把笔杆夹在手指间，可是一点也不妨碍他那熟练的手法，那手在算盘珠上的舞动是非常活跃而敏捷的。现在我就站在炕上，跷脚望他。他不久就看见我了："连哥儿起来啦！好好地玩，等会子你爸爸就回来了。"他仿佛是对算盘说。因为和白天数钞票时一样，说话不看我。那时，店伙们全回头向我望了一眼，他们那困倦的脸色在向我望时全苏醒了，等到账房先生咳嗽一声，每人就又正身，准备拨弄算盘珠子了。本来一腿站着一腿弯曲着休息的，也挺起腰来。穿肥大长衫的年轻店伙，也在他们之间排列着，他向我偷偷笑着，仿佛他见我醒了非常高兴，而且等待了好久似的。

不一会儿我听见炕窗的玻璃那边有人轻轻弹指敲着，走过去伏在窗台上向外看，原来是那个年轻店伙什么时候跑到窗外来了。隐约看见他向我招手，我摇摇头。只见他蹲下去，向发光的茶炉里添炭，初时我见到的火星，就是从这茶炉的烟囱上飞腾起来的。他故意把硬木炭摔得很响，不单是要摔碎它，主要的是让屋里听见他是在院子里照料茶炉，并且抽着烟，用纸烟火隔着玻璃触我的手，第一次我迅速地避开了，后来才大胆地向那火光摸。我看见他指着窗台的左边，仿佛要我拿给他什么，我发现那里放着一纸袋咖啡糖、橘片糖、长生果，袋后还有两个新鲜的苹果。我完全忘记玻璃外的人了，就坐下来，数点着糖，并按颜色分成若干份，摆在我两腿中间，袋底又找出那张纸烟里的小画片。我把挑选出来的装在左边口袋里，另一些装在右边口袋里。左口袋是我自己的，右口袋的留给琴琴吃。起初决定两个人一齐吃，我只玩弄着苹果，心想吃一块自己口袋里的咖啡糖吧！又决定不动橘片糖。摸着装我的糖的口袋，不及琴琴那袋糖饱满，而且又一块咖啡糖也没有，就把琴琴那份糖分出一份装在左首口袋里。至于苹果，我当晚确实没有吃，

第二天每当我的手摸弄口袋里的糖，就想起琴琴来。不久，我自己的那份糖全吃光了，就动手吃琴琴那份。先决定留着咖啡糖绝对不

吃，渐渐改变主意，只吃纸色不美的。只剩四块的时候，真的保存起来，一连几天没有舍得动。我已经离开母亲好久了，可是一次也没想。白天父亲偶尔携领着我到街上去，在店铺的时候，就到后院玩弄小三点，用绳子拴着它拉空的茶箱子，有时也坐在门市的靠椅上看街上来往的行人。几乎天天傍晚看见那个背梯的矮小汉子走过去，照例提着长嘴壶。有一天他在门口阻住我，两手拧着我的腮，大声叫："咱们是乡亲不是？"我就用脚踢他的长嘴壶。父亲说："老姜不是欢喜你嘛！和你玩儿，你也不知道！""那他拧得人家怪痛的。"他就高声笑着："咱们是乡亲呀！"临走提起油壶依旧用力拧我一下。我要追着踢他的油壶，给父亲唤住。后来我每次碰到他，他永远只问一句话："咱们是乡亲不是？"不回答，截拦着不让通过。每次我也照例走过去就回头看他："老姜，老姜，老老姜。"再跑掉。

第二次遇见琴琴，差不多我已经忘记她了，也忘记口袋里还留的四块咖啡糖。我正在院心牵着小三点拉车，听见她喊我，也没有惊呼，只欢叫着："来呀！"她站在账房后门口，没走过来。

"进来呀！"

"你不去看老毛子吗？"

"在哪里？"

她不说话，向院后的高空指了指，就要返身跑回去。她的脸红润有辉，乌黑的眼睛注视我的时候，看不出是欢喜什么，仿佛我身上有某种奇怪可忌的东西。我高叫着："回来，等等我，一块儿去。"不在于看老毛子，只想和她在一块儿，永远在一块儿不分开。连忙把空茶箱的绳子解开，想牵出小三点去。小三点也似乎知道是带它出游，撒着欢，向我前胸跳扑。本来睡着的洛布达立刻抖抖身子向琴琴走去，并且在她脚前趴着，仿佛不胜慵懒。不知道怎样，我在琴琴眼前，才看见洛布达，几天来，一直仿佛没有见到它似的。

"快点呀——你牵着小三点做什么？"

"牵着它游街。"

"放下它！"琴琴是那么使我吃惊，把拴小三点的绳，从我手中拉脱，而且向后丢，拉着我的手向外跑。我满心不愉快，但两腿却跟随她跑出去，而且一点也没落后。

从门市东壁的车门洞进去，是一个广大的院落。那里杂居着高丽人、满族人、耍手艺的、跑山的老客，他们的妻女现在都倚身门口，三三五五议论着什么，眼睛都向朝北开门（那门口正对车门外街道）的洋草顶房子瞭望。洋草顶房子的玻璃窗上、门口，站着一些胆大的妇女和孩子，也全背身朝里面探望。有一个穿着标致的学生装的男孩子，正向妇女们腿股间挤，显然是要窜入她们的前面去，可是他连着换了三个地方，总是挤进半个身子就给排斥出来。

"金锁儿！"琴琴喊他，"来，从这边——到前院去。"金锁儿就跳着跑来。

"那么些老毛子，都像猴子似的……"他喘吁着，两只眼睛闪着兴奋至极的火光，额间鼻子有密密的汗点。琴琴没有停脚，跑得更迅速了。我本来是羡慕他那一套标致的学生装，尤其是那顶漆皮鸭嘴帽，两只打着军用绑腿的小腿肚和他那双聪明的眼睛，这之间就和琴琴分手了，可是一听见他说得那么兴奋，立刻感染了我，一边跑着一边问他："在哪里呢？在哪里呢？"又把他丢弃在身后了。从洋草房子的西车门洞，跑进琴琴所说的实际是后院的前院。那里也有着几个窗，相同的给妇女们遮蔽了，只望见她们的后背。到底我们挤进去了。琴琴自己用头支住大人们的肘膀，又回颈用手拉着金锁儿，我自己是另辟路径。

我的眼前清楚地现出一个有山羊眼睛的俄国孩子来，他正对着门口望。他的头发是金黄色的，脸蛋儿原是白净的，现在看出是几天没洗脸了，手里擎着中国的麦面馒首，只吃了一半，显然现在是忘记它了。他周围的男人、女人的眼睛全是琥珀色或是蓝色的。有的铺着毛毯，有的开启皮箱子,向外抛弃各式各色衣物。浓重的牛乳和牛肉的混合腥气,从他们身上和那些衣物间散发出来。靠近面对门口望的那个黄发孩子的,是个身量极高大的汉子,黄呢军服,又破又旧的马靴,后脑挂着军帽,帽舌向空掀着。他跪着一只腿,仰着脸,口对瓶嘴喝什么。

"他喝的是戈瓦斯吧!"

"是凉水。"

我望着在我肩上的妇女们的嘴唇和眼睛,想多知道一些,可是她们只说这两句,而且说时也彼此不看,仿佛眼睛离开那俄国军官一刹那,就是莫大损失。

俄国军官把酒瓶子递给两膀壮健的中年妇人,用手背擦擦嘴,我看见一滴白色浆液挂在他的嘴上,有人说他喝的是酸牛奶。他一声不响盘膝坐下来,向门口严肃地望了一下,从那碧蓝的眼神上,可以看出他对我们围观者怀着不安和愤怒。他又望一下邻近的军官,那军官还挂着失去指挥刀的皮带,军服上有两排烙着花纹的美丽铜扣,一手拿着大烟斗,一手脱高勒靴子,嘴角因为那笨重靴子极难脱而歪斜着。他的嘴唇隐蔽在两绺浓厚的卷翘的胡子间,那卷翘胡子像两个蝴蝶翅膀似的。他的脸色憔悴而不欢。只要他掷下烟斗,空出手来就很容易地脱掉它了,可是他不这样,仿佛一定要一个手脱下去。军帽鸭嘴舌向上掀着的军官,把他靴子上落下的泥土,用手向外扫扫,看见那靴子的泥土继续落,就住手望着它,突然用手把他的靴子推开去,我身后有人哧哧笑了。因为他的伙伴吃惊地望他,仿佛还不明白他推它的意义,而且那只靴子已经脱下来,脚趾在破烂的包脚布里裸露着,像红虫子一样蠕动。

"巴厥木!巴厥木!"那个眼光愤恨的高个军官,给笑声激怒,突然站起来。我觉得身后一空虚,也就拔脚飞跑到丈把以外,又转身站住。在我跑的时候,听见身旁金锁高叫着:"老毛子,都拉克!都拉克!"

一个东北女人由于这恐怖的刺激，大声笑起来，一边说："这些猢狲，打败仗了，还这样凶，这是中国地界了，不是在你们本国，他妈的，还不让人看，非赶走你们不可。"虽然说得这样凶，可是她脸上却兴奋而快活："小宝！回来——吃饭去啦！"等到看见小宝向玻璃窗上投石头就喊道："你是做什么呀！牛种！没有馒头周济他们，还要欺负……打败了仗的难民，欺负什么？"

金锁儿也在捡石头，琴琴老远说："你做什么？放下它！"

"放不放？"她又问。

终于琴琴走过去，从他手里挖出石片来，丢得很远。金锁儿哭起来，并且弯腰做着寻找石子打琴琴的姿势。

"看我不告诉妈去！"琴琴愤愤地疾走开去，临到车门口又站住向我招手，"连儿咱们走，叫他在这闹吧！"

"再去看看嘛！"我站在那里不动。

"那么你看吧！"她的手一摔，仿佛摈弃我似的。

我立刻追过去，连声喊着："琴姐，琴姐！"

我是多么想再看看那群有琥珀色或蓝色眼睛的老毛子呀！可是怕单独地留下来，只好舍弃了自己的欲望，怏怏不欢地离开前院。

四

前面天井，这时候有两个手持步枪的高等警察，在烈日下驱逐着俯脸在窗上探望的人们。

"有什么好看的呀！"年轻的巡长，手持藤鞭在人们头上做着欲敲的姿势说，"去！去！"他的面容憔悴，眼睛可炯炯有光，左右环顾着，非常自得而高傲。我听见琴琴喊我，可是没有寻声望她，因为巡长那时用藤鞭指着一个老太婆说："去——赶开她。"他是命令那个提枪的警察。巡长自己站在洋草房子的门口。前面围聚在门口的妇女和孩子，现在都站在五尺外观望，可见他是多么可畏的了。

洋草房子的屋檐下，也只有那个老太婆独自一个逗留着，仿佛还不知道她背后的人全走开了。她身穿蓝市布肥裈，腰比背还粗阔，显得两腿又矮又细，面对窗，并用手遮着眼睛向里探望。那个高等警察缓慢地走过去，显然是个平常不愿管闲事的人，用睡沉沉的语调说："好了，好了……老太太看看就好了！"

可是那个老太婆一点也没注意。那个又年轻又憔悴又骄傲又能干的高等警巡长，手握着藤鞭的柄走过去，步调急促有力，眼睛直望着老太婆的脊背，仿佛担心不等他走到，她就及时退开，因而失去敲她的机会，但是走到跟前，见她仍然遮额探望，就顿然站住，迟疑着是不是该敲。

"真是罪过呀！啧啧！赶出国来了……"她说话时向巡长望了一眼，又恢复原来的样子并喃喃道，"饿了多少天了？吃的那样……啧啧！狼吞虎咽的！"

巡长在她身旁站了一会儿，就大声说："老太太……你要不要找人给你抬个凳子来呀！"

老太婆这才发现只有她一个人，而且别的邻居全站在太阳光下笑她，就顿然畏缩地退开。

我也笑着，并时时向巡长望，仿佛希望他能看见我在笑她。别的妇女们也和我一样时时望着巡长，有一个还扬声问她说："巡长给你找凳子，怎么不看了呀！"那就是在前院喊小宝的娘们儿。她也巴望巡长能看她一眼，可是巡长一直用眼睛送着老太婆，露出高贵人的无可奈何的脾气，而且他自己也觉着他在众目相视下那种观望神气，是多么优美呢！只见他的脸一扬，突然严肃起来，人们全回身望去。两个持枪高等警察，用手推着我们："向后！向后！"

我们向后退着，一寸一寸地退着，看见临街的大车门口，停住一辆两匹俄罗斯马的篷车。一个戴白手套的英俊军官，向车门口走进来。全副武装，指挥刀鞘几乎扫地，每走一步，那闪光的指挥刀尾就和马刺相触，嘟嘟有声。我立刻认识，他就是给我纸烟盒里的卡片画的那个人。他身后跟随两个护兵，空手，腰间插着匣枪，并挂着子弹盒。两人是雄赳赳的，只是比军官矮一点。

"怎么样？商会预备的馒头够不够？"

"里边刚开始发呢！"高等警巡长并脚站在那里，行过军礼之后说。

"你就带了两个人来吗？"军官说，"这哪成？你们还得检查一遍，一粒子弹也不能留！"

他说话的时候，并不停步，一直走进洋房子的向街的门口。

我想告诉琴琴说："我认识他。"及至回头不见，才知道琴琴早已经离开我了。

当我一个人退出来，经过右首那排朝西的洋草房子，向临街大车门走去的时候，我望见第一座有板壁院子的漆木门里，站着金锁儿，低头玩弄着手指头，眼睫毛挂着泪滴。我的浓烈的兴致立刻给这印象所毁灭。琴琴站在房门口，她望见我也不作声，尽是用手指挖刻板门。天井当中还有一个箱式的四轮车。

"去！不要到我们这儿来！"琴琴小声说。

我在院心站住，怯怯地望着她。

"你那是对谁使性子呀！"我听见窗户里说，"等一会儿我再敲你！"

"人家找你，没找到……"我低声说，不是怕她母亲听见，而是悲哀得提不高声音。我立在那儿，默望一会儿，就往回走，很想回家哭一通，琴琴对我是这样凶狠。金锁儿在我走过的时候，用挂泪滴的眼睛望着我，一点表情也没有。

我走出门口，刚想跑回家去（现在大院落那些三三五五的人群，再也引不起我的兴趣了），就听见琴琴叫着："连儿！我们赶车玩呀！"听到她那欢快悦耳的声音，我没有跑，缓步走回去，可是感觉到自己的嘴要想露出笑来。一见面，我们真的愉快地笑了，动手整理起箱式的四轮车,但金锁儿不向我们望,尽自赌气,可是听见车轮响,又偷偷瞅,向他招手,又摇头。

"我们没有牲口呀!"琴琴说。

"我把小三点牵来吧!"

"不要小三点,牵洛布达吧!"

我得到命令,立刻飞跑回来。四轮篷车还停在车门洞口,我侧着肩从马颈下拱过,听见车夫说:"我的天,你想叫马踢了你呀!少财东。"我可一点也没怕。

门市的两排靠墙上坐着许多商人,他们兴奋地谈着退却到县城的富党。韩四叔也叠膝坐在那儿,一眼看见我,就用握着两只木蛋的手抓我:"向哪跑?回来四叔称一称!好几天没见了,看看长了多少?来!"

起初我用手摆脱他,因为一只胳臂给他抓住了,我说:"琴琴等着我呢!"

"你知道你妈给你拾了一个小妹妹!"他向膝前拖我。

我用口咬他,实在是作势吓他。他叫起来:"连儿……"我就抽身跑开,还听他叫:"你向哪儿跑,非赔我手指头不可!"

一直跑到厨房,找着小三点,又得找绳子。怕小三点跑开,更得拉着它那额间的长长的卷毛。本来它向我摇头摆尾,并兴奋地用前爪挠它自己的鼻梁,仿佛驱赶狗蝇似的,可是我一拖它,它反而逆性地呻吟起来,它朝后用力坐着不肯走,尾巴贴地旋扫着,炉角的灰尘全飘扬起来。

"连儿,你那是做什么呀!拴它做什么!"厨师傅老白走过来。他抱着柴,前额皱纹很多,头上还盘有牛尾似的小辫子,"你放手,我给你拴!"

"拴结实一点。"

"连儿,明天告诉你爸爸,叫你爸爸买个铁链,就说白师傅说的……"

"嘻！快一点吧！"

"做什么那样急呢——哪！好好牵着它。"

在院心我又截住了洛布达。当一条绳子牵着两条狗，走进账房里，正巧碰见父亲从前门走进来。若是平常日子，父亲遇到我恶作剧的时候，总是皱着眉，老远站在那儿望我，而且眼光还仿佛对我的恶作剧可喜似的。可是今天不同，他的脸色严肃，眼睛发着愤怒的光，立刻举起楸木手杖，那瞬间我斜了斜肩膀，仿佛肩只一斜就能避开头上的手杖。其实他没有打下来，到现在我还想到斜肩而不挪动脚的躲避，是多么愚昧！

"你那是做什么呀！"父亲突然温和起来，叹口气说，"去照照镜子，看看你的脸，什么样子！"

我在斜肩躲手杖时，就丢开了绳子，现在只得向账房里间的卧室走去，我并没有害怕父亲的责罚，只想琴琴在那等着我呢！我怎么也得设法溜脱。若不，她是不是从此以后不理我了。

那时候，账房先生进来了，向父亲望着，仿佛等待他叮嘱什么。那浑浊的眼睛，在窥视父亲的神色中，显着不安和拘束。

父亲望着他脚上穿的什么鞋，不向上看，只望一眼，又叹息一声，坐在靠椅上，仰着脸，阖上眼，仿佛思索怎样开口说第一句话。我偷偷瞅着他，试想溜出去。我必定要告诉琴琴，所以没有牵出小三点来的原因，哪怕只说一句话再跑回来呢！我是多么着急离开这里呀！尽管我是怎样鼓励自己——溜出去。

"谁？"父亲突然说。我当时的脸一定吓白了，当我发现账房先生回颈向前门望的时候，才知道不是说我。我已经移到红木柜的前面，很可能俯着身子，借红木柜的遮挡，悄悄溜出去，现在我不得不退回原来的卧室门口了。掀帘进来的是王程远，那个衣袖肥大的年轻店伙，他嚅嚅嗫嗫的，很怕给赶出去那样惶窘地说："县里请客，打发人来……在门市等哪！"

只见父亲又斜眼望了一下账房先生的布鞋，这次俯脸向地下注视着，不说一句话。账房先生直等待吩咐地望着他，但在父亲听王程远说话时，两眼就移视父亲的马褂了。王程远说完话向我伸伸舌头，可以看出他没有受到驱逐而自庆的神气。

"签个知字好啦！"许久，父亲说，又望着王程远走出去，那眉毛紧蹙。账房先生立刻知道了父亲的意思，轻轻去带上帘外的单扇玻璃门。父亲第三次望了一下他的布鞋，仿佛遇见不愉快的东西那样，只一看就掉头又仰脸闭上眼睛。

"这个月咱们柜上，收进了多少卢布？"父亲到底开口了，并不望账房先生。

"我查查账看……"

"不用查账，你说个大概数目就中。"父亲仍然阖眼，手指在椅扶柄上轻轻叩着。

"流水账在这里，财东可以看……"

"嘻！我不是要看账！看账做什么？"父亲的身子端正起来，显然谈话已上轨道了。他望着账房先生说："我要知道我们通共收进多少卢布、放出去多少金票、现存多少官帖？"

"这不是吗！我在财东手下两年多，财东知道，我是不会说什么话的，可是心是……"他说话时，望着父亲的马褂。

"嘻，你怎么这样愚呢！我还没有说到你呢！我问咱们是通共收入多少卢布，你知道俄罗斯富党打败了，队伍都撤退到咱们这县里来，给杨团长缴了械！你知道卢布已经瞎了，变成废纸了？"

"这我怎么不知道！"账房先生的神色现在舒展了，并抬眼望着父亲。

"那么咱们这个月收进多少呢？"

"我得查查账！"

混沌初开　039

父亲又皱起眉来,并望了一眼他的布鞋,不说话,眼睛仿佛说:"随你去吧!"但一会儿又抬头说:"不用查账!你连个大概数目也说不出来吗?"

"我怎么能说……都一笔笔记在账上……"他的手还在寻找红木柜上的账簿。

"我说不用查了!听见吗?明天关起板来,再清算吧!我问你,你知道卢布三天前没有行市了吗?"

"知道是知道……"

"知道怎么还收呢!"

"财东不是从船厂打电报来……"

"那是七财东那笔,我也说斟酌情形呀!你怎么的,一点脑力也不会用。人家哪个买卖铺不在这半个月向外放?你的耳朵一点闲事不管?你知道我们是败在家贼手里!败在七财东手里!他把全县的卢布都收来兑给咱们,你怎么也不问问?昨天有电话说是高丽独立党已经在白旗屯子活动了!俄国富党又已经退到中国边界了,你还收进一批卢布!呵!你说什么?你说嘛!"

"没有什么说的,财东!"

"怎么有话不说哪?你说你的!"

"没有什么说的……财东!我是说,电报说七财东……"

"嘻!"父亲完全是吃了一口苦药那样皱着眉,"好了,明天关上门板,歇业清算。听见没有?"

"听见了。"又等待一会儿,望见父亲掉头望他了,就慢慢退出去,但又转回身来。那时,他完全镇静地说:"那么财东给我算账好了……"

父亲不明白这话的意义,望着他,他却不响了,望着父亲的马褂。

"你知道我们亏空多少?得赶紧清理账目嘛!"

"我跟财东这两年,虽说没有给财东赚多少吧!我可是拿出一片赤心来,我……"

"好了——连儿,你又要上哪去?好好睡觉去,外边有高丽独立党,你要是叫他们看到,就给砍头了,去!"父亲的后几句话是附着我耳朵说的,并且把我半推半拉地拖进账房里间的卧室。把那腹部鼓鼓的账房先生遗留在外间,而且从他身边走过的时候,父亲的表情和走过一把椅子前那样,看也不看。

第三章

一

当父亲和账房先生对话的时候,我还望见洛布达站在门外的走道上,向我望着。它的两眼发着闪烁的光,仿佛等着我的呼唤才敢进来,向前竖着两耳,颈上还带着我拴它的草绳。当时我是多么懊恼呀!极想把自己的衣裳完全撕碎才舒服。我不知道为什么这样激恼,却不敢在脸上表示出来。

父亲一点也没有注意我,这时扼着我的右臂,来帮我迈门槛。我就用力摇摆着肩头,推开他的手,并不是表示自己能跨,而是特意违背他的心愿,仿佛这样就气平一些。父亲依然没有注意我的违抗,就更激恼了。

父亲先跨进寝室的门,又转过厚而阔的背去,俯着浑圆肩膀来抱我。同时他的眼睛向我身后又望了一下,这种眼色和以前望账房先生脚底的布鞋时一样,露着愤怒和不屑的神气。我给父亲抱起来,因为我的注意力完全移到账房先生那儿去。只见他的眼睛望着地,站在那儿不动。虽然日常他在父亲跟前把我当小椅子看的神气使我愤愤不平,可是现在这些积怨全一扫而光了,我觉着他是那样害怕而且恭敬我的父亲,立刻对父亲也畏惧起来。可是不管怎样畏惧,我总是觉着懊恼,时时有那种要撕碎身上的衣裳的感情。我想小琴和金锁一定是站在门口等我呢!又想若是早一步离开后院子,那么就不会碰见父亲了,而且碰见父亲若不让他看见我背后那两条狗，也不会注意到我。这样一想，就更激恼，尤其是望见账房门口的洛布达舔舔嘴唇，仿佛它也感觉出来是没有什么希望走出去了，这更使我心烦。

寝室的壁镜正对门口，悬挂在红木立柜的上方，我就是从那镜面上，望见洛布达走开去的。父亲抱着我经过镜前的那瞬间，我也望见自己的不愉快的面容，瘪着嘴，显出要哭的神态。等父亲把我放在暖炕上，我依旧用手背揉着眼睛，实在我很困倦，要想睡觉了，但这时却想着适才在壁镜上反映出来的自己的面影，是那么滑稽，不觉笑了。父亲瞠惑地注视了我一下，就给我脱鞋。我因为父亲的注视又不愉快起来。心想父亲一点也不体贴我，不爱我，只是把我当一件小家具似的摆弄，以后我再不跟着父亲玩儿，并且也不再吃他买给我的东西。虽然这样想，但是父亲扼起我另一条腿解鞋带儿的时候，我没有敢抵拒。

"你在那儿说什么？"父亲停止了给我解鞋带儿的动作，但仍扼住我的脚，他的脸向寝室门口问。门口在悬灯的光辉下发着白色，只见一个戴瓜皮帽的头颅影子渐移到里层门壁上，有山羊须的账房先生在门口出现了。

"我没有说什么，我想请财东给我结账。"说话时，他望着自己的手背，并从袖口上捻着线头儿向地下抛。

我望见父亲预备定止的神态，似乎再要听听他会说什么而驱赶他似的。账房先生站在那儿等待一会子，仿佛不能不知道他的话在父亲脸上有什么反应，才抬抬眼睛，立刻又望着他的手背说："本来我早就想回海南家……我跟着财东在关外混了半辈子了，这几年身子也不挺脱了，再说家里的第三个儿子也快娶媳妇了，头几天，还有信来催我回去。"

"好啦！好啦！你自己算算柜上还该给你多少，你拿去好啦！"父亲向他挥手，表示"不要再说什么了"。

但账房先生还是站在门口不动。我的脚尖抵着父亲的马褂纽扣,实在觉得有点酸疼,可是不敢抽回来,若不是父亲表示不要再听他说什么了,说不定我的脚还在父亲手里悬空地抬着。现在父亲给我脱了鞋,我终于蜷起两腿,可以坐卧自如了。父亲开始给我铺睡褥,这是他第一次注意我的安眠,来亲手给我脱衣、脱裤。我完全听凭父亲的摆布,只偷偷观望着账房先生的失神无主的脸子,等到我在县立小学读"呆然"两个字时,我就立刻会想到账房先生这时的神色来。

"你糊涂呀!知道吗?"父亲给我盖上被,说时望着我的肩头,并且把被子拉上给我掩盖,但我知道这是对账房先生说的,又对我小声说:"好好地睡觉!"之后,就搓着两手,又仿佛做完一件极辛苦的工作那样抖抖身子,在藤椅上坐下:"知道不知道?我说你糊涂呀!"父亲在这时又唤年轻的店友拿水烟袋和火纸捻。账房先生仍然站在门口,望着他自己的手背和袖口。

"你进来!我问你,人家给咱们上了一个大当,你知道不知道——点着嘛!(这是向王程远说的,因为他拿来的火纸捻没有燃)——咱们这一回要破产了!你知道吗?在海参崴十几年的心血,都白白在这个小县城抛散了!你知道吗?咱们不得不关门歇业和人家的来往账目清算一次吗?我说你几句,你就觉着委屈了!是吗?"父亲的脸色已经是陌生的,又苍白又平静。他吹着火纸捻,手指微微抖着,"再没有比你糊涂的了!"吐出一口浓的烟说:"你是跟我过了二十来年,你还记得吧!在海参崴咱们才开赌场的那年,总共'抬'出去不到五千卢布!你吵着要替手,怎么样?输塌了,我不过笑笑!因为咱们都年轻力壮。可是如今,你自己也知道说,不挺脱了……"

我起初还能清清楚楚听见父亲的话,末后,我望着他的脸越来越糊涂,有一层烟雾在父亲脸上飘展着,逐渐连话声也越来越远,仿佛是我朝井口里呼喊所听见的回音一样的含糊,到底睡着了。

当我第一次醒来,我隐约听见父亲说:"我不去就是不去,告诉来人说我不在家好了！"实际说话的声音很高，我在酣梦刚醒，听来隐约而已。我用两肘支着身子，仰起脸，把拳头搁在下颏下，就清清楚楚望见炕下的父亲了。仿佛有人刚从寝室走出去，父亲沉默着，前额埋在手掌下面，坐在近门的茶几旁边，而账房先生一手擎着眼镜，一手用手绢擦着眼泪和鼻子，向外走。

"不要难过。咱们在屯坡儿还有荒山和草甸子呢！若是从心里要回海南，那么等到年底。"父亲提第一句的时候，账房先生就站下来，父亲的音调极平静，而且眼光很温善，说话时望着他那埋在手绢里的脸。

"难过倒不难过……想想跟着财东这些年，从来没有走错脚步，这回……觉着，就是连哥儿我都对不起，还有什么脸在人家跟前说话……"他喃喃着说，"财东在年运旺的时候我不走，哪有败产的时候往外扯腿的呢！"

这时候，王程远又进来了，他一出现那瞬间的眼光惶恐不安，望着自己的鞋子说："他见财东不走，说是县里的客人都到齐了，非等财东去不能入席呢！"

"好了，我这就去！"父亲站起来，抖了抖山东绸的夏日长衫。王程远的脸上露着仿佛顿然卸去很重的负担那样轻快的神情，走到壁镜旁的衣架上去摘帽子，用嘴吹吹，捧在父亲的身旁。我以为父亲不会看见的，因为他正向账房先生说："那么早点儿关板儿，听说这两天不大稳定，高丽独立党要起事！"岂知道他这样说着，眼睛也不望王程远，就把草帽接过去了。王程远脚步移到父亲背后，向我掷来一块东西，我的手伸出被外，寻到一看，是片烤得可口脆的馒头干儿。又望王程远的工夫，只见他站在父亲面前说："内东家叫我抱回连哥儿去！"

"你说明天我带回去好了。"父亲走出去，脊背向着王程远。

账房先生独自留下来，然而只用红润的眼睛环顾一周，也随后赶出去了。仿佛记起什么事情来，去追父亲询问。

现在只留下我独自一个儿。斜窥壁镜，只见红木立柜的侧影，那侧影映着灯光，闪闪有辉，正面是门口上方的魏体"端方"两字的匾额，还有一部分茶几和藤椅的影子，却没有我的面影，我开始恐怖起来，因为突然记起崔婆曾经讲过的掌故，说是死人的鬼魂不知自己是死了，回到家去照镜子而不见自己的形影，才知道自己是鬼了。而且寝室的房间，突然觉着又大又空，除了灯光下偶尔飞过一只苍蝇，一切都是寂静的。又听见后窗的屋檐底下，夜蚊成群的嗡鸣，越发感觉自己是给遗弃在另一个世界似的。完全忘记我手里还握着一片馒头干儿，想着若是母亲在身边，一定问我为什么睡梦中又醒来，或是做了什么梦，或是被子盖得太厚了。而现在，谁也不管我，把我一个人遗弃在炕上……想着想着，就不由得小声哭泣起来，这时没有了恐怖感觉，只是怨屈得很，而且泪的本身又带给我一种甜蜜感，越哭心里越舒坦，一会儿，就又睡着了。

第二次醒来，发现我是睡在父亲的环抱的臂上，我听见说话的声音，又低又机密，就顿然吃惊，直起身子来，仿佛猎狗在森林中突然听见草丛的抖动而竖直两耳一样。

"你别吵呵！抱住我的脖子——赖忠恕，把流水账交给王程远。"父亲的声音非常小，"若是一有变动，大家最要紧的是镇静。谁也别把消息传出去，实际还离城很远呢！杨团长已经派出三连人去截了。王程远跟我走吧！"我望见赖忠恕——就是那个账房先生——脸色很紧张，父亲说话时，他还和王程远低语，灯光已经暗淡，不是没有煤油，而是灯芯捻小了。所有的人全是暗影绰绰，而且满地都是碎纸，红木立柜开着，可以清楚地望见里边的板格和方的印章盒、笔筒以及信笺。我完全被这紧张的气息所感染，而且知道是独立党要来了。实际上我也不知道独立党来做什么，只觉得害怕，而且独立党和红胡子在我脑子里是同一意义的，不过我只分出独立党是高丽人，红胡子是中国人而已。

父亲提着一个纸灯笼，那上面有红纸剪的大字，刚出门口，就听见远远一排枪声。

二

在这里把我的父亲介绍一下：

父亲的名字叫姜青山，是出生在山东胶州半岛附近的一个属于莱州府管辖的名叫"廉家"的大村庄。传说十一世代以前，这一家族从四川迁来，最初住在昌邑县境，后来又分出一支，才移到这个村庄繁殖起来。在昌邑县的姜氏家族出现了一个武将统领，大约是道光年代吧！带领着一部分族人去任上——张家口，于是昌邑县的姜氏家族首先有了向关外分殖的族人。而廉家庄的姜氏家族的人们，一直是过着锄草拔麦的庄稼日子。到父亲这一代，已经是二百多人的大家族，而且每户只有三五亩小麦地的贫苦农家了。

父亲的青年时代，是豪放不羁的，不服从这统治了十一世代的命运，不去摸锄柄，而且又坐不住私塾的板凳，因为读"四书"是整天直坐在中国式的板凳上，没有出屋散散步的机会的，所以常常逃学，常常躲入秋秸垛的洞里给祖父持着木棍赶出来。末后，父亲终于随心所愿了，挑着担子去莱阳贩水果。这时父亲有了自己的收入，也有了自己的癖好，那就是女人、纸牌和白酒。不久，父亲渡海去旅顺，两年过去了，回来的父亲是结实而且高大了，带回来两串铜钱，当夜就给祖父用木棍敲了一顿，不是因为赚的钱太少，也不是因为出外时给祖父留下了一笔赌债，而是因为他出远门儿却不向祖父说一声，就那么独自做主地不辞而走了，就是母亲——并不是我的生身母，这里所说的母亲是父亲的原配——事前也不知道他一点儿音信。于是父亲第二天鸡叫时又失踪了，这次是去海参崴。

最初是赌场的场主，三年过后，在海参崴一条繁华的街道上开设百货商店，而且领有黄色执照，依照俄国西伯利亚政府的法规，是一个二等商人，有资格出席法庭做陪审官的绅士了。同时，加入袁世凯的海外保皇党的政治集团，可以想见父亲不再是以前的姜青山了。

当我的生身母亲说到第一次见到父亲的时候，父亲的手中就握着一根雕刻着花纹的乌木手杖，而且走路是非常文雅而轻健，体态壮伟，剪发，戴着大的狐狸皮帽子，紫色绸面的猞猁皮的长袍和对襟的黑呢子马褂。那时父亲是四十二岁的中年人了，自然祖父已经死去，而他带回家来一笔可观的财物，所以到母亲的村庄去暗看她，因为父亲是想另娶一位太太。

到我年长而母亲也是中年人的时候，常常提这次的偶遇，说是谁又能知道到外庄去走回亲戚的机会，就决定了自己终身命运了呢。那时，母亲是十八岁的少女。

母亲的闺女时代是个耍伴中最愉快的人物，而且又自负又能干，从来不见微笑，而笑起来的声音是明朗悦耳的，讲究穿戴和衣服的款式及色彩，尤其是绣鞋，必定做木底而且鞋口得带一丛海蓝色的丝缨穗。等到妹妹年龄大了，母亲常借着打扮她的机会说："年轻时候，为什么不要美呢！要穿绿穿蓝，等年纪大了要穿也不配啦！"可是母亲不喜欢大红色，而且最后一次我离开她的时候，也并不见她摈弃了年轻时代所欢喜的色彩，她还是穿着绿色且有蓝色花纹的纯丝的长袖旗袍。但是母亲的少妇时代是忧郁的，常常沉思，即使剪着衣服也会不知不觉用鼻子低声吟咏着故乡的小调，不知道是怀恋闺女时代的女友呢，还是怀恋遥远的渤海南岸的温馨生活，总之，母亲在我幼年的记忆中，没有后来那种又恢复了的闺女时代的笑声。因为当母亲穿戴着凤冠霞帔走下新娘所乘的八人轿那天，突然发现了父亲的骗局，就是说新郎原来是她曾经看见过的一个年老富翁，而且家里还有一个原配的妻子，于是气愤、苦痛，而且突然病倒。以后，母亲就失去了明朗的笑声，直到伴随父亲到海外的海参崴和现在居住的东北的荒僻县城，母亲总是无言无息的像我第一章里所描述的那样幽静，除了浇浇窗外的花盆，到红旗河洗洗衣服，一向是深居不出，即使父亲宾朋的家庭有宴会，也拒而不赴，仿佛对于父亲有着深深的怨恨，因而牵连到对于父亲的宾朋也嫉视了。但是母亲却从来不在父亲面前表示她的忧郁的，说话总是柔顺而且愉快，虽然我常听见父亲说："你总像是不大喜欢似的！"以及用猜摸的眼光窥她。"还不是一样？有什么欢喜不欢喜呢！"母亲往往这样回答。

现在父亲是一个黑须翁了，潇洒的风度里潜着严肃，有时这严肃神色扩大掩盖了他的豪爽的性格。每遇到父亲那两道锐利的眼光，我就觉着可怕，即使哇哇哭着，望着他的眼睛也立刻会逐渐地低下来，让眼泪自己任意在腮颊上流滴，哭声只变作嘶喘了。父亲的体态依然壮健，有着城市的富主所有的丰腴的脂肪。同时父亲也养成了一种不露锋芒的含蓄力，就是偶尔碰见店友们在厨房里偷着煮鸡聚饮，也总是微笑着走开，虽然嘴里或许会说一句："味道怪香哪！"但心里实在是说："妈的！年底非把这领头的小子开发了不解！"可是这又往往是难碰见的，因为父亲很少留在店里，夜间偶尔想到各处看一看，但人们一听见手杖触地声就丝迹不露了。所以商店的人对父亲是畏敬的，这种畏敬又不同于一般，内里含有亲爱的性质。商店的主要营业是茶叶和人参，此外兼着汇兑。所以父亲的交游很广，更因为是商会的会办的关系，日常是没有空闲的时间居家的。

除了城市里还另有一所房产，在屯落共有两处窝棚，一处是坐落离城九十华里远的俄罗斯边境附近的白顶子山，一处是二十里外的骆驼河子。前一地，完全是荒山僻野，只招留从父亲家乡来关外谋生的乡亲开垦，由店里供给垦荒开支，无非是借以安置穷苦无告的乡亲。实在，当时父亲从来没想到日后的暮年生活，会依靠这两宗田地的收入。骆驼河子是草原，只要看看名字，就知道河流是多么蜿蜒，现在有高丽农户在那里耕种，经管人是一个名叫古班的满族的地邻。

还记得冬初时候，古班带领着一长串垛满洋草的四轮农车到城里来，他自己在最前边骑着一匹俄罗斯种的高马，用马棒大声敲车门，其实他很可以从车门旁的便门走进院里来的。那时，暖炕上就会有火狐狸皮，地下则满是冻硬的野雉、狍子，以及别种过年吃的山味。所以我对古班的印象特别深，假若古班现在还健在的话，我祝他永远活跃，永远是在草原气息里过活，而且我也相信他依旧是骑马打围，依旧是用吵架那样的高声说话。就是胡须白了，我相信他依旧是爱把手指插在嘴里打呼哨（这是我幼年非常羡慕他的一种优美的口技，常常自恨不慧，而背地苦痛过），而且一闭眼，我就想到他穿着俄国式短外套，敞胸露出哥萨克的衬衫，并结着红丝腰带。

父亲每次见了他，总是闪露出稀有的豪爽和愉快，一回对杯就是二两白酒，并且笑声也爽亮了，完全现出另外一种人的神态，仿佛是老年绅士遇见年轻时代同一军伍的伙伴那样，一反平日的庄重而严厉的风度。

总之，父亲是我敬爱的人。少年时，每次站在一个标致的妇人面前，我自己觉得丑陋而且笨拙的时候，就想起父亲的风度，又羡慕，又自惭，而且深知自己不为人所喜，于是潜心攻读，想日后能在社会上立脚，自己只有在学业上下功夫，以致常常是孤独无伴的，独个儿去红旗河游泳，独个儿在学校运动场上徘徊。

三

父亲听见一排枪声，就停住脚步，仿佛犹疑是不是退返参庄。那时，我还望见父亲的商店门口有一道灯光。灯光中间有黑色的人影，至于其他门市全关闭了。街道上只有两行黑的屋檐行列的阴影，所以看不见门口的人脸，正因为街灯的阴暗，那门口的灯光反映下的人影格外清楚。我回颈望着父亲的脸色，只见父亲仰着脸，并说："王程远，你看见枪火的光吗？"

"没有!"

"我仿佛看见几道枪光,一闪工夫,就找不到方向了。你看看南天上,是不是有烟气?"

"在哪儿?"王程远在父亲身后问。

"看不见就算了!把灯笼给你——还是我拿着吧!"

我也向天空望着,看见星星稀淡,拥着一轮洁白的月亮,怪不得街道有两道屋檐阴影的行列,原来月亮这样明朗。若是街道两旁没有那两行煤油路灯,我想地下的光色更清楚,一望定是几十丈远。城市上空,且有稀烟缕缕,分不清楚是夜霭,是云丝,还是人家的炊烟。路过警察岗位,只听说:"会办怎么现在才回去?独立党已经到沙河子了!"因为他望见灯笼上的红字,所以没有喊口令,这是王程远走过岗位时向父亲说的。

警察岗位的附近是分作两条斜街的路口,白天是杂市,最多的是高丽妇女卖酱油、卖鸡蛋的,她们是从屯落跟随谷车或柴车来,当晚还得赶回乡下去,所以面色急匆,而购买的人又全是商家厨师、酒馆堂倌之流,只是午间来采买,所以讨价还价都是三言两语就成交的,因之极嘈杂,只要站在父亲参庄的门口,就老远望见这里的繁闹光景了。附近又全是些回教徒开的饭馆、牛肉馆,因为从岗位右首那条短街走出去,就是柴草市,所以乡下来的人,无论是旗族、是高丽人,全在这里用餐,即使夜间一直到半夜一点钟,食客依然是出入很繁的。但是现在那条街道极暗,而且寂静无息,只有几家饮食馆门外的炉灶,发着红润的火辉,偶尔爆裂出几点火星,声音也是低微的,使人越发感到一种难受的寂静,足证这些饮食店刚刚关门不久,而且正在炉火熊熊的当儿停灶的。

走过警岗那瞬间,我望见炉火的光辉,想到冬季在母亲的暖炕上,熄灯后所望见的煤炉,也是在四壁上闪着红艳的火辉,和这里一样。而且煤渣爆着火星,在后窗的玻璃上闪耀着,因为煤炉的烟囱是由后窗上头伸出去的。又想：跟着父亲，是多么受苦，多么无趣，连觉都睡不好！街上的风，虽在夏日还是冷！又觉得父亲对我一点也不慈爱，把我的衣裳胡乱穿上，非常不舒适，还有一个铜纽扣压在我的胸口上，坚硬作痛。父亲的手扼住他的左臂，以致我的身子几乎是俯在他的肩头上，不易回转，而且几次想从他颔下抽回手来，给父亲的"把住我的肩呀！别睡呀！听见没有"的叮嘱截住了。

父亲几次回脸，仿佛看看王程远是不是还在身后跟随着，极似防他半途溜脱了似的。现在想来，那时父亲的内心也是半虚半惧的。到了胡同口，父亲才开口说话："我们出来的时候，几点钟了？"口气间，呈示着一种"现在可算是到家了！我真担心呢"的味儿。

王程远背向着父亲用拳敲门，同时招呼着："开开门呀！喂！开开门呀！"一会儿王程远转过脸来望父亲，他那两只眼光似乎说："一点儿声音也没有呢！"

"你高点儿声喊！"父亲说，并摇着我的肩头说："连儿！连儿！别睡呀！"那时我已俯在父亲肩膀上，睡意很浓了。我想动一动腿，表示我实在还醒着，但是腿重，不受我使唤，只是嘴里喃喃地答应着："没睡！"父亲和王程远问答的声音，在深夜的胡同里是极清楚的，好久，我还听见父亲说："再高点儿声喊！"胡同两旁的邻家院子里，狗吠声极狂。我不知道父亲为什么老是摇动我，不让我睡熟，心里很不舒服。而且必得答应，听不见我的应声，父亲是不停止地摇动我。这时，我很想哭一通，但找不到因由，后来就气愤地说："人家没睡，没睡，没睡呀！"眼泪开始滚下来，而且要哭了，那时就听见便门打开来，崔婆的声音说："怎么才回来？我们当是独立党进街了，来敲门呢！"又说，第一声呼唤，她们就听见了，院子里的人都没睡，可是韩四婶不许谁作出一点儿响声，更不准走到车门前去向外探望。她说得很急促，脸色惶惶不安，而且迅捷地关上便门门闩，不是由于恐怖，而是要赶上父亲，接续她的谈话，同时，把我从父亲肩上抱过去，明明看见我醒着,却一句话也没向我说,又仿佛她根本没有注意到我。听见院子中心,有许多低声的询问,其间有一种我所耳熟的声音问:"连儿呢?"我从崔婆肩上突然回过身来,望见月辉下的人们中果然有我的母亲,就抑制不住地哭了,我自己也不知道为什么这样难过,仿佛跟随父亲在外边住了半个多月,受了许多折磨和虐待似的。崔婆一直到现在才对我说:"连哥儿在外边想你娘吗?"我没有余情回答她,摆脱开她的手,向母亲扑去,只见母亲臂上抱着一个襁褓中的婴孩,俯下脸来亲吻我的腮颊:"看见娘了,还哭什么?"母亲说话的时候,向我笑着,并用手抚摸着我的额发,仿佛看看我的脸色是不是有些改变似的端详着,说话的声音又似乎感受到我的悲哀而心痛,但仍露着笑的颜色:"你的手绢哪!放在哪里了?"我没有应声,因为眼睛的泪水,障碍住我的视觉,我用手背揩着,而且嘴里不自主地发着哽咽的声音,仿佛喉腔有某种东西梗塞着。我的另一手,紧紧抓住母亲的裤腿儿。那时父亲和邻居谈话声很杂乱,我独听清楚母亲吟鼻作哄婴孩睡眠的声音,同时用手轻轻拍抚着什么,极像我从前所感受到的。

"快用手绢擦擦脸,你把妹妹惊醒了!"母亲又说。

"太太,你不赶快进屋收拾东西,知道外边儿紧得什么样了,还有闲情哄孩子!"父亲在另一端呼唤,他的手里还拿着灯笼。

当时我想,即使母亲在大火燃烧到四围的当儿,也绝不会抛弃了我。因为我还不知道战争是什么,只知道独立党或红胡子是惯会杀人放火的。感到母亲的心没有给紧张的气氛吸引去,还是在我这一边,就越发觉得母亲爱我的情深,越发觉得安慰,原来在初见母亲时,我仿佛觉得母亲离开我好久,或许会把我忘记。这时也越发觉得父亲疏远。

母亲的左腿开始移动时,还防我猝不及备而跌倒,预先动弹着,并小声说:"进屋去!爸爸生气了。""把手拿开,看着道儿!"因为她现在又给怀抱里的婴孩占住两手了,没法照顾我。我的哽咽也平息下来,崔婆望见母亲单独地离开院子中心,也随后赶来,并弯腰来抱我。我用肩抵摆着,因为我想,你既然很久不理我,还是站在父亲那一伙人里吧!更避开眼睛,尽可能不望她,我是宁愿牵着母亲的裤腿儿走回屋里的。又想,现在我若是伏在父亲肩头时,那种瞌睡状态,我也宁肯舍弃入眠的浓兴,而跟母亲走,不给任谁抱着的。

客室里点着灯,仿佛父亲没有进院落里来的时候,这里曾聚集着一些邻居谈天,听见有人敲便门才跑到院心去的。因为茶几还摆在睡榻当中,上边儿有三只茶杯,一只的杯盖儿搁在杯旁,从那不盖盖儿的杯口中飘着的热气上看,足证新泡不一会儿,而且靠背椅都移动了位置。还有一个红绿三角布拼合的西瓜式女孩儿睡帽,遗落在椅子脚上。母亲走进来的工夫,父亲已先在,他手里还挑着灯笼,及至母亲说,他才如梦方醒似的展启有须的嘴唇微笑了,说是:"我还忘记吹熄了!"话没说完,只见韩四叔走进来了,拖着鞋,没穿袜子,没扎裤脚口,穿着黑缎子长衫,仅结了腋下的纽扣,开着领口,显然是刚从床上起身不久。他一进门就问:"怎么样了?离城还远吧!"

"你刚起来呀!四爷!"父亲的脸上骤然洋溢起光辉,仿佛口渴的旅人遇见甘泉那样欢呼着,"你们女当家的,正打算今晚把我关在门外,让我冻一夜呀!"并把银质烟盒巧妙地在韩四叔胸前展开,意思是请他拿支烟卷儿抽。又说:"我想今晚上安稳地睡一觉吧!就是来到城边儿,天亮以前也不会打进来。"说这话时,父亲的脸色又正常了。

王程远一直是站在父亲背后的,现在走到韩四叔跟前点火,把烧去三分之一的火柴又移到父亲面前。因为父亲还没把烟放入口里,他在抽烟前有一种习惯,就是把烟卷儿在那扁盒上顿一顿,王程远的注意完全集中在火柴上,到底在将尽的那瞬间,给父亲点着烟了。我也坦然地松了一口气。等到回身发现母亲已经不在我身边,而且临走又没有召唤我,就觉着心里怨屈。起初,还镇静地喊了两声"妈",末后一边向母亲卧室里走,一边就哭了。过堂很暗,又加门口相对的灯光极强,反而看不清路,几乎跌跤,哭声受到这脚步一失的挫折更响,更自然而流畅了。

"你哭什么?"母亲用眼光阻住我,我站在卧室门口没敢迈入。母亲又说:"怎么越大越爱哭了!"实在母亲并没生气,不过倒箱翻箧,心绪正在烦乱的当儿自然激恼,且含蓄在心里已经很久,一遇不如意的事就发泄出来。而我也并不是像母亲所说"越大越爱哭了"。实际上,这次重见母亲,分出父母两人究竟是谁爱我深切,不愿再有一刻一秒的时间离开母亲了,而且时时有一种怕母亲躲避开去的恐慌和警惕——和前次一样的使我不知不觉离开她的恐惧和警惕。

"进来!上床睡觉去,我看你那样子是困了。"

我已停止啜泣,但依然用肩膀抵着门框,不响,也不进去,泪水流滴在颊上,已经微痒而且感到肌肉有点儿痛,有点儿紧缩。还听见客室里韩四婶的声音说:"你不回去帮着收拾东西,老是粘在这儿不动了,谁家有连扣都不结好,就串门子的。"很想过去看看梅姐,可是仍旧靠在门上没有动。最后崔婆来抱我,我的感觉已经麻痹,困极思睡了。

第四章

一

那天早晨醒得特别早,因为父亲和母亲没有熄灯,谈话的声音惊动了我,他们已经攀谈了一夜,口气间仿佛不堪困倦而又有满怀心事谈吐不完似的。窗外现着破明的灰白气色,给玻璃上的反射的灯光一渲染,觉得屋里格外阴暗。又见父亲的暖炕上,烟气飘散着,仿佛往日客室有许多聚谈的长辈人,抽着烟卷儿所造成的浓烈的烟气。

我是睡在对面的暖炕上,就是伏窗能望见东院墙,以及院墙和夹道之间的独株丁香树的那面暖炕。所以伏着身子,只能望见母亲的松散在枕上的黑发和露在被外的内衫肩部。父亲给屋中心的煤炉遮住,望不清楚,只听见父亲说:"什么都是命定的,我这一辈子也算是出了力,出了心血,单看连儿长大成人再说了。世上没有不散的财,无论多大家当总有破落的一天。再说咱们还有两处窝棚,若是连儿长大成人能是个成家立业的手儿,光开发这两处窝棚,也足够他一生过活的了;若不是个过日子的主儿呢,就是有几百万家财,还不是一样地挥霍光了。"

母亲始终不说一句话。这时鸡叫第三遍,后屋有种响声,是崔婆起身入厨房了。不一会儿王程远来说:"独立党已经逃回俄满边境去了。"又说:"柜上已经不开门了,停业结账呢!"

从这以后,父亲白天不常出去了。但是日子一久,我就想着街市的繁闹,想着洛布达和小三点,以及小琴、金锁儿,常常巴望父亲能携领着我出去玩儿。可是父亲一直是不出院子,偶尔出街,也总说:"我不一会儿就回来,你跟去干什么?在家和你妹妹玩儿吧!"若是不肯留在家,父亲就退回来,表示自己也不去了,露着不欢的脸色,就是投到他身边,他也会用手把我推开去。但我越是给推开,越是要攀上他的两膝坐着,等到母亲说话才懊丧着脸,白白望着父亲走出去。母亲就会招呼我到她跟前去看妹妹。妹妹是一个红脸的婴孩,趋前就有股乳腥气,我只觉得她的小的手指和小的脚趾很有趣,实在是并没有什么兴趣的,不过看见母亲是那么喜欢她,自己也就爱摸她的光滑细致的小脸,爱抵触她的腮颊,爱把手指伸到她口里让她咬。母亲是只许我看看,不许用手和她接触的,一遇我这样的动作,就睁大吃惊而且含怒的眼睛阻止我。我也不以为母亲是偏爱她,因为我知道,母亲的欢喜她,也正如欢喜我一样。而且我每次望着母亲看妹妹时那两道眼光,就也受了感染,仿佛母亲在她小小的脸上看见了什么愉快的表情,而我从母亲的眼光里也感觉到了,等我看妹妹在襁褓中的小脸时,就远不如从母亲眼光中所得到的欢欣深切。但究竟母亲是在她脸上看到了什么,我也不清楚,只是觉得母亲眼光愉快而幸福,我也就切身感到愉快而幸福,并用这愉快而幸福的眼光去看她而已。

不管怎样,不能够跟随父亲到街上去,是长久摆脱不开的烦闷。尤其是我独个儿站在院子里,就越发觉得院子里的一切东西,都是那么平淡无奇,而且使人厌烦,时时想走出车门旁的便门,但望着那个门口又害怕。自从我有了这个从便门可以进街的知识,我就常常望着它出神。有时凑巧,望见父亲从那便门走进来了,就从炕上跳下去,急急去迎接他,往往又忘记走到便门口去探望探望了,因为父亲回来总带着一纸袋糖果。其间我最爱的是火柴盒一样大小装潢的彩色糖豆儿,据说那是白俄将军刘不林斯基新开的糖果店的精制品。而且我不是爱吃那种糖,而是喜欢盒里的一种轻铁质的模型,有时是一座带风铃和十字架的教堂，有时是公路汽车，每盒抽出来的都不同，而且这些小巧玲珑的玩物，每盒又只有一个。我已经收存了七个物体不同的模型了。

有一天，父亲给我带回来一本《三字经》。这年的秋天，就开始跟着父亲读书。父亲白天大半都在客室里下棋，点灯以后，才招呼我过去，不说："连儿到这儿来。"而说："连儿！把书本拿来！"现在想起来，仿佛这声音还是回绕在耳边。不管我和崔婆玩儿得多高兴，一听见这声音，就得立刻走到客室去。父亲坐在壁案前，面窗，背着煤炉，我就面门，坐在睡榻上。灯前立着一个乌木雕刻的帆船，当中竖有桅杆，最上是月牙形的象牙质船帆，借它来遮蔽射目的灯光。父亲每读一个字，必定让我随着念，虽然我还得用手指按字一个个点着，但眼睛是时常望着父亲的有须的嘴唇，所以父亲这时一句日常的口语是："看着字儿呀！望我做什么！"实际上，就是望着字，也是不注意，只在聚神地记忆发音的连续。等到会背两页那么多了，若是单提出孤立的一行，还是一字也不识，但是若提醒我开首的那个字音，我又能连着读下去。有时母亲在旁边听见某一个字，譬如说"远"吧！就问："哪一个字是远呀？"父亲就舍弃了我，把母亲问的字指点给她，并且讲解不是面软了的软，是远近的远。我也就问："哪一个是远呀？"父亲的手擎得高，而且不注意我的询问，我就拉他的袖子，再不注意，就爬到案上去。心里很恼母亲来打扰，可是认字的欲望却蓬勃起来。等父亲望见我，发怒追问时，我就说："我也不念了！你教妈妈去读吧！"

"你看看你自己爬到上面来了。"

"反正我也不念了。"就又退回睡榻上去。

"真真这孩……"母亲一遇到既找不出理由说我，又觉着我是赌气，就会这样说，并且向我笑着，"念吧！我不插嘴了。"

父亲一直是望着我不作声，等用眼睛逼出我的笑，才说："你还以为我愿意教你呀！过来，望着字！"现在想来，父亲真的不是存心教育儿女，因为事业上遭了挫折，无非是借着我的夜课来疏散忧郁而已。

每次夜课完毕，就是说背熟所认识的新字，母亲就拿来亲手做的夜点给我吃。有时是油煎的水饺，有时是煎的荷包蛋。几时背熟字，几时才能吃，所以也有时候背熟书，夜点都冷了。而母亲从睡梦中醒来，再起身给我煎第二遍。也正因为课后的夜点，牵引去我对新字的关注，而久久读不熟，总是读着读着，就想今天入睡前吃什么，而且注意母亲寝室里的煤炉声音，是不是有煎炒的响声，或有勺子触锅的动静。那么我就猜：是绿豆粥还是煎蛋？一边向门外望着，又盼望母亲寝室的门能透露出一点儿动静，又盼望崔婆能从客室门口经过，那瞬间她一定是望望我的，那么我可以用眉眼询问她，若迟迟不见她的影子，就会不由得向父亲问："爸爸！今晚上吃什么？"

"快念吧！背不熟什么也不能吃！"

父亲说话，眼睛也不离开《三国演义》，但我的一举一动，就是在他无声无息读《三国演义》时，都逃不开他的监视。时时还向壁钟注视一下，只要我不瞌睡，父亲从来不催促我的。仿佛他之所以看《三国演义》，无非是为了伴着我，等待我背书，因为每次我背书时，父亲就放下《三国演义》，听着我的背诵，背诵完结，父亲就慵懒地伸伸腰，把书案清理一下，携着我的手走到北间去就寝。当我背书的时候，仿佛没有一次是我打断他的阅读，又似乎是正巧他完整地看到某一章某一节的结局。

二

一天，我卧在炕上还没有起来，就听见母亲说："下霜了。"我本来是贪恋早睡的，听说下霜，越觉得被窝儿温暖、甜蜜、舒服，越不想起身了。又望见母亲穿了长袖的丝绵袍，从门口进来的时候，脸子给风吹得微红，并带进来一种严寒的气息。母亲催我起身的时候，必先给我在暖炕上烘暖衣服。在她伸臂去取衣裳的那瞬间，袖口触过我的耳边，我觉着冰凉，遍身一阵寒噤，就大声喊着，不让母亲的衣袖再触到我。

"大惊小怪什么！你又该把妹妹惊醒了！快点儿起来，你看太阳，是什么时候了！你爸爸等会子不进来掀你被窝儿才怪！"

我就哼吟着，磨延起身的时间。母亲把炉盖儿打开，极旺，在窗户透射进来的阳光中，从炉口发着袅娜的波圈形的烟影，而这烟影若不是在阳光中，是极不易见的。窗子的六面方格，也清清楚楚反映在屋当中的地上，以致暖炉的兴旺火焰，失去了红烈的光辉。我望着母亲提了我的衣裳，周转着烤，每温热一部分，我就减少了一部分——睡温暖被窝儿的时间，心里就更不舒服。另外，又得观望母亲的神气，是不是还能有推延的余地。

母亲每挪移衣裳的温过的那部分，就用手揉一揉，仿佛在暖火上洗一洗似的，使温热的气息得以润散，我仿佛第一次注意到母亲的健美的姿容，母亲的脸色恢复了白润，而且细致有光，眼睛明朗，正像母亲偶尔发出的嘹亮的笑声一样。我那时想，所有的孩子，只有我的母亲是和一般母亲不同的，觉得又愉快又骄傲。但一注意到所烤的衣裳只剩一只袖子了，就又不舒服起来。心想母亲既然这样爱我，屋里又有这样好的阳光、煤炉，而且又是降霜的早晨，为什么强逼着我舍却卧暖被窝儿的最大的幸福呢……现在，只剩袖口了……

"连儿他娘，灯笼花都冻坏了。"崔婆在窗外说，"啧啧！都萎缩得像过倒了日子的财主似的！"

"你真会说话！"母亲端庄地说，"受了霜还有不枯的，挪进屋里就得了哪！什么财不财主的！"

母亲是有许多忌讳的，并且信佛，每月初一、十五都吃斋。我望着母亲的脸色，巴望她能给崔婆牵扯去对那烘衣服的注意，这样，我就可以多耽搁一会儿起身了。母亲也确乎挪移了视线，她望着西窗外的崔婆的影子,但是一手依然是提着衣领,另一只手摸弄着袖口。

"你那是端什么呀!我说灯笼和海棠,鸡爪不放在那儿,挪进屋里干什么,原来是摆在霜底下才有香气嘛!"母亲说完,就突然转过身来,"起来!那么大小了,还三遍两遍地叫!"

我蹙着眉,坐起来,现在又怨恨起崔婆来,若不是母亲对她生气,我想,就是烘暖了衣服,也可以多耽搁一会儿的。

母亲给我穿衣服,把我的胳臂一拉,仿佛对崔婆的愤怒转移到我的胳臂上,而且也不给我结扣,就离开我了,并且说:"自己结上纽扣,到你爸爸那儿喝粥去!"

在母亲不愉快的时候,父亲照例不声不响的。我以为父亲已经到街上去了,岂知父亲真的坐在客室里喝粥呢,并小声和我说:"快进来,粥都凉了!"

客室的两个玻璃窗的窗台上,现在全摆满花盆。初看起来,满屋绿辉,壁上的阳光,也仿佛绿澄澄的,再加南窗没有阳光,那反射出的浓密的绿色枝丛的影子,更觉着是身在郊野一样的畅快。但屋里的气息是寒冷的,其实暖炉的火焰发着嗡鸣,不过花盆上的霜气生寒而已。

我刚爬上椅子,就听见母亲大声说:"谁叫你搬到客室里!热气烘烘的,那些冻了一夜的娇种,不该枯也枯了!"

"真是!这又值得生气的!你当是咱们还能在这住多久,过年春暖冰化的时候就搬了,还要那些花做什么?也不会有闲侍弄它们!"父亲说。

"要搬,你们搬好了!我的花,侍奉几年的了,可不能轻易丢了。"

"不能丢就不丢了!不能丢的东西多哪!不是要丢还得丢吗!这么好的房子都要换主儿了!到时候,你还能自己留下来念经吗?"

"你当是不留下来怎么的!我早想好了,就是孩子……若是上学堂了,我还不进尼庵呀!还在你们姜家门儿上过一辈子不成!"

我正面对着西窗,望见母亲说话时,一手摘着花枝上的枯叶,而且用力地向脚下一片一片抛着，仿佛连那些枯叶都可气愤似的。但母亲的脸色，却由于这段话的发泄，稍微有点儿缓和了。

"你爱怎么样就怎么样，没有人管你！"父亲说。

"我不用谁来管！"母亲又气愤起来。

"连儿，让你妈修行去，咱们两个人就搬到青岛，在那儿盖两间房子一住，你上学，我在海边儿上给你钓鱼，放学回来，咱们把鱼一煎，愿意吃带汤的，就一炖……好不好？"

我望见父亲的眼睛，不是以前那么锐利射人了，而是和善的、平静的，就说："不好！"因为我知道这个时候说"不好"，父亲也不会责罚我。果然父亲爽亮地笑了，并大声说："不好呀！……呵……不好呀……"

我就更加得意，连声说："不好！不好！我要妈！不要你！"

这时，母亲走进来说："怎么不好？你爸爸喜欢你，跟着他又有鱼又有肉，又有苹果又有糖！跟着我，做什么？"说着话，就走到窗台去挪花盆，并向崔婆说："先把这些靠炉子近的搬到后屋去！"神气是根本没有注意我的话，也没有因为父亲的欢笑而气平。父亲那时是一直审视着母亲的眼神，仿佛是等待她回脸一望似的。我也随着父亲向母亲望。

"后屋不冷？冬天还得挪吧！"崔婆说，口吻低柔，正像每次受了母亲的抢白而有的那种低柔。

"冬天再用稻草扎一扎！"母亲同样地低声说，并且搬着一盆月季向门口走，路过父亲背后，仿佛路过煤炉一样，路过煤炉和路过我面前一样。

"妈！"我把筷子移到嘴唇角上，注神地叫了一声。

"做什么？"母亲站下来。

不知道那时究竟是一种什么心理，眼泪突然跳出我的睫毛。

"又要哭，又要哭！妈和你说着玩儿，你也不知道。妈怎么会舍得丢了你！妈亲你，好好喝稀粥。"

眼泪已经流入我的嘴里，我用手背擦着眼睛，而且另一手也放下了筷子。

"你管什么？你就不用管！"父亲说，"有能耐你就让他哭，那才叫人佩服呢！"

但母亲一句话也没说，就把我抱起来，对崔婆道："先把食桌上的这盆搬过去，等会子我来摆布！"用手给我擦着眼泪："听见没有？我说你放在那儿就好了，等会我来摆布，先搬食桌上这盆！"

"听见了！我这就收拾木头板子……"

母亲抱着我，走到北间去："哭什么？妈说着玩儿，等你长大了才离开你哪！"接着叹息一声，把我放到暖炕上。

三

冬天，我们就搬到父亲商店去住。在那儿住了一年，只要我闭上眼睛，就想起不管白天夜晚从来没开启过的前门市，那种黑暗的气色以及从门板缝儿射入这黑暗屋子里的阳光，一条线一条线的。可以隐约地看清楚柜台和长条靠椅，还有货架上装茶的瓷坛，另一壁摆人参的玻璃橱，全是铺着秋霜一样的尘土，而且原来遮盖这些家什的红布，都躺在柜子上、地板上，没有人去管。因为父亲一直不到这所黑暗的前门市里来的，只有我和小琴，避着父亲到这儿来和泥做土铜钱玩儿。

我们每人有一块和泥的板子，像艺术家的调色板一样，在这上面调和着泥块。另外用两个有方孔的清朝制钱做模型，把预备好的圆形泥球夹在制钱当中，轻轻一压，泥球自然扁了，然后用线周圈一锯，并且把方孔通穿，那么一个土制钱就制造成了，然后排在那一条条阳光当中去晒干。在这时候，我和小琴是各不作声的，只专心一致地注意着自己的手艺。然而听见母亲在院心呼唤我的声音，我们就会停下来。那时，小琴望着我，我望着小琴，互不作声，把注意力全集中到听觉上。若是我这时稍微挪动一下座位，小琴就会用眼睛制止我。我们都是坐在地板上的，把调泥板摆在两腿当中。我清楚地记得小琴那时常有的故作惊疑的俏皮的眼光，而且那眼光在又幽暗又有一条条阳光展布着的阴影里，给人的印象，格外别致、有趣。

听不见母亲的召唤了，小琴就会伸伸舌头，之后继续我们的手工。

"你做多少了？"她悄悄地问。

我就向她伸出手指作数目。

"你呢？"

她也用手指回答我。

我们胆又小、心又虚，甚至于小三点跑来，我们都不敢留它，作势把它驱逐开去才安心。因为它的项铃，老是丁零丁零地响，我们最怕这秘密工场给母亲借着铃声发现出来。知道我们这秘密工场的，只有崔婆一个人。遇到母亲找我有什么紧要事儿的时候，崔婆就偷偷来通知我，说是"你娘给你裁衣裳呢"或是"快吃晚饭了，明天再玩儿吧，小琴"。她说话的声音也总是低微的，而且若是我不听话，她就会向小琴劝告："明天再玩儿吧！你娘也找你哪！你不听话，连儿就还要玩儿，可是等会子他又得受责备。"

不管我怎么不愉快，小琴还是毫无留恋地走了，临走常常用距离很远的眼光望我，而且那么望着，站许久，才说："明天我放学就来！在门口等着我！"说完，就跳着跑开去，像一个小山羊那样活泼。

她九岁了，只比我大两岁，但我一切是顺从她的，仿佛她比我知道的事情多，而且羡慕她。但崔婆比我更是见多识广的了，我倒不觉着她聪明。

实在崔婆对我很亲爱，有时仿佛比我的母亲还亲近，尤其是母亲责罚我的时候，崔婆总是围护着我，把我掩在她的身后，用她的身子遮挡母亲的视线。但我对崔婆是不如对母亲那样亲，看见母亲不喜欢我的眼色，就悲哀、难过，看见崔婆不愉快的脸色就生气，而且只一瞬间的不平，就又玩我所玩儿的了。原因是崔婆的脾气善良，就是一时对我恼，过一会儿就忘了，而母亲的个性强，只要我有一点儿过错，就叮嘱我："记住呀！连上一回，这是两回了。"若是积蓄到五六回过错，那么就做一次总的责罚。这是和在韩四叔那个院子时，最显著的不同了，已经是受责罚的年龄了。

就是父亲给我上夜课，也预备了罚跪的香，但自从设置了跪香，我却一次也没有受罚。

在和韩四叔同住那个大院落时，我听见外屋的动静可以问父亲，背完书吃什么，但现在不敢问了。虽然母亲的寝室就在内室，而我读书的外间，就是从前的账房。母亲的煎炒夜点的声音，依然很清楚，依然是我夜读当中最大的诱惑。但除了盼望崔婆能暗地告诉我母亲的夜点，我在背书以前，是没法知道的，就是问崔婆，还得注意父亲的眼神，用书本来遮挡他的视线。

四

这时候，城市给我的印象也不同了，除了白俄常常出现在街道上以外，本来是没有什么变化的，倒是因为我自己的感觉两样了。从前我所看见的种种景物，全是一个轮廓，譬如四轮的农车吧！我现在不但能分辨出哪匹马剽悍可爱，而且也注意及它们的项铃和额前配饰的红缨子花球。那是纯粹为山东移民所讲究的。至于高丽人，常常是赶着独牛驾辕的两轮车，男人用面巾裹着头，女人用毯子包着身子。最富裕的农民进城，最多不过骑着一匹矮小的纯高丽种的马，而马额的鬃毛，结着一两条红布带儿而已。从前我所见到的商店，只是繁闹的，有的玻璃橱上摆着五花十色的绸缎、布匹、狐狸皮、洋伞，有的全部开敞的门市的门口，摆着货床，陈列着机织袜子、日本的胶底黑布鞋……而现在我注意到各个商店的招牌，尤其是商店门口旁的幌子。从两串儿木板涂画的膏药上，我辨别出这家是药铺，从一只木型的丈多长的鞋标上,我也能分别出那家是鞋店。烧锅的门外,照例有一个很高的木杆,在最尖端有着曲尺形的横匾,那下面悬着镀银的大酒瓶,瓶底还飘着红布条儿。饭馆子的门前,也有高的木杆,不过那顶上只悬挂一串蒸笼形的罗圈儿幌。城市里的营业中最高的标帜,就是挂在日日新澡堂上空的红布灯笼,夜间就换了真的红玻璃悬灯。而且我不相信壁上的挂钟,每次夜课完毕,我都要到院子中心去仰望那盏红的悬灯,若是望不见,那么一定是过了十二点。除了这个时间的标帜以外,还有礼拜堂的钟声,我那时还不知道礼拜堂是建筑在城东还是城西,但听见钟声,我就知道这是礼拜六,第二天可以和小琴玩儿一天。

冬季的日子,是这城市里的营业高潮。许多农民从四乡赶来粮食车,许多猎户从深山赶来载满各种冻肉和兽皮的雪橇。访山的用袖筒藏着人参。吃黑饭儿的人,就在皮大氅里运来烟土。

父亲在这时候,精神也焕发了,那正是古班率领粮车进城来的日子。

这年,他穿着俄国式的短外套,火狐绒的皮领翻在外边,鹿皮马裤,高腿的羊毛毡靴,手里照例拿着一根打马棒。

我正从小琴家里回来,想搬运我的珍贵私产——一铜盒香烟包里的画片。因为小琴也是搜集香烟画片的名手,而且有许多张是城市里不管哪家孩子的画片堆里所没有的珍品。我是预备和她交换一张的,那是烟台的海景图,而我若是得到这一张,全城市只有我一个人是有全套无缺的香烟画片了。

这天,我穿着棉袍,因为是去年过年做的,所以质料是拔尖的货色——海蓝色的法古缎,现在底襟只到膝部以下,袒露着高丽绒的卷腿裤,脚下是土布棉鞋。当时,这所车门对街的大院落一色是白的雪,走道都给人踏得结实而且坚滑了,走起来,必得谨慎地看着路。就听见父亲说:"连儿!过来给你古大叔打千儿!"原来,父亲正陪着古班到豆子仓去。豆子仓就是曾经收留过溃退的俄国兵士和家属的那所坐北朝南茅草房,它把那大院子隔作了前后两部分。我还没有来得及辨别是谁,就给古班两手举起来:"连哥儿长这么高了呀!我来看看,别动。"他高声笑着,我的脸正对着他的脸,他那双眼睛像针一样注视着我,仿佛看看我是不是变了,然后说:"连哥儿!我给你带来好东西了!"就抱起我来,向父亲说:"你一个人去吧!"并呵呵地大笑,仿佛摈弃了父亲,在他是一个很得意的玩笑。

"你又是闹什么鬼呀!"我望见父亲瞠惑地站在那里。

"连哥儿!咱们别管他!我给你带来两个稀罕东西——我摸摸你的手哪!这样凉呀!"他大声叫起来,"怎么这样凉呀!"尽自撇开父亲抱着我走了。

我一直望着他那沿着嘴唇的胡须,黑里带红,用手触触,梆硬,和一条条钢丝似的。

"来!试试扎脸吧!"古班在我腮上用须刺着,我不由得畅快地叫起来,脸虽然向外挣扎,但心里又巴望他再用胡须刺刺。

"你打个口哨呀!"我说。

他就把手指插到口里,尖锐的声音立刻响遍了院落。

"古把头呀!我当是老毛子呢!吓了我一跳。"崔婆开门的工夫说。不是因为他的口哨响,而是他用马棒敲门的声音,使她吃惊。

"我的马鞍子哪?"古班把我放下来,问话的口气,和一呼百诺的贵人一样,并左右四顾,仿佛有许多仆人侍候着他的神气。

"搬到柴棚去了!"崔婆望着他,也身受感染似的,充满了愉快和幸福,她望他的眼睛的那种神情,仿佛他就要做出使她发笑的事情。

"来!连哥儿。"

"连儿又要做什么呀,你古大叔挺累的!不让他歇歇腿!"母亲伏在窗玻璃上说。

"来!不要听你娘的话!"

"连儿又要骑马,是不是!"

"嗳!九嫂,您管克克好了,男孩子的事,您就别管,连哥儿长大了还要挂刀哪——来，连哥儿！"

我听见母亲发出的爽朗的笑声，还说："您真会说话！"实在母亲确是希望我将来能够带兵打仗，并不是崇拜英雄，而是欢喜那种威仪。

等到古班打开马鞍子旁边的白木箱子，我立刻欢呼起来，高声叫着："兔子，兔子！"

母亲和崔婆也走进来，爆发着欢笑。

"我当是什么东西，您连说一声都不说。我还疑惑着，怎么这白木箱子里古弄古弄地响，还当是酒瓶子什么的倒了。"母亲说，"我看看哪！连儿拿开手！"

崔婆也说，她早就想这木箱子里一定有稀罕景儿了，因为她一搬箱子，就觉着两样，又轻，又有东西滚动，仿佛她早就知道这是两只小兔子似的。

可是谁也没听她的话。那两只小兔子是白的，毛色光润，不停地动着两只透明的耳朵，一竖一倒，一倒一竖，仿佛时刻在侦听，眼睛鲜红，略有畏缩而疑惧的神气。箱底铺着细软的靰鞡草，然而它们的身子还是微微地发抖。

"妈！它们冷呢！"

"冷！"古班大声地说，"我用这件短大氅盖了一路，在雪车上差点儿没把我冻坏了！"又说："好好养着呀！别让你们洛布达咬死——我要到外院儿去喂牲口了！"就跺跺羊毛毡靴上的雪，走出去。其实门口外就是雪的走道，不知为什么他却把靴上的雪留在屋里。

现在我是完全忘记小琴还在家等候着我呢，全副精神都集中到怎样安置这两只小小生物上来。

第五章

一

午餐的时候人很多，分作两伙儿：一伙儿是地户，坐在账房间的圆桌上；一伙儿是父亲和古班。他们吃着白酒，我和母亲吃着饺子。我们全是坐在暖炕上，围着矮脚桌子。母亲照料着妹妹，时时低着头给她喂饺子馅，我趁着这工夫，就偷偷地给那两只兔子塞饺子吃。所说偷偷的就是不回脸看，依然装作吃得挺有味儿的样子，眼睛却在暗地注意着母亲，逐渐把筷子夹的饱肚儿的饺子，挪到桌边儿上，用手接过来，背着手朝脊梁后的木箱子里放。虽然我不回脸，可觉出那两只兔子的吃惊的躲避模样，及至抽回手，又听出它们嗅触食物的声音。

父亲和古班说得挺热烈，说话声音很高，脸上都现出欣喜淋漓的光辉，他们虽然是和我们坐在一伙儿，却忽略了我们的存在，仿佛只在他们两个人的世界里，而我也自有一个世界在，所以也没有听清楚父亲一句话，只是古班的高朗的笑声，时时夺去我对兔子的注意。

我看着古班把整个的咸辣椒，用筷子送到嘴里，像吃鲜菜一样，既不嫌辣，又不怕咸，只见喉骨一蠕动，他的嘴里就什么也没有了。他根本不注意他吃的什么，只是醉心地听着父亲的话。我望了母亲一眼，看看母亲是不是注意到古班这种吞的吃法。我要给兔子喂饺子。母亲终于从我眼睛的光辉里，窥出这个秘密了。

"连儿那是做什么呀？"母亲低声问。

望见母亲的脸色,并没有严肃可怕的那种气氛,我就笑起来。

"你给它喂什么呀!喂饺子吗?"母亲又用眼睛告诉我,"你等着吧!客人走了再教训你!"

我望望父亲,父亲没有注意我;望望古班,古班也没注意我;又望望母亲,遇见母亲那两道说"你等着吧"的眼光。我的眼光也受了感染,无力地低垂下来,每次预先得到受责的征兆,我的脸色就像一朵受霜的花那么枯萎,那么无生气了。

"谁家有喂它饺子的?"

我用牙咬着筷子不说话。

古班忽然注意到我那受责的含怨不语的样子,就说:"九嫂又怎么的了!"他那掌面又大指纹又粗的手,擎着大酒杯,有些酒滴到膝上,他也没觉到:"哪有你管的,你有一个克克管着就成嘛!"突然放下酒杯:"过来,我给你,你要什么!"我就把筷子放下,表示不要再吃了,也不是故意和母亲赌气,而是因为古班既然这么说,仿佛我不放下筷子,表示不吃,就辜负了他的美意似的。

"你就不要管他,越说他越装腔!"父亲用眼睛望了我一下说,那眼光仿佛不屑注视而且深深了解我的心理似的,仿佛不理我,就会自己吃了。于是我为了表示父亲说得并不对,就离开餐桌,挪到左首去,用背抵着墙。

"你等着吧!你!"母亲低声说。

"我给你打个口哨。听着呀!"古班就把手指插入嘴里,吱吱地叫啸起来。本来我不想笑的,可是望见母亲大笑的样子,也就笑起来。古班的神气,非常骄傲而且自得地说:"来!来!九哥,干一杯,祝你百世如意——你知道,人哪!别不知足,再待十年八年,我侄子长大了!你可就享福啦!我劝你搬到屯子去住吧!盖三间红砖房子,洋铁屋顶,玻璃窗,再修个院子,种两畦花。冬天咱们哥儿俩弄个好雪车,套上俄罗斯马去打围,九哥,你就知道城市是多么乏味了!除了看看戏，有什么好玩儿的？"

"等到我把债清理完了再说。我是不想到屯子去，倒想把地卖了，回青岛去，在海边儿盖座房子一住，把连儿送到济南去读书。人总不能忘本！"

"我就是不愿听你说这些主意，青岛、北京、济南、船厂……不是生长英雄的地方。你知道咱们屯子的深山里，是出人参的哪！不要说别的，河水都有人参汁，你要听我的话，管你喝十年咱们屯子的河水，不成仙也能长命百岁。九嫂，你不用笑，我是说真话，连儿若是在那住十年，要入伍不升到团长，我把头割下来，不让你们的手沾血！"古班说话的声音，像是吵架，像深山里那些血气旺的人，仿佛他那强壮的身体，不容他的声音低，那声音的健康，正是钢铁给锤子敲打得一样的壮实。

我看见他们又沉入醉心的攀谈里，来不及注意我了，就又望见母亲那余怒未息的眼光，再看看崔婆——她是刚进来不久的，那时古班正打着口哨，她俯脸笑着，抑制着笑声，仿佛不敢望古班，一望就要破声地失礼大笑那样。她没注意我，我也没有注意她。那时，她端上一盘炸牛排，又撤下两个空盘，站在门口，却不退回厨房去，用围裙擦着手，等待着什么，眼睛尖尖的，注视着父亲的筷子，她的脸上照例发着每次宴席所有的欣喜光辉。

"下来玩儿吧！连哥儿！不吃了就下炕，坐在那儿又积食了！"崔婆见我正在望她，就走到炕下，从古班的宽大背后伸过手来，说话的声音极小，显然怕惊扰父亲和古班的吃喝兴致，同时眼睛又望了下父亲的筷子，看他是不是着筷吃牛排。

我就挪到崔婆跟前，让她给我穿鞋。这时父亲的筷子触到牛排了，眼睛望着古班说："这个冷了就不好吃了，我们崔婆的拿手菜，尝尝怎么样？"于是崔婆的注意完全给父亲的话牵扯去了，露着担心的微笑，唯恐她的精心制品不合客人的口味。我用手扯她的袖口，要她给我穿鞋，鞋是有结带儿的，提在我的手里，可是她把我的手也抓住，提防我扰了她的注意。

"那里有蘸盐！"崔婆离开我向古班说。

"给人家穿鞋呀！"我抱怨地说。

崔婆又向我走来，可依然不望我，两腿是向我这边走，眼睛却望着古班和父亲。

"你不给人穿鞋，怎么的？"我这时气的不是她延迟给我穿鞋，而是我连声召唤了两遍，却得不到她一秒的注视，就叫起来。

崔婆那双乌黑的发亮的眼珠儿才针对着我："连哥儿别叫，鞋哪？鞋哪？"实际鞋就在我手里，她却又望着父亲了，话虽是对我说的，心实在是没有注意我。她已经站在我跟前，一手在我脚的周近摸索起来了。我把鞋递到她手里，她也不看看。我又把鞋从她手里挣出来，把古班身后的狗皮帽子放入她手里，叫她握着。

"崔婆的手艺真不坏哪！"

"她什么都会呀，赶多咱让她给咱们炖条大马哈鱼吃！"父亲说。

"有什么手艺，全靠作料儿。"崔婆幸福地微笑了，望望我，仿佛把幸福也分给我一点儿似的，又说，"这炸牛排是全靠火候儿，要是火候儿不对就不这么脆了，今天柴还不干，火也侍弄得不旺……"

"你不给穿鞋了呀！"我又叫她。

"连儿你想挨打了，是不是！"母亲说，"怎么越有客人，你越吵，那么大了，自己不会穿吗？"

我又低下头来，只见崔婆那只握着狗皮帽子的大手，向炕里一挥，从我手上拿去棉鞋，她一点也不惊异，手里为什么会握着个狗皮帽子，我也不作声。她给我穿棉鞋的工夫，是急促的，显然赶快把我打发走的神气，又低声说："去找小琴玩儿吧！"

"不！"

"你看你这两只兔子……你怎么给它们饺子吃呀！你看它们光嗅

着吃面皮，肉馅儿一点也不动，都抛散了！"

"它们吃什么呢？"我俯在窗口上问。

"吃豆子！快下炕吧！"崔婆又匆匆走出去，声说厨房里还有肘子和炖鸡。

我又恢复了对那两只兔子爱抚的心情，用手抓它们长大的耳朵，它们越是吃惊，越是逃避，我就越想抓，并且有一次抓着那只兔子的耳朵提了起来。

二

两只兔子显然是饿了，只要我默望着它们，它们的嘴就咕噜咕噜响着，并用眼睛窥伺着我，那眼睛像红宝石一样射着光，渐渐向前挪移着，去触嗅饺子的肉馅儿。我奇怪它们的嘴唇，为什么分做三瓣呢！突然想到天井外的大院子那所谷仓里有豆子，就跳下炕来。

只见外间的高丽地户，围着餐桌谈天，眼睛全闪着情绪热烈的光辉，正像一般在酒席半途就饱餍的人一样，等待最末一瓶酒吃完，就着手吃饭了。每个人都是白的薄棉袄儿，有的套着苍青色的背心，有的外套古铜色背心，衣裳褴褛，全挂着补丁。一个叫做金秉湖的高丽农户，腕上还套着短鞭子，他是赶着驾一匹牲口的两轮农车的人，袖口露着一圈儿羊毛，不是穿着皮袄，而是套着羊皮袖筒，头上裹着围巾。现在他在油布制的烟口袋上卷着纸烟，那烟口袋平铺在他的膝上，借以让手指间的烟屑不至于落在袋外。他嘴里说着高丽话，就是用舌尖润湿纸烟缝儿的时候，也不用眼睛望他的卷烟，可见他谈的是多么入神。

我从他身后走过去的时候，他迅疾转过来捉住我的手说："少财东，你的学堂的去吗？"本来我是恼着一个高丽地户捉我的手的，可是因为他那红润的笑辉和那别致的中国话，反而觉着有趣，就摇了摇头。那时候，金秉湖就转脸向他的伙伴们笑着说什么，不时地用眼睛看着我，显然是讲我，而且仿佛因为我认识他，非常骄傲而自得似的。我撤回手走了，他也不挽留，显然只是为了表示他和我很熟。

一出屋，就觉着眼亮而头晕，什么全是白的，墙头是雪，屋顶是雪，院子里也轻柔地铺满雪的绒毡子。原来我们午餐辰光，雪就又落下来了，现在空间还是稀薄的雪花儿，飘飘下坠，一点声息也没有。天空发着灰白的阴沉颜色，仿佛一时不会晴，院心没有风，而且气温也不如雪前那么严寒，仿佛由降雪而温和一点儿，正如暴雨之前有烈风，而一旦落下倾盆大雨，风就平息，只剩一片雨声了一样。

我悄悄打开门，生怕母亲听着动静发觉我不在。然而门一开，一个又白又大的东西，突然从我身旁一跳，就冲出门外去，使我大吃一惊。一看，原来是洛布达，那只强壮的俄罗斯种的狗，只见它那臃肿的身子，不住地抖擞，一会儿，背脊和身子全部露出原有的红黑相调的毛绒来。它回脸望望我，怕我驱赶它仍旧回进门里的小天井似的，向大院子中心奔跑开去，并发着愉快的吠声，那吠声仿佛说："闷了我一天，这会子可得称心称意地玩儿玩儿了！"

临出来，我小心召唤着："姥娘！关门呀！我去拿篮子去！"没听清楚崔婆的应声，就跑出来了："洛布达！洛布达！"现在我毫无拘束地大声叫唤着，随后追去。

我突然望见洛布达摇摆着尾巴，向一个戴红绒皮帽的女孩子跑去，原来小琴在院中一座冰岗上，打滑嘶溜儿，她的手牵着金锁儿的手，保持着两个胳臂连接的距离，她穿着小的外面有鼠毛的皮外套，左手提着个羊皮袖筒。金锁儿戴着水獭制的冬帽，长袍也是短得只能掩盖着膝部，两手有绿毛绳的手套。这时，小琴召唤着洛布达，正向我这儿看，不想一个高丽孩子从金锁儿身侧滑来，只见小琴两手朝空伸展着，险些给那高丽孩子冲倒，脸儿吓得一阵红，立定脚，就在那高丽孩子面前站住，愤怒地望着他。起初那高丽孩子笑着，逐渐也愤怒地盯视着小琴了。

"来！来！要打架了！"金锁儿向我招手。

当那高丽孩子从金锁儿身侧滑过去的时候，我就站了下来，出神地望着小琴，担心她会给冲倒。不知怎的，我却没来得及召唤她注意。现在我跑过去，挺着胸脯，从他和小琴之间插入，并推开小琴。我那眼睛是直望着那高丽孩子的。他穿着有两条长结带的无领棉袄，肥裆的灯笼裤，全部树胶制的高丽鞋，却戴着一顶中国苦力的狗皮大帽，若不是掀在前额上，一定把他的鼻子和嘴巴都装进去了。

他也用望小琴的那种眼光望我，仿佛说："看看你能把我怎么样！"

我也用眼光说："你能把我怎么样！"

我仿佛听见金锁儿拍手低声欢叫的声音，似乎庆贺他自己有有趣的玩意儿要看了。那种低低的欢叫声在说："看呀！他们要打架了。"又仿佛听见小琴的怒吓声，从那低微而短促的声音里，可以想象到小琴是用愤恨的眼光瞪着他的。

我望着那高丽孩子。

他也同样望着我。

足有五分钟，我们相持地对立着，彼此望着对方的鼻尖。实在我并没有和他厮打的意思，不过看着小琴受欺侮，就愤恨不平而已。等到听见小琴怒吓金锁儿的短促声音，知道她在愤恨中注意着我怎样代她出气，就更加英勇了，想非着着实实打他一顿不解。不是要在她眼前表示勇敢，而真从心里要代她报复。最后那高丽孩子慢慢挪开眼光，仿佛说："去你的吧！你算什么东西！"就迈开脚步走了，并且故意在我左首打着滑嘶溜儿，表示他对我的蔑视。

"盖含嘎唧！"我用高丽话骂了一句，表示我并不怕他。等到他用满族话回骂，而且仍旧打着滑嘶溜儿，我就向他奔去，可气的不是他的回骂，而是那仍旧打滑嘶溜儿的悠然态度。那时还听见小琴说："不要理他！"当那高丽孩子低着头，伸着两臂，仿佛苍鹰伸展着翅膀滑过来，我就迎上去用肩膀猛力撞过去。那瞬间，他正像小琴被冲时一样，向空摇晃着两臂，只迅急地前俯后仰了两下，到底跌倒了，后脑在冰上发出一声响。我想他一定哭了，然而他立刻一声不作俯身跪着，向我两腿抱来，我用手抵着他肩膀，到底也给他掀倒了，两腿向空地坐下去。我听见金锁儿爆发出愉快的笑声，那时我的胯骨一阵麻木，等我站起来，那高丽孩子一边骂着一边走了，一手还抱着后脑。若不是我拉不开脚步，一定追上去，可是我的胯骨疼得像折断了一样，为了表示我并没有摔疼，装着毫无痛楚的面容，并且瞪视着那高丽孩子说："该，没把你的脑袋摔碎，你不知道厉害！"其实心里非常愤恨金锁儿，这比愤恨高丽孩子还深切。他的笑声已经刺伤了我。

小琴在我和那高丽孩子厮打时，高声叫着："妈！你看密嘉打人了！妈！"现在却用一种冷静的眼光注视着我。从那眼光里，我看出她是要在我的脸色上辨别我是否受伤了，并且有湿润的泪滴儿，在她睫毛间旋转了。

"你那样望着我做什么！我明天非找根皮鞭子揍他不解！"实在我心里是多么感激她那深切的注视呀！我同时用手摸索着后胯骨的雪屑，表示我是一点伤也没有，可是我的手一点不敢触到胯骨，只是摸索着棉袍。我又偷偷望着金锁儿，他的脸色绯红，眼光是那么愉快，仿佛抑制着欢喜，尽力不笑出声来那样闭着红红的嘴唇。

洛布达起初狂声吠着向密嘉周遭奔扑的，却不走近去，现在在我跟前旋转着，仿佛知道我在生气而讨我欢喜似的，摇着尾巴，时时向密嘉走去的方向低吠着。

我们都站在坚硬的冰场上不动，也不作声。雪花在我们周遭飘飘地落着。

我走的时候，望望小琴，小琴也望着我，我叫着："洛布达！洛布达！"就走回来了，忘记我是拿豆子喂那两只兔子了，只是气愤金锁儿的欲笑不笑的姿态。

"下晚儿来打滑嘶溜儿呀！"小琴叫道。

"呵！"我没有回头，像受了欺侮的孩子一样，虽是对喜欢的小友，也不愿意见面了。

三

回到我家的板壁天井后，发现棉袍的后部裂破一块，害怕母亲会发现。这害怕的心理，比对于金锁儿的愤恨、对自己骨肉的痛楚更深切，唯恐给母亲窥破了受责罚。母亲的脾气越来越大，常常因为我作孽而沉着脸，尤其她那双男性的严肃眼光，只要我看到，不管玩儿得多高兴、多有趣，就会停下，俯脸玩弄起自己的手指头，而父亲的性情却柔和了，对我总是怀着慈祥的爱抚，正如一个中年将尽，渐入老境的人（而且事业又遭了失败）所有的退休者的心境，只想在家庭的乐趣上享受几天幸福的岁月，在子女身上找点儿温暖，虽然有时还是叹息、忧郁，常常坐在靠椅上，用手埋着额思索什么，但一遇见我的欢叫或妹妹克克的哭声，就又得到解脱了，赶忙离开那座位。

母亲很少和父亲说话，偶尔会用温柔的眼光看他，偶尔又会独坐不语，全不把父亲放在心上，而且这时望见父亲，往往又会皱起眉来。

母亲日常是在厨房和崔婆谈天的，仿佛在那儿谈一小时，就能得到一小时的幸福和愉快。崔婆有着永远说不尽的话题，遇到热天气，就说："咱们海南家快拔麦子了，这晌午头儿上正鼓着麦粒呢！"从这里说到往日坐在打麦场忙庄稼的愉快日子，晚上围着灯笼在打麦场上做女红的纳凉情景。遇到树木落叶的时候，就说："咱们海南家这时候，正唱野台子戏了。"从这里又说到说鱼皮大鼓的李太白，自然李太白是绰号，两斤米酒就能雇他唱一段《目连僧救母》，只要座上有三个人，就能说到鸡叫，通夜不睡，天亮就喝完酒，离流歪斜，背着包袱和鱼皮鼓到关帝庙前去睡觉了。每次我都听得神迷魂荡，并且生出许多美丽的幻想。那渤海南的乡村，给了我神话一样的诱惑和憧憬，虽然我还没有见过乡村，甚至现在连城外的郊野都没见识过。实不知道崔婆和母亲之怀恋胶东的乡村，实际上是各有一种衷肠，而且也是对她们逝去的闺女时代的向往，她们不知什么是命运——她们现在相信着命运，尤其是母亲拜佛守着斋日的戒规，常常因为崔婆用沾过猪油的铁勺子炒素菜而申斥她的不细心、不虔诚——天真无虑的日子的哀悼，正如一般中国妇女回忆她们的未订婚前的少女时代所有的甜美感。她们都觉着那时是一生中最幸福的，生命如春草放着芳香的光辉闪闪的时代。尤其是母亲，时时有着一个黑色的影子磨折着她，那就是父亲留在海南的原房妻子，这骄傲遭受重大损伤而又不甘屈辱的灵魂，使她虽是怀恋渤海南岸的温暖气候和习惯的风俗人情，但却有着仇恨似的敌视，常说："宁肯在这荒凉的关外过到白了头发，掉了牙！宁肯把自己的尸骨埋在这荒凉的关外，和狼嚎鹿鸣的声音相共，就是回海南能修仙得道也不去！"

崔婆有时附和着母亲，从那壮健的神色里，可以看出她的坚定，但有时又劝慰母亲："说是这样说呀！到底是那块黄土上长大的人！"

母亲就说："让连儿跟着他爸爸回去吧！我呀！领着克克到尼庵上盖两间茅草房，修下一辈子吧！"说这话时，她就向我望望，若是我眼光含怨，就再逼问一句："怎么？你爸爸不是亲你吗？跟着我做什么？"直等我的眼泪跳出来，母亲才轻柔地说："不是说着玩儿吗？妈喜欢你，还不知道！"仿佛我在她说那话的当儿流泪，母亲就得到了最大的幸福和安慰。

崔婆所以和母亲有时抱着同感，自也有份儿悲哀的身世。

她是一个中年丧夫的寡妇，跟前有两个儿子，守着丈夫遗留下来的两亩半祖产。大两岁的哥哥，叫实榴，八岁的兄弟，叫桂儿。实榴雇给富户放牲口，桂儿就送到学堂去读书。虽然她生来就有一份儿贪嘴的胃口，可是在两个儿子身上，尽力俭省着吃喝，有小麦，就和邻居换两升高粱；有高粱，就和邻居换百斤地瓜。日子虽说过得艰苦，可是有指望、有目标，那就是盼望实榴能长大了雇长工，盼望桂儿成人了能做出一份事业。所以供桂儿读书，并不是因为他比哥哥聪明，而是她没有力量出双份束脩，若是供实榴，弟弟雇不出去，供桂儿呢，哥哥可能在家外找吃喝，另外每年还有一笔足可付束脩的八吊铜钱可拿。她选择最后一着棋，把所有的力量全消耗在桂儿身上了。自然这也受着亲族们的攻击，他们当着崔婆的面说："像咱们这样的人家供什么书！现在你供成了，又能怎么样？既不能考秀才，又不能中举人，如今是民国了，你不想想，雇给外庄放牲口，不管怎样，一年到底不会沾到你自己家一粒粮食呀！"这些人所以攻击崔婆，不是妒忌她的桂儿上书房，不是为崔婆的身世而怜悯，而是唯恐她开口向他们借贷，预先就封闭了这座门。越是亲近，攻击得越厉害，仿佛说："她既抚养不起孩子，为什么还供他读书，咱们可不管，她横竖有办法！"

　　崔婆也确实不屈服，她受的攻击越厉害，就越发要使桂儿用功地读下去。然而桂儿自幼是多愁善感的，几次他流着泪声言，不要入书房了，为的是使他母亲能减少一点操劳，他心底这样想，嘴里却说："师傅也不给开讲，读懂《诗经》又能怎样！"

　　"你不能不读下去呀！孩子，你要争气！要给娘争脸。你师傅看着你用功一定会给你开讲！"实在她不知道做师傅的并不比讲《目莲僧救母》的李太白高明一点儿。她认为坐学馆的师傅是有着渊博的学识，只要桂儿读下去，总有学成功满的一天。可是功满又能怎样呢！她可不管了，仿佛学成功满，桂儿就会有了立业治产的能力，就能置买几十亩小麦地，就能养得起骡子和马车了。她恳求桂儿不要为家累担心："你光管你的书好了，你为什么老是挂牵家里的事呢！这些都由我来管。"然而桂儿并不因为母亲的能干而松心，他仍旧在夜晚回家就寝的时候叹气，一个十五岁的孩子，像大人一样地袖着手叹气。崔婆如今说起来还流泪，说："再没有见过那样聪明的孩子，整天忧愁着未来，而且不愿意说话，人家说话也不听，整晚萎缩着坐在黑影里烤着火盆思索什么，而且像大人一样在火盆上洗着手。他最佩服的就是子路穿着破衣服能和有'狐裘'的人站在一块儿而'不耻'。"虽然崔婆也不知道这句话的出处，但她深深理解桂儿的心的，知道他之所以忧郁和悲观是因为家穷，因而只要站在有十亩小麦地的富农的跟前，他就退避开去。实在有十亩地的主儿，站在一个有两亩半祖产的寡妇跟前，说话的声音也太爽朗了，完全贵人一样，连他那褴褛的衣装都仿佛放着万道金光。

尤其是使崔婆劳心的，就是还得用另一副笑容对待实榴。这是一个十足的农民型青年，又顽强又粗鲁，他已经是富农家的长年的扛活儿了，受不住雇主因牲口而发的脾气，受不住雇主当着他的面摆冷脸子，于是所有的激怒，从雇主得来的激怒，就全部带回家来，抛到崔婆身上了，抱怨她偏爱桂儿，把自己送给人家当牛使；抱怨母亲对待弟兄不公道，皱着眉，随时要捣毁崔婆那座暖炕似的。但一会儿，看见水缸里没有水，又一声不响挑着担子把水挑满。在这时候，崔婆是一声也不敢响的，偷偷望着他，任凭他去干。在这点上，可以说崔婆是畏惧他的，唯恐他心不欢，每次听见他那壮健的脚步声心就跳。但实榴的工资，照常领到手就交给她，那时他的脸色是愉快的、幸福的，说话也不顶撞母亲了，可是一见到桂儿的穿戴比自己整齐，就又阴沉起来。

桂儿也是痛苦的，怜悯他的哥哥，感激他的哥哥，独自一人的时候，就想见到实榴诉诉内心的感激，甚至想握着他的手，在他脚下哭一通。可是一碰见他，反而一句话也说不出来，只想找机会溜走。因之，崔婆每次给他一双新鞋或长衫的时候，桂儿坚持着不穿，因为那是实榴给人起夜喂牲口、起早下庄稼地，受晒、流汗、挨骂、受气……所得的一点报酬换来的。崔婆又高兴又难过，用温善的声音恳求他穿得好一点，省了在学房给同窗讥笑，用气愤的语言说："你再不听话，妈就不管了，还不找个主儿再嫁，反正亲戚们不拿着我当人，大儿子给气受，二儿子又不听话。"到头还是母子俩流着眼泪，哭起来。结果,桂儿老老实实听凭母亲的打扮。

桂儿还没有停学,实榴娶亲了。媳妇是富户的主妇娘家的远亲,邻村金家洼老牛贩子的闺女。婚事进行中,实榴口头表示不愿意,又担心崔婆真的推脱了,因为他在金家洼的庙会上见过那个牛贩子的闺女,长得还中意。崔婆从实榴的斜睨的眼色中,窥出来自己的儿子是怎样担心她说出的话,唯恐有一点儿辞脱的口吻。实在心里苦痛,不是别的,而是她想完全把桂儿肩抬出穷苦的人群之上,再给实榴娶亲的心愿,遭受了阻碍。明知一粒谷米同时不能分给两只鸡,可是不肯使实榴失望,不是顾念儿子几年来的辛苦,也不是怕得罪了儿子,倒是因为不忍心让实榴在脸上现出不欢快的颜色来,并且她是多么苛责自己那种偏爱的心思呀,时时在心里责问自己:"为什么老是替桂儿的幸福着想呢?实榴也够苦了!"她又怜悯实榴,多疼爱实榴。婚事就在崔婆的强为欢颜下决定了,仿佛即使实榴不愿意,她也要硬逼他成亲似的。

牛贩子闺女一进丈夫门,就从心里对这贫穷而腐朽的茅草屋脊、对这没有谷仓也没有小草垛的狭窄天井、对这破席铺着的土炕、对这褴褛而又好争胜的崔婆憎恶了。再加这里没有她娘家每顿都有牛肉、牛筋、牛骨肉,只吃两顿蒸胡萝卜,或山芋,或地瓜,时间长了连起初还满意的丈夫也憎恶了。一开始崔婆就落了下风,越是向儿媳讨好,越是得不到她的欢心,越是献殷勤,越引起儿媳的厌烦,越是问长问短向她讨两句话,她越是吝啬,就是回答一个字两个字,也不用眼睛看她。同时使崔婆更伤心的,就是依旧得维持桂儿读书的消费,而且还得加倍地宽慰他,因为从实榴娶亲以后,桂儿越发忧郁了,越发恳求母亲不要再读下去了,一心一意要和他哥哥一样下庄稼地。与其内心受苦痛的熬煎——对于母亲的苦痛地挣扎的那种不忍的熬煎——不如死了利落,他背地常这样想的。买纸不说,买墨不说,每当崔婆给他添置衣服的时候,都想跳井去自尽,又惭愧,又感激,又苦痛,又难过。而崔婆又是一句关于钱的来源也不说的。这时候她有了一个隐秘的生活，那就是每天离开村子，跑到五里以外的邻村去乞讨。因为她是婢女出身，除了乞讨，没有什么娘家亲族可求的。乞讨来的，都是蒸熟的胡萝卜、地瓜干儿、山芋、马铃薯，难得一块红面饼子，或是玉蜀黍饽饽。再到另外村子做牲口食物卖掉，就这样过着她的为桂儿生活的日子。

那年冬天，崔婆有一次晚上，冒着寒风回到村子，发现桂儿躺在炕上，没去读夜书，不言不语，眼光迟钝，前额烫手。这可把崔婆吓坏了，她是从来不敢惊动儿媳妇的。找实榴，实榴给富户粜粮食去了，本村又没有郎中，外村不能赊欠一帖草药。于是崔婆做了终身觉着是耻辱的事，她偷了儿媳房外那缸不满两升的高粱面，连夜赶到外庄去请郎中。而郎中恰巧又给另外村子的急病者用牲口接去了，崔婆提着面口袋又赶到另外的村子。

这天晚上风很大，又落雪，崔婆还没有摸到郎中所在的那家患病者的大门，就跌倒了，她是这样的疲乏，雪落了满脸，却觉不出寒冷。一切她都清清楚楚的，听到狗扑着门吠声，听到那家院落里的低语声，听到身旁那匹等待送郎中回庄的骡子的嘶喘，显然它来时是奔跑得满身大汗。天上，望得见灰暗的云块，渺远的北方，又有一两点寒星。慢慢她的眼睛埋在雪屑下面，什么也看不见了，心里反而如是的平静。想到她做婢女时代的童年，想到她那阴沉寡欢的丈夫，这时她得到一种启示，为什么还在这块寒苦的黄土上过活呢！为什么不让实榴到关外去寻找财富呢！她完全忘记桂儿病在家中，等待着她了。

天亮，人们发现她已经冻得晕迷了，手脚没硬，胸口还温暖。幸而她是倒在屋檐下。等她苏醒，说出她居住的崔家庄和来因，那有大院落的地主家一个长工就私下打发人去送信，回来没有跟来一个亲近人，说是她的那个读书人谢世了。崔婆心里虽震动了一下，却又很平静，挣扎着走回来。那家地主的长工虽从心里愿意打发自己家孩子借头牲口送，到底还是给她辞谢了，只派那孩子送了一程。

晚上赶到家，实榴媳妇就在她眼前高声骂着偷盗高粱面的人。那袋高粱面是丢在了那家地主的屋檐底下了。崔婆不作声，有条有理地装殓桂儿，她的心已经麻木了，她装殓着她所钟爱的儿子。所说装殓，就是换上比较体面一些的衣裳和半新的鞋袜，用破炕席卷起来。

正在几个邻居搜集了刨坟坑的铁锹、鹤嘴锄、扁担和捆尸绳，预备往外抬葬的工夫，外庄的长工打发孩子送来了那袋子高粱面。于是牛贩子闺女咒骂起崔婆来。崔婆一声不响，实在她也听不清楚她是骂谁，也不知那袋高粱面是什么来历。她在送葬的人们的后尾跟随着，手里还拿着从卷尸席间坠落下来的瓜皮帽和桂儿读的一本《古文观止》，那是用来给尸首做枕头的，仿佛桂儿是挪一个睡觉房间似的。她的脸色苍白，急匆匆拾起那个瓜皮帽，唯恐给送葬人丢落似的，紧紧追着，并在膝上拍击着瓜皮帽上的雪屑。每当崔婆说到这里就用手背擦把眼泪说："也不知怎么的……就不知我那是送我桂儿入土……连再看一眼也没有……"说这话的声音是这么低微而颤抖，一不小心就要放声大哭似的。

第二年春天，实在住不下去了，因为实榴夫妻俩为了那口袋高粱面，已经和她变作陌生人，她才决定到关外来。临走只听见实榴说过这句话："卖掉那一亩地的钱都交给你了，留下来那一亩半地可是留着给祖茔上的啦！"并祝她路上顺当，过两年回家，仿佛他是那么光明磊落，那么轻易给人原谅而且能容忍、含蓄。但是在望不见他母亲的影子时，他的眼睛流下两滴珍贵的泪点儿，并叹息了一口气，仿佛说道："有什么法子，我是那么孝敬她，一点也换不出她做娘的心。这可不怪我！"这是崔婆后来听见从海南晚来的同村的王程远讲的，那时他也给她送行。

最初，她住在我家伺候着母亲，那时母亲孕育着我。母亲刚满二十岁，并且时常想念海南的姥娘，有个同村的亲族伴着，自然是生活得有兴致的。等到生了我,又发现崔婆贪嘴,就让父亲介绍给杨团长公馆做女佣,现在是第三次回到母亲身边了。但从来不告诉她有了私蓄,秘密地在金秉湖手上,放着一百金票的高利贷。

四

我走进厨房门口,望见崔婆正局促在暖炕边上吃酒,显然我惊吓了她,她的袖筒掩藏着什么,那只手躲在桌脚背后,及见了我才露了一个心愧的笑来,原来那是一纸包熟牛肉。我也笑起来,跳到她跟前说:"我的棉袍刮坏了,你看看!"

崔婆的脸色是红润有光的,她的眼色闪出一种内心微笑的光辉,仿佛责备我的疏忽和淘气。许久,她说:"过来我看看哪!"又叹息着说:"快脱下来,我给你缝上,让你娘看见又该挨打了。"

崔婆放弃了她独自一人的午餐,一边给我解纽扣一边说:"还不摘下帽子来,雪水都淌下来啦!"说话的口气,像她握了那给我缝衣服的权威一样,在许多久受卑视的人,一旦有显现自身的机会,往往是这样突然感到骄傲的,自然言语也不同了。我静静观望着她那苍老而壮健的两颊,发觉像一座满布河流和沟渠的凹凸不平的峰峦一样,肌肉满是条条深而细的皱纹。正如一杯酒滋润着心腑的人,现在有一种愉快的气息,舒展在她眉额之间,不再是冷酷的望人了,和她听到父亲赞美她手制的牛排一样地微笑。

当崔婆缝着棉袍裂口的工夫,她说:"你娘换好衣服没有?戏院开锣了吧!"

我说不知道。那时我望见一只苍蝇,说:"怎么下雪天还有苍蝇呢!"

"屋子暖和哪!"崔婆说时,停针,又拿起杯来,我把住她的手,向杯口望了望,我又用眼睛望着她,心想为什么这样辣嘴的东西,她欢喜喝呢!崔婆发现我注神的姿态就又微笑起来,开始用针挑挑她的黑白掺杂的发髻，像是把针磨锐似的。

"姥娘，你的头发都白了！"

"老了嘛！人老还有不白的！"

"我老了呢？"

"你老了也白呀！"

我就愉快地笑了，因为她是这样和蔼可亲地和我谈话。我爬上炕去说："我写个字给你认呀！"就用膝爬到窗玻璃前，那上面冻结着一层冰霜的花纹，由于窗外融化的雪水，由于窗里温暖的热气，只要用手指一划就是一道线，原来那些温暖气息也全都在玻璃窗上结冰了。

崔婆说："那上面多凉呀！你还用手去划它！"

"我要写个字，给你认嘛！"

"斗大的字我也不认识！"崔婆低声自语般地喃喃，又用针挑着发髻，突然想起什么似的说，"你刚才是和谁玩儿？又是和小琴？"

我说："姥娘，你看看哪！我写的什么？"又爬到她身边跪着，用手扳她的肩头。那时我发现她耳环，摇摇晃晃，像是那铁铸的教堂上顶的塔铃一样。

"我问你，你又和小琴玩儿过吗？"

"姥娘，你别动，我看看你的耳朵眼儿！不疼吗？"我轻轻扯着她那银质的粗重耳环。

"你用力扯，还有不疼的！"

"为什么你把耳朵穿个洞儿呢？"

"连儿！你听说：再别到小琴家去玩儿哪！"她又喝了一口酒，并用手背擦擦嘴唇，轻轻嚼着一块牛肝，同时递到我嘴里一块。

"为什么？"

"她爸爸把咱们害了！你不知道她爸爸是咱们的仇人啦！和外人作扣子给咱们吃亏，如今他们可倒好了，在西大庙兴工盖房子呢！啧啧！什么世道人心哪！那还是和你爸爸是换谱的把兄弟哪！不会有好报应,还能指望老天不给他灾难!早一天,晚一天……我看他回到海南家怎样有脸见人……"

她说话时低头缝着手工,仿佛是自语似的还说了些什么,可是我全没有听清楚,因为一阵雷雨之后,照例是日暖风和的幽静可爱的晴天。我现在是这样的快活,见什么东西都要摸摸,见任何东西都要问问,实在也是由于内心的空虚和无聊,然而却是平静的,雷雨之后的晴天一样平静,日暖花开一样的寂寞而愉快。在崔婆说话的时候,我偷偷去窃取一块牛肝儿,又怕她发现,又高兴地怀着半惊半喜的心,等待她发现而尖叫、而欢呼。

偷第二块牛肝儿的时候,我故意用手碰了她一下。她就向我望,从那眼光中,我觉得就是窃取第一块牛肝儿她也看见了,目光那么平庸,我立刻觉得索然无趣,安静地望着她缝手工活儿。

当她缝完,右手擎到耳鬓,用牙齿把那长线咬断,又把针插入胸前衣襟上,用手指在线缝儿上刮着,使它平坦不突。她做的是这样仔细而入神,之后,她仰脸望着我说:"过来,我给你穿上。"

那时候,我觉得耳又痒,胯骨又酸痛,因为在天井那大院落中心站立许久,忘记把冬帽的皮遮耳放下来,耳朵受冻,再加厨房暖气一熏,耳朵就发痒,并且当时因为我的兴致蓬勃,完全注意在外界的乐趣上,等到现在孤坐无聊的当儿,自然而然觉着耳又痒、胯骨又疼了。我急匆匆地把两手伸入棉袍的袖筒里,也不等崔婆给我结扣儿,就向前屋跑来,还没望见母亲,就叫着:"妈!我耳朵痒!"不知为什么,我没有告诉崔婆,虽然她是那么爱我。仿佛她只能缝缝衣服,而母亲是关心着我的肉体的,并且一说知母亲,心里就会安静了,但是我可没有提及胯骨疼,虽然疼得比耳痒得还厉害。

母亲在窗台的立镜前描眉,身边放着短皮袄,袄的长袖镶有花边,高领子,海绿缎的质料,那羊毛发着纯洁的白光,窗台上发着浓郁的杭粉和香水的气味。母亲刚回脸,我就又匆匆离开门口,那时我听见古班说:"克克,它咬你呀!"就忽然想起那两只兔子来。进这间从前作为账房的门时,我仿佛只觉耳痒,一点也没有注意父亲和古班坐在炕上攀谈,从母亲寝室门口退回来,不觉吃惊刚才经过这里,为什么没有看见他们呢!

第一眼,我就看见暖炕一边的白桦木箱,克克正用小手把住箱沿,入神地观望呢!我就抢上前去把她推开,仿佛她多望一秒钟,兔子就会受到一秒钟的损害。我想要搬到母亲房间去。起初,克克把着箱沿不放手,等我说:"起来!起来!"用力扳开她的小而柔的手指,她就望望父亲的侧影,撒开手哭了。我敢说,她若是望不见父亲的影子,也许不会哭的。

"过来!过来!"父亲中止了和古班的攀谈,向克克伸着两只招引的手掌,克克就两手扶着炕爬向父亲那里去了。

若不是父亲和古班谈得正巧淋漓入迷,一定会追究克克哭泣的原因,可是现在他完全没有注意我。古班也没有移开向父亲注意的视线,那是倾听一个动人的故事的人所有的表情。他的脸上失去了愉快的光辉,仿佛给父亲的倾诉所感染而急待父亲继续说下去似的。

那时父亲向我望了一眼,我知道父亲是说:"大人在这说话,你听什么!"

"那么老七呢?"古班低声问。

"怕和我见面,我在街这头走,他在街那头走,老远地就躲到路边的商家里去啦!"

"为什么不在前年和他打官司呢?"

"算了,还打什么官司,不管怎样是一块土上的人!谁叫咱们比他富呀!"

"这叫什么话!"古班突然大声说,"我就不佩服你这种人,还叫他在珲春街住下去呀!若是我,不叫他脱了裤子在人面前丢丢脸才怪哪!什么乡亲?什么换谱弟兄?什么一块土生土长的人?还叫他穿着衣裳装人！"说话时，他的气势汹汹，并用那结实拳头敲了一下炕上的矮脚茶几。

"你在这做什么？"父亲说。

"拿那箱子！"实在我是等待机会搬取那装兔子的木箱的，因为父亲的肘压住箱口，我试着挪移而挪移不动。

现在父亲抬起肘来，我搬开箱子，那时我又回脸，欣喜自得地望着克克，只见克克的两只黑亮的眸子注视着木箱，是那么注意，睫毛上还挂着泪滴儿。我仿佛两年来第一次注意到她的存在，而且又是那么幽静，小脸蛋儿又是那么标致。我真想回身把一只白兔子送到她手上，让她用手指摸摸，或是抱抱它，贴脸亲亲呢！

五

这天晚上，我跟随母亲去听戏，临走给那两只活泼可爱的兔子放了一把大豆。

我穿着新制的紫红缎子长袍和海蓝色的坎肩，这是预备过新年穿的。并且为了明年也可以穿，做得格外长，袍子的底襟几乎拖地，因为我正是五月间的高粱那种年龄，每天都在往高里长。因而我现在觉得身手受束，袖子又是那么长，长到遮埋了手背，举止就变得笨拙了，时时得注意袍襟和鞋面，处处得顾忌尘土和污迹，反而失去穿新衣裳的愉快，感到身心受着这种限制的莫大苦楚。

上马车的时候，我不得不站在踏脚铁前边，等古班坐稳后来抱我，而且我也不能坐在马车夫身旁的驾车台上，这是我多么羡慕的位置呀！坐在那上面，可以观望着马前面的土的街道以及迎面的行人和车辆，尤其是想试试自己赶车的能力。可是现在我只有坐在古班的膝上，只能望着车尾后的宽畅的街道，那全铺满一层雪，那白的雪和雪面上长长的车辙痕迹以及行人板上交叠的脚印，是那么清楚地展开去。两边商店的茅屋顶，也都埋在柔白的雪层下，其间有点滴的雪屑，闪着晶莹的光辉。路灯的顶端挂着雪，电线杆的阴背挂着雪，商标、幌子，全挂着雪。这是一辆四轮的篷车，纯粹俄罗斯式，父亲和母亲就坐在我对面，母亲围着完整的火狐狸皮，四条有黑毛的腿做结带，结在她的圆额下，父亲则竖立起皮大衣上的水獭翻领。我望着母亲不时要笑起来，因为我想，现在谁也听不见街上所有的响声了，我的皮遮耳也全部放下来，只觉得身子突然摇晃一下，马车就在雪道上奔驰开去。

在拥挤的行人群中，马车曾经停了一刻，回头仅能望见车上空的鞭子绕荡不休，原来我的地位是这样低。而对面似乎有长串的货车赶来，隐隐有牲口的项铃所组合的声音。这时最触目的是一个红脸、红额、红发、红眼睛的犹太籍的毛子，肩上荷着一把俄国式的大斧子，一手拥着行人的脊背，在向路旁商店高声说什么。日常我在那所有冰场的大院落里也常遇见这类人物的，我知道他是问："老博达，耶石？"或者用中国话说："干活计的有？"那是指劈木桦子说的。（那时这座城市还没有发现煤矿，冬季的燃料全依靠四山的桦木锯的圆桦子）古班忽然把我抱到一旁，跳下车去，我望见他走进一家有玻璃窗的洋式商店，忽然我发觉那关闭的而且又活动的门上，有"刘不林斯基"五个贴金的中国字，立刻我联想到那有铁铸的各种物体模型的扁小的糖盒。我就召唤着父亲："你看这是刘不林斯基。"意思是表示我认识那上面的字，可是父亲不说什么。母亲的眼睛仿佛禁止我大声说话似的，实在又没听见我是说什么。一个初识字的孩子，当他能借着字发现那是糖果店、这是杂货店，是多么高兴呀！然而没有人理解你，又是多么苦闷呀！假若有个人在现在对我说："真不错呀！那些字你都能认识了。"我会跳起来拥抱他的，永远把他当做亲爱我的人！

古班抱着两袋糖果跳上车来，我隐隐听见他说："伊凡，给你个苹果！"就远远朝那犹太人的头上抛去："你看你喝酒喝的，都尿了裤裆啦！"

那时我身旁有一匹车前套的白马出现，接着是一辆辆继续不断的货车，我的身子不自主地向前一倾，马车又开始走动了。古班用手掠着短大氅把我包裹起来，眼睛却望着伊凡大声叫："咕食咕食！赫拉少！"而且呵呵大笑。我注视着他的两只手捧着的那个纸袋，不知究竟是什么，有没有装有铁的物体模型的扁盒糖，并不是爱吃那种有色的糖果儿，也不是欢喜那内中的小玩物，而是说如果有，就证实那确是"刘不林斯基"糖果店了。我不知为什么对明明认识的字，又存在怀疑。

出北门到京戏园子还有半里路，这是沿着护城河走的，一边是土城的锯齿、从锯齿城堞抛扬到城外的是污雪和垃圾、浑浊的发着绿色的河流，一边是右首的商铺行列。那些建筑物的房顶又矮又腐朽，就是木质全新的新建板屋，有的都用柱子支着，仿佛随时可能倒塌。由于屋脊雪的重压，几乎每家商铺的墙壁都歪斜着。然而这里的生意，看来非常兴旺。不管是中国的车具铺、高丽的花酒馆、荞面饸饹店、铁匠铺，全都有着拥挤的顾客。手持短的牛鞭子的高丽农民，提着斧子的俄罗斯苦力，有的为了添置农车的套具上的铜环，有的俄罗斯苦力只是站在中国式的柜台外，喝一杯白酒，啃一根酸黄瓜作酒肴，干了杯就用手背擦擦嘴走出来。在那些高丽花酒馆席炕上盘坐的都是高丽富农，从灯光明亮的且有窗纱做帏的窗玻璃里，我看见穿着红袄白裙子的妖艳的高丽酒妓，在小鼓伴奏中歌唱着，一切是这样的愉快、热闹，充满蓬勃的生气。这是冬天夜里的最幸福而又最忧郁的人们的消夜区，那些流浪在外国的高丽农民和无国籍的游民斯拉夫族人，用辛劳而获得的一点点报酬，十钱或五十钱的日币培养他们的乐园——发泄怀乡感情的解愁地，即使一个养尊处优的中国人从这经过，也会立刻给那异国情调感染，望着他们的醉态狂步，望着他们的笑容欢貌而忧郁起来。可是我在那个年龄，不知道父亲眼睛里为什么会出现怅惘的神气，他是因为街道上飘荡的高丽酒妓的歌声呢，还是想起了渤海南岸的家乡。

母亲的眼睛也是向前望着,不声不响。借着路灯的黯淡光辉,我同样发现母亲的眼睛虽然望着我,却又根本没有看见我,实际母亲是端庄地坐在车上,像一般知道路人观望自己的妇女一样的端庄。

经过这条繁闹的夜的半边街市,只有古班问询着我,每家高丽酒窟的名字,它们是写在屋檐底下那块白布招幌上的,这间是"平壤宿屋",那家是"朝阳宿屋"。我每说出一个名字,古班就高声惊叫:"这个孩子,可真不得了呀!全认识。"实在我是把宿字读成百的音,然而却知道那是宿夜的意思,不过不肯在古班面前丢丑,偷偷望望父亲,父亲望着前面的眼光在笑。我知道父亲是秘而不宣地讥笑古班的无知,我也放胆了,原来古班是一个字不识的呀!我心里叫着,到现在我才知道世界上居然有不认识字的人,而且又是能说能讲的大人。可又担心父亲给揭穿,每当我读一家的招幌的时候,就偷偷望一眼父亲,本来很愉快的心情,给父亲那秘而不宣的笑容弄得提心吊胆,而兴趣索然了。自然我的读音也毫无生气,仿佛不得不回答古班的询问似的。古班可依然高兴地大声夸赞着我,并说:"明天我给你买刘不林斯基家的扁盒糖,这孩子真不错呀!全认识!全认识!"

那时我隐隐听见锣鼓激烈敲奏的声音,不是距离远,而是帽耳遮放下来听不清楚。就说:"你听……"实际上我是要摆脱他的赞美,因为从父亲刚才的微笑里,我感觉着古班的赞美可羞。我的脸随时要发红,而神气是端庄的,然而古班却不理解,尽说:"快到了!快到了!"那是说既是听见锣鼓声,离京戏园子就不远了。车的速度逐渐慢下来,等到停止,我就给古班抱下来,现在又得时时刻刻提防我的新衣裳给什么玷污了。我望见马车停在一个短的横街路口,那两边摆着全是些香烟、水果、瓜子、花生、芝麻糖的小摊子,每座摊子上都守着个人,而且摊子上挂着盏煤油灯,形成满目光亮的灯市。等到一解开帽遮耳,立刻听见吵杂的人声和震耳的锣鼓音响,原来京戏园子就矗立在那横街的正中。大厦的上空,有着一块用日本汽灯照耀着的牌匾,我当时想，为什么挂得这样高呢？仿佛那牌匾傲岸地望着横街口外的阴暗的城垛口，而根本不注意在它下面行动的人群。突然听见母亲的声音说："你不看着路，望什么？"说话声音很低，我立刻惊觉地注意着自己的袍襟了，但还想能够望见那牌匾上的字，可是仰脸也望不见。

等到一进剧场的楼门，我完全给那片池座上的有秩序的人的头颅行列所吸引了，上空高而开旷，一色是灰沉沉的烟雾，由于吊灯的光亮，可以清楚地看出烟雾在飘腾，以及缕缕青丝。两厢的楼座，几乎全是装饰艳丽的妇女，我不知怎样迈步，越是躲避椅子，越是踏到别人的脚上去。而且直到楼上我才看见戏台上的穿红着绿的人物，不由奇怪，为什么初进门没有注意到呢！就在这时，我发现失去了父亲和母亲的影子，连最初携着我的手上楼的古班也不见了。我在那些一格一格的厢楼后的甬道上寻找着。这里只有我一个人，孤零零的，谁也不注意我。那些厢楼座里的人们，又都是背我而坐，而且每格厢楼都有比我高的板壁，只能从门口观望里边的人。

我望见一座厢楼的门口上，贴着写有"姜会办订"的红纸条儿，立刻跑进去，一望，没有人。台布上的杯盘全整整齐齐的，杯口朝下扣在白瓷盘子上。又立刻向外跑，仿佛只这一会儿工夫，就会错过遇见母亲的机会似的。果然甬道上现出古班和母亲的影子，我老远就叫起来。

"不要高声嚷呀！"母亲走到近前附着我的耳朵说，"这是戏园子，比不得在家里。"就一直走进那座空包厢。我极惊奇，古班不识字，怎么会在头前领路，而且没走错，又因母亲不注意我关于迷失的诉说而不欢。她仿佛根本不知道我曾离开她，又仿佛我的出现在这厢座口上是理所当然似的。只见母亲微笑着向左首的一个贵妇用眼光打招呼，并解开狐狸皮围巾。只有这时，我才觉得母亲是年轻而且愉快的，她那端美的鼻子、机智的眼睛以及有着短柔鬓发的额角、浑圆的下颌，全有一层美的光辉。

"怎么样？古班！坐下哪！"父亲也走进来了，说话不注意听者，尽是向四围观望，脸上同样漾溢着幸福的微笑，仿佛刚才是从在戏院偶遇的友人的座旁退开，脑子还遗留着某种心爽的印象一样。这时候，进来提着茶水壶的茶役，接过去父亲的皮领子和大氅，父亲像交给家里的崔婆一样，眼睛尽是注意着戏台。在这许许多多的印象中，给我最深刻的，是厢口那张红纸条儿。我开始看戏前，第三次回脸看看它，感觉到认识字的另一个世界。这比父亲的两年的识字教育，仿佛是从图画中的牛马到达望见嘶鸣的站在地上的牛马的境界一样，我第一次得到一种认字人的愉快的启示，而产生了求知欲。

第六章

一

刚坐好不久,古班就说:"为什么你不坐到前边来?"他说话的声音,依旧是响亮的,仿佛是处身在原野之间一样,带着草原牧人的健康气息,并且回身来抱我。因为我自己爬在厢后位最高的观剧凳子上坐着,当时非常骄傲自得,仿佛立身云霄似的,俯望着剧台和池座之间的那些稠密的观众,有种居高临下的快感。

那时,舞台上有个尖朝上擎着鞭柄的人同一个鬓发上扎有绿包巾的女脚色,用手掀着奇长的浓须说什么。我只觉得他那头戴的珠冠,他那绣着花的马褂,他那有飘带的开襟黑裙和从那黑裙开襟之间时时透露出来的闪着光辉的红缎裤子,又美丽,又稀奇。等到听见古班说话的高昂声音,就发现池座上那些人群排列,全仰脸向古班望了。他们是那么惊奇,在观众们全倾心在剧情上而沉静的情景下,居然有人这么嘹亮地说话。我望见母亲望着他的背影笑起来,也就望着他笑了。观望四围的观众,仿佛要知道他们是不是也看见我给他抱过去,而注意我。古班自己却全然不知他是被许多人惊奇地注视着,依然说:"你看这里多好呀!"

"你不要那么响地讲话呀!"父亲的肩膀向他的肩膀靠了靠。

"这是在戏园子呀!"母亲也笑着说。

古班突然领悟似的点点头,他脸上没有现出困惑,仿佛有些不欢,避开和任何人相触的眼光,就注目在舞台上的人物了。他像一个将军那么高贵威武而庄严地直腰坐着,而且坚定不动。

池座间那些观众,仿佛也放弃了在古班身上发掘什么的兴趣。反映在我眼睛里的,又全是些脱掉冬帽的黑黑头颅、项背、侧斜的耳鬓了。我无意中抬头,突然发现对面也有着一长行厢楼座位,心里就奇怪:为什么进来许久,没有看见呢?实在初进剧场,眼界全给锣鼓的喧闹声、池座的人身的排列、两边的褴褛的山客以及舞台上的衣着鲜丽的人物占住了,仿佛到现在视野才有了余地容纳正场以外的角落。对于舞台上那两个人物,除了他们的衣着和那官员的浓黑长须外,觉得什么趣味也没有,而且老是那么唱着,又单调,又厌烦。于是纵目观望着,但除了池座行列间走动的人,别的我是不会注意的。我看见有个挑着灯笼的人,在第三排的正座方桌前站住,等待他身后那穿闪光马褂的肥硕人物走过来,就放下玻璃灯笼,并吹灭它。那时,肥硕的人物和方桌周围的人点头,并且说着什么,又仰脸向我望望,仿佛是有人告诉他父亲的座位似的,在那工夫,我认出是七伯父邢德亭——小琴的爸爸。我告诉古班,古班也没有听清楚我说什么,只向我手指的地方望望就算是顺从我的心愿而安心了。等我招呼爸爸的时候,古班向我做手势,意思是:"不要响呀!这是戏园子呀!"

再往下看,发觉一把擦脸巾从空中坠落下来,坠落处有一个矮小的汉子伸手接住了,同时把另一把擦脸巾扭结到一起向空中抛去。那舞台前的空间是多么广旷呀!充满了在灯光下闪着缕缕青丝的烟雾,再加这一把擦脸巾,更加别致了。只见那把擦脸巾,从高空一直飘落到池座最后排的那个人的手里,又见他斜着身,抛出另外一把。我觉着这一抛一接的手法,比舞台上的戏还有味道。原来那矮汉子就是每晚肩着梯子点路灯的老姜。他把热气飘腾的擦脸巾,按着池座,一桌一桌地分散给观众,但观众们没有一人注意他向高空这样抛递,都面对着舞台,不肯轻易放松一点点"鉴赏"的时间。

等到老姜沿顺座列分到最前排的时候，就回身做着威胁的姿态。原来在那角落上有一群县立高等小学的学生站在台脚下，这时正忘情似的看着戏，仿佛极害怕老姜，一发觉老姜在身后，就像受惊的小山羊羔那样跳开去，领头的一个手里还抓着有皮遮耳的军帽，现在向空招扬着，仿佛是发号令让那些同学追随着他。只见老姜在最末跑掉的那个小学生背后，跺着脚，做出追逐的响声，那小学生，穿着有皮领的短布外套，有皮遮耳的军帽也是提在手里，一边跑，一边还回头望。他从戏台左首又跑到戏台右首的阴暗角落和他的同学们集合了。我奇怪为什么他们里边没有金锁儿呢。那时候，他们的脸色都挺紧张，仿佛是那领头的学生向他们发着什么严重的命令。我只看见他们的头顶，却看不见领头那个人，等我站起来，弯腰向楼厢下方俯望的工夫，父亲就说："你不安安稳稳地坐着，向下望什么？"

我只好坐直了身子，但还是注视着楼厢下面那些集聚在戏台一角的小学生。我是多么羡慕他们呀！只是他们那热烈的、激动的脸神，就足以诱惑我了。

现在他们从我视觉中消失了。我用眼睛到处搜索他们。座排间全是安然不动的观众行列，除了老姜还在第一排分着热的擦面巾来往走动外，找不到一点跳动的人影，可以证实是那些小学生的小集团。忽然望见台上出现了红额黑头的花脸，他执着剑和一个戴若干白绣球儿英雄帽的武生相斗。那武生挺英俊，再加头上那顶有闪光镜片的帽子和那上面稠密的白绣球儿的颤动，越发使人觉得英俊而高傲了。我这才知道锣鼓早已震耳地响了，可不知什么时候换的场面。我立刻知道那个穿绣花儿闪光红袍子的角色是黄天霸，从他那有许多白绣球儿的帽子上和右耳朵上那朵红花球儿，我就认识是我收集的香烟卡片里的人物。那时他和红额花脸之间，各有一队打手穿过去，仿佛是各自围护着他们的主人似的，却又不相望，之后，红额花脸又和黄天霸各自执剑斗打起来。

我听见厢楼后面有跑动声,回头一望,果然是那些小学生。这次我看得很清楚,他们经过后门口,还互相吵着,最末尾的还是那个穿着有皮领短外套的小学生,他手里提的不只是军帽,还有一双滑冰鞋。

"下,下,袁家宝!下呀!"

"你带着鞭子没有?"

"怕什么?我腰里扎着七节鞭!给他马棒,袁家宝!给他马棒呀!"

我清清楚楚听见他们这样说,就跳下来,向外跑。

"连儿!"母亲突然回过身来低声召唤。

"我不出去呀!"我说,依然跑到厢门口,把住门,向外望。实在,我知道背后有两道眼光望着我,故意站住,作出不出去的姿态,想等母亲不再注意的时候往外溜。

甬道上很阴暗,有一排壁窗,窗纸有的破裂了,从那孔洞间吹进的风,呜呜响。那些小学生就背身蹲在一个膝高的窗台上,从方大的底格伸出颈子去。

"袁家宝!下呀!"我看见回脸的那个小学生,广额,深陷的眼睛,若不是鼻尖宽平,很容易给认做俄罗斯孩子,他正是那个扬帽呼集同学的首领。我那时忘记母亲是不是在背后监视着,就走过去了。

袁家宝有一双猢狲的眼睛,睫毛不时地交合,显得挺俏皮,然而他向我作笑的时候,又是那么难看,巴着大口,牙齿全露在唇外,又没有笑的声音,正像猢狲笑时的丑态。"到红旗河去呀!"他说。一边斜着肩膀,作出立刻就转身答应那个首领的召唤而离开的样子。

"做什么?"

"和高丽孩子抢冰场去!"

另外三个高等小学的学生,全转过身来,望着我。

"来吧!"袁家宝又向他们说,"他爸爸就是开参庄的——来吧!"

他说着就匆匆跳上窗台,面向我两脚从窗口底格伸出去,仿佛在我眼前表示他的勇敢而骄傲一样。窗口只有他的头了，还向我望望，又招了招手。接着是一个面孔俊秀的学生，他朝窗口外伸脚的时候，还把冰鞋递给那首领拿着，看来，他是没有袁家宝胆大，脸还在窗里，眼睛却一直俯视着窗外，仿佛注意踏脚的东西。我就跳上窗台，但那个首领还阻碍着我的视线，等到他也爬出去，我才看见窗下有个极高的梯子，而且惊讶这窗户的高度了。雪地上闪动着一团儿黑影，他们是那么自由、那么愉快、那么热烈地高声嚷叫着、笑着。有一个居然作出鬼叫的尖呼了。红旗河是他们的乐园，我想象到在红旗河雪夜中，那冰面是怎样迅捷地闪着滑冰的人们的黑影，现在我又望见窗外原来是广阔的雪地，除去右首那排街市的背影外，一色是平坦的雪地。天空散布着几点寒星，无边无际地伸展开去，我第一次望见五里远的披雪的山峰，我第一次发现这城市的边际，又惊讶又愉快。我想那山下的灯光（又仿佛是从密林中透出来的灯光），是不是人家呢？听到那个方向传来的狗吠，我又想他们怎么住在离城这么远的地方，不害怕鬼和胡子呢？于是我突然感到这阴暗甬道，只有我一个人，就恐怖起来，觉得头发直竖，于是慢慢地离开窗台，等到走近母亲的厢座门口，就猛然跳进门里，而且回头望着，仿佛身后会有什么跟踪我似的。

母亲完全没有注意我，父亲正在母亲背后向邻厢那个高髻的夫人抛苹果，一见我，就失去笑辉说："你看看你的袍子，怎么的了？全是土。"

我扑打着，又望见母亲回脸向我看，她那眼睛由平静而惊疑、而愤怒，那眼光说："回家再说！你等着吧！"

我的心情完全沉重下来，仿佛加重了三十斤。所以父亲向我指示，让我给那高髻的夫人行礼，我只弯了弯腰，她微笑着向我招手，我也不看。

"去，安安稳稳坐在那儿看戏！"

我就又失神丧趣地爬上厢位的坐椅。

等古班说：“怎么样？还要看下去呀！"我已经要困着了。他是向父亲说的。我没有听见父亲的回答声，只听见古班的倦而又不耐性的叹息，就知道父亲不想离开，于是放心睡了。

二

从海升京戏园回来以后，长久不忘的是袁家宝那一伙快活而幸福的小学生，另外，就是城市外的广阔雪地和想象中的红旗河滑冰场，于是对于家里冬季围着别列器的温暖而寂静的生活再也不感兴趣了。

古班是第二天坐着两匹马的雪车，离开那所临街有车门的大院落的。还记得他那天晚上一出戏园子门口，就高声喘了口气，仿佛在戏院里边装满了一肚子的闷气，全在这口喘息里吐泄出来，而且使人感到他若是再在戏院延迟一分钟，肚子就会膨胀得圆圆的，手指一触，就要爆开。那时他说："真叫人喘不出气来，说话还不行。我不知道你们城里人怎么还会在这种地方觉着快活！"他一点也不知道他在厢座中说话的声音是多高，他一点也不知道他的说话会妨碍别的观众听戏，仿佛一个聋汉在剧场上高声说话而发现别的人嬉笑和惊讶，不知道嬉笑和惊讶的由来一样。

"算了！算了！"他拒绝父亲和母亲的挽留说，"咱是没有福气住城市，第一天就闷，混进苍蝇群里似的，满街净是嗡嗡声；第二天就烦，你们城里的椅子都不结实，得提心吊胆地往下坐；第三天就头痛，我还是赶早回窝棚去吧！明年那块草甸子改成稻田，再来给九哥送粳米吃吧！连哥儿明年夏天到窝棚去吃香瓜呀！我今年讨换了各式各样的瓜种！芝麻粒瓜、脆皮瓜、绵瓜……可多着呢！你们也该带他下屯去过暑呀！整年圈在城里，一棵蒿草也给圈得娇贵了，受不得风，受不得雨。怨不得老鹰不在城里的树上修窝呢！我想在城里树上的老鹰，就是抱出小鹰来也不会往高里飞了……好啦！好啦！金盖你把豹子皮裹住脚，出城风可大……连哥儿过来，让你大叔亲亲，赶明儿咱们皇上有重登宝殿的那一天，大叔给你保媒，要一个皇族的媳妇。明年你爸爸送你上学堂，好好儿地念书。如今晚儿可不比大清了，得学洋务。"古班两腿跪在雪车上，临走，抖抖辕马缰绳，又偏脸向父亲望望，那意思是"若没有什么事儿，我可就要走了"。母亲说着话，他却又不听，然后他望着那匹俄罗斯辕马的脊梁问："金盖，收拾好了吗？"

"好啦！"金秉湖在他背后说。

"那么走了呀！"把钢条粗的手指插入嘴里，打了个尖锐的呼哨，又迅捷地插入无指手套里（那两只无指手套是用麻绳连系着，搭着他的后颈吊在胸前），于是雪车移动，我和母亲站在车门口都向后挪挪脚步，母亲笑着向父亲说："你叫他给古达他妈带个好，我说他也听不见。"

"古班！记住那北草甸子上的洋草，不要给高丽地户偷着割光了。年前叫金秉湖送到城里来，自己要用哪！"父亲没有传达母亲的话，尽自这样说。

"知道啦！"古班扬声说，连头也不回。

那时雪车跳过车门前的石阶，在冷寂的大街上开始奔驰，并且雪车旁现出洛布达来，它是飞速地追逐着马蹄，并且嗷嗷地狂吠着。我望见金秉湖坐起来，作势威胁它。

"不用叫，它自己就会回来了。"母亲向我说，却又不望我，她用眼睛送着那洛布达和雪车的背影，继续说，"它是恋着那两匹牲口呢！"小三点那时也伫立在车门口瞭望，当我看的时候，它就向我摇晃着短小的扫帚尾巴，仿佛是告诉我："洛布达追去了！你看它跑得多快呀！"一会子凝然观望，一会子又向我摇摆起尾巴来。那时它的项铃就会丁零丁零响。回来的时候，我故意走在最后，对母亲说，要等洛布达回来再关门，实际上我想抽空到小琴那儿去。我两手把住门，不肯关，向外探着头观望，又真的盼望洛布达能及早回来。车门那边走来一个犹太人，只从肩上那把长柄斧子，就知道又是给人劈木样子的那个伊凡。等到我望见他是想向我们家的便门走来时，就要关门，可是他已经及时地伸进腿来，他是穿着笨重的羊毛毡靴。

"老博代，涅都！"我说，并用手推他。

可是他一点也不管，完全不注意我的推拒，向院里喊："玛达姆！老博代，耶石！"

"老博代，涅都！"

他却仍旧向院里喊："玛达姆……"

"谁呀！"我听见崔婆的声音说，"没有，没有，这个问了那个又问，一天人家还烧五车样子。连哥儿把门关上！"

我就用脚踢着他的冻坚的羊毛毡靴，连声说："去！去！"我气愤他对我的蔑视，就是这样，他依然像伸进脚来那样缩回脚去，我宁愿他用眼睛怒视我，也不愿意他那完全不觉得我的存在的眼神。

"巴厥木，巴厥木！（俄语'走开'）"我在他身后又用仅仅知道的字眼说。

实际上伊凡是个易于接近的、失去高傲、失去愉快的人物，以后的几次相遇，没有一回现出这天的姿态，不知是因为那时我年长了，还是因为他这天没有得到酒喝。

我当时愤恨地关上门，几乎要找个地方哭一通。

自然我也忘记去找小琴。

我走进屋去觉着分外寂静。父亲坐在靠椅上抽水烟，一边说："我看旗人里边，就是古班没有把日子过倒。"

母亲说："看着也仿佛比前两年老了。"说话工夫，还拍着克克，正是母亲平常哄她入睡的时光才有的那种轻声轻气的神气。

"我倒觉得他更壮了。古语说'知足便是福'，一点不假，人就难知足嘛！"话里边表示父亲有许多感触，一眼望到我就说："你站在这里做什么？不去温你的功课！"

我退到外间那个立有小的石雕帆船的台子旁，满心不愉快，听见母亲唤道："连儿，是不是洛布达回来刨门吗？快去看看。"

我就迅速地跑出去，把洛布达放进来，却一眼也没看，就轻轻地倒掩着门，跑向那宽阔的大院落里去了。

拐过板壁，我看见直对车门的那座向街的玻璃门忽地闪开，正是密嘉。头上戴着有缨顶的绒帽，两手插在裤袋里，神情很愉快，出了门，还面向里高声说着高丽话。回身整整围巾的那会子，他望见我了，似乎稍微一踌躇，就决然地迎着我走过来，同时他的脸色变得庄严而且威胁人。

我也迎着向前走。谁都不看谁，仿佛各人望着各人眼睛的前方，实在彼此又觉出彼此的威武。我们绝不会胸脯冲胸脯相对，也不会手臂近手臂那么相让，而是正确地在两人靠近的那瞬间，用肩有力地互抵一下，那是我从街上那些每天早晨在路上相遇的中国和高丽学生开始厮打的时候所见到的。一见密嘉，我就准备用肩撞他一下，可不知道他也准备撞我。当时，两个人都不自主地倒退了两步，我必定得挺起胸脯来，再做第二次抵撞，因为我们还是对着面，没有通过彼此的阻挡关口。他望着我，我回报他同样一对愤怒的眼睛，并且我用眼睛告诉他：你打吧！你敢！

那时，玻璃门裂开一道缝，有一个高丽妇人伸出挽着发髻的头来说什么，神气是嗔怪密嘉。密嘉回头辩解着，那时我的眼睛湿润了，觉得自己受了很大的委屈，而又感激那高丽妇人对我的温善的微笑，可是我没让泪滴儿落下来，还是高傲地站在那儿。密嘉和我做了个缩缩鼻梁的鬼脸，走掉了，我是多么气愤呀！气愤没有及时地也同样地回报他。

于是我又想起金锁儿使我受伤的笑声来：他准是在家里和小琴玩儿呢（他们都在家里度寒假）……又觉得小琴在他笑我跌倒时，没有严苛地申斥他，还是和他在一起玩儿，那么我何苦找她呢！她是亲眼看着他弟弟奚落过我的。

就在门口踌躇了一下,又加院门关闭着,终于我又无精打采地回来了。

这次回到家,就想起古班来。古班临走的时候,虽然我也站在车门口送行,可是并不知道他是在那一刻就久远地离开我了,因为我那时正想着怎样才能抽身到小琴那儿去。虽然和她仅别一天,在我觉得是很久了,我要告诉她古班送给我的那两只山兔,我要告诉她京戏园子里的所见,并且怂恿她和我一块儿到红旗河冰场上去。

现在我才深深感到古班是走了。

古班一走,仿佛把愉快也带去了,留给我们家庭的只是每餐的野味。这些野味原是贮藏在外院那座做谷仓用的茅屋里。我既没有看见冻硬的野狍子,也没有看见野雉和鹿腿。但每次吃火锅儿,崔婆就会告诉我哪一个冷盘是兔子肉,哪一个肉碟是鹌鹑肉。

我因之长久地记忆着古班,而且古班和冬季的暖锅儿联系到一起:日后只要一见冒着火星的热火锅儿,就想起古班的壮健胸脯、古班的蓬硬的胡须、古班的高昂的话声;日后只要一见古班,就想起冬季火锅儿的餐桌、小的切肉刀、野鸡和黄瓜丁炒的小菜、狍子肉以及海参、海带和冬天的大蟹、窗外的雪、屋里别列器的温暖。

三

夜晚,我又恢复了伏在案上读书的生活,但每当我读得久了的时候,脑子就现出前面我所说的憧憬的世界:红旗河的滑冰场和袁家宝那一伙儿高等小学的学生,还有为我所恋念的那两只山兔。于是常常现出面对着煤油座灯冥想的姿态,那时嘴里还会诵着《论语》上的章句,重复着一遍比一遍低,终于会没有声息了,连我自己也不知道是什么时候没有声息的。父亲这时就会用侦察的眼神儿注视着我说:"你在想什么呀!丢了魂似的!"我自己也吃惊这种失神的状态,而振作精神又高声朗读起来了。许久,我还感到父亲依旧在观望我。一会子,父亲又在看《三国演义》,(我不知道他是看过几遍了,这些日子以来仍然是刚看第一本)我不久就重新冥想起书本以外的世界来。想到那两只白的山兔,我就要望着母亲寝室的有棉絮的门帏,等待开启的机会,借以看见那只白桦木的箱子。这白木箱就搁在密室门后,门帏只要一开启,我就能够望见那两只在箱子里的山兔,抽冷子我也会跑过去掀开门帏看看它们,在父亲没有回到屋里之前,再及时地退回座位上来。终于父亲发现我内心所怀恋的东西了,以为我所以近来时常对灯痴想,也是那两只山兔作祟。

"你不用散心,我明天就把它们送给人!"父亲说,"怪不得你坐不住椅子,有时失魂似的发呆呢!"

"怎么的了?"母亲在寝室的暖炕上问,我还能听见她缝制衣裳的针线声音。

"把那两个山兔,赶快送人吧!你儿子守着它们,书也念不下去了。"父亲说。

"送给老韩家吧!在一块儿住的时候,他们不是养护过家兔吗?我可没有耐性,崔婆光零星活儿还照顾不过来呢!又是尿,又是粪的!"母亲自语似的说,全没有想到我是多么喜欢它们。

"我自己会照料,也用不到姥娘管!"我说。

"放着书不念,你去整天侍弄它们吗?"母亲在寝室里说,"谁家有读书人玩这些野物的!听话,妈给你买个手表,明年上学堂戴着。"

"什么时候给我买?"我的精神立刻焕发,注神地听着母亲的回答。

"明年上学的时候。"

我是愉快的,不管父亲用怎样的眼光看着我,我还是在椅子下荡着腿,开始读书了。脑子里想象着明年自己的肩上挂着书包,想象着和同学们一块儿去京戏园子,想象着从那丈把高的梯上出入楼厢,想象着去红旗河滑冰场……未来的天地是多么广阔呀!它是那样有力地诱惑我，我巴不得明天就过年。

"妈！"我读了会子书又说，"那么明年你还得给我买双白手套呢！"

"快念吧！"父亲声色俱厉地说。

那天晚上我背的书很流利。当晚父亲的脸色也闪出稀有的愉快光辉，并且给我五钱的日本银币，说是随我自己的意思去处置。

"那么我去买条皮腰带了！"

"嗯！"

"不，我要去买咖啡糖了！"

"知道啦！你爱买什么就买什么！"

"我买糖。"我说。望着父亲的神气，知道我真的可以去买咖啡糖了，高兴呀！从心里高兴呀！实在我也不想去买糖，我要储蓄着它，直到积蓄多了，过年买鞭炮放响听。

母亲说："明天谁把那两只山兔给老韩家带去呢？"

父亲没说话，我望着父亲说："我去！"所以这样自告奋勇的原因，是想趁机邀小琴一起到红旗河去玩一趟。

母亲说："你能认识路？"

"那怎么不认识呢！"我自负地说。

第二天，我刚伏在母亲的膝盖儿上，逗弄克克玩儿，忽然望见崔婆站在炕下用眼睛向窗外指，我立刻懂得她的意思，连忙跳下炕去。

果然小琴在板墙外边俯着腰向里望，而且板缝间露着短短的两排红手指，两排手指之间是一对黑黑的眼睛。

"进来呀！"我打开门说。

她摇了摇头，用那冷静的眼光望着我，好一会子才一个字一个字说："我们要搬家了。"

"搬到什么地方去？"我仍然站在门里，两手把住门。

"搬到西大庙去！很远很远的！"她又说，"到我们家去玩儿呀！"

我这才跳出去，也没有戴帽子。那时，洛布达已从我胯下窜出来了。现在想来，那匹狼狗是和我一样的寂寞，一有机会就要到院外来散心。

"你看，我有这个！"

"谁给你的？"

"爸爸——我们买咖啡糖去呀！"

"好呵！"小琴的眼睛立刻闪出快乐的光辉，脸色全给这愉快的光辉所渲染，而显得生命力勃发的那一股劲儿。

于是我们手携着手儿，横了步子跳着走。我告诉她，到刘不林斯基那家俄国糖庄去买，又说我认识洋门市的那家铺子，并且告诉她，我们看过京戏。这里所说的我们，是我和父亲、母亲。全忘记了我昨晚还想储蓄起这五钱日币的，这时不管有什么珍贵的东西，我都要献出来，因为小琴是这样的快乐，世界上再有什么比小琴这快乐还珍贵呢！还有价值的呢！连洛布达也给我们的快乐所感染，在街上走的时候，它愉快地摇着尾巴，向头前跑，距离远了，就站住等候我们，时时还走出行人板，在路灯柱子下撒尿。

这天是冬季里难得的好日子。街道两边商店的茅草屋檐全都滴着水，温和的阳光把屋脊上所有的雪迹都给融化了，水滴儿淋淋地闪着光，行人道下的沟渠有愉快的水流声，低婉地奏着悦耳的曲调。不知是这大好的天气使我们浸入绝大的快乐里呢，还是因为我们快乐而觉着这阳光和屋檐水滴儿格外美好。这是多么愉快的世界呀！这是多么幸福的心情呀！我所看见的行人都仿佛微笑着，都仿佛这日子带给了他们至高的幸福。行人道的地板全给人们的鞋子带来的泥泞玷污了，但是这些玷污行人板的泥泞也似乎微笑着，等待而且欢迎人们用脚去践踏。我就在这泥泞上故意滑着脚，一边跳，一边笑起来，一点可笑的因由都没有，但是我却止不住地笑着。小琴也笑着。而且我们笑的声音是异常舒展的，我看着她那欣喜的样子，她那有光辉闪耀的眼睛，都觉得好笑，她望着我，笑得也更加有味儿。最后望见在泥道的街市中心行驶的农车也笑，望见车辕旁走着的高丽车夫也笑，甚至于他斥叱公牛的"勒勒……"声音和他那围头的头巾……都可笑。

"勒勒……"我学着他的赶牛声。

小琴笑得流出泪水来了，弯着腰，停下来。喘过一口气，她的脸色逐渐平静下来说："咱们别笑了，乐极要生悲的。"

我也大大喘了口气，仿佛借这一口气，把满身所有的足以发笑的情绪全驱逐出来似的。这以前我在自己的绝大快乐的世界里，自身外没有一件物体能够映入我的视界，现在我注意着商店的行列，开始寻找刘不林斯基糖店了。只见洛布达，还在头前走，卷着尾巴在一个冻蟹摊的摊脚下撒尿，并且和另一只壮实的公狗互相嗅着。

"洛布达……嗤！"我作声驱逐它，怕它和那公狗撕咬。

小琴告诉我："到了，到了……这不是刘不林斯基吗？"

我望见那座有方大的玻璃橱的洋式商店了，所说洋式商店，就是说不是中国式的那种把门市全部袒露出来的商店，而是面街有门、有窗、有墙壁，只不过门口上面有横的匾额，窗口布置着这家商店主要的货色而已！有的墙壁上还贴着小幅的广告图。而刘不林斯基的橱窗是展列着山形的水果罐头，那顶峰上散布着棉絮，上端用红丝绳悬着苹果，还有冰藏的鸭梨。

窗橱左首有一块长条面包，上面站着一个俄罗斯型的慈祥老翁，肩上、头顶也全是挂着棉絮，仿佛是冬季落雪的情调一样。

"这是圣诞老人！"小琴望着窗橱说。

"圣诞老人是干什么的？"

"管耶稣教堂的老头儿！"

"我们到耶稣教堂去玩儿呀！"我想起每礼拜六晚上的神秘的钟声。

"耶稣教堂挺远的，在东城门那边，有那么高的钟楼，那才高呢！"

"那上面有人住吗？"

小琴摇摇头，又指着窗橱说："你说这是用什么法儿做的？"她指的是面包。

"用火烤的！"

"对了！"

"我们买一块面包呀！"

"我看你那是多少钱！"小琴捉住我的伸展开来的手指说，"五分钱，只能买一小片儿。"

"你去买呀！"

"你去！"

我突然感到走进刘不林斯基的门里去是多么不易，那幼小的心灵是多么畏惧。因为面对着这样一座庄严的大商店，只买五钱日币的东西，又害羞，又怕给里边的人推出来。终于受不住小琴的注视，我心怯地推开门走进去了。推门时我像推自己家里的门一样，不想那门是带钢丝发条的，一推就开，反而使我的心更虚了，自觉脸也发烧了。

反映在我眼睛里的，是油光的红色地板，屋中心整洁的别列器，尺半宽的有图案的地毯，从门口伸展到横的有玻璃的栏柜上，柜里分上下两格，展列着各式洋点心。那背后有一排玻璃货橱，展列着各色罐头以及盒装的食品。左首且有排放水果的长条货台，上端是贴壁的货架排着装糖的大玻璃瓶。我面对着箱式玻璃柜橱背后站着的一个壮健的俄国人，一句话也说不出来了，只觉满鼻孔是水果和牛乳的混合香气，屋子又是烘人的温暖。

那俄国人我曾看见过，第一眼就认出他是给中国军队缴械而曾经收留在我们那所有冰场的大院落的军官。那时候，他曾经给另外一个军官推拒过——他正在脱靴子，靴底上的泥屑，全落在另外军官的毡子上，给那军官用手推开的。因为他嘴唇那两撇曲牛角的胡须给我的印象很深刻。现在他手里还握着那个大葫芦烟斗，不同的是穿着秋季的西装，而且头发又是整洁的，无疑每天是涂着发膏的。

"你要什么？小弟兄！"他用中国话说。

"列巴!"我的脸通红,怕他看不见我向他显露的那五钱日币而以为我是向他乞讨。我用手指捏着那五钱日币,向他伸着。当我想到应该进前几步以便递到他手里的时候,他——那魁梧而又笔挺的身子,向我走来了。

那时候,一个两臂赤露的俄国妇人从后门的阴暗甬道上走来,臂肉丰满,穿着圆口的没领子的花布衣裙,那花布的颜色复杂而且又美又雅。这里所说衣裙,是因为中国没有一个适当的名称,总之衣裙是连在一起的。颈下佩着发光的胸饰。脸色红润,有一双琥珀色的眼睛,光芒锐利,却不美。尤其是胸前那两个勃起的乳峰,我觉得她一定自己也不胜累赘的。她微笑着,在我眼前蹲下来,注视着我的那瞬间,用她的两手捧着她的下颌,我奇怪她的嘴唇上有一片细软髭胡一类的毛茸。她回脸望着那俄国店主(我想是刘不林斯基本人)说什么。

刘不林斯基正接过我的钱去,听到她的话也笑了,并拍拍我的头发。

"那个!"我指着玻璃橱里的小面包,我想五钱日币只有挑那小的买。

于是女主人和刘不林斯基放声笑了。

"那个六毛的一磅的!"刘不林斯基说,"这个,赫拉少!好哇!奵哇!"

我的脸更红了,他反而递给我一块方形的大面包。

我默默望着他,他向我笑着,并扶着我的肩,给我打开门,仿佛唯恐我多逗留一会子似的。我向外走,又见肩上伸来五只染豆蔻的手指,在面包纸袋里投入几块纸包的糖棍儿。回头一看是那俄国女店主,含着笑望我,那眼睛表示她是怀着好意赠送的。但我觉得没有花钱,实在可羞。离开门口,我第二次回头望她,她就向我扬着手,仿佛嘱我"放心!好好地走"。

街上却不见了小琴,原来她是避在左首一个中国绸缎店的墙壁角上,不是故意和我闹着玩儿,而是唯恐给刘不林斯基看见似的。

我望见她了,她才笑着跑到行人板上走近我:"都是什么呀?"

"糖和面包。"我说,"我们分开呀!一人两块糖,剩下这块带给我妈!我们先吃糖呢,先吃面包?"

"别在街上吃,老师看见了不让!"

我们就急急向回走了,一边还呼唤着洛布达,因为它老是落在后边,立住脚在别的大狗前面摆威风。

四

"我先吃一块糖呀!"当我们走到车门洞子的时候,我用一只糖棍儿抵触着嘴唇说。

"别吃!"小琴说。

我是多么温顺地听从她的话呀!立刻把糖又放到口袋里,并且用眼睛望着她,仿佛想要窥探她的脸色是不是由于我的顺从而欣喜。

就这样,我没有注意到前面,因之发现崔婆站在眼前,不觉瞠惑起来了。我望见小琴又现出冷静的眼光,又仿佛站在几里远望我似的,闭着嘴唇不说话。

"你娘正找你哪!到哪去了?那是谁给你买的?"崔婆望见小琴,嘴角就现出微笑,不知是见了小琴就喜欢,还是因为我手里有一纸袋食物。她是以为小琴买的呢!

小琴冷静地望着崔婆,不说话,又望望我,突然跳着跑开去了,有如一个受惊而且心欢的小野鹿。

"小琴,面包呀!"我提着纸袋向她启示。

小琴那时候已经跑开两丈远,站住,回颈望望,瞬间,摇摇头,又跳着跑开了。

"我看看哪!袋里装的是什么?"崔婆说。

我始终不给她看,而且一进便门,就把崔婆抛在身后跑进屋子去了。这并不是对她反感,而是一般儿童得到珍贵的东西,在母亲没有见到以前,不愿给别人看见的那种心理使然。仿佛别人看见了,再拿到母亲那儿就失去稀罕性似的。

母亲正在暖炕上绣手工,那是为她自己过年穿的鞋面上精心刺花儿。阳光从玻璃窗透进来,母亲的影子一直反映到炕下的砖地上,而且她也似乎给这大好的冬季阳光渲染得年轻并且愉快了。没进屋,就听见她那低柔的鼻吟了,这声音使人感觉屋里分外的幽静。我一下子就从门外跳到炕下正当她的背后,而且不自主地叫了一声。

"这孩子!是不是要吓我!"

我就得意地笑起来。母亲低下头,仿佛在这瞬间,她才想起她曾看见我手里拿着什么,又抬脸望望我,说:"买什么来啦?"看清楚是装糖果的纸袋,问话的口气也就不想要我回答,继续着刺绣,一边说:"你爸爸出去了,你不是自己要给老韩家送山兔去吗?你爸爸可说他不管呢!"

我就问在哪儿,并且望见装山兔的小口袋,就更觉这是轻而易举的事情了。那时我的心情全注意到糖棍儿和面包上,因为母亲连看都没有看一眼。

"妈!我在刘不林斯基店里买的,你看看呀!"

"我不要看!"母亲说,"你自己吃吧!"

"要看!"我坚定地说,"妈!你看呀!"

"我不要看!这孩子,我这做事情呢!你没看见妈忙吗?"

"那么你吃一块吧!"

"吃也不要吃!"

"一定要吃!"我把剥去纸的糖,送到母亲的嘴唇间,母亲还说:"唉!这孩子!"终于用牙齿咬住了,却依旧刺绣着鞋面,仿佛连吃东西都没有时间。实在是可以一边嚼糖一边做手工的。

另外把纸袋递给崔婆了,让她保存着。于是提起装着山兔的小口袋,临走,还站在炕下坚持着等母亲把糖吃了才肯走。

这并不是有意识地想孝敬母亲，而是要看看母亲顺从我的意思吃糖的神气，当时母亲望了我一眼，从那眼光里我觉得母亲是感到被逼的愉快，脸色还装着被逼不过的气恼，而且笑了。

我高兴、骄傲，而且自得，跳到院子，跳出便门口。

"那是怎么走路呀！让你爸爸碰见不责问你才怪！"我听见母亲在玻璃窗户里说，听声音就知道她是没望我，只不过从我落脚的声音中听出我是雀跃着跳动而已。

当我路过有条岔街的街口时，我望见那里摆着完整的狍子（就是南方人叫作麂的）、麋鹿，还有红甲的大冻蟹、鲤鱼……成堆的野鸡，它们全是冻得挺结实。这里几乎成了山味海鲜的集中的市场，不再是夏季那些乡下高丽妇女林立着出卖她们土造的酱油的市场了。卖主大部分是屯落来的旗户，说话舌音重浊，往往把"曾"读成"僧"，把"自由车"读成"斯由车"，把"花儿"读成"淮儿"。我望着他们那春天雀群似的喧闹情景，险些撞到行人的身上。这条路，我只一年没有走过，行人板有的就朽烂了。

以往我一直觉着很远，现在走来，只是离家百十步的距离，就到了可以走车的这条胡同，而且，两旁的板幛子和一方一方的脚门，对我全生疏了。就是从前那所面街的大车门，也重新油漆了，屋檐柱子一色是朱红，门板漆着黑漆，门框也是黑漆，且有朱红色的长线，看来是又高贵、又庄严，并且美。等到从边门走进去，才发现那所大院子，已经分作两个天井，院中心砌了一道有瓦檐的砖墙，大门开时，恰好能容一辆车转弯，左首又是一个有铜环的车门，向右拐，就是给砖墙圈在外边的韩四叔的院落了。这时，一个青年军官正蹲在门前的阳光下，逗引鹅玩儿，若不是有那些鹅作证，我真要疑惑这是不是韩四叔的院子了。同时我又望见躺椅上有个人，用白毯子裹着晒太阳。我想一定是韩四叔。

那个青年军官，挂着武装带和短柄小剑，给人一种英俊有为的印象。他一仰脸工夫，望见我了。一会子，他突然站起来说："是连哥儿呀！长这么高了！"我已经走到他跟前，可是我没有理他，因为我从来就不认识他。我心里想是谁呢，嘴里就喊："韩四叔！韩四叔！"其实我对这陌生人，不自觉地畏怯，而且也不敢望他。

"是谁叫韩四叔呀！呵——"韩四叔望见是我，反而闭起眼睛，故意地说，"是谁呀！呵——我怎么听见这声音就很熟呀！走过来，让我用手摸摸！"

"你早就看见人家了！"

"哪儿看见了，我连眼睛也没睁——再向前走走！我来摸摸试试。"韩四叔就在膝前放下那两个紫光闪耀的木蛋，"这是耳朵轮子！"

"爸爸！人家送东西来了，您还逗着玩儿！"那个青年军官又摸着小口袋说，"这是什么呀！怎么还是活的呢！"

韩四叔也立刻睁开眼睛。

"是一对山兔，妈说，韩四婶儿喜欢，叫我送来……"

"德一他妈！快来看看呀！人家给你送东西来了！"韩四叔向空召唤，又俯下脸来说，"别让它们跑出来呀！"又向德一说："抓耳朵，抓耳朵！你那是抓它什么？"

"我还没抓住呢！不是抓耳朵抓什么！我懂呀！"

"抓住没有？你把口袋提起来，让它们的四脚不落地，不是好抓了吗！抓住没有？"

"抓住啦！"德一就从口袋里提出一只山兔来，"挺漂亮呢！"

"我看看肥不肥！"

"肥，你就想吃了它！"韩四婶儿走出来，用敌视的眼睛望着他说，之后，转脸向我，却笑了，"连哥儿！你妈好呀？你爸爸怎么不常出来串门儿呢？"又问："上学堂了没有？认识不认识你大哥？"

"不认识！"

"不认识我？"德一说，"你忘了，我过年抱着你去看过龙灯……"

"他那时几岁,还能记得这些!"韩四婶儿说,"不怪你不认识,在讲武堂三年啦!没回来。回去告诉你爸爸,就说你德一大哥今年回来过寒假啦!刚到家,过两天就去看你爸爸!记住了!"

"快别说这些啦!妇道人家就是这些讲究,快找个笼子装进它们去,等几天德一丈人来做酒菜。"

"说得那么好听!还要养活几天哪!"

"养活什么?还不有的是。要养活明年春天再叫你亲家找人逮。"韩四叔仿佛就这样确定了那两只山兔的命运似的改口说,"连哥儿!过来爷儿俩亲热亲热。我摸摸你的手哪!凉不凉!"

不知是因为我的年龄大了一点呢,还是韩四叔在这一年当中的日子过得不富裕,我觉着韩四叔的口气比从前是消沉了。虽然依旧玩弄着那对紫辉闪耀的木蛋,虽然见了我这样大小的孩子还邀着玩儿,然而他的口气当中,已经失去从前见了我就要"过秤"的那种深切的兴趣了。他的脸色也看出消瘦的影子,头发有的灰白了。还是穿着那件古铜色皮袍,还是不扣纽袢。两脚拖着布鞋,交搭在一起。他说:"若是你晚来一两天,作兴碰到梅姐呢!你知道,你梅姐整天念叨你呢!"我这才知道梅姐跟随德一媳妇下屯收租去了。

我们说话的时候,德一在屋里发出兴致勃勃的声音:"妈!这是一公一母吧!——怎么看不出来呢?"

"你快放下吧!老是提耳朵,老是提耳朵!………"这是韩四婶儿的男人腔调。

我很想跑进屋去看看他们怎样处置那两只山兔,但是韩四叔握着我的两只手,我没法得体地摆脱开。我望着韩四叔那一排露出唇外的门牙,突然对那两只山兔的命运关切起来,到现在我才想到他问肥不肥的用意,才明白他说做酒菜指的是什么。

当德一再走到院心的时候,我的注意力又给他身上响动的金属声夺移去了,原来不只是短剑声,他的脚下还有马刺,他是穿着高腿马靴的。现在他脸上露着微笑，又骄矜又高雅，仿佛他自己也觉得胸脯是多么壮健，而微笑的姿容又是多么优美。直到我到达了青年的时期，才深切地体会到离开学校回到自己家庭度寒假的心情，那心情是悠闲、温暖，于是也常常想起德一给我的第一次的印象来。就是说想起他现在闪在嘴唇上的愉快和骄矜的微笑来。而且也了解这微笑：不单是由于假期的悠闲，不单是由于久别的家庭的温暖，不单是由于重温故乡的风情，而主要的还是由于青年时代对于未来日子的崇高的梦想，正如一般人在度他的青春期的时候，却完完全全把幸福寄托在未来的日子上，而且蔑视父母的生活布置，蔑视周遭的人，把自己看做如站在鸡群当中的孤鹤那样的高贵，虽然外表对他们是谦恭的，然而这谦恭只是因为年龄和辈分使然。

当我离开韩四叔的院落时，韩四婶给我驱赶着鹅，并且说："给你妈带好呀！给你爸爸也带个好！就说你四婶儿年前忙，过了大年初一就给你爸爸拜年去。"说着话，还弯腰去拾那落在院心的一株枯枝，她并不是为了保持院子的清洁，而是因为要增多炕下一株柴。这印象到现在还很深刻，韩四婶儿是用怎样的注意力支持着这个将没落的古老家庭呀！但那时只觉得韩四婶儿不诚心，我想，假若韩四婶儿看重她自己所说的话，是没有心去拾那株枯枝的。在这些印象当中，有一个念头始终飘闪在脑子里，就是从那所大院落的变化，从韩四叔对我说话的口气和韩四婶儿对我的亲切，以及从德一的微笑里，我觉着自己是离开幼年的时代了。并且我有了自己的幻想，那就是明年进县立高等小学，等到长大起来也入讲武堂，做军官。迎接着我的未来的正是少年的初春的黄金色阳光。

第七章

一

一九二一年旧历十二月三日,是我六周岁的生日,离年还有二十七天,一过除夕,我就是七岁的孩子了。

这正是冬季的末尾,天气格外严寒,就是温暖的厨房,一到天亮,水缸里边都有一层薄冰,食具橱里杯盘之类的瓷器也都有冰碴儿,那是洗后所遗的一两点水滴儿所冻结的,若是羹匙放在海碗里,那么一定凝结在一起,只要一提羹匙把儿,海碗也就离开食具橱,要使它们分开,得特别小心,有时五六个瓷盘联结一起,但一遇到温暖气,立刻就又分解开来。厨房大半夜都是灶火熊熊的,还这样冷,屋外就更不用说了。

这几天,崔婆睡得都很晚,连夜赶着制年娇锅儿:包冻饺子,拉屉……所以厨房一到晚上,就特别诱惑人,水蒸气充满了空间,满眼都是乳灰色的雾,乳灰色的水蒸气,窗玻璃上永远流滴着雾气所融化成的水流。在早晨,那些水流就变成浓重的霜,那些玻璃像白云石一样,完全给坚霜掩蔽了。厨房门的边缘钉着一圈儿狗皮,为的是遮风,因为北方的冬季,就是门缝一隙儿空,那风吹进来,也会使一天烧三十斤煤的火炉失去热力。所以那些狗皮也都结着霜,正像农民下颏周围的羊皮帽子的遮耳一样,正像沿唇有胡须的车夫一样,热气浓的地方就结成细小的冰柱。可是现在全融化成水滴儿了,玻璃上、门缘的遮风的狗皮毛上、水瓮上，只要是阴寒或是冷冽的角落里，全流着水点儿。那些浓的水蒸气就这样消逝一部分，然而锅炉的笼屉上又有新的水蒸气喷散出来。

  我每次进去都觉着是走入了雾的世界。只见一片乳灰色，发黄的那一圈儿是灯光，发红的那一圈儿自然是烧火的灶口了。除了这三种光彩，起初什么也望不清楚。我时常在这时候，听见崔婆用嘴吹气的声音，我就知道她正在察看蒸笼里的豆馅包子，或是发酵的馒头。在浓的水蒸气里，她也望不清楚豆馅包子是不是蒸熟，北方厨师在这时唯一的试验方法，就是用手指去按一下，若是面有弹性，那就是熟了。在察看面馒头是不是有弹性的时候，崔婆就连声吹着雾气，同时这呼嘘也仿佛能减轻手指所触的蒸物的热度似的。若是还没熟，她就迅捷地盖上蒸笼，喃喃自语着："烧了两抱劈柴桦子了……我看看还等什么时候？"那时她向炉口放进一块劈柴，又会对自己说："再放进一块……还得放进一块去。"她完全醉心在火候上了，这时我若发出声音，她就吃惊她不曾注意到一个人进来。那厨房在以往的日子里，是她独自的世界。从前的厨师傅，早在父亲的商店歇业的时候走掉了，父亲是从来不越厨房门一步的，母亲也是入晚不进厨房的，现在是冬天的夜晚了，只有我和她平分这雾的世界的温暖。往往我一进去，还没有看清楚崔婆的身影，就听见她说："赶快关门，嗤——这风，城外又得冻伤几个俄国醉鬼！"她一有机会就说几句俄国醉鬼，仿佛俄国醉鬼已经和她结下血仇，其实，只因为那些流亡的白俄们天天来敲院门，麻烦她来关而已。每天她都得跑到院心两趟，洛布达咬得那么厉害，她心里明知道是俄国人，但口里还问："是谁呀？怎么问也听不见作声！"等门一开，那穿戴褴褛的白俄就问："活计的有？"眼睛望望她的手，是不是带着施舍的麦饼，手就用斧子作劈木柴姿势。"没有，没有，怎么不冻死你们，一天敲八遍门，这个来，那个去……"崔婆这样说着，早就关上门跑回厨房来了。只这么一会儿，就冻得她手肿脸红的。对白俄虽然这么凶,然而听见中国乞儿高声恳求一点布施的声音,哪怕外面落着雪她也会出去施舍一个馒头,但还是说:"再别来了呀!我就不愿听这种可怜的叫声!"第二天若是这讨饭的再来,崔婆依旧是出去给他点吃食的,哪怕她正忙着烧灶、炒菜什么的,也会搁下来,匆匆地从悬在屋梁上的吊筐里,摸索个豆馅包或是半块馒头带出去,而且这吊筐里的食物,永远不断,吃剩的面食,她都代讨饭的保存在这儿,仿佛周济那些乞讨的中国人,在冬天的严寒日子里是她精神上一种很重要的安慰似的。

过辞灶节的第二天晚上,我照例跑到厨房去。天还没有完全黑,可是冬天的日子短,四五点钟,说黑就黑了。那时候,水蒸气正在空间散布着,还没有浓到每天夜深那种望不清楚灯光的程度,就听见崔婆说:"快关上门,连儿!进来,我问问你。"

我从蒸雾里嗅出一种油香气,就知道锅里正煮着猪杂碎。灶火哔哔剥剥作响,因为那些木柴是潮湿的。

"姥娘!火都烧到灶口外来了。"我就蹲在灶口上说。望见从木柴的裂隙间直泄的潮气,有的冒出白沫,旋转着,嘶嘶发响。

"向里推推,进里屋来呀!我有话问你呢!"

"做什么?"

"我看看你的耳朵哪!都冻烂了,痒不痒?进进出出得戴帽子呀!赶快上炕,这里多暖和。上来呀!"

"等会儿那些木头桦子又烧到灶口外头了。"

"不要紧。你上来试试这个鞋底合适不合适,你不要扯我的麻线呀!上来,坐在这里。"

"姥娘,锅里是不是煮着蹄髈?"

"刚煮,还早哪!你爸爸和你妈妈说话不?"

"不。"

"把脚伸直了,我看看大小中不中……我也不知道,你娘的性子怎么还是那么强,你爸爸年纪老了,还有不想海南家的。"她的眼睛望着我的脚,我的脚扼在她的手里,几乎触到她的下颏了,还差一两分,我就向前伸,想触她的发光的下嘴巴。

"别动呀……连儿,你不想跟爸爸回海南吗?"

"不。"

"怎么不?海南家好呀!哪像这里,整天大风大雪,出不去门口一步。冻死人的天气,姥娘可住够了,姥娘可想回去了。"

"到谁家去呢?"

"到谁家去?找你实榴大舅呀……还合适,我当要大两三指,这样一穿棉袜就好了……"她这么夹一句又说,"你实榴大舅那个孩子也有十岁了,个子恐怕比你还高。"她用牙齿咬着鞋底的边缘,为的是布层紧密,锥针眼儿省力。她说话的工夫,用针在头发上擦擦,仿佛要磨锐它似的:"海南家还有大虾好吃……"

那时候我听见向街的车门走道上,跑进来几个孩子的脚步声,还听见金锁的声音:"进院子来等我呀!"像听见草丛里的声音的猎狗一样,我立刻跳下炕来。崔婆的呼唤,我也没有时间回应,就跑出厨房后门,伏在板幛子上窥伺着金锁儿,若是向前院跑,我就想还不等我开开门,金锁儿一定跑过去了。在这儿,我截着他问:"到哪儿去?"

金锁儿光着头,头上飘散着热气。一手提着有皮耳的制帽,回话也不住脚:"到红旗河滑冰去。"说着就跑过去了,我想,他是回家取冰鞋。

"等等我呀!"我高声喊着。我还伏在那儿,若是金锁儿不回声,我虽这么要求,也不会去的。但听见金锁儿头也不回地说:"可得快呀!"我就向前院跑了。

洛布达从大茶箱做的暖窝里,也跳出来。它受了我的感染,精神焕发地跳跃着吠叫,而且追随我进了母亲的屋子。虽然我低声威吓它,它还是摇晃着尾巴吠叫,不过吠声短促了,威吓确乎发生了一点效力。

母亲正坐在炕上为她自己的新鞋刺绣。各色丝线篾，摊在她的膝盖上。她面向着窗，这时回过脸来小声问："你又要做什么？一动就跑，不会一步一步地走吗？你妹妹刚睡着，又要惊醒她……把别列器的底透透，添几块煤进去。"又回过脸来说："做什么那样忙，不把煤块敲碎了，就那么一大块一大块添上去，不把火压灭了！"

我是怎样地着急呀！一时又找不到敲煤的铲子，就攀着煤块轻轻向地下砸。其实，铲子就在别列器的脚下，母亲说了我还没看见，直到指给我，才把煤块敲碎。而且还得轻轻地把炉门打开，轻轻地用铁铲把碎煤块投进去，这是掩饰自己的心慌，惊醒妹妹倒是小事情。

"崔婆在厨房里做什么？"母亲背着我问。

"给我纳鞋底呢！"这时我已经把炕壁上的三只耳的皮帽子摘下来放在背后，一手用火钳透着炉底，作出安静无事的神气。而洛布达正两眼灼灼地望着我，仿佛我的秘密它都深切了解似的，我用眼睛瞪瞪它，它就摇着尾巴，躲开眼睛向别处望，那意思表明，它是很怕触怒我的。等到走至门口，又回头望望我，看见我仍然向它怒视，就舐舐嘴唇，表示极无聊的神气，到外屋角落里卧伏下去。我是深怕它听见院外的跑声而吠叫，那就会唤起了母亲对我的注意，我想院外快有跑步声出现了，尽想很迅速地溜出去，洛布达也仿佛在注意侦听什么，两只耳朵不时地扇动。我就用眼睛向它怒视，它虽然在我的眼光下蜷伏起头来，尾巴夹在后脚间，可是耳朵仍然不时地竖立，并且状似瞌睡，实际上还偷眼窥伺着我。

"你蹲在那里做什么呢？"母亲忽然说。

"没有什么！"

我责备自己，早就该溜出去了，为什么老是蹲在那里呢，透完炉底那该是多好的机会呀！可是我还等着什么，现在母亲注意了，我又不好立刻挪动，定定地蹲在炉子旁边，用全力侦听着院外，可有什么脚步动静。就是这时候，我嗅到一种布料燃烧的烟气，原来我的长袍子前襟接触着煤灰,烧了一块。若不是听到金锁儿高声咳嗽(我想这是他故意给我的暗号),我还瞠惑地望着烧了一个小洞的衣襟发呆呢!

现在我的智力立刻恢复了,站起来,悄悄离开了母亲的卧室。果然洛布达是侦伺着我的举止,立刻跳起来,抖擞着身子,汪汪吠了两声。

"你又到后院去做什么?"母亲的声音。

"试鞋底!"我不知道怎么这样聪明,我自己都吃惊回答的是这样快,这样理直气壮。

我听见克克的哭声,她是给洛布达惊醒了。趁着母亲的注意力集中在哄她重新入睡的工夫,我悄悄开开院门,并威胁着洛布达,禁止它跳出门去,为的是它险些破坏了我的出游,并且朝它下巴踢去,可是它仿佛早有防备,反而伏身从我脚下跳到门外去了。

二

北方的冬天,下雪的前一天,就是没有呼啸尖锐的寒风,空气也是冷得刺骨的,而大雪落下以后,气息又特别的暖和,仿佛它们的工作完毕而休息似的。这和夏日的雨夕之前那种酷热,雨落之后又凉爽的气候,正相反。

这天晚上的天气很温和,正是雪后的日子。洛布达一窜出门,就望空高吠,表示着它的双倍的愉快。只有从囚牢里走出来的犯人,又遇到风平日暖的日子,才能理解这种双倍的愉快。那时候,我继续叱吓着它,没有踢着它而且让它跑出来了,我非常不甘心,尤其是洛布达不时回顾我的那双眼睛的神气,全不把我的威胁放在心里,更觉着它那狡黠姿态的可恨。它现在是嗅着墙脚走,望见我将要走近了,就又似一个胸襟磊落的英雄似的,摇着短尾向前跑几步,继续寻求墙脚上某种气息了。我一点也不露声色,心想不使它防备,一遇机会就用力踢它一下,这种心理,不单是由于它违背我的意旨,从我的脚步下逃出门来,主要的是它拿我当孩子欺侮。那回顾的眼睛是说:"你威吓我做什么，悄声点吧！小主人。我反正也不碍你。"车道两边，从临街车门直延展到我背后的大院落，全是昨天一整天落的雪，经过一夜，就冻坚实了。除了当中一条行人道，印满交错的鞋底的痕迹外，一色是高高低低的海波形雪原，就是雪层高岭的岭线，都完美地保持着昨晚上寒风的趋势，只有在这里可以理解"风姿"的真正的意义。两边的板墙全挂着雪块，有的壁板上的雪块，缺了一角，可以看出那是人力震动掉的，至于临街口的车门的茅草檐上，完全垂落着冰柱了，一排利刃般倒悬在上面，我很快地越过这里，怕那冰柱上的寒冷的水滴儿。它正淋漓地滴着呢，虽然太阳已经落下去半小时了，而且白天又不是艳阳天。

洛布达沿着墙脚的雪层上走，遗留下花瓣形的足爪迹，仿佛洁白纸上印的一排朴素的图案似的。当我在车门的冰柱下跳跃的工夫，洛布达就吃惊地夹着尾巴窜到街口，不想它是在时时刻刻防备我呢，停下来刚想回望我，我就跺着脚威胁它，它又跑开了。我的心这才得以舒展，出门时所有的气愤，在那威吓它的一瞬间全消失了。

实在呢，我还担心追赶不到金锁儿。父亲的商店门市口的空地上，围集着许多人，我不知怎么在寻找金锁儿的紧急的时候，会窜入这些人丛里去，从这里可以知道，实际上我不是对于红旗河滑冰有特别兴致，不过借机到街上来玩玩而已。那时我想这里一定出了什么案子。但明明从人腿空隙里窥见是个卖鱼场。可是仍然窜进去了。不想洛布达也随着我窜进来了。映入我眼睛里的是山堆的日本青鱼、箱装的冻鲤鱼，那些箱子全打开盖子。鱼目血红，而不管是青鱼或是鲤鱼，都包在冰衣里。渔场主人忙碌着收钱，一边高声报着数目："又是一元，伙计！挑大的串十条！"他是传声给他的助手听的，精神却完全注意在银洋上，用食指挑着，每收入一块就用另一块袁洋敲着，迅捷地投入地摊中心的破竹篮里去。他的助手一边应和着"知道了——又一个十条"，一边串着鱼。串鱼针是铁条做的，尖端有洞，一尾一尾串着鱼眼。洞里可以套麻绳,把串鱼针一抽,那些鱼就移到麻绳上,可以用手提了。这只是青鱼,至于鲤鱼,他是用麻绳在鲤鱼尾上做扣,倒提在买主手里的。这助手是一个年轻人,头戴旧的商人皮帽,古铜色棉袍的前襟卷在腰里。他的串鱼手法是那么熟练,两手冻得血红,挂满片片鱼鳞。

渔场主人是个微胖的中年人,穿着短皮褂、羊皮套裤,上下一色的发光、油污,仿佛一个卖猪肉的屠户。他的两手也挂满鱼鳞,冻得又粗又红。可是他一直兴奋地高声唱着,再加"袁洋"的玲啷声,买主的询问、讨价、还价,形成一片嗡鸣。

当我一进去,他就望见我,迅捷地用手在我嘴唇里抹了一下。这完全出乎我意料,又腥又冷,我吐口唾沫,用手背擦着。他就大声笑起来,仿佛这是欢迎礼似的,我真不知道为什么那些粗鲁的山东人以这样的欢迎式对待他们喜欢的小朋友。而且围聚在那里的人,也以此为乐。我又望见金锁儿也站在这里,他的两手按着膝盖,俯着腰,正入神地观望那渔场主人串鱼的手法。我望见他并不去打招呼,还自庆没有让他看见,否则他一定也望着我大笑。我也模拟着他的姿态,故意向前屈身,两手按膝,我私心以为这姿势是美的。另外还有些县立小学的学生,他们都戴着我所羡慕的有皮耳的制帽,手里提着冰鞋。不过他们是蹲在那里。他们都入迷地注视着人家串鱼。特别是一个穿旧棉袍的学生,满面痴气,左耳轮上拴着个红线,在那里出神地观望,更显得愚蠢可欺了。他那旧棉袍本来就短。他的两手从袍襟插入裤子里,棉袍襟就提到膝盖上,露出胯骨。那部分的裤子全破了,有一大块新补丁。裤子是蓝色的,补丁是黑色的,又用的白线,这不调和的色彩,显得寒碜而褴褛。我想这样穷的人怎么也上学堂呢!后来他说过,母亲早亡了,那块大补丁还是他父亲手缝的。他父亲是西城的木匠。他叫小和尚,在学堂叫魏学文。

那时渔场主人又大声喊起来:"伙计!挑大的呀!"又向买主说:

"这条又肥又大！我不骗你，伙计把这条串上。"

"不要那条，不要那条，都压坏了。"

"伙计，买主说不要那条——来，咱们换一条。"顺手他就掷过去一尾，"那条有两斤重——好，小的咱们不要，换大的，说真话，这条可有十两重吧！你看看，是吧！好生意就好做，当着真人我是不说假话的。伙计，串上这条。"他在说话时还夹着："刚从海口运进来，你向石头上敲敲，叭叭响，还说不新鲜。"这是向另外顾客说的。人们都微笑地望着他，仿佛他话里含的欺骗成分，变成可爱的了，而且，又那么有诱惑力。相信一个刚吵过架的人，离开使他愤怒的妻子不久，只要在这里路过，有一两个字眼吹入他耳朵里，也会忘情地回脸望望这鱼摊主人而不禁对他微笑。

那些青鱼冻得都挺结实，而且冰滑，有一条他刚投到鱼堆上，那裹着冰衣的青鱼，又滑下来，滑到麻袋场子外的土地上。

"呵！"他纳罕地向着青鱼说，"你还要滑冰儿玩哪！"第三次掷上去，这次掷的姿势是那么突然，仿佛是投掷一块烫手的炭火，他吹着手指："噗——噗——它还咬呢！"那狡猾的眼睛环顾着鱼摊前蹲踞的小学生们，作出吃惊的神色。我们知道他是骗人，可是那瞬间都为他的作伪所欺，而瞠惑地互相观望，并注视着他那血红的手指。金锁儿最先笑起来，我也就纵声地笑，表示自己不受他的欺骗。可是他立刻提起那条咬人青鱼，让我们摸摸，可是谁也不敢动手。我从他那不怀好意的眼睛里窥出，他不是想朝试摸者的袖口里放，就要塞入人家衣领里冰冰脖子。那是多么怕人的冰凉感觉呀！果然他向我们动起手来，我们都躲避开，临到自己还距离三五寸，就缩着脖子可怕地呼叫。临到别人又兴致勃勃地巴望着。不想魏学文在躲避时，竟跌倒了。因为他的两手是插在裤筒里，跌倒时仿佛失去双臂的人，抖动着想要挣扎起来，口里还应和着我们的笑声，但声音含糊不清，距离啼哭的界限不远了。但他的同伴帮他立起来，他那异样的笑声还继续着，只是气色沮丧,那瞬间仿佛介立在哭笑之间,犹疑不决。突然他咧开嘴,笑声转变,而且泪水扑簌地滴落下来,我奇怪为什么那时他的两手还不从裤筒里抽出来,而且安然地用舌头舔着嘴唇,那泪水是沿着嘴角流滴着。而渔场主人一无感觉地应付他的顾主去了。那顾主是个高丽乡绅,戴着高装的黑布风帽,穿着朝鲜白缎子制的棉袍。他身后还跟随着一个短打扮的高丽农民,头上围着包头巾。从腕子上吊着的短鞭子看,又是一个车夫。只见洛布达在人丛间向他吠着,摇头摆尾,仿佛是对待父亲的熟友似的,那高丽乡绅向他低声呼唤并招手。正在这时金锁儿高声说什么,他那激动的脸色上有一种特别的气质,我立刻给这激动的脸色所感染。一匹猎狗会在它的伙伴某种竖耳的动作上,唤起对于某种声响的注意的。现在和这种情形一样,我的脑子里现出红旗河的冰场来。金锁儿用眼睛向我示意,我就和他们分头从人丛的大腿间蹿出来,在人群外说话就听得清楚,我意识到的,果然是到红旗河去。现在想来,若不是魏学文的啼哭打破了我们那团儿兴致,还不知继续在那卖鱼场周围守望多久呢!我们简直忘却了那冰场的诱惑了。

谁也没劝说魏学文,而他已经停止啼哭,居然声音很爽快地说:"我们跑步去呀!"那时他的眼角还挂着泪滴儿,睫毛还泪洒洒的。

"金锁儿!咱们不要跑!"我说,并不向魏学文望,心想渔场主人和他玩儿,他自己不小心,跌倒了,还哭。私心很蔑视他。

"可是我们的冰场要让高丽人先占了。"他注视着我说,声音挺温和,眼光又亲切。本来我的私见要解除了,可是望着他那隐蔽在袍襟底下的两臂,我的反感又增加了一倍。

"为什么你老是望着我呢!"

我很惶惑,就向金锁儿说:"你看,我哪儿望过他呢!"

"他望着呢,怎么样?"金锁儿说,"你还怕人家望呀!苦瓜精——走!咱们别理他。"

"我不去了。"他说。

"不去就不去，谁还请你呀！"金锁儿说。那时天气已经昏暗，冬天的路灯点得特别早，现在显出它们的光辉来。街道上来往行人很多，那么些腕上吊着短柄鞭子的高丽农户，那么些穿牛皮短靴的庄稼人，他们的皮袍前襟全卷在腰里。还有那些戴大耳狗皮帽子的山客，他们有的来自东部的大草原，有的来自北部的森林区，有的来自图们江上游的窝棚，带着木耳、蜂蜜、黄花菜、口蘑、海参，以及各种野味，批发给沿街设摊的摊主，又置买年货带回去，包括香纸、鞭炮之类。不知怎么样，我现在又巴望魏学文能够追上来，穿越这些行人丛中的时候，我时时回顾着，因而四轮的农车来到我身边，才注意到那些马匹的鬃毛上全结着红布条，看来是这样新鲜，有年除夕一天天逼近了的感觉。那些车套上的铜环子、铜钮、铜钉子，那些牲口笼头上的铜扣子、铜圈，以及项铃，全发着光。可以看出这些庄稼人是多么愉快地迎接新年，更可以知道这是怎么一个丰收的年成。进城来置买衣料和首饰的屯落妇女，全坐在车上。若是车上拉着年货，她们就坐在盖货物的干草上，高高的、尊严的仿佛进入露天大礼堂，头上都插着蜡制的鲜花，而且衣着也都崭新。不知什么时候，洛布达赶上我们，听见吠声才发现它。它是在行人板下的街道上走的，每遇见跟随着农车走的村狗，它就迎上前去闻嗅，胆大一点的村狗，警戒地停立一会子就走开去，胆小一点的不待它接近就夹着尾巴窜到它的主人——车夫的面前去了，更有的从车左躲到车右边去，不管胆量怎样不同，它们都有一个相同点，那就是惶惶不安，步法又匆急。它们一旦离开熟悉的村落，走入这行人稠密的城市，再加种种的乱杂声音，完全都是陌生的，这一切都使它们的威势减小，而它们的神气却装作匆忙得很，仿佛它们的主人一样，有许多事要办似的，一分钟也不能耽搁。

"洛布达，洛布达！"我听见唤它的声音，那是魏学文，他已在我们对面的行人板上跑着，招呼时，并且向我望了一下，看出我没有恶意，那眼睛仿佛说："你看，你们家的狗，都和我混熟了。"洛布达果真躲闪着车辆横穿过街道,在他身侧跳跃着,骤然竞赛似的,向前跑去,而且越过他,离开他丈把路,又跳下行人板,去迎阻另一辆农车旁的村狗了。

三

这条西大街在这荒僻县城的西城门外,是最繁盛的一条街市。那些屯落来的农车多数都在这里停歇,不卸牲口,就在它们项下放开草料口袋,任凭它们站在那儿吃。车主就在附近的年货摊上观看货色,车上留着个穿新衣服的小孩子守望着,有的是打扮得挺新的少妇,这可以想象到她和车夫不是夫妻就是邻居。至于那些屯落的大粮户们的妇女,多半是车一停就下来照顾街两旁的绸缎店或是华洋杂货行去了,和小农家的车辆相反,车夫一步不挪或是手抚摸着辕马臀部,一臂倚靠着马背,眼睛注视着行人而神色一无所见似的,现出在那里痴思呆想的样子,不用说那时他是用一只腿站着的,另一只的膝蜷曲着,或是倒在车上用毯子裹住身子睡觉。他们都多少地喝了点酒,说是抵挡寒气。这一类车辆的牲口,比前一类就肥得多了,极少是牙口老的,多半的毛色光润生辉,可见它们的口料不只是干草,而那车辆的零件也无一不讲究、无一不完美。若是路程远的车辆,天晚才赶进城来的,全在东门外的大店里停歇,自然经过这里也不落脚。现在我们遇见的正是这类农车,而两旁空道上遗留着牲口粪和零散的干草,表示日落以前这里还停过车马,如今那些车辆早离城一二十里路了。街市越向西越渐冷寂,由于交易稀少,商店都各啬它们的灯光,行人也就越发冷落了,这是互为因果的。只有一家的门口灯光辉煌,老远就望见大玻璃里的摆设了,门前的那块街道发白,积雪都失去色泽了。那是日本商店藤井居,橱窗虽陈列着各种小巧的日用品、工艺品、儿童玩具、糖果的排列,主要营业却是酿酒。路过时我望见一个中国店友,在那儿擦当中的玻璃橱。另外还听见一种口哨声。面对着藤井居是一个宽胡同，直通红旗河。在这里我就听见那些在一二十里外奔驰着的车辆和牲口项铃、串铃的交奏了，此外是嘶嘶作响的声音，那是发自藤井居的汽灯。又有一种缥缈的喧闹声，这里的冬夜是多么寂静呀！偶尔还可听见街上的警察步行声，他们是穿着有铁钉的短统皮靴。那夜空洋溢着的愉快的声波逐渐明朗，使我的精神顿然焕发。

"听！他们……"金锁儿欢呼道，"快……跑步。"

于是我们跑起来。这里的雪又闪光了，我们眼前失去汽油灯的闪光。周围微黑，而西墙上有半边月色，东墙在阴影里，是合记油坊的院落，从那院里马打响鼻的声音中，可以听出它是刚下工，蹄子敲着石头嘚嘚作响。而且唤起一阵狗吠，它们是听见我们的跑步声而隔着板壁追逐，爪子扑打着板壁，仿佛要撞破木板来咬我们似的。洛布达突然转回来，鼻子贴着板壁闻嗅，魏学文就呼唤它："洛布达，洛布达。"仿佛他是洛布达的小主人一样。

我们看见胡同口的尽端，一道横躺在月色下的红旗河了。河上铺着雪毡，对岸有三五株矮松，枝叶上全垂挂着雪块子，向南无尽止地伸展开去的雪原，在月亮下发着银白的光辉，河身越来越广阔。现在我们是跑出胡同口，立刻看见两组短小的黑影子，中间只距离一二十步远，彼此保持着互不越界相侵的秩序，各自成队地在那儿打滑嘶溜儿，河冰在他们的脚下闪着两道黄色的金光，从南岸到北岸。遥远一些的下游，也有一组小的黑影，不过他们在白的冰面上，是从东到西地顺着河面来往飞闪，围巾都在他们的背后飘抖着，可见有多么迅捷了，他们是些脚踏滑冰鞋的红旗河的骄子。有的远在一里以外滑行。

金锁儿带领着他的同伴，欢呼着跑下岸去了。一到河边，他们就形成一串飞闪过去，那已不是走，而是滑，仿佛有帆的船，有种驶行在顺风的急流里那种飘然的韵致。洛布达却在河冰的边缘上吠叫着，一会子俯鼻嗅冰，一会子沿着河岸跑，仿佛急于要找到有土路的地方走过去。终于没找到，回顾着我发出哀鸣。我向东，它也追到东面迎我，我向西，它又从西边来迎我，又用爪子扑我的膝盖，想要舔舔我的手，很容易看出它这种媚我的姿态，是祈求我把它带过去，至少也是表示怕我把它孤单地撇在岸上。我那时就扬脚踢它，因为它阻挡着我的路，我的注意完全集中在那些飘闪的小黑影上了，又急欲要尝试这宽阔河面上滑冰的滋味，又胆怯地时时担心河水受不住重负而下陷。自己都顾不过来，哪还有余心照料洛布达呢！

"不要紧，快来呀！"我听出是魏学文的声音，而且已经踏脚在冰面上。河冰坚固，满布着冻裂的纹，纹深三五尺，可见河冰的厚度了。走出不远，我也就小步跑着，平展两臂滑过去。一直顺着河流的斜度滑过去，将近一组滑冰者，我才听出发自那些高丽孩子的喧闹。现在想来，这是有趣的儿童心理。红旗河是那样宽，为什么儿时的同伴和高丽孩子却都集中在距离很近的冰面上玩，仿佛彼此有着某种吸引力，而实在又是常常斗殴。为什么不上下游分开，一如这里的冰面特别宝贵似的。越是嫉视，每夜越是就近来往，找碴儿打架。当时我想躲开那些高丽孩子，从他们背后滑过去，这得绕一个圈儿，很显明地会让那些高丽孩子看出我的规避。就违背自己的意旨，从他们的滑行阵列中打横穿过去，心又胆怯，又不服软，明明知道这将立刻引起厮打。那时我巴望金锁儿能注意我，但他是穿着滑冰鞋向上游迅捷地飘过去了，那神气是从他一离河岸就忘记我了一般，也忘记他率领来的没有滑冰鞋的同伴，引起他注意的只是下游那些飞闪的黑影，在这儿用钉有铁钉子的木板"鞋底"滑冰的集团，全失去了意义。只听夜空飘着的洪亮的声音："还有谁呀！"那是金锁儿的声音，他追随着一个围白围巾的影子问。他们前后相距两丈远，都是用一只脚在冰上曲线形飞闪着，一会子向南弯，一会子向北弯。我嘴里连声喊着："金锁儿！"实在他离我半里远，明知听不见，不过为了向那些高丽孩子表示我不只一个人，想唤起那群中国孩子的注意。那时有一个头戴白帽子的高丽孩子，侧身挡住我的路线，他站在那儿望着我，我却不敢望他，怕眼光相触，更容易促成厮斗。穿过他面前时，我放弃了滑行，匆促地走起来，防备他趁我滑行时给暗亏吃。

"金锁儿！"我巴望魏学文能听见我的招呼，因为我逐渐走近那个戴白毡帽子的高丽孩子了，而且他的同伴们的滑行的阵列，现在散了，并停止了喧笑，顿然哑静，朝一块儿围拢，拥护着那戴白帽子的高丽孩子阻拦我似的，都集立在他背后。他们的眼睛都灼灼发光，带着挑战的神气，仿佛都在说："不许你通过，你要是不改路子，想从我们冰道通过，就揍你。"他们的身量都比我高，有的是十五六岁，他们全戴着日本普通小学的制帽，帽徽和漆皮帽舌闪着月光，在他们眼前这个穿长袍戴小商人皮帽的孩子，自然是可欺侮的了。我越走近他们，脚步就越缓慢，在他们面前几乎停下来。我装着等候洛布达的神气，我真不知道怎么会这样自然，实在我要哭。我回头呼唤着："洛布达，洛布达！"那时洛布达已经在河冰的雪上走着了，还闻嗅什么！听我一喊，就欢声吠着跑来，我正想去迎接它，实在是借机绕过，而魏学文跑来了，用英勇的气势说："还怕他们怎么的。"我奇怪他的两手怎么还是插在裤筒里。我走过去的步伐缓慢，那姿态是很怕背后着一拳似的警戒着。经过白帽子的高丽小学生面前，觉得围巾擦了一下我的手背，它是垂在他胸前的，还微微抖动着，夜空仿佛有点风。走过来我又回头望了望，他们之间互作声色，声色之间是埋怨他们失去这厮打的机会似的，而且纷纷向魏学文敌视着，不久也就散开，又恢复他们那滑行的队形了。

后来魏学文告诉我："大老崔没有来，若是他在场，刚才一定打得落花流水的。我已经带来七节鞭了。"还说他就用铁链般的七节鞭做裤腰带。到现在我才知道，为什么他的两手老是插在裤筒里了。又说大老崔是个高丽酒商的儿子，最霸道。我也说我们天井后的大院落有个密嘉，我和他打过两三次架。我说这话的意思，并不是向他讨好，实在呢，私心也真感激他，那种感激就像装作招呼洛布达时那种要哭的程度相等。

谈话时我们俩手拉手滑着，我们都感到未曾有的愉快。我们都沉醉在这友谊里了。他告诉我，再过五年高等小学就毕业了，他要去考讲武堂，或是去投军，将来出征去讨伐。我非常羡慕他，就说："我明年也要入学校了。"我惭愧自己说不出将来的志愿，因为我没有这些常识，就是法学院毕业可以做推事官都不知道。

"我的寒假作业还没做呢，寒假就快要完了。"魏学文低头望着脚说，"一过年就要开学了。"他突然抬起头来说："你看，那就是我们的学校。"

我们都停住了，北岸展开一片清楚的城市的夜景。我不知道什么时候，月亮竟来到我们头上了。星空明朗，展在我们眼前的，是远处的城墙。那城墙的垛口，一个个排列着。墙外是块黑森森的树林，枝叶间挂着雪，墙里望得见一两根冲霄的旗杆，再远一些就是一个澡堂的红灯了，仿佛悬在半空的气球一样。魏学文手指的方向是城东北角落，一片掩盖着白雪的屋顶。那些屋顶的烟囱，黑影倒立，有长有短。隐在这片白屋顶的末端，是几株排立的白杨树尖，是那么邈远，近乎夜的天陲了。魏学文说有白杨树的地方，就是县立高等小学的院子，排列在课室两廊外的。若是落雪日子，他们就不到操场去作朝会，就站在有白杨树这个院落的两廊排队，校长就站在两排白杨树夹峙的石铺走道上训话。最后我们发觉冰道上已经没有一个人影了。而我们还没离开红旗河，就听见东城传来的教堂钟声了。

洛布达在我们前面跑着。等分手，魏学文对我说："明天来找你们呀！"

"你在后天井喊我一声就行，可别在前院喊，怕我妈听见。"我说。

这晚留在我脑里最深的印象是"讲武堂""寒假作业""朝会"这些字眼儿，以及立在城东北的白杨的排列、那些高丽孩子集聚一起的威胁眼光。

四

我伏在后天井的板壁上轻轻招呼了一声，崔婆就悄悄打开门，低声说："怎么这样晚才回来，要是你娘知道，又该受罚了。"

"姥娘，我告诉你。"她就把耳朵俯在我的嘴巴前。我就秘密地告诉她到红旗河去了。

"这孩子可不得了………洛布达呢？"

我知道她有点吃惊，答声："在后边。"就连笑带跳地跑开了。我是非常的愉快，还没进堂屋，听见母亲愉快的声音，从那声音里可以知道克克一定醒了，父亲一定还没回来，母亲一个人逗着她玩儿呢！我一跳进去，果然母亲自己坐在炕上，克克两只小手分开，各手扼着一个手指，站在那儿学走路。我不自主地叫了声："妈！"仿佛我有要紧的事情吐露似的，及至母亲向我注目，我又不敢说了。母亲的眼睛也仿佛注意到我的脸色是异样的兴奋，说道："又和谁玩去了？"

说话的声音很喜欢，我知道母亲今晚的心情是愉快的，在这时候就是做错了什么，也不会受责罚。她询问时，只注意我，两手依然很高地举着，那神气是一听我说完就依旧教导克克走路的。那时候洛布达跳进来，鼻子发出一种低微的哼声，抖摆着尾巴，也仿佛要向女主人述说这次愉快的旅行似的。

这是我第一次对母亲没有说出想要说的话，要保守着自己的秘密，而且我的愉快埋在心里，那时又是多么难受呀！小三点在这年冬天，整日卧伏在窝里，或是蟠蜷在厨房的灶口旁取暖。有太阳的晴天，它站立着，两眼迟钝地发呆，走两步，那姿势更显出它是衰老了，现在短促地向洛布达吠着。我就望着洛布达说："妈！洛布达舐小三点的耳朵呢！怎么小三点不愿和它玩了？"

"小三点老了嘛！"母亲说，"下炕来，怎么进屋也不摘帽子，我看看。"

那时母亲把克克放在膝盖上,又叫我靠近去,要查看我耳轮冻伤的部分,说是:"再若是从外边走进来,别烤火。"母亲虽是这么说,眼睛却注意地望着我的面部,望着我的眼睛。她那眼光充满了爱抚,口里还追嘱:"听到没有?"却用手把我的额发向后拢去。"长这么大了,回到海南去,你姥娘看见该多么喜欢呀!"又说:"别动,我再看看哪!……就是嘴唇薄点……"

"妈!小三点怎么没长大就老了呢?"

"小三点就是那么大!"母亲用两手捧着我的下颏说。

"洛布达呢?"

"洛布达刚四岁。"

"小三点呢?"

"小三点八九岁了。"母亲放开手说,"坐起来抱抱克克给我看。"

我在母亲说话时,就匍匐在炕上了,两手环抱着她。现在我坐起来,两腿叠在臀后,那时候,突然传来喊门声,我就高声应着说:"来了。"跳下炕去。

回来的是父亲,戴着高装的狐皮围领,进门解开它就呼出一口气。那呼气声是父亲从严寒的外面走进来时所常听到的,尤其是落雪的日子。

"都十点钟了,你这个公子,还不去睡觉。"父亲第一句话就是向我说,说话时,眼光向我嘲笑地注视。

我望望母亲,意思是母亲能代我说话,然而母亲的脸色,在父亲初进屋那瞬间,就变作冰冷,仿佛暖气给父亲带进的风吹散了,并且不向父亲看,尽是低着头向克克说:"怎么?还想玩?"那口气也就疲倦欲睡了。

我记起来,父亲和母亲为了居留的问题,很久就不交谈了,彼此从早到晚都不打招呼。这天晚上,父亲穿着深蓝色库缎面的猞猁皮袍,脸上带着宴后的微笑,眼光永远是讥嘲的,蔑视一切地笑着。又恢复

| 混沌初开 | 133

以往父亲商店兴旺日子似的愉快了："老崔呢？睡了吗？"在这时候，他往往称呼崔婆作老崔的。母亲明知道是问她，可是故作不知，低着头逗克克玩儿。父亲又嘲笑地用眼睛向我示意，似乎说："你看看，你娘多么会装模作样呀！"就说："连儿，把袍子给爸爸挂起来！你那是怎么瞅我呀！不认识吗？"

我把袍子接过来，眼睛还是望着父亲，觉得父亲是喝醉了！他是很少望着我笑的。往日，除了阴沉，还是阴沉，并且只注意他日常不离手的水烟袋，其他任什么全都望不见似的，任什么都失去了存在的意义似的。可是现在他满脸洋溢着红光，仿佛阴云日久的天空，顿然变成晴空万里的春季似的，太阳放光了，我也就像墙角落的小草，受着这阳光的沐浴欣欣然了。

"你几岁了！"父亲两手拉过我的两手。

"七岁！"

"七岁了呀！人家七岁都上学校读书了，你呢？"

"我也要。"

"你要什么？你要和洛布达做耍伴呀！不是吗？你要蹲灶口帮着老崔烧火呀！你也知道要读书吗？"

"知道。"我补充着说，"我高级小学毕了业，就入讲武堂，将来带军队出去征伐！"

"呵呀！你真不得了呢！还想带军队呀！真是了不起，了不起。"父亲说话时向母亲望了三次，仿佛让母亲听听我的志向。实在呢，父亲想和母亲讲和了，只从他那望母亲的神色上，就可以看出父亲之所以和我谈着玩儿，完全是有意取悦母亲。可是母亲作出完全没有感觉的神气，既不向父亲看，也不向我望。

"了不起，了不起。"父亲重复着又说一遍，仍然没得到母亲的注视，就结束道，"明年一定送你到学校去，到炕上睡去吧。"然后抽着水烟，开始向母亲说话了："你若不愿意回海南家，咱们就在这里落户吧！明年送连儿入学，咱们住在这里也不合适，你知道咱们这几间临街房子卖掉了，以后得租人家的房子住了。"

直到现在母亲才向父亲望了望，仿佛不明白他所说的话一样。

"咱们有万把块钱金票的债呀！"父亲说，"你想明年开春还得一笔大款子开支，我想让金秉湖到黑顶山去经管垦荒，那里离着高丽近，一过图们江就是高丽屯子，多招高丽地户开荒，三年不要租，还得供他们吃粮，这得多大一笔现款向里填呀！若是咱们回海南去呢，把那几百垧荒地一卖，再加骆驼河子那百十垧熟地，回去不也是一个一两千亩地的财主吗？你想……"

母亲说："金秉湖傍晚来过！"

"来了吗？"父亲得不到回话又说，"你还孩子气呢！你说怎么样吧！我听听。"

"我是不想回去。你们爷儿俩愿意怎的就怎的，我不管，也不愿意让人家管。"

"不回去怎么样呢？在这关东住一辈子吗？"

"住一辈子。"

"你呢？公子！"

"我和妈住在一块儿！"

"好吧！"父亲笑着说，"你们娘儿俩住在这儿吧！给你们留下那块荒，你们去经营吧！我可不想操心。我一个人到青岛去住了。就这样，睡去吧！去！你还坐在我旁边做什么，坐在你娘身边去吧！"那时崔婆走进来了，她每晚就寝前来安置别列器的底火，就是说加入大块的煤，再用灰埋培起来，那样就能使炉火的温度保持到黎明。父亲就向她说："崔婆你呢？"

"我那不是煮猪杂碎吗！"崔婆的耳朵有点重听。这是半年前的事情，"烧了有一普特木柈子，刚从锅里捞出来。今天晚上若是变天气，还想做肉冻，也不知明年是什么年成，腊月底了反而暖和起来。……

老财东又是喝了酒，笑我唠叨啦。"

"年娇锅都预备好了吧！"父亲说。

"都预备好了呀！五蒸笼豆馅包、菜馅包。五六百冻饺，荤的素的都有。前几天买的卷心白菜，九十几斤，冻坏的就有十几斤，本来还想蒸几笼白菜馅包子呢！可倒好，冻坏了十几斤。海带和木耳也都用水泡上了，可是我没买鲤鱼呢！在咱们前边摆鱼摊子的老方，过小年还不送三尾五尾的。咱没见他那样的人，送礼早就该送了。"

"你就是这样，不该管的也管，自己买几条好了吧！"

"真是老财东说的。"崔婆笑着，"我看着这些说大话使小钱的人就生气，要是咱们租给谁，哪怕香纸摊呢！除了租银还得送挂小鞭给连儿放呢！这可倒好，租钱不要，连鲤鱼也不送一尾来……"

"你不是弄好炉子了吗？回去歇着吧！累了一天啦。"母亲说。

"茶壶还得热，若不，实榴他大叔半夜口渴又该招呼了。"当崔婆走出去的时候，向我示意，赶快到厨房去。我摇了摇头，表示爸爸见我下炕一定追问什么。实际我想睡觉了。可是又奇怪崔婆想叫我到厨房去做什么呢。还听见崔婆在外间驱逐洛布达的声音。终于耐不住，就偷偷溜下炕来。

原来金秉湖送给崔婆十尾青鱼、一把烟叶、三块高丽年糕。因为他们是有着债主和贷款人的关系，按照中国习惯，逢年过节是少不了礼物的。这晚上崔婆蒸了块高丽年糕，自己吃了一半，留下一半给我。我进屋时，她就说："趁着热吃，凉了吃就不好了。"并且不许我走开，还得眼望着我吃完，又用手巾把我嘴角和手指的油腻擦净，才舒心地说："去吧！乖孩子。"

我感觉到那眼光是怎样地看着我，仿佛我离开厨房，她还会定定地望着空间，一如我的背向着她正往外走一样。

第八章

一

年前那几天又严寒起来,母亲寝室的玻璃窗上整天结着一层霜,院外的任什么景色都望不见。这样的天气,我就越发寂寞,坐在炕上不是在玻璃窗上画字玩,就是陪伴克克嬉戏。在玻璃窗上用指甲不管画些什么,立刻就会给一层薄薄的雾所蒙蔽,而且越来越厚,到底还是结为一层霜,因为室外太寒冷了,而室内的煤炉又太暖,就是把玻璃揩干净,一沾温气还是会挂霜的。有时背着母亲用舌尖舔,或是向上呵气,哪块地方给热气所融化成水流,哪块地方结的霜就更厚。

母亲终日忙着针线,大部分是克克过年的穿戴,自然没有工夫陪我玩耍。只有克克睡了的时候,我稍微一挪动,母亲就小声说:"别碰着她,她刚睡。"正如一般忙针线的母亲那样珍贵孩子的睡眠时间,为的是那一刻珍贵的安静。当我一个人玩腻了的时候,就搬出我的香烟卡图的宝库,一张一张地排列在炕上,挑选情调相同的摆在一起,譬如"烟台海景"和"姑苏夜航"配成对、"红拂夜奔"和"莺莺拜月"放在一起。

父亲回来了,带着一个俄国商人,这商人是刘不林斯基的助手,跟着刘不林斯基来过一次。父亲说,房产已经卖给他,今天是来点收家具的,凡是店里的物件,全编号,贴上有俄国字的标记。那俄国人,体格魁梧,又穿着尼古拉制的军装冬大衣,胸前两排铜扣,后背开襟,腰以下很宽阔，这潇洒的装束，俨然是一个英俊的退伍的轻骑兵。他不断地和父亲谈着话，我清楚地听见他们在寝室前的门市部里的走动声、挪动桌椅声。我就匆忙地收拾起香烟卡图，母亲小声说："不要去！"

"怎么的！"

"不怎么的。你去做什么！"

母亲的神色不安，仿佛我们的家产是给刘不林斯基查抄了似的，时时停下剪刀来。那时崔婆悄悄进来了。从她的脸色上看出这是一件不幸的交易。

"是来点收的吧？"她小声问。

"是呀！问什么！"母亲仿佛忌讳说这些似的。

"不知道那架燎水壶可也归在里头没有！"

母亲不说话，脸色微白，尽自低头裁着克克的花布衣料。我知道崔婆问的是那把红铜的燎水壶，那燎水壶是纯粹俄罗斯式的，高装，圆筒形，三只脚，一个带开关的自来水式壶嘴，上端是壶盖，打开可以倒水，烟囱里可以装木炭，还有一个汽笛，水滚时就呜呜地尖叫。父亲的参庄没歇业时，这架燎水壶是日夜不断呜呜地响着。现在贮藏在天井那间厢屋里了，还有母亲的瓷花盆，以及从前住韩四婶大院落时，布置客室的贵重家具。崔婆走出去还说："老财东平常可说，那座铜水壶带到山东去，街坊邻居有个红白丧喜事的时候，用用……那铜料是多厚呀！有一块洋钱厚呢！"

等她走出去，我发觉母亲的眼睫毛间有泪光了。

"妈！"

"做什么！"

我就匍匐到母亲的膝上，母亲抚摸着我的头发说："靠着我做什么！到那边去玩。去把香烟牌子拿出来，刚才你不是在那摆布吗！"母亲说话的声音是柔和的。我当时不知道母亲的眼睫间为什么有泪，以为我们穷了，会给刘不林斯基赶出来了。可是后来才知道，我们的商店兑出去得到一万二千金票,这笔款就是用来支付开垦黑顶山那些高丽农户的用费的,而且家业一点没有损失,不知道母亲当时有什么感触。那时母亲依旧剪着布,仿佛不知道眼睫毛间挂着泪,等到泪珠儿旋转欲滴了,才用握剪的手背擦去。我听见父亲和刘不林斯基的助手走出去了,就又匆匆地来到窗台前,向玻璃窗外望,只见父亲的鼻子皱着,我看出那是由于院子的气息寒冷,神气间却闪耀着一种愉快和兴奋的混合感。

"妈!"我伏在玻璃上说,"他们到厢屋堆栈里去……崔婆给他们开锁了。"

母亲不作声,确乎思索什么似的,现着深思的人连外界的存在都忘记的神气。虽然剪布的声音哧哧作响,我相信母亲那瞬间似乎也不知道自己在那儿剪布似的。

"妈!我们还住在这儿吗!"

"住在这儿。"

"那么爸爸说把房子卖掉了。"

母亲应声:"呵!"

我又问:"卖掉了我们不搬吗!"

"搬。"

"搬到哪儿去!"

"小孩子老是问什么!"母亲说,"你不好好温习你的功课,你爸爸办完事,又该责备你背不熟书了。"

"妈!咱们过年回山东去吗!"

母亲望了我一眼说:"你跟着你爸爸回去吧!我和克克留在这里。"

"不。"

"怎么不呢!"母亲每当我这样的表示时候,眼睛里就闪着微笑,而且这微笑是那么慈爱。从我的话里母亲得到了最大的安慰。母亲放下手让我过去说:"我问问你,你爸爸让你去呢!""我不去。"又让我再说一遍："若是你爸爸走了呢！"

"连儿他娘。"崔婆又悄悄走进来报告秘密似的说，"你那些瓷花盆也算在里边了。"

"算在里边就算在里边吧，反正那些花秧子已经早枯死了。"母亲又拿起针线来说，"你别跟在他们背后转来转去呀！"

"我没有，我是给他们开门。厨房里还有些鸡汤，想做鸡冻，哪有闲空跟着转呢！"崔婆说这话的口气，又恢复往日那种健康人的响亮声音了，"眼看快到大年晚上啦，又得搬家动灶的！"

她是想引母亲说几句话，想知道确实迁动的日期，然而母亲没有作声。

这一天的晚上，父亲和母亲又吵嘴了，这是年前的第二次吵嘴。开始时候，父亲是很愉快的。他告诉母亲，所有的家具连母亲心爱的布置客厅的桌几什么的全兑出手了。这愉快不只是由于实现父亲回家乡的愿望，又除去一层障碍，还由于他今天得到机会温习了一次俄国话，正像一个运动健将，别离球场已经日久年深，一旦有机会再显身手，而且觉得自己的技艺并没有生疏的人一样，那愉快是从心的深处奔放出来的。可是母亲并不去听他那愉快的叹息。她以前听见花盆什么的全算在出兑的铺垫里，有点怀恋性的悲怨，现在却是愤恨。她是深恶父亲那种独断独行，而且一点也不尊重她的意思。先前父亲已答应她在这城市里落户，现在连布置客厅的什物都兑出去了，可见他完全是戏谈，一点久居的意思都没有。

"把那些家私兑出去做什么！"母亲说，眼光作出不了解的神气，可是我看出母亲是气愤的，所以问的口气这样平淡，为的是加重她准备的第二句话的口气。

"做什么！"父亲讽刺地笑着说，"你问得倒古怪，不兑出去留着做什么！你还想在这里住一辈子吗？"老实说，我不满意父亲那种讽刺性的笑容的。我和母亲更接近了，我喜欢母亲反抗。若是别人对我母亲这样的微笑,蔑视母亲的愤怒,我当时一定会向他表示敌意的。从母亲那发光的眼睛中,我知道母亲的气愤扩大了。

母亲说:"我不愿意和你说话了。你欢喜怎么样就怎么样,你欢喜回海南家去,你就把孩子们都带去,那套红木家具可得给我留下。"当父亲进来时,母亲为了听父亲说什么,曾经把裁克克的衣裳的剪刀放下,现在就又拾起来,表示她已经不再在这问题上争执了,这问题已经解决了。

父亲还是微笑地望着母亲,那眼光仿佛说:"什么使你那么生气呢!你看我并没有看重你的愤怒,我是愉快的!"当时我觉得父亲对母亲一点也不仁慈,为什么还气母亲呢,母亲是最痛恶这种微笑的,也就埋着眼睛不让这笑容侵入自己的视觉里。我是深深地爱着母亲,我不知道怎么摸弄起母亲的手工来。母亲是那么厉声地说:"你乱动什么!睡去!"声音是那么震耳,我不由得全身一颤。仿佛母亲也觉到我的惊恐异常的脸色了,接着说:"老的给我气受,小的也给我气受。"这话的语气带着含泪的成分,又自语似的说:"克克长大了,就是卖给人家当丫头,也不做偏房!"接着,母亲用手绢蒙住了眼睛。我就抓住母亲的手臂向下拉,让母亲的双手离开眼睛,当时我只能这样宽慰。我还小声呼唤着:"妈!"而且声音也含着泪了。

父亲说:"拿你的《论语》。"

我不知道父亲为什么偏在这时候让我背书。又说:"你望着我做什么?你听见没有?拿《论语》去!"

到现在我才知道为什么入县立小学以后,我就不愿意在家里逗留一刻钟了。不只是外面世界的诱惑,不只是有着使我乐而忘返的同学做伙伴,主要的还是我的家庭里没有温暖气,无论兴致怎样好,一回到家就给败坏了,正像床上有个病人一样,尽管你是一个不懂事的孩子,只要站在这屋子里,你说话的声音也不得不放低,脚步不得不缓慢,这肃静的气氛是深深地妨碍着心情的舒放,可是一离开这屋子,你就又会小山羊一样跳着跑开了。我那时的心情，就是这样。

因此我的整个脑子又给《论语》占据去了。临睡前，我还得认熟三页新的课程。我蹲在窗的一角，默诵着，不久就打瞌睡了，这晚上父亲对母亲说过什么，我就没有注意了。

第二天，母亲的脸色是冰冷的，父亲的面容也不再是嬉笑的了。父亲的计划遭遇到严重的阻碍。一个风趣的司机，几次发现他的载重汽车的发动机有毛病了，几次都是吹着口哨，完全有把握能很快地修理起来，再遇见它停止旋动的时候，还会说句俏皮话："你是有意和我捣乱呀！"可是当他发现，这次是超乎他的修理能力了，他得望着它转圈子，一切变成被动了的时候，他那眉额也就严重地扭结起来，而且激恼了。

父亲就是这样激恼着的，相反母亲倒很平静，可以看出母亲的主意是多么坚决。她平静地指挥崔婆把货栈里的家用木器检点清楚，堆在院中心，又命令雇的短工先一日搬到外院那个有大院落的洋草房子里去，那就是密嘉隔壁，从前收容过白俄住宿的洋草顶的房子。在以前又做过谷仓，这房子是和密嘉的房子相通的，在我们搬过去之后，才知道是分隔开两个小院落了。

父亲在母亲指挥搬动家具的时候，一直站在屋子中心向外望着。我在院心，清清楚楚看见玻璃窗里的父亲的面影，那脸色是肃静的。父亲望着站在院心的母亲，而母亲几次转身都不向窗里注视，但那是故意的避讳，仿佛母亲实在也望见窗里的那激恼而又严肃的面影了。

崔婆对母亲说话，带着讨好而谨慎的口气。每次母亲对父亲生气的时候，崔婆都是用这样谨慎口气向母亲说话的，而平常她是站在父亲的立场上讲话的，正像一个机智的仆人，平常听从主人的意旨，而把主妇放在其次的地位，可是遇到主妇自主地做某一件事，而又明知道这是和主人的意见相违背的，虽然站在主人旁边，也不得不谨慎地听从主妇的指使了。崔婆那时候说："今天，天气还好，一个下半晌就搬完了。"又说:"若是今晚上那边没人住,还得找把锁,锁门。"她是那么小心地观察着母亲的神色,而又装作她并不知道父亲和母亲吵过嘴,装作她所知道的是这迁动完全出于父亲的意思,母亲仅仅辅助而已。

父亲走出来了,站在母亲的身旁,望着崔婆和短工搬动到院心的家具,好久,才说:"这些灰尘,得用毛巾沾着水擦干净再搬。"那时父亲望一眼母亲,母亲一句话也没说,就走开了。"你又作弄洛布达做什么?"父亲的眼光和怒气移到了我的身上。

"它老是想朝外跑。"我说。

"放开它,让它跑吧!"

我是怎样的颓丧呀!我已经阻截了好几次,才把它赶进大茶箱做的窝里去的,现在是这样轻易地把洛布达放走了,它在院心摇摆着尾巴,向空跳跃了一下,又抖抖身上的草叶,就跑到门外去了。

崔婆那时在厨房门口洗毛巾,她是准备换一盆水来擦木器的。我望见她回脸向我瞟一眼,意思是让我躲开父亲到她那儿去。然而我望着她,一点也不挪动,我还是颓丧地站在大茶箱旁边。

"你在那儿做什么!噘着嘴……你!"父亲向我奔过来,我突然放纵着哭声向崔婆跑过去了,这是多么不愉快的家庭呀!没有一个人疼爱我!

仿佛父亲和母亲的激恼,完全由于我的存在,仿佛我是多余的累赘似的。

二

年除夕就在这不愉快的情形下降临了。又因为元宵节前得搬到后面那所大院落里的新居去,所以在这宅子里过年除夕,更是人心不宁。只有崔婆一个人忙着布置外间父亲的休息室,算是有点迎年的气象。这里是接待拜年的客人和亲友的。财神匾额、桌子、茶几、炕桌,全擦过了，油亮的光辉在木器上闪烁着。供桌围了绣金的红呢桌帏，神位上的匾额用红绸子扎着彩球，锡制的蜡台插着金字红烛，一切是布置的和大庆的吉日似的。

崔婆这天穿上新的灰布罩衣，料子还是硬性的，一走路裤子就发出相摩擦的一种响声，而且这屋子里也只有这种衣料的响声，那是多么沉寂呀！我也换上了那件新的蓝色缎子的长袍，这是一早晨我自己向母亲要的。母亲那时的脸色冰冷，递给我的神气类似说："你自己去穿！"再加上崔婆那种机警的眼色（她是让我到她跟前去）那么谨慎，生怕触犯了母亲的怒气似的，这一切也都使我颓丧了。父亲的休息室里所有的家具全是鲜明的，等待着吉辰降临的姿态，然而这屋子里缺少两样东西，缺少着愉快的面容和笑声。

崔婆在那布置供桌的时候，脸色是平静的，举止里带着警戒性，仿佛父亲是在炕上正睡觉似的。其实，父亲坐在炕沿上抽水烟，也确乎装作这屋子里只有他一个人的模样，崔婆的一举一动并没有惊扰他的肃静而又庄严的神气。那时我伏在母亲寝室的门口，从门帏缝中向外望着，我不敢在父亲面前露面。到底父亲也感受到这沉寂气息的不愉快了，尤其是崔婆走动时衣料摩擦声。我想父亲一定不耐听，可是始终也不见他向崔婆看一眼。父亲从壁挂上摘下狐皮围领来，我就回头向母亲望着，想偷偷地说："爸爸要出去了！"可是母亲并不注意我，她在窗下替克克更衣呢，并且皱着眉，那是由于克克的两条小腿弯曲着，不向椅子上落而引起来的。

"妈！爸爸出去了。"我跳着，跑到母亲身边去欢呼着。

"出去就出去吧！"母亲说，说话时并不向我望，她的注意全集中在克克身上。她的小手不是撕着母亲的袖子，就是摇摇欲坠地晃动，使母亲极难空出手来给她穿那件新的小裤子："站直嘛！痛死啦——撕的！"这是母亲说克克撕她的头发。

崔婆确乎也感到轻松，我一走到她跟前，她就愉快地说："连哥儿你敢不敢放鞭炮,现在别动,等半夜辞岁的时候再放。"

我忙从她手上夺过来,实际上我也不想放,只想拣出零散的一些失掉药线的小鞭,然而崔婆就恐怖地叫:"连哥儿,连哥儿!"仿佛一沾我手就会毁坏了似的。

"你又在那儿做什么呢?"母亲扬声问。我那时就对崔婆怀着恶感,我想她是故意让母亲听见她的招呼声的,仿佛她不呼唤我,我就会做出什么危险的事情来。

崔婆笑着扬声给母亲听:"连哥儿和我玩呢,没有闹。"并且悄悄向我招手,拿起一块绿豆糕来。那是供神用的,我也就慢慢向她走过去了。然而不管怎样,不管母亲生我的气,还是我和崔婆发生小的不快的纠纷,总是愉快地笑着,若是一听见父亲的脚步声,这些心情就会全部瓦解了,屋子立刻沉静下来,那时候我就悄悄跑进母亲的寝室里去。若是父亲偶尔到母亲寝室里来取什么东西,还装作母亲并不存在的神气,母亲的脸色也立刻就端庄了,仿佛抵抗可能来的侵犯一样。

半夜包辞岁饺子的时候,父亲进来点纸媒,母亲的脸色就是这样的。然而,父亲那时候是和善地问:"还有多少!好点蜡烛了吧!"手里还握着江浙式的水烟袋。问话的口气,是不择对象的,母亲若是说话就是问母亲,母亲若是不作声,那么又似乎这话是问崔婆的。

"点也好点啦!"到底是崔婆说了,"快……我还得去看看灶火。"

父亲就走出去,我伏在门帏缝上望见父亲吹着纸媒,点着神位前的金字烛,然后退回炕几旁去。本来点纸媒是为了抽烟的,现在倒把水烟袋放在茶几上了,并且熄灭了纸媒,突然想到今晚是年除夕似的,畅声说:"连儿,敬香。"

我立刻也快活了,跪在椅上去取香。父亲的嘴角又有讽刺性的微笑出现了,说:"你敬神,得先净手呀!怎么一点规矩都不懂。"

房间里的香火气,像在庙殿里似的。这种特殊的气味,极容易使我想到神秘而崇高的上天诸神。不久,在夜寂人静的气氛中,就传来街上的鞭炮声了。谁家首先迎神了。

辞岁的吉辰降临了。父亲的面色更加愉快了,递给我一挂鞭,还说:"你可别先放呀!接神时候才放呢!我去换换衣裳。"

"用什么点呢!"我也跟进屋去。

"你不会再点一支香吗。我的衣裳呢?找出来!"父亲望着母亲说。

"表婶,你打开那个立橱,让他自己找去。"母亲向崔婆说。

父亲在那时候就向崔婆讥讽地笑笑,似乎说:"你看我要和她讲和了,可是她倒身价百倍地说'让他自己找去',若不是年除夕,我真要问'他'是指谁呢!"

母亲的眼睛也有喜意,这种欢喜还是埋潜在端庄的脸色下,不过那种端庄神气已经缓和了。"左首那个立橱。"又这样指示崔婆,可见父亲的求和,母亲是接受了。

街上的鞭炮声又一阵响起来。平常日子这个城市所有的那种喧闹,现在是绝灭了(可以想象城市的居民全休息了,一年终了的休息,所有的人都在年夜准备着敬神),这鞭炮声就格外来得清楚,可以听出这是从二里外西大街的住宅区那个方向传来的。若不是火药保持着干燥性,爆裂声也就没有这样响亮。又可以想象到外面的天气是怎样的好,一点风也没有,冬季日子所有的寂静的夜呀,街上偶尔有一个人走路,都可以清清楚楚地听得出那种匆匆的脚步声。行人是绝少的呀!屋子里也是一色新气象,火炉的光辉失色了,窗台、家神案子各有一排明亮的红烛。父亲站在炕下向母亲问:"穿哪件好!狐皮穿不住,那件棉的花丝葛长袍呢!"

"不是在格子底下吗!"母亲说。

我是高兴的,心想父亲和母亲完全和好了,不知为什么,要笑,而且要笑出声来,就用手掌埋着口。我望见崔婆的脸色也红润了,两颊逐渐闪出老年人的愉快的光来,而且望见我,立刻受了我的蛊惑般笑起来了,并且遮掩着说:"你看连儿笑的。"

到底我笑出声来了。那笑声是有股怎样的传染力呀！父亲最先应和着我快乐地笑了，仿佛我揭穿了他们的秘密似的。母亲也受了感染，笑着说："这孩子，笑什么！"我就更畅快地笑起来，可是不说笑的理由，实在我也不知道为什么那样快活。到现在想起来，还不知道是由于哪一种启发，竟笑得那样畅快。

父亲开始改变气氛，说道："好迎神了吧！"又走到母亲面前去说："你看这件还合适！不窄一点儿？"父亲的体质是比前一年胖了。这次说话的脸色，就完全失去了仅余的一点矜持气了。

母亲还是保持着端庄，不过口气是温和的，仅仅说："还好！反正在家里穿！"

在父亲说话时，附近又传来鞭炮声，这一片喧闹的鞭炮声之间，夹着爆竹升空爆裂的响声，所以父亲的话声随之高昂，而崔婆所说的就听不清楚。只见母亲抖搂身上的望不见的面屑，可以想象到崔婆定是说和辞岁饺子下锅有关的话。我已经第三次催促父亲去迎神了，香火和迎神鞭我完全准备好了，只是还没有把鞭拴到挑竿上。我是要亲手放鞭的，准备接受那爆裂声给我的震撼和快感。第一次招呼父亲的时候，他正在那儿和母亲说话，我招呼第二遍才想起要找个挑竿来。这时我让父亲把鞭给我挂在竿子尖上，又听见街口传来的爆竹声，我是多么激动呀！"快一点吧！真是！"我的眉头一定是扭结着，父亲蹲在我脸前吊着那串鞭，眼睛那么异样地注视着我，又似惊疑，又似喜欢。

"去戴上帽子。"父亲站起来说。

我们是在临街的车门洞口迎神。街上寂静，很远很远的一端仅有一个灯笼的隐约光辉，其次是附近的燃过的鞭炮纸屑所有的灰烬里的火星了。空气是说不出的平静、和缓，全不像是冬天，可是父亲蹲在地上供香的时候，可以看出烟白色的鼻息，这又是只有冬天才有的现象。远处有几声清亮的狗吠声传来，一片肃静的时辰呀！我问父亲是不是可以放鞭了。我极力装作毫不畏惧的模样点它，然而这是极艰难的，若是我握挑竿的手距离太远了，另一只手就不够长，距离近了，又怕鞭向脸上爆。父亲说："还是我给你点吧！"我说："不。"到底给我点着了，一股火药气息立刻飘荡起来，我是一直歪着脸不敢正视的，只听见激烈的爆裂声，一连串地继续着。一切寂静了，我就埋在灰气的烟色里了。那时候，父亲一直望着我，仿佛很有兴趣似的，实际上我又是那么紧张，现在就发出胜利的微笑来。

父亲愉快地说："跪下向空中叩个头吧！"父亲自己却蹲在那儿不移动。三支香是插在街石空隙里的，香前烧了一堆锡箔和纸钱。我叩过头以后，父亲说："接神回家啦！"临走又在灰烬周围浇奠了三杯酒。

一切是这样的和谐。父亲和母亲在那时候是互相宽恕了。由于这宽恕，年除夕这个大庆的夜晚，就变成双倍的愉快了。父亲和母亲相互的祝福，仿佛接神去的父亲和迎神回家的父亲是两个人，一个是旧的，一个是新的增加了一岁的人了，过去日子中的欢快或是不如意完全清除了，每个人的命运重新开始了。

吃辞岁饺子以前，父亲吩咐我先去净手敬香，第一批饺子分做三小碗，作为供神用的。当这一切供奉到神案上去以后，又焚化了一批冥纸，纸灰闪着火星飞升到屋子的上空，又纷纷飘荡着，落在供果上，落在餐桌上，挂在墙壁上……这完全是神秘的、玄虚的一种景象，我当时是虔诚的，望着那带着火焰飘升在屋子上空的神纸灰，有的久久在空中旋转着，完全是灰烬了，还在轻柔地飘荡着……那是一种怎样不可解释的奥秘的快感呀！父亲在神案前的红毡上行叩首礼了。这是拜候三代宗亲的家神，再一次是对财神的参拜。而我，在两次叩礼之后，就给父亲拜年了。按照中国北方的习俗，母亲在宅神前只作揖就算尽礼了，然后又接受我的叩礼，母亲说："你又长了一岁啦！"她的微笑是含着祝福的意思，并赏赐给我一块有吉运象征的压岁银洋：

"给你姥娘拜年，行个鞠躬礼吧！"崔婆连口说："新禧！新禧！老财东，新禧！"

"大家新禧！大家新禧！"父亲幸福地叹息着，这叹息是表示一切烦琐礼仪完毕之后的宽慰，又有食欲旺发的意义。

在叩神的时候，崔婆是沉静地站在神案旁边的，她已经准备好了年夜饺子，只等叩礼完毕向父亲进贺了。那时候她的神色焕发，这不只是由于新年的吉夕，主要的还是父亲和母亲和好，她是这样善良而仁慈地望着他们，那眼睛充满了快乐。在这时候，她已经和初来我家的时候不同了，她的天性开始闪光，脸上全不像最初那种隐蔽自己创伤所有的冷酷气。现在想来，从那时起，她一定也宽恕了实榴和那个侮辱过她的屠户的女儿。

年餐有鸡冻、海蜇、猪肚、猪冻。父亲自己喝着酒，母亲和崔婆也开始各饮了一杯。父亲说着希望今年的年成好，又说去年家乡的收成挺不错。这样就很难断言父亲是希望这里的年成好，还是指着海南说的。母亲可从这晚上的风平气静的征兆上，预祝着今年黑顶子和骆驼河子两块地的庄稼丰收。然而谁也没有露出春天是回山东家乡去，还是在这里落户的核心问题的口风。仿佛父母还是各执着己见，而在这大庆的吉夕有意地互不触犯。

当母亲说她的希望的时候，我又望见父亲的嘴角闪出蔑视的笑，不过母亲是有意地避开眼睛的，仿佛那笑容是不洁的。总之，大家吃得很愉快，父亲还用一种喜欢的眼色，注视着我的用餐姿态。我发现父亲那种凝视不移的目光，感到羞涩，这羞涩感和我行叩礼时相同。我的眉就皱起来，实在父亲那种注视方式，是一种可喜的苦恼。第二次我看他时，父亲就向我俏皮地眨了眨眼，我就笑了，心想母亲要是看见那种眨眼法，该多有趣呀，同时觉得父亲是和我这样亲近，父亲是爱我的，而且我也觉得父亲是又年轻又英俊，全不像以前所给我的那种不可近的又庄严又苍老的印象。实在这是我望见父亲最后的一点乐天的天性了。尤其是这晚上胡须修得又整齐,更加重那年轻的印象。

现在鞭炮声分三处连串地爆响,这阵子我就听不清楚崔婆和母亲谈话的声音了,只觉得这三处喧闹的声音刚有一处低沉下去,就又出现了一个"迎神"的方向,而且立刻混成一片,分不清楚那原有的两处是不是仍旧继续着,还是退出而又新增加了另外区域的鞭炮。一片汹涌的海涛那样广阔而无休止的爆竹声呀!我望见崔婆已经停止谈话了,母亲的眼睛催促我快些吃,我不知道自己半途竟停住筷子了。鞭炮一直没有间断,响声稀疏的时候,听见有鸡啼的声音和突起的几声犬吠,天就要亮了。父亲又吩咐我:"净手,敬香——把案上那排子蜡烛吹熄吧!"

窗玻璃刚放明,这就是元旦的早晨了。我几次打盹,都给母亲弄醒了:"你不是守岁吗!今天晚上不睡,今年一年就生气勃勃的。"然而我是情愿放弃这个报酬的,就是母亲也有倦怠的睡意了,父亲大声打着呵欠,可见也支持不住了。崔婆现在预备着待客的橘子、冻梨、花生、香蕉糖。

就在这时候,来了第一批贺客。立刻沉闷的气息,又给传染上活跃的色彩了,仿佛一堆将熄的火炭,又增加了正吐着火焰的木柴一样。崔婆去开门时,我就坐起来了。

进来的是超字油坊的财东——于之超十一叔,采木公司的鸿发伯伯和陆协理。鸿发伯伯就是在我年幼跟随父亲参加某次宴会遇到的那个带着小银色卷毛狗的老人。今天他们全穿着新衣服,新剃的头。陆协理的下颌刮得净光,鸿发伯伯的山羊须整齐地下垂着,看来他们的气色是这样新鲜、幸福。于之超十一叔还没走进院子就高声喊:"九哥,九嫂,给你们拜年来啦!"

进来时,他们三人同声地说:"发财,发财,见面发财!"说话时都拱手作揖。

"大家发财,大家发财!"父亲迎着说,"来到就是礼,免了吧!"

"总得给老的叩个头呀！"于十一叔说。

"免了，免了！"父亲说，"现在是民国了，新派的人都不讲究这些礼道了。"

"可是我们还是旧派的人呀！连哥儿你说是不是！我们是老脑筋呀！你没有进学堂呀！过来给我鞠个躬吧！"

他是一个善交际的富商，所以和我说话，为的是让父亲有余力去和鸿发伯伯周旋。他们相互地说"年除夕的天气真平稳呀！一点风都没有""今年年景管保是个丰收年"，诸如此类的话，而且坐五分钟就走了。他们还有几家亲友要去拜贺呢，临走主客间又是一次阻拦和争执，为的是把压岁银洋递到我的手里。

第二批贺客是天亮时候来到的，有的穿着西式毛绒大衣，有的戴着眼镜，全是政府机关的人员，他们的举止都有一股文质彬彬的姿态，而且称呼父亲作"会办"，称母亲为"姜太太"。

还有不同的就是不说"见面发财"，而说"恭贺新禧"。他们的脸色同样的新鲜、幸福，只不过掩饰一些，不尽量发泄他们过分的快乐而已。而且说话也竭力作出平淡的样子，可是脸上总有着笑的光辉，仿佛体质内有种强烈的力量，时时要迸发出笑容。

母亲指着那个戴眼镜的说："过来见见关校长。"又向关校长说："什么时候开学呀？我想送他去读书，不知道你们收不收！""几岁了？"关校长说："过来，害怕我吗？"他见我摇着头就武断地说："哈哈！一定挺顽皮吧！正月二十四日开始报名，会办的学生怎么不收呢？去读书吧！那里有许多小朋友和你玩。"父亲始终没有表示一点意见，他在和穿毛绒大衣的贺客说着什么。然而当母亲和关校长说话时，他望了母亲一眼，又似乎非常注意母亲的意思的。

送客回来，父亲的脸色又庄严了，说是母亲不该在接待室的门口露面，因为那都是些官面儿上的人，不是熟交。实际上那种庄严可以想象到是从母亲那不可动摇的久居的决心而来的。母亲也受了感染，重新恢复那种端庄气了,而且彼此不交一语,视线也不相犯,尽力避开见面的机会,父亲在休息室抽烟,母亲就在寝室里什么也不望地深思着。

早餐时候,又恢复以往的肃静了。餐桌上,只有调羹和碗边相触的声音,这时若是我喝汤的吁声大响,或是喝了热汤大声呵气的时候,父亲就会向我久久望着,那两道黑色眼光是敌视的。我想,若不是元旦,父亲一定会拧着我的耳朵让我离开桌子。而元旦是不许父亲打孩子的一个可爱的佳节呀!

三

元宵节我们是在新居里过的。

这就是把大院落横截为前后两部分的那个换了洋铁盖的平式宅子,从前收留过由俄罗斯境内越界的白军,以后又作为谷仓的宅子。墙壁的外部全刷成云灰色,然而向南的那一面,却只刷了一半就停工了。这是父亲命令停止的,原来这一切都是母亲吩咐崔婆雇工做的,完全没经过父亲的同意。就是堆积在南窗下的木板,父亲最初还以为是别人存放的。可见母亲久居的意志是怎样坚决。她在这里要修筑一个新的板墙的院落,把密嘉的家——那个高丽住户,隔到板壁外去。那时候,这所县城已经有了日本的领事馆,中国房主是没有权力驱逐一个不愿退租的高丽房户的。所以密嘉家走前门,那门口正朝临街的大车门,而我们进出全走向南的后门,要到前院得穿过居宅西壁的第二进车门。以后,我再来叙述密嘉的父亲——这个高丽绅士是操着使人怎样憎恶的营业,以及环绕在他四周高丽居民的情况。

父亲在没迁居以前,是没有到这所正在粉饰涂刷的空宅子里来过,整天都消耗在元旦以后那一连串庆祝新年的宴会上,有时整夜在外边,那多半是被留在友人为新年款待宾客而设的赌台上了。那是这一小县城里怎样狂欢的日子呀!所有的商店,没有不聚赌的,而且不管是地方法院的推事、警察厅的警官，全在这庆祝新岁的假期，借着贺年为由而凑起手来赌牌九了，到处是骰子和牌九的声音，到处是欢呼和叫笑。然而父亲是深居简出地过了一年养尊处优的日子了，平日外界已经忘记了他，他们又环绕在商会的新会办的周围了。那新会办就是元旦黎明的第一批贺客里面的于之超。父亲自己正像一个退休的人物，闲居在这城市里，唯一的意义就是盼望家产能全部脱手，携眷回山东的日子能早一天到来。他在商业上的失败，已经使他厌恶这个荒僻的城市了，现在他之所以又投入那些幸福的士绅富商的宴会上，不是牛庄酒、骰子、赌注的诱惑，父亲已经是度过他的黄金日子的年龄了，一个五十四岁的老人了，唯一的原因，是想避开母亲。哪有一个丈夫能在不愉快的家庭里面对着端庄不欢的年轻的太太久坐着的呢。在家庭里，父亲是矜持的，一个主人感受到他的权威将要崩毁，这种矜持是很自然的，时时警戒着他的周遭，怕有一点损伤他权威的征兆。内心的深处越是这么哉战兢兢地警戒着，外形的姿态越是庄严、郑重。现在想起来，这些日子我是这样敏感地注意着父亲的眼神呀！我那眼光是多么胆怯呀！只要父亲望我一眼，我就知道自己站的位置不当，或是不该背倚着墙，像狱中的囚犯那样，就一声不响地退回来。父亲变成可怕的人了。

　　所以当着迁居的第一天，父亲的脸色因为正月的阳光而明快的时候——又加上小三点那匹荷兰种的小狗，唤起了父亲壮年时候的愉快。现在想来父亲当时确实是有着某些幸福的感触的，因为他蹲在院子里抚摸着它是那么亲切，完全没注意到他是蹲在一个怎样的位置。从他背后向外抬木器的雇工都不得不停下来，无语地相互递着眼色，等待父亲感觉到自己挡着门口才离开一两步路。

　　小三点是衰老得可怜呀！眼睛里充满了倦怠，所有的正月的阳光，洛布达的跳跃、嗥叫和院心的喧闹的搬动家具的气氛，全不能给它任何的反应，它的步伐是迟缓的，现在站在父亲的膝前，垂着头，垂着三角形的大耳朵，垂着尾巴，就是尾巴尖也一点微弱的摇摆力都没有似的。而在父亲抚摸它的前额时，它的眼睛现出湿润的泪光，仿佛主人这种亲切的抚摸已经和它离别六七年了，实际上几年来父亲也确实把它遗弃在注意之外了。又仿佛小三点感觉到自己的衰老而预知这是主人最后的恩惠了，知道不久要和这个久处的家庭长别了。它是在元宵节以后的第三天死的，崔婆发现它的时候，身体已经冻得石头一样坚实了。

"小三点老得这个样子了。连儿把它抱过去吧！"当时父亲感叹地望着它，到底发觉自己蹲的地方碍路了，就站起来说："搬呀！怎么停下来啦！"

父亲就跟随这一伙雇工到后面那个大院落去，路上还问我说："到新宅子去看看，你妈在那儿忙什么呢！"可见当时父亲确是愉快的。

望见涂作云灰色的墙壁，父亲的脸色就严肃了。他在母亲这一设施上感到威胁，感到他的回故乡的计划遭到抵抗，虽然这抵抗是微弱的，然而这说明了母亲久居的决心。等到穿过第二进车门，望见窗下那些新锯的木板，望见在短梯上涂刷灰水的泥水匠和刨着木板的两个木工，父亲就厉声地说："谁让你们来做的！都停，马上停。听见没有？"父亲环顾着那些吃惊的工匠，又说："崔婆！给他们工钱了没有？该补多少就补多少，不要少给他们——你还说什么？叫你停，你听见了吗！"

"这是会办太太……"

"你还辩什么！我说不刷石灰，就不刷了。"父亲又用缓和的口气说，"今天不做了，等两天要粉刷的工夫，再叫你们。"

那个泥水匠戴着鸭嘴帽，脸色黑瘦，不过也是为了元旦新剃过头。他还说要把灰水刷过玻璃窗就停手，可是父亲就连这一点也不准。

"这多么难看呀：大节日下，半面窗的墙是灰的，半边是白的。"

"叫你停工，你就停好了。"父亲帮助他把灰水筒子挪开，又把落窗的长帚放到筒子旁边去:"等过两天再找你们。"像唤骗孩子一样又说:"把你的梯子也搞去,别忘了什么!窗下那是谁的衣裳,拿去!"

仿佛驱逐出一些不洁的乞儿,连他们的使用工具都有传染什么病症似的。

从父亲驱赶他们的最初一瞬间,我就望见窗玻璃里的母亲的面影,正像年前母亲指挥搬家具时候,站在玻璃窗里的父亲的面影一样,不过只一刻就隐逝了。

母亲对这件事一直没有反应,仿佛她根本没有感觉到父亲是给她久居的意志一个损伤,仿佛父亲所做的完全是适当的,或者是和她完全无关。崔婆是一句闲嘴也不加入,她是那么自然而本分地挪移着桌椅,和母亲商酌着安放的位置,和母亲的姿态一样,装作漠不相关,只是神色间透露着一种审慎,一种走进有未爆炸的火药的街道,警戒自己的触发一样。

父亲单独在西间那些零乱的红木家具之间的靠椅上坐了很久。那间房子是有南北两座小的暖炕,作为客室的,正对着母亲的寝室。中间是供神的穿堂,神位后是一小间厨屋。那时候各间的门口还没有挂门帏,我伏在母亲的寝室门旁,清清楚楚望见客室迎门的壁镜里,反映着父亲的上半部身影。马褂的绸料闪着光,父亲头上的瓜皮帽上的朱红顶子闪着光,只是父亲的脸色阴黯,胡须也显得又黑又浓。他的两只肥润的手指交错地扣着,眼睛里埋潜着一种深思的气质。

"你这是做什么?"母亲路过我身旁就拿手指骨节向我头上戳了一下,"去温习你的功课去!"

这是多么使我苦痛的戳呀!我并没有妨碍到谁,我只是在那里暗窥父亲的动静而已,我做了什么坏事情吗?我是这样伤心,我在新年期里就受了母亲的一戳。我记得那时候,一声不响就爬上暖炕,占据一角的位置,埋着眼睛赌气了。这是我不欢时的习惯,我嫉视这个惨淡不欢的家庭,我幻想着将来,终有一天我会抛开它投身到军队里去,就是打败了仗,受了重伤,死在外省也不再回到这个家庭了。我的眼前就现出一个将军的影子来,他戴着白手套,向我说:"你是一个英雄,可是如今你受伤了,还是回家养伤去吧!我派卫队送你回去。"我就哀求着说:"无论怎样,别把我抬回去吧!就是掷到路边上也好。"将军说:"你是一个最勇敢的有功的孩子,我们怎么忍心抛弃你呢!"我就向他哭着说:"若是把我送回去,还不如死了好。"将军最后感动了,把我带到他的将军府上去,并且收留下我这个孤儿,我就永远不再回来了。谁又知道十年之后听见父亲患病的消息,我又那么急匆匆地抛开一切,为了早一刻到家,而冒着冬季海浪的风险,乘航行五天五夜的海轮,经朝鲜半岛赶回来呢。

母亲前一两天就准备着元宵节的贺礼了。这是汉人传统下来的妇女间的交际节日,为我们中国北方的妇女所珍贵的一个日子。生长在民国初年的妇女是这样的不幸,那年代她们就是连西欧或者俄罗斯城市妇女那种出头露面的场合都没有,即使是一个在吉林高等师范读书的女生回来度寒假,也是避讳着经过大街上的道路,而要走背人胡同的。谁也不敢违背这城市里的为山东移民带来的习俗,这是以后我入县立两级小学读书的时候,发生了两个新派的男女教师并着肩在城外散步,受了校长的警告而辞职的事情以后,才逐渐了解的。刚刚在这城市住了两天,他们就又回到哈尔滨那个自由的都市里去了,所以我没有得到个见面的机会。从这里就不难知道妇女们是怎样地珍贵这个节日了。而且这个幸福的日子,也扩展到上流的满洲土著的家庭中了。

母亲是到于之超会办的家庭里做嘉宾去的。

于之超是父亲的同乡,一个白手成家的暴发户,经营着一座远近有名的油坊,不只秋季是收购大豆的首户,主要的还是超字油坊(这是他那买卖的名字)的豆饼都是运输到大连去的,从那里又分批载到青岛以及南方的大市场上海,而超字油坊的豆油供应着延边四县的全部居民，这只是占超字豆油产量的五分之一，五分之四的豆油是批发到哈尔滨和吉林去的。超字油坊的门市，就在父亲出兑的那个参庄的隔壁，房子又陈旧又古老，屋顶的茅草有阴湿的绿苔的斑点，不及父亲出兑的那个参庄门市的完整、健壮。我和母亲路过这里的时候发现几个泥木工正在拆毁这座停业的商店，屋顶的茅草全部清除了，若不是还有几根椽子，就全部露天了。那个刘不林斯基的代理人，还是穿着那件标致的军装大衣，站在行人板上指挥着，他只有站在这儿才能望见屋顶的拆房工。他的耳朵夹着一支铅笔，望见母亲就有礼貌地微笑示礼，并且搓着两只大手退到板下去，等母亲一走过去，他就又回身退到行人板上向工匠喊说什么了。一个中国泥工的脸上全是灰尘了，我望着他就不由得发笑。母亲说："哪有大节下就拆房子的！"正因为那房子的主权从前是为父亲所有的，母亲才有这样的微词。

崔婆说："外国人是什么吉利也不讲究的！"

超字油坊的门市是关着的，等崔婆敲门，里边就说："推呀！向里一推就开了。"屋里的店伙正在赌牌九，赌桌中央悬着煤油灯。仿佛是夜晚七点钟的情景似的。一发觉进来的是母亲，那些环绕着赌台子的店伙就向后退开，坐在内圈的赌客也都站起来了，向母亲笑着，有个人从里边排开环立的人走出来说："女财东过年过得好呀！"

"是程远吗！一年没见长得这样高了！你们玩吧！你们玩吧！我是到后院子去看兆祥他娘的。"母亲笑着说，"你过年过得还好吧！你们人多又热闹。没有接到山东来的家信吗？"

"腊月初收到来信，说是海南去年的收成蛮好呢！"在这以前，王程远就招呼一个年轻的店伙说，"领路到后院子去。"他是这样干练了，若不是母亲招呼他的名字，我绝对不会认识的。他的整个面部，现出一种将要成熟的鲜明气色，而且黑色的衣帽都是新的，滴尘不染的洁美。瓜皮帽上的红顶闪着光。他是那么快活地向母亲笑着，说是："连哥儿也长高了许多！"可是没有向我说话，那时他的手里还握着两只牌九呢!

"一年没见，长得那么大了。"母亲走出后门口还自语似的说。

油坊的院落有一亩地宽广，两边是豆仓的排列，那些仓库全是木料的建筑，屋檐底下有一排鸽巢的圆形小门。实在领路的那个小店伙主要的任务是卫护宾客，不让院子里的四匹狼狗惊吓着我们。开始确实使我害怕的，那些狗又顽强、又壮实，仿佛二百年没有见到过陌生人似的。那小伙计连声呼唤着："黑鼻子，好好躲着去。""来宝!来宝!咬什么!听话!"直到他用脚踢了一匹黄狗，才见它们的尾巴摇晃起来，表示它们是理解来客所怀的善意了。

我们在院心停了两分钟才又放心地向前走。我看见一个小孩子跑出来了，显然他是听见狗吠声出来探望的。迎面的窗玻璃上也出现了一个中年妇人的面影。这是靠近我们那个有洋铁盖住宅的茅草顶的居屋，它的东壁和我们那些大院落的第二进车门相隔一道土墙。

这房子的东壁是油作坊，当中只有通过一辆四轮车的走道。现在是假期，油坊的门前拴着几匹标致的马匹，它们在这样好的天气，又由于半个月的空闲，听见狗吠就在拴马桩附近不安地旋转着了，时而竖耳望着，时而刨蹑着蹄子嘶叫。空气立刻又紧张了。

迎接我们的那个孩子，就是兆祥，穿着绸面的年服（那是多么新的袍子呀），没戴帽子，从那头发上我就看出他是县立小学的学生。他就站在两壁之间的走道口上，一句话也不说。我们走近，他就依靠着土墙而且低着眼睛挖起壁上的泥土来。

"那不是兆祥吗！见了我也不叫一声大娘！"母亲说话的工夫，于十一婶已经走出板壁的院子来了。这板墙隔开油坊周遭的喧闹，形成独特的另一块小天地。

于十一婶说话的声音是那么高，五里以外都能听得很清楚。她说："今天什么风呀！把你给吹来了！新年过得好呀！兆祥他九大爷呢！没出去赌钱吗！"她差不多一口气说的，同时还抚着我的头说："连儿今天得给你十一婶拜个晚年呀！"又向崔婆说："你老人家越来越年轻力壮了，过了这个年有六十了吧"

"六十一啦！"崔婆很幸福地说。

"快进屋吧！怎么还带着这许多东西呀！像走亲似的，兆祥快接过去。你看，见了你大娘怎么连个礼也不行，越念书越不懂礼道了。你看你兄弟多么出息。"实在我一直也没有作声，不过不像兆祥那么羞涩地扭着脸，埋着眼睛而已。

后来我才知道兆祥的母亲是满洲人，于之超十一叔在家乡和父亲同样有着一房原配的妻子，而且娶她过门时，母亲做过女傧相。那时候我还没有出生，母亲刚来这个荒僻的山城不久。她比母亲年龄大，原来本是个寡妇，兆祥是和我同年生的，所以母亲的辈分居长，完全是由于父亲的年龄高过于之超，

晚餐过后的攀谈里，母亲说："我现在想起来，不知道年轻时候怎么那么老实，什么也不知道，完全听人家摆布。若是如今，就是下了轿，我知道还有个原房，就是离娘家五十里路，我也会当天走回去的。试试看，谁敢拦！如今，如今就是八人大轿来接，我也不回海南去了，在他那个村子里我没有一个亲人。"说话时，还是充满了愤愤的气势，母亲已逐渐向中年的生命之路上迈进了。

这次攀谈的主要目的，是希望于之超十一叔能给我办理入学手续，开学那天，让兆祥去邀我。这个目的，母亲是达到了。

晚上，还要留母亲斗纸牌，母亲推辞了，因为克克还留在家里。

第九章

一

正月底,我入县立两级小学二年级做插班生了,改了学名叫做姜步畏,这是级任郎一松教师临时给我起的名字。

学校的庭院宽广,大门口有条石铺的大路直通正面向南的校务室。窗下有两块标石夹峙的旗杆。而走道两旁果然是分列地立着两排白杨,树尖比旗杆高出五尺开外。看起来较在红旗河遥望的高度超越两倍了,而且挺拔、标直。那时候,树枝还是秃的,在高空给风摇撼着的时候,发出一种愉快的音波,仿佛它们是在彼此庆祝,一礼拜之内枯枝就要抽芽了,尤其是我们坐在课室里寂静地听讲时候,这种声音更显著。第一学期的印象,只有这一点我是记得最深刻。有时白杨树枝间的鹊巢上有一只喜鹊在喳喳地叫,我就不由得面向玻璃窗往外窥望,我是注意天色,猜想是不是该下课了。因为上午教室里还阴冷,一下课,我们就可以跑到操场上去晒太阳。这是在学校里最幸福可贵的一刻时间了。操场是在校务室背面的,是一片足有半亩广的平地,场中心,南北各有两株拴球网的木桩。北端是城墙的一部分。春寒的日子,那片土墙是温暖的,染满黄金色的阳光,我们就在那儿互相拥挤着,谁都想背靠着它,面阳取暖。操场的三分之二是在阴影里,阴影边缘若是有小影蠕动,那么校务室的屋脊上一定有鸽子走动了。

我的稔友当中,金锁儿是最使我钦佩的,同学间也以他的穿戴最讲究。他的春季制服显出他的英俊的风度,袖口露出毛内衣的绿边缘。诱惑人的毛织物呀!在那年龄它是最使我羡慕的了。兆祥也穿着春季制服,可是穿在他身上就显得又紧又小,因为那里边还套着短棉袄,我面对着他,时时担心他胸口那排纽扣会突然爆开来。而且兆祥也不及金锁儿能干、有生气。最初领我报名的时候,他那么迂缓地老是躲在许多人的背后,说是:"等着,他们报完了再进去。"而金锁儿碰见我却欢呼着跑过来,排开许多学生,把我拉进去,是那么迅捷地代我办完了入学手续。他是那么愉快,又得教师们的欢心。然而今年他是降级了,本来比我高一班,现在可是和我同桌上课了。他是那么欣喜地表示他能和我同级是怎样愉快,我们的感情顿然增加了。后来对兆祥,我又敬重起来。他是用功的,教师们也很爱护他,可是总不及对金锁儿那么亲切,那么心欢兴浓地谈笑。在学校里,我和兆祥是不常碰面的,因为他是三年级学生,可是一出学校,就是我们三个人的世界了。

这正是初春的好天气。城外的北郊,新鲜明目,飘散着醉人的土壤的香气。海升京戏园子那座高厦的屋顶玻璃窗,反射着炫目的阳光。辽远的黄色田野,现着金色水光。五里外的北面山岭,还有白白的积雪,可是也有金色的水流出现了。星期天傍晚,我们就在这块地方挖小姑菜。这是礼拜六就邀好了的,另外还有魏学文,那个用七节鞭做腰带的木匠的儿子。

我们各人带着一个柳条编的小篮子、一柄锅铲。我是背着母亲在崔婆手里抢来的。她是那么仁慈地低声招呼着,说是要告诉母亲,我可是尽自欢叫着,逃开了。

当我们一走过海升京戏园子左侧的空地,眼前就现出稠密的坟地来。这是和海升京戏园子背后的坟墓不同的,坟土全作长方形,而且有木制的十字架,和那些坟一样的稠密。我们全在十步以外立住了。我们也不知道为什么停住了。还记得当时我是审视着金锁儿的神色停下来的。我们差不多全以他的举止为标志的。那时他的两臂在身后抓着柳条筐，我也那么做了。他说："这是些犯罪人的坟。"说话时注意着那些陈旧的十字架。

魏学文问："是砍头死的吗！"

"这里有无头鬼！快跑呀！"金锁儿就欢呼着跳开去了。我也就不自主地逃开去，只跑了五步路，回头就望见兆祥和魏学文还站在那里望着我们。兆祥脸上现出不明白我为什么那么跑的神气。魏学文是那么镇静，而且不屑注意金锁儿那种故作的玄虚似的，至于兆祥，就是连这么一点反应都没有，完全自然地、一无所感地走来了。我就立刻自惭起来。那是一个无因而胆怯的孩子所有的羞愧，嘴里还装着若无其事地说："快来呀！"就听见金锁儿欢叫着："快来看呀！我找到这么一片呀！"他是指着小姑菜说的。我们的习惯是谁先找到一块小姑菜多的地方，谁就有独占的权利。在这工夫，我才发觉原来他在那些长方形坟墓前停下，是故意愚弄我们。就想和兆祥联合，另外找地方，根本就不到他所占的地方附近去。

魏学文就说："金锁儿什么也不懂，净骗人，那是日俄战争时候，阵亡的俄国兵的墓地！"

"谁说的！"

"于兆祥说的。"他又问兆祥，"是吗！"

"那些十字架是基督教的记号。只有俄国人才信基督教，他们死了，坟上就插上这个记号。"于兆祥说，"我们快走吧！好地方都叫金锁儿占了。"

我又对于兆祥怀着崇敬的友爱了，觉得金锁儿一点学问也没有，而且是个降级生。我听见魏学文在他身后叫："你挖了多少了？"他正向他那面跑。

"从这里到那松树底下都是我的地方！"金锁儿防戒魏学文侵犯他的边界似的。若是他对我说，我一定不理他了，可是魏学文还要望望他的柳条篮子，看看他挖了多少。

金锁儿望见我望他的眼睛异样了，就向我招手："过来呀！"

我就对兆祥说："咱们不去。"正在跨踌工夫，听见老远传来了呼声："姜步畏！"这是从对面那块高地上传来的。我们之间隔着一条车道，这车道是通向北大营的，现在正有一些大兵陆续地向回走着。他们消磨了这一天的假日，是带着满怀的愉快攀谈着，听声，离我站的地方只有二三十步，话声很清楚，可是望不见人，因为我们也是在高地上。那条路是夹在两旁高地之间的低谷当中，又加路两边的三五丛古老的松林耸立着，先前对面高地上早就有一伙挖小姑菜的，可没有注意到招呼我的是袁家宝。我们在海升大舞台已经有过一次面缘，在校里又是同级生，可是并不怎么接近。

金锁儿突然走到我面前来，脸色激奋，手铲上还挂着湿的泥土，向我说："连儿！不要过去。搭理他们做什么，咱们自己有地界。"他现在是那么亲昵地挟着我的臂膀，又向兆祥说："咱们在一块挖，来呀！"我们立刻又亲昵地聚在一起了。

因为袁家宝是满族旗户的孩子。在学校里，移民子弟和当地学生是分作两派的，然而各不相犯。在校外，这种敌视的界限就明显了，他们喊我们"山东棒子""暴发户"，我们叫他们"大麻哈""破落户"，因为他们大多数是出身于八旗的皇族，他们的高贵的家庭从清末宣统逊位才开始衰败下来。满汉间的相互敌视的风气有着极远的源泉，在大清一统的那些年代，任何一旗皇族子弟，都可以随便侮辱"民人"的学生，一九一一年辛亥革命，"民人"子弟才得到报复的机会，就由这延续下来，直到现在还是相互侮蔑的。我很容易接受了金锁儿的命令，完全是盲目的，只知道他们是满洲旗户而已。实际上金锁儿之嫉视他们，完全由于他们对降级生的嘲笑。

魏学文还向袁家宝喊，两手做着传声筒："你们那多不多呀？"

那时候，金锁儿就向他望了一下，眼色中含着摈斥和责骂，仿佛魏学文若继续和他们讲话，就要把他驱赶开去。我也恶意地招呼他的名字："魏学文，你乱喊什么！"我想他自己不赶快挖，为什么老是注意人家挖得多少，却不是嫉视他和袁家宝的打招呼。

不久松林子有画眉的鸣叫声了，声音是那么清楚。附近是怎样寂静。现在陪伴我们的只有左近的坟墓和古老的松林子了。天气突然暗下来，我首先望见西边的一块乌云，逐渐扩展着。松林的风涛呜呜，空气已有潮湿味儿，眼看倾盆大雨就要降临了。我们都跟随金锁儿跑到松林子底下去。金锁儿跑的当儿畅声高叫着，我也立刻高声欢呼。气息顿然愉快起来，仿佛我们给大雨淋一场，是最幸福的一样。

"我们回不去家了吧？"是魏学文的声音。

"听！"于兆祥说，"礼拜堂打钟了，四点了。"

我静静地立在松树背后，突然感觉到天色黑得可怕。我想坟地里若是突然有个……又想这时候若是在家里，有暖炕、有煤油灯，是多么安适呀！

骤然传来巨大的一声爆裂，西方的天陲鸣雷了，接着雷声轰轰然地滚动不休。二次闪电，大雨就倾盆地落了，远近一片猛烈的雨声，这是春天第一次的雨。我们的四周现在全是一片雾气，只在绿色的闪电下，可以看见坟墓、十字架林……

"金锁儿哥！"我小声招呼。

"做什么！"

"你在哪儿呢！"

"在这里。"金锁儿也小声说，"我们今晚上回不去了。"

"这里一定会有胡子。"兆祥低声说，"去年就在不远，有一个人给胡子砍死了。"

我们立刻拥挤在一起。魏学文用背抵着树，环抱着我，我的胸口前是兆祥。天色完全黑了，金锁儿挤在我们旁边，每一次闪电，我都望见他的眼睛盯视着那些坟墓间的十字架出神，而且他的脸色苍白，雨水从他的头发上淋漓地滴流着。

"你别向那边望！"我小声求他。

他突然向我们一扑，我们就尖锐地一声狂呼，那是怎样的一声狂叫呀！等到金锁儿说给脚底下的石头滑了一下，我们就又沉默了，似乎逃脱出一个可怕的关口。这时雨停了，可是我们依然站在那里相互卫护着。我们的眼睛是恐怖地望着黑的雾气。睁得很大，仿佛我们四周随时会跳出一个可怕的人来。真的，不久我们听见一种声音了。

"什么！"

"别响！"

"有鬼！"魏学文说。

就在这时候我们听见袁家宝的喊声了。我们的面前出现了模糊的灯光，一团薄弱的光辉，立刻使我们镇静下来。

"谁！袁家宝呀！"

"姜步畏！"确是袁家宝的声音，"他们在这儿呢！"他是对背后的大人说的。

"连哥儿！你们这些孩子，怎么天要下雨了还不赶快往家跑，若不是家宝回去说，你们不在这淋一夜！你们不会走嘛！这是谁家的孩子！你爹不知道怎么着急呢！"他的声音是曾经熟稔的，可是望不清楚他的脸。

等到街口，我才知道他就是韩四叔的亲家袁世彬。我是一声不响地离开他了。他说："好好地走呀！别心急。到大街上啦！还怕什么！"

"呵！"我就这么应一声。而且淋得浑身全是水，却不知道是怎么湿的。在松林子里我是一点也没有感觉到我浑身全被雨水淋湿了。

二

我也不知道什么时候和兆祥分手的。仿佛我们谁也没想到谁，就各自低着头回家了。

我的手里还提着湿淋淋的制帽，就那么踽踽地迈进门口，我完全把丢在松树下的柳条篮子和手铲忘记了。我的脸色一定是没有血气的、青白的，我的衣服全湿透了呀！每走一步，鞋子就发出唧唧的水声。我听见母亲在父亲休息室里的谈话声，仿佛谈得正热烈、正忘神，而我的出现，就把那热烈的攀谈停止了。若不是母亲正在愉快而兴奋的气氛里，我定要受责问的。可是现在母亲只惊呼着："你快看看你兄弟吧！"这是向坐在炕沿的客人说的。又问我："是在哪儿淋的！快脱下来，让你姥娘给换衣裳吧！玩迷了，下大雨也不知道躲。"从母亲的第一句话里，就听出母亲的惊呼里带着欢喜，我也就笑了，并不说出在北郊那可怕的遭受。

原来客人是我的堂兄，伯父的第二个儿子。他的名字是姜学礼，母亲却叫他的乳名二宝。他刚从山东来，浑身一色乡土气，穿着新的粗布棉袄，腰里结着蓝布腰围子，腰围子上挂着绣花的烟口袋。他的身体健壮，有着一个将军所有的骨骼，面部的前额宽广，眉宇间的气质是豪爽的。他的背后坐着一个矮小的媳妇，坐姿很端肃，然而却很丑，一望她的脸，首先就注意到她那黑黑的两个朝天鼻孔。最初我望她的时候，她就向我微笑，仿佛我一进门她就望着我，准备好她的微笑似的。可是我不向她笑。

等我换好衣裳，就跑到母亲身前，让她给我结纽子。父亲说："给你二哥二嫂鞠躬。过来，站在这边，我看看你进学堂了，是不是学会行礼啦！"父亲这是第一次表示他对我入学的欢喜。母亲怂恿我："过去！到你爸爸那去呀！"可是到底给我推搡了，几次望着父亲想走过去，终于还是伏在母亲的腿上，低着眼睛装作什么也没听见。姜学礼在那时候也停止了说话，向我注视着。

"那么你爹呢！"母亲和姜学礼又恢复对谈了。

姜学礼说："我们当小的，他是老的，我们又能说什么。就这样我爹把娘所剩下的家底，都搬过去了。反正我娘是埋到土里去的人啦！

她又不会再给我们争理。老大家的又会哄,若是我娘手里有两亩体己地,也管保从爹手里哄去了。我们弟兄不分家,日子就过不下去了。还没有分,老大家的就把持着,什么也不能过问。婶子!你不信问问你侄媳妇,是不是大嫂怂恿大哥要分的!"

她就说:"反正我是听见他们两口子说过早一天各立门灶,早一天过安静日子。"

"你向二婶子说说大嫂在我背后说过些什么话吧!"

"说什么话!还不是说咱们亏着她!"

"是呀!"姜学礼说,"你倒是说她怎么说的呀!一句一句地说给二婶子听听!"

"反正她说过不中听的话。娘死的那几天,她趁着人多手杂的,就背着人把一口袋麦子往莲叶她大舅家里送。她早就存心,娘一死就分家了,你还蒙在鼓里呢!"

"那为什么你早不说!"姜学礼问。

"早说,你还得听!娘病重的时候我不是说过,她惦心着那两口老衣柜呢!可是你还得听呀!那天我亲眼看见莲叶在咱娘发晕的时候去开锁,我向你说,你就是那么一句老话:'不会呀!'"

姜学礼在这时候就叹息一口气,仿佛说:"当时我真糊涂呀!如今什么话也不要说了。"低着头,在绣花烟口袋里用短柄烟管装起烟来。在他问老婆的时候,他的脸色是激动的,仿佛气恼她在那样紧要的关节尽说些废话,这时候那种不欢的神色是消解了,从头到尾赞叹起他的老婆来,仿佛自己完全不如她有远见似的。

当姜学礼夫妻对话的时候,母亲一直注意听着的,并且我望见母亲时而向父亲望一下,时而向崔婆望一下。前一种眼神是有审察性的,想知道父亲对这事件的态度,后一种眼神是不屑听的意思。这种不屑听的姿态是同情姜学礼夫妻的,似乎说:"你看看老大这人多坏呀!这样欺侮他兄弟。"日后,我才知道母亲所以对伯父抱着反感,是由于伯父在母亲婚礼仪程正进行的当儿，曾经主张母亲该拜见父亲的原配妻子的，那就是说应该遵守古训以妾礼叩拜。母亲中年以后说："幸而那时候姜家庄上还有些懂事的明白人，说是民国不兴来这一套。亏得他主持骗局的大伯子说出口来！"对大房姜学义夫妻，母亲也是敌视的，因为第一次进见母亲的时候，称呼母亲作"小婶儿"，当时母亲就质问："这是谁教导你们的……"从这里就可以知道母亲为什么嫉视海南岸的家乡，为什么坚持着在这块满、汉、俄、朝杂居的城市久居了。

父亲一直是不关心姜学礼夫妻当时的对话的。不知道父亲为什么那样愉快，当他们谈话的声音充满屋子的当儿，父亲就拉着我的手，故意小声说："你到哪儿玩去了！"

"不告诉你。"我也小声说。

"怎么不告诉我呀？"

我就一支腿跪在父亲的膝上，附在父亲的耳边说："我到城外乱葬岗子背后那块高地去过。"

父亲现在就向母亲说："好呀！……"

"妈！你不要听。"我急忙说，而且立刻投身在母亲怀里，极力干扰着母亲的注意。

父亲不管我用怎样不欢的眼睛乞求他，到底向母亲说："你不管管他呀！跑到乱葬岗子去了。"

"不是乱葬岗子。"我辩白着，"爸爸净说谎，人家说是海升戏园子背后的高地上。"

母亲也没有听清楚，母亲当时以为父亲和我作耍呢……她自己正准备继续向姜学礼探问，而且用手推着我说："到一边玩儿去！"我想，母亲那时就是听到，也不会责问我的，她的注意完全集中在姜学礼夫妻的身上了。

"分家以后，莲叶她爷爷在什么地方吃饭呢！"

"轮流着，一家五天。"姜学礼说，"我们走的工夫，交代给堂叔家的学仁了。我们分到手那两亩半的洼地，就是押给学仁家的，若不这样，连盘缠也没有呀！押了一百吊大钱，那么，老人的饭食呢！就归他家担负了。"

"海南还太平！"父亲改换了另外的话题。显然他是不愿听下去了。

随着，姜学礼就说起海南岸是怎样的荒乱。每村每庄，不论大小，都成立了红枪会。过几天北军来了，过几天南军来了，没有一天不过兵的。说到这儿，他就把短柄烟管从口里拿出来了，可见这一话题又是他所气愤的："晚上还得轮班打更。那些军队夜里常常出来割庄稼喂马，麦子刚秀穗，还没熟，真叫人心疼呀！若是在咱们庄上住两天，河边的树就得给他们砍倒两三棵。他们军队用不了这些烧柴的，拆两三根大枝子也够了，都是外庄人借着因由来偷着砍的。去年一年，反正咱们庄子上的树木，多了没有，十三四棵大树是偷着砍了。守夜的听到动静，只能老远喊喊，谁敢走过去呀！反正若是外村子人来偷着割庄稼，也有当作军队放任着的，胆小的呢，听见喊声就跑了，心想这是外庄人，追赶上去吧，跑不几步就听见枪声了，谁敢上前呀！外庄子若是有军队过夜呢，咱们庄子上也有人去趁火打劫的，真是鬼怕人、人怕鬼的年月。若是南军在庄子上住就安顿一点，听见动静追上去，十之八九是外村的人偷树。因为南军还规矩，不管动什么都问老百姓一声。二叔那块打麦场角上，不是有块老树根吗？他们问过婶子才刨出来……"

父亲问："哪块老树根？"

"就是二叔打麦场西墙角上的那块。"

"怎么！那棵槐树砍了吗！"

"早砍了呀！"

"这是谁的主意！这是从你曾祖父手上传下来，到你爷爷手就有两三抱粗了。树荫凉遮住一半打麦场，怎么能砍了呢！"

"这是婶子的主意，咱就不知道了。"姜学礼小声说。

"做什么砍的！"

"不知道婶子是等钱用还是宫家疃大舅家盖屋……"

母亲用鼻子哼了一声说："整年的收成，就是大把向外扬，一个人也扬不完呀！还不让她娘家哄去了。反正她一个人守着那二十亩地过去吧！还管这一棵树两棵树的做什么！"

父亲就笑着说："二宝，你来得正合你婶子的心。她要在关东安家久住啦！我可是什么也不管，你问问你婶子有什么打算吧！"又向母亲说："说说，你怎么安排你侄子和你侄媳妇吧！我听听你的打算。"

母亲满意地笑了，说："我横竖有地方安排他们，就不用你操心。"

"那么说呀！"

我望见母亲的笑容，心里也就觉得喜欢父亲。又望见崔婆也愉快地微笑着，她是靠门站着的，显出忘神的样子，一动也不动地望着父亲的脸色。

母亲说："那么你说，让他们到骆驼河子去经管那块窝棚地好吗！"

"你的主意，我怎么知道呢！"

"我这不是和你商量吗！"

"我头一回听见你有什么事和我商量。"父亲笑着说，"崔婆你说是不是！真是有能为，我什么都不知道，连儿就戴上制帽了。还说和我商量啦！"

"和你商量你还得听呀！"母亲避开脸，仿佛避开一种不愿见的东西。

父亲的脸色是幸福的，就是有讥诮意味的话也是出自善意的。姜学礼用另外一种注神的眼睛望着母亲，虽然望见父亲的笑容也笑笑，可是那种笑的方式，表示他是注意着不同的问题，和他的命运有切身关联的问题。学礼嫂却是完全融化在父亲和母亲的笑容之间了，先前她说话的时候，满脸怀恨似的，而且听见她丈夫说到"老大家的"那个名词，怒气就加倍了。除了笑的时候，她的嘴永远是闭着，仿佛她的一生所遇尽是些完全不如意的迫害。

现在父亲站起来，不胜疲倦地伸着臂膀，同时说："到骆驼河子窝棚去也中，那么金秉湖呢！"口气怠惰思睡的样子。

"让他全家去经管黑顶子山那个窝棚好了。划给他十垧地，给他开荒白种不好吗！"

"也好！"父亲最后说，"你们就在这屋睡一夜吧！崔婆给他们安排安排地方。"

这天晚上，我很久不能入睡，想着遗失在乱葬岗子的松树底下的手铲和柳条篮，想着袁家宝，我起初不知道袁世彬就是他的父亲。所以久久不能入睡的另外原因，是窗外的月亮很白，远处的屋脊上有一只黑猫在轻缓地走着。月下还有一两声蛙鸣，这是春天第一次蛙鸣。而且东间崔婆和学礼夫妻的谈话声，老是无休止地传来，夹着低低的叹息和压制着的低低的惊呼，她是入神地听着乡土的一些消息呢！而那低呼是姜学礼重浊的声音，我还清楚地听到几个字："怎么！关东山夏天蚊子也不进屋，真是怪事……"

三

姜学礼夫妻三天以后到骆驼河子屯落经管父亲的窝棚去了。母亲就雇工重新修理住所，在门窗前面筑立起一个整洁的小院落来。每次我放学回家，都看见父亲在院心里，不是监工，就是用脚把石子收集到一起，招呼崔婆用簸箕倒出去，那是父亲内心充满了舒适而安静的表现。所以另立院落，为的是摈除那位高丽住户招引来的烦扰。

这位高丽邻居的家主叫朴斗寅，是一个有历史的高丽侨民了。日本没有在我们县城设领事馆以前，他是来往图们江两岸秘密贩运烟土的私贩子，而且有着朝鲜庆源府大日本外务特派员的头衔。很快的，朴斗寅就变成县城所有的汉满富家里所欢迎的外宾了。大清帝国还没有崩毁，朴斗寅就拥有一两万金票的财产了，而且脱掉了高丽乡绅所穿的白色长袍，换了中国绅士的装束，而且从图们江西带来他的姿容姣好的年轻太太和密嘉。现在朴斗寅是四十岁以外的人了，面容经常闪着有礼貌的笑意，眼睛却是狡黠的，在他笑的时候仿佛说："你们中国人就要亡了。我们快一样了。"他是以领事馆高丽通事的身份，调解着中国和高丽居民的诉讼和纠纷的，背后依然是秘密经营烟土生意。所以每天来往找他的高丽人特别多，不走前门，都绕过我们住所的背后，从我们窗外走过去。每一个经过的人，差不多都向我们窗子里窥探一下，母亲一直担心终有一天会失盗的。

那时候，这座县城里每年春天必定有成群结伙可怜的高丽农民来临，带着他们仅有的铜质的餐具、沙巴力碗和长柄勺、铲饭的海螺、妻子的嫁妆柜子……妇女用头顶顶着，男人就用背背着，从朝鲜咸北道，从庆源府，从靠海的清津，像溃退的灾民一样降临了。他们投奔这里的高丽民会，不久就来向朴斗寅乞求了。朴斗寅是认识每一个中国地主的，经过他的奔走，成群结队来的高丽农民，分发到四乡去了。代理父亲营管窝棚的金秉湖，最初就是朴斗寅通事官荐举给父亲的。而且不管哪家商店的财东太太，手里有多少私蓄，一到春季，都找朴斗寅向外放。她们都是追随丈夫跑过渤海北岸来求财富的，她们的胃口比她们的丈夫还要旺。她们用十块金票批一石豆子，春天那些从朝鲜咸北境出亡的高丽灾农是抢着借贷的，交秋就得把二十八元金票一石的大豆向债主门口用牛车送了。朴斗寅在这城市是有着怎样的威望呀！读者是不难想象的。珲春的春季，是朴斗寅的黄金的日子。

而且那时候，中国的地方警察署和日本领事馆的警务课，互相冲突的，中国地方警察捕缉高丽的烟土犯，日本警察就出面干涉。按照领事裁判权，中国逮捕任何一个高丽侨民犯都得转解日本领事馆，而日本领事馆就很快地释放了，于是中国地方警察也找到了报复——庇护着为日本警察所痛恨的高丽独立党。从前在屯落里，到处都有中日警察火并案件发生。在城市里就变成日本普通学校学生和满汉两级学校的学生间的厮打。

原来县城里除去中心大街和西城大街两条街道以外,都是高丽居民区的。他们的经营多半是"下宿屋"和有着艺妓的花酒馆。他们的顾客是私盐贩子、偷税的布匹贩子、青鱼贩子。西城外还有着高丽人麇集的粮食市场。普通学校就是建立在粮食市场的西端的。城东大街有高丽的正式宿店,可以容纳车辆和牲口,因之整条街道有高丽的铁匠炉,就近出售特殊的农具,有胶鞋商店,有朝鲜饸饹餐馆等等,另外就是高丽居民的天主教堂了。每礼拜六,天主教堂的钟声就在这县城的黄昏里缓慢地响起来,这是它和城里的非教民的满汉居户唯一的关系。可见这里高丽居民是比较有"教养"的。而这一区域里的男女孩子,每早晨都是去城西普通学校上课的。

中国的两级小学呢,是在市中心大街和城东大街之间的拐角处,于是住在城市中心的中国学生每天必定和普通学校的高丽学生在大街上遇见两次,互相为着争走行人板而厮打。

因为中心的沙筑街路经常有高丽农车和中国式的四轮车来往奔驰,自然也有拉座接客的俄国式篷车。尤其是春秋两季,进城的农车特别多,而冬季的日子就是来往延吉、珲春之间的长途运货的四轮商车了。此外还有从深山载毛皮、木材而来的两轮马车。所以街道两旁的行人板是有着它的存在的价值的。其实街中心就是没有车辆,完全空无一物,而且我们零散地在地板下走着,若是望见迎面有普通学校的高丽学生了,我们就会立刻机警地跳上行人板,准备着走到近前用肩膀相抵了。这里所说的我们,是我和金锁儿、魏学文、于兆祥,还有一些路上会集起来的同学。而金锁儿们是每天早晨来约集我和于兆祥的,不是他们到窗外招呼我,就是我伏在墙上呼喊邻院的兆祥,金锁儿们一定在那里等着了。金锁儿那时候已经在我们迁居之前搬到西城外的朝鲜居民区的边界上了,和魏学文很近,因之到学校去必定从我们住宅前的街上路过，他俩之所以和我们结伴，不只是心意相投，主要的还是结合的人多，路上碰见高丽学生威势也大。

若是高丽学生人数超过我们，而且有高级生在内，我们只是在经过他们身边时用肩相撞一下就算了，即使有人反被撞到行人板下，大家也不理会。若是我们全体都给撞下去，而且有魏学文所敌视的大老崔在内，我们就两手插着腰走近他们的面前，用眼睛向他们挑战。我在三年级就完全熟悉这挑战的方式了。而大老崔立刻会排除其他同学，独自走出来，起初总是魏学文先低声向他诋骂的，大老崔就会推开我，完全不注意我的激怒，走近魏学文。到现在我还记得那时的气愤，是由于受蔑视而引起的，我是怎样想就近找块石头和他作战呀！金锁儿往往厉声地阻止我，对魏学文，他反而倒是怂恿着："打……打……"魏学文那时候会突然跳开去，从腰带里抽出七节鞭挥打起来："躲开！躲开！"他会这么呼喊着，本来我想助他厮打的，到这时候也就跑开了。而这时兆祥还是两手叉腰站在行人板上，起初我还讥笑他那愚憨的姿势，大老崔从他身旁跑开，他还是屹立不动，直临到末尾的一个高丽小孩子，于兆祥就会突然追打了，又往往还没有追上就停手了，因为那高丽小学生可怜地哭叫起来。金锁儿可不饶过每一个可能哭叫的高丽低级生。每一次的厮打，陆续地都有满洲同学参加，袁家宝在这场合是手挥着短柄牛鞭子的，可是一结束，谁也不知道袁家宝的牛鞭子藏在什么地方了。他是那么伶俐、俏皮，眨着猢狲式眼睛笑。

每年的两期大考的列榜，我是不重视的，相反我羡慕着魏学文的勇敢，完全是崇敬一个可爱的英雄那样结交着的。一遇到厮打，我就蔑视金锁儿，同时我又常常阻挡魏学文出头了，我想为什么让金锁儿唆弄呢！因之三年级的下半季，我们这一级和普通学校的学生殴打的事件逐渐少了，而且有一个时期，我和金锁儿互不交谈，在那时候，魏学文也不到我家里来约我了。可是于兆祥和他们在墙头上喊我，四个人仍然是一齐去学校的。

四

和普通学校的高丽学生在街上厮打的事情，有一次给学校发觉了。然而不知道肇事的是哪个同学。

那时候正要放学，我们都按照回家的路线排列成两队，一出校门，两队就分东西两路相背着走的。值日教师是体育教员，名叫郎荣光，爱用拳头打学生的后颈，然而和我以前完全没有关系的，正如其他的教师和我完全没有关系一样，仿佛我根本不在他们眼睛里存在。我们现在都盼望着郎荣光老师吹哨子，我们已经唱完夕会歌，往时夕会歌一唱完，司仪的高级生就喊"向左转，开步走"的口令。现在司仪的高级生眼睛注意着郎荣光老师的嘴唇，我也移目向郎荣光老师了。郎荣光老师的脸色似乎永远不愉快，永远像都市里的交通警察那么注意着行驶车辆一样注意着队伍。他穿着夏日的开胸短衫，哨子就悬在胸前，看着他一点也没有拿它的意思，尽是向周围环顾着。嘴唇紧闭，我知道又有人该受责罚了。我们也随着他向左右巡视起来，仿佛犯过错的同学在队伍里一定有特别标志似的。

"今天早晨谁在大街上和普通学校的高丽学生打过架，谁就走出来！"郎荣光老师巡视着说，说话的时候背着手，脚跟上下地动着，仿佛很安然自得似的。

同学们相互探索的眼光立刻找到标志似的，都转向魏学文了。魏学文仿佛还低声和身旁的人讲什么，他是那么忘神，全然不觉得身外的变化。等到他发现同学们的眼光向他瞩视时，立刻肃静地向郎荣光老师望了。在这以前，他还惊异地向周围的眼光里探索一回。

"自己走出来吧！看什么，就是你。还有谁？"又对魏学文说，"走得近一点！"口气异样的温和，仿佛只有他是疼爱魏学文似的。而魏学文还迟疑一下，似乎必定得遵从他的命令，就向前走了一步，望望郎荣光，又向前走了一步，最后终于走到他面前了。郎荣光问第二遍

"还有谁"的时候，魏学文还向后观望，他的眼睛就和我的眼光相触，似乎问："什么事呀！"当时我所以向他注目，只是避开周围的视线，我已经觉得同学们的眼光现在向我集中了，我不知道为什么觉得那些眼光是这样有力量，到底我给推出来似的离开队伍。那天晚上我们各人的手心挨了十戒尺，我们谁也没有现出泪光，也没有喊叫。只是每打一戒尺，郎荣光老师说："手擎得高一点！"而且到了五板就说："另一只手！"我很平静，听到他说归队，就低着头回来了。仿佛受惩戒的不是我，回队时还望见魏学文向我探问的眼睛，似乎说："怎么一回事呀！"现在只有这双眼光的印象，记得最深刻了。在这以前，学校里给我的印象，只是庭前的两排白杨、宽大的操场，至于课本和教师反而完全和我漠不相关似的。

然而从这以后，教师们注意到我了，不管是在操场上还是在课室里，只要我的神情松懈，就听见教师喊："姜步畏！"譬如，自修时，全级的同学在诵读声里小声争吵着、喧笑着，教师一进门就喊："姜步畏！"而且多半我那时确乎没有安静地坐在书案子前面的。譬如我们在操场上，那是课后十分钟的休息时，多么宝贵的幸福的十分钟呵！同学们追逐着、跳着，有时面对着城墙，距离十步，向前跑着，一脚踏上城墙，一脚临空站两分钟，而给值日教师碰到的时候就喊："姜步畏！"仿佛只有我，其余的同学全是本分的。有一次于兆祥正向前疾步跑着，而我只不过站在十步以外等候着，值日教师还是喊："姜步畏，又是你！"于兆祥就背着墙站在那儿，明明值日教师望见他的跑动了，却不提，仿佛学校里全部的喧闹声都发自我一身，仿佛全教室里所有的不守秩序的走动、嬉笑，完全是受了我的诱惑或传染。我已经习惯这种喊声了，既没有觉到不平，也没有觉得惊惧，似乎喊的不是我，只是"不要闹"的代名词而已。若是正在嬉笑着，就随着其他同学一样地安静下来。

在我和金锁儿互相不说话的那天，我受了第二次的惩罚。北方的夏季，白天长，夜晚短，校里照例要放午学的。因为县城里的中国家庭都吃三餐了。不回家的同学就留在课室里午睡，有的就偷着爬到城墙后去玩。那时候正是午后第一时上课铃摇过不久，金锁儿喘吁着跑进课室里来了。我就问邻座同学"这堂上什么课"，以前我在任何一堂课之前，都是向金锁儿探听，现在我要避开和金锁儿的眼光，因为我仿佛望见他手里拿着香瓜。

"我们到乱葬岗子瓜地去偷了那么些瓜。"金锁儿小声告诉我，"哪！这是你的！"

我就用臂膀遮住脸，同时把他推到我肘旁的两个芝麻粒瓜用肘推开去。我是那么羞愧，又想：他和魏学文午休时爬出城墙去玩也不约我，我为什么吃他的瓜呢！那天我找了他们许久没有找到，我正在气愤着，我的眼睛装着看书的样子，其实我还不知道有没有拿错书。金锁儿很快又用手推过来，仿佛那是我的东西，实际上他的眼光也表示出他没有约我同去的歉意了。我第二次用肘推开去。当金锁儿开始摇动我的臂膀时，不知我怎么那样用力地一抵拒，不收纳那两个香瓜，不想香瓜就从金锁儿手上飞出去，我还听见香瓜滚动的声音，就在那时候，我听见一声："姜步畏！又是你！"原来教师在门口出现了。我仍然埋着眼睛，从口音里我知道这是级任马亚明老师。只要是马亚明老师的课，上课铃一摇，课室立刻会沉寂下来，五分钟之后才听见他的脚步声，而靠窗窥探的人就会低声说："来了！来了！"因为马亚明老师和郎荣光老师同样欢喜用戒尺的。我之所以没有注意，完全是由于和金锁儿纠缠。同学们全都发出幸灾乐祸的哄笑声。这哄笑声表示他们老早就预料到马亚明老师会撞见我的不规行动，而且战战兢兢生恐我会预早发觉而躲避开似的。事情果然是按照他们所希望的实现，就愉快地、满足地哄笑了，当时我是怎样地气愤这种哄笑呀！现在想起来，他们在那些只知望着课室里的空气讲话的教师的面前也够寂寞无聊了，就是我自己这时遇到别的同学尽自争闹而不知教师已经站在他的身侧，也会随之喧笑的。沉闷空气里，这是唯一的乐趣。

"去！捡起来！"在同学们喧笑声中，马亚明老师说。

我从座位上站起来了。我想为什么让我去捡呢！不管什么都找到我，可这次不是我的过错。他明明看见是金锁儿扰闹我。

"去呀！捡起来！"我望见马亚明老师在说话以前，下齿咬着上唇，说完以后上齿咬着下唇，同时揪着我的耳朵，仿佛他是非常的自得："去！去捡起来！"

若不是那恶意的笑容，若不是他揪着我的耳朵强逼，我也许接受他的命令了。然而我那时候想为什么揪我的耳朵呢！我想我父亲也没有这样虐待过我，而且马亚明老师还以为这种虐待的本身是非常有趣似的，我望见他眼睛那种恶意的笑辉，就推开他的手并且躲开脑袋。

"去不去呵！"马亚明老师用戒尺在我肩上砍着。在他思索课本上难解的课题的时候常用铅笔敲着他的手掌。现在他就用那种姿容，上齿咬着下唇。他砍击得很痛，正中我的肩骨，然而我也像是他在用铅笔敲我似的，一点不露出痛楚的样子。我也不知道那时的忍受力会那样强，我更不想去拾那两个瓜了，就是马亚明用利斧威迫我，我也不去。同学们这时更沉寂，我清清楚楚听见马亚明老师的挽袖口的声音。他的举止是很从容的，而且珍贵着这最后一秒钟的愉快似的，仿佛早一秒钟责罚，就很可惜，就会减少一部分愉快。我听到他爽朗地说："拿那个长戒尺去，这个太宽了。"又听见有人跑出走廊，又听见邻院高丽孩子的快乐的歌声以及金锁儿悄悄拨书页的动静。我的视线完全缩小了，我只望见马亚明老师的握戒尺的手掌和那金光闪烁的戒指。

"伸出手来！"

我不知道为什么轻而易举地去拾香瓜的命令不遵从，伸手挨打反而迅速地接受了。我咬着牙，眼泪不自主地跳出来，在我嘴角上挂着，我却一声不响，到下课，我一直低着头，一动不动。就那么站着，没有听清楚马亚明老师讲的什么，也没有听见铃声。等同学们围拢来，而且课室充满骚动了，我才用手背擦眼泪。我仍然站在那儿，低着头，一声不响。我听见有人说："你捡起来不是什么事也没有了吗？"又听见有人说："怪金锁儿，那也不是他掷的！"这话立刻触到我的要害，我突然坐下放声大哭了。我是这样的伤心，觉着没有一个教师卫护我，我变成最可恶的学生了。我依然望见金锁儿的眼睛，是负罪的、胆怯的，站在我身前望着我，那种望我的神气像距离三十步以外似的。在我大哭一通之后，就从臂上抬起头来望着空气对他说："你去吧！我也不生你的气。"那时候摇铃了，同学们都向外跑出去，我听见体育老师的哨子声。我的脸又埋在胳臂上，继续呜咽着，还听见于兆祥在玻璃上敲着招呼："姜步畏！到操场来呀！"他是四年级生，我想这一课一定是三四年级联合体育。然而我却没有想若是点名不到，又该受罚了。我是那么坦然而平静地伏在案上。

教室里只有我一个人了。五十三个座位完全空着。两壁的四口玻璃窗，两口透进阳光，两口埋在阴影里，能够望见窗外的白杨树干和对面高级教室里的墙壁，屋脊阴影和阳光各占上下一半。多么静的夏日呀！能够清楚地听见各室里的教师讲话声，仿佛是在幽静的树林里听到的伐树声那么清楚。有阳光的两口窗向西，窗外是一具篱笆两根柱子，全给牵牛花的藤蔓掩盖了。叶蔓稠密，时而飞过一两个翩翩闪舞的蝴蝶。若是天气闷热的时候，打开窗多好呀！我想到，有一次是史国俊教师的课，每次临到他，我们全室就悄然无声，不久就睡意沉沉了。史国俊讲书的声音里，有着一种催眠力，他自己也似乎奄奄一息地要睡过去。课又在下午，夏日的太阳是多么倦人呀！那一次史国俊老师例外地说："打开窗！"窗子立刻打开来，整个屋子充满了夏天的芳草气息，那是从西窗口吹进来的。东窗就是一阵阵凉风和白杨树梢在空中抖擞的快感声。本来沉沉思睡的同学，精神全爽然一新了。我的眼睛也明朗起来，耳朵也敏感了，就听见教室里有蜜蜂的嗡鸣，这比沉闷的教课声是那样的可爱呀！就是一个苍蝇扑击玻璃的嗡鸣，在我的听感上也比那些教师大声的话音美而有价值、有意义。我就探索这只宇宙间的渺小的音乐师。同学们也都转动着头探索,他们的眉眼都是生趣盎然的。就听见说:"姜步畏!"我们立刻在这一个代名词下安然正坐了。不久又要睡气沉沉的了,我往往在那时就用书本遮住脸。这是书本对我唯一有用的价值,我可以自由地打盹。这样想着,我真的要打盹了。

"姜步畏!"我听见声招呼,"郎老师叫你到操场去!"

我立刻吃惊自己的大胆,竟敢不出操,躲在课室里。我的脸色一定是白的。因为来招呼我的人说:"快去吧!别怕,刚点名!"

他是我们三年级级长,名叫周子仪,一个中国的回教徒。在课室里是最有人缘的,又安静、又本分,教师们都敬重他,然而和我是一点关系也没有的,我们是正相反地处在两个境界里。我跟着他走进体育场。在低声喧闹的同学们又突然寂静了,他们正排成对立的两队,排头各抱一个球,这是接送竞赛,我从他们那观望陌生人的神气里,知道又要受责了。

"你做什么呢!呵——"郎荣光厉声地说,说话时用戒尺指着我的鼻子。

我说:"老师,我忘了……"

"我不要听,伸出手来。我知道你是最顽皮的,爱打架,不用功的。没话说,伸出手来。"他抓住我的手腕子。我的两手就紧紧握住,现在才觉得手掌热烘烘地作疼,我就说:"老师,我再不敢了,饶过我这一次,若是我再犯过,老师再打我,只这一次。"什么样的哀恳的话,我全说得出来。在我哀恳当中,两手已给郎荣光老师分开,他把戒尺挟在腋下,两手扼得我的腕骨极疼,我用力挣脱着说:"老师,饶恕我这一次吧!"

"你说你做什么不上课!呵——你以为我上次打得你不对是不是?"

"他上一课挨打了,马老师罚他站了一点钟!……"不知是谁说的，仿佛是魏学文的声音。我是怎样感谢这一援助呀！立刻就有许多人拥护这一声援了，声音喧杂，听不清楚说的是些什么。不过郎荣光老师的脸上现出迟疑的样子，又望着两队的同学问了一遍，等到清楚了，就说："那么站在那边墙角上去，不许你参加游戏！"我就寂寞地站在墙角上去了……

感谢郎荣光老师这次的处罚，当我站在城墙角的时候听见一种强而有力的唧唧声，我是怎样的高兴呀！我是那么小心地侦听着，这是战斗性弱的蛐蛐所叫不出来的声音，洪亮有力。五分钟之后，我立刻就偷偷地背着郎荣光老师把它捕到了。只有金锁儿向我这边偷着望，那眼神是喜欢的，表示他知道我捉到一个什么东西了。实在呢，他是在和我讨好，而且喜欢中多少带着同情和怜悯。

五

暑假期间是我最幸福的黄金的日子。没有突然而来的招呼"姜步畏"的威吓了，没有可忌疑的脚步声在我正兴致淋漓的欢乐中出现了，没有任何障碍。我欢喜扳着一只脚在院心跳，就扳着一只脚在院心跳，我欢喜躲在门背后战战兢兢地和克克捉迷藏，就躲在门后去，屏着呼吸，心口勃勃地跳着，从门缝里偷窥着克克睁大的眼睛。她已经是四岁的女孩子，那时候她的眼睛会从愉快侦察突然变成恐惧，有时又因为找不到我而哭了。我往往在那时候，偷偷蹑手蹑足地溜出去，这是我唯一的到我自由的外界去的时刻了。父亲在休息室里午睡，母亲在寝室里打盹，还有什么比这夏日正午的阳光更能激发一个孩子的生命力呢！而且父亲只要是醒着，就看《三国演义》，永远是那一部书。我呢，就得和他坐一个炕几上习大字，温习功课，这是多么残酷的刑罚呀！窗外的阳光又是那么金闪闪的，夏日的晴空又是那么蓝，一种北方所特有的纯蓝，柔和的蓝色呀！圣洁的蓝色呀！怎样的诱惑人。我仿佛望见那蓝天下面，红旗河的汩汩水流，我仿佛听见一些游水孩子的欢呼。

院子里晒着衣裳。屋檐下晒着豆制的酱块，酱块板下垂着干芥菜、干茄子、干豆角……一切都在晒阳光呀！洛布达在板壁荫凉里垂着舌头喘呀，母鸡们蜷伏在窗下的湿土里洗浴。崔婆在门口的矮凳上坐着，一秒钟前还锥鞋底，一秒钟后鞋底就要从手里坠落了，她也抵抗不了午日醉人的睡眠呀！

这个时间是我所独有的。整个院子是沉寂的，微风吹过，晒衣架上的衣裳就会发出微细而优美的声音。整个城市是沉寂的，偶尔会传来公鸡的午鸣，那是怎样缥缈而幽远的声音呀！克克是不理解的，我的世界日益广阔了，克克永远和我距离一段长长的路程。两年以前，我的伴侣洛布达，对我已经失去吸引力了，它在春天就脱毛，现在还没有脱净，毛色也似乎失去生命美的光泽、青春的光泽，它已经向暮年迈进了，不再围着我欢快地嗥叫了，不再用前脚抓扑着我的胸脯表示亲昵了。而我的生命一天天地蓬勃茁壮，像渤海南岸三月间的麦苗一样。这里呢！四月才播种，五月的玉蜀黍才有八寸高，现在是六月的入伏天，城北的高粱林子掩没大人的肩膀了。屋檐雀的窝里正有唧唧待哺的雏儿，燕子也正忙着哺育，我们县立初级小学的学生呢，就到红旗河去游水，正午还在城南，傍晚又许在城北出现了。

一出院门，就是我的自由的畅所欲为的世界。隔着墙背，就望见超字油坊的大院落和于兆祥家宅的两具后窗。只要进宝或是黑鼻子突然向我露头处奔逐过来，于兆祥就会悄悄地溜出来，一个小偷似的贴着墙走来。我们打个手势，小声地交换一两句谁也听不清楚的话，在街上会合了。于是我们就找金锁儿，路上我跳着、唱者。于兆祥只是走，只是笑，他的身子笨重，仿佛不会跳，慢慢地我就心焦地催促了，和他在一块儿玩，只这一点就不顺心、不合拍。

金锁儿的家住在日商藤居酿酒厂以西，斜对着日本丸富医院的第二条向南的胡同。胡同口两边，一个是金锁儿父亲的吉东采木行，一个是高丽业主的汉京酱油业组合。胡同直通红旗河河沿，两边多半数是高丽住民的茅草宅子，只是居中的金锁儿家的住宅是瓦顶、粉壁，而且走门是油漆的。我们离开胡同，就是高丽区的走道了，家家住宅门前，晒着辣椒，一方块红色，一方块红色，占去半边走道。我们经过这里就小心了，谁敢担保不遇见一个有仇隙的普通学校的初级生。望见高丽家宅门口的狗，我们都得警惕着。那些狗都是衰弱的，半生没吃饱过一次似的，细腿，长肋，见了陌生而结实的狗，总是尾巴夹到后腿间，眼光怯怯的，见到我们可是两眼锐利，嗥嗥不休的。可也不想认真地来咬，我们总是一句话不说，各人左右回顾着，走到金锁儿的门口才掷下手里的石头。

往时开门的总是石恭道大舅，一个满口胶东口音的善良老头子，嗜酒，又懒怠，一年有八个月是在城外闲逛的。不是在梅花大鼓书场的隐蔽角落里躲着抽烟，就是在海升京戏院的低级座位里打盹，再不就是蹲在红旗河边上看高丽普通学校的高等生钓鱼，直蹲到河边上的人走光才离开。另外四个月就解下厨裙，打扮得像个商店的账房似的下屯去收租了。过年也到我家去拜贺，称我父亲作"姐夫"。

冬天，金锁儿迁居以后，从一九二一年开始，他的父亲和我的父亲两家的敌对状态无形之间缓和了。元旦金锁儿被派来给父亲叩头贺禧，我也被派去给荆太仪鞠躬贺禧，母亲始终是坚持着不许我给荆太仪伯父叩头的。我管金锁儿父亲叫"七大爷"，金锁儿管我父亲叫"九叔"，可是老哥儿两个，依旧避不见面。

荆太仪伯父是一个出身农家而不带一点乡土气的老人，完全是生长在城市里似的。他没有受过一点教育，而且主要的财富是两条街道，包括高丽住宅区的全部房产，却被选任为县农垦会的会办。他终年躺在炕上，因为他患了半侧脑充血的病，北方唤作半身不遂的一种症候，访客因之特别多，不管是税务官、地政官、日本领事衙门的通事，以及朴斗寅也常常出入的。主要的是由于荆太仪伯父的客室里有三盏烟灯和全副高贵的烟具，随时可以点起来，而且烟土都是纯粹热河产又用草参水煮过的。荆太仪伯父的身子高瘦，面形颀长，有两个大而圆的眼睛，没有光辉而阴沉，若是愉快的时候，嘴唇像草莽丛间的花朵似的，眼睛可是没有笑意，由阴沉变作坚定了。他的太太比他小十岁，晚娶的原因，是中年才发迹。每次她见了我总是说："走近一点，大娘和你说几句话。"并且握着我的手问："你爹在家做什么！""你娘呢！"又慈爱又温善，是二十世纪初的中国士绅家庭里的典型的主妇，闲着，自己用纸牌消遣或是给孩子们讲讲典故，丈夫的事务从来不过问，关心的是厨务。若是煮豆角，就和石恭道大舅说："煮的时候久一点，多切些肥肉放上。"若是蒸茄子，就嘱咐石恭道大舅："多夹点蒜泥。炸酱是用豆油还是用荤油呀？豆油可不好吃。"三月底就盼望韭菜下市，端午节前就念诵着吃新鲜黄瓜。整个家庭有一种融洽的温暖，只是石恭道大舅对他的妹妹粗声粗气的，老是大声说："知道呀！"又小声嘟哝："当是就你一个人知道呢！别人都傻。"实在兄妹的感情是好的，一遇年老的哥哥这么顶撞，妹妹就会笑着说："你看你要吃人似的，金锁儿去看看，你大舅的酒瓶子是不是空了！"

夏日的正午，这所宅院同样是静的。这是睡觉的甜美时间呀！我们只在板壁外一招呼，金锁儿就跑出来了。

"到红旗河呀？"

"好——找魏学文去呀？"

就这样我们连跳带跑地沿路敲着板壁嘣嘣响，遇见高丽宅子的狗吠叫，就跑，静静地卧伏着，就向它投石子。沿胡同像暴风雨一般滚过去，投奔红旗河那个夏日的乐园去了。

胡同口外是块古墓式的高地。大家说声："看谁跑得快！"我们就登上高地之巅，十丈的削壁之下就是红旗河流水，左右的平崖，数不尽的白色木排，对岸一片绿色的阔野，尽端的远山排列顿然似乎矮了一半，因为远山近水之间的高粱林子平地一丈高了。

"我大舅到那山上去过！"金锁儿说，"我们那有一个窝棚。"

"我们那儿也有一个窝棚。多远呀！"

"有一百里地呢！那边就是靠近俄罗斯的边界了。"于兆祥说。

"是吗？"我问。

"地理课本上讲的，那里还有界碑……"

"看，一只老鹰。"

"捉小鸡的快跑吧！"金锁儿最先跑下来了，我们随后追随着，发出尖笑和怪叫。

"咱们打乌鸦去呀！"魏学文说。

我们就停下来，商量一下，到城西去。红旗河没有一点钓饵诱惑我们，就是说没有高丽小孩子游水，也没有中国小孩游水。任什么东西也没有，都午睡了。仿佛这夏日的正午，正是冬天的夜半。只有舒畅的水流声，只有树木偶发的细语，三十分钟听见一声燕子的呢喃，五十分钟听见一声公鸡的午鸣，这又有什么趣味。

树下的荫凉里停着农车，牲口打着盹。车夫就地铺着外衣，露出土外的橡树根权当枕头，草帽蒙脸遮挡苍蝇，打着鼾，离城只差半里路，他就在这躲晌了。距离这株古老的橡树半里远就是建筑雄伟的佛教寺，到那去得经过高丽普通学校、日本领事馆。

"若是碰见大老崔呢！"我说。

"哎呀！我忘了带七节鞭！"

"咱们还是回到红旗河去吧！高地过去三十步路，爬下崖去，不就是种高粱的洼地么！"

我们又顺从了于兆祥。奔走疲倦了，我们又各自回家。若是在高粱林子里打乌鸦碰不见一个看守人来叫着追捕，这天就觉着又空虚又寂寞。

第十章

一

一九二五年元旦节后第二天,姜学礼夫妻从骆驼河子来给父亲贺年。所以来得这样晚,是因为上一次的元旦节,姜学礼对父亲说:"我想接大兄弟到窝棚去过元宵节,玩几天呢!"父亲顺口说:"再过一年吧。他还小呢!"元旦节那天,父亲就不止一次地叮嘱我:"出去贺完年,叩过头,就赶快回来呀,你大爷和你二哥今天来。"当时我还不知道父亲所说的大爷指的谁。姜学礼夫妻的晚来,曾引起父亲不少的忧虑和不吉的推测,崔婆也热烈地巴望着,不住地审查着父亲的脸色说:"敢情今年忙!"父亲本来推测或许翻了车,或许半途遇见高丽独立党,然而遇到崔婆也怀疑的时候,就说:"没有什么呀,今天不来,明天会来的。"岂知姜学礼夫妻来得所以晚,完全为了父亲上一次那句话,要接我下屯去住一些日子,给我两天的工夫去给父亲的友辈拜年。因为姜学礼夫妻在城里只能住一夜,新年大正月,来往父亲门上恭贺的宾客多,自觉住下来不方便。父亲可是把那口约忘记得干干净净的了。

临街的车门有农车和马匹奔走的声音,父亲就说:"二宝来了,连儿快去接你大爷去!"我立刻跑出来,在院心就听见牲口嘶鸣、许多铃声的合奏和车夫的吆喝了,声音粗壮,可以听见由于鞭子旋舞所带起的尖哨响声,仿佛结实的小鞭炮爆裂声似的,确乎那是姜学礼赶车的特征，一到第二进车门，我就和姜学礼的四轮农车碰面了。

"大兄弟长得这么高了呀！"姜学礼老婆坐在车上高声呼叫着，似乎是要让南院子的人也听见似的。那时候，姜学礼说："躲开，躲开，让车过了车门，你再上来。"我知道一过车门，大车就会停下来，我又能坐多一会儿呢。我是急于要攀上车外辕，在车没停以前坐一会儿的。我之所以听见车声就欢叫着跑出来迎，不是为了姜学礼，完全是想坐坐车。可是我不得不退避开，因为墙壁和车轮之间还有匹壮实的黄狗。我一躲开，那黄狗就像受惊的老鼠，跳出车门洞口，经过我腿旁叫了一声（在狗望见不怀好意的孩子手里有石头，是这样叫的），反而把我吓了一跳。这时农车已经在院门口停下来，前套有三匹马并排着，它们的尾后就是一匹辕马。它们的蹄子不安地移动着，耳朵竖立，眼睛惊慌，不知道它们的主人是不是以为它们停立的位置妥当。完全是些庄稼窝棚的健壮牲口，不过没有油坊那些马匹的毛色光润，而臀部也不圆润，可是烈性，靠近我的这匹灰色马时时斜耳白眼地作势咬我，我远远站着，刚一近，它就向我又歪颈露齿，我又第二次退回来。我想攀上车去，始终却不敢从它头前通过。那些马匹的颈鬃修剪得整整齐齐，耳鬓有几许长毛，拴着过年的红布，尾上也有两三条红布。车厢前有新年的对联，我全认识，还记得是"车行千里路，人马保平安"。每匹马套绳上的铜环，都是擦得极洁净，若不是这天没有阳光，那些铜环以及笼头上大小铜圈一定金光炫目。现在它们的鼻息烟似的飘腾着，看得极清楚。每匹牲口颈上，挂着双铃：一个皮套每面都有二十四对小铃的串铃，一个是红缨色围着的杯形的独头小钟，我们本地叫做响铃的。这些不仅是装饰，主要的是震吓旷野的山兽，尤其是冬天走夜路，五里以外的狼群，一听见远处喧然而驰的奔腾声，就会逃向它们的来处——森林里去了。可见这些铃声威势之大了。这是日后姜学礼告诉我的。当时我还注意不及去探听它们的用途。我唯一的欲望是想绕过马头，到左首去，因为崔婆在那儿可以抱我爬上车去。那时我背后突然又有可怕的声音，原来那匹来自窝棚的大黄狗挺然地站在洛布达身前，昂首让后者闻嗅，同时露着牙齿，那可怕的声音就发自它的鼻孔。我只好从车屋绕过去，心口久久还跳着，因之牵制了我全部的注意，我也没有听清楚姜学礼老婆说的什么，崔婆的眼睛就有泪水了，可是还笑着说："去年年底才接到一封家信，说是孩子想妈妈。"擤了把鼻涕之后又说："我从天和兴汇了两百块大洋给他们——我可没心回去看媳妇的颜色。"

那时我还不明白"妈妈"的确实意义，后来回到渤海南岸父亲的故乡，才知道"妈妈"就是祖母，我们当地叫做奶奶的。她们两人说话的声音低沉，仿佛父亲站在她们身边妨害了她们的自由，父亲这时面色不欢地叹息着说："我还等着你爹来，我们老弟兄俩喝盅酒呢，还给他留着两尾冻鲤鱼、两对海蟹——进屋吧。暖和暖和再卸牲口，他不来，就是咱们爷俩的份儿了！"

姜学礼说："窝棚里有他的吃喝呀。我还给二叔带来十二对野鸡在车上呢。"他的声音宏壮。这天穿着新的黑市布羊皮袍子，前襟扎在腰围里。手里提着短鞭子，像提着钓鱼竿一样。说话面对着父亲的脊背，进院子之后还听见他高声招呼："婶子，给你拜年来啦！"母亲所以不出来，还以为我的伯父在车上。前一章里我已经说过，母亲和伯父不睦，这时我只是想着父亲所说的话，还不知道伯父究竟是什么样的人。

崔婆和姜学礼老婆还站在院门口，后者的大手抚着车沿木。她打扮一新，手指上还戴着有翠玉的银戒指。那手背有着操作的龟纹，龟纹污黑，肌肉通红。我当时想，我们怎么有这样的亲戚呢。

崔婆突然抚着我的头发向她说："不是还有这个孩子，我也想辞工回海南了。再过一年连儿毕业了，我也算尽了一份心事。"当她手掌按在我头顶上时，我仰脸望了望她，知道是说我，就靠近她，同时抓住她的手指，向后扯着。觉得她是这么仁慈，这么疼爱我，若是长大了,一定孝敬她。向后扯着的意思是让她进院子,实际上是不欢喜姜学礼老婆那屯落女人的过年打扮,而且那掌肉又厚、指节又粗的手多难看呀。

午餐是非常丰富而热闹,有火锅子,餐桌上排满了生切牛肉、羊肉片、鸡肉、绿豆粉丝、海带,吃的时候我们都现着幸福的笑容,大人说些吉利话,脸色浮着新年和佳餐所有的双倍愉快。晚间崔婆和姜学礼老婆在厨屋里,围着炉火谈到更深夜静,这一晚上给我最深刻的印象是炉火渲染得她们的面孔火红。有时崔婆的半个面烦埋在黑影里,有时姜学礼老婆的半个面颊埋在黑影里,然而她们谈的内容我却没有注意,反而注意到父亲休息室里传出来的一句话:"老的,终究是老的,不管老的待子孙怎么不好,小的可不能慢待了。"

这一晚母亲招呼我两遍,我还是坚持着不去睡。神案前我得烧香,院子里又有四匹牲口的嘶鸣和蹄子嗒答声,是多么热闹而又有趣的一晚呀。只有处在骑兵队的野战营中,要大会战的军士才能体味到这种咻咻的喧闹所带给我的快感。

最后母亲走出来说:"你们谈什么谈得这么入迷,时候不早了呀。二宝媳妇明天还要起早呢!"说话时还笑着,对我就改口气了,温和里含严肃,小声说:"还不去睡,听话,明天,你爹不是说去给你大爷贺年吗。快去睡!"

"我哪个大爷!"

"你爸爸的哥哥!"母亲厉声说。

我没有再说什么,因为我怜悯伯父的感情,胜过对他的胆怯,想象中仿佛他是一个衰弱的失去自卫力的老虎一样。

二

本书开首说过,地近海参崴港口(日俄战后地理课本作日本海峡),冬季多雾。这天下半夜的浓雾,一直到第二天正午,才逐渐消散。大雾浓时，站在院子里望不清楚自己的胸脯，大半身埋在云烟里似的，可见屋子里的人是怎样消沉，要出去的也不能出去。深夜在候车室里，等五小时之后才能开来客车就有这种感觉。"大雾之后出太阳"，这是居住近海城市所熟知的一句谚语。下午一时，我就坐在四轮农车上出发了。阴历是二月初五。

　　阳光鲜丽的时候，正是大雾之后，又加我是生平第一次坐车，望着街道上移过去的炫目的玻璃窗，望见倒流的一株株路灯柱和电线杆子，而且是置身在三尺以上，同时乐趣洋溢地望着行人。心想，若是这时候，大街上有个县立小学的同窗碰见我，他该是多么羡慕，而我又是多么骄傲呀！只见两边街道的商店全关闭着门窗，门窗都是黑的，贴着红纸对联。街上行人寥寥，到处是爆竹的碎屑，反而觉得这天的街道是从未有过的整洁、新鲜、悦目、寂静，农车的奔驶声也就格外给人一种有旋律的美感。

　　骆驼河子离城有二十里路程。走到天主教堂的大门，马车拐弯就直向东城门奔驰了。那天主教堂唯一的标志是高矗空中的钟架，钟上有护顶，仿佛是屋脊那样使钟借避风雪。钟下垂着五丈长的拉绳。大门口的顶空立着黑色十字架，我回脸望着那十字架，立刻想起城北郊那些坟冢。

　　"大兄弟，你望的那是什么！"姜学礼老婆高声说，因为震耳的车驰铃鸣的喧嚣。

　　"天主教堂。"我说，"就是俄国人的庙。"那时我还不知道它的全部教徒是高丽居民。

　　"哪个！"姜学礼也回过身子来，等知道是天主教堂了，就说，"那是高丽的礼拜堂，二道沟里也有这么一个。"这话是他背对着我说的。我想于兆祥说过俄国兵的坟墓上才插十字架，怎么会是高丽人的教堂了，又想，我和一个无知识的庄稼人辩论什么。等到姜学礼老婆问：

　　"什么！"我就推说："听不清楚。"实在马奔铃鸣的声音也确实是沸腾的。而且这条街道，我们已经知道是些高丽人的商业区，每家商店的门外都麇集着许多人，他们也为中国人过年的风习所感化而休息起来了，就在街两旁靠墙晒着太阳。街两旁的杂语声，是相当喧闹的。姜学礼老婆发现许多高丽人向她注目了，也就正襟端坐，正像以后我在哈尔滨遇见走过中国街道的欧美少妇一样，不过她们是坐着有篷的俄国马车。

东城外的近郊，又现出中国式的茅草农舍了。这是县城仅有的一部分散居近郊的满洲土著，几户菜农。现在他们的菜圃还是一片荒凉的黄土，有一个健壮的姑娘，坐在矮凳上，靠近门口，多半是晒太阳吧。嘴里含着根烟管，足有一尺二寸长。她却不望我们，只是召唤她的防家狗。那狗颈拴着铁链儿，链儿端扣在铁丝上，顺着铁链儿，那狗可以有三十步的来往距离。现在它已经把铁链儿拉直了，距离大路还有三步远，迎着农车声狂吠着，仿佛连它不能摆脱铁链儿的怒气，也全归在过路的车马身上一样。

到了近前，农车随着马匹的脚步缓慢地向前移动了。姜学礼愉快地向我注视一眼，那眼睛似乎说："这一段路跑得怎么样？惬意吧？"

"二哥，怎么不跑了？"

"城里的路到底平，车轮子像在冰道上一样——找出我的烟口袋来，我抽口烟。"前一句话是愉快的自语，后一句话是向他老婆说的。又说："让它们慢慢歇着走。反正不等黑天就到家了。"说话也不望我，装烟时也不望烟口袋，面向着广阔的二月的原野，心里又像是回味着父亲的家庭所给他的愉快一样。

当我爬到他身旁去，他挪挪身子说："好好坐住呀！别跌到车下去。"农车是长方的盘子形，没有驭夫台，姜学礼坐在车盘沿上，两腿垂吊车外。我学着他的姿势坐着，注视着他手里的短柄鞭子，老是想要过来自己试试驾驶的本领，可又不敢说，反而装作坦静无欲的姿态，袖着手，微微踢着脚，鞋尖几乎碰到辕马尾。姜学礼并没有注意我,仍然望着前套的马耳似的,嘴里频频吐着烟,似乎烟气都舍弃了,最后的一口烟不见出来,久久才从他鼻孔里吐出。

"崔婆怎么样!"姜学礼问,问时眼睛依然向前望着马耳,听不见他老婆的反应,那时候,姜学礼回过脖子来,她注意了,可是还不清楚。姜学礼又说:"我说崔婆,她怎么样!"

"崔婆?"姜学礼老婆在那以前面色沉寂,现在活焕了,"崔婆年前向家汇去二百块大洋。"

"她还想回海南家吗!"姜学礼又背着老婆,面向马耳讲话了。

"咱可不好说什么!她还没有受够气!海南家里有什么好的。咱可够遭罪了!"她说。

"人家那个老婆子有儿子孙子,不回去还葬在关东山?"

"反正她手头有几个钱了,她儿子媳妇又往回里哄她,你当是想她,还不是想她手里积攒下的几个钱。若是咱,回去就回去。不是想人吗?就回去人给他们看,可是别想让我拿出钱来。她可拿不定主意,接到封家信心就软了。早怎么不想呢,十多年又想起娘来啦!"

姜学礼望着马耳朵不禁叹息了,仿佛很佩服老婆的意见高明,自愧不如似的。农车走得很慢,旷野的驿路上又挺寂静,他们的话声不用提高,听得很清楚。

"老婆子哪里积下那么些钱呢!"

"咱也没问,还不是放在金秉湖手上向高丽农户批豆子。"姜学礼老婆望着丈夫的宽背说。

"老了没有不想回海南的!"姜学礼说着就跳下车去。

现在农车到了 A 形的中心点了。向东的道路无限地延长下去,并且是追随红旗河上游。那红旗河在比驿路低五尺的洼地之滨,沿顺驿路向西并行的。到这里河身就向南直折,原来我们的农车先前也是和河身并行,不过当中有五里远一块庄稼地的间距。农历正月的红旗河还是结着冰,映着阳光晶莹可爱。隔岸的密林,细枝粗干,这是冬天脱光叶子的姿态，赤裸裸的，一片红铜色。三岔路口有个售酒铺子，在三里以外就望见屋檐前高竿挑着的酒幌子了，那是一只无柄的小酒壶，壶底悬着一块尺长的红布，大过酒壶足有四倍。姜学礼高声说："老柳头儿，从城里给你带回橘子来了！"

那酒铺有一门两窗，窗户全是用纸糊的。屋里不见人影，仿佛在赌纸牌，只听见说："二东家进来呀！"

我们的农车把姜学礼遗留在背后径自向南走过去了。远处有一座小山，从西方延绵到我们迎面的地方截止了。两旁全是赤裸裸的地垄，可以看出是种过谷子或是种过玉蜀黍，因为地垄上遗留着一丛丛谷碴，或是独株植物的根部，它们都给霜雪侵蚀得腐朽了。地垄沟阴还有残雪，从前面向远望是一片的黑土垄，从后面向回望，又是一片波形的白雪似的海面。

"还有十里路，走了一半啦！大兄弟到车里来吧，车里暖和。"

我实在想睡了。车盘里铺着干谷草，大张的熊皮。姜学礼老婆又给我盖上又重又厚的棉被。我把父亲的猞猁皮马褂脱了，这件东西又重又笨，压得我的两肩有些酸疼。可是将近山脚，空气又突然阴冷了，还得把父亲的马褂盖到被子上。起初还听见山上的树林有雪坠落下来的声音，在冷落的气息里听着幽远缥缈的牲口大铃的铃韵，渐渐睡着了。当惊醒以前，记得我已经醒过一次了。那时候天气近黄昏了，还听见姜学礼老婆高声说："我怕老板子喝醉了酒呀！若是忘记关猪栏可不得了，他能记住晚上把那些鸡也给赶进窝里去？"

"还有老头子他们呢！"

"老头子就给你管这些闲事。看看你美的！"

"唉！你放心，狼拖不去呀！"又听见鞭子响，农车奔驰得更快了。还说什么我没听清楚，不知道是由于瞌睡而耳钝呢，还是他们的话声飘散，因为农车是轰轰然地急驶着。

现在我是给马的响鼻和狗吠声惊醒的。马匹一接近熟悉的村庄，尤其是天黑了,那悠长的嘶鸣足够传到三十里以外去,而且我们只要想想吧,在村子里守候两天,发现主人或是主人的邻居赶车在这夜晚回来了,是怎样地向着来自路上的农车声音狂吠,那些吠声表示着热烈的欢迎,还有故意吓狼助威的意思。头上已经是星斗满布,仰望依稀可见的四围崇山峻峰的边缘,我们的农车似乎是奔驶在深井的底下。而且山韵嗡嗡回响着,作狗吠声、马鸣声,有串铃、有大铃……

车停在山脚下,我只望见一两点灯火,是这样的黑呀。听见有一个女人说:"二嫂子,你们怎么这么晚才到呀!""那就是城里二叔家的孩子吗!大兄弟,下车,到家啦!"可是望不见说话的人,我就给人抱下车来。

姜学礼高声说:"老关,来卸牲口呀——连儿向后去。老二呢?老二领着兄弟去到西屋看看老头子。"并且给我穿马褂,忙碌之间匆匆地结上那一排铜扣子。

听见说:"向这边来,我领着你。"我把手伸出去,在黑影里随着携领者走开去。

我渐渐望见火辉闪耀的一大堆豆垛的一角。原来姜学礼所说的西屋正坐落在农车停处的前面,只距离二十步远。门关闭着,可是从门缝间、纸窗户上,都可以看出屋里正燃烧着熊熊的烈火,先前是隔在大豆垛的背后望不见的。

门打开来,就见屋里布满烟气,任什么也看不见。火堆就在地中心的土坑里,用粗大的树木根做燃料,烟气格外的浓烈。我的眼睛不能完全睁开,流出泪水,而且咳嗽不止。

"大爷,城里你侄子给你拜年来了。"携领我的人说,"你蹲下来就好了,蹲在这边,你大爷在这边!"

现在我完全看清楚了。那是我在家里曾经碰见过的衰老的老人。他屈膝蹲在我身旁,两只眼睛望着坑火喃喃地说:"就没有给我来拜年的,还不知道给谁拜年呢!我也用不到人家给我拜年。"说话时还用长烟管的铜锅拨着木柴。那块木柴是阻碍住当中的火孔的。也没有向我望。领我进来的汉子,是曹登科,正月里还是过冬的打扮,短的庄稼人棉袄,破的狗皮帽。这时他笑起来了,说是:"你的亲侄子呀……"

姜学礼走进来说:"你们吃过晚饭了吧!"又向炕里的人招呼说:"老关卸牲口去……今早晨雾那么大,又是乱年月。"他说话的声音高爽,可是路过老头子身旁,像路过一块石头背后似的,他的眼光望着每一个人,可是那老头子却似乎并不存在。别人都和他打招呼,只有那老头子面火抽烟,完全失去听觉性能似的,当时我以为他一定耳聋。

"到这边来!脱下马褂子吧!在屋子里不用穿了。你看炕上的这些人,你认识吗!"姜学礼把我拉到他身旁,望着我的脸色这么说。

三

现在我们再来认识姜仰山伯父,这是必要的。

我们知道渤海南岸的山东省的那一角,每年春天或是荒年的秋后,就有些捎着一卷薄薄的破烂行李的人,携着五六岁的孩子,眼睛沉郁的,一天赶八十里旱路而不觉疲乏,他们驱打着两腿酸疼的孩子,一百遍地说:"再赶两步路就到宿店了!"一百遍地威吓:"你不走,把你留在这块荒无人烟的山沟里,让狼吃了你。"这一伙人群里的褴褛不堪的妇女,就喊着说再也抱不动不会迈步的婴孩了,用柔和的声音要求丈夫抱抱,要求坐在路边上歇一会儿,好探寻一条小河,喝口水。她们的头发蓬蓬乱乱,满脸尘沙,满脸现着太阳所晒的红铜色。她们疲倦不堪、口渴、脚疼,走两步就在五寸长的萝卜式脚上结结鞋带子,喝两口水,就洗起孩子的尿布来。靠近他们这一群,三步远就闻到一股浓烈的酸气了。每有一串长途货车路过,他们的眼睛就露出沉默的光辉,表示疲乏,表示羡慕,正如饥饿的流浪人望见玻璃橱里的面包和香肠似的。而他们的家长必定驱赶他们的妻子儿女,不只是巴望早日投奔到久居海北的亲戚的家里,主要的还是盘缠不多,他们是计算着腰里所余的一点钱。阔气乡绅入城吃一顿午餐的数目——他们要维持全家两天,要付宿店费,而他们自己又得吃玉蜀黍面饼,还有小孩子,每餐必定得给他买块咸菜,一个铜子作一枚银币用呀!他们和那些每年春天在城里出现的高丽农民同样的穷困,同样的像充军偏僻省份的囚犯那么褴褛,不同的是高丽农民从图们江来,而他们是渡过渤海,在雄基港登岸到高丽半岛的,而且在家乡就变卖了他们的厨具和笨重的锅、碗、瓢、盆。

中国的土地是辽阔的,然而中国的中原已经摈弃他们了。在沿海的广东省、福建省,那些被摈弃的农民,远离祖居的土地,到南洋、到美洲,另谋生路去了。在渤海南岸的山东省,则抛弃了祖墓和四五代传袭下来的古老家宅,出海,到俄国、到关外,这完全是有着同一的意义的。中国不能容纳它的人民了么?是的,中国抛弃了他们。那年代中国的执政者,没有余力照顾那些无血可吸的广大的中国人民了。他们的全部精力集中在赌博上,有直系的军队,有奉系的军队,如他们所说:"有南军,有北军。"他们得珍重押下他们的政治生命的赌注,胜的是吴佩孚呢、张作霖呢、段祺瑞呢、孙传芳呢,还是南方的革命军?就在这块人所共有的土地上,那些雇佣军队的主人,彼此炮轰、枪击,谁屠杀的人多,谁就是这块土地的主人。这和那些靠庄稼过日子的人完全无关,如姜学礼所说:"南军来了,要粮草;北军来了,也是要粮草。"一个样,都是头戴军帽、手握着枪的人,都是一样管人民叫"你们老百姓"的人,而老百姓们给他们的总称是"公家"。"公家要粮税了!""公家要收集喂牲口的草料了!""公家要派夫子了!""公家要征用牲口了!"只要是公家,依靠两三千年的习惯,没法抗拒,除非是变心了,要做乱民。姜仰山的晚年,就处在这样一个情况之下,度着他的痛苦而忧郁的日子,但是这痛苦与忧郁又是和公家完全无关的。原因,那是公家,和老天安排的命运一样不是可怨恨的对象。拿姜仰山的话来说:"南斗星还没有注生,北斗星就先注定了死，人活着呀！都是命定的。"这里我们不该嘲笑只该愤恨，谁又能在他那庄重的口气里听出有讥讽的意味呢！蔑视固所应该，嘲笑就表示自己的肤浅。姜仰山本身是不允许人家轻视的，固执、倔强，两句话不对头了，忌恨你一辈子，半句话谈得相投，初交的人就变成了莫逆的朋友。

当父亲的婚日忽视了他的提议，就是说没有让母亲遵守妾礼叩拜他的原配妻子的时候，姜仰山开始他的闭门不和嫡亲兄弟来往的深居的日子了。整个姜家庄的族人，全站在父亲那一面说话——如他以后所说："你爹的身后有成堆的元宝。谁不在太阳下蹲着取暖，没有围着萤火虫烤火的。孩子哪，人就是这样。大爷告诉你吧！"——他的权限只限于他的家庭。当天晚上他就宣布了命令："学义和二宝你们弟兄两个记住，若是我看到你们哪一个胆敢到你二叔家里去，小心我敲断你们的腿。弟兄分家如路人，我生下来就没有什么兄弟。咱们不是穷吗！老天在上，路人丢块金子也不要去拾，命里没有，你就是拾起来也变了块铜。"又说："若是路上碰见你们那个新娶过来的婶子，记住，要叫小婶，不许叫二婶子。"又说："若是前清光绪年间，小老婆死了也不准从大门往外抬，得走后门。听见老人说章举人的亲生娘就是小老婆，出殡的时候，谁让她的棺材走大门呀！敢走大门！全族上的人都拿着镢头铲子站在大门外拦着，这是古人留下的礼道。"他说到这里就不说了，那时候学义问他："那么怎么出殡呢？"

"怎么？还不是举人伏在他娘的棺材上说：'谁敢拦，把我抬出去！'这才没法挡了。你们当是举人老爷就不得了吗！他得伏在棺材上，要不就抬不出大门。"这是姜学礼以后告诉父亲的。他的年纪还没有到知道这话重量的年龄，而是当作闲谈的，不知道母亲是怎样去听这话里的含意的。于是母亲和伯父间的坚固的墙壁就在这上面竖立起来。就是面对面，也仿佛彼此不存在。不管在哪里，那道望不见的墙壁始终隔离在他们之间。而且由于父亲欢喜姜学礼，用一个四十岁还没有儿子的慈爱心情去爱着侄子。于是姜仰山和姜学礼父子之间也逐渐破裂了,等到父亲替二侄子办理了婚事(因为姜仰山连为二儿子定亲的钱,都是借的高利债),伯父和二儿子之间的不欢更明显了。

那时候姜仰山手里还有五亩祖产,这是和父亲分折家业之后所得的,以后父亲就抛别家乡外出了。二十年后,姜仰山还是那五亩祖产,可是人口增多了。长子姜学义夫妻生了三个闺女,大的九岁了。不管姜仰山怎样劳碌,怎样勤谨,怎样把姜学义雇出去当短工,怎样领着姜学礼早出晚归地插地瓜秧、拔麦子,就是午餐都在田崖上吃,九岁的金婵每天正午挑着饭筐和装热水的泥罐给他们爷儿送饭。他们是那么珍惜着时间,以便匀出闲工夫来,到外庄做短工。那样一天可以赚到十二个制钱,因为麦季是那么忙呀。尤其是有几亩麦地的富户,到处需要短工,到处都是男人少妇女多的人家。那些年轻力壮的全到俄国去背包袱卖绸缎和花边去了,全到关外采伐森林或是入商号做学徒去了。姜仰山是拿定主意不背乡离井远出的,我们知道,他已经说过:"命里没有,就是金子到手也变成铜。"他不相信海外就有不劳力而俯腰就到手的黄金和白银。他常说:"就是遍地金沙子,我也不稀罕。"他还有着另外的理由:"我不能撂了祖茔不管,人要子孙做什么,为的不是坟前有个烟火吗?清明节是为什么传下来的?不是要让后辈子孙不忘祖坟吗?"于是麦季就成了姜仰山一年里的希望所寄托的日子。不只是自己的五亩田,五亩里还有半亩地瓜、半亩高粱,那又有多少富裕的出产,倒是麦季里雇出去,一天有十二个制钱的收入呀。然而就是这样,姜仰山三年所欠的为姜学礼定亲的高利债,还是不能偿清,每年夏季所得,只能付清债本的利息,就像割不完的青草一样,不管你怎么铲除,根子不动,一年又有两膝高了。可以想象到他是怎样的痛苦,再加父亲代给姜学礼完婚,这痛苦就更深了,他是没法阻挠父亲的。虽然他一见父亲的面,颜色就突然冷峻了。或是在公众场合遇见,就提起他的烟荷包退避了,然而父亲依然是微笑着和他打招呼说:

"大哥，大哥，这又何必呢？"

"我不愿见你。别和我说话。"

父亲越是向他微笑，他越是冷峻，但不管他说的是怎么严重："我儿子的亲事，就不用旁人管。"他自觉"我的"和"旁人"两个名词用得够苛刻了，然而父亲仍然嬉笑着说："我管我侄子的事呀！你也别管我呀。"姜仰山是怎样的气愤呀。他连主宰儿子结婚的主权都失去了，回家就郑重地对姜学礼说："若是你真的让你二叔摆布，那么就再别来见我。我不要这种儿子的。"提着烟荷包就到他的出嫁的大闺女家里去了。第二天婚礼之前，父亲连派三个族人去找他，他坚决地推拒来接受新妇的叩拜。

"回去对二宝说吧！我不受人家欺压的。"他说。

不用说，在进行婚礼的几小时之内，男女双方的亲家，新郎和新妇相当混乱。姜仰山伯母，一个终年患瘫症的妇人，颤声说："老头子是发疯了，在这大喜日子上和我耍脾气。"她是欢喜这桩婚事的，于是新妇以及女方的亲家，才得到一些安慰，以为真的是老夫妻吵了嘴。然而父亲是明白的，事后他常说："我没想到他会那样，若是知道，无论怎样我不会主持这场婚事的。"

姜仰山从闺女家回来，拒绝父亲的负罪的言辞，而且拒绝见新过门的儿媳，声言："你们的事，以后我不管，就是你把天闹塌了，我也不会责备你一句，从今以后你也别认我做父亲，我也没有你这么个儿子。"

但是当姜学礼向他说："二叔有一锭银元宝交给我，说是还从前定亲借的债，让我问问你。"那时候，姜仰山又违背了他"不管"的誓言，他厉声地说："给他送回去，我们自己的债，不用人家慷慨，我们自己会还的。"

那以后的一二年，父子间虽不和睦，还是共同在一块田里操作。而最大的决裂是从姜学义家里继三个闺女之后生了一个男孩子带弟开始的。姜仰山找到了他的暮年的安慰以及欢乐的源泉。这个新的小生命，完全占有了他。最使姜学礼气愤的是，连麦季雇短工所赚来的零用钱都耗费在带弟身上了。仿佛直到那天，他才知道自己父亲所辛劳而获得的一切，完全为了那个新降生的婴孩。现在是姜学礼和姜学义哥儿两个冲突了，那些琐碎的经过，我们从学礼和他老婆的回答中已经多少知道一些了，他们没想到一年之后，姜仰山携领着长子长媳和三个孙女一个孙子，也被中国的中原土地所摈弃了。他们没想到，姜仰山会典了他们两口所遗留给他的半亩养老地，典了分折家产而得的两间祖屋，典了那块打麦场，作为老少七口的盘缠到关东山来了。姜仰山就是那一群拿着一个铜圆当一枚银币用的人群中间的一个。一百遍地哄带弟，说是："离宿店不远了。"一百遍地威吓带弟，说是："你不快走把你掷下喂狼。"计算着腰里的余钱赶路——一顿阔人午餐的钱呀，当作全家两天的食宿费用。他们的褴褛的衣裳，他们的枯瘦而疲倦的脸色都似乎高声叫着："穷呀，我们是这样的穷呀！老天。"

　　姜学礼夫妻起初惊讶地欢迎他们："留在这，享几天福。至于大哥，我们可以给他一块地种，暂时就住在西屋磨坊里好了。"

　　等他们夫妻知道连他们的祖屋打麦场都典给人家，又望见带弟胸前垂着纯银的麒麟锁，他们的脸色立刻冷下来，并且改变了主意：老头子可以留下住，姜学义夫妻另外找地方。"山上有的是木材，你们自己盖房子住吧。"姜学礼老婆当时说："打麦场都给典出去，我们回海南家怎样过呢！"又说："我们的打麦场典出去了，带弟可装扮起来了。"

　　姜学礼就申斥她："算了，还说什么。反正是祖宗手里传下来的，有本事我们不会再挣。"

　　他指给姜学义一块荒地，距离窝棚十里路。本来姜学礼就以为父亲偏爱，现在更由于妒忌，哥儿俩就变成冤家了。姜仰山每隔两天去探望一次心爱的孙子。要搬过去住吧，他们借贷的吃粮只能支持到开春，他又怎么能忍心去住呢。就是去探望带弟，他都是在早晚饭之间赶回来，不肯消耗长子家庭一粒米。现在是他寄居姜学礼的篱下了，我们不难理解他蹲在火坑旁那种姿态，是怀着一种怎样的心情的。

四

我在骆驼河子窝棚住到二月二。古俗说，这天是"龙抬头"的日子，新年宰的猪，留着猪头在这一天吃。往年居家，母亲在院心，用灶灰面上三五个大圈子，说是粮食囤，各圈当中撒把粮食，祈祷这一年的收成好。在这里也是一样，不过姜学礼老婆和母亲画的不同，母亲画得极完整，仓囤的门口正对着自己的门口，而姜学礼老婆画的粮囤到处是漏空，看不出哪个是大门。不管做什么她总是粗心，仿佛极忙碌，无暇细心去做，推说："中呀！不过应应卯就是了。"另外就是腌的小菜也不及家里的样数多，家里有虾酱，有母亲手腌的蒜茄子，有崔婆炒的野鸡丁黄瓜，而窝棚里一天两餐，全是一色猪肉炖海带，再加一点粉条儿，除这一种正式的元旦节日一直延续下来的正菜，就有一样大葱和豆瓣酱，这是唯一的小菜了。临睡前姜学礼老婆怕我肚饥，每天一定打两个荷包蛋，煮得蛋黄都结实了，撒了些粗盐粒，全不像崔婆做的一咬就流汁，碟子里总是预备着配味的酱油。我真不想吃这里的荷包蛋，而且心里老是气，撒了那么多的粗盐粒，若是在家里我就赌气推开了，可是在这里，我得勉强带着笑容接过来。并不以为姜学礼老婆待我好，而是对她怀着畏惧。因为白天姜仰山每次进来聚餐的时候，姜学礼老婆的脸色就狰狞得可怕，大声地骂鸡逐狗，说是："养着你们，什么事也不做，光知道吃，这些懒种。"说是："到哪里偷着吃去。"因为她从城里回来的那天晚上就吵着说过，橱里的猪肉丢了一大碗，临睡前我还听见她小声说："哼！那老头子……"就听见姜学礼大声说："别胡说，不怕人家笑话。"他每天在餐桌上可是不声不响的，除非姜学礼老婆气咻咻地唠叨不止，他才仰脸向她严正地注目，只要她望见丈夫那种严正的脸色，声音就低下去了。

至于姜仰山，和我初见时一样。不管她的声音多么高，总像一个聋汉，而且用餐时，眼睛只注视餐桌，看见一点馒首的面渣，就收到手里，或是用一只手指蘸到嘴唇里。外界仿佛是不存在的，餐桌上只有他自己似的。有一次，他破例地对我说一句话："把你的馒头皮吃了。"我吓得一抖，正像个独自坐在屋里正面镜深思，没听见脚步声，肩头就突然给人拍了一下一样。我的用餐习惯是剥掉馒头皮的（崔婆用它去喂洛布达），现在只有拾起来放到嘴里。那时候，姜学礼夫妻都不向我望，实在我想他们也有些畏惧了。若是他们向我看，一定发现我眼睫毛间挂着泪水，而且我预备突然跑开餐桌到外面的墙边去大哭一回，实在我饱尝虐待了，那老头子从来就不望我一眼……可是姜学礼夫妻既然没有看我，不一会儿我就安静地继续用餐了。偷偷地注意着姜仰山伯父的脸色，若是有一块饽饽渣落在桌上，也学他的样子用手指蘸起来送到嘴里。望见姜学礼偷偷笑了，我也就笑起来。我们相互作手势，也尽可毫无顾忌，姜仰山伯父是绝对不会望见的。他用餐老是低着眼睛。那晚上姜学礼望着我吃荷包蛋的时候，脸色格外快乐，又一遍问我："老头子厉害吧！"

我就小声说："厉害。"

姜学礼望着我吃荷包蛋，仿佛这是一天中使他感到最大快乐的事情。那时他蹲在炕沿上抽着烟，一会儿问我："吃完了没有？"

"没有。"我说。

一会儿又问我："我看看碗里还有多少？"

"还有一个！"

"我看看哪！"

他以为我是珍惜着慢慢地享受，实在我是咽不下去，盐粒吐出来，蛋味又淡。不管怎样，我还是愉快的，这愉快完全是姜学礼注视着我那两只幸福的眼光所赐予的，我不是在吃荷包蛋，我是饱餐姜学礼的愉快而善良的笑容。但姜学礼老婆和我越表示亲昵，我越是畏惧她。她的面目又丑陋，就是不收脸作态，我还是时时担心她突然会和我变脸，一个羊羔在被狼喂乳的时候也不会比我那么担心。我的心性现在已经发展了，时时会不自主地向她讨好、取媚。有一次当她说"老头子"的时候，我也说"那老头子……"想得她的欢心，姜学礼立刻作出责备我的眼色，望着我半天不说话。后来说："你怎么也这样叫，那不是你的嫡亲大爷吗？再别这样叫呀！人家笑话呀！别跟着你二嫂学，跟她学就学坏了。"

"你好，你好，"姜学礼老婆顶撞着。姜学礼就举起烟管来做着敲她的神气。

"你看你那缺德的样儿。"她笑着又说。

于是夫妻两个人就幸福地做过一场戏似的笑了。善良的丈夫和狡黠的太太总是相处得比两个都是善良的夫妻幸福过百倍似的。

五

我已经说过，窝棚的四围都是山峰，我住在这里，就像落在一个宽阔深井的底下一样。那些山群的岗峦起伏处，还有些积雪，二月天遍山脚都有潺潺流动的渠水。当中的一块平原仅有二十亩那么大小，这就是父亲指定给姜学礼种的地，不收租，作为经管人的报酬。现在都呈显着一种枯黄色。

一出姜学礼的有风致的中国农舍门前的广大的打豆场，就是一条车道，一到晚上，我就觉着车道是从西方来的，它对面的磨坊是居东，可是白天太阳却从西方出来，原因是我转了方向。农舍门前的三分之一的平原整天见不到阳光，晚上我还是当作宅子朝南。为什么把宅子建筑在阴森的南山背的脚下呢？日后我问过母亲，母亲说："北山一到夏天化雪，整天价向下流水，屋基不是三两年就给冲坏了吗！"那时候我还没有分析这个问题的智力，只觉得夜晚奇寒，每次穿着我的过年棉袍走过场园就冻得发抖。不怪二月的夜里，姜仰山所居住的磨坊里还是火烟浓烈，他睡的是实心炕，炕当中没有火道，炕口也没有火灶，完全依靠屋中心的火坑，现在想起来，下半夜他是耐不住寒冷的。在他冻醒了之后，听见山涧里的饥狼的嗥叫，遍山森林所发出的可怕的风涛澎湃声，他一定想到许多，想到海南、想到痛苦的旅途、想到在饥困中挣扎着的他所钟爱的另一个家庭。可以想象到他对周围是怎样憎恨了，阅历已经在他灵魂上开了另外一道大门，他已经不是二十年前的姜仰山了。谁能相信一个又善良又穷苦的老人在这个四周荒僻的磨坊里，深夜冻醒，久久深思的时候，一百个思路当中不会有一个拦路作劫的盗匪的念头出现。然而我那时候只知道见了他那沉郁而严肃的脸色，就觉得害怕，可是一离开餐桌我就又恢复我的自由了。

最快乐的是每天上午跟着老关去放牲口。这正是农闲而春草萌芽的时候。姜学礼有四匹马，两匹一年的马驹子。我最中意的是老关骑的那匹杏黄色的公马，一见人就刨蹄子喷鼻作响，完全是个大草原上的英雄，可是我又不敢靠近它；最憎恶的是那匹灰色马，老关一走近，它的脊梁就发抖，老关转背，就又歪颈露齿作状威胁我。老关管它叫嫁不出去的老姑娘，他管我骑的土红阉马叫"太监"，这是姜学礼给我选的。并且关照老关不要跑得太快了，恐怕我不会骑，半途跌下来。

老关是个乐天的好心肠的小伙子，我们一走上渐入山峡的高地，就鞭马奔驰了。只听见风声呜呜地吹过耳边和山韵反应的震荡峡谷的欢呼。实际上这峡谷间的车道离地有二十公尺高，车道底下有深涧，和平原一般平，望下去树木森森，只见一株株都缩小了十倍。当我又仰脸上望的时候，我是怎样的吃惊呀。两侧的山峰，几千年前一定是一体的，给谁用巨大的斧子从当中劈开，才裂作了两半，才有今天这样的深涧和峡道了。我仰望的那瞬间，"太监"驰近桦木林子的边了，我睁着恐怖的眼睛，要呼喊又害羞，我怎样躲避那些桦树的枝子呢？"太监"不知为什么忽然停了下来，我的前额猛地撞了一下。若不是我紧抓住马前脊的长鬃毛，说不定就坠马，滚下左首的深涧了。然而我没有哭，继续用细绳鞭策"太监"，怕落在老关的后面受他奚落。"太监"跑了几步就慢下来，怎样鞭策也不听使唤。

"别打呀！别打它呀！你这个小傻瓜，听见没有！"听见老关的招呼声。

我这才注意到我们是走上一条斜的山侧险道，越过一块岩石，那小道就直向下垂，我的身子逐渐向前，由马脊背移到马前脊上……我伏着腰全身的力都用在环抱马项的两臂上了。我的马只要一低头，我就一秒钟也不能支持，会滑过马头滚下二十公尺深的山脚下去。

老关站在山底下仰脸望着我，面色苍白。但我的牲口来到山下了，他就大声地笑起来："多险呀！一失手你就跌碎骨头了。牲口走下坡路，你得拉紧缰绳，越紧，它的头也越抬得高，你的身子得向后仰。"他是满洲人，话里有些难听的土语，这里所说的难听，就是绅士们所说的下流。他比我大九岁，然而在我面前老是装作大人似的说："你真是城里的孩子，我们旗人八岁就能一个人看守二三十匹牲口。哪一匹性子最野就骑哪匹，你连骑过树下把胸脯贴到马背上都不懂。这怎么行呀！下来！小伙计。"

我们来到块广阔的高地上，阴寒的山脚附近冰雪依然是严冬状态，二十丈以外的土地光润，积雪完全融解了。这里有两座土墓，三株枯枝的白杨，越过高地是一道弯曲的河流，远看一片广阔的平原，伸展开一层薄的洋草，那红铜色是亲切而秀美的。我奇怪同一地界，只隔着一块高地，却分作两个季节，这里是初秋，而那里是严冬。这里阳光温暖，高的枯草枝上有愉快的画眉在鸣叫，等到望见时，就迅捷地飞开去了。到处有悦耳的山鸟的短促鸣叫，到处是金色的阳光，若有一两块黑影在这块广阔的平原上挪动，那么天空一定有一两片轻柔的游云。这条骆驼河子的对岸五里远有一家农家，可以清楚地望见门窗上的红纸年联，这是关里移民住宅的特有标志。

"那是谁家的?"我问。

"那是你大哥盖的房子。"老关说,"快下马吧。你还没骑够呀!"

我就向他笑着,两手环扣着他的脖子让他抱下来,我吃惊他的脖颈是那么有力。他说:"我能这么挺半天,不会用手碰碰你的,你信不信,看看谁能彪过谁!你可不行,这么吊一袋烟工夫,你的胳臂就没有力气了。——怎么样。不行了吧!"

我笑着,跳到地上。老关说话时牵过"太监",用马绊套住它的两只前蹄子,就驱赶开去。那马的两只后腿挪近两只前蹄,向前跳着,一跳就是一二尺远。

"为什么把它的笼头解下来呢?"

"有人偷!"

"那么他们也偷马了?"

"马也偷,人也偷。来!我们骑着这匹杏黄马,我领你到一个地方玩去!"他先前用脚踏着那匹马的缰绳,现在就拾起来,把解下来的牲口笼头搭在马项上,又把我抱上马背去,抱时还是让我俯头环扣着他的脖颈,不借他的手力,他是那么得意。

"坐好呀!"他说。

那马咴儿咴儿嘶鸣着,旋转着后尾,又怕老关上来,又怕鞭打似的竖耳仰脖。我紧紧抓住马脊前的鬃毛。到底老关跳上来了:"抱住我的腰呀。"他说。

我们又向回跑过那块高地,现在望见我们穿过的那个山峡口,有座石筑的古老碉堡。

"那是什么呀?"我扬声问。

"那是早年防独立党和胡子的。你好好抱住我呀!摔下来我可不管。"他高声说。

杏黄马开始斜着向高地下飞奔,我们正愉快尖声欢叫着,突然杏黄马在将近高地右首的小路上停下来,我是面向老关的背,什么也望不见。只听见老关小声说:"下来,老头子回来了。"我松开手,老关就迅捷地跳下去抱我。

"你在这做什么!"姜仰山大爷厉声地说,"回去。"又向老关说:"谁让你领出来的,摔下来呢?"

我说要在这里玩一会儿。

"玩什么!回去!"他的眼睛像两个火焰一样,并用手推着我的肩膀,"回去,听见吗?"

我想,我自己也会走,推我做什么。我是那么败兴,读者可以想象到那时我的脸色是怎样的难看,垂头丧气地走在姜仰山伯父的前边,并用肩膀摆脱开他的手。

半点钟之后,我们到了家。路上我们一句话也没有。

就在这一天晚上,我听见姜仰山伯父一月当中的第三次和我打的招呼,从来我没有过的惊吓,来到我的身上了。当时我是经过磨坊的窗前,想到三十步以外的旷野中的茅屋里去玩的。那茅屋里住的全是姜学礼岳父庄上的穷亲戚,一些在山林里寻求财富的冒险的流浪汉。他们不是种烟土的就是访人参的,不是砍伐森林的就是贩私货的,总之这是些山林里的英雄,他们瞧不起那些在土地上天天锄草的正路庄稼人。因之他们一年所获的财富,只在县城里的私家赌场消磨一夜就光了,而且以挥霍为自豪,等到连过冬的衣物都做赌注抵押完了,这才悄悄回到他们所蔑视的以耕种为正业的亲戚所掌管的山沟里来。用他们自己的话来说,就是"猫冬"。那意义和化蛹入蛰作一样解释。据说在这严冬的季节,蛇是口里含着土深入地层内部去潜伏着过冬的,山熊就躲在树穴里靠着舐它的掌过日子。外界的天地,万物绝迹了。整个冬季的道路都是埋在雪底下,山谷里到处积雪,三个月不见片土。那些"猫冬"的山客,就在旷野上的茅屋里睡觉、下棋并以来年的收入做赌注去押牌九或看纸牌,消磨他们的日子。有的竟在这寂寞的"猫冬"当中输掉来年所计算的收入的两倍。现在每人的命运都安排就了,他们只等着各人所属的山帮消息，准备随时出发，晚间再也听不见他们的大声疾呼和高亢的喊叫了。现在他们围着松脂油制的木棒灯讲掌故，我每一次出现，他们的兴趣就加倍了，他们是那么寂寞，给我用草制蝈蝈笼，给我变戏法，就是用一手扼腕，腕子背后伸出一只手指按住手掌上的棍子，手背朝我。而我奇怪着，为什么那棍子贴在手掌上不落呢，他们就会笑个大半天。

现在我是给姜仰山伯父那一声"连儿"吓住了。声音来自我的背后。我的腿像钉在土地上似的。又听见一声："到这儿来！"我的两条腿就不由自主地走向那呼声的来处了。当时那低的呼声，使我的心激烈地跳动着，是那么机密的一种声音，不祥的声音呵！夜色很黑，只有磨坊窗户上所映的一团红辉，表示着屋里的坑火正燃烧着。然而这窗纸上的红辉，损害了星夜所特有的一种幽明，我望不见眼前的任何东西，那团红光已混乱了我的视野，我走到磨坊门口，岂知姜仰山伯父是立在隔壁的半间矮屋门口，那间矮屋整日是关闭着的，中心有一把大的生锈的铁锁。从前除了那把锁本身给我的注意外，我没有注意矮屋的本身。所以注意那锁，是因为它和我家里往日用的货仓锁一样。

"你二嫂在屋里没有！"黑暗中伸出一只大手扼住我。

"在屋里。"我说。

"你站在这里，别动呀！"姜仰山伯父俯在我肩上小声说，"若是你二嫂那边门响，你就小声咳嗽一下——你还是到门里来站着吧！"

我不知姜仰山伯父是在黑暗的仓屋深处做什么，只是害怕、恐怖、紧张。尤其是那屋子的深暗角落发出来的声音，无一不是极微而使人毛骨悚然的。

终于我小声招呼："大爷，我怕！"

然而听不见姜仰山伯父的声音。我就退缩开，反而转入屋里的深黑角落里来，我不知道为什么那时不跑开去，一种滚动的声音是那么迅捷地闪过我的脚旁，我不自主地招呼："大爷，我怕。"

"你招呼什么，那是耗子。有我在这儿怕什么！到门口去站着。"姜仰山伯父的声音是温柔而可爱的，我立刻被征服了。他说话的时候，用手抱着我的脖子。哪里有星光和苍蓝的天空，哪里就是门口，我正向前移步，就发觉一个黑影悄悄跑过去，幸而我听出那是大黄狗的脚步。到现在我才记得它卧伏在磨坊的纸窗下那种竖着耳朵望我的姿态。它的两眼发出绿色的火焰，不一会儿又突然起来，悄悄跑进仓屋里来了。只有它知道姜仰山伯父的秘密似的，它是十分不安，却一声也不吠。

等到姜仰山伯父提着一口袋玉蜀黍米出来，我就完全安心了。

"去吧！"姜仰山伯父小声对我说，"把这钥匙挂在你二嫂墙上，可别让她看见呀！"

我想我出现在姜学礼夫妻的寝室门口时候，脸色一定很苍白。我定止在门口前，完全定止地站在那儿，我是浸沉在恐怖当中。黑暗的仓屋、老鼠的迅捷脚步，以及姜仰山伯父的异乎常日的机密呼声和大黄狗的机警而放光的眼睛，给我的印象是太深刻而且太神秘了。这些都是我从前没曾有过的一种可怕的感觉。我的手里还紧紧握着一柄钥匙。我究竟是害怕姜学礼夫妻发觉这次可怕的事件，而停在门口等待他们注意我的眼色呢，还是觉得已经犯了大的罪恶而不敢进前呢？是很难说清楚的。总之我是定止地站在那儿，完全是一个待审的小囚徒一样。

"大兄弟呀！你怎么不声不响地站在那里呢！"姜学礼老婆立刻看出我的异样的神气了，她的眼睛有种惊异的光辉闪出来，"怎么的了，看见什么不干净的？"

"胡说。"姜学礼阻止了她。在她说第一句话的时候，他就抬头望着我。我进来之前，他是促着一膝，坐在炕上抽烟的。这时，他的那只促着的膝就垂在炕下来，说道："横竖是冻的，我说晚上你给他穿上棉袍，你就是不听——冷不冷！"

我摇摇头，我仿佛不会说话的哑巴一样地走进来。我是多么地笨拙呀：当姜学礼老婆问我手里握住什么东西的时候，我就把手藏在背后，我不知自己的脸色有着某种表情。可是立刻得到姜学礼夫妻的共同反应了。他们是那么吃惊地互相望了望，脸色立刻严重了。

"过来，我看看呀！"姜学礼放下烟袋说。

我远远地倒退开了一步，对着他，不说话。

姜学礼老婆就跳下炕来，笑着说："到底大兄弟是拿着什么呀！"可是她的眼睛没有笑，是那么吃惊而严重地向我躲在背后那只胳臂下部望着。我立刻把脊梁贴到墙壁上。就是把我的头打碎，我也靠住墙壁不让手臂露出来的，我自己也不知道为什么竟这么坚决地卫护着那个秘密。我准备用肩膀抵抗她。幸而姜学礼给了她一个申斥的眼色，她才垂手不动了。任凭他们问什么，我一句话也不说。任凭他们变换什么口音，任凭他们变换什么问题，我始终沉默着。最后他们彼此相告诫着说："咱们不用理他了。以后再不喜欢他了。让他就站在那里吧。到明天我就送他回去。"

"我要回去！"我立刻哭了。眼泪迷糊了我的眼睛。我是这样的伤心，我失去他们的欢心了。他们夫妻俩完全像是高丽人似的敌视我，我是受了怎样的欺负呀，强迫着让我献出我所不愿意献出的东西。我两肘贴墙埋着脸。尽管姜学礼夫妻怎样地说喜欢我，我也不转过身子，而且拖开我一步，我又挣脱了依旧伏着墙壁呜咽。我不知什么时候，姜学礼夫妻从我手里得到那柄仓屋钥匙了。我完全忘记它了。忘记我所卫护的秘密了。

但是我始终没说出交给我的那个人来。尽是悲伤地呜咽着。我听见他们夫妻猜测着，疑心是老关偷粮食，又疑心穷亲戚偷腊肉。但是却绝对没有疑心他们的父亲，实在姜学礼老婆前次面对着姜仰山伯父咒骂偷肉吃的人，无非是故意伤害他，故意使他气愤，心里可是一点也不怀疑他。她从来就不放弃虐待公公的机会，除了这样故意诬陷，她是不容易找到可以满足他俩泄愤的机会呀！而且不如此又怎样在亲戚面前建立损害她的公公的威信呢！公公和儿子、儿媳间的仇恨，是深深地存在着。

姜学礼老婆擎着灯，去仓屋检点东西了。姜学礼就问我："二哥喜欢你，是不是老关叫你拿的钥匙呀？"

"我要回家去。"这是我那晚上用来回答他们继续不断地问我的一句话。

实在我那时是想念我的母亲了，而且学校也快开学了。从前我完全忘记了的家庭种种又在脑子里复活了。母亲的寂静的给我制衣的面容，崔婆吃酒时的红色脸面，洛布达的衰老步态，每次当我外出克克跺着脚要追随我的叫喊声，煤炉的温暖，窗玻璃在夜晚所反映的灯光，是怎样地诱惑着我呀。

第十一章

一

农历二月三日,"龙抬头"的第二天,我在姜学礼背后抱着他的腰,共骑一匹马,回到城里来了。

洛布达在院门口摇尾欢迎着我,我是这样迫切地要见母亲的面容呀!跑进院子,离屋门口还有七八步路,我就高呼起来,还依稀地望见玻璃窗上突然现出克克向我欢呼的脸形。她的头发上还结着红绸制的花结,又听见崔婆说话的声音。这一切都是熟悉的。我只是招呼着母亲。听见父亲在他的休息室里高声说:"是连儿回来了呀!进来,我看看。"我也只"啊"了一声,还是向母亲的寝室门口跑。正在这时,母亲掀开门帏,向外走着,她的脸色同样激动而发着欢喜的光辉,她站住了,我就扑过去,不知为什么竟哭了。我是那么高兴而且欢欣地流着甜蜜的泪呀!

"哭什么,这孩子。"母亲俯着腰说,"抬起头来,我看看哪!"

我听见崔婆扬声说:"连哥儿可结实了呀!"

"结实了吗?"母亲望着我的眼睛说,"我可看不出来。"

在这之间又听见父亲召唤我的声音,姜学礼昂然地走进来了。又听见母亲向他说:"他还住得惯?怎么这样久才送回来呀!我真担心,学堂都开学个把月了。"又听见父亲说:"他大爷没进城来呀!"仿佛在匆匆地穿鞋,准备走出来。我那时只望着克克。她已经是五岁的女孩子了,肩膀贴在门口上欢快地望着我,她的手里抱着一个日本制的金发乌眼的洋娃娃,注意到我望它,就向我手上送。她的眼睛似乎说:"你抱一会儿,你看,我对你多好呀!"我摇了摇头。

"快擦干眼睛到你爸爸那去,让你爸爸看看,连儿是不是又长高了。"母亲俯在我肩上说。

父亲走出来了。浓须掩没了嘴唇,一边说:"我看看哪,连儿是长结实了吗?"显然这是他在屋子里听到的,一边又向崔婆说:"去给牲口喂把草呀!"

姜学礼先前是走进父亲的屋子里去,没有三分钟就又随在父亲身后走出来,手里还提着一柄高丽式的短鞭子,现在说:"我还到街上去打个转就回来。"

"就要吃午饭了呀!"崔婆说。

"知道呀!"

"你到哪去这么急?吃了饭再去还耽误了?"父亲说。他已经走到我跟前了,现在又给姜学礼把注意力牵扯过去了。那时候克克向我招手,我就从母亲掌握中挣脱了手,跟随她走进母亲的寝室里去。可见父亲在我的感情上是占着怎样的位置了。"妈在这里给你留了一箱子冻梨。"克克望着我说,"就在桌子底下,你看!"

我发现暖炕上一个在襁褓中的婴孩,正像从前克克在我最初的记忆中一样。我惊奇地跪坐在炕上,也没有脱鞋。

"妈从红旗河边的沙滩上拾来的孩子。"克克告诉我说。

"什么时候拾来的?"

"你走了不几天。还有那么些红鸡蛋,都是人家送来的。"

"我不信。"

"真的。"她提着那个洋娃娃也爬上暖炕来,"密嘉家里昨天拾了一匹小马,还用火给它烤呢!像洛布达那么高,那才小呢!我们去看看呀,在板缝里就能望见。"

我就跳下来，脸上作着欢笑，可是没有发出声来。我们彼此用眼睛警告着，一前一后悄悄地向外走。实在我们是太高兴了，高兴到故意做作着自娱。还没走到门口，我们就迅捷地闪避在门后，因为听见父亲走近门帏了。

"……不会再称半斤牛肉炒炒吗？"父亲说着走进来，突然改口问，"连儿呢！"

"连儿不是刚才进来了吗？"母亲随后走进来又说，"崔婆你看见他又跑出去了吗？"

我和克克就欢笑起来，制止不住地欢笑出声来了，而且突然跳出来，若不是母亲小声说："惊醒了小妹妹！"我们还会大声笑一阵子呢。我止住笑，望见克克用手遮住嘴，缩着颈子。那种忍笑的姿态，又诱惑着我禁不住要笑声爆发了。

父亲也完全给我们这欢快气息所感染而微笑了，说是："过来，我亲一亲。"

我就走过去。父亲在我脸上亲了一下，那胡须是极柔软的。我望见母亲注神地观察着父亲的笑容，极其欢喜似的。

"对爸爸说，你大爷疼你不疼你！"

"疼！"我自己也不知道为什么这么说。

"你没让你大爷进城来玩吗！"

"没有。"

"这孩子！告诉你什么你总记不住，我教你说的什么你都忘了！你看，你站也没有站相，直起腰来，听见没有！"

母亲就说："快脱下衣裳，换一换。在窝棚里住，他们也不给你换内衣，拿去洗一洗！你看看，衣袖都黑了。一住就是一个月，你也不叫你二哥送你回来，怎么住那么久？"

"还是昨晚上我说要回来，才送我回来的。"我说，"他们还要留我住呢！"

父亲幸福地叹息一声说:"赶快去换衣裳吧!"

我就连跑带跳地去找崔婆,嘴里连声喊着:"姥娘,姥娘!"崔婆带我到厨屋里去洗浴,从那两口后窗上我可以望见临街的大车门。那时密嘉提着一个酒瓶向车门走去。我喊着:"密嘉!"当时望见久别的这个小邻居,就顿然生出一种从未有的亲切感来,仿佛要使他知道我是回来了,及见他回头找寻招呼他的声音那种惊疑神气,才立刻想起我们是彼此仇视的,我就很迅捷地躲开窗户。一分钟之后,我又伏在窗上探望,密嘉已经走到大车门口了。

那时崔婆给我准备好水,并且关上门,坐在矮凳上了,一手拿着毛巾向我说:"快过来,等会子水凉了。"我脱得光光的站在浴盆当中。崔婆在给我洗浴的时候,问我:"你二嫂待你大爷好不好?"问话时还夹一句。"你好好地站直了呀!"

"不好。"我突然想起那晚上的恐怖,说,"姥娘!我告诉你一件事,你可别对谁说呀!"就附在崔婆耳朵上小声说:"我亲眼看见我大爷偷粮食呢!"离开她的耳朵又说:"你可别告诉谁呀!"我真不知道为什么当晚那么严重地替他卫护着秘密,而现在又这么轻易地向崔婆泄露了。从这里可以知道崔婆在我小小的心灵里,是有着怎样密切的爱的反应。对她,我是任何秘密都可以吐露的。

"你说这话可不得了呀!"崔婆吃惊地说,"你二哥和你二嫂知道不?"

"不知道。"

"可别乱说呀!你知道他们待你大哥不好,你大哥没有粮食吃呀!"

"那么我大爷怎么不向我们要呢!"

"你娘不喜欢你大哥,你不知道你大哥为什么过年不进城来叩头吗?你大爷是个硬汉子,你爹也是个好人,元旦节下还背着你娘给你二哥带去两袋子洋面,送给你大哥家过节的。"

"我怎么没有看见呢？"

"铺在大车的干草底下，你怎么会看见了。"

"我爸爸为什么不接他来住呀！我大爷不是爸爸的哥哥吗！"

"你还是小孩子呀，什么也不懂！好好地念书吧，等大了就明白啦！"

克克在门缝里叫道："哥哥！密嘉家的小马在院子里跳呢！刚才从板壁缝伸过手去还能摸到它的嘴巴，快出来呀！"

"来了。"我高声说，就催促崔婆快些给我擦干身子，没等擦干脚我就要穿衣裳，没等穿好裤子，我就要穿鞋。

"快来呀！"

"来了。"

崔婆喊着说："你自己去看吧！你哥哥还没穿好衣裳就来催魂似的叫。这就要吃饭了呀！"又喃喃着说："玩一会儿就又吵架……我没见到一个小马又有什么好看的……"

没有结胸前那排衣扣，我就跑到院心了。克克回脸欢叫着充满快活地跳着脚，正像一个五岁的孩子从墙缝里窥见稀奇物件那么欢心。望见我走出来，就又蹲下去，她是从最低一页板缝里窥视的。我跑过去，连着换了三个位置，还是望不见小马站立的位置。等我遵从克克的意旨，也蹲下来，准备侧头从膝盖上窥望的时候，克克埋怨地说："都跑进马棚里去了，叫你蹲下，你老是不听。"

我扬声说："我不喜欢看！"就又跑进屋里投到崔婆跟前去。她在我离开时，就叫道："扣也不结就跑了！连哥儿呀！……"她招呼到第三声就引起母亲的呼声来。

现在母亲说："你向外跑什么？要吃午饭了。"

本来我还想到院外的西墙根上去招呼于兆祥的，现在只有等待午餐以后再说了，并且母亲说兆祥已经上学去了，未见得在家。及至午餐过后我招呼了两声，兆祥就应声了。因为这天是礼拜日。我们是那么高声欢叫着，又匆匆地各自向街上跑，在街口我们碰面了。于兆祥穿着新的春季制服，说是学校的老师换了一些："你们四年级的级任是个刚从北京来的，才上课不久，还担任我们高级班的绘画。"

那天我们兴奋地谈着，又去找金锁儿，回来时已经晚十点了。睡着以前在我脑子里出现的，是高挺的白杨、宽广的体育场。

二

第二天到学校去，我高兴得像去赴一个盛会。金锁儿在我的左边，于兆祥在我的右边，他们完全给我的欢快的脸色感染了。我们一路谈着：作为四年级的教室，现在是让给我们了，于兆祥已经升入对面那排挂着高级班次标记的课室里去了。我们谈着白全野级任，金锁儿说他是北京大学刚毕业的学生，于兆祥就说他是慈幼院出身的孤儿，又说孤儿就是私孩子。他们在路上争执不休。并且我也在乡居的生活上吹牛，说是我骑在马上打过一次猎，他们听见这话，望我的眼光是怎样的羡慕呀！我自己也骄傲得仿佛一个将军，私心把他们当作我的卫兵。若是遇见高丽普通学校的学生，我相信他们真的会为了各显勇敢而保卫我呢！

一进校门，一听见前庭那两排白杨的飒飒声，我的胸口就充满了新鲜的春寒的气息。久别了呀！一切都是久别了呀！魏学文第一个跑过来欢迎我，许多同窗都向我露着好奇而欢欣的面容，围绕着我，喧闹不休。我又变成了一个顽皮孩子的核心。

一切都是久别了呀！当响亮的课铃声过后，教室里是这么突然的寂静下来。我望见玻璃窗外的篱笆和半块天空，而且又听见白杨树巅传来的喜鹊声，这就是我的学校生活最重要的一部分，孕育着我的童年灵魂的一部分，我是这么亲切地感受着。若是我在乡间曾想念起学校，那么就是想念着这些同窗们的喧闹和骤然而来的寂静；若是我在屯落曾怀恋过学校，那么就是怀恋着正厅背后的操场以及操场上的阳光和厅荫……

然而当我一坐下去的时候，我内心里波动的一切又全寂灭了。我想起崔婆说过晚上有一顿韭菜馅儿饺子吃。二月里百草都没出土的日子，能吃到暖室养的新鲜韭菜，是多么诱惑胃口的美味呀！

当白全野进来时，我正翻阅金锁儿新书里面的插图，我们还小声说着话。听见班长蔡南冠的呼声，我才吃惊地随众起立敬礼，我必须说，白全野老师向我注目的眼光使我不安。这是我从来没有受到过的一种眼光。假若他像马亚明老师那么上齿咬着下唇，我敢说，我是安然的；假若是像郎荣光老师那么严肃的用眼睛威胁我，我也会处之坦然的；就是向我招呼："姜步畏，又是你。"至多我也是和别的同窗一样地笑笑，我已说过，那句话在我听来已经是"安静"两字的代词。然而白全野老师的眼光是一点恶意也没有，平静得使我感到一阵波动的不安，而且他的面容是那么出乎我意料的柔和，一个喜欢幽静的人的面容。日后，我们熟悉了，我也没听见过他一次大笑，而且他从来也不发怒，说话声音始终是低低的，而且每句话都是深入肺腑的，使听的人历久不倦。

这天他穿着黑呢大衣，阔肩型的，那上还有一条腰带子。他的头发没有涂油，却有一种自然而整洁的风韵。脸色苍白，举止文雅。

"你叫什么名字？"这是他问我的第一句话。

"姜步畏。"我站起来回答着。四年的学校生活，这是教师第一次在教室里注意问我呀！我的胸口怦怦跳着，不知为什么发音那么低，连我自己也听不清楚，以致白全野走到我身前了，当时我还不自主地歪了歪头。这是我的习惯，每次教师走近我，他们的手上都是提着戒尺，而且和问话的声音同时，在我肩上拍一下的。仿佛我的肩膀是个案角，而且那么有力地击一下也不算责罚。

我永远不忘的微笑，在白全野嘴唇上出现了。他的微笑里有说不出的一种优美，而且我从他的眼睛里，发现我自己是得到他的欢心了。

我的脑子忽然有电光一闪,我知道这柔和的两道眼光是怎样的珍贵,而且使我完全偶然地生出一种自尊心来。有一种声音,发自我的内心,那就是:"我要做个好学生。"同时我觉得课室里所有的眼光,都集中在我身上了。白全野问我:"为什么开学这样久了才来?"问我所去的乡下离城多远:"是不是有许多森林和野兽?"

"有。"我说,"一到半夜就听见狼嗥声和成群奔跑的狍子了。"

我并没有说错了什么,然而整个教室发出一种哄笑。从那哄笑声中,可以听出他们是等待好久而且准备多时了。读者可以知道平日我在同窗们眼中是处在怎样一个顽劣的地位,若是真的在平日我听见这种笑,一点反应也不会有的,然而现在我觉着这对我精神上是个大的损害,我不只是听出他们内心对我的蔑视,而且意识到白全野老师会给这哄笑所感染而对我换上另一种看法了。

白全野环顾着,他的神色是怀疑的,他不知道这哄笑的原因,还以为有谁在恶作剧。两分钟之后,整个教室又肃然无声了,白全野就说:"姜步畏,把书讲一遍,大点声——第十四课。"说话时望着他的教科书,脸上现出的神气是说:"刚才是闲谈,现在可正式上课了。"

我自己在晕迷的状态中,我是过分地兴奋了呀!我不知道讲的是些什么,讲完了就准备受申斥地低下头来。

然而我听见白全野老师的低低声音说:"讲得不错呀!很聪明。"

我是怎样的感激呀!他把这个幸福的字句加在我的头上了,而且我真的惊奇起自己的智力来。当时我想,原来我和蔡南冠一样呀!很聪明呀!

若是当时问白全野是不是果真以为我是有着可贵的智慧的话,我想,他也不一定说得这么肯定的。他是知道一句很普通的话在一个长久被侮蔑的学生的小小灵魂上起着怎样的作用,小学生们是这样珍贵着他们所敬仰的教师的言语呀!我相信若是他现在还活在世上,有机会听见我的叙述,他一定很吃惊,而且或许根本忘记他当时确是说了些什么。

　　不用说，我在全级的地位突然提高了。一下课就有许多平日不相投的同窗围绕着我，问我是不是寒假在家里读过那一课。我的内心里也充满了骄傲和自信。

　　从这以后我的幼小的灵魂和白杨告别了，和玻璃窗外的蓝色的天空告别了，和春暖时候的蜜蜂的嗡鸣以及篱笆上的茑萝告别了。夏日也就和瞌睡告别了。

　　尤其是当白全野老师的绘画那一课的时候，我开始用脑子了，十年来第一次真的用脑子了。我回想着种种景致，三次两次地换底稿、调色彩，主要地是在取悦他，只要他说"不错"，我就觉着幸福了，那一天我的生活也就充满了愉快。而且时常找机会到他的寝室里去。从前只有蔡南冠是有这个光荣的，现在我代替了他，而且只要有时间我就跑进白全野的寝室里去了，尤其是星期天，我还有跟随白全野到城郊去写生的机会。我在入学的第一天就和金锁儿的过去的友谊告别了，他已不在我的眼中占据着有价值的位置了。我以能插进那些满族子弟之间的小组交游为荣耀。因为那些满族子弟，说话带着重浊土音的小学生，多半是优秀生，他们是一向蔑视移民子弟的，虽然他们的穿戴朴素，不及那些榜尾生的衣装华丽。

　　白全野的寝室兼着书室，一进门口，面前就给四脚画架上的画板阻住了。他的房间，凌乱不堪，洗脸盆在地下，洗脸架上放着大的洗笔筒。两块毛巾，一块是洁白的，一块沾涂着各色颜料。就着挂图底下的两个钉子，并排挂在墙上。然而白全野的衣装，总是整洁的，一丝不染，反之床上的被褥有时并不折叠。然而不管他的床底下是有多少破皮鞋，不管他的墙上挂着在我当时认为怎样可羞的油画（姣美少妇竟赤裸着全身），我依然是尊敬他的。他已经夺得了我的心灵，我在他值日的日子，从来走路不跳一步，说话不带怪叫，我是那么谨慎，处处想讨他的好。然而一回家，我就又得到解放了。

三

随之失败而来的是成功,然而幸福之后,常常摆脱不开悲哀的追击。

在我得到白全野老师的赏识的第一天,不用说,我把这狂欢带到了我的家庭里去。我的身子是轻得一片树叶那样,不是跳进门口,而是飘进去的。我是那么忙,连母亲的说话也没有听清楚,向崔婆抛过去书包,我就又跳出门口,因为在进院门的时候,我就听见东板壁外有高丽人谈论什么。那是密嘉的父亲朴斗寅的院落,而且我的敏感的耳朵听出一种小蹄子在地上跳跃的动静。

"没有到哪去!"我高声回答着母亲,"就在院子里。"

一分钟之后,我就悄悄走近板壁,为的是怕密嘉有所警觉而故意来阻止我的视线。若是他知道我向他的院落偷窥或许他就会从板缝里伸出草棍来刺我,也或许针对着我的眼睛偷偷吐一口唾沫,这是我们之间常有的现象。

我的两手伏地,不如此是找不到一个容我窥望的孔隙的。我的眼前出现了一块草绿色的东西,等我挪移着视线,这才望清楚,原来朴斗寅正背靠板壁站着,我望见的是他脚下的纱袜。他穿着日本式的胶鞋,扎了一幅白腿带儿,只在靠近他的脚背处,现出一只小马的腿来。那腿细致而小巧,毛色洁白,又像柔软的鹅绒。我渴望着摸摸,谁见了这么柔美的毛色不想用手去摸摸呢!

"你在这做什么?一个野孩子似的,那是什么下贱相!"父亲站在我面前说。

我不知道为什么父亲没有揪我的耳朵。父亲的气质完全变了,由于年龄的增高以及整日的悠闲,已经是不易发怒的了,嘴唇上常常有嗜酒而养尊处优的老年人所有的笑容。牛庄酒已经是父亲佐餐的胜品了。父亲的面色也改成红润的,而且身体肥硕,完全是一个健康老人的肥硕,并不显得臃肿怠惰。这是我现在才注意到的,也许去年冬天,父亲的体态已经起着变化了，我整天看见而却没意识到。许多人都是在久别重逢后才能更清楚地发现亲人体态上久已进行着的某种变化的，而我初见反而没有注意到，却在现在注意到了。我站起来，俯着脸，擦着自己手上的尘土。

"你的手绢呢？"

"姥娘洗去了。"

"哪！把我这块给你，可别丢了呀！"父亲说。

我走过去接的时候，完全意外的，父亲不即刻把手绢给我，反而让我伸出手来，他亲自给我揩干净后才交给我。给我擦手的时候说是："你入学这么迟，老师没有责备你？"

"没有。"我说，"我们学校来了个好老师，从北京来的。"

"什么叫好老师，不读'四书五经'哪里会有好老师。今年毕业了，爸爸给你在山东请个好老师上来，你要欢喜读书，好老师有很多。"

若是说这话的是母亲，我一定替白全野辩护，我一定让爱我的人也敬重我所仰慕的人，然而这是父亲说的，我就没有作声。因为父亲给我的印象也是崇高不可及的，而且一向就嘲笑新派说："什么大狗叫小狗叫的，这叫书！"长久了，我也蔑视自己所读的课本了，况且从前我在学校里也是受蔑视的，自然和蔑视课本有着互为因果的作用。可是现在我心里不平，不过只是因为白全野也在父亲的蔑视之内而已。以致父亲重新问我："给你在山东请个先生来，好不好？"我就说："好。"实在是因为父亲刚才没责罚我而取悦他，当时根本没有理解父亲所说那话的意义。

母亲这时也走出来了。

父亲说："吃完饭再种不好吗！"

母亲说："趁着有太阳种下去就算了，吃完饭种，还得点着灯浇水！"

这是指着种黄瓜说的，原来姜学礼带下来半两瓜种，母亲在窗下搭了个架子，说是不但黄瓜蔓可以爬着向上伸长遮阴凉，而且还能早日吃到新鲜菜："夏日在瓜棚底下坐坐什么的也舒服。"父亲现在任何家务都不插嘴了，只似讥笑非讥笑地说："你还要在冬天种麦子呢？"母亲可不管，说是："反正有很多瓜种，自己也用不了这许多，种上试试，若是冻死了，再等清明节种第二遍。"这是姜学礼昨天还在午餐座上说的话，并且临走他还帮忙和崔婆搭完瓜架子。不想今天我在学校的大半天工夫，母亲寝室的窗下居然刨了丈方那么大的一块土，而且土块都用手捻碎了。

父亲望见母亲和崔婆忙碌的样子又说："你们是胡忙乱忙呀！还没有打春雷，天气也没有变，你们就种起菜来了，这可不是人的力量能顶横的。"又对我说："若是你妈当了女皇，我看连天都能翻过来给咱们看看。"

母亲就笑着说："天可不能，天上有老佛爷。可是三月里叫它长庄稼可不算稀奇，怎么海南家冬天麦苗埋在雪里，还冻不死哪！不是一样的长？"

"怎么会一样。"父亲说，"海南的地气不同呀！谁见过海南的三月有穿皮袍子的？在这里你晚上穿着夹衣裳看看？"

崔婆只是沉默着，偶尔也望着父亲笑一笑，不过一点意见都没有。既看不出她是赞同父亲，又看不出来她是赞同母亲。现在她才说："在咱海南家里可是过了谷雨节才种庄稼。"

在这谈话当中，我一直站在父亲身旁。我是巴望着一个机会，再能够伏在板缝上望望密嘉院子里的小马，并且向克克努嘴。她是伏在窗玻璃上的，我望见她的明朗的眼睛，她立刻懂得我的意思了，面影从玻璃背后消逝，一会儿她现身在门口，又悄悄从母亲背后溜到父亲背后，我用身子掩遮着她。

"在院子里呢！"五分钟后，我听见她在背后向我小声招呼。

不想母亲在那时让我进屋去取水瓢。等我回到院心，克克已经投在母亲怀里喃喃着:"我饿了,妈……妈……我要吃冻梨。"

"吃梨叫你哥哥给你拿。"父亲站在院心说,"过去吧!"

"进屋可别惊醒你小妹妹呀!"母亲说。

有梨吃,我们就什么都忘了。屋里只有我们两个人。我把一盆冷水端在桌子底下,向里投着冻梨。克克蹲在盆前观望着,小声说:"有把儿的那两个是我的。"把冻梨泡在冷水里之后,只等着梨里的冰向外"表",我们又回到院子里去,不过已经忘记邻院子的小马了。

第二天早晨于兆祥和金锁儿来约我上学,当我们走出门口,我突然想起它来,并且悄悄把这消息告诉了他们,又领着他们俩到板壁底页去探望。首先是我望见的,那是匹纯黑的马驹,毛鬈曲着,两只蹄子是白的,伸出马厩门外来。它的眼光机警、敏捷、活泼,挺立着侦听什么,又随时会跳开去似的担心。金锁儿低声催促我让位给他窥探,我就摇手示意,怕它吃惊,我相信它即刻会跳到院心来,果然它全不听母马的低唤而跳出来了。我让位给金锁儿并小声嘱咐他不要作响。第三个该轮流到于兆祥了,金锁儿却向它发出低声的马鸣,我清楚地听见一阵小鹿似的逃奔声,一切又寂然了。

于兆祥露出抱怨的眼色,还想伏着身子等待,只听见崔婆大声说:"呵呀!你们还没走呀……"

我们就像受惊的山羊一样欢笑着跳出院子。这天的天气,温暖如春,只是天空缺少燕子,墙脚下也没有青草。可是气息是柔和的。晚上放学,我的唯一的念头是一到家门口就脱掉制服里的羊毛衣,我自己觉得脸上热烘烘的,不时用手去试验,同窗们的脸色多数都是红润的,现着玫瑰色。确实快到挖小姑菜的日子了。商店里的店员大半都收藏起三耳皮帽,换上瓜皮帽了。

一进大门口,我就向后院跑去。我穿过前面天井,那里静悄悄的不见一个人。我是怎样的欢跃呀!当我在第二进车门口发现密嘉家那匹纯黑色的小马驹子在那儿惊惶地探索某种声音的时候,也许它还找不到声音的来向,也许它的眼力还不及我的跳跃迅捷。它的颈背和前额结着红绸的布条儿,一个上午,我已经忘记了它,现在是出乎我意外地遇见一个最亲切的小朋友那么向它跳过去。我是曾经渴望着要摸摸它的软柔的蹄毛的,现在我要拥抱它了,那瞬间,它是吃惊了,按理该拔腿飞跑,可是它的四蹄钉在那里似的。只是膝盖弯曲了一下,扭着优美的小颈,作出欲跑不得的姿势。而且同时臀部后陷,我清楚地望见它的腋下肌肉的颤抖,它是过度地惊恐了呀!驯顺地让我把脖子抱住,我进而把它的整个的身子抱到胸前,然而又是那么沉重,现在才觉出的沉重。到底给我抱起来了,它的两只后腿还拖着地。我自己也不知道自己要做什么,只是用脸贴了贴它的前额。我又放下来,还想把它抱到我家的院子里去。我放得很轻,然而它的四腿蜷伏着,卧在那儿不动了。只是两只玲珑的大眼睛,露着吃惊的光芒,我还蹲在它的头前,轻轻摸着它的柔美的嘴巴。两分钟之后,我才发现它扬着脖颈挣扎着想站起来,又是怎样的困难。起初我还帮助它,可是我一动手,它反而稳卧不动了。末后就是扶起它的前半截身子,它的两只后腿还是蹲坐式地固定在原位上。

我立刻恐惧了,仿佛惹了巨大的灾祸。四围依然是静悄悄的,一个人也没有。我望见它鼻孔的不正常的喘吁,还在倾倒中挣扎,就悄悄地逃到自己的院子,书包也没有卸下来,匆匆关了院门,我的心跳得那么厉害,背靠着院门站立了许久,想听听外面的动静。现在我最担心的是怕有人发现我曾经从它身旁路过了。

"到哪去玩过?"母亲在我一进门就问,"怎样额上那么些汗也不知道擦擦。"

母亲是到父亲日常睡午觉的客室里去的,我也就跟过去。我还听见有客人说话声,可是没有听出那是朴斗寅的口音,读者可以想象到当时我的脸色为什么苍白起来。

我没有听明白朴斗寅对我说些什么,只望见他的笑容。朴斗寅给父亲建议改种稻田。当时父亲还在兴奋地说着,没有注意我。然而崔婆偷偷把我召唤出去,说是锅里给我留的年糕,那是朴斗寅家里办喜事送的,说是还给小马挂了彩。

我摇了摇头,就走进母亲的寝室里去,在临北窗的炕上放下了书包,我是担心朴斗寅发现小马的挫伤而忽然招呼我。

克克跳下炕来迎接我,我也不去注意。崔婆问我是不是感冒了,我也不说。我站在那里,什么也漠不关心,只是觉得心口跳。听见父亲说:"旱地也没有见到多少租,改了稻田种粳米也好。"

"旱地是不能改的。不管怎么说,我们每年夏天还能有几天吃到新鲜的苞米棒子。再说,旱地改了水田,你让那些老地户到哪里去?若是他们愿意开荒,把荒地改水田,那么就招收他们,反正荒着也是荒着,愿意改什么就改什么。我们也吃不惯粳米。若是你等几天下屯去呢?就对金秉湖说,去年的租只送下来一点点,我可是今年年底预备去一趟,让他给我预备两间房子。"

"好呀!"朴斗寅的声音,"女财东放心,管保我给你传到。实在我们高丽的庄稼人够苦了,整年锄地都须向外批豆子,一到秋天收账的逼上门了呀!"

"可不能这么说。"母亲的声音,"我问你,是地租重要呀,还是借的债吃紧?得先让人家地东收了租呀!那是在我的地里长的庄稼,外人谁敢说先收账,说得好听,地户不管在谁手里向外批的豆子,我若是不看你朴某人的面子,我谁也不叫他们到我的地户家里去动动粮食。"

朴斗寅的声音:"去年我经手放给金秉湖的账,可是没有背着女财东去私下里收呀!当时我可说明白的,你家宽裕,我……"

"朴盖快别说了吧!"母亲的声音,"你把他们一年所收的粮食,都讨来了。到了春天种地的时候,他们来向地东借吃粮,你可不作声了,单等夏天批豆子,你当我还不知道!"

朴斗寅响亮地笑了。一个狡黠的人,给人当面把奸谋揭穿之后,是有这种笑的。之后又说:"好了,口信我管保带到。至于改水田的问题,我还是等财东的回信。"又小声说:"财东们不知道,那些人真苦呀!他们刚从我们本国咸北境来,有一些我介绍到龙井村去了,有一些我介绍给荆太仪会办的窝棚里去了。留下来的,都是勤的,顶好、顶规矩的庄稼人。你家想,好吃懒做的,我还会介绍给老会办?"

"好了。好了。就这样……再商量吧!"

母亲走进来,自语着说:"还商量?也不知道还有什么商量的,那小鬼……"

我是完完全全放心了,朴斗寅没有提到我一个字。然而我始终觉着我刚才是惹了祸,时时想知道那小马驹是不是我走后就爬起来了,可又不敢出去,怕移祸到自己身上。

四

当天就听见崔婆说朴盖家的小马驹用人抬回去了。我这次保守着自己的秘密,谁也没有露一点口风。母亲当时还惊奇着问,为什么小马跑到车门口,朴盖家里的人也不知道?邻舍家的不幸,母亲也为之难过。我装作一点也不关心似的,但是她们每一句话,都是深深地捶击着我,仿佛铁锤锤到铁座上似的,若是我的心灵是金属物,那么一定每一句话,都会发出久久反响着的被锤击的回声。虽然她们只是为着发泄谈欲而找来的话题。我是十分虔诚地默祷着它那小小生命的安全,然而又一直躲在屋里,害怕走出门口会听见隔邻的任何关于小马的惊叹,而且又阻止着母亲:"不要老是说话了,人家怪饿的。"实在我怕听在我耳前谈它的任何语句。我相信,只有一个谋杀者面对着谈被害人的情形,才有这种不安的又想避讳的心情。

第二天放学我才不避嫌疑地伏在壁底的缝里重新向邻院探看,然而院子里没有什么,只望见一垛干稻草的一角和马厩门口之间的一条空地。有一只母鸡、两三只麻雀在那空虚的走道上站立着,它们的耳朵是敏感的,听见我的呼吸了吗?都仰着小小的头部在空气里侦听什么。我不久听见一种母马刨蹄子的声音,并且发出亲切的低唤:"唊儿……唊儿。"声音和我最初听见的一样,然而现在我听来仿佛是悲怆而寂寞。恐怕这是只有我才能感受到的,只有伤害了爱子的人才有这种感受。然而我自慰着,也许两三天以后,它会重新健康了。然而是不是已经死了呢?我急切地想知道,又想听见人说:"它完全好了。"

当我在门口听见密嘉在他的院子里吹口哨的当儿,我是那么迅捷地跑到板壁前,向板壁裂缝叫道:"密嘉,安妮亢盖马力,病大利益索?"我忘记了我们之间过去的仇恨,忘记了我们一向是不相招呼的,我忘记了过去的一切。

密嘉最初吃惊地望着板壁,一手插入裤带里,一手提了一个打鸟的弹弓。终于他确定是我的呼声了。他走近来,而且发现我的眼睛,就迅捷地蹲下来。

"安妮亢盖马力?"密嘉问,"某斯格?安妮亢盖马力?"我说第三遍,他听懂了。于是说:"死了。"说时耸肩缩颈,闭着眼,伸出舌头,作出死的姿势。他并不怀疑自己的中国语言,不是为了辅助语言而作态,他完全是自娱而娱人的那么作态。

我小小的灵魂开始负着一块罪恶的黑影了。我自问并没有存心损害它,反之我是那么喜爱它,然而它却因为我的拥抱而卧倒而死亡。倘若它是一块石头或是一株小树,我若打碎它、折毁它,一点不会难过的,然而那是一个降临世界才三天的小小的宝贵的生命呀!从那以后,我逐渐因忧郁而沉静了。不再是从前的贪玩的姜步畏了,这也说明为什么我在学校里潜心在书本上的另一个原因。而且友谊上逐渐和金锁儿辈疏远了。

那天黄昏,我听见密嘉的召唤声就跑出母亲的寝室。只答应一声,板壁上空就飞过来一个半红的元山苹果。这是密嘉的馈赠。我们从此开始了友情的来往。直到我们在县立高等小学同学了，一直就没有疏远过。由于这个新获得的友谊，那些天我的精神稍微有所慰藉了，最初我曾经时常给夭亡的小马驹子的幻影折磨过。我的家庭和许多中国的古老家庭的习俗一样的，尊崇着佛教。尤其是母亲，每逢初一、十五必定斋戒，而我自幼所受的崇奉神鬼的熏染，当时在我幼小的灵魂上立刻起着深刻的反应了。我曾经想到小马驹的阴魂在阎罗王前的控告，据中国的轮回说的教宗的意思，畜类也是人脱胎的，由于他前世的不可饶恕的罪孽。并且我自拟着答词为我自身辩护，我仿佛是在幻界里站立在阎罗王面前，说我是怀着怎么的喜爱才去拥抱它的。那时候，母亲发现了我常注目空中沉思，那几个晚上临睡前，母亲必定擎灯照照我，并说："你想什么？怎么还不睡？明天早晨好早些起来上学。"她担心地几次追问，"是不是这几天身上不舒服？"

我始终是保持着这个秘密，任谁也没有透露。和这同时在我脑子里出现的，又有姜仰山伯伯的幻象。他的神秘性的招呼，深入仓屋黑暗处的阔大的背影，老鼠的迅捷奔逃声，大黄狗的竖耳走动的警惕不安的神气……给我的印象是这么的深刻。我时常自问："是不是我走后，他们发现姜仰山伯伯那晚上盗米而打架呢？"

父亲的骆驼河子的窝棚，是怎样可怕又可喜的另一个世界呀！私庆自己幸而住在城市里，又羡慕着屯落的辽阔无际的山野。我是有着自己的许多幻想世界了。

等到那匹黑色小马驹给我的忧郁淡下去了，我就觉得在自己家庭的幸福了。我的父亲对我一天比一天慈爱，而且绝口不提回山东的意思了，只是常常怀念着姜仰山伯父。我的母亲现在是主持家务和地产的中年妇人了，整日听见她的爽朗的发自内心的笑声。尤其是发现种的瓜子，芽没露土就完全冻枯了的时候，她笑得那么响亮，且自责着："我还当是靠墙根的地，隔墙就是暖炕，哪会冻得瓜苗露不出土就死了！"

"你的能耐不是大吗？"父亲就笑着质问，"我当是你种的，腊月的种子也能吐芽呢！"

不管怎样，父亲和母亲总算和睦了。这年春天家庭最大的变动，就是崔婆的离开。若不是为了母亲的生产，她在去年秋天就回渤海南岸的故乡了。她那被损害的灵魂，已经由于年龄，由于最近几年的温暖的饱食嗜饮的生活完全补养好了。一个年迈的老人，到了这个时候，需要享受，最大的享受是子孙围绕着喧闹的那种天伦乐趣了。她时常怀念着实榴的初生子喜子。临走的前两天，还走了几家商店，为了给喜子置买一顶帽子，作为祖母的赠物。结果没有一个中意的帽子可买，而且她又不知道喜子的头是大是小，又怕戴上不合适，这是她最大的忧虑。到底母亲让她在我所戴过的旧帽子里挑选了一顶，才重新愉快起来。过后，母亲说她当时还想讨双鞋，可是她推脱了。母亲虽治家严谨，可并不看重一双穿旧的鞋子，所以推脱，因为母亲忌讳自己儿子贴身用过的物件，给外人踏在脚底下。"若是你秋天走，该多好，还容易多找几个伴儿。"母亲在崔婆离家的前夕，又觉得难舍。从前偶尔发现崔婆喝酒的时候，又觉得她早一天离开跟前，早一天省心。可是临到要分别时，突然又难过了。到底是一块乡土生长的人，而且在母亲忧郁不欢的那些年月，她是从这位自己娘家的亲族身上得到许多珍贵的宽慰的，又说："那时候，这个小的也长大了，会认人了。连儿和克克还会忘了是你侍奉起来的？"

崔婆就说："若是退回两年去，你用鞭子赶我出去，我也不动呀！"她的眼睫间含着泪，为母亲的话所感动了，可是还装作愉快的笑容说："连儿是不会忘了我这个孤寡老婆子的，是不是？"接着又幸福地叹息着："……如今赶回去，麦季还能帮着他们两口子忙忙庄稼……"用手背擦眼睛的姿势仿佛眼睫毛间吹进灰尘似的。

"连儿，"母亲说，"你姥娘要回去了，你心里舍得她走，不让她留下？"

我就双手叠在下颏下，我是睡在自己的暖炕上的，现在伏着身子了。就说，"姥娘不要走了。"实在我的心神恍惚，说话时我想着明天发试题卷子了，又有绘图的课，那是我每星期最感趣味的一小时，所以说话时口不应心。而且我现在的世界更宽阔了，一天一天觉着崔婆和我距离远了，正像我所舍弃的幼时爱友洛布达一样。若是崔婆三年前要走，或许我会大声哭着不肯舍，就是母亲威胁，也会抱着她两腿不放开。时间是可怕的分散着人们的亲友。

当时崔婆说："姥娘回家等着你哪！等你回海南成亲时，我给你主持喜事，那时可别把酒肉仓门的钥匙交给别人呀！"

母亲就愉快地笑了："那还得十年八年的呢！"

"在咱家哪有这么晚娶亲的，再待五六年就中了呀！真的，我还想给连哥儿保个媒呢！我们庄上举人家的孙女儿不知道有主了没有，比连哥儿八成大三四岁吧！我离家的那年听说就会叫爹了。若是……"

"那还远着呢，我是不打算给他很小就订了的，我也不想落孩子的埋怨，那是他一辈子的事情，等他大了自己相吧！反正关外是时兴这样风气，姑娘没过门就能和女婿家来往。"

不久我就睡着了，那晚上仿佛她们俩没有睡，一直静静的，如深夜人们谈天所有的那种不高的声音，思前想后地谈论不休。次日，我起得很早，和崔婆一起出门的。父亲那天也例外地早起了。那时鸡才叫三遍，院子里的一切景物很清楚，然而气息间有种晴日才有的温煦的预兆，黎明的阳光还没有透露丝毫呢！崔婆的随身东西前晚就带到大车店里去了，约好黎明在临街的车门口等车。那是些长途运货的四轮马车，常月来往延吉、珲春之间，当时吉敦铁路还没有延展到图们的计划呢！而且朝鲜庆源府通咸北境钟山的公路也没修竣。来往渤海南北的人们有的就搭这种长途货车去延吉，从营口出海。

母亲送着崔婆，路过临窗的瓜棚还说："表婶，你看看你种的瓜都爬蔓了，眼看要开花啦！你就不想再等些日子吃了瓜再走？"

崔婆说:"连儿吃瓜的时候,不忘了我,就是我念佛修的了。"又说:"你不用送了,这滋味怪叫人难受的,还不知道货车什么时候走过来呢!"又小声说:"连儿他爹想家呢!我看过几年收拾收拾家产回海南吧!不管这里怎样享福,到底是海外——我可是生来的穷命,就想那块黄土地呢!"

这天父亲起得很早,却没有出来,只送到院门口,说了声:"若是你在家里儿媳子还给你气受,再上来吧!"仿佛只是为了这句话才起得这么早似的。

五

在车门口,崔婆捧着我的脸说:"姥娘再看看连儿的脸!"她的眼睫毛有泪滴了,又笑着向母亲说:"连儿若是回去,他亲姥爷看见不喜欢的什么似的。"

母亲以前是久久沉思着,现在说:"我不愿意听提到他的话,我也没有娘家……若是娘家门上有一个人亲我,还不会在这块二三月不见一根绿草的关东山过日子呢!你临走,我还不给他们带点稀罕东西去?可是……让他们等着去吧!"

"老的终归是老的。连儿他娘,你就记恨在心里一辈子,他们当初还不是为了这边的门户好……一时糊涂,贪图这边的富贵日子!"

"车来了。"母亲突然扬脸侦听着,街的东端果然有一串长途车轰轰然行驶而来的响声。那时街道还是寂无行人的,听来格外的震耳。时间越是急促,事情也就越发多了。崔婆突然想起我的衣服,那是前两天洗后晒干收在炕橱底下的,这时交代给母亲,还说给克克做的袜子也放在那衣裳的一沓里。母亲也突然想起昨夜给崔婆预备的鸡蛋,还在壁橱的盆子里。

当我跑回去找到那些煮熟的鸡蛋时,父亲还在他的客室里问我:"找什么?"我在匆忙中竟找不到装鸡蛋的器具,到底还是用了父亲送给我的那块白手绢把鸡蛋包起来，提到手里了。

崔婆已经坐到装满豆饼的四轮运货车上，那车的前前后后全是拉载的车辆，因而声音很喧闹。车夫递给她的时候，她正在检点自己的行李，以致我说的话她都没听见，把我的手绢也带走了。

那时我和母亲站在大门口目送她，那辆货车离开二三十步远了，还望见她向母亲扬手。母亲小声说着："知道了呀！"我也不知道母亲所说的意义，仿佛是意识到崔婆之扬手完全为了外面天气凉，让母亲早些进院子，不必站在那里目送似的。可是直到最后一辆货车闪过去了，母亲依然站在那里，在那重新寂静下来的气息间，望见了渤海南岸的景象似的，直到我说："妈，都走完了呀！还看什么？"母亲才正面说："你上学去吧！"神色似乎还没有清醒过来，幻想着什么。似乎那些长途货车载走了母亲的魂灵一样。

足足有三四天，父亲和母亲又各自沉思着，不如往日愉快了。同时，崔婆走后才显出她是怎样的使人怀恋。从前，我放学回来，不管什么，只要向炕上一掷，崔婆就会收藏起来，有条有理的。从来我就不经心自己的东西，用时只问崔婆一声她就会找出来了。她的记忆力是稀有的健康，以致养成我的直到现在还是随手丢随手忘的习惯。而且这年夏天降临，母亲没有能够及时地改装铁纱的门窗，因而厨房里一直有几只苍蝇，没能驱赶干净。母亲唯一的精力，全注意到经营两个窝棚的产业上去了，并且预备着秋收，亲身去屯落视察地亩，顺便收租。

第二部　少年

第一章　初识宝莉

一

一九二七年秋天，我跟随母亲到屯子去分粮，在那儿一直住到冬初，同去的还有两个妹妹。那时候，我还在县城小学里读书。因为暑假中生了一场病，误了开学期，就不得不休息半年，这就给了我离开城市，第一次到黑顶子山区乡居的机会。

父亲的窝棚是在俄罗斯沙皇时代割据的海参崴和朝鲜的军粮城之间的三角地带，距离珲春县城足有九十华里路程，坐高丽牛车，得在半路宿一宵，所以大盘岭有两个小店，随便你第二天起早爬岭还是当夜过去，在山前山后都有住宿的地方。

北方的秋天，霜很大，九月间，硬实的树叶就在路上给风吹得飞滚。无论白桦树、白杨都脱光了，它们的落叶一片一片叠落在地上，只有作为橡树幼林的"菠藜蓊子"枯叶，在路上随风飞滚时，发出喊喊喳喳的声音，等你拾到手里，叶子干枯得立刻会裂开来。它们是那么焦脆，完全失去了生机。榛树丛、狼尾草、猫爪子什么的，也全凋萎不堪。只见满山一片秃林、白草，又加阵阵秋风，时时冲击着车棚，我们局促地坐在牛车上，越觉瑟缩、困顿，因为本来就被这辆长途农车颠得倦怠了。

高丽牛车的两个大车轮高过车棚子，一路上，车轴又尽自吱吱悠悠地尖叫着，那是多么单调而凄楚的声音呀！坐在车上的人，静静地，一点兴致也没有。母亲是那种最能谈天的小城市家庭妇女，在县城里时，只要走进我们住的院子，就能听见她的高亢话声和响亮的笑声，那完全是气势健壮的声音。有时我们放学回来，发觉家里悄然无声，就到隔墙大院的油房去找，在那里老远就听见她那爽朗的谈话声了。现在她也默然无话，仿佛在想很渺茫无际的什么心事。

"妈，还有多远？"

"快到了——你看你的鼻子，全是灰。"

起先，我还望着两只牛犄角出神，那两只牛角慢慢地粗大起来，一点一点形成两座高塔。它的周围是灰蒙蒙的尘雾。我仿佛是傍晚放夜学走错路了，站在两座高塔前，迷蒙蒙地觉得有人暗中追我，于是跑入塔旁一座大庙前去躲藏。一个黄脸袈裟和尚，口中发出吱吱的声音。我怕极了，立刻掉头就跑，直跑到大门，站住脚儿，喘喘气，腿还止不住地哆嗦。那黄脸黄袈裟和尚，也缓慢地走出来，像魔鬼那样，神秘、可怕。他仿佛是个盲者，却吱吱地念着什么，向我走来。我突然挪不开步了，我猜他念的一定是什么咒语。而他的眼睛，还是没有看见我那样直直地向我望着，这是一双多么恐怖的无光的眼睛呀！我心里尽管着急，两条腿却定定地站住不能挪动。于是我想呼喊，可是连声带也仿佛被这和尚的咒语摘除了似的，我竭力地想呼叫，想发出声音，然而始终发不出来。当那和尚将要走近我的身子，而且我清楚地望见他那无光的眼睛，直直地注视着我的前额，却又似乎是注视我的头发，那瞬间他那双无光而凝视般的眼睛，可怕极了。终于我喊出声了，同时听到母亲召唤我的声音。

原来我还坐在牛车上。大盘岭已经老远老远地遗留在我们背后，隐蔽在暮色里。星星和萤火虫发出的蓝色光点儿，布满夜空。这时候，我的两腿麻木，失去了所有的感觉，于是掀开俄式羊毛毯，我下车跑了一小段路。不久，望见一片白茫茫的水光，这是三道泡子。我们早已过了沙坨子镇。父亲的窝棚，是在九道泡子，离镇还有二十里，牛车越过最后一座山峰，星空下展开一片广大的空旷，散布在这块空旷当中的高丽屯子里，传来或远或近的激烈的犬吠声。反映在眼里的，是一望无际的草原的黑影，遍野一片全是唧唧的虫鸣声了。

母亲这时候很是兴奋，她时而问车老板子："今年三家子旗人老关那边，又开了几块荒地？在哪点儿？沙河南还是沙河北？"时而又指点给我说："这是你王家大叔的草甸子。这是你邢家七大爷的元宝山。你看见没有？就是右手那座像元宝的山！"衬着深蓝的夜云，我见有许多耸立的山峰，原来我们的高丽牛车已行进在高岗上，实在我也分不出哪个像元宝。

"这不是吗？你这孩子……"

"啊！望见了。"其实我什么也没看见，不过装着看见的样子，省得母亲再责难。母亲开始诉说关于买那元宝山的一段故事。大致是卢布贬值那一年，邢家七大爷得信早，就把所有低价收买进来的卢布，还有少数黄条子（德国马克），全数秘密运到黑顶子来，那时候城里各商号都拒收俄国卢布了，然而在这距城九十里外的偏僻地方，他极迅捷地在一天晚上托人买下这座山，以及附近两千亩广的草甸子，这就是朝鲜垦户为主的七道泡子村的开垦前期的历史。旷野十分寂静，母亲的话声，在夜空里显得异常响亮、异常清楚。一方面因为彼此只看见对方幽暗的影子，视力减弱，仿佛听力顿然增加两倍似的。正像我们赶夜路时，那种连几十步外的谈话，都如面前那么清楚入耳的感觉一样。车老板子更是谈兴勃勃，用鞭子指东指西，说是现在七道泡子的高丽垦户都有"民会"保护了，"挺霸道"，"不讲一点情理"。譬如我们窝棚的中国地户，"有谁家的牛在泡子沿吃口草，他们这些高丽人就会使鞭子给你赶跑了，一点情面也不留"。每遇这类话，母亲必定说："打狗还看主人呢！你说，他们还要造反呢？他们租了七道泡子的地，可没有租七道泡子的山和水呀！这是咱们中国人的地方，牲口在他们那儿吃把草，就敢使鞭子向外赶，我不给他们堵了水道才怪哪！他们无论是八道泡子、七道泡子，哪一个屯子不使唤咱们沙河下来的水呀！不是咱们窝棚那里流出去的沙河水，我问问你！天旱他们靠什么？"说话时，母亲用拳头捶着车辕，夜色里虽然看不清母亲的脸，只从话声就知道，母亲像是看见中国地户受外屯子高丽人欺侮那样气汹汹的。

这时候，牛车还是贴山脚走，在拐入一个沟口的工夫，眼前现出远处的林丛之间的一颗星星大小的灯光来。

"到了大房子王家了，还有三里路。"车老板子对我说。意思是"加点劲走吧！有巴望头了"。牛车在狗吠声中从林丛背后驶过去。不久，望见另一个灯光闪耀的高丽草房，那是父亲窝棚朝鲜地户的住处。

二

车老板子盛家顺的父亲是给父亲经管地的人。一家六口，白白种着二十垧熟地不收租。他们是住在那家朝鲜人对面，中间隔着一块空场。那一家朝鲜地户的户主名字叫金秉湖，种着两块湖边地，有一块同样不收租，因为他是管朝鲜屯的首脑。我们住的房间，就是在金秉湖那座整洁的朝鲜茅草房里腾出来的。整个朝鲜茅舍是一铺炕，隔成三间，当中一大间又分成前后一明一暗的两小间，南北各有躬身才能出入的小房门。三大间通用一铺暖炕，就是说，我们的住室占整铺炕的当中间，西头占暖炕的小半，东头占大半块暖炕的一间作为厨房，这又是朝鲜主人全家抽烟、谈天、会客、聚餐的地方。这地方既可从那明暗两小间住室的套间门出入，又可以从暖炕下经过灶口侧面那个厨房大宅门进去。暖炕对面是牲口棚，来往牵牲口，也完全是从灶口侧那座房的宅门进出。所以这儿，牲口粪臭混合着青草的草腥味，分外的浓，有点刺鼻子。

我们日常多半走明间那间鸽楼式朝阳小宅门，我们住室南壁上还有两口向阳纸窗。炕上铺着席子。在这里只好不穿鞋，这完全是间日本风味的住室。人们只能盘着腿儿坐，我很不习惯，所以我也就得了借口，整天跑到西山沟里去玩，除了吃饭就是不愿回屋。整天盘膝坐在那炕上，我以为这是囚犯才该受的惩罚。但两个妹妹，我又不愿意带出去！母亲叫着："连儿，把克克和水莲领出去！"我就一边支吾，一边跑掉。母亲总是从背后高声骂着，克克和水莲也哭了！但回来，却什么事儿都没有，仿佛她们都已忘记了哭闹过的事儿，等我再出去，母亲又叫，两个妹子又哭，只不过如是而已。

来到窝棚的第二天，是我永远不能忘记的日子，在屋后打稻场，我碰见这家朝鲜农户的姑娘宝莉了。她是一个又漂亮又活泼的姑娘。她牵着一头母牛，站在后山那条走道上，向我们招手儿。这里所说的"我们"，是我和车老板盛家顺第二个弟弟根土。当时，我们在打稻场上，正预备偷偷牵出那匹打场的公马骑，我们围绕着打稻场走了两圈，总没得手。于是现在就向她走去，只见她和根土说着朝鲜话，那瞬间，她的一双乌黑乌黑的放光眼珠儿向我瞟了一下，仿佛说："我和他谈你呢。"同时，露着雪白牙齿一笑。本来我远远地站着，作着浏览景致的姿态，现在不由自主地把双手插入裤兜里，打着口哨走过去了。

"她说什么？"我问。

"她说她早就看见你了，你可没有看见她。"

"她在哪儿看见我的？"

"在家里，你们就是住在她家里呀！"

这时宝莉又向根土说什么，仿佛也知道我刚才说的是些什么，这从她那有着黑宝石光波的大眼睛中，就能看出来。之后，向我又讨好地瞟了一下。每当她一注视，在我心灵深处，就飘起一阵颤抖的美感，像一个在寂寞地走夜路的人，感到两道灯光照射那样欣慰。她有一双多么甜蜜而诱惑人的眼光呀！立刻我就像喝了酒般地兴奋起来了。

"到哪边去呀？那边山顶上。"我完全失去城里那种高级班学生所有的气派了。在一个天真而纯洁的朝鲜漂亮女孩子面前，我完全失去作为县城里来的那种中国学生的矜持气和高傲的姿势了。根土对我和宝莉这种初见就相悦的样子，有些吃惊。前一分钟，我还用城里高级班学生那种两手插在裤袋里的傲然姿态说话呢！虽然那时我还年少，还是初小四年级，却会冷静地说："根土，去把马牵出来啊！你老是怕什么！"就像父亲对使唤人的命令语气一样。而且从昨天开始，我对这个屯坡孩子，就没有好感。我不知道，为什么根土连脖子都不洗。尖削的下颌，黄瓜型瘦长脸，睫毛总是风尘仆仆，加上两脚又拖了双大人鞋，棉衣臃肿不堪，还扎着根草腰绳，处处都使我看不惯。从一遇到宝莉开始，我一直没有再见到他似的，仿佛我眼里只有一个仙女般的高丽姑娘。除了我们俩，就是连踞伏在身侧的北山和沿山脚蜿蜒开去的小道，都不存在似的。若不是根土给我们当翻译，仿佛他不过是一团儿空气罢了。根土的翻译，在宝莉的脸上起着愉快的反应，她的眼睛望着我，秀美的两唇红红的，飘着牡丹花般肥美的微笑。她摇摇头，对我说什么，又发觉我不懂的样子，用两只大眼睛命令根土翻译。

"她说她爸爸在那边等她牵牛去呢！"

于是我说："我们也去看看。"宝莉也同样很兴奋，脸也红润起来，显然她并不是完全听不懂我的话。只见她指手画脚地呢喃不休，而小道只能容一个人走，我们俩当中又给那头母牛隔着。宝莉说话工夫，时而从牛背上露脸微笑，时而向前望着。是她把牛赶在沟里，自己走在土崖上，我几次想绕过那头母牛，和她并肩走崖子，可是几次走到母牛后腿旁边又胆怯地退到它尾巴后头，总没能够离开那条崖间小道。

道旁现在展开一片洋草甸子，野鸡给人声惊起，咯咯声啼着，飞向对面山脚，山谷十分幽静，偶尔也能有清亮的溪流声潺潺传来。北山后，现出一块稻田，山背上立着一片浓密的玉蜀黍林子。金秉湖率领着两个年轻的穿灯笼裤的高丽农民，正在用短把子手镰收割庄稼呢！

母亲也在这里，她的话声，在空寂的山谷间飘扬着。因为她发现玉蜀黍的棒子，多半是给人们摘光了，这样地主分到手的，只不过是些玉蜀黍、橘子。这是中国地主和朝鲜地户每次分粮必有的纠纷。那些穷困的垦户，粮食终年不够吃，夏季就不得不把还没有成熟的玉蜀黍、马铃薯，在没有和地主四六分成以前，单独剥下或挖出来当做吃粮消耗了。金秉湖一边尽自收割，有时也直起腰来，高声笑着申辩两句。

我老远站住，也叫根土和我一块留在洋草甸子的沟口，在那里等候宝莉。我实在不愿意当着宝莉的面，看母亲对金秉湖那种申斥样子。为什么宝莉会是金秉湖的女儿呢？她应该是住在皇宫里的公主。就是宝莉穿的那条并不洁白的布裙子，还有那件褪色的红小袄，在我眼睛中都像是闪光的彩缎，而且她赤着两脚，是那么自然、那么潇洒，多么随意的一种风姿呀！

不久宝莉跑回来，我在她面前，仿佛一只猫在河边望着水里漂来游去的鱼儿似的，总想伸手碰碰她。只有根土在我们当中打搅那一瞬间，就是说他尽自和宝莉搭讪的时候，我觉得不愉快，有些妒忌，而且又羡慕他那一口流利的朝鲜话。然而我也不给他们时间多谈，每当宝莉那双富有媚力的眼光投向根土的工夫，我就说："木斯格？木斯格？"揽回她那双黑眼珠儿，似乎我直接就能听懂她说的是什么，告诉她不必向另外人谈，尽管向我直接说，我会听懂朝鲜话似的。实际上，只这句"什么"还是刚学会不久。

根土往往抢先告诉我，说她的意思是：你若早来一个月更好玩，我们还能够到九道泡子去采菱角。她说那里的荷花可好看啦。又说，"我们俩"常到北山后去，冬天赶树鸡，春天夹腊嘴，它们有的在找麻林里修窝。又说，他今年夏天还在豆子地里端了窝百灵鸟。根土说话工夫，宝莉一直凝视着我，那对讨人欢心的黑眼珠儿，表示探询我是不是对根土翻译的话感觉兴趣。起先，我还注意听，末后，我知道他没有把她的话传达完，就插上他自己的话了。谁愿意听百灵鸟什么的，而且他竟把宝莉和自己并称"我们俩"。我不愿意根土老是打扰，宁愿我们俩不说话,用眼光交流着欢喜的心情。我感到这是一种幸福。

总之,我们是一路跑着,有时是横步手牵手跳着,一路笑着。我们完全沉浸在忘我的巨大快乐里,及至走到打稻场,我吃惊,我们来得是那么迅速!仿佛来回只不过是一秒钟的时间。

这天傍晚,宝莉烧饭,我给她抱柴火烧灶。这时只有我们两个人。由于她故作不懂我的话,在忙乱间我们相互交换彼此要好的愉快眼光,仅仅这样,我也满足了。当我把火烧灭的时候,宝莉就爽朗悦耳地大声笑起来。因为有两次,我故意装着不会烧火的焦急样子,把柴添满,于是火熄了,我伏脸去吹,一边作着焦急的蠢样,于是宝莉的悠扬笑声,又在炕上飘扬起来。那时候,为什么我那么顺从她的心意而机灵地讨她的欢心呢?就是现在也说不清楚。当时我尽自忙着,烟气刺激得眼泪滴滴落下,额角也弄得汗水淋漓。我不知道为什么,宝莉的笑声越来越响,她的脸蛋也越来越红润了。她指着我的脸,并递给我一块破镜子片,我这才发现一个污黑的脸蛋子,黝黑黝黑地闪着汗光,几乎连我自己也不认识自己了。原来我的前额,给灶口的黑烟子擦黑,又被汗水冲染了满脸。这时,我更是扬扬得意,对宝莉伸舌咧嘴,博取她的欢笑了。这一晚上,是我来到九道泡子窝棚最幸福、最愉快的一个晚上,当我发现学期考试的榜上名列第一,或是和同学赌纸牌赢了全部作为赌注的香烟盒里的图片的时候,都没有这种深入心魂地兴奋过。不久,听见老远传来的牛车发出的轮轴辗动声,我们俩立刻安静下来,一只松鼠听见密林间猎人的脚步声那样,宝莉敏捷地跳下炕,我对她悄悄地说了句什么,就匆匆打开那个牛槽旁的厨房大宅门跑出去了。

我听到她喊"阿爸基"的声音,也立刻跳上炕提着鞋逃入炕上那具通明间住室的隔扇门里了。究竟我是害怕什么呢?我的心跳得那么厉害,好一会子我还悄悄站在炕中央,连眼珠也凝定般地侦听着窗外的动静,只听见卸车之后就是牵牛的声响,还仿佛听见那牛腿给缰绳绊了一下，而牵牛人的脚步是那么轻捷、麻利，那一定是宝莉的脚步声了。不久，又听到母亲和两个妹妹的说话声，这时我的心口才逐渐平静下来，于是我迅速用湿毛巾面对墙上的挂镜揩净了脸。

晚饭，有一碗俄国做法的"苏布汤"，就是马铃薯炖牛肉，只缺一点西红柿和元心菜，而且牛肉也是从大盘岭带来的。母亲说过："在九道泡子窝棚里，除了土豆子什么也没有！"这是我最喜欢的一种节日性的大菜了。可是这晚上我吃得很少。两个妹妹却格外高兴，她们都吃得津津有味，她们告诉我，在草甸子里，她们怎样捡到了一个野鸭蛋。又说她们预备明天一清早再去找。

"你去不去？"

"我不去！"我厌烦地说。

"我知道了，你和宝莉好，我看见你在草甸子沟口等她呢！"克克说。

"看见就看见吧！"

"好！我去告诉妈，说你老和高丽姑娘在一块玩。"

"告诉去！告诉去！"

"你们俩拉着手……"

"谁拉着手啦？"我就在她膝上用拳头捶了一下。

"妈！"她叫，"你看他打我！"

"谁打你来，人家好好在这坐着。"

"唉！"母亲恳请似的说，"别来搅闹我吧。"母亲正在那儿计算今天所分的庄稼捆数。

三

离开宝莉一分一秒，那是多么长久的时间呀！

黄昏时候，月亮现出明洁的光辉，我终于偷空溜出来，在屋后，伏窗偷听宝莉的动静。我听见金秉湖和谁用朝鲜话低声谈什么秘密似的。我踮着脚尖儿一直走到打稻场，只有叫根土去招呼她。月辉下，稻垛、石碾什么的，都拉长影子，静静睡着了。

"根土在家吗？"我在那三间坐南朝北的中国式茅草屋门前，双手插入裤兜里叫着。

"一撩下筷子，宝莉就把他拖出去了。"说话的是一个中年农妇，头发蓬蓬，老是掩盖着前额和两耳似的，并且称呼我作"根土他大哥"。

"什么时候出去的？"我又问，"那他们到什么地方去了？"

"你向九道泡子那条道上找找，谁知道他们疯到哪儿去了。"

我难过，孤零零的像个游魂般走向九道泡子。途中几次想回来，立志永远不再找宝莉一块玩儿了，可是两脚却依然朝那闪着白茫茫一片雾光的湖崖上走去，又经过几座高丽坟，至多不过踟蹰地停立一会儿。我很想哭一通，为什么宝莉去找根土玩呢？而且背着我。

我极怕鬼，尤其是夜间，从未出过远门走黑路。可是这天晚上，我来往在高丽坟附近走了两趟，却一点儿没有想到可怕的鬼，并且我看见一具没有入土的薄板棺材，却像看见一块漠不相关的石头一样，湖水寂寞地发出神秘的絮语，而且东山里时时有狼的嗥叫声凄厉地传来。遍野是草虫的鸣声，星星在闪着眼儿，一点可捉摸的人声都没有。于是我怀着巨大的酸楚，又孤零零地走回来。我暗自狠狠发誓，永远不再和宝莉见面了。

回到屋里，见母亲和两个妹妹玩纸牌。见了我，母亲就随便问："天这么晚了，到什么地方啦？"

"我要回城里去！"我说，"我住不惯这地界。"

"庄稼没分完，你怎么叫我回去？"母亲的眼睛仿佛发现我有什么隐秘的痛苦般，"怎么的了……可是明天你得到七道泡子去借两支枪，叫你邢家大舅给咱们雇两个打更看场的，庄稼放在外头，没人打更不行。土豆子还没有出土，这些老高丽还有不偷着去挖的？"又说："若是你不高兴在这儿，可以在七道泡子你邢家石恭道三舅的窝棚里住几天。"

为了不和宝莉见面,第二天清早我就离家动身了。可是走在路上,我又渐渐后悔了,我走得太唐突,不该不暗地瞧瞧宝莉是在做什么,尤其是他们昨晚上到底是跑到哪去了呢?我应该刨根究底地弄个明白。这时,我又非常后悔,昨晚向她取媚讨好儿的种种蠢相,倒像一个青年失去女友的欢心,后悔以前在那女友跟前的种种轻薄姿态一样,感觉有伤自尊心,感觉很痛苦。

四

七道泡子距离父亲的窝棚有两华里远。邢家三舅不姓邢而姓石,他是邢家七大爷邢榴实的妻弟,一个常年整月不离酒的人。当天,我和雇来的两个更夫又赶回九道泡子。路上,那个彪形大汉——我们山东老乡,还试着枪,猎获了一只野兔。他们喧笑着,彼此抢夺观察那握在手里还温暖的死兔子。我可一点儿愉快心情都没有,只摸了摸它的两只长耳朵,就又催他俩快些赶路了。我是那么心急火燎的,要尽快看到宝莉。

在打稻场的井口,我果然遇见宝莉了。本来从大道上可以走过去,我却偏偏走那条路经宝莉身边的小道,并叫两名雇工跟随我走。果然宝莉露着整齐的两排白牙齿,老远向我笑了。那是充满无限的欢欣并有着歉意的友好的微笑。我把两手插入裤兜,打着口哨,若无所视地从她身边走过去。拐弯时,我回脸还向她望了一下,只见宝莉呆呆站在那里,仍然遥遥凝视着我,她的脸色苍白,现出一种要失声哭泣的神气。我可是不动心,谁让她昨天使我伤心了一夜呢?送那俩打更的到根土家吃饭的时候,我又和宝莉碰见一次,这次她却垂俯着纤细的眼睫毛,避免看我,默默走过去。我立刻又难过起来。

我知道根土在东山砍树榾子。那里临近国界,是苏联国防巡逻马队常常出没的地方。到这儿第一天,母亲就警告过我,不许我走近东山沟口，可是现在，我管不了这些……每一个广扩的山谷，就有一片丰密的草原，或沼泽地。我匆匆走着，这里没有人迹，没有牲口影，偶尔见到老鹰在空谷间飘悠般回旋着。

走到第二个谷口，我老远就听见根土刨树槎子的声响，回韵在四周山峰隐隐地响着。

"根土，你们昨晚上到哪儿去了？"

"哪儿也没去。"根土的眼睛怯怯地闪着，"就在九道泡子玩啦！"

"你不告诉我不行。"我顿然明白内中定有隐秘，显然他们背着我做过什么，他在支吾、在说谎。

"没有到哪儿去呀？"他说，"你不信，问问宝莉，就在泡子边崖底下……捉小鱼来着。"

后来他实在瞒不过去了，知道我确实到湖边找过他们，才说，若是我答应不回去告诉母亲，他就全盘告诉我。

他终于说："大哥哥我不瞒你，我们到西岔谷那块地方，偷马铃薯去了。"

"偷？偷谁家种的马铃薯？"

"她们家自己种的。前两天刨出来的，都和你们四六分过了。这是藏在地里没刨的！"

对宝莉我完全原谅了！我叮嘱他，今晚上我一定和他们一块去，叫宝莉等着我。我又问，宝莉今天对他提过我没有，又问他昨晚上为什么不找我。当根土满足了我的要求之后，我打着口哨，用一只脚后跟旋转着我的身子，世界上还有什么比那时候——确切知道宝莉和根土并没有超越我和她的纯真友情之后再快乐的事呢？她所以背着我去约根土，只不过是怕我向母亲告密而已。我完全脱离了那种嫉妒的困扰，仿佛要伸展双臂，飞向空谷。这种飘飘欲起的欢乐感觉，充满我的心灵。

意外地我又望见宝莉的影子，她蹲在井边洗菜。我想换鞋，连忙跑进屋去，因为那双布鞋在去七道泡子时，已经沾满草甸子小径上所特有的泥泞了。不知怎样偶尔一想，趁着母亲和妹妹没在家的机会，我抓了两把饼干和香蕉糖，鞋也没换，就向宝莉跑去。宝莉的眼睛吃惊地瞧了我一下，之后，冷冷淡淡地站起来，做出要离开井边的样子。

"宝莉这个的吃吧？"现在回想起来，这是多么可羞的一种肤浅心情呀！

当时，她转过脸去，表示不愿意再看我。我完全发呆了，失神地站在那儿，一句话也说不出来，手脚仿佛僵直了似的，这时能活动的恐怕只有我那两只眼睛了。仿佛她从我的发呆的脸上，看出我的悲伤，她那秀气的睫毛间就出现了一滴晶莹的泪珠儿。她喃喃地说："你的——'聂赫拉哨'"，说着在当地中朝农民间通用的俄国语，然后像抖去身上某些悲怨东西似的，提起盆子要走。我仍呆呆站在那儿，直望着她从我身边擦过……突然我又绕到她前面去，挡住她的路，不管她怎样故作激怒、怎样躲闪，终于我把饼干和香蕉糖放入她衣兜里去了。一朵阳光从云隙间透出来，她的脸完全给那隐隐含笑的阳光般欢欣光辉照耀得骄矜动人了。我仿佛感到自己脸上那种冷僵的痴呆神气立刻也被这光辉所驱散，为它照耀得解冻式地欢笑了。一边笑着，一边摇撼她的肩膀。最初，她的眼睛还不时露着埋怨气色，呢喃一两句什么，当我争着替她端菜盆的时候，我们就完全和解了。

夜晚，我们怀着兴奋心情，又跑到我们将要"分成儿"的地里，偷着挖马铃薯。大家静悄悄走着，尖耳探听有没有那两个打更的脚步声，那是世间最愉快的享受了。大家在静悄悄的举止中，随时准备承受一种大的恐怖的打击一般紧张。世界上还有什么事会比轻手轻脚和一个异国漂亮姑娘打手势，用眼睛交换意旨，在夜间偷马铃薯还欢快的事呢？而且我们知道打更的有两支猎枪，尤其是我，还怕他们发现这些小偷儿中有他俩的雇主——女地东家的孩子。

五

　　这天晚上的月光发白，空旷的庄稼地里有一个走动的影子，都能看得清清楚楚。宝莉家的马铃薯地，就在这块空旷地上。这块空旷地坐落在金秉湖所住的窝棚小屯的南面，若不是它们之间有一座巨墓似的高岗子阻隔着，站在金秉湖家的门口就能够望见这块空旷地了。空旷地尽端就是一片有三五十亩广的深水泡子，当地农民把它称作九道泡子的自然湖沼。走过高岗的时候，我们还望见临近九道泡子满、韩农民杂居的高丽屯子。那是母亲今天晚上出巡，要在那里夜餐的地方。我们猜测母亲是到九道泡子南岸三家子去了，那里住有我们的庄园经管人，母亲称作老姜的族亲。他住的那个三家子屯看去仿佛临近朝鲜所属的伏虎山了。日常我们站在九道泡子窝棚小屯的空场上，就遥遥地望见坐落在那灰蒙蒙的高山半腰的一处烟雾弥漫的朝鲜咸北郡的市镇了。它就是附近乡人谁都能叫出名字的军粮城。这是一个很古老的集草屯粮的朝鲜山寨，但它和东海口的海参崴一样，都有着古老的汉语名称。我们的族亲姜得年经管的屯子在蒿岗南，是一个高丽屯，看去却像在朝鲜的军粮城底下。实际上不管是这泡子南岸的旗人垦户住的三家子屯，还是泡子东岸的高丽屯，都距离军粮城山脚很远。它们之间还隔着一道矮岭，那矮岭的斜坡上还有一座砖瓦建筑的旗人庄院，这就是当地有名的八道泡子的地主庄园所在的田家大院了。

　　母亲为了能腾出精力在南高丽屯打稻场上分庄稼，而九道泡子北高丽屯还有东北角盆地那些大块稻田上待运的稻子垛，也都需要巡夜监管，临走就作为专区委托给那两个从七道泡子雇来的肩背猎枪的更倌了。谁知道他们俩现在在哪里巡夜呢？是到窝棚小屯子背后的盆地去了呢，还是和我们一样也到小屯子南边来了呢？

　　我们所行经的丘陵地带，据说，原来都是一片古老的野生橡树林子，但早年——还在珲春开禁之前，就是说还没有招垦实边以前，那些古老的橡树林子已经给旧称"栖林人"的鄂伦春猎手纵火烧光了。这是一种纵火驱兽的原始狩猎方法，以后新生的柞树林子，也为九道泡子早期的"三合盛"时节的经管人成片地卖掉、伐光了。三家子村的旗人垦户，就是无代价地砍伐九道泡子沙河以北的林木，在沙河以南盖的住房。还有前亮子村的旗户，虽然都不算属于九道泡子的垦户，但却连大院门、壁板、牲口棚，传说都是从九道泡子砍伐运去的木材，因之现在九道泡子窝棚所属的丘陵上，不管是南高丽屯还是北高丽屯左近一带的丘陵，都是一些幼林，连作为烧柴用的野生白桦林，也都是新生的。站在沙河北的高岗上，纵目四望，可以说没有什么遮挡，草原、稻田、沼泽、草坡看得清清楚楚，看得很远。只是在月光下，这时的九道泡子只有南半部的湖面上闪着灰白的光辉，而北半部水面究竟是给沿湖生长的大片芦苇挡住了呢，还是给高粱或玉蜀黍林子遮了，就说不准了。总之，影影绰绰挡住了半边水面，也分不清楚是什么作物。

母亲说过，今晚到南高丽屯去看看，或者就在打稻场上看看族亲老姜在那里垛垛，以便论捆论垛地和地户分庄稼，后半夜不得不就近住到三家子旗人垦户屯去，明早才能赶回小屯来。那时两个巡夜的更倌又不在小屯里，金秉湖会不会也趁机到九道泡子北沿来呢？我是很不愿意在这种背着母亲和宝莉在一起的时候，碰见这个朝鲜垦户的经管人的！

我们悄悄走下丘陵式一座高岗，就看不见至少在二里外的半片湖面的月下水光了。小山道的两侧，全是森森然的高秸农作物，仿佛在这沟里，空气堵塞而淤积成块儿似的闷热，白天日晒的暑气都集聚在这里一般，蚊虫碰脸式地飞撞着。而东西两侧的山岭上，密林之间，到处有围腰的暮雾，轻纱般飘荡着，它们是那么轻柔、幽美、缥缈。距离虽有五六里，但在月光底下却仿佛近在眼前。这里的月夜幽静，而月下的林色、雾气是我从未见到过的美妙，那是秋天的苍白月光、雾气朵朵的富有神秘情调的空间，仿佛时时会有草虫精灵和山妖出现似的。这种神秘性的幽美感的本身，对我来说是种多么奇妙的享受呀！我多么想故作一声怕人的尖叫吓吓自己。空旷的山韵一定会从四面回旋响应。我看了看宝莉，一见她那机警的眼睛里有种时时在向远处侦听的神色，就制止了自己，要保持这种神秘的幽静了，并且也为她那种审慎的眼光所感染，耳朵在警惕着遥远的响声。秋夜的空间，充满了各种声音：蟋蟀的唧唧、地蝼蛄的颤鸣，偶尔还从远山传来野鸡的啼鸣。在这许多的声音里最平静而不间断的，是微风拂动植物叶子的喊喳声。若是有一个蚂蚱由于我的脚步惊动而起飞的时候，那种嘟嘟的振翅响声，我们也听得清清楚楚的。不知什么时候，我们已经相互牵起手来，有时是她牵着我，仿佛引路；有时是我牵着她，在跨越洼处的积水。如果我拉住宝莉的手一紧一紧地攥着，是在示意她，我要循声去寻捕什么动静，那宝莉就会明白我的这个无语的意图，而用手同样扯住我，并且轻轻一捏。我也明白，她是禁止我去注意不相干的啼鸣之类而耽误了我们的正事。我们互不作声，仅靠两手相牵的微细动作，就能互通信息，仿佛我们语言完全相通一般。特别诱惑我的是到处飞闪着的萤火虫，道路两边满是些绿色的小灯笼，亮光发蓝。只要听到一点什么，就有一声低低的可怕的"嗤"声发自宝莉的唇间。这是向根土发出的警告，我们三个人就停步站住，我是完全服从她的，并且也以此自娱。不知什么时候，我们已经走入两边有玉蜀黍林子的垄沟，而且在垄沟的深处停下来了。周围任何景色都望不见了，玉蜀黍林子高过我们两倍，就是仰着脸，也只能看见从玉蜀黍的枯萎的花穗之间现出来的一道天空和几颗夜星。我们都埋在幽静的阴影里。

"这是根土家的苞米地，"她突然用中国话在我耳傍小声说，"我们的土豆地在那边。"几乎我的耳边上感受到她那温暖的喘吁气息。她又掉头和根土俯耳说了句什么。原来她不是一点中国话不会呀！在这以前她从来没有表示她懂中国话，我是那么吃惊！为什么她以前在我面前装作完全不懂我说的话呀？她对我，原来是一点实情也不露呀！但现在她却完全解除了自己的伪装，对我信任了。这真是多么机灵的一个鬼丫头呀！

我就歪过脸去，几乎贴在宝莉的前额上，我听见她像是在指挥根土开始动作的方向，说的仍是朝鲜话。根土就小声对我说："一会儿咱们在那块地头上碰头。我在那头等着你们。"根土走后，宝莉就用手牵紧我，做出"随我来"的动作，就是说扯了扯我的手。

我们俩开始在玉蜀黍林子里穿越，拨弄得碰头的叶子哗啦哗啦直响。这时我很担心根土找不到我们了，可是宝莉猫着腰走得急匆匆，简直不容我问什么。而且我们若不即时注意分拨两旁的狭长叶子，不但会发出引人注意的声响（这些苞米叶子仿佛生满带刺的毛），又会擦眼、擦脸、划破皮肤。宝莉停下来时，那乌黑的眼睛显示她已听见远处有什么可疑的声音似的，停一会儿，就又伏腰悄悄地急匆匆地鹌鹑寻窝般地顺着垄沟溜了。我奇怪，离开根土至多十几步的距离，我们停住脚尖着两耳侦听的时候，竟听不见他攀剥玉蜀黍的声音，可见他是怎样的小心，动作又是怎样灵敏、熟练了。当时我感到有些紧张，仿佛真的在偷偷做什么可怕的事，如盗墓贼一样，不过走出那块埋没我们的幽黑的玉蜀黍林子，面前重新现出广阔的夜空，我们终于到达目的地了！那低矮的早已枯萎的马铃薯地的秧丛，只达我们膝部。我眼前是辽阔的天空和铺展着苍白月色的旷野，这时就又失去那种紧张神秘的感觉，觉得是别有一种滋味的惊险了。

"就在这儿吗？"我小声问。

宝莉摇头并用手捏了一下我的手指，示意我："不要作声！"我完全像一个服从调度的奴仆一般蹲在那儿，刚从腰上解开宝莉临出门儿给我的那条布口袋，不防给宝莉又迅速而突然地一扯，我的心猛然跳动起来了，险些跌倒。足足有两分钟，我们凝定地保持着跌倒姿势不变。我确是听见一种类似脚步声出现过。

"那是傅盖！"宝莉嘴唇几乎贴着我的耳朵小声说。

当时她能从空气中嗅觉出是谁来吗？她那敏感的听觉力，过后想起来使我很吃惊。

我小声说："咱们那边的去吧？"

宝莉用手挡住我的嘴，另一只手在她背后的口袋里摸索着。不久就递给我一柄短把儿铲子，那是从她手提的布口袋里掏出来的。递给我时，她先用那铲子把儿在我膝盖上碰了一下，要我伸手接，并且指给我挖土豆的地方。这是她用手在马铃薯秸的根部摸过以后指定的。我不知道哪里埋着马铃薯。原来这都是收获时刨出土来又成堆理下来等待夜间来取的。

当根土在地头上的玉蜀黍林子夹道间向我们低声招呼的时候，我们已经开始挖第三垄的土堆，我和宝莉两人都已装满大半口袋了。我还没提到地头儿那条紧邻玉蜀黍林子的夹道口，手也酸了，两只膝盖蹲得也胀疼，我已经疲乏不堪而且有些困倦了。听见根土的喊声，睡意稍却，刚要问他摘了多少苞米棒子的时候，只见宝莉突然地逃向玉蜀黍林子，完全是那么突然。就在那一瞬间我是那么惶恐地不由自主地跟随她的脚步逃开了。我已经听到一阵叶子唰唰响，确实有一种轻手轻脚追踪而来的脚步声，继之是一声高呼："向哪跑呀！一群小兔羔子。"那确是我从七道泡子雇来的更倌老傅的声音。若不是宝莉又迎面弓腰跑回来接我，一手抢去那大半口袋马铃薯，掷在马铃薯临近的沼泽地草丛间，我仍然会背着它，说不定还会由于它的拖累给那个更倌老傅当场抓住哪！那大半口袋土豆儿，是那么笨重地牵累着我，而宝莉抢去就顺手一扔，迅捷地拉着我的手，在湖边的芦苇丛间飞跑了。

我们是不辨方向地飞跑、飞跑……等到听见背后一声朝天响的枪声，我们才彼此肩靠肩地紧紧依靠着站住了，一边喘吁，一边在喘吁中不由得吃吃笑起来了！我们完全胜利了，仿佛偷营劫寨的英雄一般。因为那枪声距离我们起码也有半里远了。那时候，我们是多么的愉快呀！宝莉的眼睛在午夜的月辉下，射出一种黑宝石般的光芒，含蓄着对于这种"偷袭"的成功，含蓄着摆脱了"敌人"追击而产生的巨大快乐。我也就趁机向空中畅声大叫，我要听听山间的回韵。

"嗤！"宝莉立刻向我警告，"他们的……"又指指她自己的耳朵，意思是"会听见"，又说："安咱啦！"要我坐，向下扯着我的手，顿了顿，又低低地问："根土的那边有？"

"他的东山跑了。"我指着苏联边界说，"他的口袋也掷了的。"

"伊拉奥布索！怕的没有！"宝莉两膝竖立地坐在湖边上，"他们找到的没有（不会）。明天的拿回来。"

"我们来到什么地方？"我左右环顾，因为在这里有一块茂密的白桦树林子，这是九道泡子所没有的蓬茂而树干粗壮的林子。

"七道泡子啦。"宝莉说，"听！"

从遥远的西方高地上传来了和缓的钟声、月夜的钟声，给我们带来的是多么幽静的缥缈感呀！我完全迷惑了。从我们站的位置上估计，我们该是在九道泡子的北部，然而，我们现在却跑到它的西面来了，而且仿佛没有经过那片水甸子洼地，就已临近邢家七大爷的地界了。钟声一定是从七道泡子的高丽屯教堂传来的。显然，东方的天色已经发白，远处又传来鸡叫声了。我问："我们的屯子呢？"

"那边，远远的。"

"怎么看不见我们的九道泡子呢？"

"那高地上看见的有。"她说，"我们尤加住的七道泡子屯去呀！"看见我是那么高兴地顺从她，她就山羊羔子似的跳起来，并用手势比画什么，我猜是说尤加高过我一头！在白雾逐渐从湖面上升腾的黎明蒙眬气息中，她的姿态完全变了，自由而活泼，和夜间那种审慎侦听的神色完全不同了。我们手拉着手连跳带跑，有时是我左手在肚子前拉着她的左手，而右手在背后牵着她的右手；有时反过来是两只右手在前，两只左手在背后，我们是四手相牵地摸着步走！

她说:"你认识尤加吗?"见我摇头,知道我不认识,她又说:"他们前些年是你们的地户,根土家把他们赶走啦!"

"为什么?"

"他们的粮食都给朴斗寅大大地要走了。"

以后经过根土的解释,我才知道,原来,尤加的爸爸收获的水稻,码了垛,还没有经过管理人四六分成,就全背着盛家给朴斗寅拉去抵债了,就是说把该分给地主的那六成稻垛,也当作自己的稻垛交出去了。

据以后根土对我的讲述是若不是尤加的爸爸在朝鲜民会,盛家怕以后惹麻烦,就不会赶他们走的。听说他们搬到七道泡子去,开春又向邢家借贷着三分利的口粮,就是说,春天借一石,秋后还一石三斗,就这样月月借口粮,月月也不够吃,还没有等得及马铃薯可以刨出来吃的时候,就把尤加的最小的妹妹卖给八道泡子田家去了。记得我们第二天傍晚到九道泡子芦苇丛生的沼泽地里,找到我们抛弃的装着土豆儿的布口袋,围在湖边生起篝火烧马铃薯吃的时候,宝莉还经过根土的口译向我讲了不少知心的话,说若是她们家的吃粮不够,也会把她卖到江西去!

"怎么她家能分到那么些稻子,还不够吃呢?"

"她说,朴斗寅就要下屯来了,他要把屯子里的朝鲜欠债户的庄稼都拉走!可厉害了!朝鲜农户大都欠着他牛租,欠着他批的豆子(批青债)!"根土又俯在我耳朵上说:"宝莉说,朴斗寅比你妈还厉害!她不要我对你说。"

我说:"我妈的心肠是好的!不许说我妈的坏话!你告诉她,她的爸爸金秉湖老头子,也是好人。"

"她说,她妈也好!"

"什么时候死的呢?"

"她妈没有死,她妈在江西,在本国给人当用人呢。"

"你的江西去过吗?"

"去过！尤加也去过！"

"尤加到底长得什么样呢？朝鲜学生吗？"我问。

宝莉尽管会讲一点汉语，但关于尤加的秘密，她同样不得不经过根土来转告我了，说："尤加是不信耶稣的！"又说："这可是不能对外人讲的，这是七道泡子朝鲜人的秘密！"还说尤加去年冬天带着她去过军粮城，也是深更半夜，冒着给沙坨子中国缉私队逮住的危险，她贩过私盐。江西是五分一斤，一背过江东来，就是一角一斤，而且都是细盐，像白糖一样。中国地界盐局子里卖的官盐呢，三角一斤，还是黑古鹿的，粒子又大又黑的粗盐。总之，这都是次日黄昏在九道泡子北沿篝火旁烤土豆吃的时候，经根土口译的话了。可是现在我跟随她去七道泡子找尤加，却还不知道这些，也不知道尤加竟是她心目中崇拜的英雄。

在黎明的蒙眬雾气中，我感到空气是这么新鲜，到处都是发自林木的带松脂气息的芳香。我们离开洼地，手牵手登上一个高岗，我顺着宝莉手指的方向，看到了遥远的九道泡子全给雾气笼罩了的水面，还看见遥远的九道泡子经管人金秉湖的那座面向南开门的无屋脊的扁圆顶朝鲜式茅草房子，也看见根土家的西窗户还闪着灯光。我们哪里会想到，这时候根土受了他妈妈的谴责，又回到九道泡子的玉蜀黍地里去小声呼唤我们了，而克克和水莲倒给根土的母亲带到自己的暖炕上去了！她和她的丈夫，那个九道泡子初期的经管人却折腾了一夜。他们担心我和宝莉会走迷了路，越界了！那若遇见苏联巡逻马队就会给捉了走！幸而母亲那一夜捎口信回来，次日要从三间房曹寡妇家到八道泡子田家大院去，因为田家的朝鲜地户偷着砍了主权属于九道泡子的三家子旗户区的树木，还想和田家商谈关于包工建筑我们九道泡子乡间住宅的事，说是明天不回来了。金秉湖从根土那里知道了宝莉和我秘密的"偷袭"，却安安稳稳睡了一夜，他自信宝莉是不会带领我向东逃，一定是向西溜走了，就是说，到七道泡子尤加家去投宿了。

这也是以后宝莉经过根土的口译对我说的。

我们现在站在高岗上,背着我们的小屯,再回身向南看,只见那前面是间隔不远的三座自然湖沼,它们之间有溪水和沼泽地的纵横水渠相联结,淡淡的乳白色晨雾,在水面上升腾作三大片,凡是有小溪和水渠的地方,都看得见沿着河崖丛生的水柳,还可以看到干枯的河床,看见那枯河身上裸露的全是些卵石,那是些河卵石断续蜿蜒的行列。这时西面传来了村狗的吠声,遥遥地已经见到为冲天的白杨树丛所衬托着的钟楼了。那是七道泡子的天主教堂。南面军粮城脚下的那一座田家大院的围墙,在斜坡上也看得清楚了。四角的炮台,寂无人影,院落里有人在套车,也隐隐可见有只院狗在走动。次日宝莉在我们围着篝火烤土豆儿的时候,通过根土的口译还告诉我:"尤加的大哥很早以前就是给田家大院的炮手打死的!"宝莉当时俯在根土的耳朵上,眼睛却望着我说了"尤加的大哥是朝鲜的独立党"这个机密。自然这是她从父亲金秉湖那里听来的。据说,当时他们正遭受日本驻训戎的巡逻队追捕,是被迫跑到江东中国地界来了。不想在八道泡子柳茅通里,给那些早已越界过来在潜伏着的日本警察发现了。有的就泅水奔九道泡子东山,显然从那里他们可以越界逃到苏联去。不想田家大院炮楼上认为是流窜的土匪,也开枪了。因为是日本警察越界捕人而且打死的又是朝鲜独立党人,训戎日本警察"出张所"不但没有作为外交事件通报驻珲春的日本领事,且奖赏了田家一杆快枪、百发子弹。因而朝鲜农户对八道泡子田家大院是像对朴斗寅一样,怀着畏惧和仇恨!田家大院的炮手也明白,对过往的外屯侨居的朝鲜农民,在夏天青纱帐起的时候,盘查得也格外严,自然这都是民国初年的往事了。现在行经这个可以望见田家大院炮台楼子的高岗上,遥遥望着那四角上的炮楼,却是寂无一人,谁也看不出,它们过去曾经有过那般防范朝鲜移民的并不光彩的历史。

我们再一次听见九道泡子一声朝天放的枪声,又听见前面隐隐有种细碎的响声，也辨别不出什么来，还有一种虔诚的祈祷什么的歌声，我们发现已经走近七道泡子高丽屯前面，隔着长有几棵冲天白杨树的土崖子，就是天主教堂了。实际上我们通过两旁的矮树林，已经走下高岗，进入两侧是断崖夹峙的车道上来了。

最先出现在我们眼前的就是高丽屯子东口那些挺拔的白杨树丛上的喜鹊巢，还有从白杨树上纷纷落地的一些叶子。原来这就是我们没有走入村子以前所听见的那种神秘的沙索声音。现在清清楚楚地听到它们唰唰坠地，那又是多么寂寞而凄凉的一种声音呀！这时月亮已经西斜，阳光刚在东面露头，树影全倒映在灰白的小路上。这条路把天主教堂的建筑和整个高丽屯子分开来了。屯口前有两条狗在激烈地吠叫，教堂的走廊都埋在那些白杨树形成的阴影里，只是那尖塔形的木楼窗玻璃上，有林丛阴影间露出的阳光闪耀着。塔式楼窗底下是雕花大门，那大门还关着，我们伏在大门一侧的大玻璃窗上向里看了看，全是空空荡荡的长条木板排椅。门口还有高丽妇女走出来，我和宝莉站在有走廊的台阶上，呆呆看着周围，很久很久。

我们没有找到尤加，宝莉说："他的人没有了！"我以为也许到庄稼地里割水稻去了。

我们临离开那屯子，又在屯口停立的牛车辕上玩了一会儿。宝莉能在朝天竖立的车辕上来回走两遍，支车架子的撑木如固定在那里一般，丝毫未动。那车辕只能容一只脚前后换着走的。我只走了两步就落地了。宝莉很自得，仿佛比这车辕再窄一些，她也能来回走几遍。我心想，她是有意显能，也只有向她微笑，却也并不表示赞佩。

我们走在半路上，月亮就落山了。直到现在我才感到宝莉的红绸小棉袄在初升的旭日照耀下，有些惹人注目了。同时我也感到气息有些严寒，心里发冷，显然一夜之间我已受凉了。

第二章 在八道泡子的庄园里

一

自从我们到九道泡子小屯,借金秉湖那座朝阳开着纸窗的高丽茅草农舍住下来,不管白天母亲骑着老姜借来的马去地边巡视田产,还是傍晚到东北角的盆地的打稻场上去分庄稼,就是说监守着朝鲜农户过磅,装麻袋、垛垛,总是很晚回来,总是把我和两个妹妹留在那整块像板铺般的朝鲜式有席子的暖炕上,不让我们跟随她出去,仿佛我们是碍她手脚的累赘。我和妹妹们的年龄距离,又划分了我们意趣的差别,我们老玩不到一起去。

她们把纸盒当车拉,用废线轴当轮子,或者给脱光粒的玉蜀黍棒子戴上块红布当包头巾,把它打扮成纸牌上的"老鞑子"模样,还用玉米棒子须当胡子。我却一点也不感兴趣。当她们玩得忘记周围的时候,我就往往溜到门外,溜到早已秘密和人约好的九道泡子芦苇丛那儿,去找宝莉了。自然,我在往外溜之前,得先悄悄在克克背后躲一会儿。她是机灵的,当她警觉地瞠惑四顾,准备哭叫的时候,我又会从背贴墙的门边上走出来,说:"叫什么?我不是在这里吗?让狼叼了你去!"我愤愤地喃喃着,但她一疏忽,我就溜出去了。

母亲到九道泡子南岸去分庄稼,一夜没回来,我因为夜里着了凉,一早回来还打着哆嗦,进屋就裹着我们自己带来的绸面被子睡下了,也没有脱掉已给露水打湿了的裤子,就那么睡了大半天。一到傍晚,就又扔下两个妹妹溜出来了。我是必须应约到九道泡子北沿的芦苇洼里去会宝莉，并帮她把头一晚上抛掉的两口袋土豆子悄悄背回来。

我说过，我们是在芦苇崖子下烧起篝火烤土豆儿吃的。等我们回到那个小屯子，自然不会让克克看到我帮宝莉背着土豆口袋，就悄悄进屋了。这才知道母亲仍然没回来。克克和水莲正围着一个矮炕桌，准备吃晚饭。因为秋收很忙，晚饭得要人往打稻场上送，我们在家里吃饭就很晚，往往是吃"夜餐"了。伺候我们吃夜饭的是金秉湖的老母亲。她穿着旧的白绸面短袄，胸前吊着两条当扣结的布带子，下身是白麻布做的长裙子。我的小餐桌，和宅主金秉湖用的小餐桌一样，是八角形的小案子，擦得亮晶晶的，铜碗、木筷、辣白菜碟子都已摆在上面，她是两手端进来的。看来，母亲不在家，她是把我当着宅主或贵客看待的。就是说，我独自一桌，像朝鲜族的宅主人一样。我开始盘腿吃饭，那朝鲜老农妇却是看也不看我们，她进进出出都躬着腰，脸色很忧愁而且默声不响。她进来，我们就都睁大眼睛瞧着她，仿佛提防她什么、害怕她什么一般，她一从套间门走回厨房去，我们就宽慰地喘了口气。我已经吃过烤土豆儿，一路背的口袋又沉，我守着小餐桌实在不想再吃什么了。不想克克刚拿起海螺壳做的饭勺就突然说："妈怎么还不回来！"水莲那两只机灵的眼睛原来看着朝鲜辣白菜，显得很眼馋的样子，再一听克克说到"妈"字，眼色却突然一暗，嘴里还含着筷子，就要张开大口哭了！

"你再逗她哭，我不捶你！"我厉声说，不由自主地就在克克背上捶了一拳。诚心说，我这完全是漫不经心的，不过是想威吓她一下，想借此制止水莲的啼哭，却不想克克"哇"的一声大哭起来，一边扔掉那双木质筷子，退到墙角里去！惹得水莲更是制止不住地哇哇大哭了。我也扔下手里的铜勺子，退到紧贴厨房门的墙角上，同样，很伤心地哭起来了。我想，母亲丢下了我们，谁也不来关心，就是打更的老傅一天也不照面，根土的父亲盛大伯也不在屯子里，都到打稻场上去了。仿佛屯子是空的，远近只听见一片草虫的凄凉叫声，还有外村传来的狗吠。我们就像被母亲摈弃了一般，我用手背擦着眼泪，不想克克却膝行着爬过来，招呼我，我也不答应，扯我的手，我就斜过头去躲避，很不愿意要她看见我哭的样子。

等到克克突然听到什么声音似的怔了怔，水莲立刻也停止了哭声，小声说："我怕！"我也立刻受到感染，机警地睁大眼睛望着空间。我们的眼睛里却含着泪滴，在这寂无一声的瞬间。突然我想到，若是宝莉在厨房的暖炕上吃饭，一定会开开套间门来看我们，来陪伴我们的。但现在什么动静也没有，只听见朝鲜农户通用的一种松脂和牛粪制的火烛棒在燃烧时发出的呼呼声。结果我们彼此望着，对于整个两户小屯子的寂静，感到非常可怕了。我们就势轻轻两膝贴席后臀贴脚心式地坐下来，我看着克克的敏感而又恐怖的眼睛，有颗泪珠还在缓缓地沿着她的面颊流着，我突然感到两个无人照管的妹妹是多么可怜了！

"我怕！"克克脸色苍白地说。

"怕什么！"我强自镇定，劝慰她说，"快吃饭吧！等会儿，'酱木利'凉了。""酱木利"是朝鲜话，汉话是酱汤，我们在这里是作为朝鲜菜汤来说的。

我们各自擦干眼泪，感到彼此从未有的关心，从未有的和睦与体贴。说话的口气也都亲切了，仿佛我们从来没有争吵和哭闹过似的。这天晚上，我没有抛下她们往外溜，我第一次觉得做哥哥的不该尽自顾自己地去玩，不该要两个妹妹再伤心。我们吹熄了松脂制的烛火。外面纸窗上一道月光很亮，屋檐的黑影也影在窗上，我感到这月光好诱惑人！我曾偷偷爬起来两次，第一次克克还醒着，我们悄悄打开套间门，往厨房里瞅了瞅，果然不见宝莉的影子，只见金秉湖的老母亲两膝跪坐在暖炕一角，面向松脂制的烛火作祷告，还用手在左右两肩画十字。我们感到很神秘！

"她干什么呢？"我们躺倒后，克克伏在我身边悄悄问，又说，"昨天晚上，你没回来，她也这样！"

"她念咒语呢！"

"你吓唬人……"

"一个妖婆子，弄邪术勾小孩的魂呢！"

我们各自把头缩在被子里，故意作着低低的恐怖叫声，实在这是我们借以自娱。这在我们之间也是少有的一种快乐，反而驱散了刚才在寂静中（感到小屯都走空了）的那种恐怖感啦！水莲还小声笑着，也觉得我是在逗她们玩似的。整个屋子又幽暗又明亮。"秋天的月光好白呀！"我小声叫着。

"你领我们到外头去玩呀？"克克又掀开蒙头的被子说。

"外头有狐狸拜月亮呢。"我小声说。因为暖炕很暖，我不想动。

"你骗人！净撒谎！"克克小声说。

"真的！"我说，"这是根土在泡子沿对我说的，他还亲眼看见过！"

"狐狸拜月亮干什么？"

"炼丹呀！"

"炼丹干什么呀？"

"修道行呀！"

"怎么炼呢？"

"就向月亮吐出一颗红的小火球来！越吐越远，等吸到喉咙里去，就跪下向月亮拜一拜。得拜三九二十七拜呢？"

"妈说狐狸不害人，会变成白胡子老头，和人一样，是么？"

"你过来，我告诉你呀！"我小声吓唬她说，"金秉湖的妈就说不定是狐狸变的呢！你看她，见了谁也不敢看，什么也没看见似的。"

"我怕！"

我于是把在九道泡子北沿烧土豆吃时，根土讲的故事就搬到金秉湖的老妈身上了。我说："她有一天晚上吃东西，嘎巴嘎巴直响。宝莉就在被子里小声问她奶奶吃什么呢？她在黑影里说吃糖豆呢。宝莉说：'我也要。'她就在黑影里递给她一块。宝莉一咬，挺硬，又有皮，吐出来一看，你说，是什么？"

"什么呢？"克克还喃喃地说。

"是小孩子的半截手指头！"但这故事完全没有得到预期的效果，克克和水莲都头靠头地睡着了！

第二次我又爬起来了，悄悄推开套间门，是因为给什么响声惊了。那时月光照满南窗，乌黑的檐影已经移到暖炕上了！我看到的是金秉湖老头子在厨灶间往牛棚里牵牛，那松脂与牛粪制的烛火，早已灭掉，但在外间由于月光而仍看得清清楚楚，和白天一样。我根本就没有见到宝莉姑娘的影子！难道她还和根土在九道泡子北沿的马铃薯地里么？露水该多凉呀！我心里想，感到暖炕特别温暖，也逐渐睡着了。

九道泡子南岸的田亩经营人——我们的族亲老姜进来招呼我们的时候，阳光已经照满田野和屯子的空场和远近丘陵、阔野了。南山北坡还罩在阴影里。我那时正准备逃脱妹妹们的监视和纠缠，想跟着宝莉到八里外的沙坨镇去。她受父命准备带去二十个鸡蛋到镇上卖。我们正在背着克克相互打手势的时候，就听见一阵马蹄奔驰声遥遥传来。九道泡子经管人老姜骑着匹枣红马，牵着一匹有豹子斑点的灰色马，出现在对面经由高岗的那条斜坡道上，一会儿，就跑进我们小屯屯口来了。

我们离开屋檐底下那块搁鞋的廊檐台板，迅捷地跑到门台下面去。原来这个老姜就是我年幼时，常在父亲的商店门口遇见过的那个专管点燃县城街道路灯的人。一见他我就想到他肩上捐的长梯子和他背的那个长嘴煤油壶来了。他依然很快活而且髭须新刮不久，看起来还年轻，实际已有四十多岁了，额角上的皱纹是极显著的。他穿着一件日本警察式旧大衣，至少三年没有洗过一次了，袖口和肘部都磨破了，也没补。戴着一顶朝国市民所常戴的棉布鸭嘴帽，帽舌朝天，敞着胸口，露出中国式的短褂子和扎腿裤。他的穿戴倒也整齐。他手里拿着一根打马棒，这哪像庄户院的经管人，倒完全像一个退伍的村镇警察。这次他没有说"咱们是乡亲不是"，也没有像从前在县城里遇见我时，那么拦阻我。当时他跳下马，一手握着两条缰绳，一手又惊又喜欢地抱起我来。这动作使我那么吃惊，他竟那么有力，我还没有来得及躲避就给他手举过肩头了："还认识我吧？"他问。

"认识！"

"好兄弟！"他又放下我，抱起克克，蹲在水莲的脸前说，"吃的什么饭呀？等会子让我摸摸肚子……土豆子。是不是呀？我一摸就摸出来了。"说完，同时又抱起她来，仿佛轮流着对我们都表示了不偏不向的亲热，然后走到盛家的住屋窗前，隔着窗纸高声说："大哥，还睡觉哪！"

"醒着呢！进来坐吧！"听见盛家大伯的低弱声音。

"不进去了。女东家让我来接少东家到八道泡子去呢！你这边和上三屯的庄稼，分得怎么样了？完了么？我那边可慢啦！刚拉完庄稼，可受埋怨了。昨天傍晚，我们那儿又发现地边上砍了两三棵老榆树。还捉到一个偷割洋草的老高丽，却是八道泡子田家的地户。要不，女东家丢下场院上该分的庄稼，又忙不迭地赶到田家大院去了！看田一骏那个老寨主怎么发落吧，这也太不像话了！你说的是些什么……我也听不清楚，没事再来看你吧！可得预备一瓶好高粱酒呀！你说什么？"

"进来。"盛家大妈说，"你大哥有话和你说呀！"

"有什么体己话，还必得进屋去说。"我们的族亲老姜放下手抱的水莲，低声向我说："你们等着呀！等会儿就看见你妈了。"他在露天的石碾子架上拴了两头牲口，就走进根土家去，还听见他喃喃着："你们这屋子的气味真难闻，净酸菜味儿，简直黑得像个监牢，怎么不开窗户呀！"

我并没有存心去听他们之间的谈话，可是听见老姜的话声忽然机密地低下去,这立刻引起我的好奇心,他们小声说什么背人话呢?于是顿然产生了要去听听的念头。我悄悄走近窗户,同时用眼睛制止宝莉开口作声。我知道她是疑惑我,是不是还能陪她到镇上卖蛋换盐去。我隐隐约约听清楚几句不连贯的句子:"如呆不了几天,庄稼分到手,就拍拍身上的土走了!咱们呢?可得留在这里成年论辈子地过呀!咱们能得罪那个地邻吗?人家洋马论群、炮手成帮,咱们惹得起呀!"

"看她有什么本事,她还斗得过人家坐山虎啦!没有你老娘们儿插嘴的事!"这低沉的声音又说,"她一个妇道人家,到九道泡子来,不去拜望拜望人家老寨主行吗?我说,她也不听!这不是,怎么那些人不去沟里没人的世界偷着砍树,还有明摆着砍三家子地边上的?给她脸色看,她也不知道!"

"是呀!"这是老姜叹息的声音,"我这个婶子,就是逞能呀!她一来,什么都管。你说,这叫我当经管人的还在人前说话不说了?做主子的么?能放得开、扔得下。大小事都要管,咱还说什么?我是什么都不说。这不是偷割洋草的还没听说人家怎么发落,就又打发我来接孩子,反倒挺近乎似的,还要在八道泡子过两天,两下里不知怎么又说得这么亲热了!"

"是谁在窗口呀?连哥儿么?"

我大吃一惊,一头小山羊般跑开了,站在碾子背后,一声也不敢响,直等看到宝莉在屯口悄悄向我招手的时候,我的心口还是嘚嘚跳着。克克瞪惑地注视着我。她的眼睛有种期待我说什么的样子,又有防我要丢下她们的警戒神气。我望见宝莉远远招手,到底转过注意力,嘱咐克克不要动,我说:"只和宝莉说一句话,一句。"就向屯口跑去了。克克那时小手携着水莲,大声在背后向我呼喊着:"我也去……我也去……"我又对她回顾了一下。那愤恨之情全在这回顾的眼色上了。克克遥遥注视着我,不再响了。我对宝莉说:"我不去了。"我说:"妈妈在八道泡子田盖家等着我。我们要到八道泡子田盖家做喜客去了。"还问她："你来不来？"

宝莉的脸色突然阴暗下来，埋着眼睛一句话也不说。她的头上还顶着谷糠里装鸡蛋的小钵子。我们就那么面对面站着，我完全给她那无语的神情所感染，一句话也没有了。突然宝莉像心里受伤似的逃开去，那么迅速、急促，仿佛怕我追赶似的，一手举过头，抓着头顶的瓦钵，似跑似逃。开始我还喊着追了两步，结果停下来，我完全临到绝望的境地一般，仿佛失掉了什么宝贵的东西，很伤心地站在那儿，我感到深受委屈。我想，我说过什么了，竟会叫她那么伤心，我什么也没有说呀！当老姜在背后高声叫我的时候，我是那么郁郁不欢地走过去，甚至于连平日最诱惑我的马匹也没放在心上。他帮助我上马的时候，又说："坐好呀！大兄弟。"我也没有作声。现在我感到就是我隔着窗听过他们谈话，那又算什么？我对他们所谈的也完全不感兴趣，比宝莉不欢而逃留下来的悲伤，那些谈话根本不算什么！一点意义也没有！

二

族亲老姜说，那深灰色花豹斑纹洋马是很听使唤的，虽说矮、瘦，却还算结实。我还得站在碾盘上，要他扶上去，而我拉着缰绳时，这马却原地不走，尽自弓着披有长鬃毛的脖子旋转着。直到族亲老姜身前一手抱着水莲，身后又被克克两手抱腰，招呼我："走了！"那花豹马还是喷着鼻子，旋转着身子，一点也不听使唤，不知怎么一来，又突然猛窜到村口，飞奔起来。我在那瞬间自觉身子一歪，险些坠马，幸而我一手勒着缰绳，一手又紧紧抓住它的长长的颈鬃毛。我的胸脯几乎贴到它前脊上了。当时我几乎要惊呼起来，脸也一定吓得失去血色了。可我在老姜旁边终于提着魂儿没有失声喊叫。

这是在九道泡子旗人农户手里，所有俄罗斯跑马和当地中国挽马当中，一匹优种马。身量高过国产马而又低于纯血种的俄罗斯马。它腿股上的深灰色茸毛间,呈现着道道无毛的皮肤深沟,显然绒毛全给牲口套磨光了,两侧各有长短相等的勒带和车绳磨的痕迹,马肋骨也都完全清清楚楚地现出来了。它们大多是中国地主们以每年一石二斗大豆租给垦荒农户的。然而农耕和车辕并没有把这头花豹马完全征服,它的肌骨里依然留着头等军用马的倔强野性。这头深灰的混合血统的马,应是退役军用马后裔当中的代表。我想,它一开始旋转身子又突然猛跑的时候,就有意把我从背上摔下来的。那马在奔驰,有着波涛般起伏的旋律,与我在颠簸着的身体的起伏却谐和。使我明确地自信,自己是确确实实能配合它的四蹄腾空般奔驰的步调了,于是很快地恢复了镇定。

克克坐在老姜背后,还斜着脸,回头看我。当我那匹花豹马从她身旁飞驰而过的时候,她那快活的眼光,富有羡慕情绪的欢呼,更坚定了我的自信。仿佛那马奔驰如飞完全是屈从我的意志一般。实际上,族亲老姜已经看出那马是不受我的控制了,他高声喊着什么。由于他那惶恐的眼光,我也感到危急,但既紧张又快乐,也听不清楚老姜究竟在向我喊什么,就一闪而过,把他们骑的枣红马远远抛到后头了。只觉得耳旁风声嗖嗖,土岗子南面的湖水时隐时现,而且南部湖面也越来越小,我的缰绳勒得越紧,它的飞奔速度越快,我越发感到惶恐了。等到九道泡子南部水面全给土岗子遮住,我一失手,缰绳脱落,那花豹马反而顿然停步了。但当我伏在它前脊上重新拾起缰绳时,它却完全不听吆喝,随心所欲地走上冈子,硬是不肯停下来等待它后面的伙伴。

我第二次回头,望见老姜骑着马赶来,似乎继续高声呼唤着我。我想掉过马头,迎面等待他们,那马只是挣扎着颈子,依旧向前走,仿佛不耐烦扰似的又突然向前奔跑起来。我第一次觉得自己的臂力、腕力是那么可怜,汗滴开始流入我的眼睛,视力也模糊了。一过土岗,它又缓步走起来,完全是自由自在的,随着它自己的性子,愿意慢步走就慢步走，愿意碎步小跑就碎步小跑，骑者对它是一点支配力也没有。我用手背擦着眼睛和汗水，终于看清这里已经是岗南的小块平原了！现在，我完全听天由命了。它是那么使我狼狈不堪，时而走走时而停停。居然还俯颈撕扯着路边的残草吃起来了……

"连哥儿——你让它站在那儿！我把这衣裳包袱给你拿过去，垫在屁股底下……"老姜高声喊。他骑的那枣红马已从南坡走下来，将到岗脚了。

我还没来得及说话，我的那匹深灰豹纹斑马就又奔跑起来。这是多么意外的突然呀！我的身子又一次猛地斜歪一下，那瞬间我又一次感到即将坠马落地的危险，心口剧烈地跳动起来。幸而我的两膝没有松懈，两手还紧紧抓住它的前脊的肩鬃，这有助于我端正坐势，是我掌握重心的关键。山风迅急地在我耳旁流水一样呜呜作响，我只能在自己肩膀上斜脸揩擦面颊上的汗水。因为我腾不出手来，而且缰绳已经又一次不在我的手里了。我伏着背，前胸紧贴着马的前肩脊。已经看到远处的八道泡子水面上，有野鸭子惊起，水面也越来越阔，那马又缓步渐渐走近一座高丽屯子，我重新捡起脱手的缰绳。

当我最初驱马奔跑的时候，我还有抢先赶到母亲那里去的奢望，还想自得地说一声："他们还在后面呢！让我拉下了好几里呢！"可是现在，这种想在母亲面前逞能的意念和兴致完全消失了。

那深灰色的豹斑马又慢步溜达着，边走边俯着长颈吃路边的野草。我无可奈何地坐在它的脊背上，呆然地回顾，无所顾忌似的。那族亲老姜还隔在一片有几十年生长史的老榆树林子背后。原来，我们是绕着八道泡子东沿转了个弯儿，现在，已看到岗后东北方向的九道泡子北半部湖面了。也看清楚那泡子北岸是大片面积的芦苇和芦花，但却认不出哪是我和宝莉、根土烤马铃薯吃的地方了。看起来，那个角落还说不定被丘陵地挡着。那天晚上，偷挖马铃薯，给更倌老傅追的时候，我还以为是一马平川路跑到七道泡子去的。现在，我在土岗顶的马背上往西看,也看到了在矮树岭一侧的一丛冲天的白杨,还有朝鲜教堂那座高高的木建钟楼。原来,九道泡子在那教堂东南端,是在岭脚底下的大块沼泽地区当中,但我那天晚上却完全没有感到在攀越岭坡,晚上感觉到的竟和白天看到的地形全然不符。我第三次侧转身来回顾,隔着山岗,我竟然看见金秉湖的无屋脊的朝鲜住宅和小屯的中国式茅草农舍,还有在这小屯东北方的高丽屯子,它们的特点是周围的丘陵地大半都是光秃秃的,有些林丛也很幼小,九道泡子的山林,早年都被砍伐光了,这和我临近的八道泡子明显不同。越过土岗,我看到的就是另一番景象了。不但见到株干粗老的榆木林子,有简直可以称作橡树的老柞木林子。山路在这些林丛间穿过,寂无人影,我感到阴森森的,很怕林子当中会突然走出来手持斧头的西伯利亚强盗,如当地传说那样,不只会抢走马,据说他们手持长把子斧头抢劫时,是连一条人命也不留,自然这都是在当地关于俄罗斯匪徒的传说。

林子里有种"咚咚"的轻微声音传来,以后知道,那是头上有撮毛的啄木鸟在啄树干上的虫眼呢!

这时,那豹花斑纹马还是散步般悠悠然随意走着。越过两片榆树林和柞木林,我才发现,我们又在岭阴的坡道上走了,族亲老姜骑的那匹驮着三个人的枣红马,完全被林子挡住了。我们住的盛家小屯,原来也是在岭岗上,那露出水面的九道泡子同七道泡子一样,也是在岭脚底下的洼谷之间!我奇怪,我每次随宝莉去北泡子沿,都是路经一座山岗,却像走平道一般!想不到竟都是在崎岖不平的丘陵之间。

我们来到高原上,那豹花斑纹马又在一个高屯子背后的道旁停了下来,喷着鼻子,嘟嘟地响,它仿佛在考虑什么,没拿定主意是继续走,还是停下来。我侧脸望望它的眼睛,那狡猾的眼光也仿佛在窥视着我,想笑的神气!我心里骂着:"你这个坏蛋!"

那道旁有一块依靠斜坡顺势改建成平面的打稻场,一些朝鲜农民在那里忙碌着,有的用木锨向半空扬着稻种,尘土一阵阵飞舞着,如烟如雾。

"上小屯的来？"一个壮年朝鲜农民老远就向我注视，招呼着。他的下颏在两手的手背上，凭借手下竖立着的木锨的支力看着我。他的头上扎着围巾。他那朝鲜式肥阔的裤裆，就像能装进一条牛犊似的。我骑的那头牲口走近他时，他这么问。在他背后的一个俯着腰收集稻种的年轻的朝鲜农户，听见前者说话，他才发现我似的，仰起头来，他的眼光有种迷惑不解的神情，仿佛他面前站着个怪物似的。到后来，他明白了："打它吧！你的打它吧！哈哈……它欺生呀……"他大声地笑着，又用韩国语把我的困境传扬开去。

我一点也不觉得难为情，心想："原来这坏东西是欺生呀！"我仍那么安然地骑在它背上，一个木偶那样安稳。我已经把命运完全寄托给它了，任凭它站在哪里就站在哪里，它要高兴在这里静静地停三五个钟头，甚至就这么站在那里过夜，我又有什么法子呢？我所有的兴致都给它败坏了。那个壮年农民，最初还以为我的马停在他面前，一定是受我的调动，以为我有什么话向他说呢！现在才恍然大悟，是牲口欺生，也高声笑起来了。那笑声使人觉得他是个心地善良的汉子。他开始用手势指点我，该用手里的缰绳鞭打背后的马臀。末了，知道我手力弱，就过来，想动手帮助我。那匹狡猾的牲口立即感到威胁，就又突然碎步跑起来。不过，只跑开三五十步路，就又停下来了，它贪嘴般撕扯路边的稻垛上的稻穗吃。这时，另外那两块打稻场上的孩子们也呼啸着向我跑来，那三块打稻场上所有的朝鲜农民都停止手中的活，老远望着我，相互高声笑着，兴奋攀谈起来了。我很想跳下马来，用粗树枝子狠狠鞭打它一通，不是为了显显我的威武，而是为了解解心头的气愤。它现在是世界上我最恨的东西了。然而，不藉人力相助，我是怎么也跳不下这头牲口的脊背的。

最先跑到我面前的是个脸色苍白的孩子，脖颈细长，两只裤腿挽在膝盖上，赤着脚。离开我十几步路，就远远停下来，并且回头望了一下，那神气似乎说:"你们快来呀!"有一个背负着孩子的朝鲜姑娘,像背负着一座小土堆似的弯着腰跑过来。她腰间还有两只小腿蠕动着,赤裸裸的,冻得紫红,那脚趾仿佛弯曲的蚯蚓。最后是一个七岁大小的男孩,头大,腿短,穿着一件朝鲜式的大人裰子,肩头、两胁都露着肉,胸前的扎胸带子拖到膝下。只是裤子还完整,可又是夏天穿的单裤。他在我面前一站下来,就提了提裤腰。若是他再跑两步路不提裤子,那裤腰一定就会顺着两腿落地了。他们站在那儿,全用一种吃惊的神气向我呆望,仿佛我的鼻子和他们的鼻子不同似的,谁又能忍受住这些目光呢!我就挥手驱逐他们,那匹马却相反,定定地站在那里撕掠着稻穗子吃,似乎它是特意驮我到这里来展览、供人娱乐似的,它正完成了这一当众表演任务。当我挥手轰那些孩子时,那个大头孩子,就望着背小孩的姑娘嘻嘻笑,那笑容的意思是"瞧!他还会做手势呢……多好玩"。站在栏外看猴子向自己切齿的孩子,会在那瞬间向他的同伴现出这种笑容的。我不知道为什么现在我的满腔怒火一下子完全转到这些围观的朝鲜孩子身上了。我遍身搜索着,想找个能抛出手的东西打他们……若不是他们背后有个年老的农民走来,我手里搜出的琉璃球一定会脱手而出了。这朝鲜老人的两颊深陷,有着衰老多病者所有的阴沉不欢的气色,胸前垂着两条结衣带儿。他向我作出一种善意的笑容,只是在口唇上表现出来的笑容,问着什么,又抓住了马缰绳,伸出一臂,我就顺从地让他抱下来了。我这时,得到解救一般,禁不住要哭了。我是多么感激他呀!再也止不住泪了。"依里敖不索?"他宽慰我,又用中国话说:"怕的没有?"

我用手背擦着眼泪,却没有出声。这时,已听见远远的马蹄声传来,还带有克克的欢叫声!

那朝鲜老农民,摘下他的唐式高装无两翅的旧乌纱帽来,说:"姜盖好呀!"

"你们动手打自己的稻子了吗?不行!东家的稻子不先打完,你们就忙起自己的来啦！"

"我们从夏天到秋天还是马铃薯的大大吃啦！我们就分到了八百捆稻子，东家还要扣种子……还有今年春天借的吃粮债务呢！姜盖！我们的稻子太少了，请女房东恩典恩典，今年不要扣高利贷的种子，明年统统地给好了。"

"你是老地户了，老朴盖！三年开荒不收你们一粒租，可是你还是亏空呀，哪年春天你们不是向我借吃粮呀！去年我经手的牛租钱，你今年还能欠着吗！为你的事情，我不知在女东家和盛家跟前，说了多少好话。我对中国地户、朝鲜地户是一样看待的。可是一到秋天，你们就不给我作脸！这是头一年向你们收租呀！你们种了三年不纳租的垦荒地，交租头一年，就又要恩典了——大黄盖，"老姜又转脸向那个壮年朝鲜农户说，"谁让你们动手打自己留的那垛稻子啦？那东家分的大垛上的稻子，怎么一点儿也没动呀！"

"天要下雨呀！"

接着老姜用朝鲜话和他交谈。后来老姜对母亲说过："那家伙说是怕下雨，可是我问他，那么东家的稻子垛在场子里，就不怕雨淋呀！就是你们那一星半点子东西怕着雨着水发芽呀？这些老高丽就不想想东家分的庄稼，光想他们自己那点儿粮食！我对他说了，若是明年他还加入高丽民会，就非把他赶走不结。我说，俺们女东家说了，你们真大胆，东家跟前也不问一声，就加入高丽民会，你们要和中国人捣蛋呀！好大的胆子呀！"

当时，我见他向大黄盖说话的声色，就奇怪，族亲老姜对大黄盖怎么那么气愤，原来因为这个头扎毛巾的，是朝鲜侨民会的人。

大黄盖当时沉默地退开去，那时候两旁的人都向老姜的马头挨近。一个朝鲜农户手还依持着竖立的木锨支力，下颏搭在握着锨柄的手背上，腰间扎着稻草绳。另一个朝鲜农户，就是最初望着我大笑的那个年轻小伙子，头上也围着上下露着头发的扎头巾，和别的农民还相互用中国话说:"你先说吧!""你先说!"到底还是那头上扎围巾的小伙子先开口了。

"那么三家子关盖家开的高粱地呢?"他的眼光露着自得,表示他是问了别人所不敢问的问题。

我们的族亲老姜的脸色突然发红,恼怒地说:"三间房的高粱地怎么了。他那是开的荒……旗户是老垦荒户了,不要说关家,盛家、潘家都没收租呀!这是我们中国人的事,知道吗?"

"你不是说中国地产,韩国地产,罕嘎济吗?"

"大大的'不一样'呀!"另外有人说。

我从那朝鲜农户围绕着老姜的谈话中和他们仰脸望着老姜的神气上,第一次感到族亲老姜虽说一字不识,在他们面前却仿佛是一个握有威权的国王一样。现在,老姜听到这些话,气色又顿然柔和了,仅说:"那可不一样:中国地户是在本国种地,你们可是亡国的人。我们中国收留你们,是看着你们亡国人可怜!"说话时,还用手里的马棒敲着自己的日本胶底短勒布靴,想着什么另外心事似的。后来,我知道我们的族亲老姜冬间时候,很喜欢喝两盅酒,也常到八道泡子去和地邻回家经管农活的把头们斗纸牌,对朝鲜农户也很亲切,常说:"亡国的人,跑到咱们这一亩三分地上,也够可怜的!"

但我却不知为什么人们一提到三间房老关家在洼地开的荒地,他竟那么暴怒,像有什么忌讳受到触犯一般。而现在又顿然转作沉思般的模样了。那么这个老关家必是他心所偏向的农户了!

"好啦!就这样吧!"族亲老姜摆脱了什么心事一般,抬起头来,"把昨天给东家打的稻子扬干净,晒干,装麻袋!老朴盖你得监管好,别和你们今天自己打的小垛稻子弄混了!我一会就过来!"

那头上扎着围头巾的朝鲜青年又提出要收割燕麦的事。

我们的族亲老姜就说:"你们收了燕麦,独占可不行呀!一亩地总得给东家留一麻袋做喂马的饲料呀!"

"一亩地一共才两三麻袋,房东还要分一麻袋呀?"中年朝鲜农民黄盖说,"你春天可说过,秋天不分燕麦,做人情送了!"

"我说过这话吗?老朴盖!我什么时候说过送人情的话啦?"族亲老姜用马棒指点着,"你说!姜盖!"

那和他同姓的这个朝鲜农户,瘦削的面颊,有两只精明强干而又沉默的眼睛。他一直站在他侧面,也曾经蠕动着嘴唇想说什么,却被人抢先搭话拦过去了。现在老姜在众人前面用马棒指他了,他不得不趋前半步,拉住老姜的手,却不说燕麦的事儿,而说:"潘家的牲口租,今年的不还,恩典吧!"这也是老姜不愿答复的。

老姜威武地跨在枣红马上,第三次说:"好了!好了!就这样罢!回去忙场吧!"又要姜盖接他从胯下抽出当垫子用的衣服包,说:"接过去,给少东家垫在底下!"

"我不骑这匹坏蛋马了!勒也勒不住,它欺生!"

"你不要紧勒缰绳呀!这是老白俄带过来的军用马,你别看不上眼!它和咱们的牲口不一样,你越勒,它越跑得欢!"到底,他下马了,又说,"呵!你是忘记把口嚼铁给它戴上了!怪不得它不听你使唤啊!来!我来!"

我开始对我们的族亲老姜不满了,心想马口铁也没戴,就给我骑!全没把我摆在心上。我坚持换马!终于,老姜也面色不欢地把克克和水莲抱到了豹花马背上。朝鲜农户姜盖一边在那马背上扎着当座位垫的麻袋,一边说:"恩典,恩典!"

我对那姜盖也不满意,因为他向我们族亲讨好,把原来枣红马背上捆垫子的细绳解了去,给灰色豹花马捆坐垫儿了。我虽有搭在马背上垫腚的衣包,但那是活动的。我问那头戴唐式高装乌纱帽的朝鲜老农朴盖:"掉的没有?"

"呵!"他掉头要一个男孩解下扎腰带来,那虽说是根草绳,可到底有扎的东西了!但不够长,又找来一根草绳接上,总算捆扎妥当。

这使我觉得戴唐式高装乌纱帽的朴盖对我比老姜亲切而体贴。我由此明显地感到我们的族亲老姜对我嘴里尽管说得甜，心里却完全没有我，根本没想到我的甘苦，反而显得很不耐烦的样子，尽自对那朝鲜农户说："一家子呀！你还啰唆什么？你的牲口租也是欠了一年啦！——你大女婿还在民会办事吗？"

"呵！不在民会了！欠了一石二斗牲口租，六斗的利息都给了呀！"

"好啦！——咱们走吧！你还是在头里走！"

我感到什么燕麦分成、牲口租之类的债务等等都不在族亲老姜心里，他心里另有什么事挂牵着！

"你！"老姜用马棒直指那个头上围着白头巾的朝鲜青年说，"过去，帮少东家一把，扶他上马去！"

我现在是额头带着由于急躁而出现的汗水，终于跨上枣红马，安然上路了。我抖了抖缰绳，不一会儿就远离高丽屯子，经过三块满是水草甸子的洼地，沿着泡子岸筑的土道飞驰了。那土道看起来可以通西北角的七道泡子，直达沙坨子镇。

三

在一个面临水甸子车道和土筑道的道口上，我见那土道弯向东方，伸展到半里外的矮岭背上。不知要走哪条道，我勒住马等待和老姜会齐。我们先后高声问答着，终于越过水草甸子的旷野。路上寂静，时而有野鸭从路旁的水草中惊啼着飞开去，那翅膀拍击空气的声音，是极有力的。空旷之间，似乎久久还遗留着这一飞鸭的翅膀震荡大气的余韵。我们的另一边，是枝叶蓬勃的野生桦树林。从它们那标直的排列之间，可以看见湖边的芦苇丛，还能听见芦苇丛的叶子摇摆相互摩擦而发出的窸窣声。它们是配合着桦树行列上空的风涛摆舞着的。若是远远间有一声突然的轻悄悄声响，那么定规有一两片桦树叶子堕地了。在一秒钟之前，它们还是凋零地垂挂在枝子上的。

我们在高原的边缘上一座临湖的茅屋背后跳下马。这是我们吃午饭的潘家宅子，是一座没有围墙，赤裸裸的面湖而后窗朝阳的宅子，又称"三间房"。

主人潘鸿业是一个太监般光嘴巴老人，虽然体质还算矫健，从他那满头的白发来看，至少也是近七十岁的暮年人了。显然，他已很久没有剃头了。他的眉峰冷峻，还有两根白色尾眉长长地垂俯着，这又使他那老妇人般面容带有奇特的僧人感。他的眼光锐利，说话的声音迟缓，仿佛就连他的住屋着火，他也不会提高声音喊人似的。而且他的两只小拇手指的指甲，竟有两三寸长。在他一开始和我眼光接触的时候，我就有些心怯。

我觉得这一定是个秉性古怪的人。他这天穿着灰布长衫，也或许因为他头上戴着古式的瓦形暖帽吧，倒像一个古庙的道士。他在门口迎接我们，在他之前已经有个戴瓜皮帽的青年扶我下马，并把马牵走了。

"你们怎么这样晚才来？"潘鸿业老人说，"进屋吧！我们这儿正吃午饭。"

"我昨天在高丽屯耽搁了一天。你们吃晌饭了呀！那么我们拐到三家子那里去吃了！"

"歇歇！歇歇！让克强到泡子里去抓条鱼吃。"他仍然低低地说，又问我，"这是你的两个妹妹吗？"

克克和水莲在他们谈话时就跑到我腿前，依附着我向潘鸿业的老婆瞠惑地望着。她是一个心地善良而又多话的胶东妇人，说话也是和我们母亲一样，满口是平度特有的乡音，这使我们感到很亲切。她笑着向潘鸿业老人说："多乖的闺女呀！……你说，她们的娘真是忍心，就能把她们整夜丢在盛家小屯老高丽家，也不挂牵呀！真是……你看她们多招人稀罕呀！"后一句是转向她称作乡亲的老姜说："来！我也来抱抱，你不想你娘？"水莲在那时候，就哇哇地哭了。她不是害怕生人抢，而是真的想起母亲来了。

潘鸿业一手摸捻着抽水烟的纸媒一边说："把她抱进屋里去，用什么东西哄哄。"之后，转过背。我们都在他前面走进屋子了。乡亲老姜口里高声嚷着："我们还进去么？别打扰了你们晌午饭。"可是两腿仍尽自往屋里走去，而且走在我的前面。

这是两明一暗的三间房子，有两排乌黑的长条桌子，靠南窗有一铺可以睡三人的暖炕，墙壁一头悬吊着老式的带流苏的眼镜盒。出墙一侧的台板上，供着"至圣先师"的木牌位。原来，这是个私塾，怪不得给我们牵马的那个阔背的年轻人身着长布衫、头戴瓜皮帽呢！

潘鸿业让我坐在暖炕的一端和他对面，问我："十几岁了？""念的是什么书？"又问："你父亲为什么这些年也不来窝棚看看了？咱们的窝棚如今改了过去荒无人烟样子了。他若是来看看，一定吃惊呢！"又对老姜说，他在俄国穷党闹革命那年才从海参崴过来，那时在城里三合盛柜上见到我的时候，还整天用绳子牵着狗玩儿呢！说我"才这么高"，又问我，那条狗是叫什么名字啊，而且说不是那个洛布达，他是说那条小的。等到听我说："是小三点，早死了！"就叹息着说："一匹多好的巴儿狗！是一个俄国贵族玛达曼拿它顶了好多卢布的债呢！它是在赌场上作为抵押品转卖的呢！过期很久输主又打发用人来赎，管给多少卢布，你父亲就不转手，是个稀罕物，可灵性呢！……什么时候死的呢！可惜！可惜！"在说这话之间，他还问过那个戴瓜皮帽的私塾生，是不是给马添了谷糠，并且让他拌完料就收拾一下渔网或罩筐，下湖去弄鱼。那个私塾生谨慎而有礼貌地答应声"听见了"，同时偷眼瞅瞅我，就退了出去。

以后，从母亲那里，我知道潘鸿业如下的简历：俄国大革命前，潘鸿业是海参崴地方法庭的中国通事。一九一七年以后才携领家眷逃过交界来投奔父亲了。后来三合盛是胶东三家平度老乡集股经营的烧锅（酿酒作坊），他原在海南家乡和这三家股东都熟识，于是父亲就委托他经管九道泡子属于三家股东共有的这个窝棚。那时候，九道泡子附近常常有带枪的朝鲜独立党人出没，在方圆几十里的这么一块狭谷形丘陵和空旷高原上，只有五六家私种烟土的旗人农户。就是潘鸿业自己也并不从事开垦，只是在每年冬季来临之前，雇工网鱼。母亲说九道泡子的渔产所以少，完全是由于潘鸿业经管的那几年，把湖里的元气伤害了。那些年鱼可多了！母亲听人说，包括柳鲦、鲈鱼，年年都是封冻前打出来，就堆积在泡子沿上，等着朝鲜咸北境的鱼贩子过来议价。他们赶来牛车，一趟趟往外运，那是多少鱼呀！在泡子沿上十天半月堆着，全冻成冰块了。据说潘鸿业在那渔产丰富的年月，完全不关心招户开垦土地，以致投奔九道泡子来的汉鲜旗地户，没有别的路子从县城或镇市里借贷口粮，更得不到开垦必须购置的洋犁和马匹的资金，还有大量种子也需要的高利贷款，最后都不得不转到六里外的八道泡子去了，留在三家子的老一代垦荒旗户，是很少数。潘鸿业在那时候，又设立了学馆，这是潘鸿业最感兴趣的职业。这个学馆的东家是八道泡子人称"老寨主"和"坐山虎"的大地主田一骏。凡是八道泡子地主与满鲜农户订立垦荒契约、借贷口粮，或开垦沼泽土地必须租赁的双铧犁、马匹，都要立字据，当然也都必经潘鸿业一手代办，相反有关九道泡子的垦务，作为经管人的潘鸿业倒很厌烦，就是九道泡子的朝鲜农户从三间房过路，进来拜访，他也感到是一种骚扰，更不用说，要求通过他从县城里到实际早已不存在的商家——三合盛酒坊借到高利的贷款，招纳垦荒户的事务了。日久天长，这个三合盛时代的土地垦务的经管人却热心为八道泡子办事的行径，也传到父亲耳朵里去了，这就是两年前父亲又约族亲老姜后年到九道泡子来代替潘鸿业老人做窝棚经管人的原因了。那潘鸿业就此脱手不再过问九道泡子的事务了，冬季也放弃为他多年所独自得利的渔业买卖了。据说，他向我们族亲老姜说过："不是我不管九道泡子的事务，这得要往外拿大把钱，要舍得投资呀！可是向谁开口呀！三合盛早就倒闭啦!向参庄上提么?参庄老财东根本就没把这座黑顶子山的窝棚看在眼里,光年年往外拿地亩税就够他姜青山头痛的了!再说,俄国富党一垮台,卢布和黄条子马克都不值钱了!他手里的大笔袁大头和金票换了几麻袋废纸呀!再上哪去弄钱往九道泡子投资呀!不是我不给咱们老乡亲办事,这叫'非不为也,实不能也'。"至于父亲,却说:"他潘鸿业!我还不知道么?写得一笔好字,海参崴有名的中国商家都是他写的牌匾,连海参崴的邵领事也敬重他几分!不过,他呀,是个书生!要他到九道泡子去,是给他安置个吃饭的地方。光渔产,这两年他也赚足了!听天德兴汇兑庄上讲,年年冬天,是三千两千的金票往海南汇呀!可是地,你不愿经管,那么树林子得给我看住呀!剩下来的像样小块林子,本来也不多了!可是树也没给我看住,要不我把林子都卖出去了?不卖不行呀,没有贴心人去经管呀!"实际上,父亲当时是对这块原始性的草原和林木蓬茂的山岭,是无心力经管了,不是不想从它身上搜寻财富,来弥补历年上缴地亩田赋的亏空,而是参庄茶号的私人事务与县里的商会公务缠身,这些公私杂务已经消耗了他全部精力。如母亲所说,父亲明知道潘鸿业摆脱不开书生气,无法经营田庄的农务,当时不过"只是找个地方,给个名义,安置一个年轻穷困的老友"而已,等到发现磨盘山的剩余树木被地邻所属的农户盗伐了大半,也就不再留他担任窝棚经管人了。有些事临时又交待给三合盛时期的盛家经管了。这就是为什么直到现在盛家老汉还有力量干扰母亲和族亲老姜的协作关系以及金秉湖敢于自动放弃经管朝鲜地户债务的原因。一年前,母亲亲身来主持秋收,顺便又和地邻田家订了出租九道泡子鱼产的口约,只给居留在九道泡子三间房的潘鸿业保留着还可以在泡子里捕几尾鱼做家餐用的权利了。那潘鸿业对母亲依然很尊敬,并自认,受到东家的好处已经太多了。据传说,他把历年经城里天和兴汇到平度老家的积蓄,已为海南的儿孙置买了百把亩田产。现在,他的经常性收入,除了私塾的学谷,还往外租牲口;借给九道泡子朝鲜户高利息的口粮。至于烧柴，也仍是出自父亲的山林，同时，还白白种着九道泡子两三亩广的一块菜地。正如母亲所说："没开的地，多着呢！三亩、五亩算什么？种去吧！反正是他爹年轻时一起给俄国卖苦力在林子里修铁道的乡亲，携家带口在外也不容易！可是他再想一到冬天就从泡子里网鱼卖，再想让军粮城过来的朝鲜鱼贩子一车一车地往江西运，那可不中了。"

潘克强是潘鸿业在关外第二次成家生的独子。从他儿媳对他那种亲切的姿态上，可以看出在这个上有公婆的家庭，她做儿媳的倒也满足。潘克强是一个瘦弱的青年，细颈、高额，仿佛一只缩颈的鹅。身穿对襟马褂，扎腿裤，一走进来就惊奇地四顾，望见潘鸿业的眼色，才向我们的族亲老姜脱下帽子，鞠躬，问好。

"你没有看见城里来的你大兄弟吗？"潘鸿业说，"这就是我常说的，城里你九大爷的儿子……去收拾网，和田大宝两个到泡子里打几条鱼来。东西你都送给关家了吗？那去吧！连哥儿——你的大名呀？……姜步畏呀？那么，你欢喜去玩儿，就跟他们一起去吧！我和老姜大侄子说几句话！"

族亲老姜嘱咐我快回来，说："吃完饭还赶路呢！"我和潘克强彼此望着，眼光里都充满愉快。我们逐渐走近，顿然觉得对方是熟悉已久的小友，就那么拉起手来走了出去。

"你到荷神潭去过么？"他小声问我。

"在什么地方？"

"就在那边，离泡子中心还有半里路。"潘克强说，"那里还有鲈鱼呢，这么长，一条能换十来个鸡蛋。"

田大宝——就是身穿长衫，头戴瓜皮帽的那个私塾生——在芦苇丛里招呼我们。我当时向芦苇丛里搜视一遍，没有看见他，反而被惊起的野鸭子吓了一跳。那野鸭子"扑楞"一声就从我眼前湖崖下飞起来了。转眼看去，那崖边却全是些桦树叶子。本来是看不见水面的，现在，那些芦苇枝叶在震荡中摇摆着，空间就露出一小片闪闪发光的水面了，那正是野鸭刚才栖息的地方。那湖崖距离潘家崖宅子只有十几步路，靠近石阶底部还有三株高拔挺直的白杨树，可是混在芦苇丛中，站在崖子上看，并不显眼，但一下到崖子底下，就得仰着头看它们了。我们从井般深的崖子底下出发，在那芦苇丛中跳上船去。我继续追问潘克强，他家里到底是不是也有猎枪。那么近，却让它飞掉了。

"他家里有，"潘克强指着背宽如熊的田大宝说，"他还会打狍子呢！"

"你喜欢玩枪，我们那里有。我们还有两条日本种猎狗，晚上你到我们家就看到了。"田大宝说。

原来，他就是八道泡子田家大院的少地东。说话时，他的两只蒙古式眼睛只注意小划子的前方，并叮嘱我坐稳，说是船翻了，我们就要去见荷花神了。我并不理解他说的是什么，只觉得他笨拙得可笑，背很宽，宽得出奇，而且，我不敢向他直看，一看，就要笑。实际上，他也没有什么特别可笑的，不过十六岁的年龄，背的宽度和厚度几乎相等，多么肥大的长衫呀，多么敦厚的体态呀，真像是一只熊，又笨重，还像一个足足装有二斗半大豆的浑圆的麻袋。而且，瓜皮帽外还露着白布发罩的边缘，对他这种古怪的打扮，我也觉得好笑。很想在他的瓜皮帽檐上再插一根公鸡毛，安根翎子，那就像舞台上的满清的衙役了。我还暗暗在衣袋里摸索了一会子，除了一颗琉璃球却找不出一个足以装饰他那帽子的东西，这真叫人扫兴呀！实际上，他并不是那么可笑，倒是由于我第一次坐船的愉快无处发泄，而要寻他的开心，借以抒发欢欣之情而已。

我们埋在蓬茂的芦苇林里，我们的小划子迅捷地穿过芦苇丛，小舟穿行中，得时时小心地防备着芦苇叶子擦脸。只见那些芦苇窸窣地一阵摇动，说明头上有阵小风吹过去了。可是我们却一点也感觉不到，相反，却感到闷热。我们一直也没有中断了惊呼，因为时时有水鸟从我们近前扑翅惊起。田大宝不住声地说："又一个！又一个！……"三遍地重复道："一个夏天都养肥你们了，你们等着吧！……打完场，该来人下药收拾你们了。"或是"他妈的，好大的野鸭子！有两三斤重呢"。从芦苇丛中，我还看见一条大车路般的航线，宽宽一条水面上，闪着金黄色阳光，发着熠熠的耀眼光芒。一会儿，我们的小船就离开了阴森的芦苇密林，视野顿然开阔了。我是第一次坐这样的小船，感到在水上是多么爽心的舒适呀！那泡子的西方望不到边际，只见烟雾缥缈，而北部的高地也很遥远，看得却也清楚，可以从一片深绿混合着铜锈色中望见崖头上棋子般大小土黄色的朝鲜式的无屋脊的茅草农舍。一些白色的水鸟排列地漂浮在湖中心，潘克强伸长细颈兴奋地说："你看见没有？鹭鸶。看！鹭鸶，那儿就是荷神潭，水最清了，鱼可多了！"

"我告诉你，那鹭鸶，你快看呀！"

"看见了。"我说。实在，我没有看清楚，并且对那些遥遥只望见轮廓却又看不确切的水鸟也不感兴趣，只是这样来推脱，仿佛这样就可以结束他要谈的话，使他注意我所指的一个土岗后的屋顶。"那里是我今天早晨骑马来的地方。"我又说，并希望得到他证实，判断我的眼力。却看不到金秉湖家的蛙臀式的朝鲜茅屋，可见他比老盛家的中国式茅屋矮一截子，给后者挡住了。

"克强！"田大宝说，"我们划到荷花潭口去呀？"

"不，我爹不让去那么远，家里还等着咱们呢！"

"再不到泡子口去呀，那边有鲈鱼！"

"我知道你又想回去……"

"我们院子里都卸牲口了。"

潘克强也没有听完我的话，我还想再给他指九道泡子北部高地上那间中国农舍呢！现在他却注意着为田大宝所遥望的地方。那就是建立在背依军粮城山脚下的一座斜坡上的庄院，和盛家宅子一南一北隔湖遥遥相望的八道泡子田家大院。现在这座庄院距离我们比盛家宅子要近得多，我们可以清清楚楚地看见院子里大垛大垛的豆秸垛、玉米秸垛和院中心一片宽阔的打稻场。还有砖砌的围墙、四角炮楼、衙门式的庄院大门、树丛枝上很多很多的鹊巢、三座分为两处的闪着光的洋铁铅盖屋顶，甚至连那院内来往走动的家鸡和颈下吊着横杠的护院狗，都看得清清楚楚。偶然还能听见那庄院传来公鸡的午鸣。

"你们今天就到那儿宿夜了。"田大宝侧脸向我说。

"你呢？"我问，"不回去么？"

"我……"他突然偷偷俯在我耳朵上说，"今天晚上，你在大门口等着我。"又说："我领着你到八道泡子口换鱼去，可别对我们家里的人说呀！"

"我知道，"潘克强威严般说道，"你说的什么，我都知道。"

"你别回学馆告诉先生呀！"田大宝恳求道。

"你不会也去吗？"

"到哪儿去？"

原来，他什么也没有听到呀。我连忙对田大宝说："别说，别说。"

可田大宝却没听见似的，还是一个劲地向他恳求："回学馆，可千万别告诉。"又讨好般说："你也去呀！我到时候叫你。"

我开始不欢喜潘克强了。我在学校里是痛恨那些以到教师那儿告状来威胁人的学生。那时，我看到他并没有注意我，而是向飞起的"打鱼郎"惊呼，我就有意不去看。田大宝越是向他恳请，我对他初见时的好感就越加消逝了。我想：依仗着你爹当老师，就那么欺负人家啊。现在我反倒觉得田大宝可亲了。

那天，我们没有到泡子口，田大宝就撒开网了。半小时后，我们带回去两条二斤重的梭鱼、六七条小鲫瓜子。它们在鱼筐里还蹦着、跳着，我真不愿意田大宝把这罩鱼筐拿到厨房去，多可惜的生命呀！但我又想等着吃糖醋炖的小鲫鱼！

族亲老姜正和私塾老师潘鸿业聚精会神低声谈着什么，两个妹妹在暖炕上盖着被子却早已睡着了。

四

吃过午饭，我们又休息了一阵子，因为午餐有咸肉、炒鸡蛋、鱼肉丁卤子和荞麦面条，我们吃得过饱了。老姜显得酒足饭饱的愉快样子说："不消化食儿，管保在半路跌破肚子。"临走，潘鸿业送我们到屋背后临近满是石头的断崖路口，我们骑马越过一片石头滩了，他还是高声重复着不只一遍的叮嘱："记住，你母亲若是从这里经过，让她顺便进来坐坐，告诉她，这里有新鲜鱼吃呀！"又说："别忘了给你在城里的父亲带好儿！"

"知道了。"我老远回头应着。那时候给我印象最深刻的是田大宝的眼光，他站在断崖上，在潘鸿业的背后，不胜羡慕地目送着我们骑马走下崖头，还高声叮嘱："下坎儿，身子得要向后仰。"那两道眼光表示他是多么渴望着回去一趟，他是那么恋恋着那军粮城脚下距离三间房也不过三五里的庄园。这时我感到尾脊及两股间的胯裆有些疼痛，我不知道自己的两股间的肌肤在马背上已经磨破，发肿了。

路上两侧树林茂密，我们向西转了弯儿，再没有碰到什么村庄。实在说，我已经没心观赏周围了，底下虽有平铺的衣服包做鞍垫，可我还是感觉那捆着它的草绳在我胯骨间摩擦作疼，这样，我就不得不躲避这根草绳的摩擦，时时注意向后挪移身子了。

我们依旧沿着泡子边的沼泽地前进，不过，这已是八道泡子地界。又越过几块原始性的洋草地和几座低矮的土岭之后，渐渐有收割后的大豆地垄和谷子地垄赤裸裸地露天般在岭坡上出现了。它周围依然是高过人头的枯黄的蒿草。若是在半里之外，这些割完庄稼又重新翻垦过的大块庄稼地，是极不容易看得到的。偶尔也有野鸡或是野鸭的鸣叫声，而且几乎每一个小小的空旷地的上空，都有悠然的鹞鹰在那儿盘旋着、飘荡着。那蓝宝石般的天空呀,只有在这里才能感觉到它是多么迷人了!蓝的是那么光润、那么透明、那么柔美,又那么洁净!我已忘记了胯下的疼楚,简直想伸手去摸摸那蓝色的天空了。看着看着,马蹄敲打山路的声音又单调,使我的兴奋情绪渐渐静息下来,久而久之,我不由得伏贴在马背上,两手抓住那枣红马的脊鬃,打起盹来。那马蹄踏拍土地的单调音节,在催人入睡。不久,我为族亲老姜的歌声唤醒。那是一首海参崴还属珲春统领管辖时代的民歌,那唱词是:

正月里来,
打罢新春儿
珲春街上闯外的人儿
插海带呀,拧海参儿,
海南家中撇下一个女裙钗儿!

太阳还没有落,我们终于来到田家大院。那高高的砖墙围子,那黑边镶铜环的红色大门,城楼上面还有城墙式的瞭望垛垛,这哪里是庄稼大院,倒很像珲春县城里那一座满清式县衙门。门口不见人,老姜并缰牵着两头牲口走进去,只见斜坡上整个场园是座高大庄稼垛围起大半边来的打稻场。我们一进大院门,就离开崖下的砖铺走道,顺着斜坡走上打稻场旁的小径了。母亲出现在一个两侧有抱鼓石墩的套院侧门口,迎接着我们,高声笑着,问族亲老姜:"你们怎么这样晚才到?"也不听老姜的回话就从那豹花马背上抱下克克,又问我:"水莲昨天夜里没有哭?吃饭还是金盖他妈照顾你们?"我本来预备一见她就抱怨、赌气,谁叫她撇下我们不管呢?不知怎么,真的见面就全忘掉满肚子的委屈了。我那瞬间感到她是从未有的那么疼爱我们,禁不住欢欣地说:"我在潘家宅子坐船了!还到泡子里打过鱼!那么大的两条梭鱼!"

"给你田一骏大叔行礼吧！"母亲站在那座套院便门前爽朗地高声说，"你记得不记得你田大叔了？你忘记在城里元宵节他抱着你看过龙灯啦？"母亲说话当中还插了一句："别哭，妈不是在这吗？哭什么？"那是安慰小妹妹水莲的。一开始投在母亲的怀里，她就没有停止过呜咽，并且向母亲告状，说是我在金盖家还打过克克。可是母亲并没有注意她的话，因为她专心致意地在听我们所拜访的那旗人地主在高声地向我说什么。这八道泡子的庄园主人田一骏是镶红旗的旗人，在珲春县城是个有名的大粮户。他的体质比田大宝还敦厚，据他说，附近地户家就没有一把结实的椅子可使他坦然就座的。他穿着肩头有补丁的对襟褂子，抱我下马时，我还以为他是个车老板子呢！他说话的声音还说明他平日吃喝好、睡得香，底气才那么壮。他脸红红的，眉毛又浓又黑，眼睛显示着一种粗犷、豪爽的光泽，而且臂力过人。我觉得自己在他臂上，仿佛没有什么重量的猫儿一样。

现在他侧着脸问我："你看见你大哥没有？对我说。不要紧……"话还没完，又回身说："大宝他老舅！把密士赶开……叫它们到套院后头去呆着！"他说的是两条日本种猎狗，它们从我们进大门时就围着马腿兴奋地吠叫不休。我完全给这种马匹的鼻啸、猎狗的吠鸣、受惊母鸡呱呱嘤嘤的啼鸣，还有孩子的哇哇哭声搞得听不清母亲是在斥责我什么，只从她眼睛里感到是在愉快地斥责着我，而且我也弄不懂这庄园的主人抱着我又问什么。我心想，我又不是个小孩子了，多大了呀！母亲是说："还不下来和你田大叔说话。"但这个人称"坐山虎"的庄园主虽是那么粗犷，对我却分外的亲热，一直把我抱进里院，才让我在前庭的台阶上两脚落地，可还握住我的手不放，我那时候是想追随着母亲，口里还喊着："妈……"

"你田大叔不是问你话么？"母亲又一次温和地谴责我。

"大嫂，我又要说了，咱们联亲吧！我那两个闺女任你挑，随你指把！我是说真格的呀！"

"他田一骏大叔,真会说笑……"

"怎么说笑哪!真的,不信咱们当场把三间房潘鸿业请过来,写媒柬吗?有你家跑外场的老姜做媒人,还不行啊!"

"我还是老话,过两年等他长大了再说吧!我可不给他早定亲,等他长大了,受埋怨!"

"等两年?我们的姑娘可等不起呀,今年大的十八了呀!"他霍霍地大笑起来,临进门又向老姜说,"那个小王八蛋没有想着借由子往家里溜吗?"

"谁?"田一骏走进来说,"我说的是我家里那小王八蛋!还有谁呢?送他到三间房潘家宅子去念书,三年了!一部'四书'还没念完,去年一娶亲,更念不下去了!老恋家呀!哪有这样没出息的孩子。"

"那不怪孩子,孩子还有不恋家的?"

"恋家?想谁呀?恋媳妇呀!那个小王八羔子!"

"他田一骏大叔……"母亲笑着说,"你是当公公的,儿媳妇就在你眼前,你说话也不知道避讳避讳。"

"有什么避讳的,我们旗人不讲究这些。"田一骏又爽朗地笑了,"我没说吗!你们城里人就是封建礼教多,以前我们旗人在窝棚里,哪有什么讲究,可是到我在都统衙门当差的时候,就不行了。见人就得打千、请安,跪得两个'波罗盖儿'都疼。一天到晚都得喳、喳地答应,官场上的规矩,哪敢大声说句话呀!"

"你什么时候还在统领衙门当过差?"

"那时候呀!"田一骏的手指插到头发里去搔痒,一手提着无檐毡帽,插了一句,"大宝媳妇去把我的靰鞡找来。"继续说,"那时候……早啦!我算算呵……咱们把海参崴割让给俄国,是咸丰三年,我刚八岁。吴大澂到珲春副统衙门接任的时候,我当的差,正二十八岁!马啦马啦小三十年了吗!你听说过咱们南门外有座炮封了二品'歪嘴将军'吧!提起这话,我可就摸底细了,皇上赐下黄马褂来给那歪嘴将军……怎么叫歪嘴将军呀？因为那炮口是歪的，这是炮兵营里私下称呼它的绰号。营盘里的大兵，常常因为说顺了嘴，没少给把总掌嘴巴！那炮是皇上封的二品镇疆大吏哪！因为它在跑毛子那年立了功呀！老毛子的哥萨克兵还没进来，县城里的人都跑的跑了、溜的溜了，珲春只剩下一座空城。有不少在绿旗营当过差的，这节骨眼儿都发财了。胆子大呀！从前你们的邻居韩四，那时候也发了点财。如今韩老四全家都搬来啦！他们你还不知道呀！他儿子在沙坨子当巡官呢！街里的房产也都卖完啦。韩老四还是阔大爷的样子，见了酒不要命呀！喝起来，没完没了。你就别去看他。看他，就向你借钱，想方设法掏你们的腰包呀！"话题就这样转到我们在县城的那个老邻居的景况上了。

母亲还在说："我怎么一点也不知道呢！我早说过嘛，大义他妈生就的苦命。在城里的时候，又养猪，又喂鸭子，整日整夜地操劳，还不是给他那个不争气的阔大爷吃光了！喝光了酒馆，以后又到处欠债呀！"

"妈！你别说了！"我说，摇着她那粗糙的手掌。我已经是第四次阻止母亲说话了，正像一般年少的孩子听掌故听得正着迷的时候，给人用别的闲话岔进去那样不耐烦。

"这孩子，你看看他那样子……大人们讲话你不悄悄听着，曲眉歪脸的，什么鬼样子。"母亲在我前额上用手指戳了一下。我奇怪母亲的手指怎么会那么硬，像钢条似的戳得很疼。可是我没有感到这是责罚，相反，却从母亲眼光中觉得母亲是很疼爱我的。

人称"坐山虎"的田一骏大叔现在坐着矮脚凳，解开靴鞡绳子，向我说："你们学堂老师没有我这两手吧！这是历史材料，是吧？大嫂，我看咱们还是联亲吧。我告诉你，咱们联了亲，我就把九道泡子西南角上河这边的那块飞地，连那个小马鞍子山，都送给姑娘做陪嫁。九道泡子的土地缺一个角，你不是老不称心吗？说真话呀，我还担心你们遇到旱年，给我截了水道呢！我招的那些朝鲜户开的那些水田，可不容易呀！光说拉石头子修河坝，我可没少往屋里掷钱呀！真的，全靠你们上边下来的水呀！咱们联了亲，我也放心了。你怎么笑呀？真的呢，你们赶明儿个修起座像样的庄院来，从城里往窝棚一搬，咱们又是地邻又是儿女亲家，该多好呀！这里口蘑、榛子、梭鱼、大鲤子、菱角、野鸡、水鸭子、沙斑鸡、树鸡、狍子、鹿茸、飞龙，要什么有什么，而且这林子里的空气多新鲜，养人呀！再说，你们在泡子南岸的三间房再盖起像样的庄园来，夏天一出门，就看见崖子底下的水面，半泡子都栽上荷花！你们终年住在城里的人，要是每年夏天在这里闻闻荷花的清香，若不多活几年才怪哪！"

"我这趟来，不光是为了那几棵柳树，给你送人来了！就是要在盛家小屯那边儿盖房子！盖几间像你这样的庄院，如今手头儿还没有多大资力，我打算先盖三间，也不用太讲究，你给我在镇上找好木匠、瓦匠，包出去！明年春天就动工。"

"为什么不在今年秋天动工呢？春天人手忙呀！要是过两天打完场，你要找多少人吧，我不是说了吗？包在我身上。在沙坨子找咱们的老匠人！你不是看中了我家里的木工活儿了吗？说定了，我今天去镇上办事，顺便就托人给你订下砖瓦。我还要到高丽屯去看看。不瞒你说，今年夏天镇上的人批了咱们地户几十石豆子，他们今天还在八道泡子高丽屯等我呢！大宝他妈！你陪着你们的九婶拉呱儿吧！连哥儿，若是没人和你玩儿，就找你大舅。这是你大舅，认识认识，他反正不打场，一天闲到晚。你叫他带着你到房后的沟塘子里去捡蘑菇捡鸭蛋。离边界远一点儿。咱们这儿要什么有什么，野鸡、斑鸠、鹌鹑，有的得下'马尾套'，若是碰巧，还能套着飞龙，炖着吃可香啦。"

母亲却仍然谈在九道泡子小屯盖房的计划，说："今年秋天可措手不及，明春冻雪一开化，就动工。"又说："你不能走呀，故事还没讲完呢，你看我那个学生，一脸冤屈样。"

"等大叔回来，再给你讲，你要听古，多着呢！"他俯身向我，又直起腰来，向母亲说："三间房的房基多好，咱们两家又离着近，为什么一定选在小屯呢？"又向我说："好啦，大叔走啦！"向田家大婶说："晚上说不定不回来啦。"他在门后掷下两只布鞋，临出门还站了一会儿，看看他的脚下换的靴鞡，仿佛估计自己捆的绑脚绳是不是结实，是不是走十里路不松丝扣。可见他还是不惯于出远门，很少穿靴鞡的。一会儿，见他在院心打稻场询问更倌的声音，又问："为什么不备那匹老猿马？"他一离院子，气息顿然寂静了，能够清楚地听见马蹄的嘚嗒声。那该是离大门丈把路远了，而那只守场院的长毛狗一定还带着项下的吊杠，追随不舍。

我们原本是在那后窗向阳的南房厦道的石铺台阶上，听着田一骏大叔和母亲的谈话。他坐在原是后院的檐底下，那板凳虽是矮，可比一般家用板凳高，也宽大、厚实。他扎靴鞡绑腿的时候，母亲还一臂抱着水莲站在那里。等田一骏大叔一走，那后厦廊走道底下，就顿然空荡了许多，仿佛是平原上失去了一座孤山或奇峰一般，可见他给我的印象之深了。现在，我的注意转到了田大宝二舅身上，他有一双青蛙式的眼睛，眉骨很高，酱紫脸色，穿戴整齐，开着前胸，露出一排有十三道布结纽扣的白褂子，给人一种干净、利落的英俊感。

当口含一臂长的乌木管长烟袋的田一骏大婶和一个老是低着头进出（先是给田一骏大叔拿靴鞡、搬坐凳，以后又给田一骏大婶递烟袋、划火柴），显得俯首帖耳的年轻媳妇，陪随母亲手牵克克离开后厦廊的石头台阶，当她背身进屋的时候，我只见她那光洁的发髻上插着一朵小花。我没随着母亲进屋，我想跟着田大宝的二舅去后沟套鹌鹑或是捡鸭蛋。

我说："潘家宅子前头的芦苇荡里，还有野鸭子，可肥呢！"

他说："野鸭子肉腥气，赶你二舅从沙坨子弄来铁沙子，就领你到北边河套里去打沙斑鸡，打飞龙！这后头离老高丽国界近，那里可不让打枪，得往北去！现在不行，我还有营生哪！"又说："我还得去看看你们的经管人——乡亲老姜呀！"我随着田大宝的二舅穿过前堂，来到前庭，才知道原来我们是从这所住宅套院的西侧门走进向阳的后院里去的。前庭檐底下有两排杨树，整个院子都在阴影里，很冷清。走廊离地面很高，后院可以从厦廊的台阶上一步迈到后院子的走道上，前庭却要走一段铺条石的台阶，前门也宽，又是一层层条石垒台阶。在前院的头道门之间，还有影壁形般的二道门，这二道门漆着绿色，平常总关着，出入都是走两侧的旁门。我们迈着碎步，走下台阶，来到木板粮仓和东厢房之间的晒粮场上。那木板粮仓背后，临近前大院门不远，直通那影壁形的二道门的，隔着晒粮场和木板仓对面的西厢房，显然是田大宝的二舅和护院炮手的住所。厢房虽矮，却也是瓦顶，漆着红边与绿窗框，窗户上半部糊纸下半部镶着方块大玻璃的。"九道泡子乡亲老姜没进来坐吗？"他隔着窗向里面问，脸也伏在玻璃上向里看着。

"到后头伙房里去歇着了吧？""怎么能让他到后院在伙房大炕上歇息呀！就和我睡一个炕好了！"又向我说："走！咱们找他去！"

这次我们没再上那高高条石台阶，而是越过木板粮仓的山墙，从车道走上斜坡，那正是我们来时的道路，也没有再进套院的东便门，而是越过那道顺着套院砖墙外的走道，绕到套院后角门来了。这是同样有洋铁瓦盖顶的木板粮仓，和主宅同样的坐南面北的五间杂工和长年"劳金"住的大伙房。而东厢房里飘出肉香味道，原来这是厨房。厨房还分大小锅灶，从厨房里的谈话中，知道小锅灶的厨师傅正分别为上房和账房的来往客户炒菜，自然在正常的厨房之外，又临时增加了上房的客人，在烹调上更忙碌了。他们都像办宴席一样的兴奋、愉快。油声嗞嗞响，火焰从灶口围着炒勺呼呼闪着，烟气弥漫，肉香扑鼻。我倒背着两手站在门口向里瞅着，只听见有人说："到屋里看了看，还没喝碗水就又出去了！"还有人说："不在打豆场上，就到牲口棚去了！马还没饮呢！也许他到井边打水了！"

有一双蛙式眼睛的二舅就走出来,要领我到牲口棚去看看,他仍然在找老姜。转过大豆秸垛,我看见有些朝鲜妇女背倚稻草垛,在向阳处编织草绳口袋,我不明白这个有着围墙、炮台的大庄园主,为什么不用"蓝杠子"麻袋装粮食,却要雇人用稻草绳子编朝鲜族特用的草袋子。我不知道这是一些属于八道泡子地主专营的手工业商品,是为了供应整个黑顶子山区的满、朝农户秋收后装粮食用的草口袋。这和我们九道泡子完全不一样,我们那里,稻草一捆是作一分钱计,整垛整垛卖给田家大院的,只留下喂牛的饲草。因为稻草性凉,中国农户的马匹都喂谷草,说谷草性暖,牲口吃了不拉肚子。所以一捆谷草就等于两捆稻草的价钱。在我们九道泡子,谁也没把稻草看在眼里,却不知道它在八道泡子倒成了畅销商品的加工原料了!我发现,就是打场,和我们九道泡子小屯后头的打法也不一样。这里的场院大不说,碌碡也长,都是套两头大洋马,一前一后飞旋般转着围子跑,打场人一手拉着两条缰绳,一手甩着长鞭子,实在威武得很!那鞭子杆头上拴有大朵的红缨子,鞭条尾上都带着狗皮梢头,在阳光下的鞭响声,脆得仿佛也发亮一般!那响声仿佛在向周围的人宣告:"我们这场院活儿,干得多欢实呀!这个季节的收成多么好呀!加劲干吧!这才是最美的收获季节哪!"那打场的大洋马毛色油光闪亮,像绸缎般滑润,后臀都肥得圆墩墩的,全不像我们九道泡子朝鲜户农用马那样矮小。就是我们骑来的那两匹旗户垦荒用的土洋马,也是瘦骨棱棱。九道泡子有时打场不用马,而用一头牛,那碌碡也小,走得也慢,还吱吱地响,仿佛诉说着自己的苦处,在说:"天呀!这么些庄稼,啥时候才打完呀!轴上连点车油都舍不得上,我们是多么可怜呀!我们又老又累又饥渴呀!"那打场的牲口尽自慢悠悠走着,有时停下来,猛然从豆秸底下用嘴唇急匆匆搜索了一口大豆嚼着,打场人只是吆喝一声,把手里的鞭子扬了扬,显得很怜惜自己喂养的牲口般的软心肠,仿佛是说:"东家有的是粮食,吃一口就吃一口吧!我先不打你!"但在八道泡子场院上,两头打场的大洋马都带着粗麻绳编的兜嘴。以后,我曾问过母亲:"为什么人家八道泡子的庄稼院那么有气派,门楼修得比咱们县衙门还威风,还有瞭望四周的炮楼子。大门口就缺两个巡警站岗了!咱们在九道泡子可连一间住房也没有,还得借人家宝莉家的朝鲜房子住?"

母亲就说:"田家大院是黑顶子山区有名的坐地户!是前清在旗的!人家还在副都统衙门当过差。咱们是民户!民户在宣统年间可比旗人矮一头,得行满洲礼,屈膝给人家打千儿、请安!咱们哪能比!"又说:"如今民国是旗民一礼了,你要是拱拱手,行汉礼,他得屈膝打千儿!平等了!"

我问:"那么人家八道泡子养的牲口怎么那么漂亮呀?"

"人家是自己养的牲口,咱们九道泡子的牲口都是地户从外人手里租来的!又没有料,光喂稻草,连谷草都舍不得掺和,还能和人家田家坐地户的牲口比?"又叹息着:"谁叫你爸爸光知道在城里做买卖,一点财力也没有往庄稼院里投呀!破破烂烂的,怎么比呀!"

母亲对田一骏很敬重、佩服,说:"人家叫他'坐山虎',是沾摸不到他的便宜,是嫉妒人家过得富。我可不准你也在背后跟着人家胡吼乱叫的。"母亲对田一骏大叔怀着一份儿多么友善的心肠呵。

第三章　地邻田家大院

一

当田大宝的二舅到伙房后牲口棚招呼看槽头的马倌，给我们从九道泡子骑来的马匹借苞米麸子、拌饲草的时候，我就从牲口棚一侧绕到大稻草垛背后来了。在那僻静的向阳处打草袋子的朝鲜妇女都注意地看着我，我反而不好意思久站，就用手插在裤袋里走开了。

以前，我们在九道泡子高岗上，遥遥瞭望的这座在黑顶山区有名的田家大院，觉得它是紧贴在朝鲜军粮城的山脚下，等我现在沿着高院墙西南角登上有石头台阶的炮楼一看，原来这座砖砌的高墙背后，是个林木丛生的斜坡，这座大院正建筑在岭岗上，隔着朝鲜境内半山腰的军粮城，还有两三里宽的河套，沿河流是些大块的牛头石和野生的柳树林子。那柳林的树枝光秃秃的，可以清清楚楚地看见枝桠间那些由干枯树枝架筑的密密麻麻的鹊巢。它们是那么多，仿佛八道泡子的喜鹊都在这里聚居百年，繁殖了好多世代而从未受过什么惊动似的。河谷深处时时有"火磷目子"啼声传来，这声音比野鸡的啼声响亮，粗犷又闷声闷气的。整个河套不见一个人影，更没有一头放牧的牲畜。而套院背后这座炮台，像是茅草亭子，也没有炮，四面露天。护墙垛口高过我的肩膀，有的砖头已经坠落下来，墙上还有裂口。向西能看见临近头道泡子的沙坨镇。站在上面四周冷飕飕的，风还很大。那镇市也为大风卷起的沙尘笼罩着，烟雾弥漫。尘沙像冬天卷起的雪屑一样,在空中舞着、卷着,倒不如这座岭坡上的庄院,像处在避风港内一样的幽静。可见北面来的大风全给七道泡子背后的高耸天际的黑顶子山脉遮挡了,而沙坨镇地处交通要道,却也正坐落在风口上。那炮楼不但年久失修,角上有从垛口掉下来的砖头,还有仿佛夏天什么人在乘凉铺的干羊草,草土落满鸟粪,还有一些零碎的羽毛。后来田大宝的二舅曹义告诉过我,那是老鹞鹰在炮楼撕扯斑鸠吃而留下来的残迹。显然,这里已经是很久没有人来过了。我孤零零一人,感到有些冷清,急急忙忙沿着石头台阶低头迈着碎步跑下来了。北面给高粱秸垛挡着,什么也看不见,仿佛那些高粱秸垛比院墙还高。我走下炮楼的斜斜的梯形石阶时,在墙外恍惚是见到有架长梯子。是谁搭的呢?爬墙干什么呢?我想,但一到马匹嘶叫的伙房后窗,听见田大宝的二舅在屋里隔窗招呼说:"你妈正找你哪!"我就急急忙忙没敢进套院西南角的后角门,仍然绕到东面,从套院的东便门走进去。还注意到这个套院东便门的格式也很讲究,门上镶着两只铜的兽头大门环,两侧抱鼓石还雕着伏卧的狮子。一进套院门,隔着后玻璃窗就听见母亲的高昂的话声了:"租给他们地种,借给他们口粮,就不错了。他们亡了国,都像丧家的老白俄一样,也够可怜的了!"又说:"他田一骏大叔说得对,就是不能让他们参加七道泡子的高丽民会!我的话,说出去了!不给我退会,就给我退地!我可不愿意高丽民会找我的麻烦!"

"可是你怎么还和他们四六分租呢?我们八道泡子,向西还有六道泡子,哪里不是半对半地分呀!"那田一骏家大婶穿着一身蓝布开襟长衫,口里含着长管烟袋,纯粹是旗人的坐式,盘着一条腿,一条腿搭在暖炕台下面。那只男人式大脚,早脱了鞋,脚上穿的还是白布袜子。说话当中时而"嗞"的一声向炕下射出一口唾沫,神色安静,完全是一种日子过得心满意足的雍容富态的模样。母亲见了我,就厉声说:"你上哪去了!满场院找不到!"实际是任什么事也没有,克克和水莲已经双双在西炕上的獾皮褥子上睡着了。田一骏家大婶满脸笑容地说："孩子嘛，还有不贪玩的。"又向我说："你二舅今天要跟着粮车出去，赶明个儿有空，就让他领着你到后河套去下套子，你二舅的枪法可准啦，是咱们黑顶子山区数得着的炮手。就是咱们离国界太近了，不让打枪。这是你大舅曹仁，你二舅不在家就让你大舅领你玩。咱们这往东是老毛子边界，往南一过界河，就是朝鲜边境，可不能一个人乱走！要是走迷了路，日本警察还会送回来，若是跑到老毛子地界去，可要弄到海参崴蹲'笆篱子'。有的挖野菜走麻耷了山，给俄国人抓了去，吃了一年的黑列巴，才从黑河那边送回来。"关于挖野菜走麻耷山的传闻，我已经早从根土那里听说了，并不感到新奇。大舅曹仁站在炕下头，始终没作声，懒懒的又像随时要离开的神气，眼光也无精打采的，只有赌了一夜纸牌输了两石大豆的人才会什么都不在心的样子。他扎着蓝布布围腰巾，穿件老式斜襟布褂子，衣扣也不结，头上还盘着小辫。他体态粗壮，却又不及田一骏那般敦厚、结实，眉毛上、鼻子两侧都挂着尘土，仿佛刚在粮仓里过斗装完麻袋走出来。我一点也不觉得他可亲。我心里很奇怪，怎么他和曹义竟是哥儿俩，一个像李逵，一个却像武松。也许是场院里还有营生要他亲自去照料，等他咧嘴向我笑笑走掉以后，母亲和田一骏家大婶继续着热情洋溢而声音高昂的谈话。我注意到，当作贵客的母亲是坐在大红毯子上的，红毯子底下还露出半边獾皮褥子。使我感到稀奇的是，那暖炕四周镶着雕花板壁的门脸儿，上面刻的是八仙过海。吕洞宾头戴黑色道冠，冠上的褶文描金，背的宝剑剑把儿还带着红缨穗子。道袍襟底下露着裤脚，袍袖口还描着金的花边。铁拐李背的是黄色大葫芦，腰扎的蓝围巾。不管在大葫芦上还是在宝剑把上，都画着不同的花朵和花纹。在县城里，我所来往的满汉人家，从来没有过暖炕外还镶着这样的带雕刻的门脸儿，也没有见过这种精美悦目而又细致入微的木雕。

  我不再听母亲和女主妇的攀谈。直到一个端着扣碗茶的年轻媳妇进来，我也没有注意，只恍惚地看到她胸前扎着黑布围裙，胸口用白丝绒扎着朵牡丹花。我虽然也想到她就是在前庭低眉低眼进出，给田一骏大叔拿靰鞡，给田一骏大婶划火柴点烟的那个女人，也猜到她可能就是田大宝的新娘子，但却完全忘记了田大宝在三间房网鱼时，对我说的话了。更忘记了尤加的妹妹是早年卖到八道泡子里来的。我注意的仍是暖炕门面的雕刻，两侧的木雕是蝙蝠与山林崖石之间的三五只鹿，以后听田大宝他二舅的解释：是"福"与"禄"两字的谐音为"福禄同堂"的形象。炕台下贴的木板壁也同样油着漆，是鸳鸯于荷花塘边戏水的图案，都是彩色的。另外，在两侧有"福禄同堂"的雕空木板上还吊着两只鹿角骨磨制的挂钩，钩上各自挂着半面带花幔帐。向南开的两口后窗，也是上半糊着高丽纸，下半是大块玻璃，窗外是宽阔的后院，比给前庭的套院院墙挡着的北窗敞亮。后窗外有些向日葵，一半浴着斜阳，一半埋在墙阴底下。田一骏家大婶的背后是炕尾，也铺着一条獾皮褥子。靠墙是一对铜页子包着四角的描金的带腿儿的炕柜。那上面叠的一摞红、蓝、绿、紫、黄诸般颜色的缎面被子，可知新娘的嫁妆是多么丰富了。北炕也铺着两条褥子，是一般的狍子皮，当中也摆着矮脚炕桌，但那座暖炕四周却没有镶什么木壁门面，只是横拉着一条铁丝，是夜里拉寝帏用的。那帏帐上都带着作为拉链用的小铜环，也仍然很讲究。贴东墙是新娘梳妆用的雕花的紫杭木长案子，正当中是半圆形的一面大坐镜。我突然在镜子里发现有一双俊俏的又黑又亮的眼睛在背后望着我。我看到她了，她也不躲，反倒向我欣然一笑，并摆摆头用眼睛召唤我随她出去。她前面扎着到胸口的黑围裙，脚下是双绣着白色牡丹的蓝布鞋，散腿裤，裤脚也绣着花边。我奇怪那鞋面上的牡丹为什么也用白丝线绣，为什么围裙的胸口绣着白牡丹，脚底下的鞋面也绣白色牡丹呢？真特别。于是我回转身子，但寝室的花门帏已经放下来，她也不见了。我不知道母亲注意到没有，很想悄悄溜出去。

现在正是母亲聚精会神听田一骏家大婶的谈话，她说话的声音与母亲那充满胶东味的热情而又坦率的声音不同，而是稳健和理智的。她不说"现在"这个词而是说"如今晚儿"，说"如今晚儿，沙斑鸡还有，树鸡就不多见了"，说："早年喀！树鸡可多了，下雪天，孩子追就能追住，狍子也多，像是在咱后河套里家养的一样，有客来了，他二舅就提着围枪到后沟去了。那时国界也不像今天这样规矩严谨，还没等抽完一袋烟，人家就一个肩膀头挂着围枪，一个肩膀头捎着狍子回来了！可是如今晚儿，高丽人来多了，到处开水田、掘水道，再加咱们人开荒的这两年也多了，年年春天人欢马叫的，狍子、野鹿什么的都给惊动了！早年喀，吃顿鹿肉不稀奇！如今晚儿，都跑过界去啦！都跑到老毛子那边去了，碰巧在九道泡子北边，还能打到鹿，我们没河套，这几年就少见了！"

这时我又看到那壁案上半月形的坐镜里出现了那一双俊俏的会说话的眼睛，我赶紧转过脸来，见她手掀着门帏，在门帏一侧露出半边脸来。她那脸上的肌肤细嫩，光润而且洁净，眉毛真如蚕蛾一般秀媚，现出一种智慧气息。这次我注意到她不只是那双俊俏的眼睛在招呼我到她那里去，而且还蹙蹙眉，显得是着急在等我的神气，我就不禁向她笑了。我仿佛也在向她表示：我早知道你还会露头，我早在镜子里等着你呢！我暗地里庆幸果然我猜中了呀！也庆幸没有惊动母亲和田一骏家大婶的谈话，两手插在裤袋里俨然无事似的，随着她的注视眼光悄没声地走出来了。

二

我初进来时没注意，这是东西间的两处住房，外面那半间对着前庭的穿堂，隔板上供着佛龛，垂挂着两面红布帘子，遮挡着神座。龛帏上还垂着两条黄色飘带，气象神秘。只见那两面红布帏子的褶纹上，落着一层灰尘，显然这里很久没有人动过了。供桌两边都靠着过道门，原来后半间，东西有两口锅灶，各走各的过道门。前堂的宅门紧紧关闭着，这后半间通向阳的后院宅门却总是开着。这灶间是用来烧炕取暖的，从后门抱柴、取木桦子进出方便不说，且后院向阳，又是平地，不用上下台阶，更有东便门可通大门，不怪她们日常都在后厦廊里坐着聊天了。她见我跟进灶间，就在扎着绣花桌帏的方桌上，用围裙垫着一只手，端起一个热气腾腾的碗来。嚄，是两个荷包蛋！我正肚子空空的呢，我立刻感到她比我幼年时的崔婆还亲切，但我却不知道叫她嫂子还是姐姐。只见桌上摆着铜制蜡烛台、香筒、香炉，都擦得亮晶晶的，仿佛也供着什么神位，正和前半间的佛龛隔着板壁背靠背。她低声说："跟我来！到东屋套间来！"见我衣领卷着，又用一手给我整了整，这更使人感到她待我亲如家人。我驯顺地跟随她从过堂间走进挂着蓝印花门帏的西屋里来了，这是分里外的套间，里间也同样挂着蓝色印花布的门帏。这套间也是南北两面暖炕，但都是一根铁丝拉的帏帐。南炕的帏帐是绿色的，北炕是灰色的，都悬卷在暖炕的一侧。在南炕上有半面斜照的阳光，阴影里有两个旗户姑娘坐在熊皮褥子上，一个胖点儿的穿着对襟的白布褂、蓝布散腿裤，裤口也镶着细碎红花的花边。她竖着一腿，斜伸着一腿，细眉细眼，直直地瞅着我，仿佛要知道我进来是要做什么；另外一个也是十七八岁年纪，有双机灵的发光的大眼睛，口里含着自己的发辫，又似在衔，又似在叼，两只大眼也在直直瞅着我，不过是羞怯的，一见我注意到她了，就躲向胖姑娘的背后。她穿的是蓝布卡腰旗袍，比胖姑娘窈窕而且脸色娇柔。

"我带来了！"只听那年轻而俊俏的媳妇轻声说，那口含自己发辫的姑娘一听就止不住地吃吃笑着，下颏搭在那壮实的姑娘肩膀上，侧脸面向她的耳朵小声说什么，不再正面向我看了。但那个用身子遮挡着她的壮实的姑娘，却仍然瞅着我，仿佛仍然不知道我要做什么似的。

"吃荷包蛋呀！"那个有着两道秀慧的蛾眉和一双乌黑眼睛的媳

妇，依靠着南炕炕壁斜身坐下来，并要我脱掉鞋，坐到炕里去。那样，我就得面对她们三个人，隔着矮炕桌要像旗户农民那样盘着双腿坐了。但我没有，我是两脚不着地般在炕台下悬吊着，就是说侧身坐着，我自己觉得很端正，却不知为什么那个从别人肩头上斜眼瞅我的姑娘，还是止不住地吃吃笑出声来了，而且开始用手里握着的自己的发辫轻轻拍击着那个胖姑娘的耳鬓。我仿佛是坐在白全野老师面前那样，规规矩矩。我心里想她们刚才一定说过有关联亲的话，或许她们是要让那俊俏媳妇带我进来，当面相一相的，自感神色越发僵木了。

"吃呀！"那媳妇隔着炕案用柔和而亲切的口气说，"脱掉鞋呀！"

我摇摇头，不知为什么，我一句话也说不出来了。原本我对她怀着的那种驯顺而亲切的情绪，仿佛给那体态漂亮姑娘娇柔的吃吃笑声完全冲散了，连吃荷包蛋的兴致也给败坏了。自己也感到脸在发胀，而且坐得越发庄重了。这和我在那个朝鲜姑娘宝莉的笑容面前正相反。对她，我是有意逗引着她笑，她越欢乐我越感到幸运而兴奋，越要讨她的欢心。但现在面对这个旗户姑娘，见她一手轻轻挥着自己的发辫尾梢，一面侧脸吃吃地笑，我却感到自己情绪越来越冷僵，她越是笑声不止，我坐得越端庄，脸像火烤一般发热，仿佛心里怀着石块一般，越来越沉重了。

"你是在县城的学堂里念书吗？"那年轻媳妇显然看出我已困惑不堪，有意说闲话来为我来排解困羞似的。

"是！"我说。

"今年十几岁了？"

"十三岁了！"

不知为什么，那穿卡腰的姑娘笑得更厉害了。我感到自己的脸盘越发膨胀起来。

我趁着她们不注意，正当那年轻媳妇把玛瑙烟袋嘴含到口里，要那体态壮健的姑娘给她划火点烟的时候，突然跳下暖炕急匆匆地像败阵的公鸡一样夹紧翅膀溜出来了！背后听到那壮健姑娘的响亮的咯咯的笑声，可以想见她正仰脸大笑，一定为那娇柔的姑娘抱着肩头呢！我感到受了污辱一般，还听到背后传来半句温柔的责白，说："你看，你们笑的把人家臊跑了……"以后我知道，这个俊俏的女人，果然是田大宝结婚不到一年的新娘子。

当我匆匆走进东间那有着暖炕门脸的精致木雕的新娘房间，看见母亲和田一骏家大婶外，还有我们的族亲老姜。他手腕上吊着根马棒，坐在北炕上正在讲："在这里借了一升燕麦，刚给两头牲口拌上料，我是不是等牲口吃完饲料再去呢？"

母亲就说："高丽屯不是正打稻子么？没人在那里看着装麻袋怎么行呢？再说，老朴盖也不能搁下咱们分的庄稼不管，先忙着他们自己的！这可不中！这要是惯了，那不坏了咱们的规矩！"

族亲老姜答应马上就回高丽屯去看看，但却仍坐着不动。

我就倚在母亲的膝上问道："妈！咱们什么时候回九道泡子？我要回去！"

田一骏家大婶仍然安详地抽着烟说："怎么刚到我们这儿，你就想催你妈走呀？"

族亲老姜用马棒轻轻敲着自己的日本胶底鞋，自语般喃喃说："屯子的马，难办呀！"又说："在潘家宅子打尖的时候潘鸿业老先生还托我向女东家说个话呢。"

"说什么？他还有什么说的？"

"唉！"族亲老姜现出坚决完成潘老先生的嘱托一般说，"人嘛，谁都要个脸面！女东家来了，从人门前过，也不下马进去看看，也难怪人家心里不是滋味！他说，那几年在九道泡子网鱼往江西卖，没向东家打招呼就下网，是不对！可是往年没人经管，方圆一带的垦户，谁家不来下网打呀？不是没人说话吗！再说打鱼要有船，要有网，还得雇人手，三一三十一的一开，哪里还富余多少钱啦！还不是人家油了嘴啦!这不是田家女财东也在这里,这话是不是呀?"

"是呀!老潘头儿人挺实在。你想,要网没网,要船没船,那鱼也不好打呀!在水里看着是财,可不花本钱,不行!别看打上鱼来是财,在水里可是一文不值。"

母亲说:"这也是呀!我倒不是在钱上,我是说,你做经管人呀,不向城里说一声就那么自作主张往军粮城卖,这事做得对吗?"

田一骏大婶就"嗞"地射一口唾沫,然后说:"那潘老头子,是个读书人,哪懂庄稼院的营生。你们托他经管,不是托错了人吗?我们外当家的给他成个私塾馆,这才是什么庙按什么神儿,狐仙是狐仙,灶王是灶王,两码子事儿呀!"

那族亲老姜的神色就如同涸辙辙鱼投入池塘般欢实起来,他笑着说:"是呀!柱子是柱子,大梁是大梁,拿着檩条当柱子用,还能撑得起来么?"

母亲说:"当初,不是为了照顾他吗?可也是,倒难为了他!赶明个儿从他房后过,我再去看他吧!"

田一骏大婶乘势说:"眼看要开饭了!你就留老姜在这里吃完晚饭再走吧!反正打稻场上都有咱们的人巡哨,就是背着咱们往场外倒腾粮食,他们高丽人也找不到多少麻袋往外装呀!你说是不是?"

族亲老姜说:"麻袋盖着蓝印子,是有数的。草袋子是从你们八道泡子出去的,谁家几条也是有数的。再说,上三屯有更倌老傅他俩守着,泡子南沿的打稻场上,我也托了关炮代我照看着,大婶你就省点儿心吧!前两年你不下来经管,咱们的粮食租子不是照样一粒没缺往城里拉么!"

母亲说:"若不是抓住去偷砍我们树的朝鲜人,谁还敢想他们在咱中国地界这样大胆妄为呀!都是他田一骏大叔惯的呀!"

"是有侨民会给他们撑腰呀!在七道泡子那里,有一回咱们中国农户丢了马,在他们高丽屯子的马棚里找到了!可是人家不给,说吃了他们的庄稼。官司打到沙坨镇上，可是人家朝鲜人又有日本领事的外务警察给说话，光靠咱们这边的警察局子一面官司还不行，人家就是不给牲口，到底赔了一石豆子，私下说和了！要不，我们外当家的说，砍的是地头上的树，也没有拉走，就难说是偷了！朝鲜人又没见过咱们的地亩执照，哪是九道泡子的地界，也弄不清楚，要不，会让他们赔个不是算了么？咱们正经事还忙不过来呢，哪有那么些闲工夫，和他们打麻烦！"

母亲说："若不是你们八道泡子他田大叔的地户，看着他田大叔的面子，树就这么给我白砍了还行？过了那道河，还不知道是越界了？我不信！九道泡子在河北，八道泡子在河南，清清楚楚呀！这还有个王法没有？这是在咱们中国地界，他们日本领事馆还能管到咱们江东来？这可不是高丽地界的军粮城！"这时我发现从族亲老姜身后的玻璃窗望出去，可以在广阔的天空下面看见远处的黑顶子山峰、岗后的九道泡子盛家小屯，还有倒映在水面上的苍绿的山色和闪光的半面湖水。虽然窗外是套院墙，而且院墙也高，但却挡不住远处的天空和北半面的湖水，以及水边的芦苇荡、沼泽地，还清清楚楚看见低飞的野鸭掠过水面飞向东方——那神秘的现在是属于俄国的边界之内的山林沟谷之间去了！足见地居高崖之上的田家宅院是多么高了。这个田家庄院的青砖灰瓦的建筑，古堡式的炮台，县衙门式的大门，还有围绕在住宅的那道砖筑套院墙的墙檐，镶着铜饰的兽头门环，画着红蓝两色的一排长廊檩头，尤其是暖炕门脸的木雕，描金的各式人物的穿戴，在我的印象中形成一种壮观的美感。现在由于从族亲老姜身后的玻璃窗上外望的发现，越发羡慕这座田家坐地户的庄稼院落的雄伟气派和秀美的山水环境了。我想，我们九道泡子多穷呀！盛家那三间土壁农舍，纸窗又小又没有后窗，更没有院子，连树干编排的栅栏式围墙也没有，任什么挡顶也没有。整个屯子不要说没有一间铁皮顶的木板粮仓，连木栅栏式的猪圈也没有。四周就是一些木墩子，那是林子给砍伐得精光之后仅有的遗迹。前后丘陵都显得光秃秃的，而新生的柞子多属三年左右的幼林，当地土称是"菠萝蕨子"。现在九道泡子的满、汉、朝各族的农户，都刨那些树根疙瘩做烧柴。因为桦树桦子还要跨沟过岗地去采伐，那是冬季的富裕地主和镇上木行商家专营的买卖。黑顶子山区的民人垦户只能雇给人家赶爬犁、搞运输。母亲以后常说，九道泡子处处都是钱呀！山里有财，水里有财，可你没有捡钱捞财的"家巴什儿"，捡不起来，捞不到呀！咱们怎么能比人家坐山户，人家是靠山吃山，当日子过呀！

不久，田大宝媳妇进来说，桌子已经在套间炕上摆好了，要我随母亲到西屋去。至于我们的族亲老姜，得到后厢房里去，那里有人陪着他喝酒，另开饭。她说话时低着头，全不像在套间那样两眼对我闪着欢笑的那股活泼的神气了。

三

我不愿意随着母亲到西屋套间去吃饭，我怕再在那两个比我大五六岁的满洲姑娘眼前露面，我在她们的眼睛注视中感到过的困惑使我畏怯。我小声恳求母亲："妈！我要跟乡亲老姜到厢房去吃！"母亲撑着自己的蓝布长衫，尽自在说："你们腌的酸菜，去年冬天我也没少吃，火锅里头有飞龙和海蛎子，就是鲜亮！"又说："我可得明天回九道泡子，上三屯的场还没有分完哪。"母亲的神气，还在想她所说的话题以外的心事，根本就没有听到我的话，仿佛连我的存在也没有感觉到似的。我不禁摇晃着母亲粗糙的手臂大声说："我跟老姜去了呀！"

"愿意到厢房吃就去吧！"那田一骏家大婶体态蹒跚地走下炕来慈爱地说，"那里都是外来的客，都是老爷们儿！""客"，她称作"且"，这或是源于满洲的土语。

那两排坐西朝东的厢房，是在大院的西北角的炮台底下，半是纸窗,半是玻璃窗。前排是客屋,后排是这座庄园雇的长年"劳金"的住宿地方,都是白灰抹的墙,红漆涂的窗棂。走进去外三间却是直通的房子,一面是长条暖炕,地当中摆了三张地桌,场院里的人都已经在净手,准备在各自的矮板凳上落座了。我们在门口,随着满脸短胡的曹仁走进北头有花格木间壁的那里间"账房"。那里间的暖炕可容四人睡的席上,两头铺着皮褥,炕桌是长方形的,四围也坐满了人,有的见我们进来,就站在铺皮褥的炕上腾座位。曹义二舅也在这里陪客,有一个满脸闪着红润光泽,貌似富商打扮的人物和乡亲老姜热烈地打招呼:"又见到了,里边坐。"

"你什么时候过江来了?"乡亲老姜问,"还在温贵(朝鲜雄基港)吗?买卖好做吗?"并回答这个长袍马褂商人的询问:"是城里参行的少东家呀!"

"呵!"他说,"九叔家的连哥儿啊!我在参庄柜上管账的时候,才这么高,这才几年呀,长成半拉子了。"

在他们俩攀谈中,我们都围着矮炕桌在两边坐下来,乡亲老姜又要我和那个富商打扮的人物背着窗台并坐上首打横,接着又和一个"金邦上"下来的过路乡亲打招呼,要我叫他大叔。自然这是一个挖金邦上的把头,是海南一个县一个乡的乡亲。据他说,他的村子和父亲的村子在胶东家乡只隔三里路,问我"咱们亲不亲呀"。我只有说:"亲。"还有自称是到八道泡子来探亲的,穿着警察的黑布棉大衣、没挂领章的警察制服,光着头,膝盖上搁着脱下的宽边黑毡便帽。在他瘦削的脸上闪着鹞鹰般灼灼射人的眼光,但显得很拘谨,怕人嫌弃似的怯怯地探查人意。以后我才知道他是沙坨镇上的一个居家赋闲的退伍巡官,也是八道泡子田家大院的长期寄食者,夜间他是常常外出活动的。边界上走私犯、过江背私盐的、种大烟的那些黑户头,还有打扑克赌"索哈"、开牌九赌局或"三豆骰子局",以及猜"二十一点"的各屯子的聚赌庄家,他都熟,消息也格外灵通。在餐桌上,他尽自吃东西,很少说什么，但那两只灼灼闪光的眼睛骨碌骨碌转过来转过去，注意每个人的谈话，也注意着我，还从白菜炖豆腐的大钵子里挑豆腐和粉条给我吃。乡亲老姜却对他连招呼也不打，完全没有把他看在眼里一样，尽和朝鲜境内做买卖的那个首座商人攀谈。只听那商人说："海南家乡叫土匪闹得很慌乱，庄庄办起了红枪会，有的外甥居然绑舅舅的票。眼睛、耳朵都给贴上膏药，领着上磨盘说是过岭了。"又说："白天搧着锄头都是庄户人，可是一到夜里，谁也不知谁是干什么的了！"说："还是关东山平静。朝鲜地界更太平，村村都有日本警察监视着，就是家乡，乱！"传闻金邦上下来的把头，腰里扎着宽板紧腰皮带，喝着从镇上拉回来的二锅头高粱酒，一边听一边说："哪里黄土不埋人呀！还一定要回那个海南家呀！一个庄挨着一个庄，一个庄有一个庄的坟场，还有多少可耕的地啦！都给挤成条条和块块了。几千年这么下来，人口越繁殖越密，没土可耕，还不打村劫舍呀！"

炕桌上有自生的豆芽菜、酸菜丝炒辣椒丝、大盘炒猪血、大盘炒鸡蛋、大盘炒蘑菇、大盆子酱烧湖鱼。我心想在县城里，就是跟随父亲出席福升楼的宴会，也仿佛从来没有吃得这样的味美可口，从来没有吃得这样饱过。主食是小米饭，我只扒了两口，就再也咽不下去了。曹义二舅看着我，酒杯挨近嘴唇说："吃不了就剩在碗里！出去玩吧！"我趁机屈着两膝在他背后蹭下铺了狍皮褥子的里间暖炕，走到外间来。我才发现原来那些忙场的长年"劳金"和临时雇的短工，都围在拼拢的两个地桌周围，吃的是苞米饼子和苞米楂子，桌子上各有一小盆白菜豆腐汤，都是大葱蘸酱，和里屋吃的竟不一样。我心里很奇怪，为什么在里间的客屋里连吃闲饭的退伍警察和过路人都可以陪着客人喝酒，吃几个炒菜，还有大钵的酱烧湖鱼，而在这个场院劳累了一天的长年"劳金"却像我们在九道泡子家吃朝鲜饭一样，只有一"沙巴力"酱汤，主要靠辣椒咸白菜拌饭吃？我不理解为什么这个旗人的庄院对陪客吃闲饭的人那么慷慨，而对自己庄院雇的干活儿"劳金"又是这样吝啬。于是赶忙向套院跑,想看看母亲吃的是什么。经过那空荡荡的早已卸掉牲口的打豆扬,只听到吐噜吐噜一阵响,侧脸一看,原来那些在场院吃谷粒、草种的麻雀成群地受惊飞开去。从套院背后一角的马棚里传出狗的吠叫声。我匆匆忙忙,来到那有铜兽头门环的套院门口,却不想给一个梳着长辫子的姑娘堵住了。这正是田大宝媳妇带我到西套间见到的那个健壮的姑娘。她仍然是端庄的两眼直直瞅着我,在对襟的白褂子外头套着件也是对襟的花褂子,领沿袖口都镶着花边。我说:"让我进去。"她说:"你叫声姐姐,我就叫你进去。"我说:"姐姐!"又说:"我不是叫了吗?"她说:"那好!你跟我到后院摘豆角去,哪!拿着呀!"

我很不情愿地接过她从背后递给我的柳条篮子,我向背后瞅了一下,一个人影也没有,只有跟随她从套院那五间有走廊的住房一侧的夹道,走到后院去。只见后院也很僻静,大块玻璃窗底下堆的是整整齐齐的木柈子,向日葵林子间是爬蔓的豆角,那满洲姑娘却不让我向里走,脚尖点着屋基台阶命令式地说:"坐下!我有话问你。"

我就像遇到了强盗一样怯怯地在滴水檐下的台阶上竖膝坐下来,背倚着木柴柈子。"你要做什么?"我同样轻声问。"你怕什么?"我紧张地说:"不怕。"还硬是摇摇头。"你妈对你说什么啦?""没说什么呀!""小点声。"她用眼睛警告着说:"老头子对你妈说什么,你都听见了吗?"我心里真奇怪,怎么她不称父亲为"我爹"而说"老头子",像外人般不亲也不尊敬哪?!嘴里说:"听是听见了,我可没往心里去!""别听老头子胡说,他做不了我们姐妹俩的主,你知道吗?""知道了!"她立刻蹲下来面对着我友好地说:"你才多大呀!在城里好好念书,将来到船厂考师范学堂多出息呀!"说话时两只手搭在我的膝盖上。"知道吗?""知道!""那好,我托你办件事?""什么事?""你们回去不是路过沙坨子吗?给我带件东西去,可不能让别人知道!""给谁带呀?""你管谁呢?""我不知道谁,怎么带呀？""啊！"她面对我笑了，第一次笑，那眉眼瞬间就完全变作柔眉悦人的了。她说："是我表哥，在沙坨子警察局当警长，叫郭占鳌。"又俯在我耳边说："和我相好的人，明白吗？""明白！"我说。"站起来，"她笑着说，"你明白什么叫相好的吗？去吧，把篮子给我留下，等明天一早你就到后院来，我给你。"

"呵。"我也轻松地笑了，因为得到她的信任而很欣慰地笑着走开。"可别让人看见呀！""知道啦！"

我临走时向窗玻璃里看了看，屋里一个人也没有，那里面也是对面两铺暖炕，当间有两把嵌着圆形大理石的太师椅，椅面上是绣金花的绿色锦缎椅垫，显然这是院主人的寝室。两座暖炕都有木雕的"一床门面"，垂挂着两侧的是带红色流苏的帏帐。"对谁也别说呀！""知道了！"我回头笑着答应。

当我沿顺西夹道悄悄走出来时，我感到未有的幸运。我不知道是怎么一下子就为这个庄园的女公主式的人物制服了，而且一瞬间就变成她的心腹，接受她的秘密委托了！这样就解除了我在饭前那种积在心里的困惑感。对于母亲就餐的那座套间外屋，再也不感到迫人的拘谨了。只见母亲盘腿坐在套间的外屋炕上，座底下是熊皮褥子上铺的绣花方坐垫。水莲扎着两根羊角辫，正坐在母亲膝盖上吃菜拌饭。见我进去就一直叫着要我看她头上的两只羊角辫，显然那是大宝媳妇给她打扮的，额上还点了朱痧痣式的红胭脂。餐桌已经撤除了，盘碗擦得干干净净，都发光了，只有两个小碗留在炕桌上。水莲还在恋恋不舍地吃着。那体态娇柔的标致姑娘原来穿的是卡腰蓝布旗袍，这时候换了一件毛料的深蓝开襟旗袍，仍然是不扎裤腿的绣花边的散口裤。她正坐在炕头，靠着隔断灶间的墙壁，口含着一根乌木长杆烟袋，神色端正地抽烟，并不时偷偷地窥人，吃吃地笑，见到我仿佛还不认识的模样。

田一骏家大婶回过脸来，见我就说："那是你玉琴二姐。"又说：

"叫声二姐!"我就向她低低发不出声般地叫声二姐。她又侧脸躲着我的眼光似的吃吃作笑了。大婶就说:"你们在账房里吃得可好?"我说:"那么些人,可热闹啦!"我就坐到母亲身侧,也依着套间墙和玉琴正是斜斜相对,一点不怯于她的注目直视了。自己顿然感到年长了两岁一般,而且很兴奋,以致在她的那两只娇柔的眼睛中,出现了奇异的神采,仿佛说:"刚才发生了什么事啦?怎么全然和饭前初见的那端庄作态的小大人的模样不同了?"我向母亲说:"还在那里碰见从温贵来的一个乡亲,也姓姜。"田一骏家大婶说:"是来淘换菜籽,采买药材的。"母亲说:"那不是姜渭川吗?坦埠是他姥娘家,离我娘家村不远!他怎么在八道泡子住,也不到九道泡子来看看我!从我娘家的辈数来论,我该叫他表叔,从我婆家老姜家门上来说,他还得叫我表婶子呢!"我说:"他说要来看你呢!"

于是母亲又说起把铺盖还是搬到外间,要玉琴姐妹俩今晚和她嫂子睡东间做伴。显然这是由于我进来打断的话岔了。依满洲的风俗,西方为尊,里间为贵,因而田家大婶一定要母亲"今夜还是搬到里间去",而母亲因为是移民户,看不惯对面睡人的风习,虽然两面炕上各有寝帐,但两边动则有声,起夜解手都觉着不方便,坚持还如昨晚上一样,睡这座铺黑熊皮褥子的外间炕。"你说呢?连哥儿!"田一骏家大婶听说我也愿意睡外间,就说:"可不能说在大婶家受了慢待呀!这可是你们娘儿俩自己说的,这真叫我过意不去呢!"

说话中间,田大宝媳妇已从里间把红绸面儿的两套棉被又抱出来了。搁下棉被又进去抱枕头,而玉琴二姐却仍然依墙抽着烟,稳然坐在那里。我奇怪,她怎么能坐得住,一点儿也不帮衬自己的嫂子哪。仿佛她已抽足了烟,用手擦擦长玛瑙烟嘴,递给了她那富态而又安详的母亲。她们母女俩是共抽一袋烟呢!

四

她们在外间坐着谈话，我就掀开蓝布印花门帏看看里面是什么样，视线却给迎门的一座雕花带翡翠与白玉镶的松鹤黄花样屏风挡住了，那仙鹤的红顶乌眉、长嘴白羽都是彩色玉雕相拼的。只是松树的针叶一色是翡翠雕琢，和仙鹤的红顶一样闪着光润。我就不自觉地充满好奇心地走了进去。原来这就是刚才在后院我从北窗上看过的那个有两把太师椅坐西朝东的房间，不但南北两面暖炕都有工艺讲究的木雕门脸，而且炕头上还有护壁漆着茶色的壁板，和外间却是糊着半壁已经褪色花纸气势不一样了。房间有种庄严的气息，庙宇般肃静。只听见壁几上的大座钟嗒嗒作响。门背后，还挂着一支猎枪，带着木制的号角，以后知道那是吹着呣呣作响，以引诱公鹿的。不想，我正在四周探察中，玉琴二姐轻轻走进来了，从我身旁路过的时候向我伸出一只手来，手背向上，我也看不清她那手里到底攥着什么东西。"伸出手来呀！"她小声命令，"接着呀！"我伸出手去，她在我手掌里放了满把的酸楂。我看看她，她又用手背遮着嘴在吃吃笑了，我也笑了。我感到她对我是完全友好的。我们还没有说上话，那个细眉细眼的穿着对襟花裰子的健壮姑娘就闯进来了。

"你们笑什么？背着我说什么啦？""没说什么呀！"我说，"啊，你看，这是二姐刚刚给我的。""叫大姐，这是你香琴大姐，叫呵！"我只得叫了声："大姐姐！"那香琴大姐用眼睛直直盯着我，又看了看握着满把的酸里红就不再说什么了，仿佛她根本也没有怀疑什么。吩咐道："玉琴，给我拿过烟袋来！"像男人似的坐在炕头上，要玉琴给她划火点烟抽了。我从心里看不惯，想到不管她们俩长得多标致，一个健美一个娇柔，姐俩不管谁，就是和我同年，我也不要这样像男人抽烟的满洲姑娘做媳妇。

听见外屋有人高声叫："听说表姊来啦！我说得领我去看看呀！"

我赶忙出来，果然是乡亲老姜带领姜渭川那个从江西过境来的商人，来探望母亲了。母亲只说了声："坐吧！"就对乡亲老姜说："我还以为你到高丽屯看着装麻袋去了呢，怎么还没走啊？""我这就走，骑马去，两三里路，天不黑就赶回去了。"临走又向那个穿着缎面马褂的商人姜渭川打招呼："等有空我再过来看你！"母亲这才问客人："你不是在温贵倒腾买卖吗？怎么到八道泡子来？""不是托田家大哥给我批了点豆子吗！我是来收账的。""呵！我还当是来淘换菜籽呢！"田一骏大婶说："我不知道你们还是沾亲的呢！""是呵！我们虽说是姓一个姜，可是两个老根，不是一个族，住的也不是一个村，隔着三十里路呢，都是从姥娘们儿上论的亲。"他对田家大婶说。"那么和乡亲老姜呢？""他呀，他是我表叔家远房的本家，和我也搭不上什么。"

对于他们的谈话我本不感兴趣，再加上谁也不注意我的存在，田大宝媳妇早已在南炕上铺好被褥，正在哈着气在擦玻璃灯罩，准备点灯。我想是不是乡亲老姜骑走了一匹马，还给我留一匹马呢？若是留一匹，我就要留那匹枣红马，想去说一声，可是当我走出套院门的时候，田大宝的二舅曹义和大舅曹仁已经从大门口往回走了，正迎着我。

二舅曹义说："你妈怎么那样急着往回赶老姜呀？"又说："往年她没来，人家还不是照样往城里送粮食租子呀！"大舅就申斥他，说："老二你喝了几盅酒，又多话了！"我问："两匹马都骑走了吗？""都骑走了！"二舅曹义说，"你们九道泡子的马就没有一匹像样的，都像瘦螳螂一样。你愿意骑马，赶明儿个我给你挑一匹。来！到伙房去，听你大舅给你讲古。"我这才知道，大舅曹仁体态虽笨重，而且长了满腮连鬓胡，平常沉默寡言，但夜晚在厢房的伙铺上，围着点灯芯草的豆油灯，讲鬼讲狐却是有声有色的，是个很使我留恋难舍的人物。他自己也在讲古中陶醉了，神色那么兴奋自得，重新现出早已逝去的青春一般。围在长长的通炕上的，都是住伙房的听众，有护院炮手（现在他们主要职责是各自担负着外屯场园的监管工作)、看场扫院的长年"劳金"、马棚看槽的饲养人、掌鞭子的车老板、看仓护场兼巡夜的更倌,装车、扬场、过斗、缝麻袋口的外屯来的短工。在这些长年"老工"和秋季短工中有不少都是管老姜叫乡亲的"跑腿子"(单身汉),都对我叫"乡亲",问我:"回过海南吗?"都说:"关东山瞎胡混,两头牛掮根棍!还是咱海南家好!""看不惯满洲娘儿们,看脸像粗眉大眼,挺俊,可是下头呢,长着一双男人脚。"自然这都是曹仁大舅没开场前的闲话。还有白天不在院子里的大小马倌,现在他们正在外屯指挥农户打洋草,给牲口准备冬用青贮饲料。至于外地来客,不管是金邦的把头,还是来采购草编麻袋、芦苇、谷草的经纪人,都在里间账房,点着有玻璃罩吊灯的房间里低声说话,从不到外间的伙铺炕上来听曹仁讲古,俨然形成两个世界。当外间油盏灯忘加添油而熄灭了的时候,屋内幽黑而月光却初上后窗,我看见曹仁大舅那灼灼发光的眼睛,感到一阵恐怖。他正兴奋而动情地陶醉在自己的神话里,说的是关于八道泡子的蚌精每当八月中秋的半夜,就张开两只巨壳晒月亮的故事。我原先以为母亲在八道泡子碰见自己娘家门儿上也沾亲的人,必然会攀谈很久,会忘记了我,如果没有姜渭川在那里陪母亲说话,这般时候发现我不在身边,一定会找我。实际上我在她身边,又是任什么事情也没有,只是要我哄哄两个妹妹而已。这正是我不愿意接手的差使,自然一到厢房的长长通铺炕上,听起蚌精壳里的夜明珠在月亮底下闪闪发光的故事,就完全忘记西套院的母亲和神话以外的整个世界了。

不想添上灯油,曹仁大舅摸出短烟袋要歇气,这也正是大伙儿听得入迷的时候,姜渭川竟意外地出现了。仿佛他去探望母亲,只是一般的问题,并没有有关海南家乡的谈话要说,就辞出了。一进门,就大声喊:"连哥儿在这吗?你娘找你哪!"开始我还抗拒,我说:"那没有听完大舅讲的蚌精迷人的故事哪!"曹义二舅就站到炕下说:"明天晚上让你大舅接着讲,赶快走吧,我送你过去!"姜渭川却不再说什么,仿佛他的话已捎到了,急匆匆走向里间的账房去,对我全然不似吃饭时的亲切了。我见老更倌也站起来并招呼槽头上的把头:"好铡草了吧?"眼看要散场,只好跟随曹义二舅走出来。那时小半边的场院,都埋在草垛和炮楼的阴影里。庄院大半面铺满了初上的月光,像霜一样白。有四五条白天没有见过的护院大狗,"呼"的一阵风般从庄稼垛跟底下窜出来,开始"汪汪"叫了两声,来势很吓人,听到曹义二舅的申斥声,才摇着尾巴蹒跚地走近来。它们的项下都戴着挡腿的吊棍,这使它们不便追逐人,可见都是凶猛的护家犬。我问曹义二舅,白天怎么没见这些狗呢。曹义二舅说:"白天跟车的跟车、看马的看马,都给人带到外头去啦!"嘱咐我:"晚上一个人可不要出来,这些狗可欺生。"又说:"它们看我领着你,就不会咬,你别怕,它们是要闻闻(嗅嗅)你鞋上的气味儿。它们鼻子可灵啦!会从气味儿上分辨出本院子里的人还是外屯来的生人。闻过一回,就记住你,就熟了!"说话间,我们来到西套院门口,就用铜门环叩着门,听到宅子里有人走动声,二舅就说:"等着你嫂子来开门接你吧!我还得看看那两条日本狼狗去,也该开锁,放它们到场院里活动活动了!"

果然是田大宝嫂子来开的门,心里奇怪,曹家二舅耳朵竟这样灵,却全不想这般时候,除了田大宝家的再不会有第二个人出来。等我走进去,又要我等她关门,低声在我背后说:"你妈正找你哪!老是怕你走丢了,回头到我屋去洗洗脚,灶间的水都还热着哪!"这是多么好的为田大宝传话捎口信的机会呀!但我完全忘记田大宝在三间房下湖打鱼时的秘密嘱托了。直到在母亲催促下,自己在外间洗完脚泼掉水,关上外间门就寝的时候,才突然想起田大宝今天晚上是要偷偷回来的。但母亲催促我说:"人家都睡了,三星都上来了,你不快上炕,还要穿鞋干什么?"她自己却仍然像我进来时候一样,盘着两腿坐在两个睡熟的妹妹旁边想什么心事。显然和乡亲姜渭川在这个大院里见面和谈话并不愉快,他也作为上客在这八道泡子庄院里住着,他给母亲带来什么消息了?这时南北两面的玻璃窗都已拉上窗帏子。这两面窗帏子不是玻璃一般大,而是整整挡住半壁墙。两块挨排的窗户自然都遮在里面了。套院前后的砖墙都很高,墙外根本看不到灯光,除了在一二十里外的岗子上,我不知道这两面的窗帏在墙里还要这么严密地遮挡着干什么。难道窗外还会有人往里偷着窥视什么进行盗窃吗?又想到在炮楼上确是恍惚间看到院墙外搭着长梯子,那是预备干什么的呢?可是场院里有那么些健壮如牛犊般的护院狗,夜里外边有人爬墙进来还不咬么?

当晚我躺在自己的被子里,时时注意着外面的响声,连庄院门楼外的大道两边树林在风中枝梢摇摆发出的呜呜声,还有许多干枯树叶纷纷落地声也都听得清清楚楚。我仿佛隐约听见田大宝隔着套院的低呼声。我突然披衣而起,"妈,"我低声说,"套院后门好像有人!""有人?谁?"母亲从神思冥想中吃惊地问,并注意静听了一会儿,又说:"你今天晚上怎么啦!一惊一乍的,秋风起来了,叫!大雁叫呢!叫得多凄凉,大雁一过完,就快下雪啦!"又说:"上三屯的庄稼还没分完,咱们可不能在这里久呆,明天就回九道泡子。"我说:"咱们刚来,我还没跟二舅去后河套……"母亲截然地说:"你怎么也跟着叫起二舅来了!"又说:"再不,你和水莲留在这里住两天,我要回九道泡子。"我躺在被子里说:"人家这里多好啊!住的像住的,吃的像吃的,又是炮楼又是护院狗,哪像咱们九道泡子,小屯只三家人,连个土院墙也没有,一条狗也不养,咱们自己还要借人家朝鲜地户的房子住,净吃辣白菜和粘子米干饭,守着泡子,连条小鱼也捞不到!"

母亲叹息着说:"咱们?咱们能和人家坐山户比呀?"

"怎么不能比呢?"

"不能比!"

"为什么不能呢?"

"关东山不是咱们海南家！我是没法子不在这里呆，你们还能在外头闯荡一辈子呀！海南有你姥爷、姥娘的祖坟。关东山可什么也没有呀！连大树的根都不往深里扎，都在地皮上露着，大风一来就连根拔倒了，咱们海南可不一样，树头有多高，根也扎多深！章丘旧军镇瑞蚨祥是明朝的绸缎庄呀！根扎得多深呀！"

"那么关东山的树根，怎么不往深里扎呀？"

"地底下不都是冻土吗？扎地扎不下去呀！"母亲仿佛自语般喃喃着。我不知道母亲是不是从姜渭川的说话里想到什么不愉快的心事了，驰思冥想地和我说着在我却是无关痛痒的话，不久就蒙眬欲睡了。

在睡意蒙眬中，我感到从未有的一种满足。有母亲在我身旁，守护着我们，我就感到一种生活的美满和幸福。这是自从离开县城到九道泡子以来很少有的幸福感。我还依稀看见母亲那种一只手背托着下颏在思念着遥远家乡的秀美的眼神，蒙眬中觉得母亲的两只眼睛又黑又大，原来丰润的面颊也有些憔悴了。这些都显示着母亲自从到九道泡子收租以来，日夜地操心和劳累。我睡意蒙眬中还觉得母亲已经不似在我幼年印象中那么俊秀了，但那两只眼睛还是有种慧美的神韵。似乎还听到母亲喃喃自语般说："咱们在这里哪有贴心办事的人哟！"

我心里想：母亲对我们现在多么柔和慈爱，是多么娴静的一个母亲呀！完全不像在九道泡子那样，天一亮就把我们弃置在金秉湖那个地板式的暖炕上不管了。说话的声音在打稻场上也变得响亮、果断，完全是个精明而又不容人说话的女王一样……我想赶明儿个我长大能顶事了，就一定不让母亲这样操劳了！……我仿佛比到八道泡子以前长大许多了。于是我立即想到我已经背着母亲，接受香琴姐姐的秘密委托了……我耳朵还依稀地听见大雁飞过夜空在月色下前呼后唤的赶路般的啼声……感到它们还要飞多遥远的旅程呀！空中旅途又多寂寞、多凄凉呀！我渐渐地睡着了。

五

我一夜睡得怪酣畅,既没有听见下半夜在这个庄院里有载庄稼的中国式四轮农车出入的车轮声,也没有听到狗吠、马嘶和鞭子响的声音,更没有听见九道泡子传来过枪声。

当第二天早晨,母亲不想吃早饭,也不想等田一骏大叔回来,要到高丽屯去看看老姜,傍黑天再赶回九道泡子北沿去查问枪声来由的时候,却受到这个大院老主妪的阻拦。

"哎呀呀!我们哪会放你走呀!"田一骏家大婶手托长烟袋,稳然地坐在暖炕炕尾执意地挽留,"不吃早饭就想走!不行!哪儿有这样待客的呀?我可不能放你走!"

"这枪声连着两夜了!说什么我也要回去!我们窝棚里的稻子还有两三垛没分哪!"

"不行!"田一骏大婶说,"到了我们这一亩三分地,就不能听你的了!我说不行就不行!等我们当家的回来,还不怪我没待好客呀?!"

田大宝的二舅曹仁就说:"啥!那还说不定是七道泡子的枪声呢?放枪也是吓唬吓唬孩子的!再说背两捆稻子也没地方藏呀!最多是孩子偷着挖点没刨完的土豆啩!没什么大惊小怪的!"

母亲尽管站在两面暖炕之间说得坚决,却走不开,仿佛身上有根无形的绳索牵扯在田一骏家大婶的手里,尽是解释、说服,说:"我们到高丽屯去吃早饭,到潘家宅子去打尖,不早走,不行!"

田一骏家大婶却稳然不动,"嗞"的声射出口唾沫,然后说:"我怎么能让你走呀!嫂子!你还没吃过我们这里的飞龙呢!大清国的时候,那是给皇家御厨房进贡的野味呀!去年秋天你吃的是沙斑鸡,哪里是飞龙呀!没有!我记得清楚!"我想不到原来说话行事很随和的田一骏家大婶一改日常温顺之态,却如将军下令一样果断、坚定。

田一骏大婶安然地坐在那里说："我说不是就不是。这不是他二舅在，你问他，去年打过飞龙吗？"

曹义二舅说："去年一年就没见过飞龙！你老嫂子哪会在我们这吃过飞龙呀！"

母亲脸色有些激愤，说："怎么他二舅这样说话呢？！可见是你姐姐呀！我可是要走！"

曹义理亏地嘿嘿笑着。田一骏大婶却丝毫不受母亲那种愤而无奈的急躁情绪和姿态的影响，因为外间门还有她那两个穿男人鞋的姑娘阻挡着。我感到母亲是在受欺负一样，赶紧站到她旁边。

田一骏家大婶赶紧说："你别吓着孩子！"坐下，稳稳地说："坐下来吧！我也不和你辩白。我说，你在这里多住几天，也让孩子松快松快，你怎么有福不会享呀？往年，你不在场，粮食租子不是照样一粒也不少，一车一车地往县城里送吗？在这儿歇几天，有什么事，交给乡亲老姜办！叫你二兄弟曹仁给你跑腿传话，不是比你自己出头露面好得多？咱姐妹的体己话儿还没说够呢？我就是爱听你唠嗑儿。"

母亲听到最后的奉承话，照例爽亮地笑起来，但仍然执意不坐，仍然坚持要走，说："飞龙，我是在你们这里吃过，我怎么会记不清楚呢？再说，我们不比你们呀，你们手底下有人呀，我们民户人家可不中，个个都是天生的从海南带过来的劳累命，哪有你们深宅大院的旗户人家的福气呀！"

终于，田一骏家大婶亲切地让步了，她果断地说："要走，也得吃了早饭！到了我们这一亩三分地了，就由不得你了！"母亲终于为这一坚决的盛情挽留所软化，又不禁爽朗地咯咯笑起来，带着欢快地说："看看你大婶呀！到底你们是在珲春关的都统衙门当过差的大宅门呀！到了你们这宅门上，还真得听你们的军令呢！"

"没有我们当家的话儿，你怎么走呀？还不得我们给嫂子备马吗？"田大宝的二舅曹义由于他们女当家的终于占了上风，欢欣地说，

"我和连哥儿,还等当家的从沙坨子带回沙子和火药,好到后河套北沟筒子去打飞儿呢!"

"那不能等!"母亲脸色又顿然现出坚决的神色,"我们一定要在晌午赶到三间房潘家宅子去打尖!"

说着,母亲接过田大宝屋里怀抱中的水莲。说实在的,如果母亲不在南炕上坐下来,我那田大宝漂亮嫂子还不会递给母亲孩子呢!原来这就是母亲尽是口里说走而又离不开的牵扯。香琴、玉琴也赶忙从紧把门口作阻拦的戒备位置上撤下来。当母亲转身背着我就座的那瞬间,我忽然发现香琴姐满脸红红地向我暗地使眼色,闪着一种只有我才领会的表示机密的眼光,并且用身子挡着我。我立刻想起她的嘱托。低眼一注视,果然看到她倒背的一只手里握着什么毛织物。我抬眼,搁着她的肩,还看见玉琴在接她母亲的长烟袋,并没注意我。这瞬间又觉得香琴姐碰了我一下,于是赶忙接过她手里偷偷递过的东西,顺手塞到自己的裤袋里。我感到心头怦怦乱跳。因为,这是我有生以来第一次在母亲和众人面前暗地接受为人秘密传递的东西。我发现母亲正坐在那儿注视着我,仿佛从我的神色中发现了什么异乎往常的东西,她那眼光中突然出现了奇异的神采,是一种询问的眼光,仿佛说:"怎么啦?连儿!"

"没有什么。"我自感紧张地说,心依然怦怦跳着,脑子里却想:要我在沙坨子交给谁呢?名字,我又想不起来了!

由于母亲的注意,我再也不敢看香琴姐了。但在母亲打消了早餐之前就带领我们离开这座带套院和走廊的讲究住宅,重新在炕首的红毯子上坐定之后,我感觉到衣襟又被谁暗暗扯了一下,我注意到香琴姐的召唤眼色,就悄悄随着她溜到外间。到了外间,我赶紧低声告诉她:"我忘记他的名字了!"

"郭占鳌!"她附在我耳旁悄悄说。

我还没来得及问她,召唤我出来说什么,就听见大门口传来一阵嘚嘚的急遽的马蹄声，接着就是：

"早啊！今天早晨霜好大呀！"这是我们族亲老姜的声音。

"节气也到了！"

"我们女东家在屋呀！"

"在呀！我把马给你牵过去！昨天剩的那半草袋燕麦，我还给你留着哪！"

我急忙退回套间的里屋，只看见母亲吃惊地听着套院外的谈话，正要起身，并喃喃地向女主人说："又不知出什么事啦！"女主人田一骏家大婶说："没什么大不了的！你就坐着，听乡亲老姜进来向你回话！你是当家的，该有点气派，沉住气！没什么了不得的事！稳稳坐在那像个主子样！"

母亲就欢心地咯咯笑起来。说话间，我们的族亲老姜跨进门来，摘下了头上的朝鲜式鸭舌帽，说："你们这里可暖和，外头霜可大啦！"

"有什么事儿！你坐下来，先抽袋烟再向你婶娘慢慢说。"田一骏家大婶又招呼，"大宝家的！把烟装上，递过去！"说着，从自己嘴里撤出口含的烟管，用手擦了擦烟嘴，这是对来人很尊重的表示。

乡亲老姜却手腕吊着马棒，辞谢着，说自己抽不惯烟袋，一面掏出皮夹式烟口袋，用撕成条的旧报纸，学着朝鲜农民那样卷烟抽了。

"九道泡子昨晚上出什么事啦？"母亲还是沉不住气了，急急问。

"你们没听见下半夜的枪声么？是七道泡子抓住偷咱们屯子庄稼的高丽人了，是赶着牛车来拉的！真是，好大胆子呀！说是给朴斗寅收的牛租子！可是从还没有分过的麻袋垛上装的车呀！这不是明偷吗？"

"怎么？"母亲一听见朴斗寅的名字，就像见到蛇一样，战栗了一下，"是给朴斗寅缴牛租呀？他可盯紧紧呀！扣住的牛车呢？"

"都在七大屯，人也绑在屯口教堂的树上了，就听婶子发落呢。"

田一骏家大婶就说："怎么绑到七道泡子教堂门口了？那不是要

给你婶子惹事吗？谁不知道七道泡子教堂明着念《圣经》作祷告，暗地可是给高丽民会办事的地方，都是私通独立党的呀！可不要把事闹大了呀！"

母亲说："我不信，在咱们中国地界，他们亡国奴还要造反呢？！"又说："反正七大屯有他石恭道大舅，咱们垦荒的民户又多，怕什么？我这就走！孩子就留在这里，回头要老姜来接！"

母亲谢绝已经由田大宝媳妇摆好的早餐——小米粥、煎鸡蛋和糖醋卤的小鲫鱼瓜子，说："朴斗寅一定又是偷偷到九道泡子来过了！这个老狐狸！我可不能再在这耽误了！"

小妹水莲是很敏感的，这时就从田一骏家大婶怀里斜出身子，隔着炕桌向母亲伸出两只小手呼求"抱"，我和克克同时撂下筷子，几乎是含着眼泪，同声恳求道："我也要去！"

母亲目光坚定，带着由于朴斗寅暗地抢先收牛租而产生的愤慨情绪厉声说："你们去干什么！我是有事！"母亲又是一个距离我们很远的气势凌人的女地主了！

田一骏家大婶这次不再挽留，还要人找田大宝他大舅套车，母亲不愿误人家拉载的农活儿，说自己愿意骑马，不仅用这庄稼大车来还搭上车老板子的工夫了！田一骏家大婶就依母亲的主意，打发那长满腮胡的曹仁去备马。这工夫，田一骏家大婶又一次嘱咐母亲："可不要把事闹大了！惊动了日本领事馆就麻烦了！"

母亲却全然不听："看看你说的！他们眼里还有没有中国官府了？他们敢！"口气愤愤的，用力把我一推："你再缠我，该挨打了！"我被摈弃在套院门口，克克就"哇"的一声哭起来了！她是一直扯着母亲长衫的大襟，追随在她腿旁的。母亲虽然迈步受阻碍，但却完全不去注意她，怀里还抱着水莲。那水莲眼里含着泪，却在母亲肩上注视着母亲身后的我。

克克哇哇一哭，果然生效，母亲转回身来，说："我不去了！"

但我从母亲向田一骏家大婶递的眼色中,还有族亲老姜已经和曹仁大舅各自牵着一匹马出现在套院西便门口,就知道母亲是在哄我们,又看到母亲向我使着警告的严厉眼色。我这时却为给母亲备的那匹黑色细腰洋马,还有那马背上闪光的日本式皮制软鞍吸引住了。

田一骏家大婶就让田大宝媳妇领着克克到后院去看那头日本种的细腰黄斑猎狗密士去,临转身她接过母亲怀里的水莲,一边说:"密士生了孩子,我还没去看看呢!听说可好玩啦!连哥儿领着克克跟着来呀!"

我在母亲的严厉眼光注视下,贴着院墙走到后角门去,我心里这时是多么想骑那匹备有日本式瓦形软鞍的黑洋马呀!这时香琴姐、玉琴姐姊妹两人还留在套院西便门门外,正向母亲说着道别话。我明明知道母亲要弃我们于不顾,决定独自启程回九道泡子,可由于惦记着将来也要备软鞍骑黑洋马就冲淡了对母亲离去的恋念。对于母亲那两道严厉目光的警告,印象也深,我这样就不得不懈怠地隔着田一骏家大婶往后角门走,老远就看见后角门是开着的,在木板各仓与门道之间的一小块空地上有一个角落,是两只美孚牌煤油木箱做的狗窝了,显然那两条日本种围狗是单独饲养在这里的,还有高过人肩的树干排列成的栅栏围着。我站在后角门门口,隔着空场从栅栏空隙处看见在早晨的阳光下有两只又臃肿又笨拙的茨耳茨花卷毛狮子狗,窜来跑去,互相追着,它们彼此想追扑着咬对方的小尾巴。我的注意力虽然被它们的稚气戏耍所牵引,但耳朵还留意着母亲在套院西便门口外的动静。我低声叫着克克,想告诉她不要跟随田大宝媳妇去看猎狗崽儿了,但克克蒙蒙然地看着我,什么也不明白了。我直用眼睛在暗点她:"妈要走了!"这时田一骏家大婶似是看出什么,但仍然装作什么也没有感觉到似的回视着,似乎说:"你来呀!你跟过来,她们就不找妈妈了!"我只好怏怏不欢地跟随她们婆媳跨出套院后角门,心想:"克克都九岁了,用眼睛点她,她还不懂,真是笨透了!"我已经在她们逗引着小狗吠叫声中，听到嘚嘚的马蹄声和叮当作响的牲口铃声了。这是只有八道泡子田家大院的走马才有的佩带，那是和项钟一起套在马颈上的串铃声。但这时它们连同那匹黑洋马的漂亮身段还有日本式软鞍子，兴味完全失去了，我几乎要哭起来了。我们完全像是被母亲丢弃在八道泡子的孤儿了。

　　但就在这时，我听到西夹道传来香琴姊妹俩的笑声，我用手背擦着泪，心里叫着："不！我决不能在她们跟前流眼泪！不管怎么说，我已经不是孩子了！"

第四章　被弃置在八道泡子

一

母亲走后那天早晨，水莲抱一条小狮子狗，在田一骏家大婶怀里欢笑着，给田大宝媳妇连孩子带小狗都接手抱过去了，生怕她的婆婆累着似的。我没有跟随曹义二舅牵着围狗出去遛弯儿（若不牵走它们，就很难抱出那个一身长毛的小狮子狗崽），因为香琴姐用眼睛指点我，她还有秘密话要嘱托我，刚才没得机会谈呢！

当我们回到那西套间的外屋炕上喝早粥时，克克仿佛才突然发现母亲已经不见了，就小声叫着："妈呢？"我故意不理她，心想刚才在后角门，我暗地那么向你使眼色，提醒你，你却不领会，傻乎乎地尽管注意小狗，现在又来问我了！幸而那个长毛小狗崽哼哼地呻吟着，它要摆脱水莲两手的环抱，这样又牵扯了克克的注意。

田一骏家的大婶就说："它是怕生人呀！赶快递给你嫂子，叫她掷到窝里去，省得把跳蚤带到炕上。"又说："你们姊妹要喜欢它，赶明儿个就带到九道泡子去！"后一句话是对克克说的。

玉琴姐就说："不！我们还要呢！"

田一骏家大婶就说："又不是纯种狗，都给护院狗串了种啦！咱们不要！你爸爸早就说，谁要就给谁了！只是要给它们找个好主子，亏不着它们就行了！"玉琴姐就娇柔地说："不嘛！我还要呢！"说话中间，都已围着炕桌坐下来。熊皮褥子上早撤掉了接待贵客铺的俄国制羊毛绒红花毯。水莲见到早粥还留在桌上，自然就舍弃了怀里的小狮子狗，跟随田一骏家大婶坐到炕里去了。总之，我和香琴姐还没有得到单独谈话的机会。她看也不看我，倒是那体态娇柔、脸色也温柔的玉琴二姐时时向我注视着，还有禁不住的笑意，口里仍坚持着说："我不给！"这是指那个小狗崽说的。仿佛是有意说给我听，看我的反应，要我恳求她的恩典似的。自然从心里说，我也喜欢那两只长毛小狮子狗的！但我尽自吃着自己的早粥，装作这事完全与我无关的样子！我才不可怜相地向她乞求什么呢！那看来慈祥而又富态的田一骏家大婶，很疼爱水莲，让她坐在自己膝盖上，喂她粥，还一匙一匙耐心地吹着喂！他们使的是蓝花的江西景德镇瓷羹匙，和朝鲜农户金秉湖家里的铜匙子不一样！瓷匙柄短，铜匙柄长。而且朝鲜的铜"沙巴力"碗也大，装满了粕子米饭，再不须盛第二碗，而这里的金边蓝花瓷碗却又出奇得少，和后厢房里"劳金"们用的蓝道儿敞口博山饭碗也不一样。我一个人能喝三碗粥，最后两碗，田大宝媳妇每碗都给我夹进了一个煎鸡蛋，说是蛋凉了，要泡着吃！我发现田大宝媳妇不但给我和克克盛粥，同时还照顾着婆婆和两个小姑，时时搁下自己的碗筷，伺候她们娘儿三个，这是一个又殷勤又体贴人的媳妇。

她不但忙着烦琐的家务，手脚也麻利，而且越忙越愉快似的。刚撤下碗筷，擦净炕桌，就又划火给田一骏家大婶点烟了。然后，拍拍自己的两手，把水莲接过去，用她自己的围裙角给水莲擦嘴。我突然想到，昨天晚上田大宝定偷偷回来过，我依稀记得听见他叫门声了！她或还以为这是谁也不知道的机密呢，不想，我早就知道了！只见她原是乳油似的脸色，却闪着红润的光泽，而且看我的时候，完全不像昨天那样待客般的欢欣，而是换了贴心的喜欢，我猜想准是田大宝回来向她说过托我捎口信儿的事了！

饭后，玉琴姐照例从她母亲手里接过长烟管，田一骏家大婶现出心满意足的神色，要田大宝媳妇铺上桌垫，母女就围在炕桌周围准备摸纸牌了。显然这是她们日常生活中不可缺少的乐趣。我看得出来，香琴姐可并不热情，她有着背人的心事，而且也同样只有我一个人才知道的心事。她和我一样，都在等待一个单独谈话的机会。她听说我不会玩纸牌，就很奇怪地看着我，仿佛要看看我是不是说推托话。她的眼光仍然是冷静的，等知道我确实不会玩，就说："我来教你！"坚持要田大宝嫂子来凑把手。看来，这是她们老少四口最称心的一种消遣。当时，在珲春地区最流行的纸牌，是一百二十张，分条子、饼、万三种，各有九张，外加老鞑子、红中和一丈青的白板，同样牌各有四张。四家牌手，每家手里十张牌。一二三条或五六七饼一副三张，留一对作掌，如果说手里每一张牌都是同样的，不管是条子，还是万子，和下来是清一色，就是"三番牌"又叫"满贯"，"对子和""三大元"也一样最高的是清一色一条龙，就是说，一二三、四五六、七八九都挨着，老、中、白的对子落一家为"三大元"。香琴姐在我背后指点着，我作为傀儡般，一点也不明白这纸牌的打法，也根本不感兴趣。我还不自主地注意到克克和水莲在我们身侧的熊皮褥子上，各自背着枕头做走亲戚的游戏。这是田一骏家大婶的主意，那两个枕头也是她给她们用腿带子捆上的，结的是背柴草的套臂扣，她眼睛注视着手里纸牌，嘴却在向她背后我那两个妹妹说："该问呀！是从哪里来的亲戚呀？孩子几岁了呀？是爱哭呀还是乖呀？"眼睛仍注意着手里的纸牌。若是克克要看水莲背的枕头，问："孩子是不是双眼皮呀？"水莲就要田一骏家大婶给脱下臂扣，以便放下枕头要克克看。田一骏家大婶就把纸牌扣到桌子上，为她脱开两只小臂膀上的带子。在这时，玉琴姐往往皱着眉催促："妈！就等你出牌了！快呀！"田一骏家大婶就说："等我码下带子来！"她是很耐心烦儿的，我从心里也不愿意克克她们老是给大婶添麻烦，同样皱着眉头，但在感情上却又觉得距离玉琴姐渐远了！而对田大宝媳妇和香琴姐却倍感亲切，因为他们对克克仍然很体贴，并没有因她们的干扰而像玉琴姐那样现出麻烦的神气来。这种麻烦，自然也反映了对我的不亲切。香琴姐却完全不同，见到克克把作为孩子背的枕头斜过自己的肩头让田一骏家大婶亲亲的时候，她也跟随着她那身体敦敦实实的母亲，作态亲了亲，还夸说："你这孩子真乖，一点也不哭！"我就格外对香琴姐怀着感激的心情！仿佛完全为了是我的妹妹，她才那么亲切地对待她们。她也注意到我的神态了，显然她不愿意我另有所思，说："你想什么哪！该轮到你摸牌了呀！"她自己完全忘记了还有背人的话要找机会向我说似的，全部精神仿佛都注意到捻选我手里的纸牌，她在为我支招儿，打出一张去，手里净剩四张，两张作"掌"，那两张就等一张成副而"和"了！我实际上等于是替她拿着纸牌，供她挑选一般。我说："还是你来吧！我也不会！"她说："不会学嘛！来！坐在我旁边，你看我怎么打！二三四、三四五，是一副！条子归条子，万子归万子，缺哪张，上家打下来就不摸牌，吃进来，然后就出一张牌呀！这不是咱们等'和'了吗？"她是那么津津乐道地边打牌边教导我，我坐在她身后，注意到她背上长辫子又粗又黑又光润。我觉得她确如我的大姐一般温存，只是她细眉大眼，全不及玉琴姐的脸形那样娇美。但我喜欢她，正如喜欢田大宝媳妇和田一骏家大婶一样，我心里想着这个家庭多美好、多和谐、多幸福呀！我的母亲是很少像田一骏大婶这样耐心陪着我们玩儿的，简直一次也没有这样平等相处地玩过！家里根本也不让我们孩子们玩纸牌。克克和水莲显然只在引起田一骏家大婶注意的时候，才感到背着枕头装扮走亲的嬉戏才有意思、有兴趣。如果连叫两声没有把那家宅主妇的注意牵扯过去，她们就沉默了！沉默一会，两个妹妹当中，就会有一个望着空间，突然发现母亲不在场内似的而四顾着，小声叫妈了。田一骏家大婶体态虽然显得笨重，但人却很敏感，就不容她们俩沉默，一听不到她俩的对话声，眼睛虽不离纸牌，却口里问着："怎么走亲戚的没有声啦！亲家来了，也不包饺子呀！割肉买菜、剁馅呀！"虽然她头也不回地全神贯注要选择打出手里的哪张牌最合适，就是说，自己既成幅等"和"，又避免了下家吃进，上家碰成对子，但还是为她们提词作诱导。她们小姐妹俩就在用两膝爬行中，咯咯地笑了！她们也体会到田一骏家大婶是喜欢她们的，因之，当老太太接过长长的乌木杆儿镶玛瑙嘴儿的烟袋时，克克就要抢着划洋火给她点烟，讨她的喜欢了！

给主人全家每人带来勃勃兴致的牌局，终于给闯进来的田一骏大叔冲散了！谁也没有听见院外的马蹄声和两只遛弯儿回来的密士加的短促的欢叫声。直到他出现，我们才听见他所率领回来的运粮车刚赶进大院，鞭子卡儿卡儿地在空间爆响。田一骏家大叔带有一身寒气，满脸不欢地说："怎么你们连一个客人也留不住呀！我不是嘱咐过了么？"说话时跺着两只脚，那靴靿上沾满露水和泥土。

田一骏家大婶就说："九道泡子出事啦！我还能留住人家呀！怎么早晨的霜却化成这样了！道儿不好走吧？"

田一骏大叔一听母亲是直接赶回九道泡子去了，没有到泡子南沿的高丽屯去监视分粮，就又变得愉快了！那敦实的古老橡树般的身子，就转向我了，说："你妈妈简直是一阵风儿呀，说来就来，说走就走呀！她回窝棚去啦！你们怎么样呢？住得惯么？咱们屯坡里可没什么好玩儿的！秋收完了！叫你二舅领你到榛棵子里去打沙斑鸡！"又说："噢！我想起来了！三间房下头，九道泡子南沿有跳大神的，晚上让你二舅领你去！告诉他，就说我说的！"又掉过头向田一骏家大婶问："九道泡子又出什么事了？"

田大宝媳妇借机就招呼我到她屋里去坐，一手抱着水莲，一手牵着克克。她俩刚刚卸下身背的枕头，由香琴替她们抱着，我们就浩浩荡荡地全退出来了！显然这是两个老人要谈什么有关九道泡子出事的话。我这时就悄悄走出套院西便门，像解脱了绳索拴缚的猎狗那样迅捷地蹿到场院上了。我准备寻找护院炮手曹义二舅的。只见装满了载的四轮农车正从坡崖底下的大门口往上赶，两辆相随，都是拴四套的农车，曹仁大舅正在做前导，要把大车领上斜坡崖子，带到指定卸车的空场。那两辆农车载的全是还待脱粒的稻捆，垛得楼般高，进大门时，稻垛上坐的人都要平身躺倒，那些拉前套的挽马和驾辕的辕马，不但浑身闪着油光的润泽，而且脑门儿上都佩戴着红缨，挂着项钟和串铃，笼头上都有闪光的大小铜环。不用说，这是八道泡子这个田家庄院自己的马匹和车辆！车老板子只在它们头上摇晃长鞭子呼喝着，那两辆装满载的大车就驶上斜坡崖子了。多漂亮的马呀！真有劲儿！我不由心里赞美着。却听见有人手捋一把稻穗，喃喃地说："九道泡子的水粳子长得可够厚实呀！"正赶上田一骏大叔从我背后托托地迈着大步走过来。他大声说："是七道泡子垦荒户缴的马租子。谁说是九道泡子的？九道泡子还没有分完场呢！"原来背着身子说话的人是解职在家居闲的警官，回脸见到我，就唔唔地答应着不说什么了。在卸车的空地上，田一骏大叔参加了指挥，并说："这要单独打，打完场，装上草袋子，要过磅！"又说："这里还有县城里买卖家批的'青'，要还人家的青苗债的！"又向从厢房走出来的姜渭川说："你算运气好呀！晚一步今年春天批的那石稻子就收不上来了！听说朴斗寅又溜来了！那个老狐狸！他在九道泡子收的牛租，连粮带车都让你表婶给扣在七道泡子了！""我真是托您的福了！要不，积攒几个子了，我就往大哥您这儿送呢！我这点本儿，实在是来之不易呀！"姜渭川这样说。

"我做主给你买了芡实、五味子这些药材了！单价捎上来，就给你……"

"那好哇！单价和发票一来，我就回去了！栈房里缺人手呀！我出来好些日子了！"

我对他们的谈话并不感兴趣，但田一骏大叔提到朴斗寅"这个老狐狸"的轻蔑口吻与母亲听到他的名字就像猪栏外头见到狼偷偷溜来那般紧张态度，全然不同，这给我印象很深，仿佛母亲很怕朴斗寅，时时提防他,而他田一骏却全然不在意!我这时不但感到母亲在农庄经营方面远远不及坐地户地主田一骏大叔,就是那强壮的体魄与豁然开阔的气态,也远远不及。后来,我才知道八道泡子的满、鲜族农户租的牲口、借的高利息口粮、种子,都是出自田家庄园的地主,丝毫不沾外债,这样就仿佛猪羊栅栏,围得严密,不容外人像狐狸一样探爪进来捞摸什么。而九道泡子母亲经管的窝棚,正如不专门依靠农业开垦为生的一般占荒户地主一样,在屯子里既没有建设自己的住宅和院墙,也没有自己向外出租的马群,因而满、鲜农户的牲口租、种子债,大半都是借自外屯和镇上的。朴斗寅不但自己在黑顶子山区向朝鲜农户出租牛、租马,而且也代县城里日本洋行在七道泡子和九道泡子各占荒户地主屯子放高利债、批豆子,债户中还有些是闯关东的汉族垦户。谁都知道在黑顶子山区开垦原始的荒野、沼泽地,虽然是三年内不纳土地租,但需要租几头或十几头牲口来拉洋犁,需要大量种子和牲口饲料:豆饼、燕麦、谷草,占荒户地主供应不出来,垦荒户不得不从镇上的经纪人手里租牲口贷款。因而母亲在多方债权人利益的牵制矛盾中挣扎着抢先分庄稼,抢先收地租。只是我还不理解这种中国移民户地主与朝鲜侨民以经纪人朴斗寅出面的放债人这种复杂的利害关系而已。实际上它在母亲还未过问农业租务之前,就是说在九道泡子还是托人经管的阶段,珲春县城里专以放高利贷收购青苗为主的日本投机商们就通过朝鲜侨民朴斗寅早已形成一种主宰汉、满、鲜各族农户经济命脉的力量了。只是这种投资于农业开拓的外国洋行,手段是极为隐蔽的,也是经纪人朴斗寅所讳言的,但这已是黑顶子山区和沙坨子镇的经济生活中一种暗暗相议论的秘密了。

二

母亲走后的这一天晚上,套院住宅里是少有的寂静,天已落黑了,还没有点灯。原来宅主人田一骏大叔又行色匆匆地外出了。老主妇田一骏家大婶正在磨坊里看着香琴、玉琴姊妹俩帮衬她们嫂子磨水泡豆子，她们在自制小豆腐。因为场院上忙，磨倌跟着大车去拉庄稼了！我正坐在套院的后角门门槛上，看着曹仁大舅喂日本种围狗，就听见西套间的外屋里传来克克的哭声，我连后角门也未及关，就匆匆走过向日葵园子来到主宅往套间跑，很怕她的哭声惊醒了小妹妹水莲。我不知道克克为什么突然哭起来，若是她在这里受到什么孩子的欺负，我肯定会不惜自己受伤而卫护她的，如果是狼，我也会去拼命撕斗，因为我是受了嘱托，要对我所崇敬的终日辛劳的母亲负责的。屋里没有什么，水莲果然被惊醒了，也躲在墙角上开始呜咽了。

"哭什么？"

"妈！"克克哭着叫。

幽暗中我见她叠腿跪在墙角上，又说："我怕！"

"怕什么呀！"我立刻给这无缘无故的啼哭激怒了。然而我知道，我们是在地邻家做客，强自忍着火气，温和地说："你看你，把水莲都惊醒了！妈明后天就会回来了！别哭了！"

然而我的温和的申斥，一点儿效果没有，克克仍然尽自号啕地啼哭着，仿佛她已沉醉在自己的悲伤里。

"听见没有呀！"我愤愤然问。

我的愤愤然的口气，似乎反而诱发了为母亲所摈弃而产生的孤零零的凄苦一般，她越发剧烈地摇晃着两臂尖声哭叫起来。我为她这种固执的抗拒所激怒，就不自禁地在她肩上捶了一拳，同时威胁着："你再哭！你再哭！"

克克是机灵的，她立刻不再尖叫了，仿佛从我的声音中感到已经惹火了我，呜咽地说："我……口渴。"

"口渴！自己下炕去倒水！"我命令。

见克克膝行跳下炕来，还抽泣着、干咳着，没用我扶助，她手背揉着眼睛到对面炕上去为自己倒茶了。水莲仍在黑影里，也用小手揉搓着眼睛，缩着两只小腿……我立刻感到一种从未有的懊丧，我觉得克克那种温驯和水莲的那种胆怯，都反映了我的粗暴。她们是多么幼小，依恋着母亲，我们这种寄托给外人家宅的生活又是多么凄凉、可怜呀！我斜依在糊有花纸的炕壁上，不自觉地用手指挖着墙缝，心想母亲现在在哪里呢？还在七道泡子吗？会碰到朴斗寅那个老狐狸么？和朝鲜侨民会的人会争吵起来吗？临时雇的更倌老傅会背着枪护随着母亲么？又想把这些地卖掉了，在县城里开买卖多好！在这里不管是朴斗寅还是母亲都像抢掠同一个场院的农民粮食一样，七道泡子的朝鲜农民在民会的多，还不都出来帮着朴斗寅打架呀！母亲不会吃亏么？若是自己长大了，能带兵，就开到七道泡子去，站在母亲身边，要让这些亡国奴看看，在我们中国地界上谁敢不听母亲的话！我在冥想中，突然听见有人在轻轻地关套院后面的角门，这才注意到天已经黑了。周围是多么寂静，屋子里全靠从北窗玻璃外反映着月辉的半面湖水光分辨东西，占满半块窗玻璃的夜晚的天空，闪着稀疏的星光，在颤抖一般。我隐约地看到克克和水莲又在墙角互相偎依着，倦怠欲睡了。

"哟！多黑呀！也忘点灯了！"首先进来的是香琴姐。她说，"我过去拿灯，连哥儿你在黄烟盒子里找找洋火。"

随后是老主妇田一骏家大婶进来了，她低声地问："是连哥儿呀！她们怎么没声呢？睡了么？啧啧！怪可怜的，多么听话的两个孩子呀！"说话中间，摸索着抱起克克来，是抱她到外头去哄她就寝前尿水的。我也抱起水莲随她走到廊檐底下去。仍听到夜空的过路雁群声前后嘎——勾——嘎——勾地叫着。等我抱着睡意蒙眬的小妹妹跟随田一骏家大婶进屋时，健壮的香琴姐穿着对襟的白褂子，挺着饱满的胸脯已经从她母亲双手里接过克克去，埋怨说："等会子嫂嫂就过来收拾了，妈你就是多操这份儿心！"这是指田一骏家大婶在铺着黑熊皮的暖炕上铺棉褥子说的。田一骏家大婶一边用短柄笤帚扫着褥面一边说："你嫂子今天磨小豆腐，磨推得也够累了！"她正是代替自己儿媳做着昨天夜晚田大宝媳妇做的那些铺炕铺被又铺褥的活儿。等田大宝嫂子从东间的新房里手持短柄扫炕笤帚过来时,我已经上炕准备脱衣就寝了。

"哟!这是我妈给你们铺的被子吧!妈可也够累的了!还真耐心烦儿呢!"她挑着里间的蓝花门帘子走进来时欢欣地说,"赶快坐下歇歇吧!妈!我给你装烟来!"我从窗台上赶忙拿过火柴,一手重新扣衣袖,我觉得田一骏家大婶为我们这样操心又这么体贴人,我也应该给她划火点烟,孝敬孝敬她!香琴姐却笑着接过火柴去,向我闪着充满欢喜的眼睛说:"你睡你的吧!一个孩子,还挺懂礼道哪!"这瞬间我就感到她是多么温存,她整个脸盘就显得从未有的漂亮。只是对她称我孩子不服气,心想,你才多大呀,也不过大我五岁。我自然没有脱外衣,因为我还要像昨天晚上母亲嘱咐过那样,等待她们都从里间走出去,关上套间外屋的房门才能钻到被窝里。当田大宝媳妇路过外间又跪着一膝要上炕,我立刻知道是那块遮住整个半面墙的窗帘没拉上,于是赶紧抢先去拉窗帘。田大宝媳妇的脸上又一次现出媚人的笑容,那红红的嘴唇和白白的牙齿之间透出来的微笑,确像一朵肥美的牡丹花般的动人。

"好好躺下睡吧!便盆搁在门后了!我把门给你带上,不关也不要紧,外屋的宅门关着呢!"她嘱咐着我。

我确实也困倦了,但没有当着田大宝媳妇的面儿脱衣服。心想宝琴姐怎么也不急着对我说悄悄话呀!她到底要说什么呢?又想到田大宝媳妇,她是那么俊俏,自己要是长大了也娶这样一个俊俏媳妇,又能体贴母亲,那我们的家庭就幸福了!田大宝媳妇临走吹熄了北炕桌上带白瓷罩的煤油灯。夜已深了,我仍然没有睡意,刚才的睡意反而随着熄灭的灯光消失了!我又听到空中传来的大雁的鸣声,它们仿佛感到旅途遥远而寂寞,在互相宽慰一般,似乎说:"快到栖宿的沙滩了!""秋凉了呀!""趁着月亮没下来,赶路吧!"我立刻伏到窗台上,掀起那面遮住半面墙的窗帷,终于借着被掩蔽的星光,发现了一队人字形的缓慢移向南方的大雁队……最后它们的影子给高高的外院墙挡住了。我想到天冷了,快要落雪了!想到过去在韩四爷家大院住的时候,每到冬天围着炉火等待着崔婆给我们烤馒头片儿的情景。我和克克那时候都环立在炉火周围,等待着抢第一片烤焦的馒头片吃。崔婆这时往往申斥我们,说:"挤在这儿做什么?烤焦了你们的衣裳!"我们望着彼此红红的为炉火照耀得很兴奋的脸蛋,谁也不躲开,都挤在那儿不动,谁也不怕她的申斥,谁都知道她是疼爱我们的。这时,我多么怀念她呀!我又一次在心里埋怨母亲,仿佛我们是给弃置在八道泡子了,仿佛我们的母亲不是亲生的母亲,她一点儿也不疼爱我们。我感到我们兄妹三人这样的可怜,无依无靠的,完全失去了家庭的温暖一般。突然,我听见后宅门的轻轻的开启声,在套院背后的粮仓方面,有一条闻声而跑的护院围狗受到威胁一般发出鼻吟声,还有项下吊的横棍套环发出的金属摩擦声。可以想象到那是只长绒毛的中国种护院狗。又一听,还是日本细腰猎狗在栅栏里的欢乐的跳跃声,它同样也发出一种呜呜的受到警犬吠叫的鼻吟声。我立刻睁大眼睛,心想:是谁呢?是田大宝从潘家宅子私自回来了么?他要在家里过夜么?我悄悄爬下炕来,跂着鞋轻轻推开套间外屋房门,走进灶间,看见后宅门是开着的。蓝天、星空、月辉,清楚可辨。在院墙阴影的衬托下显得隐隐约约,分明那是田大宝媳妇在两手把着套院的后门的背影。我提上鞋,轻轻沿顺套院墙根儿走近去,在两门之间的空隙处,只听见田大宝媳妇低声地说:"你怎么不听呢?老是站在这里做什么?昨天不是香琴她们在我屋里睡么?今天也是呀!要让妹妹们看见了多不好呀!"

"大宝!"我完全忘记了这是我不该出面的时候。那田大宝媳妇吓了一跳,几乎是晕倒一般低声叫着:"呵呀!妈呀!"喘息着用背倚靠住院门框上,似乎瘫倒一般。门"吱"的一声推开了。

"昨天夜里你等我了吧？"田大宝欣喜地俯在我耳边上说，"我给那坏小子缠着，昨晚上没脱身！今晚上，泡子南沿关炮儿家里有跳大神的，还有谢夜酒席，我领你去看热闹呀！"

"我还有两个妹妹睡在西上房呢！"

"让你嫂子管！跟我走！"

我们就这样仓促间离开套院后角门，还听见田大宝媳妇在倚靠着门框喃喃自语："老天呀！你们这些王孙公子，可吓坏我了！"那护院长毛中国种狗，讨好地频频摇着截余的短尾，低声呜咽着，两眼射出绿色的火焰。显然，它在恳求它的小主人解脱它项下吊的悬杠，巴望着要跟随我们做伴一起出去夜游。它是那样兴奋，急切地拦阻我们的路，还有后腿站起来，向田大宝胸前扑，这样就引来另外几条护院狗，同样低吠一声，就嗫然地带着鼻子呻吟着围上来了，倒像它们也知道，我们是背着院里已睡下的人们秘密出游似的，用身子擦着我们的腿，都是那么激奋、跳跃、欢乐。它们对自己的小主人表示尽情的亲热。我跟随着那体躯粗壮如熊一样的田大宝，从大院一角的厨房后便门里，猫一样轻手轻脚溜出来了。我们出来后倒关了门，一个护院狗也没有带，还听见它们在门后焦急欲出地呜咽着，用爪子扑门的声音。原来这个便门是倒脏水和垃圾的地方，骨头和烂菜叶、鱼头、鸡毛都堆成小山丘了。田大宝牵着我的手，低着头，连声嘱咐我小心。小心走过垃圾堆，是个土崖子。我们现在抬起头来钻进岭坡背后向阳的白桦树林子里了。月光如霜，落叶满地，林子枝头都光秃秃的，有什么刺猬、獾子之类野生动物受惊一般在落叶上飞速地奔驰作响。

"那是什么？"

"不要怕！是黄鼠狼！还瞅人呢？这里什么都有，都是夜里出来找食儿的！"田大宝小声说。

我们终于从白桦林子里绕到岭前居于田家大院岭脚下的九道泡子南沿，看见芦苇荡了。我们碎步迅捷地走下和潘家宅子崖下同样的石板台阶，我们见到芦苇丛中露出一道发亮的水光了。在那芦苇深处有只小船，我们要沿泡子岸划一段船，抄近道走水路到三家子去。

三

"今天晚上，听说有'大过阴'呢！"我们走过铺着木板的走道，在大块的卧牛石傍的木板码头一侧，见到了那广阔的水面上停着的小划子。我已经解除了紧张状态，顿然感到自由和舒畅，就欢快地交谈起来了。

"哪！咱们要是转到西头去，顺着河道就能划到八道泡子了！"

我问："咱们去的屯子远吗？"他说："咱们坐着小划子走直路，不绕弯子呀！"

"我怎么早没听说过这个屯子呢？"

"你妈没说过吗？"他作为机密，小声俯在我耳朵上说，"你们经管人乡亲老姜的女相好就住在那个老屯子里！"

说完机密话，我们便扶着卧牛石上了小划子。"真的呀？"我很惊疑。"谁还哄你？"田大宝双手拔出拴船的撑竿来，脚是那么熟练地蹬了下卧牛石，小划子就飘然离开码头了。他把小松树干般的撑竿递给我，船头绳子一掷，自己坐到船尾上，一只桨又划水又做舵，操作是那么灵巧。在水面上他完全变了一个人，体态再也不显得笨重了，倒是手脚麻利得出奇。相反，那撑竿在我手里显得又长又粗，还很重，自觉笨得也出奇。田大宝看出我撑船很吃力，就嘱咐我把撑竿儿顺着放在船头上。我说："这像橡子一样，一点也不顺手！"就向他打听我从来不知道的关于乡亲老姜那相好的长的模样。

"漂亮吗？在咱们这里是有名的美人？"

"什么时候办喜事？今天晚上能见到她么？"

"办喜事？"田大宝吃惊地笑了，"人家是有男人的呀！"

我大吃一惊，怎么我们的族亲老姜找了个有男人的女相好的？

我问:"男人哪去了?不在屯子么?"

"在呀!"田大宝说,"乡亲老姜和关炮儿两口子,睡的是一铺炕,烧的是一个灶炕,当中有土隔壁墙,分里外间。乡亲老姜睡外间,人家两口子睡里间。"又说:"那关炮,顶名是个炮手,枪也打不准!我们上一辈的旗人,都从小吃皇粮惯懒了,他什么庄稼活儿也不会干。你们家的老姜整年在老关家像个打头的'劳金'一样,劈桦子、耪地、打洋草、喂猪,是出力的活儿都是他干,顶名是九道泡子窝棚的经管人,除了高丽户谁听他的呀!他得听老关家使唤!谁都知道乡亲老姜和老关家的娘们相好。"

说话当中田大宝中断过两次,一次是嘱咐我:"要坐稳呀!"一次是小声叮嘱:"我这话可只对你说,你可不能对你妈说呀!"

我问:"那么,关炮知道吗?"

"唉!知道也装不知道呀!这种'拉帮套'的事儿,睁一眼闭一眼呗!"

以后我才知道这"拉帮套"是句来自两头牲口共拉一辆车的农家语,驾辕的辕马为主,"拉帮套"为副,共拉一辆车。在当地却变成了通用的一种说明男女三人关系的隐语。这使我很吃惊,我从来没想到我们的九道泡子窝棚的经管人,竟然会在旗人农户家里"拉帮套"。

"那么小屯老盛家都知道吗?"

"这种事儿,天长日久,还能瞒住谁了?"田大宝说。

"他那个相好的女人到底长得多美?"

"要我看不怎么样,就是穿戴干净,眼睛水灵的招人就是啦!"田大宝在臂膀处擦着额头汗水说,"要是比今天晚上我们要看到的女大神,可差成色了!女大神是沙坨镇上有名的美人儿,关炮手家的是咱们九道泡子、八道泡子一带的美人!"

他还说,那个女大神顶着的是狐仙,远近几十里大小屯子都是要请她,外号叫"九尾仙姑"。

在我的耳旁除了临近芦苇丛中发出的枝叶相擦的沙沙声、桨板划水声，还有一种奇怪的响声，我们已经从湖湾处笔直穿过去，这种奇怪的响声也就越来越明显了。田大宝悄悄告诉我，那是鲶鱼在芦苇底下追逐小鱼呢。还听见鲤鱼跳出水面的声音。田大宝说，明天还会是个大晴天！距离三家屯子越近，我越是着急，催促他快点划，我急于要看看那个沙坨镇上的美人儿，更急于要看看老姜的女相好的到底是个什么样的娘儿们！我自己要过桨来试着划，这样，田大宝就不得不支起橡子般粗的撑竿来。因为我的操作不稳，小船在一左一右地晃，船头一会儿是东向，一会儿又是西向，我终于不得不放弃这一尝试了。那橡子般的撑竿，在田大宝手里却像一根竹竿那样灵巧，有弹力，时而弯作弓形，我从心里赞美着田大宝真棒。我们这时来到水浅处，田大宝只左右倒换着撑竿，小船又在顺利地前进了！多么伶俐的手法呀！多么敏捷的动作呀！那小船在他左右倒换着位置支撑时，船头既不东斜，也不西扭，而是一直箭般地向前滑行，仿佛他那臂力准确地用到了一定的支撑点上，不偏不倚，恰恰是支撑小船前进的地方，却使一左一右的偏差力对消了！从他歪头在自己肩部擦汗时，才看出他也是划得很吃力。但他却一点儿不显得累，并宽慰我："咱们快到了！"那留在我们后面的大半个湖面，反映着月辉，发着妖魅性的迷人的蒙眬景象，这不只说明我们离开了八道泡子田家大院很远了，也说明月亮是上升到中天了。水面是镜子般的平，湖面的月亮倒影离我们小划子只有三五尺远，我们的小船沿顺芦苇荡不停地在前进，却和水中月亮倒影的距离，始终那么远也不见缩短，仍然保持在三五尺外，在诱惑着我们，我很奇怪。但田大宝全然不感兴趣，他说："月亮在水里的影子，哪能追得上！"我问他："为什么？"他说："这是天然的道理。"再也说不出什么。那个神秘的三家子屯还是渺渺茫茫不见迹影。我说："咱们不会划到我们住的盛家小屯吧？"田大宝说："哪会呀！上三屯在这里得往西看，远着哪！"他又问起县城小学校的教师来，说:"听说是从北京请来的?"又问:"是不是都带着师母呢?"更奇怪地问:"本地的教师,为什么也不把家眷搬到学堂去住,还都像闯关东的跑腿子单身汉一样睡通炕,吃大伙房的饭呀!"对于县城里的学堂,他唯一所向往的是校外寄宿生。他说:"那多么好!在潘家宅子私塾里,可得天天给老师烧炕,还要劈木样子。"听说县城里冬天烧煤,田大宝也感兴趣,说:"那多好!也不用斧子劈,又不冒烟,木样子湿了,呛得嗓子疼,也不起火苗!等哪年我们这儿也烧上煤就好了!"还说:"我自己早就不想念书了!老头子常说,潘家宅子就是我们家的'签押房',潘老师就是我家的书办和文案,不念白不念!一年到头还是少不了他那一百二十元!"

我说:"明年我也许念私塾!"我告诉他:"爸爸和于家油坊从山东特地请了一个老先生,一年二百大洋的束脩……"

突然田大宝停下手中的撑竿,向我悄悄说:"有人偷鱼!"我们的小划子悄悄靠近芦苇丛停止摇动了。我听见在我们的小船顿然停止的那瞬间所发出的船、水与芦苇拍击声。我在夜空中张大两只眼睛,静静听了许久,只不过听见远远传来的两声狗吠以及山谷间一种隐隐作响的"火磷目子"鸟的鸣声而已。湖水茫茫,雾气缥缈,越远越蒙眬、越神秘,什么也看不见。可是当我用眼睛向田大宝紧张的侧着脸的注视方向凝望时,什么也没有看见。他耳朵几乎贴近湖面看着远处,小声说:"在荷神潭那边,有人,他们是趁三家子跳大神没人巡夜到泡子里来偷鱼呀!"

"我们划过去呀!"

"我们可没有带枪!打起来怎么办?"

"怕什么,他们还敢动手么!"

"去!"

我们的小划子到底悄悄地向荷神潭划行了,直朝着北斗星。荷神潭是一点标记也没有的,不过是湖水深处的一部分而已。我奇怪,他们当地人怎么会连湖水最深的一部分也分得那么清楚,还起了个美的名称。我顺着田大宝的目光所向,仿效他从水面上侧耳侦听的模样,也向远处侧头瞭望着,我发现自己的视觉迟钝,听觉却锐敏。我先是听到有人说话声,后来终于发现声音来处的另一个小划子了。除了从他们说话的声音里听出是朝鲜人以外,我渐渐看清楚了划子上有一点发红的烟火,还分辨出一个白色的人影。他们的注意力完全集中在从水中摸什么,后来知道这是在摸捕鱼蓄笼。这是埋藏在水底下的农家捕鱼工具,一个用柳条编的长形朝鲜鼓式笼子,一二斤的鲤鱼或三五两的鲫鱼,只要钻进去就出不来的一种渔具。他们完全没有注意到我们,而我们的小划子已经暗地紧贴着芦苇丛边慢慢向他们撑近了。我忽然发现那竟是宝莉姑娘的身影,不禁喜出望外,完全不自主地高声呼叫起来:"宝莉!"我是过分的惊喜了,我听出她那特有的优美声音了。我的突然的呼叫使田大宝震抖了一下,他很吃惊,我怎么会和一个朝鲜姑娘这么要好。

"她是谁?"

我听见迎面也有人发出低低惊呼的声音,我这时突然立起身来,注意到那小划子上是两个人。只有一分钟,我才听见宝莉悦然而喜的欢叫声:"来呀!姜!来看看呀!……"声音又突然终止。仿佛她也发现了我身后的田大宝了。我们距离只有三两尺远,我望得清清楚楚,她回头向一个头上扎着围巾的青年小声说什么,又伏腰仓促地遮盖什么。两船相撞时,我看到宝莉的两手倒背在身后,面向我们,注视着。她那两道在月光下闪射的冷冷的眼光使我吓呆了,我顿然失去了说话的能力。足足有两三分钟,我们四个人静止地站在各自的小船上,相互对视着,任随那两只小船的船头相摩擦靠拢。一阵风暴就要在双方之间展开了。我这时才想到田大宝说没有带枪的意义了。

"你阿妈妮一个人在我们家!你的不回来?"宝莉终于开口了,但声音仿佛不是出自她口,有些颤抖。她的两手仍然倒背在身后,是拿着鱼蓄笼么,还是什么凶器呢?她的话像石子儿一样击中了我的心。我不由自主地问:"我的阿妈妮从七道泡子回来了么?"

"回来了!"

"好吗?"我又问,"没什么事吧?"

"睡觉的没有!又骑马出去了!"

我听出她的声音恢复了平静,一场难以预测后果的风暴是过去了!我看见那个穿着结带子外衣的朝鲜青年,面形粗暴,在夜间,眼神灼灼发着绿光,像两团绿色火焰一样,我感到一阵恐怖。见他们仍然与田大宝对视着,我就说:"咱们走吧!"

宝莉立刻脸色活跃起来,说:"他是尤加……尤加!基比嘎索!"我懂得这是告诉尤加也要回家。

田大宝始终怒目而视地瞅着他们,没有作声。这时,我觉得无限的宽慰。因为我们终于没有发生冲突,尤其是我从宝莉那里知道了母亲已经安然回过盛家小屯的消息,显然关于扣留朴斗寅私收牛租的粮车和捆绑外村朝鲜农户的问题,已经调解了。但母亲没有睡又到哪里去了呢?我是多么想念母亲呀!觉得母亲为了我们家庭的温饱是过于劳累了!宝莉和尤加的小划子已经驶进了芦苇丛中了,又突然听见宝莉爽朗而愉快的声音:"姜,明天回来吧?"

"噢!明天的见!"

可以听出来,宝莉在离开我们时,感到轻松和愉快。我还用两手做传声筒叮嘱她:"不要告诉我的阿妈妮!"

"噢!"远远传来了宝莉欢快的笑声。

"坐下!坐下!"田大宝在我们高声谈话时,催促着。等我坐下来之后,他又急急地说:"七道泡子的尤加!这个坏小子!趁三家子有跳大神的,把人家巡夜的小划子给偷出来了!"

"尤加是七道泡子的?怎么半夜了,还到九道泡子来偷鱼呀!"

"这坏小子,他爸爸是独立党!是你们地户金盖没过门的女婿!

今天晚上便宜了他们,咱们要是枪带出来,得扣下他们俩!至少罚他们一石豆子,一个人罚五斗!"又问,"你们在九道泡子住,他们给你们炖鱼吃吗?"

"除了头一天来那顿饭,我们从没有再吃过鱼!"

"咸鱼干儿呢?"

"也没有,净吃高丽辣白菜和'酱木利'了!"

"这些老高丽户!他们才没有那么安分呢!一个个都和独立党通气儿!"又说,"反正,这个泡子我们已经包租出去了!管它呢!"

四

现在,我们的小划子紧贴着湖边前进,两人的话题,也全转到在这次水面上与尤加和宝莉意外相遇的话题上了。我问田大宝:"你刚才不害怕吗?尤加像个要害人的凶手一样!你没看出来么?"

"我怕什么?我早就看透他不敢动了!他们这些穷高丽棒子不是在本国,是在咱们中国地界,我不过懒得管就是了!要是在我们八道泡子偷鱼,让我碰到了,可不会轻饶他们!"

"那怎么办?"

"照章罚豆子呗!他们谁敢到我们八道泡子偷鱼?谁也不敢!可是你们九道泡子又不一样了!压根儿就管理不严,早年就偷,都偷惯了!"

"我们九道泡子不是早就租给你们经管了么?"

"租是租了,三年一换主儿,值得下本钱经管吗?"他说,"我们若不是转租出去,那就没他们的便宜。实在说,我们哪有那么多人力呀?光芦苇,还腾不出人手来割哪!别说好莲蓬了!看也看不住呀!可惜你没有赶上,夜里,那哪是偷呀?简直是抢呀!没有船的挽着裤腿子的,这可是藏龙卧虎的地界。往年,九道泡子没人敢管,我们一经手,这两年,可就大不一样了!只是我们家的老头子年纪也大了，不愿多操这份儿心事了。"

"你爸爸可真能耐！"

"那没得说，大清国挂龙旗的时候，老头子就在珲春府都统衙门当差，吃的是皇粮！什么没经历过？什么都看到过！"

田大宝就很自得地吹乎起来了，说："光绪年间，珲春设关，边地解禁，这才有汉民过来占荒、开垦。要不是民户多了，有了人烟，獐子、狍子、鹿群会都跑过界去呀！都跑到东山里老毛子那边的山沟里去了！"

在我听起来，这都是新鲜的。湖面幽静，芦苇丛中，水声款款，鱼声喋喋，有水貂、水鼠之类小动物在捕鱼，传来阵阵水声哗哗作响。

我心里又一次感到从未有的幸运，在这里，竟意外地碰到宝莉了！我心里高兴地想着，尽管她曾经倒背两手，冷目相望，但终于还是用那种掩饰不住的欣喜向我打招呼了！尤其是告诉我关于母亲安然的消息，更使我宽慰。只是在这些快慰的感受中，常常有尤加那双炯炯如恶狼般的目光出现。这种充满敌视的眼光，给我的印象是那么深，若干年后还是难以忘却。

我们的小船在凋零、残败的荷花塘间的水道上划行着。过了一会，田大宝又站起来，手操起橡子粗的撑竿了。原来，又靠近崖边的芦苇丛了。我们听见沿水边的大道上传来朝鲜族的牛车声了。那都是些镶铁的木轮车，两个车轮高过车厢，老远就能让人听见轴声吱吱作响了。我们已经来到潘家宅子北面，在水桩子上拴住小划子，就在幽黑的芦苇林子夹峙的石子小道上登岸了。

这里没有斜坡式的阶梯，显然，我们是已经绕过潘家宅子南面的高坡，来到盆地了。月亮已经西去，天气有些冷，是临近下半夜了。跨过大道时，果然我们就碰见赶夜路的那些朝鲜牛车了。车上都载满装粮食的麻袋。田大宝认识他们，打着招呼。他们都是九道泡子南沿高丽屯的农户，是属于母亲经管下的朝鲜人。他们对田大宝都很亲热，说是向九道泡子盛家小屯女房东那里送粮的。他们自己也相互攀谈着，吸着自己卷的纸烟，很是兴奋，都带着一种刚刚吃完一顿丰盛的夜餐、喝过酒的神气，都露出秋收已经忙完的轻松神气，仿佛现在是摆脱了一年的农事劳累了，得闲就要上山打草、砍柴，赶着牛车到镇上去卖样子，搞点零用钱，换取过冬的油盐、洋火等日用品了。实际上，有的已经在镇上出卖大把大把黄烟叶和稻草了。

我奇怪，田大宝怎么知道的事那么多，又和他们那么熟。田大宝说："我一看车上的麻袋，就知道是你们九道泡子的地户了！我们八道泡子，谁舍得用蓝杠子麻袋呀！都是用稻草口袋。你们是县城里的地东，民户出身，手头阔气呀！"

我听来倒很自得，县城里的人，自当这样阔气，觉得我们九道泡子到底还有胜于八道泡子的地方。用稻草口袋装粮，我认为是朝鲜农民生活寒苦的特有标志。

我们跨过大道，听见附近洼地里的狗吠声，也看见零零散散的三五家农舍里的灯火。我们是走在丘陵地的斜坡上。田大宝告诉我，那灯光发亮的地方就是三家子，乡亲老姜就住在那里。现在，我们不但越来越听清楚夜半传来的阵阵铃鼓声，而且也能看到在距离不远的那座灯火通明的打豆场上，有松脂棒制的烛火，还有人手提煤油马灯在其间穿梭着，可见打豆场上正忙碌着过斗、装麻袋。我猜想，提着马灯走来走去的人，一定是我们农庄的经管人——族亲老姜了！我想，这也真够他辛苦的！这样一想，对他在去八道泡子的路上开头没给我骑枣红马（却给我一匹欺生的豹子花斑马）而产生的余愤，也就消失了。他到底是帮着母亲操劳呀！再一细看，那些密集的松脂棒制的烛火也是不停地移动，这说明那些人都在忙着抢场呢！从那里传来的话声、过斗唱数声也越来越显著了。这些喧闹声和那阵阵传来的歌舞性的铃鼓声，俨然是两个世界，各不相干。一个世界是在室内构成的，一个显现于空旷而幽暗的打豆场上。从室内传出狐仙附体的属于歌舞女人的歌声，在夜空中响亮而悠扬地传送着，是那么富有诱惑力，我急于要看看这个有名的"九尾狐仙姑"。

"你别头前跑呀！我们来晚了！"

"快散场了吗？"

"这是大神给求下算卦的人指路呢！给病家早抓过'仙药'了。送罢神,我们还能赶上坐席,喝碗谢神酒呢！这边来,你得跟着我走！"

我们走过两座大如长岭般的豆秸垛背后，远远看见一座中国式的茅草房子的轮廓，也看到有几辆朝鲜牛车在打豆场侧的道上等待着装载。有人在场上过斗，有人手撑麻袋往里装豆子，也有些人在来来回回往牛车上捎麻袋。过斗场子旁，在唱数字，松脂棒的烛火就围绕在这个过斗人周围。提马灯来往走动的，显然是在随着捎粮袋装车人点验麻袋数目，指挥装车。很清楚，他们是从月亮还没在东方出现的黄昏，就在这儿忙碌着，现在，月亮已经西斜，来往监管装车的人，仿佛依然没有发现周围的月亮已经亮如昼，除了过斗的场子需要烛火照亮之外，他手提的煤油马灯已经是多余的一种点缀了！从这点上，也可见人们是多么忙了。

我们从埋在大豆秸垛阴影里的房山墙端，径直地走进已是四户人家的三家子屯里，听见从打豆场奔来的一只农家狗的吓人吠叫声，我心中一阵发紧，感到害怕，怕狗咬的紧张情绪，瞬间超过了听见铃鼓声而产生的振奋，我一边低声叫着田大宝，一边紧紧随他向那传出富有迷力的歌声的北屋快步奔去。田大宝让我走在前头，他在我身后大声驱吓逼近的场院狗，催促我："快跑呀！"显然那狗认识他，终于停止了吠叫。

这是一座孤立的老屋，和邻近的农舍隔着一块菜园地。没有篱墙，也没有栅栏式围子和院门。这和盛家小屯一样，屋子完全裸露在空旷之间。我在跳入这座老屋的房门之前，老远就瞥见在西道口烧的一把子迎神香火了！房门口两侧也有点燃的路香和接神的红色洋蜡。屋檐底下，纸窗外头，站立着许多男女农民，都兴奋地低声和田大宝打招呼，欢迎我们，说："你们八道泡子的场打完了么？"小声打听："你领来的是谁呀？……"从他们的问询声音里，可以感到他们信奉"仙姑"是多么虔诚了，都在保持着神圣的肃静。从他们的立足处，也可以感到屋子里拥挤不堪。果然，一进屋就撞到别人的背上，以后，又踩了一个女人的大脚，只听见有人小声说："该死哟！"屋里闷热，一股香火气和泡豆饼的酸味混合在一起直冲鼻子。田大宝早已排开站立在外屋的农民急匆匆溜到里屋去了。那屋里，也不挂门帘，两面炕上坐满了不少外村的男女旗户，在墙上插的松脂烛棒的灯明子照耀下，他们脸上都闪着兴奋的节日般愉快。年老的妇女，发髻多梳在头顶上，年轻的多是梳在脑后的时兴打扮，和民户妇女的发髻一样。姑娘们的辫子有的故意搭在肩前，坐在炕沿上两腿垂在炕台下，彼此扶肩抱颈地依偎着，忘情地注视着。她们那些兴奋得闪光的眼睛，都凝集在两炕上之间的女大神"九尾仙姑"身上。这大神穿着红色的无袖缎质坎肩，红色的紧身短腿裤，扎着短裙子，腰间围着一串腰铃，两肩上有肩铃，散开的长发披肩，赤脚还带着两串脚铃。她在铺着新婚时习用的红毡上不停地跳跃着，手里还敲着四周挂着铜铃铛的单面手鼓，敲打的鼓声和摇动的鼓铃及腰铃、肩铃、脚上的串铃形成一种悦耳的、振奋人心的有节奏的乐曲，同时，他的肩上还斜披着发出重音的挂铃。在她身体左右摇摆时，腰铃最响，在她上下跳动时，那肩披挂铃的响声最显著，再加脚铃、手鼓的伴奏，谐美的声音就格外使人着迷。她时时颤抖地扭动腰股，半闭着两眼，完全自我陶醉在舞蹈中一样。据说，她已给降身的狐仙附体了，不时地从"二仙"的手里接过大碗的酒，男人式地大口喝着。

周围的眼光，对她是那么虔敬、崇拜，我一开始就为她在脸上所闪耀的青春的生命光辉所迷惑了！她是这样的美，简直像刚刚开放的花朵一般，新鲜悦目。可以看出，她本是一个眉目秀慧的女子，脸形原也平常，但由于她的自我沉醉的舞蹈，由于血液的高度活跃而闪现出来的忘我的兴奋的情绪，而改变了整个面容，仿佛桃花盛开一般红红吧，仿佛她的青春生命在闪着光，一种原始的自然的生命美感在诱惑着人们，使人们真的随着她的浪漫主义的歌唱，而驰思遐想于渺茫的神秘的境界里去了！

她富有蛊惑性唱道：

大清的皇宗佛祖案前，
我挂过号，
如今晚儿呀！
我在三山五岳，
随处逍遥！

"仙家！你老人家修的福呀！"这是弯腰坐在门角一只矮凳上的老年旗户农妇手擎着长杆烟袋在搭话。

那个称作"二仙"的助手也在摇着自己带铃的手鼓，竖着两只脚尖倒退着，在伴舞伴奏，却给那穿戴体面的旗户农妇的插话拦断了一会儿，又接口陪唱。

逍遥也有逍遥的苦啊！
如今晚儿佛祖遭劫，
挂不上号了！
不受皇封，
我难到仙班成正果呀！

"有什么法子呢！天下失掉了主子，我们黎民百姓不是也这样凑合着过么？如今晚儿旗民一礼了！哪像大清国呀！民户见了咱们敢这样和旗户平起平坐呀！"老年的旗装老妇又插话了。在插话中，却又从铺地的红毡子上拾起什么人鞋底带进的一根草来，在手里捻弄着，现出她已在回忆已经失去的遥远的坐吃皇粮的年代，那种失神的神气仿佛根本不知道自己手里捻弄着草做什么！

不受皇封，
不成正果！
苦修五百年……
是谁在解我的马缰绳？

后一句显然不是歌词里应有的，所以立刻在"二仙"那里有了紧张的反应，向左右环顾着，大声问道："是谁呀！手不老实，不怕天谴吗？"

于是在两边炕上引起一阵窃窃私语，同时，在垂着两腿坐在炕沿边的姑娘排列里，引起一阵骚动，都在探问："什么事儿？""怎么啦？""大仙怎么不愿意啦？"左右探询。

我感到有人扯了扯我的衣襟，回身看见田大宝的宽厚的背影，于是就跟着退到门口，我问："怎么啦？出什么事了？哪里拴着马呀？"

"哪里是拴马缰绳呀？不知道是谁，真缺德！在黑影里要解九尾仙姑的裤腰带！真没意思！走！咱们到东间去看看！"

我奇怪："仙姑的裤腰带怎么叫'马缰绳'，这不是自己骂自己么？"

"嘻！这是附在九尾仙姑身上的大仙说的，九尾仙姑就是她老人家的坐骑呗！"

因为屋里闷热，我头上都感到汗淋淋的湿润了，且屋里黄烟、香火与松树脂和烧酒的气味又浓于外间的泡豆饼味儿，我不得不挤到门口，透透风。感到屋里是那么诱惑人：神秘的腰铃、肩铃、挂铃是那么和谐，伴随着手鼓的声音，是那么美妙。多好的歌舞呀！是庆祝秋收、为人祈福的晚会呀！我心里赞美着，隐隐听到东间传来的喊喊喳喳的话声，仿佛东间和西间同样很拥挤，同样很兴奋，同样很紧张！这一座农舍里的东西间，俨然是两个世界似的。

五

原来西间跳大神，东间在赌博。只见许多人围着方桌在执赤豆做的骰子。这是三颗赤豆，每一颗一面划着刀刻的"十"字，三颗都掷出"十"字来为赢家，三颗都是没有刀刻"十"字为输家，掷出两颗有"十"字赤豆的自然是赢那只有一颗"十"字的。就是这么简单的三粒红小豆制的骰子，在这里却有论石的大豆或谷子的输赢。在那南北两边暖炕上，都坐着远道来的邻村亲友，他们都在等待着吃谢神的酒席，年老妇人各自抽着臂长的烟管，兴奋地攀谈着，热闹得像过农历年一样，男人们都带着忙完场院活儿的农闲兴致。

"这不是咱们的少东家来了么？"当我一迈进东间，就看见一个矮胖的身穿黑裤褂的人向我招呼。我却不记得曾经在哪里见过他了，只见他那和善而亲切的两只眼睛看着我，又向暖炕上的人说："这不是少东家在这里么？我还是那么说，咱们九道泡子的经管人换了好几个，咱们在这种地的主儿，日子还是一个样儿。我离开田家大院，到九道泡子来的时候，是老盛家管事，那时候要砍几棵树算什么，你提着斧子到北沟里去随便挑着砍，就是当烧柴，也选直直溜溜的砍，回去好劈呀！带疙瘩有树节子的都不要，那时候还有一抱粗的老橡树哪！用根柞木橼子，随你挑。那时候，木头便宜，咱们这儿也没人手往镇上运，得要拴四个套的马爬犁，那时候，有几家有这个力量呀！没有一家！赶上朴斗寅在九道泡子往外贷款了，五分利息咱们也买上一头大牲口，四家合伙也能到北沟砍木头了！可是经管人换了老潘头儿，北沟的树都包给人家县里的伐木行了！如今呢，咱们槽头上还是那头老阉马，租子没少拿，可是我这头老阉马却一年不如一年了！我添上五斗豆子，谁和我调换呀！有人要么？没人要不是……"

"你要调换什么样的吧？"

"什么样的？你那头黑辕马就行！"

"哪！你得再添五斗大豆！"

"什么？要我往外贴一石豆子呀！那我再添一石，到镇上挑着牵俄国的顿河种马了！还要你的！"

"你呀！牵什么？牵拉重载的俄国纯种马？我看你贴一石二斗豆子能换回一头七岁口的高丽马就算走好运了！我那黑辕马，可是真正顿河种的俄国马！"

"顿河种的马，谁没看见过，你那黑辕马蹄子有多么大呀？你那是蒙古种串的挽马！真正是杂种！"

"喂！是纯种顿河马！就它独自个儿能拉三千斤的载，可有劲啦！"

在他们攀谈和争辩中，我注意到围着赌桌的一个身穿警察便服的人，两只炯炯的眼光挺贼性，溜溜地不时向暖炕上回顾，实际上他并不赌，仿佛是时时在警惕周围有人注意他没有。这就是我在田家大院东厢房屋的柜房里见到过的那个退伍的镇警官。自然，他注意到我在瞅着他了，就向我现出亲切的笑容，并伸出一只手指，指给我可以挤过去坐的位置，点头招我过去坐。我向他摇摇头！

"少东家！过来！我问问你！"说话的坐在炕角上，向我伸出两只手。这就是那个自夸养着一头俄国纯种黑辕马的带山东口音的农民。他的腰围粗壮，穿着件有补丁的狗皮套裤，开着胸口，腰里扎着围腰布。他问："听说你妈把东草甸子包出去了？是么？"

"你是从哪听说的，怎么我们家老姜没说呀！"说话的是个当地旗户打扮的女人，穿着男人式的蓝布长衫、男人式的圆口布鞋、镶花边的散腿裤。那鞋面也镶着丝边，绣着两朵红牡丹。她蛋形脸，黑红的面色，有一双在长睫毛底下闪闪发亮的眼睛，口含长烟袋，在炕上，是个俏丽的当家媳妇。我猜测这一定是我们族亲老姜所"靠"的那个女人了!我奇怪,她怎么竟敢在众人面前称他为"我们家的老姜",仿佛是她在称呼自己家雇的长年"劳金"一样。她是刚从外间磨屋走进来的,站在我背后,当我回头望她的时候,她也全不在意,仿佛眼前根本不存在我这么一个少年。俨然是个女王一样傲然自尊。

"这是二虎头亲耳听人说的!郎磨牙也在场呀!"

"真的么?"

"那还假了呵!"那个被称作郎磨牙的老汉,两颊瘦削,眼睛却灵活地骨碌碌转动着,昂着头,现出一种待辩的姿态。

"那么我们喂牲口的青草呢?我们一年到头光喂干谷草呀?"

"那谁管你喂牲口的青草呀!"郎磨牙增加了声势似的,大声道,"等会子女东家过来,你去问……她会说,不能走远点到北沟去打草么?打三天,还不够你们喂一个月的!就像咱们有工夫没处使呵!她哪知道咱们庄稼人走十里路去打草,是来回二十里呀!工夫都搭在路上了!能出活儿么?"说话时,敲敲烟锅,敲得很响,仿佛借着泄出满腔气愤似的。

我的两手,仍握在那个山东老汉的两只粗糙的大手里,也许是紧张过度、兴奋过度,我感到仿佛有一团烟雾在他脸上盘旋着……那阵烟雾逐渐扩大,围绕着他。同时还在喧嚷声中,听到赌桌上传来叫嚣声,还有西间的铃鼓声,仿佛是传自更遥远的山谷一般。

"要困了么?"有人大声问。

"还没开席呢!"我听见另外有个女人说。

我终于被人抱到暖炕上,蒙眬中感到是那女皇般的主妇在给我脱鞋,并说:"这孩子穿的袜子后跟破成啥样子了!哎呀!这脚多凉呀!他妈一点也不把孩子放在心上!还是姜家的独苗呢!"不知过了多久,我听见了田大宝的声音:"醒了呀!连哥儿!人家都入席了!"我不知道这是田大宝第几次叫我了,并摇撼着我的肩头。实际上任什么酒席,我也不感兴趣,这时候我只想睡觉。我是多么困倦呀!又听他说:"你妈在前头呢!"我立时触电一般坐起来了,问:"我妈?她在哪儿?"

"来吧!入席吧!"

在松明子的烛火照耀下,我看见一个头上留有分发的白净脸色的镇市人物坐在首席上。他向我现着笑容,让我坐他身旁!

"那是我表哥!咱们镇上的警长!"

"呵!"我还在擦着眼睛却已经完全清醒了!胸口感到一阵震动。心想,这不是香姐嘱托过要我带毛棉袜子给他的那个人么?同时我伸手到裤袋里去,那双毛袜子还在。但我想,这是不能当着众人交给他的。

等我和田大宝围着炕桌坐好,那穿着便衣的沙坨镇警长就左右环顾,问:"还有经管人老姜呢!"

"你一直在骰子桌上,不知道他呀!"那个关炮手媳妇,长睫毛底下闪着两只活泼的大眼睛的女主人说,"我们家的老姜,一个大半宵都提着马灯在场院转哪!压根就没着家。今天呀!猪,还是我们当家的自己动手喂的!真难得,累了吧!你喂了几桶猪食呀?"

"都倒上了,可算喂饱了!"那个穿黑布褂裤、打扮整齐的矮胖矮胖的饭馆掌柜般人物说,"还要你操心呀!"

"你倒是喂了几桶呀?锅里的都打扫干净了么?还是只倒了那两桶,我可没顾得及看?怎么好像锅里还有半锅猪菜似的?"

"咱们怎么样?是不是找人到场院上去叫一声老姜!"那从镇上来的便衣警长全然不管宅主夫妇的争执,大声问关炮家的。

"不用等我们家老姜了!让我们当家的陪你在这里喝还不行么?咱们那个女东家还在场上饿着呢!我们家那个老姜,他怎么好离开那儿,回来喝酒、坐席呀!养兵千日用兵一时么!这节骨眼上,不正是我们家老姜在东家眼前卖命的时候呀!"

他们攀谈中喝起酒来。女主人仍然又回到中断的话题上,问询起她的男人关炮儿来:"到底是不是把大缸里的猪食都舀到锅里了!"

埋怨她男人："就这么一天的活儿，也顶不下来！"那个穿戴整齐的关炮手的谎话被揭穿似的霍霍地笑起来，他解释道："那几口猪，我白天都在稻子地里放过！吃得肚子个儿个儿溜溜圆呀！你舀的那两桶都倒了，我再没添！反正都吃饭了！"那个女主人原本打算到屋里去陪仙家的替身"九尾仙姑"喝酒，在东屋炕沿上只是和镇上来的便衣警长打个照面，斟斟酒、照顾照顾就离开的，现在一听她男人的话就向对面炕上的人招呼："我说，老薛呀，你把酒盅先给我搁下，到我们房后的猪圈里去看看，要是那几口'克郎'在那里唢儿唢儿地叫着等食儿吃，你就从大锅里再舀两桶猪食，外屋磨道里有泡得现成的喂马的豆饼，再多舀两勺豆饼汤水！"

那解职的便衣警官就像一个值勤士兵接到长官的命令一样，只应声"喀！我去"，麻利地离开那张大谈仙家刚才"空中抓药"的酒桌，下炕提上鞋，还回头向我溜了一眼，俏皮地眨眨，就匆匆出去了！那有名的关炮手在笑着向窗外追补一句："猪圈的栅栏可要关紧呀！要你受累了！"又向警长郭占鳌说："咱们一落草就吃皇粮的人，你说游山逛水、打打围、挡挡鱼亮子，还对付，谁干过这些槽头铡草隔着高栅栏往猪槽里倒泔水的事呀！今天光热猪食，就烧了一抱柈子，眼也让烟燎得发胀！"

我们在他们这些活动和对话中，也互相低声交谈着。我问田大宝，是不是他看见我母亲了，又怕母亲知道我偷偷溜出田家大院，跑到这里来吃谢神酒而生气。田大宝就宽慰我，说："咱们不到前头去露面，她怎么会知道你在这里呀！"他说："你放心好了！在这里只要这个女当家的发话，谁也不敢向你妈说什么。"他还低声俯在我耳边说，我早就向关炮手家的嘱咐过，不要向你妈透露我们在这里的口风了。我没想到田大宝考虑得这么周到！对于这四冷四热的酒席，实在我一点也不感兴趣，既不想吃，也不会喝，只想等待和这个穿着长袍的便衣警长郭占鳌单独密谈的机会。我再一次伸手到裤袋里去，摸了摸里面塞的那双软绵绵的东西。仔细地打量着,如果不是田大宝介绍过,我还以为这个有两道浓黑眉毛的英俊青年,是镇上的小学教员呢,一点威武的神气也没有!正像关炮手那种以和气生财为宗旨的饭馆掌柜一样温驯。我奇怪,这里的旗户人家和骆驼河的移民户完全不同,不但屋里陈设讲究,饭后还要喝大叶子茶,拧热水手巾擦脸,穿戴也都整齐、体面,全像镇市上的打扮。酒后,我终于在那个英俊而又温驯的便衣警长盘着两腿坐在那里喝茶抽烟时,躲到他背后,一手倒背地扶着窗台,贴在他耳旁,向他说悄悄话了。那时他正向象牙烟嘴上按纸烟。那象牙式烟嘴长长的,很秀美,衬托得吸烟人也越发潇洒了。他抽的是"小粉刀"。他的嘴唇红红的,微微咧开,用那又白又整齐的牙齿轻轻咬着那条象牙烟嘴,别提那飘逸如仙的神气有多么秀美了!我心里想:怪不得香琴姐喜欢他呢?多美气的男子呀!他现出一种赌桌上的赢家在酒足饭饱之后所有的那种又自得又满足的欢欣神情,听到我的悄悄话,立刻就惊疑地侧脸向我注视了一下。

"谁?"他低声问。

"田家大院的香琴姐!"我悄悄地重复着。

"她怎么说啦?你再说一遍!"

"让我给你带的一双袜子!她自己织的!"我偷偷把那双毛织物塞到他的手里。却不想,他竟当众看了看,说:"呵!不错!是城里我亲戚托你带给我的呀!我领情,收下了!说谁,你们也不认识,是海关上没收来的吧?"

当关炮手伸手要接过去观看时,他却递给他一支纸烟,说:"来!换换吧!"这样谁也没有得到过手观赏的机会,他就把那双袜子揣到衣袋里去了!突然关心地问起我来:"你十几岁呀?""在县立第一高小念书吗?"又说:"毕业了,到延吉考师范去吧!当老师多好呀!"接着俯在我耳朵上悄悄说:"告诉她!谢谢她!得上学!要不,不行!就这两句话。"又大声问:"听明白了?"我说:"听明白了!"又问："那么你当着大家重说一遍，我对你说的什么！"我愣了一下，机械地答道："得上学！要不，不行！"于是那个机灵的瞒过众人耳目的穿长袍的便衣警官郭占鳌，从嘴里取出细长的象牙烟嘴，在炕桌上轻轻地扣了一下，望着那寸把长的烟灰掉到桌角上，想着什么，又抬头看看我，夸说："倒看不出你记得这么准确，一字不差呀！好！有出息！"愉快而爽朗地笑起来了。可以从田大宝与郎磨牙、关炮手，还有那养有顿河种黑辕马的山东老汉的脸上看出来，他们都为他对我的高度称赞而高兴，都赞许地冲我笑着。我却在笑着打起盹来了！

第五章　奇妙的谢神酒

一

当我第二次醒来,屋子里还是点着松脂棒火烛,只见关炮手媳妇正隔着炕桌看着我们的族亲老姜喝酒,一边两人还在谈着体己话。我是躺在那女主人身背后的,自然她不知道我已醒来。恍惚中我听见她问:"那么二虎头家在北草甸子那块豆子地呢?"

"那她怎么会知道!"

"那二虎头家可便宜了!你明天给我好好歇一天!叫二虎头来,给我挑水,劈柈子!"

"呵!中!"

"那么那辆四个轱辘大车呢?就在场院里,她没问?"

"那还有不问的,我这个本家门的婶子可眼尖了!就是咱们这里的地,前沟后崖的,她那两只脚有的走不到就是啦!可别想瞒她,精着哪!"

"那你怎么说呢?"

"我说是借八道泡子田家地户的。我说咱们九道泡子的中国地户,一家养一头马,最多带头牛,谁家能拴起一辆大车呀!是轴坏了,要拉到镇上修理的!"

"好吧!"那个手持长烟杆的女人说,"忙完这阵子,你该到镇上去量量尺寸,换件棉袄了!"

"不用!"我们的族亲老姜说,"还能对付着穿,做新棉袄干什么!"

"我说做,就做!"那关炮手媳妇女王般富有权威地断然说,"你省着给谁呀!我们当家的可不稀罕你省那两吊钱。在我们家,穿的就要体面点,过个三年五载的,等我生个胖小子,就打发你回海南去,看看你那口子!"

"我呀!"我们的族亲老姜笑着说,"关东山还没住够呢,舍不得!"

那女主人小声喃喃般说:"看你说的,像真的一样。"听到我翻身坐起的声音了,惊呼道:"哟!你是啥时候醒的?听我们说什么啦?"

"说要打发他回海南去!"

"呵哟!"那长睫毛下闪着一双俊俏的眼睛,笑着说,"可不得了!我的天!你都听懂了么!"

"他听懂什么呀?一个孩子!"

"听不懂呀?"她那两只眼向我欢欣地笑着,问,"是听不懂吗?你看,他笑的样子,什么都听懂了!哎哟,我的老天爷呀!你还听见什么?连哥儿!"

"再没有听见什么呀!"我说。

"真的?"

"真的!"

"记住呀!你不管听见什么,可别向人家去学舌呀!我喜欢你!听见了吗?"

"听见了!"

"那么你以后,再不要叫他老姜了!"

"叫他什么呢?"

"叫大哥呀!你姜得年大哥呀!叫一声,我听听!"

因为我头一次打瞌睡,给人抱上炕的时候,恍惚中记得是她给我脱的鞋，并摸着我两脚，说冻得挺凉，我因而对她产生了一种亲切感，又因为她现在面对着我闪着俊俏的笑容，叫我连哥儿，我就很愿意顺从她的意旨，改口称我们的族亲为姜得年大哥！

"连哥儿真是懂事了！以后就这么叫。叫我呢？还没叫我呀！"

"叫什么呢？"

"叫嫂子呀，叫呀！"

"嫂子！"

"嗳！对啦！"

"连哥儿！"那姜得年大哥幸福地笑着说，"我二婶还在场院上哪，我喝完这口酒，领你去！"

这时，我已完全忘记了我是偷偷随着田大宝溜出八道泡子田家大院的，一听母亲还在场院里就要下炕了！

那关炮手媳妇直挺挺地站在炕沿下，向我说："你的两只鞋都成什么样子了呀？我给你在灶儿上烤着呢！"说话时两只眼睛仍然好奇地注视我的眼睛，笑着，仿佛说："不管你听到什么，我相信你不会背着我去学舌！我明白，你是个聪明的孩子，我喜欢你！"我也不自觉地向她笑着。等她取回我那两只鞋，就把口含的长烟管递给老姜，弯腰给我穿着，同时说："你怎么不换上那双毛袜子呀？倒给郭占鳌啦？是真的城里有人给他带毛袜子来么？"

"是！"

"不是他向你要过去的呀？"

"不是！"

"不是你妈妈给你买的吧？"

"不是！"

"那你该向你妈要，就说是嫂子我说的，听到么？"

"听到了！"

"你再不这样，让女东家到我们这个屋里来坐坐！"

"她才不会进来呢！"姜得年大哥说。

"她也一夜没合眼呀！该进屋暖和暖和了！"又说，"猪头、猪心肺什么的，我都给你们老哥儿俩留着呢？"

谢神酒席早已散了，但西屋里还有人兴奋地谈论着什么，依稀听到有人说，敦化要招铁路工了！走出门外是满天星斗，月亮早已落了！一种黎明前的雾气还在远处飘荡着，九道泡子水面逐渐给这越来越大的雾气蒙罩了。空气潮湿，带着一种寒冷气息，我完全忘记田大宝和他划来的小船了，一心想很快能见到自己的母亲。

那族亲老姜为了避免我脚下的两只鞋再给路上的洼水打湿，半道上就背着我，边走边嘱咐："可不要睡呀！睡了要看凉生病呀！"过了沼泽水洼，我就离开他的后背，下地走了。我想起自己的同伴了，我问他："田大宝呢？"

"你看，三星都斜了，他还敢留这儿呀！谢神酒一喝完，他就划着小船回三间房了！你看三卯星都出来了，天快亮啦！"

"哪是三卯星呀？"

"那不是？东山顶上，挺亮的那一颗，那不是吗？那一颗你认识么？那是牛郎，这边的是织女，你看他们当中隔着的是条天河。你怎么？连这些星星都不认识呀？你在县城里的书白念了呀？咱们从海南家跑出来闯外的庄稼人，大字不识，可谁不认识牛郎织女星呀！"

"你想海南家么？"

"兄弟呀，怎么不想呀？一晃就是七年了呀！想有啥法？你大哥没本事呀，没攒下钱，怎么好回去呀？"姜得年手牵着我，无限感慨地带着醉意说，"管什么都是命呀！"他一边预告着："前头有条水沟，迈大步！跳！"显然喝过酒，很有兴致，对我从来没有这样亲切，也不再称"少东家"而改口招呼"大兄弟"了。仿佛变了一个人！

他低头沉思着又说："大兄弟！还是劝劝大婶子，卖罢卖罢，回海南去置买几百亩地，那才是个像样的'便家'哪！这关东山可不是咱们论辈子安家立业的地界，不说旁的，大婶子带着你们出来，该受多少罪呀！再说，比前两年她没来的时候，又怎么样？一吊钱的租也没加，怕还是少收了十几石大豆吧？受这份劳累干什么？你妈呀，别看她在县城里住，见识多，在乡下可不行呀！妇道人家，光知道自己逞能，不行呀！"

"怎么啦？"

"怎么啦？我的大兄弟，这里的庄户人家可不攀咱们海南家来的民户，也不比老高丽那么听咱们召唤，这些人都是坐地户，都是过去在沙坨子镇上吃过皇粮的主儿呀！你妈能调动他们这些旗户呀！一辆四轮车也不靠前呀！你妈说，今天送完粮，要忙场的大伙儿坐下来喝碗完场的谢神酒，杀了口猪，可是连高丽户也不靠前呀！请厨子来吧？可是打着九道泡子女财东的旗号，就是请不动呵！这话我没敢对你妈说呀。能说吗？不招人生气么？可是人家当地的旗户也选这个日子，要还愿，要请谢神酒，大菜勺、小片刀，连成套的大海碗、江西瓷的八寸盘都成箱地拉过来了！咱们的完场酒还不是得沾人家的光呀！可是猪是谁家花钱杀的呢？是咱们呀！论理，你还小，我真不想多说。你妈连自己家的地边界在哪都弄不清，心里没个数呀，白吃累了！这么大的地块，一两天也转不过来，怎么会经管好呀？"

"怎么会连四外地边也没有数呢？"

"不会用人哪！妇道人家见识浅呀！"姜得年显然是有些醉了。他说："大兄弟！你知道三间房潘老头儿是谁家的人？"

"谁家的？"

"是八道泡子田家的人呗！三间房是田家的签押房呀！老潘头儿明着是教私塾，骨子里是田家的文案、帖写。人家会用人呀！你家我大叔可不行！如今咱们手里光有占山户地照，那不行！标着'四至（界）'的地亩图可还在潘老头子手里，你妈可要不出来。你当那老潘头儿好得罪吗？说用就用？说不用就辞？"他说："那行吗？不行！

那可不行！"

在我们谈话时，中断过一次。那时是路过打豆场北边的一座遮在豆秸垛背后的茅屋，乡亲老姜在狗吠声中，用手拍着纸窗："女东家没在这儿吗？""谁呀？——喝过几口热茶又走了！唉！她饭也吃不下，心里有火呀！可够那婆娘累心的啦！"说话的是年迈的老妇口音。还问："大神回山了没有？这一夜闹得哪睡得着呀！"就在纸糊窗外的窗台底下，响起洪亮的公鸡鸣声，这该是月落之后的第三遍鸡叫了，天色自然是幽暗的。这农家的后宅狗，在我们身旁摇尾转了下，就又贴着墙走回它那温暖的大木箱式的窝里去了。我的族兄姜得年招呼我："连哥儿！这边走，咱们从草垛后头绕过去！"

我们等于绕了大半圈，终于听到母亲带有困倦意味的话声了。我不由叫了声："妈！"只见母亲坐在一把旗户用的老式太师椅上，两膝盖裹在俄国羊毛毯子底下，一只手提煤油马灯搁在椅角旁边，天亮了，还点着。

母亲很惊奇，我的出现完全出乎她的意料。她连声问我："你怎么跑来了？是和谁来的？"又问老姜："田大宝呢？"不住地说："这孩子！水莲没哭着找我呀？你就这么把她们丢在八道泡子田家大院了呀？你看两手冻得这样凉，出来也不知多加件衣裳呵？"就叫我坐在她一侧，要用毛毯裹着我。我推脱着，心想我也不是小孩子了，多难为情，就站在那儿，说冷。这才见手提灯前，还有一个蹲在那里的坐地户农民，他在用弯针缝补麻袋。

"还没有完呀？"姜得年问。

"就剩打扫院底子的煞尾活儿了！也就是装半条麻袋的活儿了！"

"婶子也该进屯子里去倒一倒啦！听说大半夜连口饭也没吃，这哪行呀！"

"吃不下呀，你怎么样？回去喝口谢神酒了吗？"

"那还会缺了我的那一份子么?我在这看着,婶子,你就快回屯子去暖和暖和吧!"

"我们还没说完话呢?"母亲向那缝麻袋的人说,"你接着说你的呀。"我看清楚了,这是身材如更倌老傅那般高大的一个旗户农民,名叫郎魁。他是郎磨牙的弟兄。他说:"还有什么说的呀!那年月,白天谁敢在地里露面儿呀!胡子多得呀像蝗虫!哪家种烟土,他们就到哪家来收税,可清楚啦!割烟土的时候,哪家不是雇人连夜成宵地干呀!"他的话声断了,可以看到他是脸贴麻袋用牙在咬麻绳。另外的一个角落上还有人在扫场底。"下半夜多亏你们来帮忙了,酒也没喝痛快。"

"一年不就是累这么一回么?赶明个儿我们哥儿们到县里去,再请我们好好喝两盅牛庄的高粱酒吧!"那郎魁提起补好的麻袋说,"天快亮了,你这一夜也够累的了。"

"火灶上还有剩的肉么?"母亲低声问。

"做什么?"

"忙场的就剩他们两人了,一夜没得歇,一个人给他们分两斤,带回家去吃。"

"肉早分光了,再说李鸣时是咱们民户,分了点没有,我不知道,郎炮可是坐地户,还会少了他往家带的呀,别操这份心了。"

"实说吧,分是分了点儿,一户不到半斤呀!"那郎魁大声说。

"那,这样吧,"母亲改口说,"你和他李鸣时大爷,打扫打扫场院底子,有个一斗二斗的,就分成两份子带回去扬干净了,做豆酱吧。"

"那可谢谢女东家了!"

这时天上的星光已经淡了,东边湖水湾处的早雾也越来越浓厚。除了东面飘来的海雾,近处拦山腰更有新凝结的云带,那是九道泡子水源处的沙河水面上升起的云雾结集起来的,已是黎明的景象了。东方岭岗上的树木大都为云雾掩盖,一阵晨风吹来,打豆场旁两三棵榆树的秃枝子沙沙作响,像倒竖空中的大把笤帚一样,它们的叶子已经全落得净光净光的了!

"妈!"我说,"咱们什么时候回城里去呀?冬天都快来了!"母亲已从旗户用的老式太师椅上站起来,要我带着毛毯,低头想着什么心事,没听见我在说什么。老姜这时吹熄了手提灯。一阵风过,周围景色逐渐看得清楚了。只见北面九道泡子水面上,雾气散开,已经看出有野鸭子贴水面飞着降落了。那扫场人郎魁,显着一种猎手所有的兴趣,遥遥注视着说:"今年水禽又见多了,苏联那边的垦荒户一定也都进山打围了,它们是给惊动过来的。"母亲却对湖面上落下的水禽全无兴趣,向他们告别道:"你们都劳累了一夜,赶快打扫打扫,回去歇着吧。"

"你也够累的了,早点歇着吧。"我认识这个名叫李鸣时的扫场人。原来他就是那个养有一头顿河黑辕马的民户,也是我们平度的老乡,还见他远远地向我亲切地微笑。

我不知道他是什么时候到场院里来忙场的。分明在关炮儿家的东间炕头上,坐着抽烟、聊天,还陪着警长郭占鳌喝谢神酒,怎么母亲说他和郎魁在打豆场上忙了一夜呢?我感到族亲老姜说得对,母亲在九道泡子处处受周围人的欺瞒,心里很替她难过。

二

天色已经大亮,遥远的天空还留有几颗残星的光芒,但朝鲜军粮城坐落在那座山峰,已经从残存的薄雾缥缈中袒露出来了。在那相隔的半山腰下属于田家大院的那座林木丛茂的岭岗,还有那县衙式的带廊檐的大门楼和高高的斜坡上的稻垛、打豆场也都现出来了。海雾虽散,但从八道泡子升起的白雾,还像薄纱一样掩盖了大门楼阁的长檐以下的一部分,只见残雾中还露出一些树梢、鹊巢和围墙四角的炮楼。

近处呢！可以清楚地看到从东方山谷间陆续飞来的长腿鹭鸶、锥嘴鸭之类的水鸟，栖落之前贴着九道泡子水面直线地飞着，栖落之后又直线地箭一般在水面上滑行着。黎明的九道泡子多寂静呀！而在场院南头关炮住的那三间茅草房，西间的两口纸窗上，仍然透出红红的火光来，可见还点着松脂烛棒，说明那个漂亮的女大神虽然早已离开了，谢神的酒宴虽然也早撤桌子了，但邻近村落应约而来的关家男女旗户亲友，还在谈兴勃发，说着告别前的家常话呢！

母亲虽说劳累了一夜，已经和两个扫场的旗民庄稼汉打过招呼，临离开场院的时候又嘱咐老姜说："豆秸垛得搭上苇苫子，要不一落雪就都淋湿了。"还不满地说："你可真是，怎么会没有呀，泡子沿那么些芦苇子，编苫子还费什么劲儿了。"

"婶子说得倒容易，可是找谁来割苇子呀？不是没人手吗？若是有人手，我还不知道编成苇帘子拉到镇上去也卖钱呀？不要说割苇子，就是水甸子的黄花菜，满沟满野，那不比割苇子省劲又值钱，可是找谁去采呢？还不是年年自开自落，要不说，到处是钱，可就没人手捡呀！"

母亲就叹息着说："要不人说关东山净是宝，啧啧！是呀，就是人手缺呀！"虽说这些豆秸垛已经与母亲切身利益无关了，但她总觉着不搭苇苫子盖盖，天暖了会糟蹋一些，觉得可惜。

我就不由得催促着说："妈，你快走吧，就愿意管这些闲事。"

母亲就自语地说："你当收下这么些豆秸，垛起来，容易么？糟蹋了不心疼呀？"

我们刚走到场院北头，就听见老姜像个将军一般威严地说："薛马弁！你昨儿一宵，可没少捞吧？呵！"原来那个早年解职的沙坨子镇警官，披着件不戴领章的警察布面棉大衣，一个人从还没有熄灭烛火的三间房走出来了。

"托你乡亲老姜的福呀！我这一夜巡风放哨，从赢家手里讨几个烟钱，可不易呀！"

"你当是我们三间房的屯坡人，一年忙到头，收几石豆子容易呀！可都给你们从局子里下来的人，向三颗红豆骰子吹口魔气就'涮'去了！你说说，郭警长昨晚上弄去多少呀？有几石豆子？"

由于我们越走越远了，就听不清楚他们继续下去的谈话了。我侧头望去，只见从关炮三间房里，陆续有人走出来，都是穿戴整齐如节日的旗户打扮，有的棉衣套着深黄色夹衫，外加黑缎子团花坎肩，头戴红顶子乡绅帽，手里还挑着已经灭掉的方形的玻璃罩子手灯。他们低头走着，在想什么渺远的旧事，也许是由于吃谢神酒，引起对往昔满清时代的黄金日月的回忆。

母亲离开场院，才逐渐恢复了作为母性的慈心和柔情，低头走着，一边问我，她走后两个妹妹是不是哭了很久，老田家大婶没有心烦呀。听到我说她在看纸牌时候还耐心哄她们在炕上玩，就感到意外的宽慰，说："旗人就是有家教，人家到底是在都统衙门当过差的主儿，见识广，心胸也宽，能容得下事。可就是婆婆和儿媳妇坐在一个炕上玩牌、看马掌，没大没小，不好！不讲究辈分还中？要不，他家那个二姑娘，虽说是两只大脚，倒挺俊气，可就是口里叨着根长烟袋，我也看不惯。"

我说："香琴姐比她好。"

"香琴？你怎么随便就又姐呀姐的！长得膀粗腰圆的，像个'半拉子'，我可看不中。"又问，"你田一骏大叔什么时候回去的？"

我奇怪为什么叫田一骏大叔，叫田一骏家的大婶，却不能叫香琴姐，但我不敢问，我只说："妈，咱们别在九道泡子雇人盖房子了，别托人家订砖买瓦了，咱们不回海南家去了呀？"

"怎么，你不是在田家大院一直夸人家住得排场么？不是埋怨咱们九道泡子连个带院墙的房子也没有么？怎么又不愿意我在九道泡子窝棚盖房子了？"

"在这乡下，人家都和你不说心里话，人家在旗的根本就看不上咱们移民户！"

"谁说的呀？在旗的又怎么啦！他们看不上咱们，咱们也看不上他们呀！不管是公公婆婆还是儿子儿媳，都睡对面炕，我才看不惯呢！你都听见什么话了？要是他关炮媳妇敢欺负咱们移民户，就叫她搬出九道泡子去！"

我赶紧说："关炮家嫂子对我可亲啦。"我肩上立即受到母亲拳头的一击，仿佛那不是责打而是顺手一击，要我注意似的，"你怎么又叫嫂子啦！什么人都是姐姐嫂嫂？你听见没有？"

"听见了！"我眼含着泪水，低声答应着，再也不敢把经管人老姜的话，转告给母亲了，但那又是多么重要的话呀。我们在这里，是为那些旗户人家歧视的，谁也不听母亲的。我开头只认为杀口喜猪，母亲连镇上的厨子也请不来，这是对母亲最大的不敬了。却还没有想到，母亲连自己窝棚的四邻边界都不清楚，有四至图，还捏在别人手里。实际这严重的危机还为我所不理解的。在那么多对母亲的贬语中，说母亲连镇上的厨子都请不动的话最伤我的心了。我为母亲不平。可是母亲喜欢玉琴而瞧不上香琴姐的评语，又使我第一次感到母亲所知肤浅而有偏心的。这个想法一出现，我自己就吓了一跳，心想看到了母亲短处的想法是有罪的，因为母亲对我来说是神圣的，并且如峻岭高峰一般崇高。她的世界一直是海洋一般辽阔广博，我是那么渺小、幼弱，怎么觉得母亲知人处事肤浅呢。但现在我却感到，母亲在九道泡子所知道的事物，的确是有限的，还不及我听到得多，虽然有些事物我还不具备深入思考的能力，但母亲在九道泡子旗户和民户心目中受人蒙混，连族亲老姜也瞒着她什么，不对她讲实话，明明是大半夜都躲在关炮东间炕上陪着人家旗户喝谢神酒的老乡，而母亲却以为他在场上陪着她劳累了一夜。"母亲呀！母亲呀！"我心里叫着，"你怎么这样自以为是、这样自信、这样逞强，连你儿子的一句实话也听不入耳呢？如果不是我们看到郎磨牙那个旗户农民趔趔趄趄从打豆场上走过来,母亲或者还会对我继续申斥的。显然他有些醉醺醺,仿佛他在追踪什么人似的,两只铃铛般的眼睛现出一种迟钝的神气,看得出是在寻觅失去了的目标或方向,而我们这时已经顺着场院北沿转弯了,是顺着西沿向南走了。母亲原是要绕道看看为八道泡子朝鲜农户偷偷砍伐的那两棵树是不是按她的指示拉走了。"

"你招呼他做什么,他喝醉了。"母亲又低声申斥,"你不知道他是个废物,连他儿子也不喜欢见的人么?"走到近前,母亲又埋怨地说:"怎么,你喝成这样子呀?"

那身穿蓝布长夹袍的郎磨石,听到我的招呼声,就摘下软胎旧礼帽来,两手捧着,分外尊重母亲似的说道:"女东家,我可没喝醉呀,我这是走到哪里来了?呵,你们这是到曹寡妇屋里去歇息呀。"显然他是走错方向了,本该是走打豆场东侧的丘陵式山道,却向西北走来了。

"你可真是呀!"母亲站下来向他说,"昨天夜里,场上那么忙,到处找你,可就是连影子也不见呀!若不是老东家早年开三合盛时招的你们,是老垦户了,我可不容你这样的庄稼户。"母亲在这个旗户面前和对待亡国的朝鲜垦户一样,可以说盛气凌人。这却是出乎我意料的。

郎磨牙像私塾先生一样双手捧着旧的宽檐呢帽,嘻嘻笑着,完全现出一种心地善良人的亲切神气说:"东家呀,听说你老要把东沟的那块当牧地用的苇场租出去呀?"

"你怎么知道呀?"母亲惊奇地问,"还没和七道泡子说妥呢,你倒消息灵通呀,是谁给你们通风呀?"

"那我们的牲口呢?我们九道泡子农户的牲口就不吃草了呀?"郎磨牙完全没有注意母亲的问询,却笑嘻嘻地说,"我们九道泡子不是东家的老垦户么?不是我们在这开荒,九道泡子能有今天吗?这话是不是?"

"喂！我问你是从哪听来的风呀？你可倒好，好像你们槽头上还拴着三十、五十头牲口一样？"

"东家，你听我说么？"

"我不听！你先听我说，先回我的话！"

"东家，你这不是要往外挤对我们么？我们可是三合盛招来的老垦户了呀，九道泡子是我们开发起来的呀。"

母亲激恼地说："你不是说醉话么？你们开的荒在哪里呀？你们这些三合盛招来的老垦户，今年交出多少地租呀？你们住在九道泡子地界，可是给八道泡子垦荒，你们旗人办的事，当是我不知道呀？还干涉起我的事来了！"

"东家，你可不能这么说呀，高丽屯种的那么些年改水的稻子田，哪来呀？那不都是我们旗户开出来的么？是不是呀？"

"那是三年不收你们一粒租开出来的呀！该交租啦，可倒好，你们就不种了，可是还住在九道泡子，又过河到八道泡子去开荒了，不是么？房前屋后种着的菜园子地，哪家不是一垧两垧的呀，老东家向你们收过租吗？不就是因为你们是三合盛的老垦户么？"

"可是要赶我们呀。"

"谁说的？"

"这不是明摆着么？你这才经手两年，就要变动呀！泡子，泡子，去年租出去了，我们如今连条鱼不偷着下夜钓也别想吃呀！苇地、苇地，再租给七道泡子，我们九道泡子的老垦户养的牲口，明年吃什么呢？这不是往外赶我们么？"

"我不和你说，你又闲磨牙了。你家养多少牲口呀？这么大的九道泡子地界，就没你郎家放那两头牲口的牧场了？你这不是喝多了说醉话么？"

"我没醉，我说的句句是实话。我是来求东家的恩典。东沟那块苇地你老知道一年出多少青草饲料呀！"显然他自己知道已经说走了嘴，

混沌初开　367

泄露了自己心底的机密一般直瞪着眼睛,问着,"我这是说什么了?"

母亲就爽朗地咯咯笑起来:"你呀,你呀,九道泡子那么些芦苇,你们能打洋草卖,怎么不能打芦苇当烧草卖呀!"

"东家,谁要芦苇呀?火头又软又不经烧,卖榆木桦子有节子还不要,还净挑直纹好劈的。咱们镇上榆木桦子、桦木桦子有的是,还没听说烧芦苇的。要是送到县城里去,打草帘子行,可是卖出去也不够车马一路的挑费,不要说打草工钱了。"

"打草往北去,草场多着哪,还愁没有地方打草卖么?"

"唉,那儿不是远么?再说,哪有我们东沟那块草场,地又平,草又齐整,好打呀!"郎磨牙显然已经败下阵来,带着丢盔卸甲为人击中要害而挺不起腰的神气,把帽子戴到头上,喃喃自语般地说:"这年月,连大神也没有册皇封的地方了,日子一年不如一年呀!可叫咱们本地户怎么过呀!"

"你这向哪里去呀?掉头向东,奔岭道。"母亲看着他趔趔趄趄走开去,还说,"对了,要走好呀!"母亲在他背后注视着,脸上现着胜利者的微笑。

"妈,你老站在这看什么呀?走呀!"

"我没见过这样懒的旗户,打草还不愿多走几步路,真有意思。年年打草卖,地倒是咱们纳税,亏他说出口。"母亲仍然注视着郎磨牙在黎明景色中越离越远的背影,还扬声叮嘱着:"上了崖子往南走山道,你看你喝的呀!"

现在,我觉得母亲真能干,多会处人处事呀,很为在世界上有这样一个干练而有权威和机智的母亲而骄傲,母亲的形态,在我心里又高大如旧了。

三

我必须说,在郎磨牙开始向母亲抗议般申诉时,我是很为母亲担心的，因为显然是处于无理的位置上，因而几次催促母亲走，以便帮助她摆脱那种困境。但母亲全然不理，等到郎磨牙自己说走了嘴而在瘦削的脸上现出惊愕之后，泄气地要躲闪什么时，我就感到母亲仍然是见闻广博，任什么都心里有底，并非在这里完全受旗户们愚弄和任意可以摆布的。母亲的坚定和自信，又使我自愧不如，如果依我想，郎磨牙一提出来就该慨然说明东沟的草场既然对他们那么重要，就不能往外出租了，可见我的见识有限，而且浅显幼稚。我对母亲又如以往那样崇拜，觉得她是世界上最能干、最聪明的女人了，虽然还一个大字也不认识呀！同时，我也看出，通宵不眠在她脸上现出的憔悴神色，两眼有些深陷，眼圈发黑了。

我们差不多围着小场院绕了个圈子，又来到场院南头的三家子小屯了。我知道母亲说看看场北边那两棵给八道泡子的朝鲜农户砍倒的树，老姜是不是已遵从母亲的嘱咐派车拉走了，当时还不知道母亲是有意躲开从关炮家的门前过路，不愿意和关炮那个有名的不规矩女人打招呼，更不愿意由于拒绝迈进她家的门槛而过于给她难堪。

天亮以前，我们来到曹寡妇家，我们的族亲老姜敲过窗户，隔着纸糊窗向一个我未见过面的老妇人问询过母亲踪迹的那座茅草顶农舍，我们还没有走到窗底下，只见颈下带着吊杠的那条黄毛狼狗向我们吠叫了两声，仿佛是给宅主人报信儿："有客人要进屋门了！"吠叫过后，没有跟踪我们进屋。那屋门前在大草垛底下刨谷粒吃的几只母鸡，也都吃惊地昂着头，窥探着什么。

"是谁呀？女东家回来了吧？"果然仍是那个年老的妇女应声了。随着应声，从房门里探出一个灰白色小小发髻盘在头顶上的旗户老妇人。她那稀稀的头发间，虽是透露着秃顶处的光滑的皮肤，在她那男人式的阔眉广颊的脸膛上，闪着一双性情粗暴的眼光，可以看出来年轻时她是个多么爽朗、干练的庄稼院的女主人。如今她背如弯弓，脸只能俯低向地，是个驼背。她穿着一件家常长衫，扎着老式裤腿带儿，圆口布鞋。她两手正端着柳条簸箕，在簸绿豆，挑沙子，翻眼向上说："一早多凉呀，到西屋炕上暖和暖和吧。这是少东家呀？还在城里念书么？定亲了么？早娶亲不是早添人手吗？"说话时上翻眼珠，又黑又大，如牛眼一般。

这就是曹仁与曹义寡居多年的继母，男人是随旗的，又称"汉旗户"。她自己据说是"栖林人"，在深山老林里的"撮罗子"底下，吃罕达犴肉长大的。眼前守着自己的亲生儿子曹祥过活，还有新过门的儿媳妇，老少三口人，分住东西间，当中是安着磨盘的灶间。因为昨天夜里杀喜猪，吃谢神酒，曹祥夫妇受老姜的委托，专管接待正席之前的头一悠（轮）来客。主要的人，也就是那些要在场院干通宵的运粮的朝鲜车户，他们都是母亲宴请的主客。吃的虽说都是正席上剔出来的带奶头的五花肉之类下脚货，但也是出自沙坨镇上名厨的红烧或清蒸，吃起来也都滑而不腻。朝鲜族人吃满汉酒席，本来就够解馋了，再加高粱烧酒烫得滚热，辣椒炸的佐料又管够，自然个个吃得兴致淋漓的满嘴油。只是头半夜累苦了曹祥两口子，拾掇完了最后一悠的碗筷已是鸡叫时候。现在媳妇正在西头牲口棚帮她男人铡草，她做婆婆的，不得不赶紧帮衬着簸出碗绿豆米，熬锅小米粥，贴玉黍蜀面饼子。总之，她很体贴自己的儿媳妇。母亲一边夸说："还是曹祥媳妇有福气呀，有你这样一个心里疼她的婆婆。"一边又要我给她鞠躬，还说："摘下帽子来呀，叫姥姥。"

"哪还讲这些礼道了，如今晚儿民国了，都平等啦！"又拉过我的手去说，"哟，手这样凉呀！你不在县城里享清福倒也罢了，还把孩子带下来，熬夜，受这份罪，可不该！这要是你上头有公婆还不痛坏了呀。"

母亲脸上现出少有的谦顺，笑着说："我摸摸手哪，这孩子冻成这样也不说话，我昨天和你石恭道老舅说好了，赶明儿坐七道泡子的拉载车回城里去吧。"

我说："不，我要跟你一起回去！"

母亲截然地说："我还三两天走不了。"

那曹家姥姥说："赶快脱了鞋上炕里，盖着被子暖和暖和，我给你们煮粥去。"

我从母亲暗示的眼色中知道，要我一个人回城里去的这个决定，是不容我当着曹姥姥面再争辩了。当然母亲也看出我的懊恼不欢的情绪，在给我被子上盖毛毯时，又低声宽慰般地说："你爹从山东老家给你请了个教私塾的老拔贡，是个饱学的老先生，就等你回去开馆拜师啦！"我知道这一定是父亲托人带来口信了，这是不能更改的决定。见我不再说什么，就说："睡一会儿吧！"

那曹家姥姥仍是两手端着簸箕站在那里和母亲说话，小声而神秘地问我母亲："你听说昨个儿晚上大神和二神吵架了么？"

"为什么？我在场上一点儿也不知道呀！"

"这事怪二神不对，二神是镶白旗，大神是正红旗。大神是九尾大仙附体，二神是侍候黄仙的，本来是临时搭的班儿。不知为什么仙家挑眼了，二神烧了三把子香就是送不走了，把九尾仙姑累的呀！红小衫都湿得紧贴胸脯啦，这还有不急眼的，鸡叫三遍才走的。要不，大神一醒过来，就摸起茶碗向二神头上砸呀。不是人多手快给拦着，二神手里的茶壶也早打出手了。这套崩瓷茶具还是人家在县城都统衙门当差时受的赏物呢，是我们家老二背着他姐姐和那个当家的主儿，从厨仓里借出来的。要不吓得老关媳妇一个劲儿叫老天呀。大神没等天放亮就夹起包袱来摸黑先走了。"

所有这些在我听来都是新鲜有趣的。我想这当然是昨个儿晚上在我第二次睡熟以后才在西间发生的，很后悔没有亲眼看见。母亲自然更不知道了，只是说："原来是想犒劳夜里忙场的，谁想到关炮手家又请来大神，喝还愿的酒呀。反正是杀喜猪么吃谢神酒，谁碰到谁吃，得入乡随俗呀。"

"这可是明白人说的话。"那曹姥姥簸着绿豆说,"这是咱们老祖宗留下的规矩,杀喜猪,就得当天吃个溜光净,图个吉祥如意。"

"我前半夜一到西头,明子火把的,多亏你家他曹祥哥嫂两人在草棚里出出进进地招呼着。"

"你们九道泡子朝鲜屯来的那些牛车户,能吃出什么味来呀,别看咱们屯子办的酒席,他们高丽户是见也没见过呀!他们就是会打年糕、吃狗肉。听说,酒后还赌了阵'廿一点'的俄国扑克牌呢!"

在她们的谈家常话中,我还听见空中的喜鹊叫声喳喳,似乎是飞向八道泡子方向去了。窗外已是大亮了,我忽然想起香琴姐和留在田家大院的两个妹妹来。主要是想和香琴姐在套院的正房台阶下那个僻静的前庭角落里,再次秘密会面,告诉她我怎样在三家子关炮媳妇家意外地见到了她的表哥,那个在镇上警察局子里当差的郭占鳌,并且完成了她对我的嘱托。想到她的喜欢,我仿佛见到她高兴地拍着两手跳起来,脸像花朵一样红,我不知为什么要讨她的欢心,仿佛看到她在我面前那种眉眼匀称而给人一种亲切感的欢喜面形,在我来说,是超过娇柔而又苗条多姿的玉琴姐的美感似的。想到她那高兴的神气,我就感到一种欢快与幸福。我还没有睡,突然,听到母亲不知为什么吃惊地叫着:"呵呀!老天爷爷哟!这话里头还真有什么说道儿呀,他姥姥!"

"说这话的要烂舌头呀,"曹家姥姥在里屋门外的磨道后灶坑间怒冲冲地说,"这不是要在你们两家当中挑事嘛!这是谁说的呀?"

"嗐,他姥姥,这是孩子听人家背后说的呗。我不明白,说我四址不清,怎么会在两家子当中挑是非呀?到底你是说哪两家子呀?他姥姥!"

"呵!那么说,就是一句闲话呀?我还当是谁没安好心呢。"曹家姥姥从里屋门外探进头来观察着母亲,"我倒要问问你,这九道泡子的地照到底掐在谁手里呀?"

"九道泡子的土地执照还会落在外人手里么？姥姥你问的这话倒稀奇。"

"可是从打我们在这里建房子定居那时起，就都说是三合盛的窝棚，腊月里进城办年货也是住在三合盛栈房里。"

于是母亲笑着说："三合盛是我们三家合伙开的烧锅。"又说："还是光绪年间开禁时候作的荒。说是'作荒'，实在是花了银子从都统衙门一个章京手里买下来的。"

"我说呢，"那曹姥姥说，"我们在这里定居的时候，九道泡子还没有一份人家呢！真是树满山、鱼满库，哪像现在这个可怜样呀。要不，我们当地旗户人家就从心里看不上你们这些作荒的移民主儿了。"

母亲第二次现出吃惊的样子，睁大眼睛，完全不像劳累了通宵，凝视着伸进里屋的那个盘着顶髻的曹家姥姥，仿佛面对一个准备翘尾螯人的蝎子一般。

曹家姥姥那两只咕噜噜的粗鲁的眼光，现在闪着一种欣然的笑意，又抚慰式地说："这是咱们娘儿俩，我不把你当外人，你可别往心里去。这也不是我们旗人在心目中没把你们民户东家看在眼里，我说的是指三合盛时期的民户地主。那时候可不得了呀，环抱粗的老橡树林子，说砍就包给人家成片地砍呀砍的。我们当地旗户心里流血呀，谁不心疼呀？那些从镇上来的雇工，简直像蝗虫一样，过了一茬又一茬呀。你现在看看，九道泡子还有一片像样的林子呀？不要说橡树林子，连长成二十年的柞树也难找哟！三合盛民户地主光知道往海南搂钱呀，哪管后人呀！"母亲就气息不平地低声说："姥姥您光看到那些不争气的移民卖林子搂钱了，可你没看见旗人怎么糟蹋黑顶子山区的林子么？不是年年冬天放天火烧荒打围么？我在珲春住了少说也有十五六年了，哪年冬天站在院里向南望不是一条火龙一直烧到天亮呀？不是一烧几天，而是一个月两个月地烧呀！叫你们当地猎户又毁了多少好林子呀,不叫人心疼呀?要我说,砍了卖给人家还能建房搭桥呢,白白烧了不是该受天谴么?"

曹家姥姥听着听着就喃喃地说:"那不都是民国,改朝换代了么?谁管呀!"就退到外屋去了。最后在灶口烧起煮粥的木柴来,母亲要说的话她不愿意听,但母亲却仍然尽自固执地说着。

"那么,"曹家姥姥弓着驼背再次探进头来,用围裙擦着眼问,"你说卖光砍光就对呀,你接手这么个穷得遍山选不出一棵像样子的能挖槽子喂猪的木料,不发愁呀!"

"三合盛时候,连哥儿他爹光知道在县里做生意,开参行,跑烟台,哪里知道九道泡子还有些值钱的林子给人整片整片卖掉,砍得这样狠,都砍光了呀,他连来看也没看呀,经管人连口信也不捎呀?"

"那经管什么?"

"顶名是招人开荒呀。"母亲说,"你知道,他爹在海南,祖祖辈辈是庄户人家出身,就知道垦荒种地,哪还想到分片卖林子的事儿,等那年从烟台回来,三合盛倒闭了,该分的铺面、存粮、酒坊、铺垫,人家两家早商量好了,都要过去,留给他爹的就是九道泡子这三百垧没有进项、年年倒成百两银子往外缴地税的荒山野岭了!他爹就看中地了!这边远的地方,他可没想到上哪招人去呀。谁来呀?再说,开荒要往外放款、贷粮、租牲口,又哪里来这么多本钱往里填呀,垫不起哟!"母亲为自己的谈话带到一些遐想里去,完全忘记了她开始要探询的关于九道泡子的四址不清的问题,还有由此引起的关于"在两家子当中挑事儿"一语所泄露的确有为母亲所不知的隐情了。

四

我母亲摇撼着胳臂,又拉又扯终于把我招呼醒的时候,窗纸已经半是阳光半是层檐的阴影了。我仿佛仍未完全清醒,但坐起来还感到母亲在拉扯我的胳臂,侧身注目时,才发现母亲仍然坐在炕头上和曹家姥姥在亲密地低声谈着家常话，仿佛这后半夜根本没有打盹过。而且她手在拉着我的臂膀，脸却一直侧向曹家姥姥，并没有注意我。我为了摆脱母亲的拉扯，就嚷着说："疼死了！"

母亲这才放开手，仍然没向我注视，却两眼望着曹家姥姥说："连哥儿他爹也从来没有说过，地照还得办过户，也没听说，土地执照还有官发的四址草图附在里头呀！"

"嘻！你们不办过户手续，不换地照，就那么年年往县衙门缴地亩捐呀。有一天，那两家要有人出面往外卖二百坰地，地照是三合盛的，你说是分给你们家了，不行，地照写得明白，你们有理也说不清呀！"那曹家姥姥半身倚靠着炕头的泥抹土墙，盘着一只腿，手拖一管长烟袋杆儿，弓着驼背说，"地照没办过户手续呀！"

母亲坚持说："那不会呀，都是他爹的磕头弟兄，换过兰谱的呀！三合盛的字号早没了，老四、老五两家也都早回海南了。买卖是早年三股子分开变卖的……"

"嘻，"那曹家姥姥就说，"钱财的事儿呀，很难说。若是九道泡子有一天真开发出来，这可是宝地呀！那两家老人活着就是不争，你知道他们的后人呢？珲春跑关东的就不会带回消息去？回城里赶快到县衙门里换新照，办过户手续吧！别舍不得花那一二十元的进户钱，这可不能因小失大。再呢，找找装三合盛地照的匣子里，还有没有一份官发的草图了，那上头标着东南西北四面的边界。早年我看到过八道泡子田家的土地执照，那张四址草图还画着河道、泡子，盖着官印呢！找不到也不要紧，办过户手续时候，递呈子，再要县衙门土地科派人补一份呗！该多花的，要舍得花，你们移民主儿一个通病，就是一个大钱也死死攒着。你们九道泡子的四址，你不是清楚吗？"

"清楚呀！"

"县里派人来丈量，你们反正得破费点儿，重新补一份。我说话没错！——好啦，大祥媳妇给你们烙好葱花饼了，连哥儿，你也认识认识,那是你刚过门不到一年的三舅妈。"

母亲就夸说:"你可真有福气呀,遇到这么个体贴人的婆婆,一早就簸绿豆,给你把小米粥熬上了。"

那曹祥三舅妈比田大宝媳妇还年轻,细高挑的腰身,伶俐苗条,红润的脸蛋很甜,两只清澈如泉水般的眼睛,仿佛看到人心里去一样明朗。见我下炕,亲切地给我穿鞋,叫我大外甥。招呼我们母子吃饭时,虽然她也是一样遵循旗户招待贵客的传统规矩,站在炕底下添粥,双手捧着碗往客人手里送,但却比田大宝媳妇随便,当着婆婆面无拘无束地和客人搭话,问过母亲"我们家烙的饼还行吗"之后又小声伏在我耳旁说:"你三舅妈撕的豆瓣酱好吃么?城里有么?"当着母亲面又故意向我说:"今天你就不要跟着你妈过河南去了。"又小声伏在我耳朵上说:"等会要你三舅领你到北头鱼亮子去取鱼。你还没吃你三舅妈熬的鱼呢。"我感到她比田大宝媳妇待人还亲切。我奇怪,她那么年轻轻的却一点不羞口地"大外甥""大外甥"地叫着,仿佛她在县城里呆过,是一个很见过些世面的女人。后来才知道她果然不是屯子里长大的,她原是沙坨子镇开过店的店主留下的孤女,也是汉军旗户人,底下有两只男人式大脚。我在她面前感到是那么自由、随便,完全不像在田大宝媳妇面前那么使人拘谨,而且也感到她最懂人心,摸透了我似的,她所说的"鱼亮子"正是我心里梦想的,一直是诱惑人的场所。却不想母亲只喝了一碗粥,就离开炕桌,坐到炕角落里去,喃喃道:"我要眯一会儿,打个盹就走。"竟然没有等待曹家那又年轻又乖巧懂事儿的三舅妈铺好被子,就依靠墙角睡着了。她的脸色那么憔悴,我第一次这么怜悯母亲,觉得母亲孤零零一个人,为了我们全家是这样整宵地操劳,我自己没有一点本事能替她分担什么,第一次深深感到歉愧。我心想如果有一天卖掉了九道泡子的这块产业,像我们县城的小学教师那样,依靠着每月的薪水过活,那该使母亲多省心呀。那曹家姥姥在曹家三舅妈轻轻托着母亲的头放倒在狗皮褥上时,很敏捷地在睡者颈底下垫上一对绣花枕头，叹息着说："啧啧！累成什么样子了，就叫她这样睡吧，啥时候醒，啥时候再让乡亲老姜准备牲口。"那面容红润的三舅妈答应一声："嗯哪。"临出屋就向我用那双清澈如两汪山泉水般的眼睛招呼我，我就随她悄悄走出了曹家姥姥住的西屋炕，走到房外头来了。

这时，只见阳光铺满了草垛和豆秸垛之间的空地。麻雀见到人，从垛根儿的阴影里突然惊起，在低空发出吐儿吐儿的振翅声，绕垛一圈，汇集在一起，奔向垛后的东场院里去了。我随她走过草垛和住宅的夹道式无遮拦的院子，惊奇地看到，原来关炮的住房和曹家的住房当中只隔了一块带辘轳架子井台的菜园地。我们的族亲姜得年腰下扎着块蓝布围裙，正背对我们在窗底下劈木桦子呢。曹家姥姥养的那只看场狗，不知怎么竟带着项下的木吊杠在这里出现了。它几乎是欢跃地跳着，来迎接它的年轻的女主人，也向我们望着，快乐地摇着翘起的短尾巴。在用俄国式长柄大斧劈木桦子的姜得年，这才两手握着竖立的斧把子，侧身看着我们打招呼，自然首先是向曹家三舅妈问："怎么，要动身么？"听见她轻轻回答："睡了，你忙你的好啦，看样子得睡一阵子，累坏了。"就听见纸窗里关炮媳妇音韵脆美的声音："谁在那边说话哪？是曹祥家新媳妇吗？快进屋。我吗？我正在给我们家老姜补皮大氅呢！"随声出来的是宅主人那饭铺掌柜的一般胖墩墩的关炮儿。她迎的是曹祥媳妇，却先和我欣喜地打招呼："呀，少东家也来了！"只听见窗里传出的声音："谁？嘻，怎么你也叫起少东家来了，是大兄弟呀！是不是呀，连哥儿！"

我愉快地隔着纸窗应声说："是！"

"进来呀，叫你嫂子看看。"

那姜得年族兄却说："要他帮我提着'卫大罗儿'，该给猪槽子上食儿了。"

"连哥儿别听他的支派。"那女王式的关炮媳妇在纸窗里扬声说，

"人家是头一次上门儿的客人,怎么能叫人家帮衬着干活儿呀。可不要听你家得年大哥的呵,快进屋!"

但族兄弟姜得年向我俏皮地眨眨眼,仿佛是有什么机密话儿要告诉我。我只有悄悄地像他所示意的那样轻手轻脚随在他身后,手提着那半水桶豆饼渣。没走两步,他就接过手去了。我随他绕过西山墙到房后的猪圈里帮着他喂猪了。也忘记和曹祥三舅妈打招呼了。那猪圈是用橡子般小树干排立着围起的,三面都是木栅栏,里头分作两处,一处是圈着一口孤零零的俄国种白猪。族兄姜得年用围裙擦着脸上的汗,告诉我那是从哈尔滨淘换的俄国串种公猪,现在是每配一次种,能为主人挣得一元大洋,是远近有名的种猪。外一圈里养的是半大的"克郎"。我们的族亲姜得年大哥说:"大的年底也好出圈了。"但这仅仅是闲话。喂完猪,却要我坐在准备盖牲口棚的一堆木料上。这里有猪圈挡着,是个又避风又向阳的僻静地方。姜得年低声问我:"昨天夜里我是不是醉了?都说了些什么醉话?"我这时看着他那黯然失神的样子,心想这完全是关家雇的长年干活的"劳金"呀。哪像九道泡子的管理窝棚呀,我就说:"没说什么。"

"真没有说什么醉话么?你可要对我说实话呀,你知道这可不是闹着玩的呀。"

"没有呀,"我说,"就是叫我说服我妈,卖掉这里的地,回海南去过舒心日子呗。"

"是呀,"他逐渐恢复了以往的自信一般,"就是呀,你看,在这多受累,整宿熬夜不说,到底地租收了多少呀。比比往年她没下屯的时候,多收了一石么?是少收了十多石呀!当然今年年成差,这不是白受累呀。再说,旗户不比朝鲜户,整不好会给暗亏吃,咱们也不知道呀。我算是吃透了,这些旗户过去都是在镇上吃皇粮的武弁出身,难处呀。"他现在完全是权威般的口气:"走!回去,得把柈子码起来,要码齐,这也是庄稼地的本事呢。"但我心里却想着关炮家嫂子和曹祥三舅妈，她也叫她三舅妈么？

这天，我们刚刚码好柈子还没来得及进屋子喝口水，只见曹家姥姥在门口遥遥地向我们招手，不用说，母亲已经睡醒，这是要姜得年到西牲口棚备马，我们要离开三家子了。

第六章　难忘的乡情

一

我们终于和待人亲切而又秉性倔强的曹姥姥在村口告别了。母亲再次要我向她鞠躬，对我说："说话呀，说若是有车进城办年货，要你姥姥到我们家做客。"我只鞠躬告别，却羞于说这种类似小孩学舌的话。心想，人家多大了，还一句一句教我说话呀。母亲见逼我没用，也只好叹息说："多大了，就是不懂事。"但我这时仔细地看了看曹家姥姥驼背竖头的，总觉得可以上画，类似珲春西大庙里的罗汉。那年轻的三舅妈却俯在我耳旁说："你不要忘记，赶明个自己一个人跟乡亲老姜来，我叫你三舅领你到鱼亮子去捞鱼。"我一边注视着姥姥，一边点头应声说："是！不会忘！"那项下悬着吊杠的护家狗也在村口窜来走去，很是兴奋。给我印象最深的是当我们跟随在族兄姜得年手牵的三匹马后头，离开村口时，还见到那个身穿黑布短褂、黑布散腿裤的矮胖矮胖的关炮手站在他那脸色高傲的女当家的身侧，弥勒佛般地向我们笑嘻嘻的目送的神气，我心想，一点儿炮手的威武气势都没有。我喜欢关家嫂子那女王般的端庄。从她那两排密密的睫毛之间闪动的眼光里，现着那端重神色再也掩蔽不住的一种柔媚。她一直注视着姜得年，仿佛看他穿戴的是不是像个九道泡子的经管人，临上马的神色是不是由于她的相送而自得，是不是也在留意着她，知不知道傍晚她在门口等候他，她是由于他而感到自傲，感到生活的意义和价值一般。直到我们先后骑上马,我频频回顾,还看见她站在村口——实际是关炮家屋侧的道口,向姜得年遥遥注目着。所不同的是,长烟袋杆的一端,已含在嘴里,并向外吐着灰色的烟,却完全没有注意我似的。但那年轻的三舅妈却一直盯着我,不过也和我们在道口告别时不同,她已环抱着关家嫂子的肩头,那红润的脸贴在关家嫂子的耳鬓,向我咧着红红的嘴唇笑着,那两道清澈如泉的眼光,仿佛完全看透了我对于三家子的依恋,看透了我是由于没有实现到河套鱼亮子去开开眼界而意犹未足。她也看出我回城里也再不会忘记九道泡子这荒僻的三家子,不会忘记论年龄虽相差不过五六岁,但还得叫她三舅妈的这个身材苗条的汉军旗的女人。我这么想着,仿佛自己也看到她的心里去。但对三家子来说,我还不满足。我想,一早我是听到关炮媳妇和我的族亲姜得年说体己话的,那时她咯咯笑着、叫着:"我的天!"那么亲切热情地看着我,怎么道口告别,却一眼也不向我看呢?于是在我骑着枣红马将要走下丘陵山道最后回顾的时候,我见到她们老少四口人早已返身往回走了。我却看见那年轻的曹家三舅妈,恰巧也在回顾,并再次向我笑了。远远还可以看见露出的一口白牙。这样一口整齐的白牙是我从前没有注意到的。我还看到她俯在那关炮媳妇的肩上,贴耳说什么。显然是说我吧?说我是在看那个女王式傲然自尊的娘儿们吧?我猜,只有她,那个体态苗条的三舅妈,会看透我的心,会看出我是在回顾那有名的关炮媳妇呢。但我不知道,她们俩为什么像妯娌一样,为什么关炮家的当面称她为曹祥新过门儿的媳妇,不叫她三婶或三舅妈呢?

  开始我完全没有注意母亲和老姜谈的话。我突然想到关炮东间炕壁上贴着一张大幅的彩色年画,那上面画的是扎着红布兜的胖孩子怀抱着一条大鲤鱼,显得比田家套院有炕门脸木雕画的阔气住宅还喜性,日子过得比田家大院兴旺似的。这是黎明醒来听到关炮媳妇关于等到有了个男孩子就打发我们族亲老姜回海南老家去探望探望的秘密谈话，我就看到它的，不知为什么到现在才感到这幅年画的意义，印象也突然明显起来。只听见那老姜大声吆呼："下坡了，往后挺着点。"我这才注意到老姜根本没有骑马，而是手牵缰绳，跟随在母亲身旁走着。我已经落在他们的后面了。

老姜手腕上仍然吊着那根马棒，又显出是九道泡子经管人的派头。仿佛我们只是走三五里山路，他宁肯步行，却不愿意骑在马上慢慢走，但又不能不牵着头牲口准备着，正像他出门在手腕上吊根马棒一样，虽然从来没有用它打过朝鲜农户，却说明他乡亲老姜是有打人的权威。自然，这是指捉住偷砍树木的人，或是遇到朝鲜青年欺负比他年幼的满汉孩子之类，如果母亲不在场，他只不过吩咐人绑起来用马棒点着犯事的朝鲜人说："等着吧，东家不往镇上警察局子送你才怪哪！"说话威胁那些围着他说情、赔不是的犯事人家属，等劝说人答应罚犯事人家办赔礼酒，请请有关人，事情也就算了！他常说："老高丽亡了国，到咱们这边来，无依无靠的，种那么点地，也不易呀，干什么欺负人家呀。像七道泡子、八道泡子那么欺负人，逼债就把人家吊起来打，咱不干。"因而乡亲老姜在九道泡子是很有人缘和威信的。但我现在总觉得，这人不是在三家子腰里扎着块围裙布，给关炮手家劈样子喂猪的那个人。

我听见母亲在牲口上和他说家常，问他："你也不怕人家说闲话呀？"

"二婶子，"族亲老姜霍霍笑着，大声说，"嘻，在关东山，不要说我还住在东间，就是住对面炕的，不是也多着呀。"

"那么，你今年还不回海南去看看呀？"

"二婶子，你是不知道呀，一家有一本难念的经啊！哪里黄土不埋人呀！"

"那孩子们呢？你也不想呀？"

"我大哥去世那年，铁锁就八岁了，那孩子如今也说上亲了。我的那个孩子是闺女，我走的那年才两岁，怕也认不得了。"

"你们叔嫂改成一门过，不是挺好的么？铁锁也有个照应，你怎么又舍下他们闯关东呢？"

"你是不知道呀，二婶子，说这话可长了。我们两口子倒没有什么，可是铁锁拿我不当后爹看呀，你说打他两巴掌吧，大哥留下来的那么个根子；不理吧，别看他八岁大的孩子呀，说出话来可气人呀，不叫爹不说，连我和他妈坐在一个炕桌上挨靠着吃口饭，也不行呀。他妈怕他呀，一见他挖草背着空筐回来了，连问也不敢问，这孩子心就是重呀！回来看我们是不是坐在一起说话了，荷花她妈也够可怜的。怕他呀！嗐，说这些干吗呀，咱们不是穷吗？要不两个门儿会改一个门儿，走一个门道，迈一个门槛儿了！"

母亲说："这也难怪孩子呀，哟，光说话了，没过那道界河呀？"

"早过来了，那不是拐过去就看见三间房的后窗了吗？"

母亲勒住马停下来说："我怎么没理会呀。"

"我看见了，就在那两边林子夹着的大道底下，水还挺深呢。"

母亲就决定回马去看看，族亲老姜就牵着豹花灰色马跟随在母亲骑的黑色俄国马后头，从原路走回来。

这就是来时我曾骑那头豹花灰色马走过的两边全是榆树林子的大道。实际上大道两面都给树林子遮蔽了，看不出这大道原来是座黄土垫的木板大桥改装的。族亲老姜扶着母亲，屈着一膝要母亲做垫脚石踩着下马。那黑色俄国马背上驮着被垫，唏儿唏儿旋转着身子打起响鼻来。我这才注意到那黑马的蹄子碗口大，想到一定是天亮打扫场院的李鸣时引以自豪的那匹顿河种的辕马了。我仍骑在枣红马上，留在河面大道上守候着，母亲却独自穿过榆树林子去探望河道了。族兄姜得年为了避免两头牲口认生就分开拴了，一头在道东，一头在道西。只见两匹洋马一高一矮喷着响鼻旋转着身子斜目相窥，并用前蹄各自刨着桥面土扑扑作响。母亲仿佛走下了桥头的河崖道。只听老姜说：

"不用看河道,你一走上桥面的大道看到两边的榆树林子就知道这是到了八道泡子地界了,咱们九道泡子哪有人家地界的气派呀,连一棵这样大海碗粗的榆树也找不出来呀!还用下崖子去看界河吗?"

母亲说:"人家是生山户,是几辈子在这里守祖业的呀。"母亲的话声从土面大桥崖底下传来,虽说不见人影,但那声音却近在耳前,听来是出奇的爽亮,仿佛这里的空气,是一点点阻挡音波的尘埃都没有,越发显得这两面夹峙的榆树林子幽静得怕人。除了马匹刨蹴和喘息声,只有偶尔一阵枯叶落地的沙沙声息。我不知道母亲要到崖头底下看这条界河做什么,只听见时时有石头子滚落崖下的声音。

"二婶,河崖小道可要小心呀!"是族兄姜得年的声音,也是只听到人声,却见不到隐没在林子背后崖底下的人影。我突然感到林谷深处的神秘,幽静得着人恐怖了。我掉转着马头环顾四周,仿佛从我看不到的背后,会随时突然跳出手持长把大斧头的拦路的老毛子匪徒一样,如当地民间传说那样突然从背后出现,或者是在林子里采蘑菇而失踪的人一样,突然碰到什么野牲口从背后突然扑上来给拖了去。我第一次感到在山林道上孤零零一个人是这样可怕。我向四周巡视着。这原是一道短短的在南北两座山丘夹峙之间的狭谷,由于土面大桥两侧的榆木林子遮蔽了狭谷两端谷口的界河,河道的水面又掩蔽了谷口外两岸低洼的河滩地,只能通过林木间因脱叶而闪出的空隙,见到远处还有着早雾飘荡的蓝天。我向空间喊着:"妈!你在哪儿呀?"听不见回音,我终于惴惴不安地就着一块翘起的崖石位子跳下马来。这又引起那分拴在两棵榆树干上的马匹的嘶鸣。它们各自弓着长颈,旋转着身子,斜目注视着它们的伙伴,各自的眼光灼灼,刨着蹄子,全然不注意我的存在,放肆地打着响鼻。鼻孔喷出的气息,像两朵白烟似的升腾着,原来太阳在这山夹道上,已给岭峰挡着,我们都在阴影里,空气还寒冷。我把那匹枣红马匆匆拴在那块石笋式的崖石上,一边大声招呼着:"妈!你在哪里呀?"给自己壮胆,一边就回到北头,从母亲穿过的林子，踏着窸窣作响的落叶一直走进林子深处，顺着桥崖底下一条林间小径，走下石头崖子了。

那是一片沿着崖下斜坡生长的自然林子，属于界河北面的小白桦，都是两三年的小树，正好我可以把着树干走下崖子去。随着我的走动，一些从树上抖下来的露水，雨点般洒下来，终于我满头湿淋淋的。穿出斜坡崖道口那片小白桦林子，第一眼见到的就是大桥底下的河道，还有夹在两岸的袒露着河底沙滩和对面岭崖上生长的一片又高又粗壮的老白桦林子。仿佛这是天然的界河，河南岸是八道泡子，河北岸是九道泡子。虽然沿岸都是天然白桦林子，但却是两个世界一样。我看到了伫立在近河谷上一块突出的高石岗上的母亲，她穿的蓝色的长衫，在这灰、黑、黄、白四色相间的崖底林子间，很显眼。于是我哪里还管露水淋头，呼叫着把着一株株小白桦横穿过去。我本来是心怀不满，埋怨母亲听见我招呼也不应声，尽顾自己在观察什么，但一踏上母亲伫立的石岗，见到远远的遮在一片芦苇丛中的八道泡子的宽阔的水面，还有沿着界河的两岸沙滩以及属于八道泡子的河滩背后那一大片割过庄稼的低洼地和块形的大片稻田，见不到尽处，也惊呆了。

"多大的一片粮仓地呀！"只听见母亲喃喃地说。

"那是八道泡子的飞地，是黑顶子这块宝地的地眼呀！"族兄姜得年用马棒遥遥指着，"三家子屯富就富在这块飞地上，咱们黑顶子山整个山区的粮食也都靠那一片飞地的出产。"

母亲一手托着下颏，一手托着肘臂，遐思冥想着，仍在喃喃自语般说："若是在那里盖上三五间瓦房，前有湖，东有山，不是画里的江南景致么？不是神仙呆的仙界么？"

"有钱，也不选在那儿盖房子呀！"族兄姜得年站在崖腰间一手把着树干说。

"怎么？不好么？"

"靠界河呀，又是洼地，一涨水还不冲了呀！要盖盖在岭腰，要不三间房选的是崖子上窝风的丘陵地上建村呀。"

母亲仿佛突然从姜得年的话里发现了什么，惊奇地向他注视很久，不见老姜的反应，就匆匆转身，久久低头沉思不语，也不理会我的问询，尽自握着根根小白桦树从崖头斜径又走上土面大桥。

在临上马的时候，母亲终于提出一个完全出我意料的问题来。

母亲说："老姜，我问你，你也是在九道泡子经管两三年的人了。"

"有什么话问吧，二婶。"

"我就是不明白，当初三间房的旗户是种着界河南人家八道泡子的地，怎么房子又盖到咱们九道泡子的地界来呀？是呀，是给九道泡子开了些荒，如今都转到朝鲜户手里'旱改水'了，可是咱们的潘家宅子呢，又不是盖在九道泡子咱们自己的地上，却倒盖在人家八道泡子的正地上，这不是怪事吗？"

"是呀，要不我接手头一年对二叔说，这九道泡子的四址不清呀。二叔说这是从三合盛手里接过来的，人家潘先生识文断字，按照土地执照办的，三家子住在九道泡子的地上，不要租，咱们潘家宅子盖在八道泡子的地上也一样，是双方自愿交换的地基。二叔说，就听潘鸿年的，怎么交待怎么办就是了。"

"可是八道泡子的正地，论说是该界河北边呀，要不怎么会叫飞地？可是那一大片谷仓地可是在界河南，怎么在界河南叫飞地呢？九道泡子的地隔河飞到河南，才是飞地，可是咱们的呀？"

"二婶子，这可是叫谁能说清楚呢？说不清楚呀，这是老地名了。"

"不是别着这理么？"

"理倒是别着，可是早年的事了。"

母亲一手抚着那顿河马的马脊，全不在意它刨着蹄子旋转，现在又把缰绳递给族兄姜得年，声言："转过去就是潘家宅子了，走走吧，不要骑了。"于是三人各自想着各自的心事走着。母亲走在头里，族兄姜得年手牵两牲口走在她身旁，一只手腕上仍吊着马棒，低着头，时时用羊毛毡靴踢着石头。我却奇怪那两头牲口在他背后是那么驯顺地随人缓步走着，发出嘚嘚嗒嗒的蹄声，既不嘶鸣也不刨蹶，偶尔喷鼻子作响，仿佛缰绳在姜得年手里，它们都有所畏忌一般。但对我仍然用全然不放在心目中的神气，只要我靠近想摸摸它的时候，它就两耳向后竖着，威胁般故作准备侧头撕咬的神态。我对这头狡恶的灰色豹子马小声说："坏蛋！"同样扬起缰绳头威胁它。但它只扬扬头，我却不敢再靠近了。

这样，我还没有注意什么时候转过岭道，已经来到潘家宅子了。

二

我们刚刚拴上马，潘家宅子的男女主人，还有田大宝和几个农村私塾生都迎出来了。那时，族兄老姜正解开我拴的缰绳，教我结拴牲口的缰扣。这种扣是那么巧，实际上两环相套，并不打结，牲口越挣，扣就结得越紧。族兄姜得年见我赞美他的眼光，牲口绳拴得竟这样聪明简单，就感到在我心目中已取得从未有的位置，得意地拍拍我的肩，仿佛是说，乡里人怎么样，心灵手巧吧？这时，我见到田大宝在潘鸿年老头子背后，神色怯怯地望着我，我不知道他为什么那么拘谨，是手掌儿挨了戒尺？一夜之别，在我像一月之久似的，我是怀着那么热切的思恋之情，就急急忙忙地走过去，又听到母亲在招呼："连哥儿，怎么见了你潘老伯，也不鞠躬行礼呀？"

我只得向那穿长衫马褂的瘦高的老头子弯腰行礼，问了声："潘大爷，你好！"

"好呀！"那私塾先生瘦削的脸上闪着炯炯有神的眼睛，侧身看着我，向母亲说，"弟妹真是有福气呀，这孩子两只耳朵真是福相呀，好命啊！我那个不争气的吗？那不是，还不过来给你城里的二婶子请安。"这后两个字的词儿是旗户人家的常用语。又转向身后说："田大宝领着九道泡子少东家到泡子里扣两条鱼回来。"

"哎！"那田大宝这才向我招手。而那个像螳螂式的潘志强却被他父亲留下来，说："背不熟书，就在桌子后头给我念。"我说过我是不喜欢这个依恃父威而胁迫同窗学友的伙计，因而摆脱开他，我们都感到轻松愉快。田大宝从墙上摘下柳条编的高装扣筐。我们全不理会母亲不要我们"走得太远""歇歇就走"的话。田大宝驯服地答应着潘鸿年家的大婶要他好好照料我的关照话："不许到深水里去。"我们就沿顺三间房门前的崖子走下石铺台阶，是匆匆忙忙连蹦带跳走下来的。那隐在崖底下的是片高高的白杨树林子，同样落叶缤纷。这里有种草木霉烂的气息，混合着新鲜的草腥味儿。我们来到了高崖底下，田大宝扣了筐，说："你坐在这筐上，要脱鞋。你挽起裤腿来，跟着我站在水浅的地方看。"

"那条小船呢？"

"给人借出去采藕了。"田大宝弯腰挽着裤腿斜眼瞅着我又问，"你那天夜里没生我的气呀？"

"为什么要生你的气呢？"我很奇怪。我是那么羡慕他在小船上潇洒自如的驾驶本领，而且带着我度过了只有在九道泡子与宝莉相处才感到的幸福难忘的一夜，而且还有着那么富有民族色彩的神秘感。它使我认识了在这远离县城的一个荒僻的山村角落里，竟还有那么多的一些怀念"满清皇家"的旗户男女。我要拥抱我的好友，如果他不是背厚腰粗如熊一般，我真的会双手抱着他打转了。

"真的？你没生我气？"田大宝睁大两只原本显着负疚神气的眼睛，直视着我。看我确实惊异不解为什么会生他气，他那宽阔的面颊上顿然膨胀般红起来，他咧开厚厚的嘴唇笑了。那两只眼睛就形成两只细线，完全是个热心肠的弥勒佛般笑着。他说："你知道昨儿个晚上回来，我大半夜连躺也躺不住，老是想，我一个人走了，把你撂在三家子关炮儿的东屋炕上了，你醒了，还不急着找我呀？找不见，还不生我的气么？我真是睡也不能睡，吃不下，这回好了，你没生我气，比什么都叫我高兴呀!连哥儿,咱们俩换谱吧!"

"换谱?换什么谱呀?"

"换兰谱呀!你怎么在县城念书,连这个也不知道?就是磕头,拜把子兄弟,不愿同日生,甘愿同日死呀!"

"真的?"

"真的!"

于是我们各自报了生辰年月。田大宝大哥比我大四岁,我是老疙瘩。但我们在芦苇丛边形成的水湾处走了一个来回,没找到一块又平坦又干燥的土地可以跪下来,向天叩头结拜的场所。因而我们各自握着作为把子的香草棍,最后只有抛到八道沟子的水里去,说以后我们再补这个大礼,现在我们不分满汉,当作胜过一切以同胞兄弟相称了。

我们在大块卧牛石旁的木板台阶上,脱掉了鞋。田大宝要我挽起裤腿儿,他自己索性连挽起腿儿似的黑布夹裤也脱下来了,并嘱我说:"老二,你别跟着我下水了,水凉啦!"我听到这个"老二"的称呼,感到从未有的亲切,仿佛这真是我的同父母大哥般。但我却羞口当面喊他大哥。我现在是从心底作为大哥看待他、敬重他,感到是那么贴心,可是怎么也叫不出口来。我可说:"我要跟着你下水,我从来没有看到过用一个柳条筐扣鱼的。"他说:"这有什么好看?你老远站在边上看就行了,不要跟着我下水。"

"那为什么呢?"

"水凉呀!"

"你不怕水凉?"

"我不怕,惯了!"

"我也不怕!"

"再说,你下来把水搅混了,我这筐就扣不准了。"

"那为什么呢?"我说着尽自急匆匆脱掉裤子,也跟在他身后准备下水了。脚沾水,我立即抽出来,踏上木板台阶,我不自主地喊着:

"呵呀，凉得渗骨呀！"真是和冰一样，我打着寒噤。看到我的拜把子的田大宝大哥在水里回过脸来向我笑着："都是山涧老林子里流出来的水，终年不见阳光，还不凉呀！老二，你就站在打水台上看看就行了。"

"你真是铁腿呀，就不怕凉呀？"

"呆一会就暖和了。"田大宝大哥已经挽起两只花袖子，裸露着双肘和上臂，端着筐，轻轻走着，背对着我。走到湖水淹没大腿根处，旋转着身子，只见他仿佛看见了什么，迅捷地把两手提着的柳条筐扣到水里去，那湖水刚刚淹没了筐底，他一手用力按着，一手伸进水里摸着。

"扣住了什么？"我问。

他已提起筐来，那柳条筐底刚刚露出水面他再次按下去，再次弯腰斜肩去摸筐子扣着的河底。这次他侧着脸，眼睛斜向我背后的白杨树梢的云空，喃喃道："一条狗鱼。"

"什么？"

正在田大宝在水底下摸筐子扣住鱼时，河崖上头就传来族兄姜得年的喊声："连哥儿，上来呀！要走啦！"

"不吃饭了么？"我站起来，又说，"我还等着看鱼呢！"

"赶快上来，摸鱼有什么好看的。"

"一条草鱼，我还当是狗鱼呢。"田大宝大哥一手捏着足有两斤重的大草鱼的腮提出了水面。

"好啦，这里还有这么大的草鱼呀！快上来，给我们带着。这若是让大院的上房厨师傅给炖着，那可是小屯金盖家做不出来的味道呀！赶快上来，女东家等着咱们上路呢。"

我奇怪，那么大的鱼看见人影还不躲么？怎么会扣得住呢？田大宝不把那鱼递给我，说："到了崖上头你再拿。"怕我捏不住头，那草鱼会突然一弯尾跃起从手中蹦出去，又告诉我："扣鱼，只要水底下有,就没跑。因为这八道泡子水深处不过腰的,都是沙泥底子。看得清楚,清水见底,是扣不到鱼的,可是两脚一转把底下的泥底搅和浑了,水底下看着是一团卷起的黄色烟雾一般的泥沙,那在近处的鱼见到人影就急匆匆找隐身处,正好看到这浑浊如雾的一团水,就溜到里头去躲藏,一扣准着!"又说:"天傍亮,鱼多,可是太阳老高了,能扣到这么一条大草鱼可是运气呢!这草鱼可刁着呢,在筐子里扣住了,它却头朝底、尾直上倒立着,是脱网的鱼有主意着呢。"

族兄在我们两人并肩沿着斜坡台阶向崖上走时,听着我们的谈话。等我们登上崖头,田大宝嘱咐我:"要捏住腮,要用两个手指头扣住。"又全不感兴趣地说:"鲂鱼和鲫鱼、白鱼都好吃,就是鲤子、草鱼肉粗,还有土腥气。"显然他在三家子关炮家是常常吃鱼的,可是我们在盛家小屯,除了刚下屯的头一天,再也没见过鱼和肉,哪里知道泡子里竟有这么多的鱼,而且竟然用筐子会扣住。族兄老姜就嘲讽般说:"连哥儿,你怎么念的书呀,连'浑水摸鱼'这句话,老师都没给你们讲过么?"

"这句是成语,不讲也明白。"

"明白还那么大惊小怪呀,我看你就不明白,为什么把水搅浑了好摸鱼。"

"是呀,"我不得不承认,"老师没有这么讲过。说明白,可是没见过,不能说真明白。"

"是呀,"族兄老姜说,"世界上好多事你看着以为明白,可是较真了,就不明白。我也是一样。"不知道族兄老姜又有什么感触,但这次田大宝在八道泡子水底下带着扣筐摸鱼,对我来说,却留下比前天坐着小划子网鱼还长久难忘的深刻印象,第一次知道原来脱网的鱼会知道在遇险时倒立着。鱼类不只聪明,还有记忆力。因之在我提着这条草鱼在面前观察时,又发现,它的两只斜目在向我注视的黑圆黑圆的眼珠中,有一种极大的惊骇神气,突然从我手里一跃而脱是那么有弹力，蹦到空中落到崖底草丛间，它连蹦三次，才跃到临水崖头，幸而给田大宝在水边草丛间敏捷地按住了，我这才知道自己的手是那么软弱无力。田大宝霍霍地大声笑着说它也特调皮了。捋了一大把草，把那草鱼串了腮口结绳交给我提。他小声向我说："别忘了今天是什么日子，年年咱们要在这一天吃条草鱼。这是老天爷给我们的念项儿，记住了？"

"记住了！"我亲切而心怀尊敬地说。

当我两手提着那条两斤重的草鱼——它仍用紧张而又恐怖的两只黑眼珠斜视着我——急匆匆跑进里屋想向母亲讨欢心的时候，只见母亲背对门口站着，显然是临走又回顾的姿态，满脸愤然不悦的神色，厉声向我申斥："你叫什么呀？一条鱼我还没看见，大惊小怪的，你没听见我在这儿和你潘家大伯说话么？"

"弟妹，你别怪孩子。"潘鸿年伸着细长的脖子，闪着两只灼灼有光的眼睛说，"刚才我说的，有什么不对，弟妹你也别往心里去。可我说的都是实话，当初你们从傅老四手里接大照的时候，就该到黑顶子来察验察验。如今傅老四早回昌邑去了，老头儿是不是还活着，也不知道。你问老盛家，他怎么会摸底细呀。头年我不是向弟妹交待得一清二楚么？我怎么会知道当初这老窝棚为什么不盖在咱们九道泡子的地界，却盖到八道泡子飞地上来了。这三间房就是在老窝棚地基上盖的。依我说呀，不是界河为证么？旧事就别提了，咱们当时不是经手人，大清又换了民国，珲春关又改成珲春县，哪里还会弄清楚老规程定下来的事。"如果不是窗外有人招呼："潘老先生在家么？"他是不会停止申辩的。母亲仿佛尽自想着自己的心事，对他的诉说一句也不在意听似的。我当时心情懊丧，对那条大草鱼也顿然失去兴趣。田大宝接过草鱼，又扯我的背后衣襟，我也没有动心。我跟随母亲走出来，虽没有抬眼正视，却也看到东屋坐在条案后头的几个年龄相仿的私塾生，都在向我暗暗注目。

"你怎么来了？林盖。"母亲在潘家宅子门外的空场上，向头上缠着毛巾的一个朝鲜农户问。那林盖两手在胸前捧着帽子，用不熟练的汉语说："是来请潘先生去高丽屯办事的。"母亲问办什么事，他说："写文书，我的牛租了，一石二斗的年租。"母亲说："你自己不是有头牝牛么？给外屯子租么？"

"不，"林盖又谦逊又谨慎地说，"我的牝牛昨天夜晚在三家子输掉了。"

"啊，输掉了呀，你这人呀，可作孽。输给谁了？"

"沙堆子镇上的郭警长拿去啦。"

原来他所说的"拿去"是赢去了。现在郭占鳌还在高丽屯等候着潘鸿年去写过户文书。那头在高丽屯有名的牝牛，虽是换了主人，却还是原槽喂着，不过以后每年要缴给牛主郭占鳌租金一石二斗大豆。林盖是带着郭巡长的名片来请人的。

母亲现在完全摆脱了她所有不愉快的心事，埋怨道："林盖呀，林盖，你在高丽屯是个规规矩矩的地户，怎么也去和人家掷骰子、赌输赢呀？这是作孽，毁了家么！"

"朝鲜人呵，"族兄老姜在母亲背后牵着三头马说，"就是不能沾酒，一喝两盅在炕上就蹦呀跳呀，胳臂腿儿不知道怎么抡打好了。二婶子，咱们好走了。"

但潘鸿年让林盖进屋去等，手里拿着名片也不看，却向母亲低声说："弟妹，你眼睛别只盯着咱们这块飞地上盖的三间房，九道泡子整个这三百垧地，弟妹，我也没看在眼里。你听我说呀，老九若是出山，听我的话，这关东山几百垧地算什么呀，烟台可是日进斗金的宝地呀！你知道咱们海南的树，是往下扎根，树头多高，树根多深。关东山可不行呀！"

母亲说："你这话说得又不着边了，烟台日进斗金，咱们能沾上一两么？一分也不沾呀！"

"嗐，"那潘鸿年狭长瘦削的脸上闪着两只炯炯发光的狡黠的眼睛说，"你听呀，为什么不回到山东去找海参崴的那个当'戈贝武'的人去呀？人家现在是山东督军呀，高瑜良都当了齐河县的知事了，你家我九弟去讨个烟台道，还不十拿九稳呀。"

"高瑜良不是在海南离我们三十里的三堤人么？我们成亲的那年，他还给我们送了一对大加吉鱼来贺喜哪！我的天，他怎么会当了县知事啦？"

潘鸿年说："俺九弟没和你说呀？在海参崴高瑜良不是你们柜上的二掌柜么？你家俺九弟不是在他的丝绸店后头叫人出面开了个赌场，给保皇党在海外筹款么？那是大清国驻海参崴的邵领事张罗的，高瑜良是不出面的总管。那时候，山东督办是柜上后院的常客，他不是海参崴咱们商会的警察么？他来了，哪回也不空手回去呀，总是一两一两银子的周济，交情可厚了，要不我说讨个烟台道没问题。一任道台下来，这九道泡子几百垧荒地算什么呀。"

母亲又惊又喜地说："怎么他连说也没说过呀？"

潘鸿年现在才宽慰地舒出一口气，说："海参崴那个'戈贝武'当了山东督军，他还不知道么？一点儿也没提？那弟妹回去说说，只要俺家九弟给我个名片，我打前站，先到济南去拜会督办，讨下差使来，我给你家俺九弟当签押房的文案。"母亲笑着说："他怎么能做道台衙门的事呀，他是做买卖的，当商会会办还不行，还得请人家陆家出面当帮办，文书上的事儿更不行了。"

"我没说么，文案的事我包了。回去说说，我就要他一张名片，我打前站。"

自然，我和我们的族兄姜得年都在注意听着的。我看到母亲的脸上充满了喜悦，站在那里前后不断移动着脚步，但对于烟台道仿佛没有认真地去想，只喃喃自语说："高瑜良当了县知事准行，他能干，又能说又能写，还有酒量，在海参崴是个官面上人物。"

三

潘家宅子是孤立于河崖高岗上的房屋建筑。当我们在和宅主潘鸿年道别的时候，母亲的欢欣情绪却如海涛一样现出高潮，这完全是由于那体形瘦长的私塾先生怂恿父亲回山东向那个海参崴时代的"戈贝武"督军讨烟台道，奉承母亲说："那时你就是有身份的四品诰命夫人了。"这样就点燃起母亲逞能好胜的欢乐气焰。

"看连哥儿他大伯说的，我生来是操劳命，还会有那个福气？"原本在抚摸那豹子斑纹灰花马面颊的那只手是准备上马的姿态又撤回来了，显然是想听听那有见识的私塾先生的阿谀性的启导，转过脸来问："你看看我的面相，不是操劳的命么？会有那个福气？"

"我就是从弟妹面相上看出来的，诰命夫人的贵人相呀！"

"真的？他大伯还会看相呀！"

"呵呀，弟妹说的，看了那么些书，不会麻衣相还算饱学么？"又说，母亲有双凤目，而且还看出是她性子刚强，因而还不是平常坐享清福的诰命夫人，而是掌印玺有权限的诰命夫人。

"是么？连掌权不掌权都能看出来么？"

"相上带着呀！可是你得到海南去，得要他爸爸到济南去，你是北人南相呀，北方长枝叶南方开花！听我的，没错！要么周文王碰到姜子牙才得地呀！你弟妹今天来见我，就是有紫气东来的兆头，我也要跟着你们出山了，我早就盼着这一天了。"

母亲说："那你怎么不早进城去找他爹呀？一听到高瑜良去找那个'戈贝武'放了知县的消息，就该去找连哥儿他爹。"

"想是想去呀！那不是头两年经管九道泡子，没办好事么？"

"过去的事啦，你也别往心里去。"

在母亲与私塾先生潘鸿年进行临分手前完全和解的欢快中，我也和自己的把兄弟田大宝欢快地交换着眼光。后者正一手扼着缰绳站在我身旁，准备随时扶我上马，这时，向我低声说："老二，你若是在我们大院，今天留下来过夜，我就摸黑回去。"

我说："不，我们今天要回去，我还要赶到七道泡子去，明天回城里去呢。你赶明个儿进城去的时候再看我吧。"

"冬天，落雪以后，这里才好哪，野鸡不用沙枪打，在雪地里撵也撵上了。你冬天放假不来么？"

"冬天上私塾就不放假了。"我叹息着，随着他走开去。自然先向母亲打过招呼，说："我先走了。"这样我们就有了两人单独谈话的机会。我的手被田大宝的手牵着，我感到这手掌比母亲的还粗糙，手指头比母亲的更坚硬而且短粗短粗的。我问："你还干庄稼活儿吗？"

田大宝看看自己的手掌，又牵着我的手说："是庄稼院的手呀！可是我这两年光念书了，没干庄稼活儿。"

"那你的手怎么这样呀？"

"嘻，念书也得上山给先生砍柴、劈桦子、锄菜园地、摇辘轳把子浇水呀！"

在转过岭脚的时候，我回顾着，见到母亲仍然站在那里和潘鸿年欢乐地谈着话。我们的族亲姜得年也仍然牵着自己要骑的那头黑辕马，呆呆地站在那里，入迷般听着。

"老二，哥儿俩走走，说会子话。"田大宝摇着我的手说，"咱们就坐在老河套石头崖上等他们！"

"这里怎么还有河套呀？"我说，"我们来的时候可没过河呀！"

"这不是么，这是早年的老河身了，现在你当然看不出来了，这些小白桦林子都长这么高了，变成沟趟子了。可是你细看这沟两边的狗头石，还不是老河套么？以前的河套往北挪了。"

"就是三间房北边那条界河么？"

"对呀，以前听说老河套的水可大啦，如今小沙河的水浅，面也窄了。你看这老河套里的白桦树林子有多宽，那时水面就有多宽。前些日子你没来的时候蘑菇可多了。落过雨,这片白桦林子里的白蘑可多了,都在沙子里,仿佛偷偷露出头来探望外头的动静似的,你看到一头白蘑,就跟着会发现一堆,都挺着白脖子,探着头,偷偷往外看呢,可招人喜欢啦!要不,采蘑菇的人走着走着就容易迷路了,光顾低头采了,在哪道沟趟子转的弯都不记得了。一个人可不行,向东转过两道沟趟子,就是俄国地界,走迷了路,要让老毛子巡逻马队逮了去,就得送到海参崴去蹲笆篱子。"

我们并肩坐在两块相靠的狗头石上。我是听得这样津津有味,心想,田大宝讲得真神,白蘑菇都像是一堆堆胖娃娃,给他讲得多诱惑人呀,在我长大能自主的时候,一定到这八道泡子的老河套来,和他一起采蘑菇。

这时候,我的一只手还在田大宝手里攥着。我不知道他为什么对我的手感兴趣,看过手掌,又看纹掌。那时候太阳已从东方峰岭之间的豁口上空露出来,那光辉很强烈。由于海雾全消,在太阳两侧的岭峰却显得幽暗而又像墨水画一般的清亮,那些在山阴影里的密密茂茂的白桦林子,由于落叶很多,可以清清楚楚地看到每一株白桦的树干,而枝柯上却不见一座喜鹊巢。那林子间的早雾如灰白色的纱巾一样缠裹着岭腰,断断续续仿佛夜空的银河,把一座岭划分成上下两截似的。更奇妙的是,那些由山林间升发的早雾,遮蔽住了整个上半截的岭峰,却让冈峰之巅的三五棵落叶松露在外头,这样就形成仿佛半天空中出现的一丛松林,而且只见树头和树头旁伸的枝柯,树干与天空一色地为雾气完全融化般遮盖了。

"多漂亮呀,真是仙境一般哟!"我不由赞叹着,却任凭我的拜把子大哥一个手指一个手指观察着:"什么呀?"他抬起头来,仍然攥着我的手指头问。

"你看呀。"

他说:"呵,哪呀?那又有什么,给雾住了,是冈上的落叶松。"

又说:"老二,你知道么?你将来是发大财的!"

"怎么知道呢?"

"嗐,都在手上呢。"田大宝说,"一斗穷,二斗富,三斗四斗开当铺。你是四个斗呀,就小拇哥儿不是,你看我就一个斗。"

我开始攀着他的手指,一个手指肚一个手指肚地看着,并认识了斗和箕的指纹区别。真的,他只有一个斗,而且手掌没有直纹,三道全是横纹。他的手掌颜色也和我的不一样,我的手掌是纹路细微,手骨也柔软,皮肤红润的,而田大宝的手却是黄中透着蜡白色,纹粗如刀刻,手板掌也硬实。

他说:"你是朱砂掌,一辈子有酒喝。我是卖苦力的手,要穷一辈子。"

我说:"这是迷信。"

他却神色忧郁而感伤地说:"老二,你说我不笨吗?"我说:"谁说你笨呀?"他说:"连你嫂子也说我笨。"

我说:"你才不笨呢,你看起来像笨,这是长相,是武官相。那根小松树做的撑竿,昨天晚上在你手里使得多灵巧呀,那船走得多直多快呀。我就没有你这么灵巧的本事呀。"

"是么?"田大宝一只胳臂紧紧抱着我问。

"当然啦!"

"真话呀?"

"当然是真话了!"

田大宝的头立即歪向我的头,他的面颊几乎是紧贴我的面颊。我感到环抱着我肩头那只手也顿然那么有力地一搂,真是那动人心的亲热呀。不知为什么,我觉得这是结过婚的人的亲热,我仿佛是被他当作女人一样地抱着。

他说:"老二,咱们不求同日生,但求同日死,是么?"

我说:"当然啦!"

"可是我笨。我念书念不下去，老是恋家，老潘头儿也说我不是读书的料。"

我说："你是武官相，长大了，考讲武堂好啦。"

他说："哪里有讲武堂呢？"

我说："不知道是沈阳还是船厂（吉林长春）。"

他说："赶明儿，你给大哥我打听打听，没准我真去考呢？"

"那你舍得丢下嫂子么？"

"谁让她嫌你大哥长得笨啦，对，真的，你给大哥打听打听，叫乡亲老姜传个话，我就蹽到船厂去。"

我们谈得是那么亲切投缘，根本忘记了时间。听到背后传来的马蹄嘚答声，才想到，我们在老河套的狗头石崖上等得那么久了，不知母亲和潘鸿年临分手时竟谈得那么多，仿佛母亲完全忘记了我们今天要和田家大院告别，两个妹妹还在田家那座建筑讲究的套院住宅里等着我们。

"怎么这么半天呀，"我埋怨道，"我不是明天还要进城么？"

"话没说完呀。"母亲眼里闪耀着愉快的光泽，而显得年轻、敏慧又很兴奋、很幸运似的。她在马上侧脸向我们的族亲姜得年说："怪不得刘备三顾茅庐呢，人家是饱学，就是比咱们见识多，说出话来真是关系到咱们一辈子的命运和福分。"直到田大宝一再向她道别时，母亲才注意到我那亲密过于手足的大哥，说："你也回去吧。"在田大宝转身往回走向老河套的白桦林间道时，母亲又掉转马头在他背上嘱咐道："好好念书，在这山清水秀的地方，念好书，才能出山哪。别老是贪恋着家。"

"知道了，大妈，"又说，"老二，你骑好牲口……"我听出他的声音有些喑哑，在噙着眼泪般回脸望着我。

我说："等会子我们就回来了。"

母亲这时很奇怪地看着我。我们并着马头走着。我不知道母亲为什么这样若有所思地瞅着我,仿佛不认识一样。

"怎么啦?"我问。

"他怎么叫你老二呀?"母亲说,"那不是叫你么?"

"是。"我尽自低着头,认错地喃喃说,"我们俩拜把兄弟了。"

"呵呀,我的老天爷呀!"母亲半是惊呼半是嘲笑地说,"怎么,你们认识这才多大一会儿呀?就拜把子啦?谁是老三呢?"

"没有老三,就我们俩。"

"你可倒好,我还没听说汉人和旗人拜把兄弟的。"

"满汉一家么!"族兄姜得年帮衬着我,他的声音是从我们马后传来的。又说:"潘先生讲的可是大事,二婶子,你看二叔会到济南府督军衙门里走一趟么?"

"说是说呀,"母亲重又回到旧的话题上,"珲春的家业就这么丢下不管么?你二叔哪能不愿意有个由子回海南去走一趟。我可走不了。"

"人家潘老头子也要出去呀,二叔要是能讨个烟台道当当,九道泡子这点家产算什么哟。"

"要是你二叔有这份心,早就会在家说了,可是我没听到他提过在海参崴有这么个旧交。"

"二婶,你知道这个'戈贝武'是什么人么?"

"我怎么不知道呀,掖县的张宗昌呵!"

原来"戈贝武"是俄国话,中国人对警察都这么称呼,在珲春算是满汉通用语。我们的族亲老姜就不无感慨地说:"掖县出了个张宗昌,蓬莱出了个吴佩孚,就是咱们平度不出人才。若是二叔把潘老头子请出山来当师爷,给我讨个武差事,带一连人把着港口,办个向进出口商船收税的税局子,二婶子,管保你过六十大寿的时候,我给你送一对百两重的金马驹子!"

母亲满脸现出幸福的笑容,一面爽朗地笑着,一面说:"你还没当上官就这样想,当老百姓的怎么不穷呀。"说笑间已经听见喜鹊的喳喳叫声，不只是三只两只，而是群鹊分散在各自的巢枝上，它们仿佛在迎接客人般鸣叫，但却又不注视我们。我们三匹马已经越过两侧的榆树林子。只见耀眼的阳光已经越过朝鲜境内的军粮城山，照射到那一丛白杨树林峰之间，那些喜鹊正是沐浴在温暖的阳光中，欢叫着。有的从这一枝飞到那一枝上，仿佛要与树下过来的骑马人保持一定的距离。大道上一半是田家大院的院墙阴影，一半是明亮的阳光，我仍然感到这里是秋天的早晨，气息带着树脂的香气。那是多么新鲜爽人心肺的空气呀，我从心里赞美着这山道、这阳光、这高高院墙的倒影，还有清亮的群鹊的喧噪声和飘散在空气中的那种脂香气息……

四

当田家大院那座县衙式的大门出现在面前的时候，我觉得这两扇大开的院门和过去的不一样，这是由于不走车，上了足有一尺宽的高门槛的缘故。只见香琴、玉琴姐妹俩，一个领着克克，一个抱着水莲，正在离开护门的抱鼓兽石，迎着我们走下石头台阶，显然她们是在这大门口外头等待迎接我们好一阵了。田大宝媳妇首先走过来扶着母亲在台阶上下马，说："我们一早上出来三趟了。大妈，两个小妹妹可乖啦，没怎么哭。"她是在安慰母亲。但玉琴二姐却说："哎呀，一早睁开眼就哭着找妈妈了。"说话时还低眼问着怀抱中的水莲："是不是？这不是来了？"只有香琴姐不说话，在母亲欢笑的注视中，又时时侧目向我扫一眼，那眼光现出一种无限的柔情，仿佛说："我知道你会回来和我道别的，我看到你心里去了，你也知道我的心。"

这天她们都穿着两面开襟的节日穿的缎面旗袍，底襟领口都有绳边，全身紫红，满是紫红的云朵花纹，脚下都是"噔噔码"，这是一种牛皮花边的高统羊毛毡靴。只是姐妹两人的发式不同。香琴姐梳的是两根辫子扎的抓髻，玉琴仍是一条扎红丝绳的齐腰长辫子。当母亲接受玉琴姐含蓄的抱怨，欢声笑着说："可让你们姐妹俩受累了。"

道过辛苦,把马缰绳交给我们族兄姜得年,就接过二妹去抱着说:"你有两个姐姐哄着多好呀,还哭什么呀?"一手牵着大克克,只见她怀里还抱着一只长绒毛花斑小猎狗。

"哟,这是哪来的小狗呀?没有跳蚤呀,你这么抱着。"

"没有。"田大宝媳妇连忙代克克说,"是我妈送给你们的,这是我们那头日本围狗生的,可机灵好玩啦,人家要给一斗豆子换,家里都舍不得给哪。"

当田大宝媳妇随着母亲走上那七步台阶,欢快地谈着关于小黄斑长绒围狗的时候,我随在香琴姐身旁,低声说:"我碰到他了,把袜子给他了。"她突然抬头,脸色煞白地紧走一步,高声说:"克克还是我来抱吧!"原来克克早把小狗递给玉琴,她高高地伸着两手,在母亲和田大宝媳妇两人之间给悬空提着蹦过那大院门的高门槛儿。这时她摇晃着头,很得意,就是不让香琴姐抱,仍要在两人之间手牵着手横穿砖铺的大道,走上斜坡。玉琴姐不是抱着小狗,倒让它跟着自己,连蹿带跳地爬斜坡。那小狗的鼻子还在尖声地呻吟着,要追着求人抱似的。那玉琴姐一路不断回头瞅着脚后的小狗,又不断趁机向我瞟一眼,仿佛不知我为什么顿然会无精打采起来,仿佛在猜测是不是我和香琴姐发生了什么,这才给香琴姐遗弃在身后似的。我心想她怎么一听到我的话,像给蝎子蜇了似的躲开了呢?我有些郁闷不乐。直到走进套院便门,来到那座住宅的带后厦走廊的石台上,玉琴姐还在套院门口等待长绒黄斑小围狗时,香琴姐才在她母亲田大婶身后向我瞟了一眼。那眼光像命令般地说:"你跟我来。"我在西间房门外停住脚步。只听见田一骏家大婶迎着母亲欢快地埋怨道:"你可倒放心呀,他大妈,就不惦念这两个小宝贝丫头?她们这个哭呀,哭的什么似的。"我却向右躲开,一撩下门帏子,就转身随着香琴姐走到东间田大宝媳妇那有着彩色木雕炕门脸的房间里来了。香琴姐的眼色和旨意像部队的指挥,对我有着很大的权威性,我不知道为什么那样听从她的眉眼调派。一进屋,她就掉身坐到南炕上。她背后那南窗玻璃闪烁着灿烂的阳光,半面铺着狍皮的暖炕都呈现在温暖的阳光里。香琴姐一手抚了抚炕沿,又移开,意思是要我坐在她旁边。她那两只细细的眉毛下面的眼睛,在冷静观察我的神色。

"你在哪里碰到他了?"

"在三家子。"不知为什么,原来由于为她巧妙地办妥了事而感到的一种幸运和愉快,现在完全消失了,我自己不知为什么像一个待审的俘虏一般呆呆地坐在她的旁边。

"是在三家子么?"

"是呀。"

"碰到谁了?"

"碰到他了呀。"

"他是谁?"

"碰到郭……"她立刻又用手背遮住我的嘴,不要我说了。

"他穿的什么衣服?"

"便衣。"

"小声点!他到三家子干什么去了?"

"在关炮家赌钱呢。"

"你怎么给他的呢?"在她听了我如实的叙述后又问,"他说什么话了?"

"说要好好念书,不上学不行。"

"当着大伙面儿说的么?"

"不,是贴着我耳朵悄悄说的。"

"再没有别的话了么?"

"再没有说什么。"

"没说什么时候过来看我么?"

"没有。"

"什么时候走的呢？"

"今天早晨。听说还在高丽屯要赌账呢。"

"这个挨枪子儿的！"她不自觉地小声骂了一句，突然又脸红了，笑着向我说，"我的事，你可不能对外人说呀！"

"我不说。"我看见她嘴里露出一口白白的整齐牙齿在笑，我也感到轻松而宽慰地笑了。她的笑容使她在唇齿之间闪现出一种特殊的秀美。她像自语般说："我要是再上学，就得到城里去。"又抬头向我说："住到我二叔那里去。等那时候，我再托人给你带信，你能来看我么？"

"能！"

"说定了？"

"嗳！"

"没事啦！"她正准备立身让我走，不想田大宝媳妇一只穿着绣了白牡丹花的布鞋的脚伸进门帘子里来了，紧跟掀起门帘子露出俊秀的脸蛋悄声叫道："哟，大兄弟在这里呀，背着我和你香琴姐说什么体己话啦？"

"我正问她县里头上小学要女的不要。"

"城南关就有县立女子小学呀。"

"我知道了。"香琴姐向我暗暗俏皮地眨了眨眼，就尽自走出去了。

"你没有向她说什么呀？"田大宝媳妇贴在我耳旁问。

"没有呀。"

"大宝昨天夜里把你带出去，谁也不知道，你可别透风呀。"

"知道了。"

"昨个儿夜里你可把我吓坏了。"田大宝媳妇笑着，用蓝布绣着白花的围裙襟擦着嘴角。我看着她那俊俏的擦嘴神态，同样欢欣而且又亲切又机密地告诉她："我和田大宝大哥拜把子了。"

"真的？"不知为什么，她那原是肌肤白皙的面颊顿然红润起来，眼神现着惊奇的光泽。"真的?"

"在哪儿结拜的呀?"

"在三家房潘家私塾屋前头的崖子底下呀。"

"你怎么看上他了?"

我说:"怎么?他可好啦!"

"哪里好呀?笨得像狗熊一样,你嫂子说的不是么?"

她的脸色在说这话时显得沉思的样子,仿佛想到一些什么为我所不理解的事。我说:"大哥才不笨呢,你不知道大哥是多么机灵呀,划起船来,可灵巧利落,那小松树干撑杆橡子一般粗,在他手里左一撑、右一撑,可是那小船笔直地像箭一样往前冲,船头也不摇,真是绝了。"

"哎哟,"田大宝媳妇脸上又恢复了欣喜和兴奋的神采,在长睫毛底下闪耀着两只密林间泉水般清澈的眼睛,说:"真的呀?"

"昨个儿晚上我亲眼看到的呀。"

"那又有什么,干力气活儿行,可是不爱念书,能有出息吗?赶明儿,你得好好开导开导他。"

我们正亲切地谈着叔嫂间的体己话儿,不想玉琴姐急匆匆地掀开门帏闯进来。她那两只眼睛还左右巡视着,向田大宝媳妇说:"我姐姐呢?可计我好找呀,我们以为你们都到前庭台阶底下去了呢。"

"别胡说了,"田大宝媳妇说,"我们没有事啦,跑到前庭底下去做什么呀。走,咱们到西屋去吧。你知道,二妹子,连哥儿和你大哥在三间房拜了把子啦。"那玉琴姐由于一时失口说出不得体的话来,原本缩颈暗暗吐着舌头侧身要走,一听这话,就双手拍着:"那我大哥可美啦,在城里有了磕头兄弟喽!"转脸向我一瞟,咯咯地笑着,想起什么似的用手背遮着嘴,很怕笑声会伤害我似的,尽自头前跑掉。她背后那条长辫子蛇一般左右扭动着。

"她们今天打扮得怎么像过节一样呀?"我们路过堂间走道时,我悄悄问。

"你得叫姐姐,不能说她们。"田大宝媳妇侧脸向我瞅着,又变调子柔声说,"你那两个姐姐要跟着咱们爸爸到六道泡子喝人家的喜酒去。嫂子再问你,你可说实话?"

"问吧。"我们在外间过道上站下来。

"你大哥不笨呀?"

"不笨,可内秀啦。"

"是呀?"

"当然啦!"

"我真喜欢你,大兄弟!你这句话可是灵丹妙药呀,治我的心病呀,你不是说话哄你嫂子吧?"

"哪会说假话呀,我可喜欢他了。"

"真的!"显然,她结婚后接触的亲朋女眷中,从来没听人说过对她丈夫内秀的赞美话,因而脸色倍增幸福和欢乐的光泽,现出一种如白色玉兰花一般鲜艳色来,那两只清澈如水的眼光,越发显得柔美亲切了。我们还没有走进套间,就听见里间田一骏大叔的那种只有体健如牛的人才有的一种憨厚而高昂的声音。他在挽留母亲在他的这座庄院里吃过午饭再动身,并声称,他自己是再也不能拖延了,因为六道泡子办喜事的庄院主人还等着他到现场才能开席哪。

"你去你的。"母亲的声音同样高亢、爽朗。她说:"下半天我还要送孩子到七道泡子去。我说过,他爹从山东即墨给他请来的私塾先生在山东会馆办起学堂来,就等我家连儿去开馆拜师哪,去晚了,岂不落众人的埋怨呀。"

仿佛又回到原来的话题上,母亲在问:"我就是不明白怎么在我们九道泡子界河北边的飞地会是八道泡子的呀?"

"哎,九嫂呀,我不是说清楚了吗?这块地也叫'夹心子',名字嘛,庄稼人叫的,有什么准?"

"要是叫飞地,总该是九道泡子飞过界河南边的地,不会是八道泡子的呀。八道泡子在河南是土地连片的，怎么会叫飞地呀？"

"呵呀，这可都是老年的一笔糊涂账了。九嫂，咱们虽是满汉两族，可是几十年的老地邻了，咱们不能因为'夹心子'这几十垧地伤了和气。噢，这不是连哥儿来了，我还想咱们联亲，那'夹心子'几十垧地我还可以给姑娘做陪嫁，怎么样？"

"'汉不封妃，满不点元'，这可是你们皇上的老规矩！"

"哈哈，九嫂，汉不封妃，是说皇上不能纳汉人女子做妃妾，可不是女的不能嫁汉人呀。乾隆爷自己就有那么个公主化名嫁到孔府里去，招孔尚任为驸马爷了。"

"还有这档子事么？"

"那可不是假的。"

"那孔圣人家的血统不是也杂了吗？"

"九嫂，都民国了，大帅都带兵进关一年多了，你脑筋怎么还这么不开窍呀，我没说么，咱们要是两家联姻……"

"爸爸，"田大宝媳妇这时悄悄说，"大宝和连哥儿在三家子已经拜把子了。"

"呵！"田一骏大叔眼光顿然现出惊讶神色，左右环顾，自语般说，"这小子！"又改口问我："这是谁的主意呀？"

"我们两个人的主意。"

母亲也爽朗地笑起来："他们这才见了两回面，不知怎么就好到拜把子了。"

"那不行，我不点头，不能算数。我再问你，你们对天发誓了么？"

"发誓了。"

"怎么发的？"

"不能同日生，但愿同日死！"

"呵哈！"那田一骏大叔两只又大又粗的手突然捧住我的脸颊，"鬼话！你们能做得到吗？"

"当然能呀，他就是我的亲大哥，他能为我死，我也能为他卖命。"

"呵哈，我还真看不出呢。"但又转身说，"这不行，我不认。我再问你，你们烧过香么？"

"我们是插草为香，可是在三间房崖子底下没找到地方。"

"那也没有磕头呀？"

"我们以后补，我们发誓就行了。"

"那怎么能算，不算！"又转身问母亲，"还是两家联姻，他们孩子家头也没磕，怎么能算数？"

"那可是对天发过誓了。"母亲却意外支持我，笑着说，"你不认连哥儿，我可认大宝，以后他大宝媳妇得叫我干妈。"

"是啦，妈！"田大宝媳妇是那么机灵地直呼母亲为妈。母亲就欢欣地笑着说："看我的这个媳妇嘴多甜呀，可我身上没戴什么哪。"母亲侧头摘下自己的一双金耳环："做个见面礼吧！"这时候田一骏大叔再也不能作声，呆了一阵就叹息般地说："那你呢？"

"我么？我还有个金戒指。"田一骏家大婶说，"可是连哥儿还没叫我呢。"

"妈！"我也趋前招呼着，那田一骏家大婶坐在炕沿上，口含着长烟杆儿，肩头为玉琴姐两手环抱着，却伸出自己的手拉过我去，要我站在她的膝前，说："你爸不认，我认了！我们家大宝有你这么个磕头弟兄，长大了是膀臂。"并给我在手指上套了自己从手指上摘下的一枚金戒指，这同样是为了到六道泡子去参加地邻庄园的婚礼而戴起来的首饰。她是一只手戴了一只，而留在右手指上的是一枚镶着红宝石的金戒指。那当然是她所心爱的，因而我觉得这个干妈并没有真正疼爱我，倒不及一把山楂也没赠给我的香琴姐和大宝嫂子那么贴心。这时北炕窗玻璃外又出现伏窗窥视的车夫面影，这已是第二次催促主人夫妇带着两个女儿动身乘车外出了。

五

"找你大姐去,我们就等着她呢。"田一骏家大婶吩咐玉琴。谁都不知道香琴带着我的两个小妹妹到哪玩去了。大宝嫂子说:"许在后院看围狗呢。"手掌仍托着一只金耳环,她耳朵上还带着一只镶着蓝宝石的耳坠。她歪着头让母亲帮她摘耳坠。但田一骏大叔仍然坚持着:"好哇,你们认了,我可先说清楚,那'夹心子'几十垧地连哥儿可就别想了。"

母亲笑着说:"亲归亲,财归财,地归地。我还没弄清楚这块飞地到底是九道泡子飞到河南的,还是八道泡子飞到河北的。"

"当然是飞到河北的,三间房南边还有老河套呀。要不为什么又叫'夹心子'呢。飞地是指从老河套飞过去的。"那田一骏大叔神色严肃地说,"反正我这块飞地是黑顶子的地眼呀!这是二十四垧,三家子年年的租缴到我这儿,我是颗粒不取,都当作义仓粮囤在后院。这么说吧,从头道泡子到你们九道泡子,只要是在旗的,不管是正红旗还是汉军旗、镶蓝旗,遇到旱涝不收病灾人祸,都从义仓里领粮食,分文不取。这是全沙坨子镇都知道的。要不,赶上搭芦苇棚办红白事什么的,不管镇上税局子、警局子、商会、民团,只要咱到场一露面,往那一站,不管哪桌子上的官员,这么说吧,不管街面上的三教九流,都得从座位上站起来相迎。你们民户不讲究这个场面,我们族人不行,不年年往外搭赔一二十石豆子能有这个面子么?三间房的私塾,咱们不说别的挑费,光老潘头儿的,一年就是二百四十元大洋呀!我不靠义仓往外五分利货贷吃粮,哪里来的这么些粮往本乡本土的公众事务上贴补呀?要是咱们乡里没有这么个字匠,写个文书、契约、借粮、拾钱、租牛、批豆子(买青苗)行么?"

"呵哟,他大叔,"母亲刚开口,就为田一骏家大婶拦阻说:"该称连哥儿他干爸爸,"母亲笑着:"你不说,咱们原是以老河套为界,我又哪里知道这些呀？"

"怎么？我可没说以老河套为界呀。"田一骏大叔转向慈眉慈眼的女主人，"我说过这话么？"

"没说过。"田一骏家大婶和颜悦色地吐着烟说，"大宝他干妈，是你听错了，连哥儿他干爸是说八道泡子飞地在老河套北边，是飞地这个名头的来由。"

"是呀，"母亲也顿然脸色庄重地辩解着，"那还不是说，原来是老河套为界么？"

"哪呀，那可不一样，不能这样说。嗐，九嫂，咱们留着这话以后说吧。我们要动身了，我们不到席开不了呀。那么些远亲近邻，都八人一桌一桌，坐在长条凳上等着，还不骂扁我呀。"临走再次嘱咐田大宝家嫂子："你可不能放走你这个民户妈，吃了晌午饭再赶路！"

母亲仿佛还有许多话要说，但为田一骏大叔所推托，仿佛为自己摆脱不愉快的无理纠缠一般，沉着脸带着威严受到触犯似的不欢，大步走出去，脚底下的牛皮靰鞡嗒嗒作响。他还是平日的短装打扮，没有作节日的装饰。母亲的眼睛里明显地失去了光泽，却露出疑难不解的神气，仍然坐在铺着红羊毛毡的炕上冷冷地回应着田一骏家大婶："你赶快走你们的，不要惦记我们了。"正说着，香琴姐已经背着克克、抱着水莲急匆匆迈步进屋，低声说："老头子在崖子下头发火了。"连忙从炕幔子铁丝上拉下一条黄缎子腰带，边扎腰边跟随田一骏家大婶走出去了。路过南窗又伏在玻璃上向我瞅着，高声说："我到六道泡子露露面就回来，等着我呀。"

母亲独自沉思着，两手接过梳扎着两只抓髻的小妹妹，却又感觉不到那两只注视着她的灼灼目光，显然是要引起母亲的注意，小手还不住摇撼着母亲的胳臂。我想母亲一定是很不愉快地在思索着田一骏大叔有关老河套的谈话，我不禁想把水莲抱到铺着黄色丝织锦缎坐垫的太师椅上去坐坐。那田大宝嫂子眼尖，立即伸过双手把水莲抱起来了,说:"那是老爷们坐的。"又说:"好兄弟,你过来,我告诉你。"小声俯在我耳朵上说:"那上头是我们家的祖宗板儿,供着祭祖帐子和家谱,那两面的边炕,也是不能坐的。这是我们旗人的规矩。你不是外人我才这么说。"说话间又从我手指上脱下那支由田一骏家大婶赠赐的戒指,转递给了母亲说:"妈,你给我兄弟收着,别掉了。"还说:"让水莲在炕上好好照看着那头黄斑小围狗,我去厨房看看,该开饭了。"

母亲直到这时,才想到她原本坚决不在八道泡子田家大院吃午饭的,但现在日影已从窗玻璃上照到南炕的全部炕面了,只得说:"想不到还得麻烦你。"

"妈,"田大宝嫂子说,"你可别这样说,这样说就外道了。"刚摆上桌子,我那族兄姜得年手腕吊着马棒,跟随曹家大舅从前院说着话走上台阶来了。

"当家的都走了,还不知道我二婶子回三间房去吃午饭不,人家那是现成的。"

"灶上都准备了,正烧着,我怎么能放你走呀?"母亲在他们两人进来之后就向我族兄落话。"走也不会让咱们走,留下大宝媳妇就是照顾咱们的。"

"说定了,那我就再给牲口拌槽子草料。上次咱们借的二斗燕麦还没吃完呢。"

"你去吧。"母亲一手抱着水莲,盘膝坐在炕上,向曹仁说,"他大舅,你再坐一会儿,我们还没说个话呢。"

那曹家大舅就一手按了按带遮耳的毡帽,在北炕沿坐下来,开始从腰围巾上抽出短烟袋,装烟抽了。族兄姜得年独自一人走出去了,他的身影瞬间从南玻璃窗外的走廊上闪过去,走的是后院便门。看来他到牲口棚拌上草料就会去客屋的账房间喝酒了。我看看母亲,正遇上母亲注视我意向动态的眼光,当即命令我:"就在这哄着你妹妹玩,哪儿也别想去！"接着招呼着："你不知道，他大舅，我们吃过饭还要赶路，可不能再在这里叨扰了。你知道，我们连哥儿和你们家大宝拜把兄弟了，这不是你姐姐给连哥儿的认亲礼？"

"啊？"那曹家大舅喷着烟抬头看着我，"好呀，连哥儿别看年纪小，可比我们家那个恋恋媳妇的大外甥有出息。"

母亲说："谁知道娶了亲又怎样呢，也很难说。反正恋恋媳妇比恋恋大烟灯有出息。再说，你这个外甥媳妇也能干，是个把家人，只要两口子和和美美地守住这份家业，也够过几辈子的了，但愿老天保佑呀！"

"他大舅，"母亲又说，"我问你呀，三间房南头是有个老河套？"

"有呀，"曹家大舅嘴里喷着烟说，"问这个干啥呀？都是早年的老话了。"

"如今老河套还有水么？"

"哪还有水呀，看也看不出来了，都开成大车道了，道两头的河身长的白桦林子成片都十年出头了，哪还看得出老河身呀！下雨天，林子里蘑菇多着呢，可是一滴水也存不住呀！"

"是什么时候干的呢？"

"呵，那早啦，民国六年涨大水才改的道，新河道老早挪到北边你们九道泡子去了。"

在他们说话当中，南玻璃窗外又闪过田大宝嫂子的身影。她一掀门帘子进来，就说："大舅，在这里呀？刚才就是我大妈提到老河套的事，老爷子不愿意啦，快别扯些早年的话了，咱们扯也扯不清，净是陈芝麻烂谷子，惹人心烦，还是准备招呼着灶上上菜吧。今天，老爷子和我老婆婆不在这家，我当媳妇的可要好好敬你当妈的三杯认亲酒。"

那曹家大舅一听田大宝嫂子的话，就在鞋底上扣扣烟袋锅，和母亲打声招呼尽自走出去了，也是走套院的便门，从南窗外一会儿闪过去了。母亲眼睛里顿然闪出兴奋的光彩，欢欣地笑着向田大宝嫂子解释："你可不知道呀，连儿他嫂子，我多年了，就解不开心里这个疙瘩。为什么九道泡子的窝棚，当初会盖到八道泡子的地界上？这是多年结的一块疙瘩呀。这不是，今天他曹家大舅一说，我心里也就亮堂了。民国六年老沙河往北挪了，这才把九道泡子的看地窝棚隔到界河南去了，不是么？"那田大宝嫂子脸上也现出俊俏的一笑，说："妈，你老人家老是琢磨这些做什么？不累心呀？有经管人老姜，你急什么呀！你老人家就不会省点心，过两天清闲日子么？"又从炕角抱出那条黄斑小绒毛围狗，说："得让它在炕下活动活动，别老蜷在炕褥子上。"把话岔开去，再也不听母亲说什么了，声称："妈，俺们家老爷子规矩可严啦，这些手下人经管的事儿，都是老爷们儿议论的，我可不敢插嘴。——来啦，我给大舅挑帘子。"

那瞬间曹家大舅两手端着上菜托盘早已闪过南窗外的走廊走进来。我看到盘上端的一个南方大砂锅，几大蓝花盘子炒菜，还冒着升腾的热气。我突然觉得肠胃空空，早已饿了。

母亲是从来不沾酒的，但曹家大舅却端来了一锡壶只有在县城南货庄才能买到的五斤罐装的绍兴花酒，这是田一骏大叔临出大门嘱咐他从窖藏的窝棚式地库里现打开罐封，倒出半罐来。酒菜是四冷盘，有海米拌海蜇、野鸡瓜子、豆腐干丝拌辣白菜、蒜泥白肉之类，可见男女老当家的不在场，是特意留下田大宝媳妇陪着母亲吃这三杯认亲酒的，说明他们看重我们年轻一辈的地邻拜把子结义的情分儿了。母亲终于推脱不过，咯咯笑着，手擎矮腰的俄式独脚玻璃杯，在曹家大舅站立炕侧监督下，轻轻啜了一口酒。原本皱眉、微闭双目等待辣口的神气，忽然舒展开来，顿显惊疑地说："怎么这个黄酒不苦呀？还甜滋滋的呢！"曹家大舅笑了，说："你在城里喝的是山东即墨黄酒，敢情是没喝过绍兴酒？"田大宝媳妇听母亲夸这酒味醇，就用平伸的手掌托着母亲手中捏的那矮脚杯，不让搁到桌上，把那俄国式杯子又托底送到母亲嘴唇旁,这次是与田大宝媳妇相对,一饮而尽了。母亲笑着说:"怪不得男人在外头福兴楼上常常喝酒呢,可是从没听说过这种绍兴黄酒,家里喝的都是廉六居的黄酒,苦口。三合公烧锅的高粱酒,喝一口辣嘴不说,还烧心。"

母亲在曹家大舅端上第二道饭菜还有面食之后,已经喝过了三杯认亲酒,还尽自谈着婚后刚由海参崴到珲春,受到珲春西门外有名的百货店福升魁黄县的财东家属,还有绸缎庄东昌庆杨掌柜家、油坊于之超等许多胶东商家轮流作为新娘宴请的往事。母亲说那时候也是滴酒不沾的,就是在福升魁大老孙家里,她们家娘儿三个人也都从海南接上来不久,说:"见了海南家来的就当亲人一样待承。实在躲不过了,喝过那么一口即墨黄酒,再也不沾黄酒的边。"又说:"今天,他大舅解开了我心里多年的一块疙瘩,我要再喝一杯!"

"妈,"那田大宝嫂子搁下手里的酒杯,又亲热又娇气地说,"你老不看重这门干亲呀?"

"看我媳妇说的,我怎还不看重呀?连儿长大了,在八道泡子有这么个把兄弟照应着,我可就省心了。"母亲的脸色逐渐红润。她自己摸着说:"我脸上发烧,是喝多了吧?"

"脸都红了。"我说,"妈,别喝了,咱们还要赶路呢。"又向田大宝嫂子说:"不要叫我妈再喝了。"

"怎么说我妈?是咱妈,对不对?"

"对!"

"那就重叫一遍我听听。"可是母亲却全不注意我们叔嫂间的对话,尽自问着:"这样的甜酒还会醉人么?"并且一定要我也喝一口尝尝。这是从来没有的亲切,仿佛我在母亲眼中,已经不是孩子而是长成青年了!这种异常的亲切,使我感到母亲确实微微有些醉意了。

我坚决地恳求田大宝嫂子:"不要咱妈再喝了。"

母亲说:"我有点困倦。"突然离开饭桌背依着裱糊着纸的宅墙说:

"我闭闭眼睛。"饭也不吃,也没有闭阖两眼,而是沉思着,两只眼睛出现了渺茫的神气,泪水缓慢地落到颊,就像一颗圆珠般滴落到铺垫的俄制红羊毛毯子上。"妈,你怎么了?"我们叔嫂同声问,两个妹妹也吃惊地搁下筷子,膝行式绕过炕桌爬过来。母亲突然用手绢擤着鼻子呜咽地喃喃着:"我们在关东山过的是什么日子呀!"擦着泪,又说:"你们不用管我,一会儿就过去了。"后来我知道这是一种从海南来的妇女所通有的思乡病,一碰到不如意的事,感到孤独无亲或无援无助的时候,就怀念起在家乡未出嫁时的相亲相爱的闺友和失去的虽说穷苦却是无牵无挂的那种快乐的青春年月。我开始对母亲这种突然而来的悲伤感到担心、害怕,但田大宝嫂子却小声宽慰我说:"不要紧,哭出来就好受了,要不闷出病来。"一边抱着小妹妹哄着。她往炕上给仰头相望的小黄斑围狗去撕碎的小块荞麦饼。我暗自庆幸,亏了曹家大舅不在场,如果给他看见日常尊严自持的母亲竟会独自伤心地呜咽着擤鼻子,该多么丢脸呀。幸而这款待贵客的西上房没有外人,我感到田大宝嫂子很体贴母亲,仿佛他领会母亲的隐忧痛处似的。她为欲睡的母亲盖被子时,还在遐想般思索着什么,一手仍抱着水莲。母亲蒙眬般喃喃着:"我要闭闭眼。"就倒在炕上睡着了。田大宝嫂子是跪着一膝挪下炕来,帮我把南炕桌上的南砂锅炖白肉、酸菜粉儿全都端到北炕上,又把南炕的炕帏子拉开,这样把南窗玻璃透进来的阳光也同母亲一起遮在炕幔里了。

"咱妈一个秋天也够累心的。"田大宝嫂子说,"手下不养一把子人,经营那么大一大块庄园,雇人开荒,可不易呀!赶明儿你长大了,在城里县衙门当差那多省心呀,再给你大宝哥找个税局子差事当当该多好,我可不想在这个深山老林子里呆一辈子,行吗?"

"我可没想过。在县衙门里也没有认识人呀。"我从来就没有想留在珲春县衙门里当差。我心里暗暗地吃惊般赞叹着:想不到我的这个山沟里长大的磕头嫂子竟还有这样的了不起的心胸,要她男人将来在县税务局当差呢。

"我是说,等你长大当差以后呀,你说嫂子有这份儿指望么?"

"有指望,等长大了,我磕头大哥要是进城去,我还有不给他出力的?"

"说定了?"

"当然啦!"

"那你大嫂就盼望这一天啦!"又嘱咐我在城里好好念书,长大了考东北讲武堂,上沈阳,得走出船厂这块边外地方。这是我从来没有听见过的有关自己未来和前程的谈话。我心想田大宝大哥可以考讲武堂。我呢?要当美术老师,当一个画家。但这是我内心的秘密,对于田大宝嫂子、对于未来所怀的那种希望和雄心,我认为不是一般平凡妇女可以相比的。我开始对她不但怀着亲切的感情而且如山林中的女侠那样崇拜了。

等我的族兄弟姜得年手腕上吊着马棒进来通告牲口都准备好了,还给二婶备上日本制的软皮马鞍,母亲已经早在听到走廊的托托脚步声中掀被坐起来了。田大宝嫂子赶紧向窗外扬声嘱咐:"在外面等着吧!"这才急匆匆撩起帐子,向母亲道:"睡着了么?妈!"母亲一边反问:"我是醉了么?"一边找梳子梳发髻,还问:"我到底说了些醉话呢,没有说不中听的么?"自知掉过泪,说:"犯'时气低'了吧?"这是珲春城里对于侨居妇女害乡思病的一种带有迷信色彩的专门称呼。而且很吃惊那绍兴酒淡如茶甜如蜜竟会有如此魅力,三杯落肚,就不知自己说过的话了。临走执拗不过,硬是把水莲怀里紧紧抱着的那头黄斑长绒小围狗,带回九道泡子盛家小屯了。

第七章　告别田家大院

一

当我们告别八道泡子田家大院以后,很久很久我还为田大宝嫂子的送别话所感动。她当时掀着蓝布围裙一边擦眼睛,一边理头,发出颤抖的声音说:"回到城里可别忘了,在这深山老林子里你还有个傻嫂子盼望着你发迹哪。"仿佛有无限的心事。我呵呵答应着,心里也很难过,感到世界上除了母亲就是田大宝和他这个俊俏妻子最亲我、最疼我。自然他们夫妇也是我最亲最爱的两个人了。体会到拜把子弟兄间有一种密切相关的特殊情分。自然我也因为香琴大姐没有及时赶回来话别而感到遗憾。这是世界上我的第一个情同长姐的旗户姑娘,也是唯一信任我体贴我的知心人,而且彼此都仿佛是相处多年姊弟那么亲密。所有这些,和田家大院那条有冲天白杨树夹峙的山道、那些白杨树头上密集的鹊巢,还有衙门式的双檐重叠的大院门楼、后窗向阳的小套院住宅、有讲究木雕门脸的暖炕、熊皮上铺着俄罗斯红色羊毛毯的炕面、夜间遮住两面半壁墙窗户的炕帐幔、东间地柜上的大座镜、西间铺着黄缎坐垫却又不让人坐的两把老式镶着大理石面太师椅和那椅背后的大座钟,以及座钟上面的祖宗供板,所有这些在我的头脑里构成一个我所久久向往的安静的幸福世界。

现在的归路已经铺满午后的阳光,我依稀听到黄斑长绒小围狗的哀婉的鼻吟般叫声,它仿佛不胜哀怨地在呼唤着什么,显然是不愿离开那座早已不见的庄园了,也依稀听见怀抱着它的克克的呼唤声:"妈,它老是要往外鼓涌。"她是和我们的族兄老姜共骑那头灰色豹花马,而母亲抱着水莲,骑着黑色大蹄子顿河种辕马,它备有日本式软皮马鞍,头戴红缨子项钟的。母亲似乎并不理会克克怀抱的长绒小围狗,倒是族兄姜得年不住地关照克克:"可不要松手呀。""要抱紧呵。"这话似乎是有意说给母亲听,仿佛他是由于体贴妹妹,才关心那头小狗的。母亲却另有心事,探询着:"他那嫂子娘家,不是六道泡子吗?为什么今天不顺便回娘家去看看呀?"

"人家不是特意留下来陪着二婶喝认亲酒嘛!咱们走了,她还不赶紧打扮打扮,赶回娘家村去喝喜酒呀?"

"你知道连儿和大宝拜把子了?"

"窖里的绍兴酒坛子都打开封了,喝起酒来还有什么不知道的呀,曹老大早说了。"

母亲骑着牲口走在前头,却头也不回地向背后的老姜问:"你们也都喝花雕了?"

"我们喝它可没劲儿,我们喝的可是烧酒,地地道道的二锅头。"又说:"好,菜也好,南方砂锅里还有火腿,都是过八月节从县城南货庄里置办的。酒是去年的年货底子啦。听账房里的人说,田家和南货庄早在副都统坐镇珲春关的时候就有交情,这个坐山虎旗户人家,口味可讲究啦,早就吃惯南方的东西了。"

母亲问:"你看,他田一骏大叔真心对我们好呢,还是外场上的酒肉交往呢?"

"二婶,这……这是怎么啦,那不是连哥儿的拜把的亲家么?你别看没陪你,人家是地面上有头有脸的,六道泡子的地邻东家办喜事,他坐山虎不到场,行吗?"

母亲面向前却对背后说:"我不是说这个,我是说咱们九道泡子的老窝棚的三间房,到底是盖在了八道泡子的飞地上,还是盖在咱们九道泡子的飞地上？看，这不是到了老河套了，原先我还当作是条沟塘子呢。"说话间，母亲在崖子上踏着石头粒子，下了大蹄子黑辕马。水莲是刚刚被族兄姜得年抱到地上，立即匆匆跑向克克那里去看她所惦念不忘的长绒小围狗戈比丹了。母亲一直等待着老姜回话一般注视着他。只见他低着头，沉思着，从母亲手里接过缰绳，久久也说不出话来。

"咱们顺着老河套，穿过这块白桦林子向上走走。"

"你是听谁说什么啦？二婶。"老姜突然这样问。

"他田一骏大叔和曹家他大舅都说过呀。"

"他们说什么了？说三间房的飞地是九道泡子的么？他们会这么说？"

"没那么说，可是说民国六年涨大水，这条老沙河的水才向北边挪了。"

"呵！这老河就是改了道，也不一定就能说那块飞地是咱们的呀。古话说三十年河东、三十年河西，早年的事儿连老潘头儿都说不清楚，咱怎么能说清楚。两家子刚结了亲，别再在那块飞地上闹不济呀。"

"这话当然轻易不能开口。"母亲脸色也突然有所思地急忙侧脸寻找我。我已在身背后牵着枣红马，把亲过的小狗又交还克克和水莲了。她们是急匆匆地小跑着在我身后追随着。我们正尾随母亲走下崖道，母亲在白桦林间等待着我。走到跟前，才低声问："连儿，我喝醉了酒，对田大宝媳妇说过老河套和那飞地的事了么？"

我说："那时还没醉，我田大宝嫂子也不听，她说那是老爷儿们的事，不让说。"

"我没说三间房是九道泡子的飞地吧？"

"没有，对田一骏大叔可是说过，说老河套是边界。"我说，"妈，不管飞地是谁家的，地租反正都成了交给义仓的救灾粮食，人家八道泡子也没要,咱们就别提这些了。"

"你说得倒省心。"母亲激动地说,"他们办义仓和谁商量啦?再说,这个义仓放救灾粮也没有咱们民垦户的份儿呀,都发给他们旗户了。这不是还像在龙旗底下过日子一样,还让旗人欺负咱们民户么?那不中!"

"二婶子,"老姜终于说,"咱们可不能这样说,如今满汉一礼,五色旗就是五族共和呀。咱们是外来户,可得罪不起人家当地人,要么黑顶子山管坐山户老田家叫坐山虎呀。不要往前走了,转过口子,若是碰到八道泡子在沟堂子里打草的人,再惊动了鱼亮子上的旗户,引起议论和口舌,就麻烦了。这些旗户可不比七道泡子的朝鲜农户,惹不得!"

"看你说的,咱们有理还怕人家议论呀。就是来看地界,咱们手里有大照,四址写得清楚,就是这条老沙河为界呀。咱们年年往官家手里缴纳这块飞地的地亩税,可是这块老沙河的最肥的地,咱们可是一粒粮食的地租也没见过呀。还说是八道泡子的飞地?这不是欺负人吗?我不察看察看这条老河套的河身到底在哪儿,不理出个子午卯酉来,那还行?"

"二婶子,咱们光有大照,可没有草图呀。草图不是早年在三合盛时期就失落了么?如今光靠大照上写的,说不清楚呀。文书契约上的四址是死的,老沙河可是活的,一涨水就改道了,改来改去,谁也说不清楚呀。再说,这样察看边界,也太显眼了,俗话说,咬人的狗不露齿。"

"咱们悄没声的好了。"母亲愤愤地说着,不管老姜停在身后硬是站住不走,却依然尽自往前走着。

这是夹在两岸丘陵当中的早已干涸年久的老河床,是老河道拐弯的地方,前面视线是给满是砂卵石断崖的丘陵地挡着。只见到那断崖上蓝蓝的闪着柔润光泽的天空,崖底下老沙河两岸全是埋在岭阴里的狗头石行列。母亲看出这是早年山洪暴发冲刷过的遗迹，脸色越加兴奋，眼睛闪着一种多年的疑团得到消解一般的欣慰神情。母亲走出那片小白桦树林子，在多年生长的灌木丛和枯萎的蒿草堆之间的空隙里，蹒跚地迈着步子。这里没有路，在草莽之间是裸露着河底沙石的古老的老河床。老姜执拗不过母亲，只好手牵着那两头不时撕掠路傍枯草的牲口，一边低头走着，一边用马棒随手敲打着路经的灌木丛，想着什么烦人的心事一般。我同样不赞成母亲这一沿河察看地边的行径。心想我们在八道泡子刚喝过认亲酒，我自己和田大宝都发誓长大了同生死，却为了一条河界来争执什么，这是多么丢脸呀。但母亲的意旨是神圣的，我是不能违反的。因而我支持老姜，但我只能说："妈，你还要往哪里走呀？净是沙石，也没有路呀，今天晚上我还要到七道泡子荆家石恭道舅舅那里去过夜呢。"

母亲头也不回地说："老姜，把马牵过来。你们要是不愿来，就在这沟堂子口外等我吧。"

"不。"我说，回头招呼两个妹妹，心想母亲又要丢掉我们了，一点也不疼爱我们，于是我立刻想起田家大院我的义嫂田大宝媳妇和香姐，还有三家子女王般傲气的关炮媳妇和更年轻的曹祥三舅妈，觉得人人都比母亲关心我、爱怜我，连我的心里想什么都摸得着似的体贴我。可是妈妈就和我隔着一层什么。这时见到两个妹妹在欢叫着，追逐那脱手跑掉的黄斑小绒毛狗戈比旦，我不由高声警告着："妈又要一个人去了。"不想这话真灵，她们立刻停止了欢叫，呆然地站在那里观望了一下，突然一前一后向母亲的背影追来，同时高声呼叫着，竟然把那逗人喜欢的黄斑长绒小围狗完全丢在身后弃而不顾了。说也奇怪，那小狗戈比旦不待我在灌木丛枝条上拴好牲口去追捕它，反而掉头望着扔下它跑开去的两个小妹妹，不知发生了什么事故似的，低低地吠叫了两声，也开始返身往回跑，倒追纵起两个小妹妹来了。最后母亲跨上黑辕马，在老河套里停下，伸手接过老姜递给她的小妹妹水莲，这才骑马头前带路。老姜抱着克克走在最后，我这次是借着河崖上马，手里还抱着捉到的那只长绒小围狗戈比旦，它那两眼乌黑乌黑的闪亮，而且也在观察着我。我的枣红马跟随在母亲坐骑后边。只见母亲在马背上正脱下小妹妹的圆头粉花鞋，往外倒沙粒。我于是也感到鞋里不但有沙粒，裤脚上还沾满了带刺的苍子种。老姜说："那是苍耳。"老姜现在完全从烦人的苦恼里解脱出来了，说："大兄弟，咱们在关东山争不过人家在官面儿上混过事的旗户人家呀，还是劝俺二叔到济南去讨个官差当吧，若是给我一连人，我管保把住烟台的税卡子，那是日进斗金的宝地呀！"

说话间，我们已转过沟口，前面的天空顿然开阔，老河套两岸仍是露出砂卵石的断崖，但可以清清楚楚地看出东面与苏联接境的无名山岭上满是一片将要脱光了叶子的杂木林。由于母亲骑的那头大蹄子顿河马闻到什么气息，发出咆哮式的长啸，同时在北岸不远的地方，也发出马匹的嘶鸣声。于是我们的三匹马都先后打起响鼻，不断此止彼继地昂头咆哮着。我们在这老沙河套的探香行径，再也瞒不住居住在这块飞地上的老旗人垦户了。而且在马嘶声传来之后，又有狗吠声突然响起，听声音已离开村子从丘陵上的小路上扑奔我们老河床的沟道方向跑来了。

二

那只村狗刚在老河道北崖子上露出两耳尖尖耸立的黑色头颅，就咧着长嘴，向我们龇着白牙吠叫着，却又不敢离开崖头走下河床道来迎阻我们。随着母亲骑的大蹄子顿河种黑辕马，我胯下的枣红马也离开满是灌木和蒿草丛的干涸河床，奔上老河崖的沙石坡。我们全然不在意那头黑狼狗的吠叫，而且直冲它走去。我不由着力地向前伏着身躯，手里搂紧的那头长绒毛小围狗戈比旦，也圆瞪两只乌黑发光的眼珠，直直注视着崖头上向我们恶狠狠吠叫的那只大狼狗，并且同样发怒地向它汪汪地低声吠叫。只是它那两只三角式芋头叶子形的耳朵仍然垂着。呵，看来这小围狗并没有真正动怒，只不过是表示和我们敌视那黑头大狗的情绪一致。这小狗太懂事了，我伏身和它贴了贴脸，这是多么招人喜欢的一只小狗呀。我们还没有登上崖头，那看院的黑头狼狗时而左时而右地躲着母亲的马头，踌躇不前，待牲口一上崖子，就突然掉头跑掉了。这是一只黑头黑脊背的狼毛狗。我手里搂着的小围狗，又汪汪向它吠着，这次是竖起两只三角形小耳朵直注视着跑开去的大狼狗。这时，在坡崖上，我最先看到的是空间现出的半截斜竖的吊着井绳的挑杆。这种挑杆是斜挂在井台立柱子上的，一根铁轴固定了挑杆的位置，底端悬挂着作为坠石用的小磨盘。这种安着挑杆的水井，是旗人屯落的标志。果然，牲口一登上崖头，展现在眼前的就是一眼有石板镶边的井台。在这井台背后隔着一片平坦的菜园地，就是一排向阳的洋草顶中国式有玻璃窗闪光的一字排列的农舍。有三个庄稼院落。当中的院子特大，是横条宽木板钉的围墙，有大车门。西头的院落是用橡子般粗的树干排立着的，东头的院落是用木桦子堆围起来的矮墙院。从那座泥墙宅子里的小块玻璃窗上，还可以看到窗后有人向外窥探的面影。而当中那座木板围墙的大院，那扇木板大门关着，大门门板上开的人行便门都敞着。从这道门上可以看到灰砖墙上的半口闪着阳光的玻璃窗。在这三户宅院门前，是一片开阔的菜园地。车道一侧是大草垛，有豆秸垛也有高粱秸垛、苞米秸垛、谷草和洋草垛。所有这些带打水挑杆的井台啦、木板或树干围的院墙啦、垛得整整齐齐的各种草秸秆的大草垛啦，都是在九道泡子移民垦户屯子，包括三间房的潘家宅子所看不到的规整景象。

母亲向我们族兄老姜说："这就是郎磨牙住的鱼亮子呀？我还当是在沙河湾子口上的窝棚呢。一看就知道是坐地户旗人的屯子，有股要一辈子在这里安居乐业、传宗接代的气势。哪像咱们民户人家，都像临时逃荒一般，一心想着攒几个钱回海南，连个井台都不修。住房连块整玻璃也舍不得花钱安，更不要说锯木板圈围墙了。"

姜得年在牲口上提着马棒东指指西指指，也称赞说："人家这谷草垛什么的，垛得真整齐，真像个正经的庄户主样子。一看就知道人家的日子当日子，过得也顺心，让人看着心里也舒展。"

"难怪郎磨牙饭后总要泡壶'祁门大方'茶喝了。"

"可是今天怎么看不到屯子里有什么人呀？"说话间，有人从东头木桦子围的膝盖高矮墙里走出来了。

这是一个怀里揣着孩子的矮小老头，民户打扮，短夹袄外头罩着一件羊皮坎肩，怀里的孩子就裹在羊皮坎肩前襟里。他一手遮着阳光，向我们瞭望。那条黑头狼狗，奔向大车门，窜过行人便门里去吠叫了。

我们的族亲老姜说："这是咱们老乡，高密人，他是郎磨牙家的'捞金'。咱们还进村子吗？我看咱们谁也不惊动，悄悄从这村子头上走抄道，踏着河水过去算了。"

母亲却不说走哪条道，但已勒住牲口，要老姜那头豹子花斑的灰色马走头前，显然母亲是遵从他的意见，要他在前面领路走村边的抄道了。

母亲的牲口随在老姜骑的豹花马身后，她问道："那么说，这是外号人称'补丁李'的那个高密老乡了？"又说："这板墙大车门是谁家呢？倒像是家大粮户（地主）。"

"也是垦户，是郎磨牙本家兄弟呀。"老姜说，"人家可是干家，大儿子在镇上当小学校长，不像郎磨牙，除了烟袋、酒壶、茶叶筒，什么也拿不起来，他一家子的日子全靠咱们这个老乡补丁李。"

说话间从当中的大车门的套门里走出一个身穿大人裤子的女孩子，那只黑头狼狗也随在她身侧，几乎是贴着她的腿手颠颠地走着。补丁李已经迎着老姜的马头走到大道边来了。

他问："乡亲老姜来了，带着谁呀？是九道泡子的女东家么？鱼亮子就这么三户人家，今天屯子里的人都到六道泡子喝喜酒去了，屯子里没有什么人，到我们东头院子来坐坐吧。"

"不进去啦，"老姜说，"孩子光着头，别冻着。"

母亲在马上问："乡亲呀，你怀揣的是谁家的孩子？郎磨牙的么？"

"是呀，这是最小的，留在家里了，那两个大的都跟他妈吃喜酒去了。"

因为补丁李怀里的那个孩子看到了我手里抱着的戈比旦，就用小手指着要看、要摸。那补丁李就柔顺地把她抱到我的马头一侧，向我说："要她摸摸，不会咬人吧？"完全不顾母亲在和他谈话，仿佛揣在他怀里的那个女孩，是他的命运的主宰、生活的核心似的。在给她看我怀里小狗的时候，她又要抱，我立即把小狗挪开了。

"给她摸一摸呀。"补丁李站在道边的高坎儿上，翘着两脚，并用手握着那女孩的手指伸到我怀抱里的戈比旦脑门上触着。这时我才注意到那矮小老头的脸形，仿佛两只眼睛挤得很近，两条眉毛也一样，眉毛和眼睛同样紧挨着，但嘴距离眉眼又仿佛过远了。脸显得狭长。再看那咯咯笑着，把在矮老头手里的小手指正触碰我的小围狗脑门的女孩子，天呀，竟和补丁李一模一样，眉眼同样相距那么近，像挤在一起一般，而嘴巴和眉眼却又离得那么远，很不相称。小脸自然也是狭长狭长的。那女孩子在和小狗的触摸中发出的笑声，带着又害怕又狂喜的声音。补丁李看着她的笑脸，仿佛在这荒僻山村里获得了最大的满足，也幸福地笑了。

母亲再一次在他身后问："乡亲呀，我问你这里怎么叫鱼亮子呀？早年这老河套常年有水吧？"

"是呀，"他仍翘着两脚心不在焉地说，"没水怎么会在这里堵河道按亮子呀，早年这里水可大了，如今亮子挪到房背后去了。"

"远吗？"母亲问。

"就在屯后那片桦木林子背后的新沙河上头。"那补丁李直到现在才问，"你们是从哪里来呀？打听鱼亮子干什么？要捞几条鲜鱼吃么？"

我们的族亲老姜就调着马头，接着母亲的话说："是呵，有新鲜鱼么？"又向母亲说："再晚，连哥儿就要摸黑赶路了。"补丁李怀揣孩子站在道口的高坎儿上高声告诉我们："三家子关炮儿一早就到后亮子去称鱼啦！运气若是好，你们还能碰到人家挑剩下的细鳞。"

我的枣红马尾随着它的伙伴，从走大车的村道上穿进村西头的白桦林子。这片林子同样已经落叶凋零，袒露着的枝杈上照例有着一些密集的鹊巢，形成旗人屯落的又一个特征。这些林子里的树干都很粗，一直绵延到鱼亮子屯的北面，看来是早于这个屯落若干年的老林木了，只是由于旗人住户的爱惜，为了住舍周围有林丛围着可以抵挡冬天的西北风，才作为御风林保留下来的。

我怀抱中的戈比丹长绒小狗，离开补丁李时，还一直注视着鱼亮子屯口那头黑头黑脊背的大狼狗，对于补丁李怀揣的女孩子的逗引全然不顾，就是用手指触碰，也不注意，一直盯着那只大狼狗，偶尔还低低地吠叫两声。等到牲口进白桦林子了，它还掉转头，想从我身侧回顾，显着很不安的神态，仿佛担心那只黑狼狗在它稍一疏忽，就会从我们背后窜上马来突然撕咬它的主人似的。我是越来越喜欢它了。想到补丁李和那怀揣女孩脸形的相像，我不由得像发现了为母亲所忽视的自然界的神奇事物般，叫着："妈，你看见他怀里抱的那个女孩的长相么？怎么和补丁李一模一样？"

母亲原本在两侧树林夹峙的车道上沉思着什么，现在突然申斥道："这孩子，胡说些什么呀！"

"这有什么，二婶！"族兄姜得年却在马上回顾道，"九道泡子满汉人家，谁不知道呀，不要说他怀揣的这个丫头，就是郎磨牙的大闺女，二丫头，全都不像他爹，都像补丁李。"

"别说得这么难听了。"

"你还不知道这里的民歌吧？'盼星星，盼月亮，生下孩子细打量，不像爹，不像娘，倒像一个过路郎！'"

母亲说:"这种闲话,咱们做东家的民户人家可不能随便说,传出去,倒真的会在旗户和民户当中挑出是非来。这回你知道了吗?这些旗户多年种的可是咱们九道泡子的飞地,以前这鱼亮子是在老河道,老河道才是咱们八道泡子的分界河道……"

"二婶,"老姜勒缰停马,为了和母亲并行而低声说,"这话倒是咱们不能随便说的,这会挑起咱家地邻是非的大事,你知道二婶,得罪了坐山虎,咱们在九道泡子就过不成安稳日子了。"

"你要这么胆小怕事,还经管什么呀?这可不是前清年间挂龙旗的年月了。铺有铺规,国有国法,哪能咱们年年缴土地税、纳钱粮,地却给他们白种的。"

"二婶,人家八道泡子也没有收租,不是这块飞地的出产都归义仓收租么?"

"我不是说了么?那是救济旗人的义仓,民户可没有份儿。再说,这本来应该是咱们民户做主的义仓,这是多少钱呀,咱们年年不是白掷了么,好名声可给八道泡子占了去。"

"二婶,这可是多年的老账了,再说,还说不定老河套一改道往南挪,才把八道泡子的土地划到河北了,这说不清楚的老年账,得要和二叔商量商量,可不能轻易透露出口风。"

"妈,"我说,"我刚和人家拜了把子,等我们长大了,这块地我若要,他也会给我,他若要,我也会给他。我和田大宝同生死的把兄弟,我们才不会为了这块地伤了拜把子的情分。"

"大人的事儿,你给我少插嘴。"母亲声色俱厉地说。

我心里想刚喝过认亲酒,要是为了这块两不管的飞地闹翻脸,该多丢人呀。顿然心烦意乱,对于那放置在马脊鬃前四脚踏着马背,低头下顾的小戈比丹也全然不感兴趣了,它正在马上好奇地俯视着大地在向后移动,而眼睛露出不解这个新发现的神态。

三

我们终于穿出两侧树荫夹道鹊声喳喳的白桦林子，来到阳光闪耀的沙河崖底下。只见河滩广阔，但河水仅占河床的三分之一，正夹在南北两面沙滩的中间。水面上从南到北有条铺着一块块作为踏脚的牛头石搭成行的墩子桥，可见河水在这里是浅到可以赤脚蹚过去的。我们尾随着族亲老姜的豹子花斑马，渡过了流水哗哗作响的沙河，算是离开八道泡子踏上九道泡子我们那块没有树林，也没有庄园建筑的庄园地了。

我们骑在牲口上，登上河滩的北崖，一眼看去光秃秃的，连一棵大树也不见的一片丘陵地和沼泽地的原始草甸子了。只在东头沙河转弯处有棵树干斜歪的秃枝河堤柳，在它背后是看瓜棚式的洋草顶窝棚。它正隔河与那片老白桦林子背后的鱼亮子屯相望，那窝棚周围有拉着铁丝的木架子，晒着大小不等的成串的鱼干儿。窝棚门口，有人在烧露天石头灶，青烟在袅袅上升。窝棚背后是块平坦的打草场，垛着作为青贮饲料用的大草垛，北面遥遥见到盛家的中国式高屋脊的草房，向西还可以看到九道泡子的大半块水面，它正映着太阳闪着白白的亮光。西北面还可以看到天主教堂的钟楼，显然这是九道泡子的一块高地。母亲又回过马头向隔河的光秃秃的白桦林子望去，只见许多枝头的鹊巢上，已有成双的喜鹊栖落下来，仿佛经过一番不安的骚扰，重又恢复安静一般。我随着母亲左右环顾着，却不知母亲是在这里选择未来建筑九道泡子庄园的地形。就是说母亲开始改变原来在盛家一侧建筑居处的打算了。

母亲自语般地说："哼！原来鱼亮子屯还在林子后头，我原先还以为就是眼前这个窝棚呢。"

老姜用马棒在马上遥遥指点着："咱们刚在林子后头看到补丁李的屯子是前亮子，界河这边又叫后亮子。"

"头年我到这里来的时候,可没有人说这沙河对面的林子背后还有个旗人屯子,也叫鱼亮子。"

"是呀,"那老姜沉思着说,"都是早年的说法了。谁也说不清楚到底是先有哪个亮子。"

"不问清楚还行呀。"母亲截然地说,并调转马头。

老姜说:"不过去了吧?"

"过去看看。"母亲说,并远远地向蹲在窝棚口的一个老农打着招呼:"怎么样呀?鱼还多么?"

"水瘦了呀。"那老农迎着母亲的马头走过来,并摘下自己头上冬季戴的狗皮帽说,"昨天夜里上了几条细鳞,可是一早就给咱们九道泡子本地高丽屯的老朴盖提溜去了。说是镇上有局子里的警官老爷下屯来了,东家你可晚来了一步呀。"

母亲在崖头上由老姜扶下黑辕马,就势拴到歪脖子柳树上了。两头牲口打着响鼻,刨着蹄子下的沙土,竖着两耳,仿佛都感到距离自己的槽头所在的三家子不远了,它们都在巴望能听到西南方向会传来伙伴的嘶鸣一般。我的枣红马老姜给拴到铁丝空空的晒鱼桩子上,说吊一会儿就该饮水了。

那老农秋天却身穿一件破棉袍,开着怀,扎着条蓝布腰巾,脚下穿一双桦树皮鞋,给母亲端过板凳来,他正在烧水,又从半地窨式的窝棚里给母亲拿出茶叶盒和糖罐来。他说:"都是用鱼换的东西。"告诉母亲这鱼亮子原是三家子和前亮子老郎家郎老大一共是六户旗人公有的。他自己原是那六户东家雇的"捞金"。"这是夏秋两季的营生,冬天一来,就在三家子当磨倌了。一年到头倒也闲不住。说九道泡子地富水肥,养穷人呀。"

母亲问:"可是头年我来,没有看到你呀?"

"头年女东家来,我也听说了。可是八道泡子庄主要我去给他家铲磨,铲了磨,又帮工打场,圈了我一个冬天,不好走呀。"

"那么,你还是石匠呀?是海南家里来闯外的呀?"

"掖县的,咱们相离几十里,我们和平度是邻县呀。"

"那么你是早年就在这里了?"

"跑毛子那年过来的。"

"也是从崴子来的老乡亲了。"

"是呀,早年是闯海参崴的,如今还有弟兄在那边。"

"有信吗?"

"民国初年有贩火酒的乡亲打这里路过,还递过口信,都娶了毛子马达曼,有儿有女的,在崴子一大家人呢!"

"那你定规知道,早年这里和南边的那块树林子是连在一起的一块地吧?当时还没发大水,这里还没有这条沙河吧?"

"呵,那时候我是在镇上当磨倌,有时来咱们盛家铲磨,这里也还没有人家呢。就三间房有了地窝棚,和我这间窝棚一个样。老盛就住在那窝棚里看林子。那时候,这里的林子可多啦,树鸡也多,简直赶也赶得上,大雪天追紧了,直往草里钻。等它累得光喘气的时候,就能逮住了。哪像现在,河这边的林子也没了,树鸡在河那边也难得见了。有个沙斑鸡什么的,因为靠南边离朝鲜国界近,日本外务警察还不许放枪打。"

母亲说:"我是问你,那时候,这里有没有鱼亮子呀?"

"有,我到盛家的时候,就从那边的前亮子提的鱼,这可是二十多年前的事了。那时候,这条沙河的水走南边的老河道,鱼亮子就搭在如今前亮子屯那个有吊杆的井台下头。看亮子人就住在井台旁搭的窝棚里。原先那也是个地窝棚,可如今是个井台了。那时候还没有高丽屯,垦户也就是九道泡子的盛家一家、八道泡子田家一家。鱼亮子是曹家老爷子搭的地窝棚。秋季天一到晚上,鹿的叫声姆——姆的,一夜不断呀,如今哪听到鹿叫呀,连狍子也不见了,村子盖房,又砍树卖林子,野牲口受惊,都跑过界,到苏联那边去了。"

母亲问："那么在民国六年涨大水的时候，你在哪里呢？"

"那年我回海南家去了。"

"你还常回去吗？"

"三五年回去一趟呀。"

"他们一年给你多少劳金？"

"一家二斗豆子，一年也就是春秋两季，一石二斗的劳金。可是这两年都来称鱼，我也换点口粮吃，这二斗豆子就拖拖欠欠的，日子也难过了。这个鱼亮子就像是归我经管，年年节令上供这六家旗户新鲜鱼吃，算是出了河租子，剩下的鱼就换粮食唏！"

母亲原本开朗愉快的脸上出现了愤然的怒意，说："这可倒是新鲜事，九道泡子的沙河，我们姜家没收河租，他们旗户倒做大了，在我们民户所有的地界里，收起河租来了，真是欺负我们九道泡子没有人出面说话呀！以后这六家旗户来称鱼，你就告诉他们，就说我说话了，这河道我二斗豆子租给你啦，他们称鱼，也得带粮食来换。"

"二婶，这可使不得呀！"我那旗兄姜得年说，"二婶是不知道呀，下三家子和前亮子屯，为了争这道水，截河道搭亮子，差点没打破头呀。这还是八道泡子田家出来说话，两下才合起伙来的。前亮子的人说三家子抢他们的水道，三家子说前亮子霸占了老河道多年，如今河水改道，是亮子换主的时候了。两下是面和心不和，如今水浅，鱼也少了，才不争啦。二婶要是连往年六家旗户来提鱼吃的老规矩一下子给改了，六家旗户还不要拆亮子呀，这可要惹出事来的！二婶，你在这呆不了几天，我们在这可是一年三百六十天常处呀，你一走，他们夜里会点火烧光了九道泡子的民户住房，这可不是二婶随便可以改的，老规矩了！"后两句话老姜是小声做机密话说的。

"照你说的，还反了他们啦？"

"女东家，老姜说得在理呀，多少年的老规矩了，可不能轻易变呀。实在说，二斗豆子的河租还不是女东家的恩典吗？可是两升我也不敢从女东家手里承租呀,那样,他们旗户还会让我春秋两季在这呆安稳呀,女东家的好意我心领了。"

这个秋天戴着冬季破皮帽的看亮子的磨倌,黑黑发红的脸上,闪着两只怯怯的大眼睛,求饶地注视着母亲,和他那满是短腮胡阔嘴的威猛面相,全不相称。

母亲仿佛不解地问:"怎么?二豆斗子租给你,你还不敢承租呀?"

"那我就不能在这呆了,女东家,咱们民户怎么惹得起人家旗户呀!"

"你们还当是挂龙旗的年月呀,真是说的,难道不是民国共和挂五色旗的地方了?"

"不管挂龙旗还是五色旗,"老姜说,"人家县衙门里有人,镇上的警察局也是旗人当头儿,咱们民户说不上话呀。"

"好啦,"母亲说,"这二斗河租的话,算我没说,咱们谁也不要声张,等我回城里去,和连儿他爹商量商量,这口气我是非出不可。老姜呀,回头你给看亮子的磨倌送袋子苞米。"

那磨倌说:"我姓朱,大号叫宝山。"对于母亲的恩赐怀着非常感谢的情绪,摘下破狗皮帽子两手捧着道:"女东家真是菩萨心肠。"我们临走,石匠朱宝山一定要摘取几条晒的大鱼干儿要我们的族亲姜得年带着,说:"茶沏了,你们嫌碗脏,一口也不喝,这一摞鱼干儿可收拾得干净,非带不可。"姜得年脸上露出笑意,带着对他辞谢二斗豆子河租的做法很赏识的赞美神气向他说:"在海南的时候,我到你们掖县西尤去赶过山呢。"

"是呵,三月十六赶西尤呀,有连唱三天三夜的野台子戏呵。"

我上马时才想起那个小戈比丹来。只见克克不知什么时候早抱在怀里了,还在马背上弯着身子,回头向我暗暗窥视着,仿佛想知道我看到那小长绒毛狗,会不会从她手里去抢似的。

原本在那石匠的窝棚前,母亲和窝棚主儿谈话的时候,那小戈比丹自由自在地在崖上向下出奇地注视着西流的河水汪汪吠叫着，我已注意到仿佛它是第一次发现这个哗哗发声的在流动着的不见首尾的"怪物"，以为它是有生命的东西一般，越发逗我喜欢了。但在我要提它时，它却又退缩着突然逃开去，招手也不靠前，遥遥向我注视着，显然是诱我去追它，还欢快地摇着小尾巴，要和我嬉耍，只因我在注意听母亲和石匠的谈话未移步，它才又转身追逐崖下寻捡扁平石子打水漂的两个妹妹，这样就给克克捉住了。

四

我们和老石匠出身的磨倌朱宝山的窝棚告别，从满是膝盖高的矮柞树林的丘陵小道上穿过的时候，母亲又一次对空斥责道："九道泡子如今没有一棵像样的树，还不都给旗人垦户当烧柴糟蹋了。"

"二婶，你可别这样说，这不是三合盛时期九道泡子经管人把整片整片的林子卖出去了吗？这事老盛家知道底细，是咱们民户地东的经管人不争气，光知道往自己海南家大笔大笔地汇钱。咱这九道泡子好比一只貂，值钱的皮毛剥掉了，如今光剩下骨头架子了，有点肉也没什么啃头。二叔太好说话了，接手这块光秃秃的荒山地，光往外拿钱粮地亩税了。"

"你怎么也跟着旗户这么说，我如今可是不信了。三合盛的经手人背着东家整片整片盗卖林子不假，可是你敢说这老河套的亮子屯不进河来盗伐呀？他们天天烧的是什么呀？连九道泡子的河道，他们还要吃鱼租呢。"

"那可不能说一面理呀！二婶，那老河套的河道，就算是咱们的地边吧，可是界河是两家的，也有八道泡子田家一半呀！人家不讲话，咱们何苦得罪这些老垦户。不管怎么说，人家是在这里出过劲的，不是人家开的荒，朝鲜人怎么能来'旱改水'种稻子呀。"

"三年开荒那是一文租咱们也没收呀，白白给他们种呀，眼看三年到期，要出租了，他们就又扔下地力已经乏了的熟地，又开生荒地去了，咱们可一粒粮也没得呀。只有年年往县里缴钱粮纳税纳捐的份儿，吃亏可大了。他们可倒好，你看亮子屯的朝阳房子，大门套小门，多讲究。咱们九道泡子的盛家屯能比吗？就是咱们在城里，也没住过那么宽畅的北房呀！"

"二婶，这可不能比，咱们民户人家谁都没有在关东山成家立业的打算，当初谁出来不是想混个一年二年的，就带着满地的金票和官贴回海南家过财主日子去。"说话时，他不由自主地顺手挥着马棒击着新生柞木林子的矮树头，那些还挂着干枯树叶煞煞作响的枝杈，是从早年砍伐过的树干根部上新生的。我的族兄姜得年是在想着什么不愉快的心事了，而母亲在马上回顾了一下，我清清楚楚看出，两只注视他的眼光是愤然不满的。

我看出族兄姜得年虽说仍然俯脸看着为他用马棒击落的柞树叶子纷纷散落，但仿佛也感到母亲在愤然向他回顾一般，久久没有抬起头来。我开始催促母亲打马快走，说："我不是明天进城么？今天还要赶到七道泡子去过夜呀。"实际上倒不是完全为了要赶路，主要的是担心母亲再说下去会和我的族兄姜得年——那个九道泡子的经管人闹翻脸。我知道母亲对于自己庄园这个经管人的出语顶撞，已经近于不能容忍的界限了。对于母亲，我是又同情又抱怨。同情的是，亮子屯那三户旗人和三家子旗户争这条沙河水道口札亮子拦水没有道理，收取河租更没有道理，因为纳税的是我们，这确实是旗人垦户欺负我们九道泡子庄园主和民户。但又觉得，这和八道泡子我新拜的兄弟田大宝家无关。我觉得这个世界上除了母亲，最体贴我的就是田大宝和田大宝媳妇了，而且香琴姐的知心和田大宝媳妇的亲切，有时又似乎超过母亲对我的慈爱。现在母亲处于孤立无援的地位，连石匠朱宝山都不敢从她手里承租河道，我不该再惹她伤心了。在她喝认亲酒时的低头呜咽的心态，已经说明她心里淤积了多么沉重的凄凉和悲哀啊。也许，一种发配关外，怀念海南故土的隐痛在她心里作祟？有时，我又觉得母亲对旗人怀着不该有的偏见。尤其是抱怨母亲那种像丑女般不容人辩白、不容人触犯的专断的气势，而且毫无根据地把九道泡子林木砍光的往事也归罪到旗人垦户头上，这是不公正的。想到这里，又觉得自己有这种看法，是对母亲的亵渎，是有罪的，又很惶恐。这是我以前从来没有过的一种混乱情绪。因之，我要避开这种关于地界、河床、水租、旗户、民户之类的是非纠缠。排除了这些因素的干扰，我感到仍然和母亲的情感浑然一体相融的。于是我催促着母亲，自己用缰绳鞭打着胯下的枣红马，首先带头让它四蹄飞腾起来。超越族兄姜得年时，我欢呼着："来呀！看谁的马快呀！"超越母亲的顿河种黑辕马时，我见母亲嘴唇闭着，埋头不语，全然没有注意我处于一种遐思驰想的神态。在从她身边一闪而过的瞬间，我也看到了小戈比丹什么时候又抱在水莲怀里了，它汪汪地向我吠叫着，转动着那两只灼灼发光的黑眼睛。它汪汪地吠叫，不是对我发怒，而是向我求援，以便解脱水莲的两手环抱似的。它是那么兴奋地竖着两只芋头叶形的三角耳朵，看到我一驰而过的踪影，发出的是欢跃欲追赶而不得脱身的吠声。

"你别抱得那么紧。"我在鞭马奔驰中回顾着，高声叮嘱小妹妹。也看到族兄姜得年确也在鞭马从母亲身后追来了，而且很快带着一阵风势从我身侧冲过去，他骑的灰色豹斑花马尾越过了我的马头，在起伏的丘陵大道上很快奔驰到前头去了。克克从姜得年身前发出咯咯不止的响亮笑声，可以听出来对于那豹斑花马奔腾的速度，她是惶恐的，不过以兴奋的欢欣掩饰着内心的惶恐情绪而已。在她那嘹亮的笑声里，分明有种心胆发抖的恐惧音韵。我在那豹花马后紧追不舍，两匹马几乎头尾相接。不久，背后传来马的响鼻声，母亲所骑的大蹄黑辕马已远远落在后面，仿佛不知道前头发生了什么事故似的咴儿咴儿地长啸起来。那啸声已是隔着一道岭岗了。母亲已经落在我们半里远的丘岭后面了。我这时看到了盛家那座中国式茅草农舍的向阳后窗和我们住的金秉湖那所门口搁鞋的长条木板台和台阶。看到整座蛙尾式无脊而烟筒坐立屋侧的朝鲜茅草屋了。奇怪的是，在这两所没有院落的茅屋之间的空场上，有一伙人站在那里，他们都向我们来的方向瞭望着，显然都在等候着和母亲会面的人。空场一角靠石磨旁的道口上，还有卸掉牲口却没有卸载的四轮农车停在那儿，载的都是灰砖，仿佛从砖窑拉来的。显然母亲真要在九道泡子兴工建筑我们的有围墙大院的庄园住宅了。

"怎么让人家等这么久呀？"根土他爹身披有补丁的棉袍站在那伙人当中，带头向我们的族兄老姜老远扬声问。那老姜等我在磨盘上下了马，把缰绳一拼交给盛家老伯，转身向那镇上来的木瓦工作坊的包工头、石灰麻刀铺的外掌柜、八道泡子的赶车小老板子，还有跟车的曹家二舅（他敞着怀，里面仍然穿着胸前有十三道排扣的白布紧身褂子），族兄老姜一一打着招呼说："女东家也没对我说呀，我哪里知道呀，说是请镇上的木瓦工，可没想到这么快来了，连砖也来了。"又问从七道泡子雇来的更倌老傅："你们怎么也围在这，还不赶紧帮着卸车呀。"

"卸到哪呀？"那田家二舅曹义说，"盛家老爷子不敢做主。他连房基选在哪、是盖三间北房还是外带厢屋和木板仓房的砖墙大院都不清楚呀。"

那彪形大汉老傅说："我们管打更，还管卸车呀？"又说："你这个大总管回来了，卸了车，今晚上给我们预备什么烧锅呀？"

田家二舅曹仁还问我："你怎么把妈妈扔在后头不管了，要是道上碰到野牲口呢？这可不比城里呀，向东一过分水岭，就是三十里以内荒无人烟的苏联地界，快骑上牲口，去接迎吧。"

我真说不出对于田家二舅曹义的感激。我只知道为了摆脱母亲和姜得年相互抵触的口角而引起的不快，哪里想到我们的牲口跑得这样快，一会工夫，就把母亲的坐骑落到一两里外的丘陵道上了。当我在磨盘上下马时，我还看到岭岗上遥遥露出母亲的半截身影，也看到在她身前的小妹妹的花布短衫，现在却又为一道岭岗全都遮住了。我顿时感到一阵恐怖，立刻从磨盘后的拴马桩上解开牲口缰绳，等两手按着马肩脊伏身跃到马背上，还横着身子没有跨上去，那马已开始奔跑起来。原来我慌忙中未及细看所解的究竟是哪一匹，正是那头欺生的豹子花灰马。但这次我却毫无怯意，一手紧紧抓住它的前脊鬃毛，跨住马背，坐直身子，一手攒住缰绳头用力地鞭打着，心里叫着："再叫你眼睛看着我笑！再叫你发坏！"我解缰绳时，它还竖耳遥遥望着背后的方向，但现在它却离开丘陵间的大道，在满是矮树桩子形成的新生的矮矮榆木林丛里胡乱地奔跑起来。开始我还听见从背后村口传来的高呼："松开缰绳！松开缰绳！"但我勒得更紧，并狠狠地用缰绳鞭打着它，独自喃喃地骂道："今天就要累死你，你跑！你跑！再快！再快！"我是准备置自己安危于不顾了。在丘陵的沟崖时候，它跳跃式地猛窜着，间或疾步奔驰着，风在我两耳旁呼呼有声，秋天的赤裸裸地垄沟和满是灌木丛的沟壑在飞速地向后飘闪着。如果这里有高过人头的林木，我的面颊一定会给擦伤多少处，衣服也一定会给枝权划得稀巴烂了。我不能不说，在鞭打并且两腿挟着它的前肢肋骨时，我使尽力气，由于体力消耗过大而累了。当我面临一片原始沼泽地的时候，我终于放松了手握的缰绳，而那匹原本完全不听从我意旨指挥的豹花马，终于也喘息着，竖着两只尖尖的耳朵，在矮小的灌木丛间停住了。仿佛它并不在意我的指挥而是在隔着沼泽侦听对面的山林间有什么奇异响动一般，并喷着鼻子，咴儿咴儿叫着。我已经发现它是浑身汗水流滴，向阳一侧的毛色是湿淋淋的，一颗一颗汗水珠在闪光。我自己脸上、身上同样也是汗渍渍的。我一只手紧紧揪住马脊的一撮长鬃毛，一只手背擦着脸，而汗珠仍然不断地从眉毛上向下滴着。我不得不向上掀了掀绷得帽盖很圆的鸭舌学生帽，调转马头，转过来向西南走了。这次那豹花灰马在走路时偶尔低头捋一口狼尾草、黄花菜叶子什么的，显然它是又累又饿了，时时仰头竖耳地嘶鸣起来。我很惊奇，从背后传来了马匹的啸声相呼应。我头上是辽阔的蓝天，一侧满是塔头草的水甸子，一侧是纵横的沟渠。等我的坐骑登上斜坡，我才看到母亲骑的那匹顿河种黑辕马，已经在我们前头，要进盛家小屯的村口了。我调转马头，奔向丘陵间的大车道，又勒紧马缰，让它四蹄飞腾地奔驰起来。这次我没有鞭打它，却感到它懂事了，驯顺地听从我的指挥了。我感到从来没有的欢乐，感到一个征服者胜利的欢乐，这是和过去的生活中遇到的欢乐不能相比的。这是我第一次感到自己在这次征服豹花马的斗争中，是个勇敢的少年人，感到骑士的权威和自己生命的价值增值一般。实际上我并不知道那匹调皮的豹花灰马的驯服，主要的关键不完全是由于我作为骑手的胆量与勇敢，也不是由于经验有所增长懂得骑术了，而是这次它的头上还戴着勒口的铁嚼子，这是挟制它的工具，像牛戴鼻环一样，出村时是勒得太紧使它痛得心慌了，因之胡乱地猛蹿了起来。

当我再次鞭马将要赶上母亲的坐骑时，我突然发现，在母亲骑的黑辕马后面，还有个在大车路上与土色相混的一个东西，在追逐着马蹄奔跑。原来那是我们从八道泡子带回来的那只长绒毛狗仔小戈比丹呀！它还在细声地汪汪叫着。原来水莲已经在母亲怀抱中睡着了。谁也没有注意到小狗什么时候从黑辕马上坠落下来。母亲仿佛根本没有听见小狗在追逐中发出的汪汪哀叫声，足证她还在想什么不愉快的心事呢。

我远远看见母亲给众人迎接着、围阻着，盛家老伯双手接过睡意蒙眬的水莲，母亲在族兄姜得年搀扶下离鞍下马，开始愉快地向镇上来人一一打招呼。我仍然在磨盘上独自下马，幸而有盛家老伯一臂抱着水莲，一手接过缰绳。他称赞着："这儿马子欺生，你没害怕呀？我们老远看着它离开大车道，往东跑下去了，可替你担心啦！"

对于根土他爹的关心和欣慰的称赞，我全不在意。我一下马就奔向克克，向她讨取那只已为她抱在怀里的小戈比丹，想急于抱给宝莉去看，以致惹得克克大声哭叫起来。

实际上宝莉已经不在村子里，早到江西朝鲜地界背私盐去了，直到这天下半夜我离开母亲和九道泡子村，再也没见到她！

第八章　临别的露天晚餐

一

听到母亲在发怒呼唤我的时候，我自知理亏，便把那头懂事的长绒毛小围狗戈比丹，交还给在哭叫中的大妹妹克克，应声走向在人丛围绕中的母亲。只见母亲那两道锐利的眼光，像剑锋一样直直地注视着我。围绕在周遭的镇上来客，自动地为我让出一条路来。我悻悻然地走过去，准备当众受母亲的斥责。

母亲却口气缓和地说："多大了呀，还这么不懂事。"但那双严厉的眼光，似乎在警告我："等镇上客人走了，我不狠狠捶你才怪哪！你竟敢招惹妹妹大哭大叫。"母亲身边有一个头戴宽檐灰礼帽的青年人，身穿蓝布夹长袍，像是我们县城小学老师的打扮，我还没有向他鞠躬，只听母亲指着一个民装打扮的汉子说："那是镇上来的你宏业大叔，是你八道泡子干亲家介绍来给咱们窝棚盖房子的。"那刘宏业大叔，短褂外扎着黑布腰巾，红色脸膛，浓眉底下有双细长的闪着嬉笑光泽的眼睛。我鞠躬行礼后，刘宏业大叔夸我说："长得多文静呀，念学堂了吗？"

"念了，今年小学毕业了。"我回答。

母亲说："田家大院那套庄院，还有那座县衙门式的庄院大门，都是你刘大叔爷儿们出的图样，那前低后高的带前廊后厦的套院宅子，多么气派呀！你刘宏业大叔也没上学堂，可有本事啦！"

那镇上的砖瓦作坊的头领师傅，一手握着插有短烟杆的绣花烟荷包，脸上现出得意的笑容，向母亲介绍身旁一个五短身材而腰粗如桶的人物说："这不是，我把咱们沙坨子镇上砖瓦铺的杨掌柜也带来了。"

那人腰粗身矮，声音却很洪亮。他说："我叫杨世义，是跑外柜的。我一听八道泡子我们东家捎的口信，就赶紧张罗，先给女东家送一车样砖，要是中意，要用几窑砖没说的，先紧着九道泡子拉，镇上买卖家得靠后站，麻刀、石灰什么的，我们柜上全包了。可总得有个谱儿不是？这样我就把刘师傅请来了，一块儿当面合计合计，没有个谱不行。"母亲说："我还不知道八道泡子他干亲家还在镇上开砖瓦窑哪！"

"我姐夫的砖瓦窑在五道泡子，铺子开在镇上。"那穿着开襟短褂露着内褂一排十三道纽扣的曹义二舅说，"是我姐夫昨天传的话。哪想到你们这里连卸砖的地场都没打扫出来呀。问谁，谁都不敢做主，就不知道车卸在哪儿。先卸车吧，我们还得赶到八道泡子去吃晚饭呢。"

"谁想到，你姐夫办事这么麻利呀？我还当是说说呢。"

"唉，九嫂托我姐夫办事，还敢怠慢呀！"这九嫂原是县城里父亲的换帖把兄弟间对母亲的尊称，年轻于父亲的就称："他九婶儿。"而田一骏大叔却不在这十二弟兄之内，不过在县里都有交往，因之，就随着人家叫，而且作为尊称。曹义接过来当着镇上来的众人叫开了。母亲心里是很不愿意在父亲的十二位换帖弟兄之外，除了田一骏，再有人这样称呼的，一时不说话了。

"我们东家捎的口信儿，那可是军令大如山呀！"那砖瓦铺的外掌柜杨世义声音洪亮地说，"我们老东家，谁不知道，是都统衙门当过差的，那脾气，说一不二呀！"他说话时，左顾右盼，很得意地炫耀着自己背后的靠山，枯瘦的脸上只见两只棕黄的眼珠窥伺着母亲的神色反应。

母亲赶忙说:"可得容我缓过手来呀。"又仰脸看看天色,睁大眼睛说:"可不是,咱们还得给镇上来的贵客准备晚饭呀。"

我们的族亲老姜说:"在这里坐的地方也没有呀,不要说酒肉了,连个鸡蛋也没地儿去讨换呵,我看就找个地界卸车吧,卸完车,大伙儿都到前头三家子屯去吃饭。二婶,这些事就不用你操心了,你说,砖卸在哪里吧。"

我很不愿意这个九道泡子的经管人当着众人面竟不把我们住的这满朝两户人家的小屯看在眼里,说些扫人面子的话。母亲也觉得他全不尊重自己的意旨,是有意在众人眼前显摆什么,仿佛母亲也在他的指挥权限之内似的。母亲后来说过:"他哪里还把他二婶的话当作是主子的话来听呀!"

当时他的话,说得连前任经管人盛大伯的脸上也挂不住了。他原本是站在镇上来客的背后,现在悻悻然、喘吁吁地高声辩解道:"咱们这里给黄鼠狼子闹得养不住鸡呀!再说,养鸡就得养狗,护院狗不是养不起,可是在我们这两户半人家的小屯子里,不像你们八道泡子深宅大院,撒开了,也跑不丢。我们这里连个挡项都没有,哪圈得住呀。再说,七道泡子那些朝鲜垦户,都是在民会的,你知道是哪一家到外屯子去打狗吃呀?丢了狗,小门小户的外来庄稼人,比不得旗户齐心,谁敢去找呀?要不是女东家下来了,咱们敢扣人家拉粮食的牛车吗?"母亲见盛大伯气得说话带喘,就说:"他大伯,先不说这些了。"母亲说话时,眼睛在人丛中寻觅着什么,见到高个子更倌老傅,就向他说:"你辛苦一趟,到七道泡子去帮着张罗几斤猪肉来,再带个筐子提几斤鸡蛋回来。"

"来回太远,三家子多近呀。"老姜固执地说,话没说完,一下子惹恼了母亲,她再也忍不住老姜当众和自己抗衡了,她作为九道泡子的女主人,是不容经管人这么专横处事的。她厉声说:"你倒好,左一个三家子,右一个三家子,三家子又怎么啦?谢秋酒还不是在三家子操持着办的，可变成跳大神谢神的还愿酒啦。"

"二婶，你可别这样说，那不是人家三家子旗户从镇上请的厨师么？咱们在九道泡子办事，我实说了吧，连杀猪的人，也请不来。"

母亲的脸色骤然变白："怎么请不来？"

"咱们究竟是民户，是占荒户，不是坐地户呀！……"

"放屁！"母亲发怒了。

曹义赶紧出来打圆场，他走近母亲连叫了两声："九嫂，我拦你贵言！"母亲说："不用叫九嫂，你说，我听着呢！"

曹义说："你们娘儿俩，犯不上为我们吃顿饭，闹得犯口舌，我们说什么也不在九道泡子窝棚麻烦老盛大爷，更不去三家子麻烦我继母家的弟妹。八道泡子才几步路呀，鞭子一摇就到了！眼前还是先卸车。再说，还要合计开工的事呢。用几窑砖，得先订下来。先说砖卸在哪儿吧？"那县城小学教师打扮的人，原来是镇上的乡立小学校长，名叫郎一鹏，他向母亲和老姜声称，要带着镇上粮栈的外掌柜到前亮子家里去吃晚饭，原来他就是郎磨牙的侄子，是住在前亮子村当中有木板围墙的院落里，那原木不上漆的大车门上开着行人便门的旗人农家的少主人。但母亲全然不在意他说什么，仿佛没有听到曹义在说话，她两眼直直地瞪视着族亲老姜。那原本手持吊在腕上的马棒，骄矜自得的姜得年在面红耳赤地辩白了几句之后，自知话说重了，冒犯了母亲逞强好胜的性子，而且也当着众人揭了九道泡子的短，就在母亲两目注视下垂下头来，用吊在手腕上的马棒敲着自己的靴尖，作出话已说出口，追悔莫及的模样，静等着母亲的指责一般。母亲这时反倒不说话了，一眼看到更倌老傅还站在一边，就很奇异地问道："你怎么还不赶紧到七道泡子去驮肉装酒呀？"

"不是还没定下来么？"

"我不是说过了吗？这是给咱们九道泡子办事，总不能让镇上来的客人都去田家大院吃饭呀！"

腰间扎着布围巾的盛大伯走到母亲跟前说了两句什么。母亲离开众客人跟随他走到石磨盘前头。我听见盛大伯小声说:"你要真的留他们在这里吃饭？到七道泡子去借肉干什么？咱们这儿前头是泡子，后头是山沟，要吃什么没有呀？要老傅背着枪到后沟去打沙斑鸡、树鸡什么的，我去前头打一桶子鱼来，墙头还挂着鲜蘑，就在这场院找个避风的地方，搭个露天灶，要肉有肉，要鱼有鱼，一袋烟工夫就炖好了。"

母亲脸上顿然开朗:"天呀，真这样省事呀？你不说，我们在县城里住的，哪会想到搭露天灶呀！更想不到用吊桶炖鱼呀。光想猪肉了。"

"又不是杀喜猪还愿，在黑顶子山区的人，谁喜欢吃咸猪肉呀。"

等母亲转过身来，那更倌老傅和领车的曹义二舅早已商量着什么迎面赶过来。一听母亲说要搭露天灶，要老傅他去后山沟打围，那曹义就兴奋地改口说:"早这样说多好呀，你们要早说搭露天灶，我管保给你背回炖一大'围大罗'也吃不完的野味来！先说，你们有几杆围枪吧！"又向母亲说:"鱼，我们不怎么馋，可是你们后沟的沙斑鸡、狍子、山鹿什么的，可肥呀！有子弹么？光靠打砂子的围枪不行。"

"那一杆打独子的围枪，在后高丽屯。咱们路过那里去取，走吧。"更倌老傅兴冲冲地说。

"到了你们九道泡子不打几头野味，实说吧，心里亏得慌。九嫂！噢，叫干亲家妈怎么样？干亲家！"又转向我们族亲老姜说:"东家可是发话啦，就听你这个大管家一句话了。"

于是那些镇上来人，分作两组，一组三个人，有脸色红润，弥勒佛般笑容的瓦工头领刘宏业、有体粗如桶而身矮的砖瓦铺掌柜杨世义，还有手不离红缨子长竹竿鞭子的小马倌，他们都带着要在这里吃一顿露天美餐的兴奋神采，一齐随着领车把头曹义的眼光，注视着低头不语的管事人姜得年。另一组是粮店外掌柜和镇上的乡立小学校长郎一鹏，他俩还在小声嘀咕着，后者侧耳在听前者说什么。那姜得年不知为什么反而那么作难地用马棒敲打着自己的靴尖，仿佛什么也没听见一般。我心里很纳闷，母亲已经发话了，怎么曹义还要等管事人老姜一句话？管事人族亲老姜难道不愿意在盛家小屯办露天灶待客酒会？更倌老傅说："姜管事，你发话呀！"

"女东家不是在这里嘛！女东家怎么说，就怎么办吧，听招呼就是了。"老姜终于抬起头来，喃喃地说。

"那好啦，"只见曹义两手插在宽有四指的皮腰带上，如头领般当众宣布，"九道泡子的女东家和管事人都发话了，咱们今晚上就在这里搭露天灶，吃顿野味炖蘑菇了。野味肉就包在我身上了，可是酒呢？"

"若是后高丽屯没有，老傅就骑马到七道泡子辛苦一趟吧。"母亲并不欢快地说。那更倌老傅口里呵呵地空自答应，却仍站在那里瞅着经管人老姜的脸色和眼睛。

"二婶，"那老姜自知更倌老傅在等待他的发话，抬头看了看母亲，有气无力地说，"要不，让老傅带着他二舅去打围，我到七道泡子去一趟。"

"不，打围还要人陪着嘛！"母亲斩钉截铁地说，"酒交给老傅去操持。你就在这里张罗着挖坑搭灶，他盛大伯到前头去弄鱼。饭，还是金盖家包了，用多少粳米记个数，回头咱们再还给他。"

"就照女东家吩咐的办吧。"总管老姜一说，更倌老傅这才搭着他的肩膀说："听你的，我们先到后高丽屯去弄酒，还得拿猎枪去。"曹义跟更倌走的时候，招呼他那一组三个人到柴垛跟前低声说了些什么，又和那个戴礼帽的乡立小学校长说："郎一鹏校长，你们两位不要去啦，帮着主家到后头去刨树楂子来烧灶好吗？"

"我们看看吧，你忙你的，反正到前亮子也没几步路，这里有我们，柴火我们会弄的，不用你操心了。"郎一鹏校长应承着，在曹义随着更倌老傅走后，看着是个机会，两人又手肘相撞，双双迎着母亲，挡着母亲的去路。她一手领着克克,一手抱着水莲正准备回北屋去休息。两人在母亲面前都摘下帽子,全不管经管人老姜要他们两人"去找三块搭露天灶石头"的招呼。原来家住前亮子屯的郎一鹏是为小学校募款特来拜访母亲的。他向母亲说,沙坨子镇周围,不管是旗民两族的,是凡大粮户,都按地亩捐摊的办学义务捐,差不多都缴齐了,就是九道泡子,去年的款还欠着。

"他是来要捐款的,我知道了。那么你呢?"那个在布长夹袍外头套着件旧缎面坎肩的粮店外掌柜姓胡,他说在镇子上孙会长家里见过母亲。郎一鹏介绍说:"胡海山粮店的外掌柜,他叫胡云山。"

母亲说:"呵,你是老胡家粮店的大采买,我见过。你们的碾子房听说又添了机器,可比于家老碾子房的买卖兴旺,这两年发了呀。"

那粮店外掌柜说:"日本机器碾的米,出米就是白净,又快。于家那老石头碾子自然不行啦。"又说他是听说的,女东家要在九道泡子起庄院,盖座前廊后厦的住宅和带门楼的砖墙院落,还要铺条石台阶。"这是要一大笔现款的。"

母亲咯咯地笑着说:"你这是听谁说的呀,还要带铺条石台阶的院门楼呀?"

"嗐,镇上的人可都传遍了!"

那乡办小学校长郎一鹏自感受冷落而想早些告辞:"您家老掌柜可是我们小学的董事,我还要等个准话呢。"母亲对小学校的捐款问题全然不感兴趣,仍然继续和粮店外掌柜胡云山说:"你们消息可灵通,知道我这里等钱用是不是?你们真想得周到,我倒是想卖稻子,一石稻子眼下开多少价哪?"

那粮商胡云山说:"管拉管运么?稻子送到我们碾米厂大院是一个价,在这里,拉运归我们厂,又是一个价。"

"自然我们让地户送到镇上去。"

"三元五一百斤。"

"什么？三元五金票呀？你们这是按出几成米作的价呀？"

"都是按六成半米呀？还少么？实际上，你们的稻子出六成米就不错了，我们是连碎米也算上啦！"

母亲故作吃惊地说："你看过我们九道泡子的稻子了？"

"看是看了，反正，你们的稻子没有谷仓保管，露天一冻，能出六成米就不错了，我是信得过你，才按六成五算的！"

"你们这是什么日本机器呀？"

"三井洋行的呀！"

"六成米，不是都给碾碎了嘛，哪有四成糠的呀？"

"我们是按六成半米算。"

"那也三成半糠呀？"

"不是碎米也算在里头了么？"那帽子捧在双手里的体面粮商仍然等着，说，"要知道你们的稻子露天垛着，一落雪，都冻苏了呀，没有仓不行呀！"

"那么你们来车拉好了。"

"那还得扣除我们的运费的脚力呀，算下来也差不多。实在说，我们的粮仓里也满了，没库房搁呀，若不是我们东家打招呼，我们是不会赶上门来，给您女东家送款子来的。"

"谁是你们老胡家机器碾米厂的东家呀？"

"昌盛制米厂和胡海山粮店的大东家，都是你们的地邻八道泡子的田老爷子呀！"小学校长又插话说，"你们不是认了干亲么？"

母亲沉思了一下，又放下怀抱的小妹妹水莲，前后挪移着站不稳的脚步，又抬头问："眼下粳米什么行市？"

"牌价五分一斤，镇上都是只卖不进呀，说不定还要看跌，这就是丰收伤农！"

母亲爽朗地说："你们消息怪不得这样灵通，我不过说个话，哪想砖就拉来了，我还得缓缓手呀。"又向一直在拦截母亲谈话的小学校长郎一鹏说："我不是早在七道泡子的时候就说了吗?你们办的学堂净收旗户人家的子弟,可又要让我们民户往外拿钱。这哪是五族共和呀?不平等呵!如今是民国还兴这个规矩呀?"

"董事太太!"郎一鹏校长戴上手里的礼帽郑重地说,"这不能怪我们学校呀,你老要是不信,赶明儿个到镇上,民户一家一家问一问,民户家的孩子,都在镇东头的私塾馆里上学,不愿意念小学课本呀,这能怪我们呀?我们是讲自由讲平等的。如今晚儿旗民一礼,满汉一家,平起平坐呀!"

"这事儿,以后再说吧。你们就留在这里一起吃个露天的酒饭吧!老姜不是那里等着你们么?我累了,我要进屋歇一会儿。"

二

当母亲领着小妹妹水莲、抱着小戈比丹的克克,走上金秉湖那三间没有屋脊的圆草顶形朝鲜住室时,还高声嘱咐我们的族亲老姜:"一定要留下镇上来的这两位客人吃饭,一块来的怎么好分开回前亮子去吃呀。"后一句是向郎一鹏两人说的。

"知道啦!"老姜正弯腰搬着立灶的大块狗头石,直起身来迎着他们说,"这里我一个人就搭起来了。你们这样行嘛?也不像干活的样呀,要干,就得委屈一下,脱掉长袍,到后沟蹚子去帮小马倌他们往回背树楂子!怕弄脏里头的小褂,找根棍往回抬也行。你们都是体面人,可委屈你们啦。从车上解根绳子,屋檐底下不是竖着挑水扁担么?当抬杠也行呀!"

我原本想跟随八道泡子的领车把头曹义二舅去后高丽屯取枪,跟着他去打围的。这是在八道泡子做客时,就为我所热望实现的一个迷人心愿。我不知道为什么他们临走没有招呼我。我那时还不懂,打围的人不同路数是各有习性的。例如靠围狗蹚狗熊的和"打单儿"的不一样,"打单儿"的猎人又分"打跑儿的"和"打飞儿的"。曹义二舅是惯于"打跑儿的",就是说,鹿、狍子、猞猁、香獐子、密狗子、獾子、野狼之类都是他猎取的对象,他是惯于孤身一人穿山越岭攀崖子,脚步走得要轻捷无声,还要躲开上风头,绕到要猎取的野物下风头去,以免狍子之类嗅到人的气味逃掉。自然"打单儿"的猎手,照例都不愿意有个需要照顾的半大小伙子牵扯自己了。再说攀崖子、上坎儿什么的,脚下不利落,碰滚了一颗小石头,那野鹿和狍子又都是最机敏的野物,不等递枪,就会三跳两跃地溜出沟蹚子窜得不见踪影了。因之,后来听根土说,更倌老傅本来想叫我的,见到八道泡子车把头和他又递眼色又摇头,就悄悄从我身后溜走了。那时我见到那两个镇上来的体面人物拦截母亲的去路,很想知道他们究竟有什么要办的事来恳求母亲,所以我背着盛家父子,面向那三间向阳的朝鲜农舍站着,主要另有一份秘密心事,还想看到宝莉,还想等待她从有落地房门的灶屋里走出来,我还要机密地告诉她,明天就从七道泡子上货车回县城去了。我很想在傍晚临去七道泡子之前和她说会子话,很想再看看她月光底下特别漂亮的红唇白牙之间的微笑和那闪闪发光的两只大眼睛。

当根土故意弄得铝皮美孚油方桶叮咚作响,我回顾时见到他召唤我的歪头手势,我就赶紧用身子挡住他,又在背后向他摇手,不让他作声,意思是"你们赶快走,我会追上你们的"。我当时很担心克克要跟着背了渔网的盛大伯去九道泡子看打鱼。她要跟着我,我也正像惯于"打跑儿"的猎人一样,不愿意为自己添这份分散兴致的累赘。克克随在母亲身后踏上屋檐下那块长长的搁鞋台板,确实还回头注意地看了看我,不过她是向我显示抱在她手里的小戈比丹,仿佛向我示意,那个逗人喜爱的长绒小围狗崽儿,是为她所有了。而且是永远为她所有了。我向她作出不屑理的样子,侧过脸去,还装作准备随后上台阶的样子。一见她在母亲身后跨进那扇有纸糊格子窗的小金门,我就一转身,轻手轻脚走出场院,也没听清楚族亲老姜说什么,就跑出村口，追赶上不断向后回顾的根土了。距离一近，根土索性面向我倒着退走，等我接过他手里的空美孚油桶，他就小声说："连哥儿，宝莉临走给你留下话啦，要你明天晚上和我一块儿到七道泡子去玩儿，她在教堂外头的走廊里等着你。怕你不认路，要我带你去。"

我说："今晚上我就要到七道泡子去，等明天一早进城的货车啦，今晚上咱们一块儿去好吗？"

"今晚上不行。"

"为什么不行？"

"她过江跟着人家背私盐去了，今天下半夜才能偷偷绕过过海关卡子上的岗楼，回到咱们这边来哪。"他几乎是嘴巴贴在我耳朵上悄悄说的。

我说："真糟糕，天亮前能回到七道泡子么？"

"那可说不准儿。你要进城里了？女东家呢？你是一个人走了？"

盛大伯本来低着头走在前头，现在却突然停下来，返身等我们。当根土以为要他背渔网，伸手去抓时，盛大伯不给他，也全然不管我们出村多远了，要根土回屯子跑一趟。"把搁在棚上的长把子洋镐拿下来，告诉你娘，要是他们在后沟使高丽小砍刀不得劲，回来一定要大洋镐，那就借给他们用，听老姜的。老姜要是不作声，就算了。"眼看根土往回跑了，又扬声喘吁吁地说："告诉他们使唤要小心，别锛折了镢头尖！"

盛大伯眼睛仍如常日般阴郁不欢，和我并肩走着，喃喃自语地说："咱们后沟又没有烧条，都是刨柞木疙疸（树根）烧，人家镇上来的，没顺手家伙哪行。"

"后沟的乱草呢？"

"光割草，当引火柴行，炖鱼炖肉的火就太软了！那砖瓦行的老把头不一定懂，小马倌可内行。"

"你们家房西头的树楂子那么一堆，不会借着用么？"

"呵？他们自己动手搭灶就得自己动手刨树楂子。都得自己动手。再说，他们镇上来的师傅有手劲，咱们老的老、小的小，刨半天也没有他们刨一袋烟工夫背回来的多。在这里，出点力气，可不算什么。他们镇上来的那个砖瓦铺外掌柜杨世义的不会干？车老板子抡洋镐，还不是像我撒网一样，不当回事！"

我们现在离开大车道走下道坡来，眼前景色就和大车道上看到的不一样了。在大车道上能看见西斜的太阳，看见朝鲜咸北郡的军粮城在那巍峨的半山腰间，一半浴着阳光，另一半却埋在山坳的阴影里。在那大山底下，坐落在小矮岭上的田家大庄院那座有着县衙门的门楼像在眼前一样，清楚如画。也是一半浴着阳光，一半为阴影所遮掩着，不过两处的阳光和阴影的部位又不一样。那朝鲜境内的军粮城是西部在阴影里，东半截在阳光照耀下。而田家大院是那两层大院门楼和院墙四角的炮台都袒露在阳光底下，院墙和大草垛的底部，大半截都埋在阴影里，半黑半白，恰似版画一样。一点儿也看不出在军粮城所在的朝鲜山陵和田家庄院的矮土岗式的丘岭之间，还有作为中朝两国国界的图们江上游的界河和两岸各有的河滩、丘陵，还有长满野生灌木丛的沟谷和树林。

在大车道上，我一看见田家大院那瓦顶住宅的套院和住宅的长廊檐，就不由得想起扎着绣有白牡丹花的黑布围裙的田大宝嫂子俊秀的脸形，还有她那特有的充满亲切感的柔美的眼光。同时，自然也想起那有男子般豪气而又直爽的香琴姐来。刚刚离开还不到一天，我却觉得离别已久般地想念起她们姑嫂来。我在低头想着，不知道她们姑嫂现在陪着都叫妈的田大婶，是不是在矮炕桌上正摸纸牌，就随在盛大伯身后走下坡道。只听见盛大伯一声招呼，不想这坡道的斜度那么陡，再也站不住脚，就顺坡势不由自主地迅捷地跑下来了。

"人家是顺着斜道打横走，你可好！要你小心，你却一直跑下来了。"

我笑着，险些跌倒，幸而我跑得快。我带着一种勇士般的胜利者情绪笑着，感到很有些战胜险要的快乐。如果不是盛大伯站在那里等着，我真想再次登上斜坡，再跑他第二次。心想若是宝莉在场亲眼看到我的腿脚那么矫健、麻利、灵巧，该多么好呀！见盛大伯在坡崖底下坐下来，我这才注意到，我们都埋在大片阴影里，再也见不到晴空西斜的阳光了。而坡道也仅仅上部露在阳光底下，下半截全为阴影所遮盖。我们面前是片茂密的芦苇林丛。在我们促膝坐处和芦苇林之间，还隔着在阴影里到处闪光的水洼，满片开着黄喇叭花的草丛和长满塔头堆的沼泽地。头上的蓝色天空也仿佛小了，只是比井口大一些的蓝块块了。那眼前的芦苇林子遮住了九道泡子的水面，也遮住了泡子南岸的田家大院的庄院和它背后的军粮城，仅仅露出朝鲜境内那座巍峨的卧虎山（又名"军粮山"）上部的峰岭。

"靠着我坐，咱爷儿俩还没有坐在一块儿拉拉家常呢。"盛大伯用火镰打着火石，巧妙地用火绒引着剥掉皮的高粱莛子，一边说，"过这几步泥沼洼子，还得等根土来背你。咱们的小划子就藏在苇子沟里。歇一会儿，我过去拖到沟口泡子边上等你们。"

我们就挨靠着竖膝坐着。一坐下来连对面朝鲜境内的高耸云霄的岭峰也看不见了，倒像坐在井底下一样，全都落在阴森森阴影里，还闻到一阵阵南风从芦苇林子深处带来的一股鱼腥气味。也看不到什么水鸟从那片芦苇林子背后突然振翅飞起来，还听出它在低空贴着水面飞动的声音。

我惊呼："是野鸭子吧！咱们的更倌老傅怎么不来这里呀？"

"这要不是离老高丽国界近，还会有这么些水禽栖息呀？"

"怎么？后沟离国界不是更近么？"

"那里离老毛子的国界近。那边，得走三十多里的荒山野岭才有穷党的农庄，也不像南边日本子警察把得紧，他们都管过界来了，这边一放枪，珲春城里的日本领事馆就打电话交涉，沙坨子镇的警察也要下来调查，还要抓人。这边和老毛子那边不一样！"

我问："你去过吗？"

"早年海参崴也是咱们的地界，归珲春关管，咸丰年间才割让给俄国。民国十年保沙皇的富党被打败了，都从那边跑过来！这条道就不通了！"盛大伯喉咙嘶嘶地响着，在想什么以往心事似的。我离着他这么近，第一次看清楚他的脸颊皱纹，像丘陵一样起伏着，而面肤上形成的一道道沟渠很深，全不像突起的一道道皱褶脊部那样光洁，而是积存着许多垢污一般，现着黑泥般颜色。

盛大伯喉咙嘶嘶作响地抽着短烟杆，眼睛望着前面的空间，又说："你大伯想问你，大前天夜里，咱们九道泡子枪响，你们在八道泡子听见了么？"

"隐隐约约地听见了。"

"那么你娘怎么不第二天一早赶回来？"

"到七道泡子去了，说是朴斗寅下来抢着收债，从咱们后高丽屯拉走两车蓝杠子麻袋装的水稻……"

"光是朴斗寅来抢着收债么？没听说还有人在浑水摸鱼么？"

"那没有呀。还有谁呢？"

盛大伯抽着烟，不再说什么了。我奇怪，为什么他喉咙里像有一条细丝弦嘶嘶地响着，而抽烟却不呛得慌，一声咳嗽也听不见。又注意到他那两只狭长的大眼睛很阴沉、很严峻，但口气却温和。他用手里的短袋锅指点着沼泽地问道："连哥儿，你认识那些开着黄喇叭花的野菜么？"

"不认识。好吃么？"

"若是不开花，摘下来晒干了，就是金针菜，背到镇上去，一斤晒干金针菜就能换一斤大米呀！"

"那怎么不趁着没开花时候，采下来，多晒一些换大米呀！"

"谁家有闲工夫呀，那正是庄稼院里忙着收割的季节。忙着割、忙着运、忙着打场，等你场院活儿忙完了，金针菜早开过几茬子花，都原地不动落到泥洼塘里了。这是晚茬子花了！老天爷就是给咱们穷庄稼人这么安排定了的！你有两只手，可别想一手捉山鸡一手摸螃蟹，等你腾出手来，采黄花菜的旺季也过去了！再说金针一开花，也卖不出好价了！"

"那不是都白白糟蹋了么？"

"唉，要不是人人都说关东山富嘛！满山是宝，你就是没有那么些人手捡呀！后沟里，年年糟蹋的榛子还少呀？要不野老鼠都吃得那么肥！松鼠、花狸棒子那么多呀！榛棵子里那榛子，得两手捧着捡，一天也能捡十斤八斤的，背到镇上一斤榛子换一斤'江西小背'运过来的私盐。可是谁有工夫去捡呀！庄稼院里要晒场，要打豆子，还要推磨、推碾子，人要吃的，牲口也要料呀！"盛大伯眼望着天空，想着什么遥远的往事一般，突然又眼不看我地问："连哥儿，你娘真要在窝棚里盖庄院宅子呀？"

"许是吧，"我说，"人家八道泡子才像个样子呢，咱们九道泡子连个土院墙也没有。"

"连哥儿，要你大伯说，不如劝劝你娘，拾掇拾掇，回海南去。在海南家添置一二百亩地，那才是真真正正的'便家'日子呀！咱们移民人家，可不能在这里和人家坐地户旗人比呀？"

"为什么？"

"为什么？你娘的脾气，逞强好胜，性子又烈。这在关东山怎么行。这里是山高皇帝远的地场。这里也不比珲春县城，别看旗人没有皇粮吃了，可咱们民户人家得罪不得。高丽也一样，别看是些亡国奴，可是在咱们这里都偷偷在了民会，背后有日本人撑腰，处不好，可要吃大亏。你娘不是要盖庄院嘛，没有炮楼，不养十个八个炮手，月黑天，人在黑影里，掀掉你庄院的房顶，到时候可连挡风的墙都找不到！在这里要是杀了人，越界一走就了事，找谁去呀？"盛大伯敲着烟锅说,"有些事,你还小,不知道深浅呀!你告诉你娘,要在九道泡子盖庄院宅子,什么都得盘算到。"

我问:"那么大伯你在这里,也想海南家么?"

"你大伯想也没用,我是回不去了。"

"为什么?"

"欠人家饥荒,年年要打利息呀,还不完的债呀。你当是开荒易么?一副洋犁没有三五头顶事的洋马,拉不起来。要舍得往地里掷开荒钱。"

"大伯,你欠我们的债吗?"

"和你们没账目来往。你爹那些年原本不管这里的事呀,光知道垦荒户三年不要租。可是买牲口,谁给垫款子呀?人吃马喂,还得要买大量的种子往地里撒,不向镇上抬粮抬钱,行吗?"

盛大伯一边脱下有补丁的破胶皮鞋,赤着脚抖开又黑又脏的包脚布,准备过沼泽地,到芦苇荡子里找小船去,但他说话的口气狠狠的。他说:"镇上这帮放高利贷的商家,谁不是靠我们种庄稼地的发财呀!"直到这时我才注意到在盛大伯那布满深深皱纹的、沟渠纵横的瘦削的脸上,有一双凶狠的狼一般的眼睛。仿佛他年轻时在海南杀了人潜逃来关外的。就像人们传说的隐身逃犯一样。当盛大伯抖着包脚布站起来时,那披着囚犯般长发的头部,仿佛露出水面一样,为阳光照耀着。肩部以下还埋在阴影里,如在水底下淹没着一般。但我站起来,头高不及他的肩膀。可见盛大伯原是一个彪形大汉,只是年老而驼背了。不知道是他不抽烟了,还是抖落包脚布的气味散开的缘故,团聚成群的蚊子和小咬儿都围着我们的头部旋转成团了。盛大伯喉咙里呼噜呼噜响着,顺手采了一把蒿草递给我。我不知道是干什么的就接过来,只见他也捏了一把在头的左右甩着,我立刻也用手里的蒿草驱赶起蚊蚋来。但我要走上大车道的堤坡,因为身后一两尺高就是阳光形成的"水平线"。那阳光晒着道坡上半部,现出闪动的盛大伯头影,他正在折叠着渔网往肩上搭。我一直登上斜坡，完全沐浴在阳光底下，我已看到芦苇林后的火红的太阳了。我不禁欢呼着："落日已西下！"独自吟诗一般喊了一句。直到这时才感到天空是这么辽阔无际，大自然的空气，原本是这样新鲜，悦人肺腑。而堤式大道底下的阴影里，空气却是污浊不堪的，只靠芦苇林丛间透过的南风，带来阵阵热烘烘的鱼腥气，使这阴影里淤积的湿气动荡一阵。这时盛大伯肩搭渔网，挽着裤腿，脚踏塔头草越过沼泽地，我也不管道堤底下多么气闷，掷掉驱赶蚊蚋的蒿草把，也跑下来了。这次是顺着斜路跑的。盛大伯见我手里拎着鞋袜也要跟随他过那条狭长的沼泽地，就说："草甸子的水凉，你别下来了！"

果然，那水像冰一样，激得人心里一阵发冷，冷得使人打寒噤。怪不得盛大伯要踏着塔头草堆一步步跨着走呢？原来这里都是草甸子里渗出的山水，一直没有晒过日光。盛大伯回身看着我一脚在寻找踏处，一脚站在塔头草墩子上左右摇摆，就要我在沼泽地边上摘黄花菜等根土。他说，要是摔倒在泥洼里，可没地方找衣裳换。但我不听，趔趄着身子一步一步跨着，终于走到芦苇林子边上了。这里的水洼，整年背阴，凉得不容站脚，露出水面的土上，芦苇根又似蚯蚓般盘踞着，擦得脚掌不舒适。再看盛大伯，早已消失在茂密的芦苇丛中。只听见苇林深处有沙沙的响声，芦苇叶子擦到脸上，划破一般疼痛。而且这里气息闷热，我一手提着美孚油方桶，一手提着鞋袜，只有用肘臂遮挡芦苇叶，保护脸部，汗水仿佛从眼眉上往下滴着。什么时候已经听不到远处沙沙声了。

我正喊着："盛大伯，你在哪儿呀？"却听见根土和克克在背后的芦苇林子外的招呼声了。从芦苇丛间看见根土背着我的妹妹，踏着塔头草一步一步迅捷地走过那条沼泽地了。克克向我嘻嘻地笑着。根土说："是二婶要我带她来的！"克克在根土背上现出很得意的神色，仿佛说："你不领着我来玩，我还是来了。"我对这种自感得意的顾盼，给以愤愤然的一瞥，装作不理她。

"把脸藏在我背后，芦苇叶子可会划破脸的！"克克的脸贴根土后背，不断咯咯的笑声中，我们终于循着推动小划子的水声，穿过一段闷烘烘的芦苇林子，走到两边芦苇夹峙的水渠般沟道边上来了。除了头上一道宽如带形的蓝天，两边苇林如墙，这地方仿佛是海盗的隐蔽处。不知为什么，我感到这里有种神秘恐怖的气息。

"你们过来吧！我还得去找桨！"

听到远处传来闻声而不见人的高呼，又感到我们确实还和外界联系着，没有迷失在这茫茫无际的芦苇林子当中。我们终于循声呼应着，跨过那道沟渠，走出厚密的芦苇林丛，见到裸露在阳光下的一片白茫茫的九道泡子的水面了。

在这里，将要西落的阳光灿烂、温暖如春天，一阵阵南风吹来，头发和衣襟飘动着，吹到脸上，给芦苇叶子划伤的脸部还隐隐作痛。而浸埋了脚脖子的湖水却是暖暖的，完全和芦苇林子背阴处的洼塘水不同，我真想在这里脱光了衣服，洗一个湖水澡。根土指点着我们，脚边绿叶丛中那些红如鸡头的东西，说是捡剩下的鸡头米，三角叶子底下还有残余的菱角，伸手一摸就是。我第一次采到菱角了，克克召唤着说："给我！给我！"

除了给她采了些菱角，又采了不少鸡头米，根土全然不感兴趣地背着克克催促我："赶紧过来，上船了！"我没有注意小划子是从哪道湾子里划出来的，也不听盛大伯的招呼，两腿挟着美孚油桶，弯着腰，一手提着鞋一手摸着菱角，还不时采些鸡头米，采下来就往方形铝皮桶里掷。我嘴里嚷嚷着："来了！来了！"心里真弄不明白，这么多随手可取的天然食物，为什么没有人来采摘？白白抛弃了岂不可惜？实际上，这时候的我，还不知道北方人的勤劳中还有它的怠惰处。小船划到了我的身后，我才离开那紫色小蛙崽在绿菱角叶子上乱蹦乱跳的水洼塘。挽到膝盖上的裤子湿了大半截，我也没感觉。在我临上船前终于给克克捉住了一只紫色小蛙崽。可惜在交给克克时，又让它蹦掉了。克克不答应，非叫我再给她捉一只。我怎么也捉不住。根土只好背她到船上，答应给她再捉一只。在根土顺手把我那只美孚油铝皮桶提到船上时，惊呼了一句："采了这么多呀！"

我跨上小船。盛大伯喘吁吁地告诉我："靠后坐！坐车要坐前，坐船要靠后。车是前边稳，船是后头稳。"这是我还不知道的生活常识。正如我不知道不用打结就能拴马扣，而且马还越挣越紧。我感到在九道泡子的分居生活给我增添了丰富的生活阅历。我不知道盛大伯为什么那么耐心地坐在船头上等待着。我招呼根土："不要抓了！"而克克却大声抗辩着："我要！我要！"这就是我不愿意带她出来玩的主要原因，我们的年龄虽差四岁，但旨趣以及对事物的看法却是如此不同。她就不想想，我们都在船上等着去网鱼，心情是多么焦急哪！同样，刚才我在采菱角时，盛大伯催促我上船，我不是和克克一样，没有理会他们焦急的心情吗？

不知为什么，刚才还在急急地催我们的盛大伯，此刻反倒安闲地从腰间摸出和火镰扎在一根皮条上的烟口袋来，耐心地等待根土为克克在湖边水洼塘里捉小蛤蟆崽子了。

根土蹚着水走过来，他不仅抓到一只紫色小蛤蟆，还抓了一只土黄色白肚大青蛙，他说："回去和鱼一块炖，肉才细哪！"我真奇怪，原来乡间还有人吃蛤蟆肉。我说："这是专吃害虫的有益生物，自然课本上说，人类该保护它。"根土也很奇怪："怎么课本上还记着关于蛤蟆吃害虫的事？"一边说着，一边攀上船来，坐在我身旁，还要我挪挪地，原来他是把舵的舵手。盛大伯说："你不行，这得知道奔哪个方向。"我这才知道在九道泡子打鱼，还得认识同是一个水面的不同水域。仿佛盛大伯和根土都能看到水底下的鱼情一样。船停在了他们选定的地方。盛大伯站着连撒了两网，我们的美孚油桶就装满鱼了。大多是些弓背弯成弧形的尖头鲫鱼，每一条鲫鱼都是金光闪闪，体阔壮肥的。大的有三四斤，小的有七八两。还有嘴角有须、红边镶尾的大鲤鱼，黄色三棱角体形的嘎牙子，长须的大鲇鱼。

我必须说，在拉头一网的时候，我感觉到不是船带着网走，而是网拉着船走。头一网原本打到三头大鲤鱼，克克欢呼着要摘网，为我挡开了。等盛大伯喘着气，摘下头一条鲤鱼递给她，要她两手抱着。不想那足有三四斤重的鲤子一到她怀里，鲤尾一扫她的脸，她一侧头躲开了。就在那一瞬间，那条三四斤重的大鲤鱼突然脱手而出，竟然跳跃到空中跌到湖水里去了，眼看着它在水面上逃掉了，游出丈把远又在水面上得意地露头窥探一下，就再也见不到踪影了。克克吓得哇哇地哭了起来。

"哭什么？连条鱼都抱不住，真没出息！"

"不要哭！这不是还有嘛！"盛大伯又摘下一条同样大小的鲤鱼，准备递给她，我却抢着接过来。我说："这条鱼不给她了，让她哭去。"不想我两手握住的那条大鲤鱼，也突然有魔鬼相助似的滑脱出手去，也同样蹦向空中，那瞬间吓了我一跳，只见它也一下落到水里去，眼看着在水里抖搂着尾巴跑掉了。盛大伯和克克一老一小都不由得看着我的惊呆样子笑了起来。那克克的脸上还挂着眼泪，笑得最开心。根土和我也都不由得笑起来了。我当时脸都吓白了，手里感到有一种滑润如油的黏液。盛大伯这才告诉我，捉鱼的两个手指要抠住鱼鳃。盛大伯笑得露出有缺齿的满嘴发黑的牙来，眼睛是那么黑白分明，看出年轻时是个很爽朗的招人喜欢的汉子，和在芦苇林后的背阴道堤底下抽烟想心事时的眼神，完全不一样。我奇怪怎么盛大伯的脸色像天气一般，阴天一个样，晴天又一个样，竟是这么不同，阴沉的眼色，眼锋怕人，现在又是那么漂亮，根本不像是一个人的眼睛。同时我也头一次开始喜欢盛大伯了，他竟有这样的出色本领，网撒得又圆又远，瞅得那么准，简直是在自己的养鱼池里网鱼一样。我猜想，我们撒网的那块水域，八成是我和田大宝那天夜晚与宝莉的盗鱼船相遇的地场，名叫"荷花潭"。一问根土,果然不错。我很得意,这倒使根土吃惊,久久不解,为什么我才来却对九道泡子水情这么熟悉,追问:"是谁向你说的?"但我保持着自得的秘密,只笑而不露底细。

"那我也不告诉你这荷花潭鱼多的秘密。"在归来路上,根土小声和我说。他和盛大伯用划船木桨抬着方形铝皮装鱼的煤油桶,渔网里还有用青蒿串起来的两条闪金光的鲤鱼和三条大鲇鱼。我背着克克。我们都挽着裤腿,水湿到臀部。满怀着胜利喜悦,这是只有渔人和猎手所能体会到的一种特殊的劳有所获的喜悦。

三

我们还没有进村,就看见碾盘前头的空场上早已架起黑烟飘荡的篝火。这里有南屋一角和碾盘挡着南来的风,那乌黑的烟直到半空才向北飘散开去。底下篝火红光闪闪,烧得正旺。那上头搭着一根斜插的新砍树干,上头挂的不是吊锅,而是用铁丝当系绳的美孚油铝皮桶。盛大伯说,想不到去后沟打围的早已回来炖上野味了。篝火旁,只有两个人在那里看着吊桶并向篝火堆里加添八脚鱼式的柞树根。原来烧的都是盛家东墙头上晒干的树楂子,是用新刨的树根调换的。因为新刨的湿柴多,盛大伯自然是笑嘻嘻的。坐在稻草捆上的是穿着白布裋的粮店外掌柜和镇上的乡办小学校长郎一鹏。他早已脱掉长夹衫,摘了礼帽,只穿一件西式白衬衣。盛大伯连声向他们道乏,说:"你们受累了,在镇上可从来没刨过树楂子吧?"他们就斜脸看着盛大伯提在手上的那一串大鱼说:"你辛苦了,九道泡子还有这样大的多年大鲤鱼呀!可肥实!"那车夫小马倌站起身来迎接我们说:"鲤子大了,净土腥气,肉也粗……呵!桶里的是鲫鱼呀!这要是在我们八道泡子,交给小灶上,糖醋一熯,牛庄二锅头的酒盅再一抿,多美呀!"我赶紧放下背上的克克,忙不迭地要接过盛大伯要交给小马倌的那几条大鱼,想给母亲看看,讨她的高兴。想不到那么沉,一手提不动。根土就搁下方桶仍用木桨和我两人抬着，克克噔噔跑上北屋木板台阶上脱着鞋，边嚷："妈，那么大的鱼！快来看呀！"但屋里不见反应。等我们走上木板台阶，只见小门开处，母亲正站起来送客，继续向走出来的砖瓦铺老板说："不要再说了，我的主意拿定了，今年冬天不盖房，砖瓦要是堆到明年挂锄时候，雨水泡、牲口踹的，还不都糟蹋了？"随着两位镇上来客和族亲老姜走出那带纸糊格子窗的小门，才为我和根土手抬的那几条大鱼惊呼起来："我的老天爷呀！这是从哪弄来的呀？从咱们九道泡子打的？咱们的泡子里，会有这样大的鲤鱼呀？怎么我从来没听说？"

族亲老姜脸上原本笑嘻嘻的，一见到我们手抬的那几条大鱼就皱起眉来，不快地说："怎么把种鱼都打上来了？"又向母亲解释："那是人家留的鱼种，也就是十尾八尾的。"

母亲说："人家留的鱼种？"

"是呵，不是租给八道泡子了么？去年秋后，镇上来人打鱼，过五斤的鲤子就不让动。田家老爷子就说，是留的多年鱼种，都给扣下了。"

那车夫小马倌说："说是那么说，大鲤子还不是搭露天灶炖上，都给大伙犒劳了呀。在我们这里没人稀罕吃这个，再不我给你们收拾出来，用青草一裹，让连哥儿带到城里去给我们的干亲家老爷子尝尝鲜。鲇鱼什么的上不了席面，就和那些鲫鱼嘎牙子炖在一块儿，光这些杂鱼也吃不了。"

母亲深思着说："都收拾了，炖上吧。"又问："他们在那里是收拾鲫鱼呀？走，到井台上去看看。"

族亲老姜再也不说什么，阴沉着脸，同样在想着什么。倒是砖瓦作坊刘宏业师傅接过那串大鱼去，说："真还有点分量呢！一二十斤呀！"

"一二十斤？"那车夫小马倌也接过去掂了掂，说，"二十斤是挡搭不住呀！"

"有那么重？"

"哪还少了呀？"

"我手里一提，也有个准。"刘宏业老师傅脸上闪着弥勒佛般的笑容，"把桨拿开。"

"怎么样？"

"嗯，也就是二十啷啴斤吧！"

"我再来掂掂。"那车夫小马倌面形长长的，我仿佛在哪里见过一般。只见他掂量着，又问："你说向里啷啴还是向外啷啴吧？"

"向里。"

"不对，二十斤挂不住砣！管保向外！"

于是在这个"向里""向外"的话题上，两个人又发生争执，不过刘宏业师傅始终笑嘻嘻的，车夫小马倌却很认真，而且固执。母亲、老姜和砖瓦铺外掌柜都不注意两人的争执，走到井台上，看见到处是血渍和鹌鹑色的沙斑鸡与树鸡的黑羽毛，还有剁掉的野鸡头和鸡爪子，蚯蚓般一团团的鸡肠子。盛大伯手持朝鲜宰狗尖刀，正在刮鱼鳞，母亲看见这般大的鲫鱼更是惊疑不止，说："九道泡子的鲫鱼都这么大呀？"

"都是种鱼。"那族亲老姜抢先说，"管保是在种鱼场下的网。"

"是呀，"那盛大伯说，"不是僵在火头上，谁还会到种渔场里去打鱼呀？不是因为你说，咱们这儿连顿像样的待客酒菜也拿不出来么？这可不能怪我！"

"我怎么没听说，九道泡子里还有什么种鱼场呀？"那车夫小马倌说。

"你天天在外头放马，知道什么？"脱掉短外褂的砖瓦店外掌柜杨世义说，眼见车夫小马倌又要争辩就赶紧说，"九道泡子的事，咱们还有人家经管人清楚，领车把头临来向你说什么来着？"那眉眼距离鼻梁近而距离嘴巴却远有三倍的小马倌沉思着什么，低头不说话了。

母亲问："杨掌柜的是旗人吧？"

"是呵，你怎么看出来了？"他声如洪钟般说，"可是随旗，老根儿还是山海关里来的。"

"呵，是汉军旗。"

"你怎么知道我是在旗的？"

"听话听音嘛！"

母亲现在又转身听着老姜的述说了："反正三合盛当年领这块荒，看中的是林子，谁也没拿泡子当回子事。原来只当是捞个鱼摸个虾什么的，都归经管人，权当是贴补给开荒牲口添个豆饼麸子什么的马料钱。东家一直没管这些水里的出产。等前年租给八道泡子了，咱们一年干吃一石二斗大豆的租，鱼可是归人家啦，人家是年年割青草拌猪粪往里喂料，哪像咱们九道泡子，不养猪，哪里有什么东西往里投呀。"

"当初那么说过，可不知道水里还有这么大的出产呀。"

"这些老盛头儿还不清楚，二婶你听他说说！"那盛大伯却不理会姜得年的话，低着头，自语般说："曹把头不会走麻耷了山吧？听说更倌老傅又背着枪到后沟找他去了？不会过界碰到苏联红军的巡逻马队出了事吧？"

"哪会过界呀？"有人说。

"不会过界？"那盛大伯抬起头来，呼噜呼噜地喘着说，"不会过界，那根搭在篝火上的小榆树是从哪砍来的呀？"

那车夫小马倌笑着说："那是我砍的，是在分水岭这边，我可没越界。"又说："你们这的山坳岭头可倒好，净是砍光的树墩子，连棵像样的椽子都别想找，盖房子还不得买木料呀？还要大梁、房檩、立柱、木板，这得多少木料呀？还不得一大笔钱呀！"

那砖瓦铺杨世义连忙说："小马倌，你就是话多！"

母亲说："小马倌说的倒是实在话。"

"蹲下来，咱们帮着拾掇鱼吧。"那砖瓦铺掌柜的从盛大伯手里接过那把满是鱼血的朝鲜短把宰狗尖刀，递给车夫小马倌要他剁掉鲫鱼头。

母亲很不快地站在这汉军旗出身的砖瓦铺外掌柜背后想说什么，我赶紧拦截，不让母亲又说什么有关旗人和民人的话来，再招惹镇上这位来客的不悦。心想："妈妈为什么总和客人拌嘴呢？"就摇撼着母亲说："妈，克克她们说不定又醒了，在屋里哭呢。"

"那你回去看看，水莲醒了就抱过来，我还在这里说会子话。"母亲两眼看着我，这才注意到我的两只裤腿卷在膝盖上，裤裆都湿透了，惊叫着："连儿你这是怎么湿的呀？不是坐着小划子去看你盛大伯撒网打鱼么？谁叫你下水采菱角捞鸡头米了！还不赶快回去换下来，等我一会子，透透水，搭在篝火挑杆上烤干它！"我牵着母亲的手腕，说："咱们走吧，我也不知道衣包里该换哪一件。"

"我这还要和你马倌哥儿说话呢。"

"你把刀给我，"为母亲敬重的瓦匠师傅刘宏业向车夫小马倌说，"你陪着女东家路上说话吧。"

"哪，我们一边走着一边唠扯吧。"小马倌就随着我们离开井台往回走。但砖瓦铺外掌柜也跟过来，他说："这村外头还有点冷呢。"

我和母亲自然都不欢喜那矮胖矮胖的镇上来客，母亲低头想着什么，那车夫小马倌也尽自头前走了，说："山鸡肉都炖好了，车还没卸呢。"

那杨掌柜的就在小道傍踏着草丛，随着母亲走，也是低头沉思着什么，说："再不，先定个数，冬天把砖瓦、木料备齐了，明年开春种上地，到挂锄时候动工，省得那时再雇人雇车地运料了。"

"嗐！不要说这个还没谱儿的事了，我不是说过吗？房子是明年的事儿，眼前我还没选定地基，等刘师傅回去画出个图样来再合计。"

"可是你不先定下几窑砖来，明年说不定用的时候，烧不出来呢？"

"我可不愿意逼债似的,基地还没选定,就要我拿出钱来定砖备料。"

"那好,那好,嫂子可不要生气。"他赔笑说,"事没办妥,我们回去怎么向老东家交待呀。"

篝火还离着很远,已经香气四溢了。但坐在篝火傍添柴的人,还是郎一鹏和那个已套上绸坎肩的粮商,他们和车夫小马倌打着招呼,说领车把头和更倌还没有动静。等母亲在金秉湖北屋里给我找出裤子换上,克克最先醒过来,一见围着我仰头欢跃的小戈比丹,就膝行着爬过来抓住它了。可那机灵的小围狗,却全不在意为她捕捉,一直望着我,讨我的注意和喜欢似的,对抱它在手的克克,却看也不看。我真从心里喜欢它,就在克克怀抱中向它贴贴脸。母亲说:"那是干什么?你也不怕头上有跳蚤!"又嘱咐我:"吃完饭,你就赶紧走,别明天一早耽误了乘进县城的车。"又说:"你爹净办甩手财东的事,我这回可知道了,西瓜满处掷,却让我们天天弯腰捡芝麻。"我不愿意听母亲的埋怨话,赶紧拿起脱掉的湿裤子来,临出屋的时候,恳求母亲说:"妈,咱们还是回海南去吧,别在这里盖庄院了。这里旗户多,咱们在这里会受气的。"母亲若有所思地说:"你要回去,等念完了书,跟着你爹回去。"

"你呢?"

"我这辈子就住在关东山了。"母亲睁大眼睛说,"你不是和八道泡子的大宝拜把子了么?怎么又不喜欢这里了?"

我如果说,人家背后都在议论她逞强好胜,不管旗人、朝鲜户都敢得罪,在这里如果盖起庄院来不养炮手,月黑天也会给人毁了之类的话,又怕惹母亲生气,追问这话是从哪听来的,说不定还要找盛大伯吵嘴。我低着头,不说话,用脚拨开挡路的小戈比丹准备出去。母亲扯过我手里的湿裤子,一边斥责着:"你不是在山东出生,从小就在关外长大,连海南什么样都不记得,也跟着海南、海南地来气我!"

我跟随母亲再次出屋。看见眼光阴沉的盛大伯和笑嘻嘻的刘宏业师傅各自提着一串开过膛、洗涮干净的鲤鱼和鲇鱼，正离开井台向村里走，根土一手持着朝鲜宰狗尖刀，一手和盛大伯抬着美孚油铝皮方桶，接他们的车夫小马倌迎面走来。母亲走在小马倌身后问盛大伯："不是九道泡子的鱼在三合盛时候都打光了，没什么出产了吗？"盛大伯叹着气说："要不镇上来人，谁都不敢发话吃顿露天灶炖的鱼、喝酒。有鱼有肉地招待镇上的客人，就行了，你还管这些做什么？"

母亲就说："根土你们先搁下鱼桶，到井台上帮我提两桶水。"

车夫小马倌就说："好，你洗多少衣服呀，用多少水，我们包了！"

在旗户屯是用井上吊杆打水，在我们九道泡子是用汉人惯用的吊绳系桶打水，那小马倌弯腰向井里放系绳说："这井这么深，安个辘轳把，也省劲呀。"

根土说："俺大说，当初是想安个辘轳把，可总没安。没想一住就是一二十年呀！"

母亲却在井台旁找块石头坐下来，突然问小马倌："你们八道泡子一年出多少鱼呀？"

"那你们九道泡子可不能比！"

"怎么不能比，一样的水面，怎么不能比？就因为八道泡子有猪粪往里倒么？"

"不光是这个。"

"还有什么？"

"你们九道泡子前些年，打鱼打得苦呀，手指头这么大的小眼网，在八道泡子是不让下这种绝户网呀。"

那车夫小马倌只打了两吊桶水，就远远应着那篝火旁传来的洪亮呼声说："他们等着鲫鱼上挑杆呢。"在他匆匆走后，根土就悄悄向母亲说："姆娘，你不知道，在八道泡子旗户租下网的头几天夜里，俺大带着俺哥都在九道泡子里挖了大坑，倒了石头连破筐破篓什么的，在水底下堆了一个让大鱼群躲藏的场子。今天的鱼就都是俺大在那里打的。小马倌他们外屯人可摸不着咱们九道泡子汉民的底细。"

母亲惊呼着:"呵哟,九道泡子你大还真有一套学问哪!"

根土说:"俺大要不是在这里隐姓埋名,早到济南府去当差啦!"

"你大为什么要在这里隐姓埋名?"我惊奇地问。

母亲向我递来斥责眼光,说:"小孩子不许说这些事。"根土间歇地帮母亲一桶桶打水。等到母亲洗涤完一大木盆衣服,带领我们回到村子里,篝火的挑杆上已经挂上三个吊桶,炖山鸡的吊桶挪到外边,火中心处是两只大小不同的炖鱼桶,一是铝质的美孚油方桶,一只是当地称作"围大罗"的圆轻铁桶。据说金秉湖老汉在炖鱼吊桶里大把大把放了"猫爪子"和鲜黄花菜。

碾盘一边是给母亲留的主位,篝火的三面都是稻草捆摆设的普通座,姜得年要我靠着他坐,车夫小马倌又愿意靠着我,根土只有坐到他的那一边了。母亲双手端着大木盆路过这里,欢悦地说:"山鸡肉好香呀!"又奇怪,"田家他二舅还没回来呀?"还说:"我等会子和孩子们一起吃,你们先喝酒吧,不要等了。"

"要等,不等还行呀!"那镇上的乡立小学校长郎一鹏在众多客人瞩目中恰如富有权威的人一样说。显然车把头曹义不在场,他就是众人所尊重的头目了。人们现在都注视着母亲,只有那弥勒佛般笑着的瓦工师傅刘宏业和盛大伯仿佛没有听到什么,两人仍在说着闲话。

"炖鱼快,抽袋烟就开锅了……"小马倌说。

母亲冷着脸仿佛缓了口气说:"他们该不会走麻耷山,转迷糊路了?"

"真的,也许越界走到东边林子里去了?"那车夫小马倌也随着说。

"不会呀,"族亲老姜蹲在那里向篝火添加大海螃蟹般柞木树根说,"他一定在后山沟瞄上狍子群了,咱们就沉住气等吧。"

"那你陪着镇上的来客在这里等吧，连儿今晚要赶到七道泡子去，明早好搭车回城里。"

"不，"我说，"我在这等着和大伙儿一块吃完露天席再走。"

母亲果断地发话了："你愿意在这等，就等吧。我们可要打出一份山鸡肉来，端到北屋去先吃了。刘师傅和根土他大，都过来和我吃，我们还有些事要商量。"又向镇上来的两个买卖家的外掌柜招呼："等会子老姜回来，要他陪你们喝酒。"又笑着嘱咐车夫："你可别喝醉了，忘记给牲口拌料呀。"对乡立小学校长郎一鹏却仿佛看也不看，尽自带领着布褂外头套坎肩的刘宏业和盛大伯离开了篝火。我们的族亲老姜和金秉湖早已分头去找盛山鸡肉的陶器钵子和洗脸铜盆、淘米瓦盆什么的，准备洗涮出来盛肉了。

四

炖山鸡的吊桶是两人协力摘下来的，用捞豆饼渣拌马料的大铁勺分舀成四份。北屋两份，小份的装在朝鲜高装大"沙巴力"铜碗里，给金秉湖老母亲端回去了！另外两份小的，一份是盛在大黑色博山海碗里的，盛大娘看着老姜给分着舀，从心里笑得闭不上嘴，端回南屋里去了，说那是和根土两口人分的小份子。但根土是在小马倌身旁占了座位的，却尽自坐在那里和小马倌猜空拳，如没听见一般。自然，我看着看着也参加了和他俩猜起空拳来，直到那两个商铺的外掌柜都喊着："滚锅了！都淌出来了！"车夫小马倌才猛地站起，独自擎高那挑杆翘起的那一头，两只作为吊锅的一方一圆两个吊桶就斜滑到篝火外缘，桶底轻轻触地时，根土已经跑过去垫着自己的裢子衣襟，把两个吊桶安置稳当。小马倌就手抽出作为挑杆的树干，叭地掷到地上，滚得老远。我奇怪这么难以摘脱的两个吊桶，他俩却配合得那么麻利地摘妥了。更奇怪的是那两个穿戴体面的外掌柜和斜倚着稻草捆半坐半躺的小学校长都安闲地呆在那里，眼看着小马倌在一头竖高的挑杆上两个滚汤四溢的吊桶滑向另一头时,像我一样呆呆看着,仿佛都知道用不到他们三人伸手相助似的。

"老金盖,还得拿出你们的大'沙巴力'来,分鱼了!"小马倌大声向北屋招呼,又小声和那镇上来的郎一鹏说:"把鲇鱼和嘎牙子都分给他们吧,咱们怕吃了犯病,他们可不讲究这些。"

"真的,"郎一鹏说:"民族体质不一样,他们老高丽,孩子刚生下三天,产妇头上扎条毛巾,就下地了,用凉水给孩子洗尿布,也不怕作病。可是老山东的妇女就娇贵了,不满月,门上的棉布帘子老是挂得严严的,怕吹风。"

我听了这话,开始对这个原为我很尊敬的小学校长反感了,心想,这个"臭糜子",既看不起亡国的高丽人,又看不起闯关东的山东人。他手里还捻着一根带稻穗的稻草转,舒心自得的样子我险些当着他面,喊起对旗人的蔑称"臭糜子"来,幸而金秉湖一手拿着"沙巴力"一手提着大口淘米盆出来了。也不知什么时候金秉湖老汉换上了节日的白裤白褂了。裤裆肥得像能装进一包袱私盐一样,空荡荡的。身上还套着西式坎肩,歉然地说:"小小的给,好啦!"见到在"沙巴力"里给他装进折作两段的一条大鲇鱼,就又惊又喜地说:"你们大大地赔账了。"

"喧,"那小学校长郎一鹏向金秉湖说,"你给我们搬过几块砖来,砖的坐啦!"我看着那个镇上的来客,对我们的地户像对他自己的奴仆一样努努嘴,全然不是最初向母亲恳请捐助教育补贴款时候那种自持严谨的神气了。不久老姜手提我们自用的搪瓷洗脸盆从北屋木板台阶那边走过来了,只听他大声叫着"金盖,那砖的不要动,不能坐砖头。坐碎了,女东家又有话可说了,赶紧放回去!"知道是小学校长郎一鹏的主意,就说:"我们坐稻草,你要是不怕硬,填块麻袋,坐上座不好么?那碾盘多平展,可得劲啦。"

车夫小马倌一铁勺一铁勺舀着一触就碎的大块鲤鱼,说:"我们吃鲫鱼。这鲤鱼，一盆给北屋，一盆给南屋。"就代姜得年做主分掉了。座位也依着老姜的布摆，又重新作了调整。

那郎一鹏两腿盘在碾盘上手抱两脚说："这些砖不是要修厕所的吗？还当宝贝呀！"

"谁说的？"

"你们女东家在北屋刚才说过，要垛一圈，做个挡风的围子，还说在海南，家家都有茅房，扫得干干净净，不像关东山在草地里漫野解手。是真的！山东农村那么讲究吗？"

"这话不假！"那族亲老姜不无骄傲地说，"山东是出圣人的地方，哪像关东山这么野，'大姑娘十八剥苞米'。……"

"我来你们九道泡子做客，可不兴胡说八道呀！"那郎一鹏仍然是得意地握着两只穿洋袜子的脚笑着说，"说点别的。"我们的族亲姜得年也霍霍地笑起来："这可不是我编排你们当地人吧，我们山东可不兴这个。"

"噢，你们山东在麦季里，大姑娘就不出来拾麦穗了？还是夜里出来'拾麦子'，你当我们旗人不知道呀？我们旗人姑娘可不兴夜里出来'剥苞米'。"

我小声问根土："他们说什么呀？那个戴毡帽的还不让老姜说大姑娘剥苞米，怎么啦？"

根土小声告诉我，这话是不能当着旗人面随便说的，他们很熟就不论这些忌讳了。

原来这是一个在吉林东部很流行的民间故事。传说夏末苞米长成棒子，接近收获季节，玉蜀黍林子高过人头，茂茂密密，一个人带着麻袋钻进玉米林子里去偷掰苞米，不要说夜间，就是白天也很难为看青人发现的。自然巡逻看护庄稼的人，不是地主雇的"捞金"，就是来垦荒的民户，自然多是海南来的单身汉。有一次天傍黑，一个大脚板的满洲姑娘正在玉米林子偷掰苞米棒子往麻袋里装，那沙沙响声被海南来的护青人发现了，就循声偷偷从她身后摸过来，捉住麻袋了！

"你干什么哪？"

"掰棒子，烧着吃嘛。"

"你不是孩子了，还要吃苞米花儿？谁信呀！"

"我十八岁啦。"

"十八岁更不该来偷苞米啦？"

"不是偷！"

"这大麻袋棒子都快装满了，还不是偷？"

"我躺下了，你愿意怎么着，就怎么着吧。"

"你躺下，耍赖就完了？你是谁家的？俺找你家里赔。"

"你真傻！"

"傻？可抓到你啦，起来，跟我走！"

根土说完，还神秘地嘻嘻笑着，我却听不出有什么可笑的。在我们俩说悄悄话时，野荠菜炖湖鱼早已分作四份，由各家端走。这次是车夫小马倌到北屋去上菜，我们本是俯卧在稻草捆上，头对头地小声谈着，等这个小车老板回来，又坐在我们当中的位置上了。

"你们说什么知心话呀，我也听听。"

我说："说给你听干什么？没意思！怎么咱们还不吃饭呀，我都饿坏了。"

那姜得年已斟满一大碗白酒，摆在脱去长袍的郎一鹏校长面前，不知后者在兴致勃勃说着什么，仿佛全没注意主人的献酒的殷勤一般。郎一鹏听我一嚷"饿坏了"，就仰脸看看天。那瞬间，我们也都仰起脸来，只见蓝色的天空上满是鱼鳞形的浮云，白色云中出现了透着桃色的点点红斑，片片带红斑的白云都镶着金色闪耀的边儿，真是美极了。

"日头快落了，怎么样？咱们一边喝酒一边等，不好吗？"我们的经管人老姜又一次催促说。

"我要吃饭！"我说。

"不喝酒，在这里就不能先吃饭。"那老姜小声关照我。"郎校长，你是我们这里的贵客，头口酒，你先来！"老姜终于发话了。

"好呀！管家发话了，还能不喝么？可是孩子就免了吧！"我在家里原本是不准沾父亲酒杯的，且也不愿喝酒，但一听那个称民户为"老山东"的郎一鹏为我说话，又称我是孩子，就偏偏把着粮店外掌柜手里的酒碗，几乎抢着喝了第二口酒，我要表示就是不听你这个"臭糜子"的，而且喝了一大口，只觉口舌一阵辣，由喉咙直窜到胃口里去，但我含着呛出的眼泪强自若无其事地笑着，只轻轻咳嗽两声，一阵辣心滋味就过去了。

"哈！"那郎一鹏说，"这半大小伙子还真能喝哪！看不出！看不出！"原本文质彬彬的小学校长，脱掉了长袍，我觉得全然改变了初来时在母亲面前那种谦逊而恭谨的神气，也不同于坐在篝火旁向母亲抗衡般傲慢不逊的模样。现在竟是这样随随便便盘问起我"在县立小学几年级""级主任老师是谁"等等问题了。我本来一见他那种体面穿戴，就看作如我们县立小学的老师一样，怀着一种敬重感情，却没想到这会子我竟敢全然和他抗衡，为了表示对于他称民户为"老山东"的蔑视，就不搭理他，也故意不看他。

"你们的级主任是郎松年，你不说，我也知道。"
"不是郎松年。"我说，"郎松年是一年级的级主任。"
"那么是谁呢？"
"不告诉你！"
"为什么呢？孩子！"
"我不是孩子！我已经小学毕业了！"
"嗷，我怎么称呼你呢？连哥儿？呵！那么……姜步畏呀？"虽然我叮嘱老姜不要告诉他。那乡立小学校长还是从管家老姜那里知道我的学名了。他说："让我们做个朋友好吗？"我仍然不理他。

"我就叫你小朋友吧！"

管家老姜就像以前不认识我一样直直注视着我，不知郎一鹏怎样惹恼了我，而我今天竟这样给他难堪。实际上，对他老姜我也不满的，我心想他到底不听我的，把名字告诉他了，我再也不能把他当亲人看了。在第二轮仍然由老姜端起碗来，劝那坐在碾盘上首位的小学校长大口喝酒的时候，我要在郎一鹏面前证明自己已经不是一个孩子，老姜也管不了我，又抢先把着郎一鹏胳臂喝了一大口。这过分乖张的举止使我们的窝棚经管工人心里不悦了，他说："连哥儿，这都是咱们镇上有头有脸的，是咱们九道泡子窝棚的贵客，你是少东家呀，又在县城念学堂，对客人该讲个礼道呀。"那乡办小学校长看到我不欢的样子就掉脸向老姜笑嘻嘻地说："我喝这第二口，才喝出味儿来，这不像高丽屯子里拿来的酒呀，这才是真正二锅头哪！"

"这可不是更倌老傅拿来的那三斤装的棒子酒。"又向众人低声讨好地说："你们猜，这是哪儿来的？这是你们到后沟刨树根的时候，我骑马到三家子去拿来的。女东家可不知道，连哥儿，你喝了酒，可不要在你妈跟前告我的状呀。"

"我才不管大人的事呢。"我说话时，又忘记了对他的怀恨。

小马倌看着我坐得不得劲儿，又要我站起来，搬动稻草捆重新为我垫了个可以竖膝而坐的高座，还从朝鲜淘米用的大口盆子里给我夹山鸡肉，挑龙须蘑。我第一次发现那车夫的手有两种颜色，手背完全是污黑污黑的，手掌又是白拉拉的，我不想再从他那双树枝筷子底下，伸手去接山鸡肉了。

"老姜，可不能让他再喝了！"郎一鹏校长又向我说，"小朋友，你可不要逞能呀，在这些人里，你喝酒，可还差大半截子呀！"

第三口酒，又险些辣出眼泪来，但我仍是强作无事般地笑着，心里却想这酒到底有什么好喝的，又不是白糖水，可是大家都喜欢喝，我又不得不装作喜欢喝的模样，何苦来！但若端在面前不再喝，岂不扫面子！去他的吧！我才不听"臭糜子"的话呢？

不知是谁说了句："他们不会碰到野牲口吧？"

"还没听说老毛子那边有野牲口过来呢？"我们田庄的管事人老姜说，"春景天，那边的火犁，嘟嘟嘟地一响，咱们这边就有马驹子给老把头拖走的，顺着血溜子，找到的是一堆给老鸹群盖在底下的小马驹的带着半身皮肉的骨头架子了。春天一过，又没事了，咱们这边儿到底人家多呀！"

"有张三么？"

"没听说。"

原来这里的旗户多姓郎，因而谈话忌讳"狼"而称狼为"张三"。对于老虎，却作为山神敬着，敬称是"山神爷"，昵称是"老把头"。

我最爱听这些山沟里有关野兽的故事了，围着篝火的每个人几乎都有一些使我惊奇的与"张三"相遇的奇异经历。砖瓦店外掌柜杨世义说了一段难忘的经历。他年轻时参加修筑中东铁路，有一次从十九站下来，住在完达山一个海南平度老乡的窝棚里猫冬，自打统领衙门下来，就和人搭伙搞小包工，不想再当差了。有一天，窝棚主病了，他给这个老乡去抓药。看病郎中是从二十里外一个大粮户庄院里请来的私塾先生。送走人家已经下半晌了，天晚了不说，还落了一场大雪。山道不好走，到十九站药铺是四十里路，半路上只有一家小店。在小店吃顿饭，还有二十里路，摸黑也赶到了。不想刚走出山道口的时候，觉得肩膀上有什么东西搭上来了，一个肩头搭了一个毛茸茸的爪子似的东西。"我的脑袋'嗡'了一下，头发都快竖起来了。我知道，我碰上'张三'了。它的两只爪子搭在我肩上了。我只要一回头，它就会咬住我的喉头。我这五尺汉子就要交给它了。我只能急匆匆地加快步子走，让它跟着我走。要不是大车道还平坦，要不一跌倒，我可就没命了。我一路上盼望能碰见运木头的大车，再不碰见个回山里的人，哪怕碰见一条狗也好。可是什么也没有，我觉得那背后的'张三'呼呼直喘粗气，嘴巴上流的口水都滴到我肩头上了。我不回头，它也没地方下口，我拿不准，也不敢动手捉住它那两只前爪子往身前摔。就这样一直走到关家小店。一敲门，那'张三'听到开门声又见到闪出的灯亮才颠儿颠儿地跑掉了。等我进到店门里，满头虚汗呀，吓得两条腿都软了！瘫在凳子上半天都没有站起来。店主听说我碰上'张三'，开着玩笑说：'谁叫你长得矮，是个矮子呵！'我的两个肩膀，上都是冰溜子。这是一路上'张三'流下来的口水。我只管直着头走路，'张三'没有办法，只好前爪搭在我的肩上，被我带着走了一路。……当天，我就睡在小店里。一觉醒来，天已大亮了。我推门一看。啊呀呀！我的妈呀！我的汗毛又一次竖了起来。你们说怎么回事？原来那'张三'还坐在门口的雪地上等着我呢！"

……

我不知什么时候已经从高座上滑落下来，半躺着仰头看着那紫红色的晚霞，心里想这露天宴席多美啊，肉香菜鲜，天色也美，比起三家子的谢神酒会上，一色是猪肉烹调的"六六席"美多了。露天酒席间的谈话越来越激动、越来越兴奋。但我似乎什么也没听清楚。黄昏的晚霞，渐渐地远了篝火灰烬上的气流，如湖浪般飘动着。湖面起伏的微波平行地展动着，将熄的篝火上的气波，却如倒垂帘一般从下向上立体地波动着。只听见有人说什么人喝醉了，是谁喝醉了呢？我现在看见那围篝火而坐的一个人，长长的脸，看着我笑，我也笑了。我认出那是八道泡子的车老板子小马倌。我感到吃得很饱，任凭小马倌扶着头躺在他为我铺平整的稻草捆上，我的头现在枕在小马倌的膝盖上，看见他俯着脸直对着我向下看，仿佛不认识我一般。他那两只黑眼睛在我看来，像不懂事的蚱蜢的眼神一样，又黑又亮。我笑了，看见他那两片红嘴唇油光油光的，在说什么呢？听不见声音，世界像是静寂无声的，只见整个没有院墙的场院是埋在见不到阳光的黑沉沉的阴影里了。我安静地躺在那里，感到从来未有的舒服，我愿意永远这么躺着，连手指也不想动，也不愿意人家动我。这时见到北方的天空，晚霞是浓黑中透红，美极了。这是只有吉林东部秋天的丘陵地和广阔的大草原上才能见到的一种云霞，它们是如此浑厚壮观，那黑色与紫色相混合而又谐美的大块云色呈现着自然界雄伟而开阔的气魄。我想，若是宝莉在这里和我一块躺着看晚霞该多好呀！这黑里透出的紫红色是多鲜妍呀！而且光润如玉一般。我又想，宝莉在江那边的朝鲜咸北境，也会看到现在出现在我们中国这边云天的红黑相间的大块浓厚的晚霞么？我仿佛看到她头上顶着装满私盐的白布面口袋，在旧红绸小袢背后拖着一根黑发辫子的身影，而她的黑裙子底下是一双赤脚，那双赤裸裸的脚又满是泥水，正在沼泽地上的塔头草墩子间闪动着，在选择落脚地方向前跨越着走……我感到现在是置身仙境一般。我真奇怪在这个世界上，在这个离县城九十里，连座围墙也没有，连条狗都养不起的九道泡子窝棚，竟然这样美如仙境。这窝棚只汉、朝两户人家，穷得连个鸡蛋也拿不出来，可是像耍魔术一般：架上篝火，就出现酒肉是这么丰富的露天宴席了，大伙多像节日一样欢腾呀！真是进入神话世界似的。要是在我离开这里之前，宝莉能头顶着滚圆滚圆的一面袋细盐赶回来，那该多好呀！我想，这是要由命运安排的。我私自决定，如果她真的赶回来能够和我见到最后一面，那就是我们命里注定有缘分，我长大了一定娶她。我觉得这个只有两户人家的小屯子，因为有这次围着篝火的露天宴，宝莉如出现，就会像天宫里出现的仙女一样，更显得这九道泡子的神话般的迷人境界之美了。可是现在宝莉不在场，而我就要和这个连院墙都没有的小屯子离别了。见不到宝莉，就像是国王丢失了宝贵的王冠一样，心里觉得空荡荡的。我是多么爱恋这块有着魔术一般神秘色彩的地方呀！那东沟里国界外的现在属于苏联境区内，在长满野生原始林木的丛岭那一端的俄国集体农庄，相隔九道泡子约有三四十里的整个无人迹的荒僻沟谷岩穴间，真有虎豹与狼群么？还有古老的"跑珲春"唱词小调里说的："摸海贝哟，拧海参，家中撇下一个女裙钗。"会是早年的史实么？难道人们真的为了跑到海参崴去采海参而抛下在海南的新婚妻子不管了么？海参究竟有什么稀罕？难道比新婚的美貌妻子还珍贵、还宝贝么？

　　这一夜我想了好多好多。在三家子吃谢神酒那一夜，大仙唱的迷人的小调中，含有的那种属于满族对早已灭亡的爱新觉罗氏封建王朝的怀恋之情是那么深远，好像使人感到，这些失去恩宠和庇护的遗民的怅惘心魂在孤寂地呻吟着。我仿佛第一次知道，在这同属于中国农民的群体中，确实还存在着汉满两种截然不同的民族，同处在一个偏远的大山角落里，对于满清王朝和共和政体却有着完全不同的爱与怨的感情。我又想起关炮家里那个女王似的满族女士，想起她口含的那杆乌木管长烟袋和她那傲然自持的俊俏模样，还有她背着我面对族亲老姜亲切如夫妇般的秘密谈话，多么让人难忘，又是多么有趣和美好啊，想到在赌桌上见到的那个身穿便装的镇上警长。他穿戴是那么体面，却当众说假话，是个惯于愚弄人的滑头。我奇怪，我最崇敬而又信服的香琴姐怎么会偏偏喜欢他呢？我不知道，她怎么会像一个女将军那么自信地指挥我，究竟她有什么魅力使我成了她的俘虏呢？仿佛世界上除了我的母亲，只有她对我最亲密无间，我对她最敬重，她和我心魂相通一样。想到我的结义大哥田大宝家的那个年轻窈究而又温文尔雅嫂嫂身上，另有一种将军般高瞻远瞩的谋略似的。总之，我想得很多很多，我平静地躺在稻草捆上，看见篝火的红色残存火焰在呼呼地摆动着，周围越来越阴暗了。我仍然连手指头也不想动，就愿永远永远这么舒适地躺着，全身骨头都仿佛软绵绵融化了，这是一种多么幸福的感受呀！我又看到曹义二舅背着一个狍子在人们欢呼中走来。隐约地看到四条狍子腿搭在他胸前，两条前后腿交叉握在他手里，像冬季珲春街上的白俄贵妇人颈围带着四条腿的狐狸皮一样，我听见有人欢叫声，像是从山谷里发出来那么响亮："我们还当是你过界碰到老毛子巡逻马队，给押到海参崴蹲'巴篱子'，去吃黑列巴了！"

我循声看去，是我们族亲姜得年的欢快招呼，却不像他的嘹亮声音了，而是粗憨得如老人。只见更倌老傅从曹义身旁走过来说："连哥儿，你怎么啦？是喝酒了吧？你这么露天躺着，着了凉，要做下病，可是一辈子的事。"说话工夫连肩上的围枪也没摘，掷掉手握的几只比鹌鹑大两倍的沙斑鸡，在小马倌帮衬下抱起我来。这时候我突然觉得在场的所有的来客，还有我们的族亲老姜，谁也不及更倌老傅关心我和疼爱我。想到我和母亲在九道泡子窝棚，简直没有得到什么人关心，我们的族亲老姜一点也不体贴我们。又想到母亲在三家子摆谢神酒宴那天夜里，就整夜坐在场院上看着过磅、缝麻袋口、往朝鲜农户的牛车上捐呀、喊呀，连口热水也没有人给端去过。母亲和我在这个没有院墙的窝棚里，是孤单单的，没有一个亲戚，像崔婆那样贴心地照管我们。而且所有的垦户，不管是旗户还是民户，看来对母亲只是尊敬，却不亲切，都仿佛有什么事要瞒着母亲。我感到母亲和我是这个世界上最可怜的人了，仿佛失去了父亲的庇护，仿佛为"家庭"所遗弃了一般。不知怎么在更倌老傅怀抱中，我的脸贴着他的肩头伤心地低声哭起来了。更倌老傅一边朝北房木板台阶上走，一边安慰我说："连哥儿，哭什么呀？你是喝醉了，不要紧，睡一会儿就好了。"我当时心里很明白，还清楚地听见他在廊檐下的木板台上脱胶底小鞋的声音，但眼皮逐渐沉重，再也睁不开……就那么挂着眼泪睡着了。

五

我一夜睡得很稳很香，当母亲摇晃着身子唤醒我的时候，远处已经鸡叫两遍，更倌老傅已经在场院里备好两匹马等着我起程了。

母亲小声说："等鸡叫三遍就赶不上七道泡子进城的拉货车了，快醒醒！"又说："昨天晚上是谁把你灌醉了？"我说："没人灌，我自己喝的。"醒来还记得很清楚。我说："也没醉，我心里可明白啦！就是口渴！"

洗脸之前，我又喝了半瓢凉水。母亲嘱咐更倌老傅，路上好好照顾我，担心路上又睡过去，会从马上摔下来。当我把偷偷带出来的小戈比丹要上马时，母亲听到它的呜咽声，又强迫着要我给克克留下来。说："回去就要上私塾念书了，你带回去，谁照看呀！"答应过些日子回县城时候，一定把它带回去，保证不丢在九道泡子金盖家。

这天晚上没有月亮，星星特别繁密，我骑的牲口走在前头，彪形大汉更倌老傅骑的马在后头照看着，他肩上还背着围枪，马背上还驮着曹义二舅要我带给父亲的整个狍子。更倌老傅说："他是过枪瘾，他才不稀罕狍子肉哪！"说："昨天晚上回来天色已经见黑了，他们是摸黑赶夜路回去的，老姜也搭脚坐他们的大车回三家子去了，他也喝醉了。"

"昨天晚上可真过得美！"我一再回味地称赞着。唯一的遗憾是临别没有再见到那个俊秀的朝鲜姑娘宝莉。

我们赶到七道泡子荆家石恭道三舅住的庄院，正是鸡叫三遍，三星都在偏东的夜空上斜照头顶了。石恭道三舅正站在院子里看着车夫在检查捆车的绳子结扎得松紧。他们都说，昨晚上等了我大半夜，还以为我不来了，催我赶紧上车。嘱咐我上坎下坡，要抓紧绳子，并把车老板的"骚鞑子"羊皮大氅递到车上，要我铺在底下当垫的。更倌老傅又上车，把狍子腿拴在车绳上，要我躺下时候当枕头。他说："这是开过膛的，腹腔里都很干净，塞满稻草，就是准备给你车上当枕头垫的！"我感到更倌老傅比我们族亲老姜又周到、又细心，对他说不出的亲切来。车夫把原来准备给我当枕头用的装谷草的饲料口袋又挪到车后部和牲口木槽子拴在一起了。那大车一走动起来，为牲口饮水用的"围大罗"，就摇摇摆摆碰着牲口槽叮叮当当乱响。"进城见了你爸爸，不要忘了，给我带好！"石恭道三舅两手掐腰站在庄院大门外的走道上高声嘱咐。

"知道了。"我说。

"路上小心头上的树枝子，别刮了脸！"更倌老傅在黑影里又说。

"知道了！"我又这样回答。

我仍然感到口渴，但套四头牲口的四轮运货大车已经离开七道泡子庄院门前的石子铺的大道，走上丘陵间的土车道了。

离开那有一丛冲天白杨树林和星空下的天主教堂的木建尖塔式钟楼越来越远了。我在东方已露青白色的星空底下，遥遥地瞭望着发光的九道泡子水面和它相近的八道泡子水面两大团雾气缭绕处，朦胧不清三星更是金光闪闪，比起一些早已消失或隐约不显的星星来，它特别亮，似乎宣告黎明来临了。

多美的黎明景色呀！多美的九道泡子南面的林木茂密的田庄呀！我心里恋恋不舍地叫道："再见了！"我已经是比来时长大了！在九道泡子短短的一个秋收季节，我仿佛经历非常丰富，像满载而归的猎手一样！这时，空间的气息特别新鲜，还带着松脂气味，我也感到穿了两件衣裳，还是单薄，感到早晨的冷气袭人了！远远还听到公鸡高亢的啼鸣！

我仍然口渴，想路过山泉能下车喝口水该多美呀！就这样离开了黑顶子山区。

一九八八年六月十一日完稿于北京"夜闻雁鸣斋"

一九八八年版后记

一

《混沌初开》原是自传体长篇小说《姜步畏家史》的第一部《幼年》和第二部《少年》的合集。《幼年》又名"混沌",一九四四年春由桂林有名的三户书店出版发行。这本书虽然当时颇得大后方文艺界同仁的关注和好评,但由于印数不过两千,而且出书不久就因为西南国统区的战线崩溃和桂林大撤退的冲击,因而读到它的人数是很有限的。只记得初版的封面上有一幅母亲双手托抱孩子的画面,朴素而又大方。这个版本作者已经找不到了。这次为了重版《幼年》,北京十月文艺出版社的编辑吴光华同志带来了一九四七年一月由上海新群出版社出版的《混沌》。这个版本我以前还没有看到过。在我的记忆中,仿佛它和桂林三户书店的版本用的是同一套纸型。这是不是桂林三户版的翻印?因为一九四七年三月我在东北长春被捕,直到一九四九年才由南京释放,潜赴上海。我在国民党监狱里秘密监禁了近二年,外界情况不了解。出狱后,在上海停留的时间不长,没有和过去的熟朋友接触和交往,所以不知道这本书在上海又重新印行了。当时的桂林三户书店,原是生活书店的一个秘密支店,和地下党有着密切的关系。既然这本书的版本、格式、图样、色彩完全和桂林三户版一样,所以,我有理由认为,这是桂林三户版的重版翻印。

解放后,上海文艺出版社重新印行了第三版。一九五四年七月由北京新成立的作家出版社重排出版了这本书。也许是因为新出版社，缺乏装帧设计的美术专家，鸭蛋青色的素封面上只有图饰和花纹，开本也很小，降低了规格，显得又薄又轻。我虽然不喜欢，但是，作家出版社终究是自己的出版社，不好乱提意见。二十多年后，经历了十年"文化大革命"，文化部文化艺术出版社重排出版了第五版——这一版我把书名"混沌"改回到了"幼年"（并由我题写了书名）。封面设计关泳义同志是个很有才气的年轻人。画家张祖英的插图我也是比较满意的，封面上那个五六岁的头戴虎头式两耳披风的娃娃，民族色彩是很浓的，韵味十足，缺点是过于写实了。这使我想到解放前桂林三户书店的那个版本。两种风格明显不同。前者是写实的，后者是写意的，给人一种童年的梦幻和情趣。这也许更符合本书的风格和浪漫式的内容。

不想，第五版《幼年》出版以后，新华书店不见新书，倒是在琉璃厂以售卖旧版书为专业的中国书店的书架上出现了《幼年》。我真不解其中的缘故。似乎这本书刚出版就过时了。以后，又有友人告诉我，王府井附近一家高级宾馆正在出售我的《幼年》，我更不理解了。为什么堂堂的新华书店没有书，反而在宾馆有书？也许这本书在四十年代有影响，曾经在四十年代生活过的港台学者和留学欧美的学者，在宾馆打听过这本书？过了好些日子，王府井新华书店才出现了《幼年》的版本。

二

《混沌初开》第一部《幼年》的出版经历了半个世纪，印行了五版，而第二部《少年》却是名副其实的第一次出版，谁能说清楚个中缘由？

《少年》的初稿是我在一九四五年到一九四六年春天，从桂林大撤退后在重庆市郊区创作的。开始曾在邵荃麟同志主编的《文学》杂志上连载，不过只印了三期就停刊了。一九四六年七月我到上海后，又由吴祖光兄主编的《清明》杂志连载，出版了几期（我忘记为什么后来又停刊了），不过吴祖光兄给的稿酬很优厚，这是直到现在我都深为感激的。当时我虽住在上海市郊的农村里，生活并不宽裕。另外，臧克家兄主编的上海《侨声报》文艺副刊的中篇连载稿——《女地主》，实际上就是《少年》稿中可以独立成章的一部分。总之，这些已经印发出来的文字，我都剪存了下来。当时，发在《绿洲》《青鸟》等刊物上的文字，都已遗失了。解放以后，由于种种一言难尽的复杂原因，《少年》始终未能正式出版过。八十年代初，黑龙江省原《北方文学》和现已停刊的《东北文学》编辑鲁秀珍女士，曾多次来京向我组稿。此时，对于文学创作，我基本上已经"告别缪斯"，我的兴趣已经转向古金文研究和《左传》研究。由于鲁女士的频频催稿，促使我萌发了修订和重写四十年代已经完稿的《少年》的念头。从一九八五年开始动笔，一直修改到一九八八年年底。完稿后，曾以"少年"为题，分别在哈尔滨的《东北作家》和吉林长春的《新苑》上发表过部分章节。

但是，《少年》完稿后不久，我又一次患脑血栓病倒了。自此以后，病魔缠身，健康状况每况愈下。因为我长期从事金文研究，和文学出版界几乎绝尘，加上这几年来出版界的不景气，我手里夹着《少年》的书稿，竟然找不到和广大读者见面的"桥梁"和"渡口"。

当然，我如果努力，"桥梁"和"渡口"还是可以找到的。实际上我和北京十月文艺出版社有过一段美缘：我在一九八一年获得有生以来的第一次文学奖状，就是由这家出版社颁发给我的。以后和我联系的诗人兼责任编辑晏明同志离开编辑岗位退休了，我有幸相识十年的张守仁等几位主要编辑，近几年也断了来往……

在这里，我要特别感谢出版这本书的关键人物张洁。如果不是这位享有国际声誉的女作家的奔走和大力推荐，这本书恐怕还在云雾弥漫的出版谷底里徘徊，摸不到"出口处"。当然，我也非常感谢北京十月文艺出版社和这本书的责任编辑吴光华同志。如果没有他们的胆识和眼光，如果没有他们的帮助和支持，那么，这本书很可能还束之高阁，无法和广大读者——包括发须洁白的可尊敬的老读者见面。我很清楚，这本《混沌初开》很可能是我的文学创作中的句号。我是很珍惜最后这一次和读者心灵相通的机会的。

三

《混沌初开》是一本自传体的长篇小说，它不是历史实录，但却真实地反映了作者的幼年和少年时期心灵的变迁。小说的主人公姜步畏出生在军阀混战时期东北边境小城镇一个商人地主的家庭里，通过主人公的童年生活，生动地展现了九一八前，这个满、汉、俄、朝四个民族杂居共处的边陲城镇的地域风貌，展示了半殖民地半封建社会的独特的民情、民风、民俗。尽管本书的故事早已成了历史，发生在本世纪二十年代的这个故事，对于当代青年来说，是那么遥远和陌生啊！但是，它那强烈的异乡风情、浓郁的乡土气息、个性鲜明的人物形象、主人公坎坷的人生轨迹，对于我们了解那个时代和那个社会，仍然有很大的教益的。

四

《混沌初开》的第一部《幼年》出版于一九四四年，第二部《少年》将于一九九四年出版。第一部和第二部的出版，竟然经历了整整半个世纪的年月，这在出版史上大概也是相当罕见的。我的心里真是感慨万千。

在出版《混沌初开》时，责任编辑曾向我提出：一是《幼年》和《少年》体例不一，《幼年》共十一章，每章没有标题；《少年》共八章，每章均有标题，两本书的规格要不要统一？二是《幼年》和《少年》在艺术上也有差异，要不要调整？对于编辑提出的问题，经我再三考虑，我想，没有调整和统一的必要。因为，《幼年》和《少年》都是历史的产物,还是尊重历史的原貌吧!两本书反映了两个时代的差异。也许,这是这本书经历了半个世纪的一个标志吧!

以上是后记,也可以看作"画蛇添足"式的题外话。

一九九三年七月三日